경상대학교 한문학과 허권수 교수 정년퇴임 기념 논총 3

江右地域 南冥學派의 人物 研究

허권수

보고사

한문학과의 관례식 시연(2015.5.18)

이가원 선생의 휘호

중국 道淸의 휘호

서문

불초는 어려서부터 漢文을 좋아하였는데, 그 가운데서도 특히 선현들의 행적과 남긴 책들에 관심이 많았다. 계속 한문학을 공부하여 박사학위를 받고 한문학을 연구하고 가르치는 교수가 되었는데, 연구 분야도 결국 선현의 학문과 사상 및 그 분들이 남긴 저술들이 되었다.

1983년 慶尚大學校에 부임한 이래로 이제 정년퇴직을 눈앞에 둔 지금까지 1백여 편의 논문과 1백여 권의 저역서, 30여 편의 解題 등이 크게 보면 모두 선현들의 학문과 사상 및 저술에 관한 것들이다.

만34년 동안 아주 좋은 학문 환경 속에서 주동적으로 쓴 글도 적지 않지만, 학회나 연구소 및 학술단체 등의 부탁을 받아 쓴 것이 더 많다. 그러나 큰 주제는 선현들의 학문과 사상 및 저술에서 벗어나지 않는다.

다시 보기 싫은 부끄러운 것도 있지만, 어떤 것은 "그때 시간에 쫓겨서 급하게 썼는데도 그런대로 괜찮게 썼고 해야 할 말은 다 했네"라는 생각이 드는 것도 없지 않다. '鷄肋'이란 말처럼 이 글들을 완전히 버리기는 아깝고, 그렇다고 묶어 논문집으로 내려는 생각을 가끔 했으나, 이도 간행물 홍수시대에 쉽게 착수가 되지 않았다. 어떤 교수는 "자기 논문을 읽던 안 읽던 묶어 독자에게 제공하는 것이 저자의 의무입니다"라고 권유하기도 했다.

미적미적하고 있는 가운데 정년퇴임이 다가왔다. 고맙게도 졸업한 同學 제자들이 나도 못 찾는 자료를 다 찾아내어 편집 정리하여 다섯 권의 방대한 책으로 간행해 주었다. 내 혼자서 정리하여 출간하려면 몇 년의 시간이 걸릴지 모를 일인데, 여러 學人들이 힘을 합하여 큰일을 마쳐 주었다.

불초의 글의 내용에 가치가 있으면 오래 살아남을 것이고, 가치가 없으면 곧 사라져 폐지가 될 것이니, 그 생명력은 나의 글에 달려 있을 따름이다.

그 동안 상당히 장기간에 걸쳐 원고의 수집·편집·정리·교정에 賢勞가 많았던 우리 젊은 同學諸彦들에게 衷心에서 우러난 감사를 드린다.

2017년 2월 28일 許捲洙 序

차례

───── • 범례 • ─────

이 책은 實齋 許捲洙 교수가 지난 35년 동안 집필한 연구 논문과 문헌 해제를 모아 출간한 것이다. 집필 기간이 길었던 만큼 각 원고의 서술 형식이 일정하지 않다. 따라서 본문 속 한자 표기, 각주를 단 서식, 각종 기호 등은 저자의 동의를 얻어 게재 원고의 원본을 그대로 실었음을 밝혀둔다.

제1부

16~17세기의 인물

文武兼全한 眞儒 大笑軒 趙宗道

Ⅰ. 서론

朝鮮 중기 咸安이 낳은 文武兼全한 걸출한 인물로 大笑軒 趙宗道가 있었다. 그는 咸安에 世居해온 咸安趙氏 家門에서 생장하여 가문의 學風을 이어받은 바탕 위에서 가까운 지역에서 講學하고 있던 東山 鄭斗, 玉溪 盧禛, 南冥 曺植의 문하에서 공부하여 德性을 함양하고 학문을 완성하였다.

退溪 李滉과 함께 조선 학계에서 兩大山脈을 형성한 南冥 曺植의 문하에서는 많은 인재들이 배출되었다. 이들은 남명의 영향을 받아 실천 위주의 학문을 지향하여 하나의 특색 있는 학파를 형성하였다.

남명의 제자 가운데 많은 사람들이 壬辰倭亂 때 義兵將으로 활약하여 누란의 위기에서 나라를 구출하였다. 大笑軒 趙宗道(1537-1597)는 그 가운데서 대표적인 의병장의 한 사람이다.

그는 壬辰倭亂이 발발하자 招諭使 金誠一을 도와 義兵을 모아 큰 공을 세웠고, 1597년 丁酉再亂 때는 黃石山城에서 장렬하게 殉國하여 忠節의 표본이 됨으로써 남명의 가르침을 끝까지 실천하였다.

大笑軒은 남명의 제자이면서 남명의 생질인 新庵 李俊民의 사위로서 남명과는 밀접한 관계에 있는 인물이었다. 그는 임진왜란 때 큰 공을 세운 忠臣이지만, 본래는 남명의 학문과 사상을 충실히 계승한 학자였다.

본고에서는 大笑軒의 생애와 학문·사상을 살펴보고, 임진왜란 때의 활약상과 그의 詩文을 고찰해서 대소헌의 진면목을 오늘날에 다시 재현시키고자 한다.

Ⅱ. 大笑軒의 生平

1. 家系

大笑軒 趙宗道는 자가 伯由이고, 大笑軒은 그의 自號이고, 諡號는 忠毅이다. 본관은 咸安으로, 그 7대조 琴隱 趙悅이 高麗末에 함안으로 옮겨와 살았다. 生六臣 漁溪 趙旅의 5대손이고, 安義縣監을 지낸 趙應卿의 손자이고, 府使를 지낸 姜熙臣의 외손이다. 아버지 趙堰은 추천으로 叅奉에 제수되었고, 圭庵 宋麟壽의 제자인데 학문을 좋아하는 것으로 이름이 났다.

五曹의 판서를 역임한 新庵 李俊民의 사위인데, 이준민은 南冥의 자형 李公亮의 둘째 아들이다. 승지 趙瑗은 대소헌의 손아래 동서이고, 남명의 제자로서 이조판서를 지낸 玉溪 盧禛은 자형의 부친이다. 임진왜란 때 忠州 彈琴臺에서 전사한 申砬의 숙부인 진사 申弘國은 그의 고모부였다.[1]

그의 가문은 高麗 末期부터 咸安 지방에 세거해 온 강력한 在地士族으로서 많은 田莊을 소유하고 있었고, 중앙정계의 顯要職에 있는 인물들과의 유대도 공고히 하고 있었다. 특히 당시 江右地域 儒林의 宗匠으로 추앙받던 南冥과 인척관계를 맺고 남명의 제자가 된 것은 그의 士林에서의 位相 提高에 크게 도움이 되었다고 볼 수 있다.

2. 이력

大笑軒은 1537년(중종 32) 咸安郡 院北洞에서 태어났다.

9세 때 泗川에 은거하고 있던 東山 鄭斗에게서 학문을 배웠다. 정두는

---

1) 韓夢參 『釣隱集』, 「大笑軒墓誌銘」.

인격이 고상하고 학문이 깊었는데, 나중에 眉叟 許穆이 그의 행적을 정리하여 「淸士列傳」에 넣어 칭송한 인물이다.

1552년 16세 때 成均館試에 응시하기 위하여 서울에 갔다가 그대로 머물러 고모부 申弘國에게 수학하였다.

1558년 22세 때 生員試에 합격하였고, 그 바로 뒤 新庵 李俊民의 딸에게 장가들었다. 이준민은 大笑軒을 사위로 삼은 것을 기뻐하여, "東國의 인물을 내 것으로 삼았다"라고 했다.[2] 청년 때부터 이미 비범한 인물이었다는 것을 알 수 있다.

1559년 23세 때 三嘉縣 兎洞[지금의 陜川郡 三嘉面 外土里]으로 남명을 찾아뵙고 제자가 되어 儒學의 심오한 旨訣을 듣고 마음으로 기뻐하고 몸으로 체득하였다. 이때부터 학문을 강론하고 질문하기를 쉬지 않았다.

1566년 30세 되던 해 2월에 南冥을 모시고 智異山 斷俗寺로 가서 龜巖 李楨을 만나 義理의 학문을 강론했다. 3월에는 南冥과 玉溪를 모시고 安陰縣 葛溪里에 사는 葛川 林薰, 瞻慕堂 林芸을 방문하고 安義 三峽을 유람하였다. 그때 동행한 남명의 제자는 覺齋 河沆, 寧無成 河應圖, 茅村 李瀞 등이었다.

1573년 37세 때 成均館의 추천으로 安奇道 察訪에 임명되었다. 이보다 앞서 그 당시의 宰相이 그의 行義를 보고 여러 차례 벼슬에 추천하려 했지만, 대소헌은 외아들로서 부모 곁을 떠날 수 없다는 이유로 사양해 왔다. 이때는 부모가 다 세상을 떠난 뒤인지라 더욱 벼슬에 뜻이 없었다. 부모의 삼년상을 마친 뒤 마침 성균관의 추천이 있었으므로 취임하였다.

安奇는 安東府에서 서쪽으로 5리 되는 곳에 있는 역이었다. 대소헌은 평소에 退溪의 문하에 나아가 배우지 못한 것을 한으로 여겨왔는데, 이때 退溪는 비록 세상을 떠났지만 陶山과 가까운 지역에 벼슬자리가 주어졌으므로 취임하게 되었던 것이다. 8년이라는 긴 세월 동안 그 자리에 있으면

---

2) 郭鍾錫 『俛宇集』 제147권 6장, 「贈吏曹判書忠毅公大笑軒神道碑銘」.

서 퇴계의 제자인 西厓 柳成龍, 鶴峯 金誠一, 松巖 權好文, 賣趾 南致利,
寒岡 鄭逑, 東岡 金宇顒 등과 어울려 학문을 강론하여 퇴계의 학문과 사상
을 간접적으로 접하게 되었다. 이때의 교유가 남명의 학문과 사상이 바탕
이 되어 있는 그의 학문과 사상을 더욱 폭넓게 만들었다.

1576년 40세 되던 해 宣慰使를 따라 日本의 使僧 玄蘇를 전송하게 되었
다. 이때 "有時吐氣虹霓直, 萬丈光輝翳斗牛.[때때로 기운을 뿜으면 무지
개처럼 뻗어, 만 길의 광휘가 견우성 북두성을 가린다네]"라는 시를 지어
주어, 현소의 오만함이 꺾였다.

1581년 司䆃寺 直長으로 승진하였다. 이후 尙瑞院 直長, 通禮院 引儀,
掌隷院 司評 등직을 역임하였다.

1583년에 陽智縣監에 임명되어 부임하였다. 양지현은 경기도에서 피폐
하기로 소문난 고을이었는데, 그가 부임하여 백성들을 애정으로 보살피고,
힘을 다하여 弊害를 제거하니, 政事는 맑아지고 세금은 공평해졌으므로,
백성들이 살기에 편안해졌다. 암행어사가 그 治績을 宣祖 임금에게 아뢰
었으므로, 宣祖 임금이 表裏를 하사하였다.

1586년에는 聞慶縣監, 그 다음해 漢城府 參軍, 金溝縣令으로 부임했다.
대소헌이 관아에 앉아 있으면 맑은 바람이 저절로 일어났다. 너무 준엄한
법령이나 너무 가혹한 부역 등을 적절하게 재량하여 실정에 맞게 만들었
고, 관대하고 온화하게 일을 처리하였다. 백성들이 대소헌을 두려워하면서
도 사랑하였다.[3]

1587년 가을에 漢城府 叅軍으로 부임하였다가 겨울에 金溝縣令으로
부임하였다. 간악한 사람들을 단속하고 豪族들을 눌러 한결같이 공정하
게 일을 처리하였다. 현령으로 재직하고 있던 1589년에 鄭汝立逆謀事件
에 연루되어 파면되었다. 대소헌이 재직하고 있는 금구에서 鄭汝立의 逆
獄이 일어나 계속 조사가 이어졌다. 고을 사람 가운데서 정여립에게 배운

---

3) 郭鍾錫 『俛宇集』 제147권 6장, 「贈吏曹判書忠毅公大笑軒神道碑銘」.

사람이 있었는데, 그 사람이 이미 죽고 없자, 그 부친을 연루시켜 군졸을 내어 체포하게 하였다. 군졸들이 집을 포위하자 그 사람이 도망을 쳤다. 그러자 군졸 하나가 그를 쫓았는데, 대소헌은 그 사람의 억울함을 알고, 군졸을 대열을 이탈한 것으로 처벌하겠다고 명령을 내려 그 사람이 체포를 면하게 한 일이 있었다. 대소헌은 이 일로 말미암아 파면되어 고향으로 돌아왔다.

1590년 4월 고향에서 지내다가 체포되어 끌려가 義禁府의 옥에 갇히게 되었다. 반역의 주모자인 鄭汝立과 잘 안다고 무고한 사람이 있었기 때문이었다. 이 일로 宣祖가 대로하여 분위기가 아주 험악했고, 사람들이 대소헌 때문에 걱정을 많이 했으나, 정작 대소헌 자신은 태연자약하게 처신하였다. 이때 南冥 문하의 선배인 守愚堂 崔永慶과 함께 구속이 되어 있었다. 최영경은 獄卒들을 자기 집 하인 꾸짖듯이 꾸짖었고, 대소헌은 평소처럼 농담하고 웃으며 지냈다. 그래서 그 당시 "崔司畜(崔永慶)의 꾸짖음과 趙金溝(趙宗道)의 농담과 웃음은 구속되어 있다는 것을 잊었다."라는 말이 있기까지 했다. 崔永慶은 고문 끝에 죽었고, 大笑軒은 무죄로 풀려 나왔다. 대소헌은 守愚堂에 대해서 언급할 적마다 눈물을 흘리며 울었고,[4] 최영경을 德川書院에 從享해야 한다고 힘껏 주장하였다.

1592년 장인 李俊民의 喪을 당하여 서울에 있었는데, 마침 壬辰倭亂이 발발하였다. 倭賊이 침략했다는 소식을 접하고는 그 날 밤에 바로 西厓 柳成龍을 찾아가 작별인사를 하고 남쪽으로 돌아왔다. 도중에 宜寧 출신으로 直長을 지낸 松巖 李魯를 만나 嶺南으로 돌아가 함께 義兵을 일으킬 것을 약속하였다. 李魯 역시 南冥 문하의 同門이었다.

咸陽에 도달했더니, 鶴峯 金誠一이 招諭使로 임명되어 慶尙道로 내려왔다. 鶴峯은 大笑軒을 전에부터 알고 있었으므로 만나자 마자 크게 기뻐하며, "하늘이 나를 도운 것이로다."라고 말했다.

---

4) 許穆 『眉叟記言』 別集 제19권 25장, 「贈吏曹判書趙公墓碣銘」.

大笑軒은 李魯와 함께 각 고을에 檄文을 돌리고 각지를 다니며 의병을 모집했다. 慶尙右道에서 가장 먼저 대규모로 의병이 일어나 왜적이 湖南으로 넘어가지 못하게 한 바탕을 만드는 데 대소헌이 크게 기여하였다. 임진왜란 때 穀倉인 호남이 보전되어 아군의 군량을 충당할 수 있은 것이, 전세를 크게 유리하게 만들었다.

1592년 5월에 鶴峯이 大笑軒을 임시 宜寧縣監에 임명하였으므로 부임했다. 부임해 보니, 忘憂堂 郭再祐가 이미 의병을 일으켜 고을의 군인들을 모두 통솔하고 있었다. 이에 현감 자리를 망우당에게 양보하고 晋州로 돌아왔다.5)

이 해 가을에, 그가 의병을 규합한 功勳이 있다는 것을 조정에서 듣고 가상히 여겨 掌樂院 僉正에 임명하였으나 부임하지 않았다. 겨울에 丹城縣監에 임명되어 부임하였다. 이때 전쟁으로 인하여 백성들이 농사를 지을 수 없었으므로 크게 굶주리고 있었다. 대소헌은 자신의 창고의 곡식을 풀어 백성들을 먹였다.

대소헌은 벼슬하기를 즐기지는 않아 고을 원으로 3년 이상 있은 적은 없었다. 고을을 맡아 다스릴 때는 政事는 簡明하여 백성들에게 어질게 仁政을 베풀었다. 그래서 떠나고 난 뒤에 고을 사람들이 흠모하였다.

임진왜란이 발발한 이후 1년 가까이 松巖과 함께 늘 학봉의 막하에 있으면서 여러 가지 작전에 참여하였다. 1593년 4월 巡察使 金誠一이 晋州에서 병사했다. 대소헌은 松巖 李魯, 大庵 朴惺 등과 함께 殮襲을 하여 智異山 아래에 임시로 안장하였다. 1594년 가을에 丹城縣監 자리를 버리고 晋州 召南의 집으로 돌아갔다.

1595년 安州牧使로 임명됐으나, 학질을 앓고 있는 중이라 부임하지 못했다.

1596년 봄에는 淸風府使로 임명됐으나, 병으로 부임하지 못했다. 가을

---

5) 許穆 『眉叟記言』 別集 제19권 25장, 「贈吏曹判書趙公墓碣銘」.

에는 咸陽郡守로 임명되었다. 조정에서 여러 번 대소헌에게 벼슬을 내렸는데도 번번이 거절하니 미안하여, 이때는 병이 있는 몸이지만 참고 애써 부임하였다. 그때 明나라 군사들이 湖南에서 荒山을 넘어 咸陽으로 왔다. 대소헌은 정성을 다해서 그들의 군량을 보급하였고, 병을 핑계로 조금도 태만하지 않았다.

1597년 봄에 倭賊이 다시 출동할 기미가 보였다. 대소헌은 당시의 體察使 梧里 李元翼에게 서신을 보내어 방어계획을 이야기하였다. 대소헌은 安陰縣監 存齋 郭趈과 함께 각각 자기 고을의 백성들을 이끌고 黃石山城을 수선·보완해서 굳게 지킬 작전을 세웠다.

大笑軒이 성을 수리하며 왜적의 재침에 대비하고 있는 동안에 병으로 함양군수에서 遞職되었다. 이제 그는 성을 지켜야 할 의무가 없으므로 떠나도 되었다. 성은 위태롭고 직책은 없어졌으니, 사람들은 모두 대소헌이 떠날 것으로 생각했다. 그러나 대소헌은 성을 떠나지 않고 처자를 데리고 黃石山城 안으로 들어갔다. 대소헌은 "친구에게 죽음으로 약속한 사소한 일도 어길 수가 없는 법인데, 나라를 위해서 성을 지키는 사람이 되겠다고 약속했음에랴? 하물며 왜적은 이미 출동했고, 새 군수는 부임하지 않았으니, 나는 곧장 떠날 수 없다. 내가 정말 죽을 곳을 얻었으니, 죽은들 무슨 한이 있겠는가?"라고 말했다. 그러자 흔들리던 민심이 안정이 되었다.

이 해 8월 왜장 加藤淸正의 침공으로 黃石山城이 마침내 함락되었고, 大笑軒은 장렬한 최후를 마쳤다. 이때 부인 李氏도 함께 순절했고, 둘째 아들은 趙英漢은 倭의 포로가 되어 일본으로 끌려갔다.[6] 대소헌이 일찍이 三嘉 岳堅山城을 지나가면서 지은 시가 있는데, 그 끝 구절에 "張巡과 許遠이 성 안에서 죽은 것 또한 영광스럽네.[巡遠城中死亦榮]"라고 읊었다. 黃石山城에서의 殉國은 일시적인 용기가 아니라 평소에 이미 나라를

---

6) 許穆 『眉叟記言』別集 제19권 25장, 「贈吏曹判書趙公墓碣銘」.

위해 목숨을 바칠 결심을 하고 있었던 것이다. 그의 죽음은 정말 값지고 영광스러운 것이었다. 唐나라 때 安祿山의 난에 睢陽城에서 끝까지 절개를 지키다 장렬하게 최후를 마친 張巡과 許遠처럼 大笑軒과 安義縣監 存齋 郭䞭이 순국한 것이다.

이 사실이 알려지자 조정에서는 司僕寺正에 追贈하였다. 그 이듬해 宣祖가 禮曹正郎 尹安國을 보내어 賜祭하였다. 1617년(光海君 9) 吏曹判書에 추증하고, 旌閭를 내렸고, 1693년(肅宗 19)에는 忠毅라는 諡號를 내렸다.

1714년(肅宗 40) 御史의 狀啓에 의하여 黃石山城 아래에 사당을 세우도록 肅宗이 특명을 내렸다. 어사 呂光周가 嶺南을 순시하다가 영남의 士論를 수집하여 장계하였는데, 忠節을 장려하고 묻힌 사적을 발굴하려는 뜻이 있었다. 숙종의 명에 의해서 군수 李宜錄이 건물을 지어 그 다음해에 奉安하였다. 1717년 조정에서 禮官을 보내 致祭하고 黃巖書院이라 賜額하였다.

1737년(英祖 13) 吏曹佐郎 李鼎輔를 보내어 忠毅라는 諡號를 내렸다. 그 諡註에 이르기를 "자기 몸을 위태롭게 하여 윗 사람을 받드는 것을 '忠'이라 하고, 강직하여 능히 결단하는 것을 '毅'라 한다[危身奉上曰忠, 剛而能斷曰毅]"라고 하였으니,[7] 대소헌의 爲人과 일생의 행적에 부합된다고 할 수 있다.

3. 氣稟과 行身

大笑軒은 아이때부터 보통 사람과는 달랐다. 스승에게 나가 배울 때 스스로 글의 뜻을 이해하였으므로 어른들이 이끌어 감독할 필요가 없었다. 글을 읽다가 마음에 드는 곳을 만나면 혼자 기뻐하였다.

총명이 보통 사람보다 뛰어나 經書, 史書, 諸子百家 등을 한번 읽고는

---

7) 『大笑軒集』「年譜」9장.

평생 잊지 않았다.[8] 禮文이나 制度 등에 대해서도 그 精粗, 內外의 구분을
파악하였다.

부모를 섬김에 있어서 부모의 마음으로 마음을 삼지 않을까 두려워했다.
그 효성은 타고났다. 부모를 섬길 때 얼굴빛을 부드럽게 하여 뜻을 받들어
따라 부모님의 마음을 즐겁게 해 드리려고 했다. 주위에서 모시고 있으면
서 어김이 없었고, 비록 밤이라도 옷의 띠를 풀지 않았다. 힘든 일도 마다
하지 않고 직접했고, 정신적으로나 물질적으로 빠짐이 없었다. 모친이 병
이 났을 때는 직접 탕약을 끓어 드렸고, 喪을 당했을 때는 여러 번 기절했
다가 살아났다. 1년 동안 廬墓살이했다. 부친 상을 당했을 때는 3년 동안
여묘살이를 했는데, 산 밖으로 한 발짝도 나간 적이 없었다.

조상을 尊崇함에 있어 그 정성과 공경을 다하여, 제사 음식은 깨끗하게
갖추었다.

집안을 다스림에 있어서 말을 하지 않아도 집안이 肅然하였다.

마음가짐이 깔끔하여 살림살이에는 욕심이 없어 재물의 출입을 알지
못했다. 옷은 검소한 무명옷을 입었고, 자식들에게도 채색 옷을 입지 못하
도록 했다. 벼슬을 그만두고 돌아올 때도 책과 이불만 싣고 왔지, 관아의
물건은 하나도 가져온 것이 없을 정도로 淸廉하였다.

친척들을 대할 때는 은혜와 사랑을 곡진히 베풀었다. 혹 道義에 어긋난
일이 있으면, 간곡하게 타일러 깨우쳤고, 그 친척이 잘못을 고치면 그것으
로 그만이었다. 집안에서 감히 대소헌의 말을 어기는 사람이 없었다.

손님들을 접대할 때는 온화하면서도 정성스러웠고, 고향에서 처신하는
것이 늘 온화하면서도 엄격하였다. 친구들에게는 신의가 있었고, 친구들을
위해서 최선을 다했다. 後進들을 권장하기를 마지 않으니, 사람들이 모두
존경하면서 두려워했다.

古今의 治亂과 인물의 득실을 논할 때는 말의 기운이 嚴正하여 사람들

---

8) 許穆 『眉叟記言』別集 제19권 25장, 「贈吏曹判書趙公墓碣銘」.

을 勉勵할 만했다.

剛毅한 기질을 타고나서 敏達한 재주를 갖추었고, 세상 일을 잘 알았으나, 쓸 곳을 얻지 못했고, 세상의 道理가 날로 더러워지는 것을 보고는, 술을 마셔 취하여 웃고 농담하며 세상을 희롱하였다. 그래서 스스로 大笑軒이라 號를 한 것이다. 자신의 재주를 술과 웃음 속에 감추고서 방자한 사람처럼 처신했지만, 마음 속은 늘 깨어있었고, 자신의 마음을 다스리는 데 절도가 있어 마음이 다른 데로 가지 못하도록 했다. 술을 마시면 대추 하나를 손에 잡고 있었는데, 술이 아무리 취해도 놓지 않았다. 자신의 마음을 다스리는 하나의 방법이었다. 반대당으로서 대소헌을 몰랐던 鄭澈 같은 사람은, 己丑獄事 때 大笑軒을 鞫問하고 나서 "정말 미친 사람이다"라고 한 것에서 대소헌의 眞面目을 알기가 얼마나 어려웠는지 알 수 있다[9].

사람됨이 뜻이 크게 기개가 높았고, 용모는 壯大하였고, 성격은 호방하여 얽매이지 않았다. 大笑軒은 지극한 성품과 고상한 행실이 있었다. 진실되게 자연스럽게 살았지 드러내 보이려고 한 것이 없었다. 그래서 진정으로 大笑軒을 아는 사람이 없었다.[10]

大笑軒과 오래 사귄 西厓 柳成龍은 대소헌을 이렇게 칭찬하였다.

> 伯由는 겉으로는 얽매임이 없는 것 같았지만 안으로 지키는 것이 굳세어 매서운 대장부의 氣風이 있었다.[11]

眉叟 許穆은 「大笑軒神道碑銘」의 銘辭에서 이렇게 칭송하였다.

> 친구에게 허락하여 죽음도 사양하지 않았으니, 의리이고, 자신을 희생하여 나라를 위해 죽었으니, 절개다. 의리도 있고, 절개도 있으니, 충신의 매서

---

9) 郭鍾錫 『俛宇集』 제147권 8장, 「贈吏曹判書忠毅公大笑軒神道碑銘」.
10) 趙平 『雲塈集』 제10권 7-11장, 「大笑軒墓碣銘」.
11) 許穆 『眉叟記言』 別集 제19권 25장, 「贈吏曹判書趙公墓碣銘」.

움이다.12)

대소헌은 재주를 갖추었지만 때를 만나 뜻을 펴지 못하여 술과 웃음에 의탁하여 호방하게 살았고, 선비로서의 행실이 완성되었고, 일을 처리하는 것이 光明正大하였고, 마지막에는 국가민족을 위해서 목숨을 바쳤으니, 文武를 兼全한 참된 선비라 할 수 있다.

4. 師友關係

大笑軒은 9세 때부터 東山 鄭斗에게 배웠는데, 정두는 隱君子로서 進士에 급제한 뒤 세상과 맞지 않아 泗川에 은거하였다. 土亭 李之菡이 그를 高士라고 칭송하였고, 眉叟 許穆은 그의 행적을 기록하여 「淸士列傳」에 넣었다. 성격이 소탈하여 外物에 의탁하여 이름 내는 것을 수치로 여길 정도로 깨끗하게 살았다.

그 뒤 大笑軒은 玉溪 盧禛에게 배웠는데, 정확하게 언제부터 배웠는지는 알 수 없다. 그의 누님이 옥계의 며느리가 된 것은 대소헌이 어릴 때의 일이므로 어릴 때부터 배웠을 것으로 추정할 수 있다. 옥계는 南冥의 제자로서 남명의 고상한 意趣를 배워 出處의 大節을 잘 지켰고 문장에도 뛰어났다. 옥계는 남명의 친구인 一齋 李恒의 自得한 학문에 대해서도 감복하였으므로 일재의 영향도 받았다 할 수 있다. 옥계는 대소헌의 조부인 司憲府 監察 趙應卿의 墓碣銘을 짓는 등 대소헌의 집안과 世誼가 있었다.13)

大笑軒이 新庵 李俊民의 사위가 되어 妻陳外從祖의 관계가 맺어진 南冥의 문하에 출입하면서 남명의 학문적 宗旨인 敬義思想을 배워 실천하게 되었다. 실천적 學問精神, 壁立千仞의 氣像을 평생을 살아가는 대원칙으로 삼았다. 出處의 大節을 지킨 일, 백성을 정성으로 돌본 일, 忠節을 지켜

---

12) 許穆 『眉叟記言』 別集 제19권 27장, 「贈吏曹判書趙公墓碣銘」.

13) 盧禛 『玉溪集』 제2권 14장, 「監察趙公應卿墓碣銘」 韓國文集叢刊 제37책, 民族文化推進會.

殉國한 일 등은 직접 간접으로 남명의 가르침에서 비롯되었다고 볼 수 있겠다.

退溪는 尊慕하면서도 직접 나아가 베울 기회를 얻지 못하여 아쉬워하던 중 陶山에서 가까운 安奇道 察訪에 임명되자, 퇴계 학문의 旨訣을 얻어 들을 수 있는 좋은 기회로 생각하여 기꺼이 부임하였다. 거기서 8년간 재임하면서 退溪의 대표적인 제자라 할 수 있는 鶴峯 金誠一, 西厓 柳成龍, 松巖 權好文, 賁趾 南致利 등과 道義之交를 맺어 자주 矯枉하며 퇴계의 학문과 사상을 간접적으로나마 흡수하였다.

南冥과 退溪 兩門을 모두 출입한 東岡 金宇顒, 寒岡 鄭逑 등과 교유하며 학문을 강론하였다. 특히 寒岡은 壬辰倭亂 직전에 咸安郡守로 재직했으므로 함안 사람인 대소헌과 자주 접했을 가능성이 크다.

宜寧 사람인 松巖 李魯는 다 같이 남명의 제자로서 같이 의병을 일으키고, 鶴峯의 막하에서 함께 일한 관계가 있다.

大笑軒은 南冥의 제자로서 남명의 敬義思想을 배워 자신의 일생동안 삶의 지표로 삼았다. 그리고 退溪의 제자들에게서 퇴계의 학문을 간접적으로 배워 남명에게서 배울 수 없는 부분의 보완이 되었을 것이다. 隱君子 鄭斗 등의 영향으로 名利를 탐내지 않는 초연한 자세를 얻었을 것이다.

장인인 新庵 李俊民과 어릴 때의 스승 玉溪 등은 判書를 여러 차례 역임한 高官 출신이었으므로 현실적 행정능력도 전수받았을 가능성이 크다.

Ⅲ. 學問과 思想

大笑軒은 儒敎經傳을 공부한 바탕 위에서 諸子百家를 두루 섭렵하였으므로 그의 학문은 폭이 매우 넓었다. 이는 南冥의 학문경향과 일치한다.

특히 司馬遷이 지은 『史記』에 정통하였고, 또 『사기』의 문장을 따라 배웠다. 그래서 글을 지을 때 생각하지 않는 듯하면서도 붓을 잡으면 물 흐르듯이 곧 바로 완성하였는데, 그 글이 법도에 맞으면서도 寫實的이었다.[14] 『史記』에서 得力하여, 사람을 알아보는 능력, 앞 일을 예측하는 능력, 古今의 治亂을 분별하는 능력 등이 뛰어났다. 1591년 通信使의 사신 세 사람이 日本으로 떠날 즈음에, 大笑軒은, "아무개와 아무개는 사람됨이 녹록하고, 오직 아무개만은 氣節로 자부하지만 마음이 매우 좁다. 어떻게 이리처럼 사나운 자들을 鄭圃隱처럼 감복시킬 수 있겠는가? 세 사신의 역량으로 豊臣秀吉을 감복시킬 수 없어, 나중에 倭의 침략이 있을 것이다." 라고 예언하였는데, 과연 대소헌의 말과 같았다.

禮學도 깊이 연구하였는데, 특히 儀節과 度數에 대해서 정확하게 알고 있었다. 寒岡 鄭逑가 大笑軒의 교향인 함안 군수로 있으면서 禮에 관해서 많이 논의했다. 서로 견해가 일치하지 않는 곳이 상당히 있었는데, 대소헌 이 힘써 자신의 의견을 주장하였다. 寒岡이 대소헌의 지식이 높고 밝은 것에 탄복했다 한다. 한강은 禮學의 大家였다. 대소헌은 예학으로 알려진 것이 없는데, 한강이 대소헌을 인정하여 따랐다는 것은, 대소헌의 禮學에 대한 수준이 얼마나 높은지를 증명해 주는 사례라 할 수 있다. 그러나 오늘날 대소헌의 禮學의 수준을 알 수 있는 文籍이 남아 있지 않아 구체적 으로 알 수 없어 어렵다.

대소헌은 선비의 位相과 任務에 대해서 매우 중시하였다. 그는 선비의 도리에 대해서 이렇게 정의하고 그 처신의 방향을 제시하였다.

　　만물 가운데서 가장 靈的인 존재가 사람이고, 사람 가운데서 가장 빼어난 것이 선비이다. 어째서 영적이라고 하는가 하면, 君臣, 父子의 윤리가 있기 때문이다. 어째서 빼어났다고 하는가 하면 義理의 向背를 알기 때문이다. 국가에 재난이 있으면 관직이 있고 없고를 막론하고 선비 된 사람은 평소에 배운 바대로 실행하여 天理의 떳떳함을 지켜야 한다. 세상을 잊고 자신만을

---

14) 李光庭 『訥隱集』 「大笑軒墓誌銘」.

　깨끗이 간직하는 것을 能事로 삼아 명예만 얻으려는 사람은 옳은 것이 아니다. 文武를 겸비하고서 옳은 일에 몸을 바칠 각오가 되어 있는 사람이 올바른 선비다.[15]

　이런 참된 선비의 도리를 몸소 실천하다 殺身成仁의 경지에 이른 인물이 大笑軒이었다.

　大笑軒은 관직 가운데서도 牧民官을 여러 차례 지냈다. 고을 수령으로서의 자세에 대해 자신의 소신을 밝혔다.

　　백성들을 맡아 다스리는 고을 수령들은, 백성들은 물에 빠져 있고, 고을 수령은 불 속에 있다고 생각하여, 백성들을 물과 불 속에서 구제하여 안정된 생활을 하게 하는 것이 목민관의 바른 길이다.

　대소헌은 학교의 중요성을 철저히 인식하였다.

　　한 나라의 興亡盛衰는 인재양성에 달려 있고, 인재양성은 學校 教育에 달려 있다. 학교교육의 목표는 人倫을 밝히고 풍속을 敎化하여 나라를 안정되게 하는 데 달려 있다. 그런데 지금 학교 교육은 글귀나 외워서 科擧에 합격하여 녹봉이나 얻는 일의 예비과정으로 전락했으니, 학교라고 할 수도 없다. 이런 식의 잘못된 교육을 받은 사람들은 저술을 해도 헛 것이고, 시문의 내용도 사리에 어긋난다. 그 결과 국가의 正氣도 따라서 사라지게 된다. 과거를 통해서 선비를 뽑고 벼슬과 녹봉으로 사람을 얽어매면서 학교가 정상적으로 되고 선비들이 올바른 습관을 기르기를 기대하지만, 될 수 있겠는가? 교육이란 孝, 悌, 忠, 信에서 시작해서 修己 · 治人에서 마치는 것인데, 각각의 순서에 맞게 닦아나가야만 훌륭한 인재가 될 수 있다. 지금의 과거제도는 어떤 사람의 才器의 賢邪는 묻지 않고, 많은 사람들을 모아 경쟁시켜 文理가 약간의 규정에 맞기만 하면, 조금도 의심 없이 인재로 여겨 관리로 등용한다. 학교 교육이 퇴폐하여 떨치지 못하는 주된 원인이 과거에 있다.

---

15) 『大笑軒集』 제1권 12-13장, 「倡義文」.

이런 식의 과거제도로는 올바른 인재를 등용해서 쓸 수가 없으니, 여러 사람들의 추앙을 받을 덕행과 학문을 갖춘 인재를 추천하여 등용해야 한다.16)

국가의 흥망성쇠는 인재양성에 달려 있고, 인재양성은 학교교육에 달려 있다고 보았다. 국가의 흥망성쇠가 바로 학교의 교육에 달려 있는데, 학교에서는 진정한 공부는 버리고 과거에 합격시킬 기술만 가르치니, 학교교육이 되지를 않고 인재 같은 인재가 양성이 안 된다는 것이다. 그러니 과거시험을 통해서 인재를 선발하기보다는 德行과 學問을 갖춘 인재를 추천해서 쓰자고 주장하였다.

IV. 詩文의 세계

大笑軒은 평소 적지 않은 詩文을 남겼으나 壬辰倭亂 때 거의 모두 불타 없어져 버렸다. 지금 남아 있는 『大笑軒集』은 그의 손자 趙徵聖, 趙徵天 형제와 증손 趙瑃이 수집한 원고를 1748년 訥隱 李光庭에게 부탁하여 교정하고, 거기에다 이광정이 개편한 年譜와 世系 및 附錄文字를 합쳐 편집하였고, 李光庭은 문집의 서문을 썼다.

이렇게 편집된 『大笑軒集』은 바로 간행되지 못했다. 책 첫머리에는 1769년(英祖 45) 樊巖 蔡濟恭이 쓴 서문이 붙어 있는 것으로 보아, 책은 빨라도 1769년 이후에 나온 것으로 볼 수 있다. 이때 간행된 책은 木版으로 모두 3책으로 되어 있다. 채제공의 서문 뒤에 李光庭, 柳命天, 韓夢參 등의 서문이 붙어 있다.

문집의 내용 가운데서 본인이 지은 글은 詩 12수, 書 14편, 祭文 2편, 墓表 1편, 賦 1편, 策 1편, 倡義文 1편이다.

현존하는 시 12편은 대부분 次韻詩, 題詩, 贈詩로써 대인관계상 지어진

---

16) 『大笑軒集』 제1권 9-12장, 「學校策」.

것으로 자발적으로 創意性을 보인 시가 아니라서, 그 자신의 情志를 마음
껏 발휘한 시는 드물다. 이 12수 가운데서 그의 사상이나 인간적인 면모를
보여주는 시는 다음과 같다.

그가 8세 때 지은 「詠蝸牛」라는 시는 이러하다.

흐린 날에 나오고,	遇陰之天出
맑은 날엔 웅크리고 있네.	遇陽之天縮
집이 있어도 항상 지고 다니고,	有家常負行
뿔이 있어도 들어받지 못하네.17)	有角不能觸

여덟 살 어린이로서 벌써 통찰력이 예리하고 착상이 기발하다. 제1구와
2구, 제3구와 4구가 對偶를 이루고 있어 詩句를 結構하는 기법이 높은
수준에 올라 있다.

大笑軒은, 표면적으로는 달팽이를 두고 그 특징을 잡아 읊었지만, 내면
적으로는 줏대 없이 적당하게 세상에 영합하며 保身이나 하는 人間群像들
을 풍자하고 있다. 흐린 날이면 나왔다가 날이 맑아 大明天地가 되면 남의
눈에 띄지 않는 음침한 곳으로 살짝 숨어버리는 당당하지 못한 사람들의
처세방식을 달팽이를 통해서 노출시켰다. 자기가 처신하는 방식이 옳은가
그른가를 따지는 것이 아니라, 자기한테 유리하냐 불리하냐에 맞추어 처신
하는 기회주의자들을 비유적 기법을 통해서 꾸짖고 있었다.

집은 집이지만 사람이 살 수 있는 집이 아니고, 지고 다니는 거추장스러
운 집이다. 뿔은 가져도 불의나 강압에 저항할 수 있는 능력이 아니고,
아무 쓸모없는 뿔이다. 많은 선비들이 평생의 공력을 들여 추구한 공허한
性理學 등이 곧 달팽이의 집이나 뿔과 같은 존재인 것이다. 그가 남명의
제자가 되기 이전부터 이미 자발적으로 실천을 중시하는 생각을 가졌음을
알 수 있다.

---

17) 『大笑軒集』 제1권 1장.

대소헌이 살던 시기는 東西分黨으로 士林社會가 소란했다. 東人과 西人 사이의 대규모 격렬한 정쟁의 하나가 바로 己丑獄事이고, 자신도 억울하게 연루되어 옥고를 겪었다. 그러나 그는 해학과 웃음을 통한 활달한 기상으로 당파를 초월하였다. 그의 「無題」라는 시는 그러한 기상이 잘 나타나 있다.

호수가에 술 한 병 놓고 거문고 연주하다가,	湖上鳴琴酒一壺
술병 기울이니 술 떨어져 거문고 잡히고 술 사왔네.	壺傾酒盡典琴沽
취하자 이내 몸 伏羲氏 시대 사람인데,	醉來身在義皇上
줄 없을 뿐만 아니라 아예 거문고도 없구나.[18]	不獨無絃琴亦無

술 한 병 준비하고서 호숫가에 가서 거문고를 울린다. 사실은 거문고를 연주할 흥취를 돋구려고 술을 마시는 것이 아니라, 술 마시는 분위기를 돋우기 위해 거문고를 곁들인 것이었다. 술을 마시다 술이 다 떨어지자 바로 거문고를 저당 잡히고, 술을 사와서 취하도록 마신다. 취해서는 자신에게 모든 얽힌 것을 잊어 버린다. 陶淵明은 술이 취하면 줄 없는 거문고를 연주하며 도취했는데, 大笑軒은 한 단계 더 나아가 거문고의 줄이 있느냐 없느냐를 논하는 것이 아니고, 아예 거문고 자체를 잊어버리는 경지에까지 나아갔다.

얽매임이 많은 이 세상에서 술을 마시고, 부귀와 빈천, 명예와 굴욕, 이익과 손해 내 편과 남의 편 등을 다 초월한 이상세계에서 정신이 논다.

대소헌은 평소에 술을 마실 때는 끊임없이 웃다가 술자리가 끝나면 웃음도 그쳤다. 얼핏보면 방종하여 아무런 생각도 없는 사람 같았지만, 마음속에 간직한 節操는 아주 굳세었다. 능수능란한 처신으로 권세가에게 아첨하여 현달하려는 생각은 추호도 없었다. 그래서 그의 처신은 떳떳하여 마치 태고적 인물인양 아무런 얽매임이 없었다. 이러한 정신과 기상이

---

18) 『大笑軒集』 제1권 1장.

己丑獄事에 鄭汝立의 일당으로 몰렸다가도 무사히 풀려나오는 계기가 되었다. 또 黃石山城에서 국가민족을 위해서 순국하는 忠節도 명예와 부귀를 초월한 이런 정신에서 나온 것이었다.

임진왜란이 일어나기 직전 日本의 사신 자격으로 朝鮮을 자주 내왕하던 倭僧 玄蘇는 아주 교활한 외교가였다. 그 당시 자기의 접대 책임을 맡은 조선의 宣慰使를 경시하고 조롱하였다. 특히 시를 지어 우리나라 사람들을 시험해 보고 소홀히 대했다. 大笑軒이 그의 이러한 태도를 보고 그의 시에 和答하는 시를 지어주자, 현소는 그 기상에 눌리어 시를 벽에 걸어두고 절을 했다고 한다.[19] 「次玄蘇韻」라는 시는 이러하다.

종도는 그 이름, 자는 백유,　　　　　宗道其名字伯由
깨어 있을 땐 생각 없고, 취하면 근심 없어.　醒無思慮醉無愁
때때로 기운을 뿜으면 무지개처럼 뻗어,　有時吐氣虹霓直
만 길의 광휘가 견우성 북두성을 가린다네.[20]　萬丈光輝翳斗牛

제1구는 장난기 서린 어조로 자신을 소개하는데, 산문 같지만 單刀直入的으로 우뚝 솟은 절벽을 대하는 듯 상대를 압도하는 느낌이 있다. 제2구부터는 辭意가 嚴正하면서도 悲壯하여 작자의 傑然한 기상이 잘 나타나 있다. 萬丈의 氣熖을 토하는 당당한 그 태도는 읽는 사람으로 하여금 절로 敬服하게 만든다.

벼슬은 大笑軒의 체질에 맞지 않았고, 대소헌 자신도 구태여 벼슬하려고 하지 않았다. 벼슬자리를 유지하려고 애를 태우지도 않았고, 마음의 갈등을 겪지도 않았다. 그의 「次河進士太初二首」 가운데 제1수는 이러하다.

19) 許穆 『眉叟記言』 別集 제19권 25장, 「贈吏曹判書趙公墓碣銘」.
20) 『大笑軒集』 제1권 2장.

풍진세상 이십년에 마지못해 벼슬했는데,	風塵卄載强爲官
하늘이 나에게는 좋은 일 아끼더라.	好事於吾天所慳
네 번 고을 맡았다 세 번 쫓겨나니,	一身四縣逢三黜
마음은 한가해도 내 행적 한가하지 않네.21)	心上雖閒跡未閒

大笑軒은 관직에 除授되면 誠力을 다해 그 직무를 수행했지만, 그 자리를 잃을까 두려워하거나 승진하려고 애를 쓰지는 않았다. 그래서 미관말직이라 할 수 있는 安奇察訪 자리에 8년 동안 종사했다. 그 뒤로 陽智, 聞慶, 金溝 등의 고을의 縣監을 맡아 많은 치적을 남겼지만, 세 번이나 쫓겨난 이유는 정정당당하게 처신할 뿐 애써 상관의 눈에 들려고 노력하지 않았기 때문이었다. 비록 쫓겨났지만, 그는 마음 속으로 조금도 부끄러워하지 않았다. 벼슬에 임하는 그의 자세에서 활달한 기상을 볼 수 있다.

그의 시는 현재 몇 수 남아 있지 않지만 詩想이 豪放하고 표현이 자연스럽다.

그의 문장은 뜻이 명쾌하고 조리가 정연했다. 내용을 정확하게 표현하기에 힘썼지, 화려한 수식을 일삼거나 옛날 작품을 답습하지 않았다. 그의 사람됨처럼 豪放하면서도 여유가 있어 옹색하지 않았다. 그러나 형식적인 아름다움을 추구하는 騈儷文을 잘 짓는 능력도 갖추고 있었다.

산문 작품이 몇 편 남아 있지 않지만, 그의 대표적 작품으로는 「倡義文」을 들 수 있다. 국가민족을 위기에서 구출하려는 절절한 忠情이 잘 나타나 있고, 정연한 구성과 적절하고 명쾌한 표현은 전문적인 文人들로서도 짓기 어려운 수준에 이르고 있다.

---

21) 『大笑軒集』 제1권 2장.

V. 壬辰倭亂 때의 樹勳

大笑軒은 咸安에 世居해온 咸安趙氏 가문에서 생장하여 慶尙右道 각 고을의 在地士族들과 외가, 처가, 인척관계로 공고한 유대를 갖고 있었다. 그래서 그는 경상우도의 人心, 風物, 山川, 交通, 自然 등에 대해서 누구보다도 자세히 알고 있었다.

壬辰倭亂이 발발하자마자, 安東 출신의 鶴峯 金誠一이 招諭使의 임무를 띠고 慶尙右道에 부임하였다. 그는 慶尙左道 安東 출신으로 경상우도의 사정에 밝지 못했다. 이때 大笑軒은 학봉을 도와 의병을 모으고 작전계획에 참여하여 왜적을 막을 기반을 갖추게 하였다. 임진왜란 초기에 왜적이 全羅道로 진공하는 것을 차단하여 곡창지대를 보호하여 아군의 군량 확보에 도움을 주어 임진왜란을 승리로 이끄는 데 큰 공을 세웠다[22].

大笑軒이 丹城縣監으로 재직하는 동안에, 백성들은 전쟁으로 농사를 지을 수 없어 굶주리고 있을 때 자신의 창고를 열어 많은 백성들을 구제하였다.

安陰에 있는 黃石山城은 慶尙道에서 全羅道로 통하는 길목이었다. 1597년 加藤淸正이 西生浦에서 元均의 군대를 격파한 뒤, 水路를 통해 진격한 小西行長의 군대와 晋州 부근에서 합류하여 명나라 군대가 주둔하고 있는 南原을 공격하려고 하였다. 진주에서 남원을 공격하려고 하면 반드시 황석산성을 함락시켜야 하므로 병력을 집중하여 황석산성을 공격하였던 것이다.

1597년 봄에 咸陽郡守로 있던 大笑軒은 體察使 梧里 李元翼에게 이렇게 서신을 보냈다.

어느 날 갑자기 왜적이 길게 밀고 들어오면, 백성들은 어디로 가겠습니까? 군수인 저가 비록 노둔하지만, 죽기를 아까워하여 구차하게 살려고 하는

---

22) 韓夢參 『釣隱集』「大笑軒行狀」.

사람은 아닙니다. 함양 고을의 군대와 백성을 저에게 맡겨 주시면, 마땅히
험한 곳을 가려 지키며 북채를 잡고 전투를 독려하다가 죽겠습니다.

대소헌이 먼저 서신을 보내어 자신의 계획을 알렸다. 梧里는 그 서신을
받고 감동하여 울며 대소헌이 말한 바대로 다 따랐다. 대소헌은 智異山
아래 험한 어떤 곳을 정하여 거점을 확보하여 준비했다. 그런데 이때 조정
에서 黃石山城을 쌓으라는 명령이 내려왔다. 오리가 급히 대소헌에게, "조
정의 명령은 公의 뜻과 꼭 합치되니, 지리산을 버리고 安陰 고을원과 함께
일을 하여 조정의 명령을 완수하도록 하시오."라는 서신을 보내왔다.

대소헌은 安陰縣監 存齋 郭䞭과 함께 각각 자기 고을의 백성들을 이끌
고 黃石山城을 수선·보완해서 굳게 지킬 작전을 세웠다.

大笑軒이 성을 수리하며 왜적의 재침에 대비하고 있는 동안에 병으로
함양군수에서 遞職되었다. 이제 그는 성을 지켜야 할 의무가 없으므로
떠나도 되었다. 성은 위태롭고 직책은 없어졌으니, 사람들은 모두 대소헌
이 떠날 것으로 보았다. 그러나 대소헌은 성을 떠나지 않고 처자를 데리고
黃石山城 안으로 들어갔다.

大笑軒이 체직되었다는 소문을 듣고 달아나 숨으려고 했던 백성들이
대소헌이 떠나지 않는다는 소문을 듣고는, "公이 떠나면 우리도 떠날 것이
고, 공이 들어가면 우리도 들어갈 것이다."라고 하며 대소헌을 따라 성안으
로 들어갔다. 이로 인하여 흔들리던 민심이 안정이 되어 官民이 일체가
되어 黃石山城을 死守하게 되었다.

이해 7월에 元均이 이끄는 군대를 격멸한 加藤淸正은 晋州를 거쳐 8월
말 黃石山城 밑에 육박하였다. 이때 동쪽 성문을 맡아 지키던 金海府使
白士霖이 倭賊의 기세를 보고는 성을 버리고 도망쳐 버리는 바람에 동쪽
이 뚫려, 마침내 황석산성이 함락되었다. 大笑軒은 存齋 郭䞭과 함께 순절
하게 되었고, 부인 李氏도 따라 죽었다.23)

黃石山城 전투가 시작되기 전에, 대소헌은 이미 咸陽郡守에서 체직되었

으므로 꼭 황석산성 전투에 참여할 의무가 있는 것은 아니었다. 그런데도 황석산성을 떠나지 않고 지키다 장렬한 최후를 맞이한 까닭은 무엇일까? 선비로서의 책임감 때문이다. 국가민족의 위기를 보고 자기 한 목숨을 바친 것이다. 孔子가 가르친 '위태로움을 보고 목숨을 바치는 것[見危授命]'과 '자기 몸을 죽여서 인을 이루는 것[殺身成仁]'과 孟子가 가르친 '목숨을 버려서 의리를 취하는 것[捨生取義]'을 그대로 실천한 것이다.

朝鮮王朝가 200년 동안 義理之學으로 선비를 양성해 왔다. 국가가 난리를 만나 위기에 처했을 때, 대소헌은 선비로서의 자세를 그대로 지킨 것이다. 또 전직 牧民官으로서 백성들을 보호할 의무는 없다 해도 백성들의 지도자로서 백성을 보호한 것이다. 자기 혼자 살기 위해서 백성들을 왜놈들의 말발굽 아래 내팽개쳐 둘 수가 없었던 것이다. 조선왕조가 선비를 양성한 효과가 나타난 것이고, 스승 南冥이 제자를 기른 효과가 나타난 것이다.

비록 黃石山城은 끝까지 지켜지지 못하여 우리 쪽에 많은 피해가 있었지만, 목숨을 바쳐 의리를 지킨 그의 선비정신은 역사에 영원히 빛날 것이다.

VI. 결론

大笑軒 趙宗道는 高麗 中期 이후 咸安에 世居해온 咸安趙氏 가문이 낳은 걸출한 인물이었다. 대소헌 가문은 이 지역에 세거해 오면서 강력한 경제적 기반을 갖춘 在地士族으로서 慶尙右道 일원의 영향력 있는 士族 가문과 婚姻과 師友關係로 긴밀한 유대를 갖고 있었다.

그는 南冥 曺植의 문하에서 공부하여, 朝鮮 初期 이후 嶺南士林派에 의해서 형성되어 온 실천위주의 學風을 전수받아 참된 선비가 되었다.

---

23) 『大笑軒集』「年譜」8장.

退溪에게는 직접 가르침을 받을 기회를 얻지 못했지만, 퇴계의 대표적인 제자인 西厓 柳成龍, 鶴峯 金誠一 등과의 오랜 교유를 통하여 退溪學派와도 연결되어 그 학문의 폭을 넓혔다.

牧民官으로 부임해서 배운 바를 실천하여 당시 만연하던 여러 가지 폐단을 바로잡아 백성들에게 실질적인 혜택이 돌아갈 정치를 하여 많은 治績을 이루었다.

壬辰倭亂 때는 선비정신을 발휘하여 義兵을 규합하여 국가민족을 보위하는 데 큰 공을 세웠다. 鶴峯 金誠一이 招諭使로 부임하여 전투를 지휘할 때 이 지역 출신인 大笑軒은 그의 이 지역 士族 계층과의 공고한 유대와 경제적 기반을 바탕으로 많은 도움을 주어 慶尙右道를 방어하는 데 결정적인 도움을 주었다.

특히 최후에 黃石山城 전투에 자진해서 참여하여 장렬하게 한 목숨 바친 것은 선비정신의 발현이라고 할 수 있다. 곧 평소에 쌓은 학문이 바탕이 된 것이지, 일시적인 혈기의 소산이 아니었다.

대소헌의 학문은 儒敎經傳을 바탕으로 한 근간 위에 諸子百家를 두루 섭렵하여 학문의 폭을 넓혔고, 또 史學에 정통하여 역사에서 많은 교훈을 얻어 앞일을 정확하게 예측하는 통찰력을 갖추었다.

그는 선비는 義理의 向背를 판별할 수 있는 능력을 갖추어야 하는데, 의리를 따라야 비로소 진정한 선비가 될 수 있고, 가치 있는 존재가 될 수 있다고 보았다.

그는 학교 교육을 대단히 중시하였다. 어떤 국가의 흥망은 人才養成에 달려 있고, 인재양성은 학교 교육에 달려 있다고 보았다. 당시 인재 선발 방식으로 쓰였던 科擧制度로는 참다운 인재를 선발할 수가 없고, 과거시험 준비 때문에 참된 학교교육이 시행되지 못한다고 개탄하였다. 올바른 인재를 등용하기 위해서는 학문과 德性 위주의 교육을 학교에서 실시해야 하고, 그렇게 해서 길러진 선비를 추천을 통해서 등용해야 참된 인재를 얻을 수 있다고 보았다.

대소헌의 詩文은 난리로 거의 대부분 散逸되어 그 전모를 알기가 어렵다. 시는 내용이 豪放하고 표현이 자연스럽다. 散文은 辭意가 嚴正하고 구성이 豪快하다. 수식을 중시하지 않고 내용 위주의 명쾌한 표현을 하였다.

대소헌은 조선 중기 咸安이 낳은 文武兼全한 傑出한 인물로, 그의 실천 위주의 학문은 국가민족을 위해 크게 쓰일 수 있었으나, 黨爭 등으로 쓰일 곳을 얻지 못했고, 마지막에는 전쟁으로 인해서 일생을 마감하여 큰 經綸을 발휘하지 못한 것이 아쉽다. 그리고 그의 詩文이 대부분 散逸되어 그의 학문과 문학의 전모를 究明하기 어려운 점이 적지 않다.[24]

---

24) 본고는, 필자가 1991년『南冥學硏究』창간호에 게재한『大笑軒 趙宗道 硏究』를 咸安文化院의 요청에 의하여 다시 增補한 원고다.

竹牖 吳澐

강좌(江左)와 강우(江右) 문화의 융합자

Ⅰ. 도언(導言)

죽유(竹牖) 오운(吳澐 : 1540~1617)은 조선 중기의 문신(文臣)으로 학자와 문인이면서 의병활동에 참여하여 훈공을 세웠다. 또 서예가로서 일가를 이루었다.

그는 경남 함안(咸安)에서 태어나 의령(宜寧)으로 이거하였고, 만년에는 경북 영주(榮州)로 이주하여 살았다. 19세(1558년) 때 남명(南冥) 조식(曺植)을 찾아 뵙고 그 제자가 되었다. 그 뒤 25세 때 도산서당(陶山書堂)으로 퇴계(退溪) 이황(李滉)을 찾아 뵙고 제자가 되었는데, 퇴계에게 인재로 인정받았다.[1]

그의 거주지는 강우지역인 함안 의령에서 강좌지역인 영주로 이주하였고, 사승연원(師承淵源)도 남명 퇴계 두 문하를 다 거쳤고, 그의 지방수령으로서의 임지(任地)도 강우지역인 합천(陜川)·경주(慶州)·상주(尙州)에 걸쳐 있어 명실상부한 강좌와 강우지역을 아우른 인물이라고 할 수 있다.

이런 그의 특성이 임진왜란 의병활동에서 어떤 역할을 하였으며, 퇴계학파(退溪學派)와 남명학파(南冥學派)의 융합에 얼마나 기여하였는지, 그의 생애와 사상이 오늘날 어떤 의미가 있는지를 고찰해 보고자 한다.

---

1) 『죽유집(竹牖集)』 권5 연보 2~3장.

II. 죽유(竹牖)의 사행(事行)

죽유 오운의 자는 대원(大源), 호는 죽유, 죽계(竹溪), 백암노인(白巖老人), 율계(栗溪) 등이 있다. 본관은 고창(高敞)으로 고려 중기 한림학사(翰林學士)를 지낸 오학린(吳學麟)을 시조로 삼는다. 그의 10대조 오세문(吳世文)은 동각학사(東閣學士)를 지냈는데, 고려 무신란 직후 해좌칠현(海左七賢)의 한 사람으로 활동했던 오세재(吳世才)의 형이다.

죽유의 증조 삼우대(三友臺) 오석복(吳碩福)이 만년에 의령현감(宜寧縣監)을 지낸 뒤 함안 모곡리(茅谷里)에 정착하게 되어 함안 사람이 되었다. 함안에 정착하게 된 것은 부인 선산김씨(善山金氏)의 외가가 함안에 있었고, 아들 오언의(吳彦毅)의 동서 조효연(曹孝淵)이 창원(昌原)에 살았기 때문이다.

조부 죽오(竹塢) 오언의(吳彦毅)는 진사에 급제하여 전의현감(全義縣監)을 지냈다. 퇴계의 숙부인 송재(松齋) 이우(李堣)의 사위가 되어 퇴계와 어릴 때부터 교유하였고, 두 집안이 서로 관계가 깊었다. 부친은 병으로 사환하지 못하고 조행(操行)에만 힘쓰며 집에서 지냈다.

모친은 취우정(聚友亭) 안관(安灌)의 따님이었는데, 안관은 고려말의 문신 근재(謹齋) 안축(安軸)의 후손으로서 기묘사화 이후 서울에서 낙향하여 재지사족(在地士族)으로서 기반을 넓혀가고 있었다. 죽유의 처숙부 죽당(竹堂) 허윤렴(許允廉)은 안관과는 동서 관계였다.

죽유는 1540년(중종 35) 함안군 모곡리(茅谷里)에서 태어났다. 6세 때부터 조부 오언의에게서 글을 배웠는데, 문재(文才)가 탁월하였다.

18세 전후하여 의령에 세거하던 몽재(蒙齋) 허사렴(許士廉)의 맏사위가 되었다. 허사렴은 퇴계의 맏처남으로서 퇴계를 따라 배워 생원 진사 양시에 다 합격하였고, 시문에도 능하였다. 허사렴은 의령 가례동천(嘉禮洞天)에 살았는데, 많은 전장(田莊)과 노비를 소유하고 있었다. 그에게는 아들이 없고, 딸만 둘이 있었으므로 맏사위인 죽유가 그 집과 많은 전장을 상속받았다. 이로 인하여 죽유는 가례에 집이 있게 되었다. 그의 일호인 백암(白巖)은 가례동천이 있는 마을의 이름이다. 죽유는 퇴계의 처남의 사위가 되었으므로, 퇴계에게 처질서가 된다.

19세(1558년) 때 김해(金海) 산해정(山海亭)으로 남명(南冥) 조식(曺植)을 찾아뵙고 그 제자가 되었다. 이때 남명은 삼가(三嘉) 토동(兎洞)에서 강학하던 시기였지만, 산해정에도 가끔 가서 강학하였다.

그 뒤 25세 때 도산서당(陶山書堂)으로 퇴계(退溪) 이황(李滉)을 찾아뵙고 제자가 되었는데, 퇴계에게 인재로 인정받았다.

27세(1566) 때 문과에 급제하여 권지성균관학유(權知成均館學諭)에 제수되어 출사하기 시작하였다. 서애(西厓) 유성룡(柳成龍), 개암(開巖) 김우굉(金宇宏) 등 퇴계 문하의 동문들과 함께 합격하였다. 이때부터 4년 동안 관직에 있으면서 학록(學錄)까지 승진하고 31세 때 사직하고 고향에 돌아와 지냈다. 이 동안에 퇴계, 남명 두 선생의 상을 만났고, 또 조모상, 부친상 등으로 상중에 있었다.

37세 때 탈상하고서 다시 성균관 박사(博士)로 부름을 받아 관직에 복귀하였다. 그 이듬해 성균관 전적(典籍)으로 승진하였고, 호조좌랑(戶曹佐郞) 겸 춘추관(春秋館) 기사관(記事官)으로 옮겼다. 겨울에 휴가를 받아 귀향하다가 고령(高靈)에 이르러 쾌빈루(快賓樓)에 올라 진외증조부(陳外曾祖父) 되는 송재(松齋) 이우(李堣)의 시에 차운(次韻)하였다. 죽유가 고령 땅을 밟은 것으로는 기록에 남아 있는 것은 이때가 처음이었다. 이해 겨울에 명천현감(明川縣監)으로 나갔다가, 그 이듬해 체직(遞職)되어 의령으로 돌아와 가거(家居)하였다. 그의 처향(妻鄕) 가례촌(嘉禮村)은 퇴계가 쓴 가례동천(嘉禮洞天)이라는 글씨가 남아 있는 곳으로 산수가 빼어났다. 죽유는 백암대(白巖臺)를 쌓고 참된 산수의 정취를 즐겼다.

41세(1580) 때 다시 성균관 전적(典籍)으로 나아가 정선군수(旌善郡守)를 거쳐 충주목사(忠州牧使) 겸 춘추관 편수관(編修官)에 제수되었다. 팔봉서원(八峰書院)을 세워 그 지역 출신인 음애(陰崖) 이자(李耔), 탄수(灘

叟) 이연경(李延慶)을 향사(享祀)하였다. 서원을 세워 선현을 향사하고 후진을 양성하는 운동을 크게 일으킨 인물이 퇴계였는데, 죽유도 스승 퇴계의 영향을 받아 서원 창설 운동을 적극적으로 전개하였던 것이다.

45세 때『송재시집(松齋詩集)』을 간행하였다. 송재의 시 원고를 퇴계가 편집하여 친필로 정사(淨寫)하여 두었는데, 죽유가 이때 자기 녹봉을 기울여 퇴계 친필 그대로 판각(板刻)하여 간행했던 것이다.

이해 겨울에 파면되어 의령으로 돌아왔다. 이 당시 충주목(忠州牧)에는 오랫동안 해결되지 못한 송사가 있었는데, 감사(監司) 일가와 관련이 있어 여러 전임 목사들이 해결하지 못하였다. 죽유가 원칙대로 판결하였는데, 감사의 뜻을 거스르게 되어 파면 당했다. 이때 함안군수로 재임중이던 한강(寒岡) 정구(鄭逑)와 함께『함주지(咸州誌)』를 편찬하였다. 이 책은 우리 나라에 현존하는 가장 오래 된 지방지이다.

49세(1588) 때 성균관 사성(司成)으로 부임했다가 그 이듬해 광주목사(光州牧使)로 나갔다. 2년만에 파면되어 돌아왔다. 이처럼 자주 파면을 당한 것은 정의를 지켜 시속에 영합하지 않았기 때문이었다. 이런 불의와 타협하지 않는 강직한 성격은 스승 남명의 정신으로부터 물려받은 바가 많았다고 하겠다.

53세(1592) 때 의령의 집에 있다가 임진왜란을 맞게 되었다. 단시일에 여러 고을은 와해되고 고을원이나 병사들은 대부분 도망가 숨어버렸다. 왜적들은 파죽지세로 밀고 올라왔다. 이때 망우당(忘憂堂) 곽재우(郭再祐)를 도와 의병을 일으켜 낙동강과 남강을 거슬러 올라오는 왜적을 격멸하였다.

이때 경상도 초유사(招諭使)로 부임한 학봉(鶴峯) 김성일(金誠一)을 맞이하여 인도하였다. 학봉과는 퇴계 문하의 동문일 뿐 아니라, 학봉의 아들 김집(金潗)은 둘째 아들 오여벌(吳汝橃)의 장인이었으므로, 죽유와는 사돈관계가 되었다. 경상우도에 별 정보가 없던 학봉이 죽유로부터 큰 도움을 받았다. 학봉은 죽유를 소모관(召募官)으로 임명하여 흩어진 병사들을 불러모아 재편성하도록 했다.

1593년 4월 학봉이 병이 들어 위독하게 되자 진주성으로 들어가 학봉을 문병하였고, 학봉이 별세하자 대소헌(大笑軒), 조종도(趙宗道) 송암(松巖) 이로(李魯) 등과 함께 시신을 수습하여 가매장하였다.

이해 상주목사(尙州牧使)로 임명되었으나, 얼마 있지 않아 병으로 사직하고 영주(榮州) 초곡(草谷)으로 돌아왔다. 죽유의 장인인 허사렴(許士廉)의 부친 진사 허찬(許瓚)은 영주에 살던 창계(滄溪) 문경동(文敬仝)의 맏사위였다. 문경동에게는 아들은 없고 딸만 둘 있었으므로 그 집과 전장을 허찬이 물려받게 되었고, 허찬의 재산은 자연히 맏아들인 허사렴에게 상속되었다. 허사렴의 재산이 다시 죽유에게 상속되어 죽유는 영주에도 집과 많은 전장이 있게 되었다. 이때 영주에 있으면서 임진·계사 년간의 전쟁 상황을 정리하여 『용사난리록(龍蛇亂離錄)』을 저술하였다.

56세(1595) 때 합천군수(陜川郡守)로 제수되어 부임하였다. 합천은 전란 초기에 전투가 치열하여 극도로 잔폐했는데, 죽유는 부임하여 고을을 복구하고 백성들을 위무하여 정상적인 고을로 만들기 위해서 노력했다. 이해 4월에 춘추관 편수관을 겸임하였다. 그는 사재(史才)를 인정받았으므로, 외직에 나가서도 사관(史官)을 겸임하였다.

임진왜란 이후로는 영주(榮州)에 거주하면서 백암(柏巖) 김륵(金玏)과 함께, 퇴계를 향사한 이산서원(伊山書院)의 일을 주도하였고, 따로 산천서당(山泉書堂)을 지어 제자들을 양성하였다. 이 산천서당은 죽유 사후 영주의 사림들이 산천서원으로 확대하여 죽유를 향사하였다.

61세(1600) 때 『퇴계문집(退溪文集)』 간행에 참여하여 『퇴계연보』를 교정하는 일을 담당하였다. 문집고성제(文集告成祭)에 참여하여 여러 동문들과 퇴계의 학문을 강론하였다.

72세 때 『주자문록(朱子文錄)』을 완성하였다. 주자의 시문은 지부해함(地負海涵)이어서 일독 하려해도 한량없는 시간과 노력이 든다. 이런 까닭에 퇴계가 일찍이 서간 가운데서 긴요한 것을 가려 뽑아 『주자서절요(朱子

書節要)』를 편찬하였으나, 다른 문체(文體)에는 미치지 못했다. 죽유가 퇴계의 뜻을 이어 주자가 지은 봉사(封事), 소차(疏箚), 잡저(雜著), 서(序), 기(記) 가운데서 학자들에게 도움을 줄 수 있는 글들을 가려 뽑아 이 책을 편찬하였다.

75세(1614)에는 67세 때 편찬하였던『동사찬요(東史纂要)』를 개찬(改撰)하여 완성하였다. 이 책은 단군조선에서 고려말까지의 우리 나라의 역사인데, 편년체와 기전체 역사를 절충한 독특한 서술방식이었다.

77세 되던 해 6월에 공조참의에 제수되었을 때, 병으로 사양하고 부임하지는 않고 사직소(辭職疏)를 올렸다. 광해군의 정치의 문제점을 이렇게 지적하였다.

어리석은 신은 지나치게 염려됩니다. 정치는 자애롭고 어진 것만을 우선하여 상만 있고 벌은 없습니다. 가까이 있어 자주 보는 사람들의 말만 듣고, 여자들의 청탁을 막지 못하여 기강이 해이되고 여러 가지 일이 무너졌습니다. 군사를 다스리는 일은 어지럽고 백성들은 매우 곤궁에 처해 있고, 재력은 다했고 사치는 극도에 이르렀습니다. 공신들의 집은 해마다 증가하고 관아의 힘은 날로 약해져가고 있습니다. 죄수들은 옥에 가득한데 보통 여러 해를 넘깁니다. 전하를 가까이서 모시는 시신들이 숙직을 빼먹는 일이 한 두 번이 아닙니다. 대간(臺諫)의 소차(疏箚)는 매일 있어 서로 고집하여 승강이를 하는데 혹 해를 넘기는 데까지 이릅니다. 이 어찌 전례가 없는 일을 구차하게 고집하여 일의 체제가 손상되는 것을 생각지 않는 것이 아니겠습니까?[2]

벌써 대북(大北) 일파의 정권 독점이 시작되어, 나라의 기강, 군사, 재정 등 모든 면에서 문제가 발생하여 백성들이 도탄에 들었음을 정확하게 파악하고서 임금 광해군에게 직언을 하였다. 그리고는 그 해결책을 이렇게 제시하였다.

---

2)『죽유집』권3 4장,「辭工曹參議疏」.

엎드려 바라건대, 전하께서는 기강을 떨치시고, 군정(軍政)을 엄숙히 하셔서, 백성들의 힘드는 것을 늦추어 주시옵소서. 궁궐을 엄하게 단속하고, 치우치고 사사로움을 없애시고, 간쟁(諫諍)을 받아들이십시오.3)

기강을 바로잡고 군정을 엄정하게 하여 백성들을 도탄에서 구제해내고, 궁궐을 엄중하게 단속하여 사사로이 외척이 날뛰는 것을 막고, 대북 일파에 둘러싸인 광해군이 간쟁을 받아들여 바른 길로 나가기를 건의하였다. 그러나 광해군은 죽유의 이런 건의를 받아들이지는 못하고, 더욱 더 대북 세력과 외척에게 둘러싸여 민심을 잃었고 마침내는 왕위도 잃고 말았다.

77세 때 청송부사(靑松府使)에 제수되었다. 광해군(光海君) 원년(1609) 경주부윤에서 파면 된 이래로 처음으로 부임하는 관직이었다. 그 이듬해 재임 중 병을 얻어 2월에 사임하고 집으로 돌아와 영주의 집에서 별세하였다. 광해군이 예관(禮官)을 보내어 치제(致祭)하고 부의를 내렸다.

그는 27세에 문과에 급제하여 사적(仕籍)에 있은 지가 51년이나 되었지만, 현달하지 못하고 주로 지방관으로 전전하였고, 청요직(淸要職)에는 들지 못하였다. 그의 마지막 관직인 부사는 44세 때 역임한 목사(牧使)보다도 한 단계 낮은 직책이었다. 대북파(大北派)가 천권(擅權)한 광해조에서도 관직은 청송부사로 재직한 4개월이 전부였다. 더구나 대북파(大北派)의 영수로 광해군의 신임을 독점했던 정인홍(鄭仁弘)은 그의 아들 오여은(吳汝檼)과는 사돈간이었으니, 약간만 신경 썼다면 높은 벼슬을 얻는 것은 어려운 일이 아니었을 것이다. 이에서 그가 현달하기에 급급하지 않았고, 또 성격이 강직하여 시세에 영합하지 않았음을 알 수 있다.

제자인 권성오(權省吾)는 죽유의 인품과 기상을 찬미하여 "장자(長者)의 기풍이 있고 속된 모습이 없는 분으로는 죽유(竹牖) 오운공(吳澐公)이 있어 내가 늘 의지하여 존중한다.", "아버지께서 일찍이 말씀하시기를 '죽

---

3) 『죽유집』 권3 5장, 「辭工曹參議疏」.

유는 평생 아래의 아전들과 귀를 대고 말한 적이 없다. 이 점이 다른 사람들이 미치기 어려운 점이다. 또 자기를 굽혀서 귀한 사람을 받들지 않았다. 아첨하지도 않았고 자신을 더럽히지도 않았으니, 군자가 어찌 아니겠는가?'"라고 했다.[4]

죽유의 사후 그를 향사(享祀)한 산천서원(山泉書院)의 상향축문(常享祝文)은, 바로 죽유의 일생 사행에 대한 종합적인 평가라고 할 수 있다. 이수정(李守定)이 지은 축문은 이러하다.

으뜸 되는 스승의 훌륭한 제자요,　　　　　　　　　宗師賢弟
맑은 조정의 충성스런 신하이십니다.　　　　　　　清朝藎臣
문장과 덕행과 업적은,　　　　　　　　　　　　　文章德業
후세에 영원히 드리웠습니다.　　　　　　　　　　永垂後人[5]

Ⅲ. 영남(嶺南) 재지사족(在地士族)과의 관계

죽유의 증조부 오석복(吳碩福)이 함안에 정착함에 따라 강우지역(江右地域)의 사족(士族)으로 편입되었고, 그 뒤 그 조부 오언의(吳彦毅)가 송재(松齋) 이우(李堣)의 사위가 됨에 따라 그 가수(家數)가 더욱 높아졌다. 부친 오수정(吳守貞)은 함안의 재지사족(在地士族) 안관(安灌)의 사위가 되었고, 죽유 자신은 의령의 재지사족 허사렴(許士廉)의 사위가 되어 퇴계의 처질서가 되었다.

죽유의 장자 오여은(吳汝檼)은 칠원(漆原) 출신의 문신 신재(愼齋) 주세붕(周世鵬)의 아들인 주박(周博)의 사위가 되었고, 재취는 고령의 명문가 박정완(朴廷琬)의 따님이다. 차자 오여벌(吳汝橃)은 학봉(鶴峯)의 아들

---
4) 『죽유집』 권6 18장, 「記聞錄」.
5) 『죽유집』 권6 14장, 「山泉書院常享祝文」.

인 김집(金潗)의 사위가 되었고, 삼자 오여영(吳汝木英)은 점필재(佔畢齋) 김종직(金宗直)의 현손 김성률(金聲律)의 사위가 되었다. 죽유의 딸은 생육신 어계(漁溪) 조려(趙旅)의 5대손 조형도(趙亨道)에게 출가하였다. 조형도는 군수를 지냈고 임진왜란 때는 곽재우(郭再祐)의 휘하에서 전투에 참가했다.

죽유의 손자 오익환(吳益煥)은 선비 문홍달(文弘達)의 사위가, 오익황(吳益煌)은 대사간 권태일(權泰一)의 사위가 되었다. 손녀는 정인홍의 손자 정릉(鄭棱), 허종무(許宗茂)에게 출가하였다. 허종무는 같이 의병 활동한 재종처남 허언심(許彦深)의 손자이다.

죽유의 매부는 고려 말부터 모곡리에 세거하던 재령이씨(載寧李氏) 집안의 이대형(李大亨)인데, 임진왜란 초기에 김해 전투에서 순국하였다.

이상에서 살펴본 바와 같이 죽유의 가문은 경상우도지역의 함안, 의령, 칠원, 고령, 합천과 경상좌도지역의 안동, 예안 등지의 대표적인 가문과 혼인을 맺은 강력한 재지사족의 기반을 갖고 있었다. 이러한 혈연적 유대관계는 그가 창의(倡義)하는 데 큰 원동력이 되었다.

임진왜란 때 의병장으로 활약한 망우당(忘憂堂) 곽재우(郭再祐)는 죽유와 특별한 관계로 얽혀 있다. 죽유의 처가와 이중으로 혼인을 맺고 있었고, 망우당의 부친 감사 곽월(郭越)은 죽유의 처종고모부(妻從姑母夫)였고, 망우당의 휘하에서 활약하던 십칠의병장 가운데서 전군향(典軍餉)으로 활약하던 허언심은 죽유의 재종처남인데 망우당의 자형이고, 치병기(治兵器) 강언룡(姜彦龍)은 죽유의 종동서(從同壻)였고, 망우당 휘하에서 싸웠던 허도(許鍍)는 죽유의 처재종질이자 아들 오여은의 사돈이다.

이런 관계에서 볼 때 죽유가 망우당을 도와 군사를 모으고 군량을 조달하여 의병활동을 성공적으로 수행할 수 있었던 데는 죽유 가문과 처가의 재지사족과의 강력한 유대가 큰 도움이 되었음을 알 수 있다.

IV. 사우관계(師友關係)

죽유는 19세 때 남명(南冥)의 문하에 들어가 제자가 되었고, 25세 때는 퇴계(退溪)의 문하에 들어가 제자가 되었다. 『죽유연보』에 의하면 남명에게 먼저 배운 것으로 되어 있지만, 퇴계는 할머니의 종제이자 처고모부이므로 어릴 적부터 익혀 들어 잘 알고 있었을 것이다. 죽유가 영향을 받은 것도 퇴계가 먼저일 것이다. 죽유는 퇴계를 존숭(尊崇)하여 "그 도덕과 문장은 태산북두(泰山北斗)와 같아 이 세상에 모범이 된다. 주자(朱子) 이후로 제일인자다."라고 하였다. 퇴계는 스승이기 이전에 친척으로서 인간적인 관계가 더 두터웠다. 그래서 퇴계 사후 퇴계의 손자 동암(東巖) 이영도(李詠道)의 요청에 응하여 퇴계의 초취부인의 묘갈명인 「퇴계이선생배정경부인허씨묘갈명(退溪李先生配貞敬夫人許氏墓碣銘)」과 「진성이씨족보서(眞城李氏族譜序)」를 지어 주었다.

퇴계, 남명 양문을 출입한 제자들은 대부분 시간적 차이를 두고 양문을 출입한 경우가 대부분인데, 죽유는 청년시절부터 양문을 동시에 출입하여 두 선생이 서거할 때까지 계속 출입하였으므로 두 선생의 훈도를 가장 많이 입었다고 할 수 있다. 그래서 광해군이 내린 사제문(賜祭文)에서 "도학은 퇴계를 존모하고, 학문은 남명을 으뜸으로 삼았다.[道慕退陶, 學宗山海]"고 하였는데, 죽유의 학문적 성격을 잘 나타내었다. 죽유의 제자이자 사위인 조형도(趙亨道)는 "산해의 마루에 오르고, 퇴계의 방에 들어갔다. [升山海堂, 入退溪室]"라고 하여, 그 학문의 경지가 퇴계, 남명에 거의 접근하였다고 간주하였다.

퇴계에게 받은 영향으로는 과거를 통하여 관계에 진출했으면서도 절조를 지켜 물러나기를 좋아하였고, 주자학을 중시하였고, 저술을 많이 했다는 점이다. 남명에게 받은 영향으로는 성격이 강직하여 시세에 영합하지 않고 출처(出處)의 대절(大節)을 지켜 사환을 탐탁찮게 여겼다. 스스로 군자가 세상에 살아가면서 중하게 여길 바는 출처일 따름이다[君子之於世

也, 所重者, 出處而已].6)라고 국난을 당하여 창의(倡義)했다는 점이다.

양문을 출입하면서 문하의 많은 제자들과 폭넓게 사귀었는데, 그 가운데서 대표적인 벗은 다음과 같다.

학봉(鶴峯) 김성일(金誠一)은 퇴계 문하의 동문이다. 1592년 임진왜란이 일어나자 학봉이 초유사(招諭使)가 되어 부임했을 때, 그 휘하의 소모관(召募官)이 되어 그를 도왔다. 1593년 4월 학봉이 병으로 세상을 떠나자 염습하여 지리산에 가매장하는 등 의리를 잃지 않았다. 학봉의 아들 김집(金潗)은 죽유의 차자 오여벌(吳汝橃)의 장인이다. 죽유는 임란 직후인 1600년 「서김학봉용사사적후(書金鶴峯龍蛇事蹟後)」라는 글을 지어 이로(李魯)가 지은 『용사일기(龍蛇日記)』에 실린 학봉 관계 기록 가운데 빠뜨리거나 잘못 기록한 것을 바로잡았다.

한강(寒岡) 정구(鄭逑)는 양문에 함께 출입한 친구인데, 한강이 죽유의 고향인 함안의 군수로 부임하였고, 죽유의 도움을 받아 『함주지(咸州誌)』를 편찬하였다. 이때 죽유는 산관(散官)으로서 향교의 제독관(提督官)의 직함을 띠고 있으며 학문을 장려하고 사직단(社稷壇)을 중수하기도 하였다.

서애(西厓) 유성룡(柳成龍)은 퇴계 문하의 동문이면서 동방급제하였다. 『퇴계문집(退溪文集)』 간행하는 일에 함께 종사했다. 서애가 죽유의 『동사찬요(東史纂要)』를 얻어 보고 선조(宣祖) 임금에게 추천하자, 선조는, "이 책은 유림의 표준이 되는 책이다"라고 칭찬하였다. 죽유의 사찬(私撰)인 『동사찬요』를 국왕에게 추천하는 것을 볼 때, 서애가 죽유의 사학(史學)을 크게 인정하였음을 알 수 있다. 죽유는 서애에게 서신을 보내, 학봉(鶴峯)의 행적을 정리한 글을 지을 것을 권유했지만, 서애는 자신은 지금 세상 사람들의 비난을 받고 있는 몸이라 자기가 글을 지으면 학봉에게 누가 된다고 완곡하게 사양하는 답을 한 적도 있었다.

---

6) 『죽유집(竹牖集)』 권4 19~20장, 「책문제(策問題)」.

서애가 세상을 떠나자, 죽유는 만사(挽詞) 3수를 지어 서애의 국가를 위해 쏟았던 충절과 정주(程朱)의 도통(道統)을 이은 학문을 크게 추앙하였다.

소고(嘯皐) 박승임(朴承任)은 퇴계 문하의 동문이면서 손아래 동서 박록(朴漉)의 아버지였다. 죽유가 임진왜란 이후 영주로 이주함에 따라 동향인이 되어 절친하게 지냈다. 박승임의 문집인 『소고집(嘯皐集)』을 간행할 때 죽유가 교정의 책임을 맡았다. 소고를 위해 사당을 짓는 일에 죽유가 솔선하여 통문(通文)을 보내 호소하였다.

망우당(忘憂堂) 곽재우(郭再祐)는 남명(南冥) 문하의 후배인데, 임진왜란 때 망우당이 창의할 수 있도록 군사를 모으는 역할을 한 사람이 죽유였다. 처가로 쳐서 처종고종이 된다.

대소헌(大笑軒) 조종도(趙宗道) 역시 남명 문하의 동문이었다. 다 같이 함안(咸安) 사람으로 임진왜란 때 학봉을 도와 경상우도의 왜적을 물리치는 데 공을 세웠다.

창석(蒼石) 이준(李埈)은 후배였는데, 고향을 그리워하는 죽유의 요청에 의하여 「백암팔경(白巖八景)」이라는 시를 지어 주었다. 현주(玄洲) 조찬한(趙纘韓)도 죽유의 별장이 있던 의령 가례동천(嘉禮洞天)의 경치를 읊은 「백암십승(白巖十勝)」을 지어 보냈다.

구암(久菴) 한백겸(韓百謙)은 『동사찬요』를 정독하고서 죽유의 사서 저작이 사체(史體)를 얻었다고 칭찬하였다.

이 밖에 우복(愚伏) 정경세(鄭經世), 동악(東岳) 이안눌(李安訥), 서경(西坰) 유근(柳根) 경향 각지의 영향력 있는 인물들과 교유를 맺었다.

V. 학문과 문학

죽유는 퇴계와 남명 양문을 출입하였지만, 학문적으로는 퇴계의 영향을

더 많이 받았다. 이급(李級)은 『죽유집』의 서문에서 "뇌룡정 앞에서 출발
하여 암서헌 마당에서 졸업했다.[發軔於雷龍堂前, 卒業於巖棲門庭.]"라고
했듯이, 학문의 입문은 남명에게서 해서 최종적으로 퇴계에게서 결실을
맺었다. 두 대선생의 학문적 훈도 속에서 독특한 학자로 성장하여 성취를
얻었다. 그 결과 주자학(朱子學) 문학 사학 등에 관심이 많아 이 분야의
저서를 남겼다.

죽유가 주자학에 크게 관심을 갖고 그 중요성을 강조한 것은 퇴계의
영향이 매우 크다고 할 수 있다. 주자의 글은 후세의 학자들에게 절실히
필요한 것이고, 그 가운데서 소차(疏箚) 등은 나라를 근심하고 임금을 사
랑하는 경륜이 풍부히 들어 있다고 죽유는 생각했다. 퇴계가 『주자서절요
(朱子書節要)』를 절선(節選)하여 간행했으므로 학자들이 주자의 서간문
에는 쉽게 접근할 수 있지만, 그 밖의 글은 워낙 방대하여 읽어보기가
쉽지 않았다. 또 당시의 상황에서 학자들이 『주자대전(朱子大全)』을 구해
서 읽어보기도 쉽지 않았다. 주자의 글을 가려 뽑은 책이 절실히 필요했던
것이다. 그래서 『주자문록(朱子文錄)』을 편찬하여 간행했던 것이다.

죽유는 조정의 기강을 바로잡고 정치를 올바른 방향으로 나가게 할 수
있는 방법을 주자학에서 찾을 수 있다고 생각하여 광해군에게 『주자대전』
의 진강(進講)을 건의하는 상소를 하기도 했다.7) 자신도 주자학에 경도되
어 만년까지 주자학 연구를 게을리하지 않았다.

죽유는 주자학에 심취하고 그 필요성을 강조하고 보급하려고 노력했지
만, 주자학의 주류를 차지하는 성리학(性理學)에 대해서는 언급한 글이
전혀 보이지 않는다. 임진왜란을 겪으면서 나라가 흔들리고 백성들이 도탄
에 빠진 상황에서 그 해결을 위해서 성리학이 아무런 도움이 되지 않는다
는 사실을 직접 경험했기 때문에 성리설에는 전혀 관심을 기울이지 않았
다고 볼 수 있다.

---

7) 『죽유집』 권3 3~5장, 「辭工曹參議疏」.

죽유는 사학(史學)에 조예가 깊어 기전체(紀傳體)와 편년체(編年體)를 절충한『동사찬요』를 저술하여 자기 생전에 간행하였다.『동국통감(東國通鑑)』,『삼국사절요(三國史節要)』,『고려사』,『동국여지승람(東國輿地勝覽)』등의 책을 참고하여, 단군(檀君)부터 고려 공양왕(恭讓王)까지 1449년 동안의 우리 나라 역사를 서술하였다. 고려 말기의 인물로 조선조 초기까지 생존했던 인물들은『고려사』에 실리지 않았으므로 직접 자료를 수집하여 보충하였다.

죽요가『동사찬요』를 저술하게 된 동기는 대략 네 가지로 요약할 수 있다. 첫째 우리 나라 사람들은 중국의 역사는 잘 알면서 우리 나라의 역사에는 관심이 없고 잘 모르기 때문에 이런 풍조를 시정하려는 의도이다. 둘째 옛 사실을 밝혀 현재의 일을 해석하는 데 거울로 삼으려는 것이다. 셋째 각 인물들을 명신(名臣)과 반흉(叛凶) 등으로 선악을 구분하여 권선징악을 하려는 것이다. 넷째는 그 당시까지 나와 있던 사서(史書)들의 문제점을 시정하려는 의도에서였다. 죽유의 사관(史觀)은 공자(孔子)의『춘추(春秋)』나 주자(朱子)의『통감강목(通鑑綱目)』등 유가(儒家) 사서의 전통을 따라 시종일관 풍교(風敎)에 도움을 줄 수 있는 시각에서 집필하였다. 박승진(朴勝振)은『동사찬요』발문(跋文)에서, "책을 열어보면 손바닥을 보듯이 내용이 분명하니, 실로 우리 동방의 집성한 전사다[開卷瞭然, 若視諸掌, 實吾東方集成之全史也]."라고 극찬을 하였다.

그러나 죽유는, 우리 나라의 몇몇 서적만 참고하였을 뿐 중국측 자료를 전혀 쓰지 않은 것이 하나의 한계라고 할 수 있다.

임진왜란 직후 우리 나라 주변국의 정세는, 명(明)나라가 기울고 청(淸)나라가 발흥하고 있었다. 우리 민족에게 민족적 자존심을 길러주고 오랑캐 나라인 왜(倭)나 청에 대해서 우리 민족의 정체성을 일깨워주기 위해서 이 책을 지었다고 볼 수 있다.

특히 이 책 가운데서 유일한 지(志)인 「지리지(地理志)」는 고대 인문지리서로서의 가치가 크다. 김부식(金富軾)의『삼국사기』「지리지」는 신라

위주로 된 한계가 있는데, 이를 극복하여 삼국의 지리지를 따로 따로 편찬하였다. 그리고 당시의 지명을 원래 군현(郡縣)의 명칭 그대로 썼다. 경덕왕(景德王) 이후 중국식으로 고친 지명은 주석으로 처리하였다. 이는 고구려가 통치했던 광활한 요동(遼東) 지방을 우리 영토로 인식하는 민족을 염두에 둔 새로운 발상이라고 할 수 있다. 그리고 『삼국사기』에서 누락시킨 지명은 『고려사』「지리지」를 참고하여 보충하였다.

죽유는 남명이 늘 강조한 "정자, 주자 이후로는 학자들은 책을 지을 필요가 없다.[程朱以後, 不必著書.]"라는 말에 구속되지 않고 많은 저서를 남겼다.

그는 장수하였고, 여러 지방을 옮겨다니면서 살면서 많은 시와 문장을 지었는데 대부분 다 흩어지고 말았다. 지금 남아 있는 글은 십분의 일 정도라고 한다. 본래 죽유 자신이 원고 일부를 묶어 『율계란고(栗溪亂稿)』라는 제목을 붙인 초고가 있었는데, 7대손 오명현(吳明顯)이 시문을 더 수집하여 자신이 만든 연보와 부록을 추가하여 초본(草本)을 편차하였다. 1783년 7대손 오사중(吳司重)이 이를 수정하여 고본(稿本)을 만들었는데, 6대손 오후상(吳厚相)이 최흥벽(崔興壁)과 함께 다시 산정하여 정고본(定稿本)을 만들었다. 이를 8대손 오경흥(吳慶興)이 1824년 목판으로 간행하였다.

죽유의 학문적 특징은 경전에 널리 통하고, 의리가 마음의 중심에 놓여 있었다는 점이다.[8] 그의 시는 청신(淸新)·전영(雋永)하고 온자(醞藉)·심원(深遠)하여 송나라 소식(蘇軾)과 황정견(黃庭堅)의 시에 대적할 만했다. 문장은 간결·고아(古雅)하여 당나라 한유(韓愈)와 유종원(柳宗元)의 고문에 가까웠다. 「증통정대부장예원판결사이공행장(贈通政大夫掌隷院判決事李公行狀)」은 죽유의 매부 이대형(李大亨)의 행장인데, 임진왜란을 당하여 일개 서생으로서 창의(倡義)하여 백성들을 지휘하여 끝까지

---

8) 『죽유집』 권6 14장, 「南溪祠奉安文」.

김해(金海) 성을 지키다가 순국한 정충(貞忠)을 생동감 있게 서술하였다. 그 강개임리(慷慨淋漓)한 필치는 당나라 한유(韓愈)의 「장중승전후서(張中丞傳後叙)」에 견줄 만하다.

죽유는 글씨 또한 명필이다. 그는 왕희지(王羲之)의 글씨를 배웠는데, 특히 초서에 능하였다. 최홍벽(崔興璧)은, 죽유의 글씨를 평하여, "수경(瘦勁) 고고(高古)하여, 마치 키 큰 소나무나 늙은 회(檜)나무가 껍질은 다 벗겨지고 뼈만 남은 것 같다.[瘦勁高古, 如長松老檜, 皮盡而骨露.]"라고 하였다. 광해군이 내린 사제문(賜祭文)에서도, "글씨는 왕희지 조맹부를 뒤쫓았고[筆追王趙]."라고 하여 그의 글씨가 조선전기를 풍미하던 조맹부(趙孟頫)의 서체(書體)에 당시 새롭게 도입된 왕희지 서체를 가미한 것임을 밝히고 있다.

VI. 죽유와 임진왜란

죽유(竹牖)는 임진왜란 발발 당일에는 53세의 산관(散官)으로서 의령에서 살고 있었다. 그러나 현실문제에 관심이 많았고 그 해결책도 나름대로 갖고 있는 관료였다. 임진왜란 이전에 이미 정3품직인 광주목사(光州牧使)를 역임한 전직 고위관료였다. 그리고 경상도 일원의 명문사족들과는 남명 퇴계 양문의 동문관계이거나 혼인을 맺어 강력한 유대관계를 형성하고 있었다.

임란 발발 이후 최초로 의령에서 의병을 일으켰던 망우당(忘憂堂) 곽재우가, 초반에 경상감사 김수(金睟)와 경상병사 조대곤(曹大坤)에게 토적(土賊)으로 몰림에 따라 휘하의 장병들이 다 흩어져 달아나 버렸다. 망우당도 어떻게 할 수 없어, 한 때 모든 것을 포기하고 지리산(智異山)으로 들어가 숨어 지내려고 했다.

이때 망우당은 가례(嘉禮) 마을을 지나다가 죽유를 만나게 되었다. 죽유

는 망우당이 창의한 일을 칭찬하면서 같이 일할 것을 약속하였다. 그리고
는 자기의 전투용 말과 노비 7, 8명을 내어 주었다. 또 죽유가 인근 마을의
선비들에게 권유하여 장정들을 내놓게 하고는 망우당을 다시 의병장으로
추대하였다. 자신은 망우당 밑에서 군사를 모으고 군량을 조달하는 일을
맡아 의병활동을 도왔다.

그 당시까지만 해도 망우당은 향촌의 선비에 불과했지만, 죽유는 이미
정3품까지 오른 고관이었고, 나이도 12세나 더 많았고, 또 처가로 쳐서
죽유가 자형이 되었다. 그런데도 그 자신은 의병장 휘하의 수병장(收兵將)
을 맡아 망우당을 도왔으니, 국가 민족을 위해서 자신을 낮출 줄 아는
죽유의 인격이 돋보인다.

학봉(鶴峯) 김성일(金誠一)이 초유사(招諭使)로 부임해 왔으나, 그는
안동(安東) 출신으로서 이 지역의 사족들과 유대관계도 없었고, 또 지리에
도 어두웠다. 퇴계 남명 양문을 다 출입한 죽유는, 학봉과 이 지역 유림들
과의 관계를 원활하게 하는 데 큰 역할을 하였고, 이 지역의 지리와 제반
사정을 안내해 주어, 학봉이 초유사의 임무를 잘 수행할 수 있도록 도와
주었다. 또 수시로 경상우도 지역의 정확한 전쟁상황을 학봉에게 알려주었
다. 삼가현(三嘉縣)은 경상도의 남북의 중간이므로 초유사의 지휘소를 삼
가에 두는 것이 좋겠다고 건의를 하기도 하였다.[9]

1594년 군공으로 합천군사에 임명되어서는 군사를 규합하여 바야흐로
세력을 확장하는 많은 왜적을 격멸하여 전공을 세웠다. 도원수 권율(權慄)
이 장계함에 따라 죽유에게 가자(加資)되었다. 전란으로 피해해진 고을을
잘 복구하고 민심을 위무(慰撫)하였다.

1598년에는 명나라 수군제독 진린(陳璘)의 접반사(接伴使)가 되어 호
남 해안지역에서 활동하면서 대명외교(對明外交)에 공헌하였다.

죽유가 임진왜란을 만나 적지 않은 활약을 했을 것으로 생각되나 문헌

---

9)『죽유집』권3 8장,「與金鶴峯書」.

의 기록이 적어 자세히 밝힐 수 없는 아쉬움이 많다.

VII. 결언(結言)

함안(咸安)에서 태어나 의령(宜寧)에 살던 죽유(竹牖)는 퇴계 남명 문하를 동시에 출입하며 두 선생의 장점을 취하여 자신의 학문을 형성하였다. 그리고 두 문하의 동문관계와 재지사족과의 혼인을 통하여 강력한 유대관계를 형성하고 있었다. 이러한 유대관계는 임진왜란 때 망우당(忘憂堂)이 의병활동하는 데 큰 도움이 되었다. 죽유가 이러한 유대관계를 통해서 군사를 모으고 군량을 조달할 수 있었기에 망우당이 전공을 세울 수 있었던 것이다.

그리고 이 지역 사정에 생소하던 학봉(鶴峯)이 초유사(招諭使)로 부임하자, 그를 도와 이 지역의 사족들과 연계시켜 주고 지리적 상황을 안내하여 초유사(招諭使)의 역할을 잘 수행하도록 하여 초반의 전세를 유리하게 이끌었다. 의령에서 낙동강을 막아 왜적이 북상하지 못하도록 하고, 남강을 막아 전라도로 진출하지 못하도록 함에 따라 왜적의 보급선이 차단되고 곡창지대인 전라도 백성들이 안전하게 농사일에 종사할 수 있게 하였는데, 이는 의령을 중심으로 활약한 망우당이 이끄는 의병부대의 승리지만, 그 승리의 밑에는 죽유의 공로가 숨어 있다.

죽유는 젊은 시절부터 퇴계 남명 양문을 출입하여 두 분의 영향을 많이 받았다. 퇴계에게서는 학문하는 자세와 저술하는 방법을 배웠다. 문과에 합격하여 관직에 나갔지만, 관직에 연연하지 않고 자주 초야에 물러나 학문을 즐기며 저술에 힘쓴 것은 퇴계의 영향이라 하겠다. 불의를 용납하지 못하고 시세에 영합하지 않은 점과 임진왜란 때 국가민족을 위하여 倡義한 일 등은 남명의 영향이라고 할 수 있다.

그는 학문적으로 주자학(朱子學) 사학 문학 방면에 관심이 많았는데,

특히 주자학에 경도되었다. 주자학은 학자가 꼭 배워야 할 학문으로서 주자학을 통해서 정치의 올바른 방향을 제시하고 조정의 기강을 바로잡을 수 있다고 생각하였다. 그래서 그 자신 주자학을 깊이 연구하였고, 또 국왕에게 주자학의 진강(進講)을 건의하기도 하였다. 주자학에 쉽게 접근할 수 있도록 주자의 문장을 뽑아 『주자문록(朱子文錄)』이라는 책을 편찬하기도 하였다. 그러면서도 주자학의 핵심이라 할 수 있는 성리설(性理說)에 대해서는 일절 언급한 것이 없는데, 이는 성리학이 국가민족의 현실문제해결에 도움이 되지 않는다고 생각했기 때문일 것이다.

기전체(紀傳體)와 편년체(編年體) 사서를 절충한 『동사찬요(東史纂要)』는 당시까지 나와 있던 여러 사서(史書)의 잘못된 체례(體例)를 바로잡았고, 또 우리 나라 지식인들로 하여금 우리 나라의 역사에 관심을 가지고 알 수 있도록 하려는 생각에서 지어졌다. 특히 「지리지」에서 고구려(高句麗) 강역(疆域)에 대한 관심은 민족적 자긍심의 발로라고 볼 수 있다.

죽유는 일찍이 문과에 급제하여 51년 동안 사적(仕籍)에 있었지만, 중앙의 현요직(顯要職)보다는 주로 외직에서 지냈으므로 왕조실록 등 관찬사서(官撰史書)에는 그에 관한 기록이 별로 없다. 인조반정(仁祖反正) 이후 그 아들 손자들이 중앙관계에서 축출되는 바람에 그가 지은 시문도 십분지 구는 흩어져 없어져 버렸고, 그 밖에 많은 문적(文籍)이 사라져 버렸다. 이런 여러 가지 사유로 인하여 대단히 비중있는 인물이면서도 지금까지 학계에서 연구를 한 적이 거의 없다. 앞으로 그의 시문을 따로 연구하고, 사서인 『동사찬요』에 대한 철저한 연구가 요망된다. 아직 보이지 않은 『주자문록(朱子文錄)』도 발견되면, 주자학에 대한 죽유의 시각을 살필 수도 있을 것이다.

오늘날 죽유라는 인물이 현실적으로 우리들에게 어떤 의미로 다가오는가? 첫째, 그는 편협하게 한 분의 선생만 고집하지 않고, 당대의 양대학자인 퇴계 남명 두 선생의 문하를 동시에 출입하면서 두 선생의 장점을 취하여 자신의 학문을 형성해 나갔다. 둘째 나라를 위하여 자신을 돌보지 않고 국가민족을 전란에서 구출하고자 노력하였고, 특히 자기의 손아래 사람인 망우당을 추대하여 의병장으로 삼은 그 자기희생과 겸양의 정신이 배울 만하다. 셋째 당시 지식인들이 중국만 숭상하던 분위기에서 우리 역사를 알게 하기 위해서 장기간의 노력을 들여 『동사찬요(東史纂要)』를 편찬 간행했다. 넷째 벼슬에서 물러나 시골에서 살면서도 지방지 편찬과 서원 (書院)을 통하여 선현봉사(先賢奉祀)와 제자 양성을 통하여 문화를 주도 하였다. 다섯째 가까운 측근이 요직에 있어도 자신의 영달을 위해서 아부 하지 않고 끝까지 자신의 지조를 지켜나갔다. 이런 죽유의 정신과 태도는, 도덕과 예의가 무너지고 우리의 정체성(正體性)이 흔들리는 오늘날 지식 인에게 살아갈 방향을 제시한다고 할 수 있겠다.

大學者 寒岡 鄭逑先生과 咸安

I. 導言

우리나라를 대표하는 대학자인 寒岡 鄭逑 선생이 1586년 10월에 咸安郡 守로 부임하여 1588년 8월에 함안 고을을 다스린 사실은, 咸安의 역사에서 큰 획을 긋는 매우 뜻 깊은 일이라 할 수 있다. 한강이 함안을 다스림으로 해서 함안은 문화적으로 학문적으로 그 격이 몇 단계 提高되었던 것이다.

이제 426년이 지난 2014년 12월에 한강이 함안 군수로 재직할 때 남긴 행적을 연구하여 발표하는 학술발표대회를 함안군의 지원에 힘입어 문화 원에서 개최하는 일도 역사적인 일이라 할 수 있다. 한강을 통해서 함안의 문화와 학문을 새롭게 조명하여, 한강의 정신을 21세기에 다시한번 되살려 함안이 문화와 학문의 고을로 다시 발돋움하는 계기가 될 것이다.

II. 生平과 成學 槪觀

자는 道可, 한강은 그의 호이고, 본관은 淸州이다.

그는 1543년(중종 38) 경상도 星州牧 沙月里 柳村에서 태어나, 1620년 (광해군 12) 八莒縣(현재 大邱市 泗水洞) 泗陽精舍에서 78세를 일기로 세상을 마쳤다.

어려서부터 남달리 영특하여 10세 때 이미 학문에 뜻을 두고 독서를 하였다. 13세 때 성주 향교에서 德溪 吳健에게 배워 南冥學派와 접맥이 되었다. 덕계는 南冥 曹植의 뛰어난 제자로 문과에 급제하여 이때 성주 향교 교수로 부임해 있었다. 남명은 교육을 대단히 중시하였는데, 특히 지식 전수가 아니라, 사람의 氣質을 변화시키는 교육에 힘쓰고 있었다. 덕계는 남명의 전통을 이어 성주에서 선비들의 교육에 혼신의 힘을 쏟고 있었다. 한강의 평생의 학문의 기초가 이때 충실하게 갖추어져 대학자로 성장할 수 있었다.

1563년 21세 때 陶山으로 退溪 李滉을 찾아뵙고 그 제자가 되었다. 덕계를 통해서 퇴계의 학덕에 대해서는 익혀 들었으므로 이때 드디어 숙원을 이룬 것이다. 퇴계는 한강을 만나보고 나서, 덕계에게 서신을 보내 매우 칭찬하였고, 龜巖 李楨에게 답하는 서신에서, "학문에 뜻을 두고 착한 것을 좋아하는 선비였소. 또 寒暄堂의 외손이니 어찌 그 남긴 기풍이 없겠소?"라고 하며 큰 기대를 하였다.

22세 때부터 과거를 포기하고, 성리학 공부 등 爲己之學에 전념하였다.

23세 때 다시 퇴계에게 가서 『心經』 가운데서 의문 나는 것을 질문하였다. 이때부터 직접 퇴계에게 찾아가 공부할 뿐만 아니라, 서신을 통해서 질문을 계속하였다.

1566년 24세 때는 南冥을 찾아뵈었다. 남명은 한강에게 "너의 出處에 대해서 어느 정도 인정하네."라고 칭찬하여 한강이 과거공부에 매달리지 않고 진정으로 학문을 좋아하는 점을 인정하였다.

26세 때 성주에 川谷書院을 세우는 일에 참여하여 서원 명칭과 운영방안에 대해서 퇴계에게 여쭈어 자문을 구하였고, 서원 규약을 만들었다.

1572년 29세 때 禮賓寺 참봉에 임명되었으나 나가지 않았다. 이때 宣祖가 초야에 묻힌 操行이 있는 선비를 추천하라고 명을 내리자, 동향의 同門인 東岡 金宇顒이 修撰으로 있으면서, "鄭逑는 일찍이 李滉에게 학문을 배웠고, 曺植의 문하에 왕래하였는데, 학문이 通明하고 재주가 넉넉합니다. 포의의 신분으로 入對하게 하여 나라 다스릴 방법을 한번 물어 보시옵소서. 그런 다음에 벼슬에 제수하여도 늦지 않을 것입니다."라고 아뢰어 이런 임명이 있게 되었다.

이후에도 여러 차례 관직에 임명되었으나, 모두 사양하였다.

1580년 昌寧縣監을 맡았는데 처음으로 고을 원으로 부임한 것이다. 1586년 함안군수를 지낸 뒤 임진왜란 중에 江陵府使, 江原道 監司, 成川府使, 그리고 난후에 忠州牧使 安東府使를 역임하였다. 내직으로 承旨, 刑曹參判을 거쳤다. 광해군 초 大司憲에 임명되었으나 고사하였다.

한강은 사환에 있어 내직은 대부분 사퇴하였으나 외직은 거의 다 부임하였다. 중앙 정부에서보다 지방장관으로 나가면 한 고을을 맡아 경륜을 펼 수 있었기 때문이었다.

한강은 광해군의 殺弟廢母의 사건에 여러 번 상소하여 全恩을 大北政權에 의하여 늘 묵살되었다. 남명학파 내에서도 鄭仁弘 등의 專擅으로 아무런 영향을 발휘하지 못하는 상황에서 저술과 강학에 전념하며 조용히 지냈다.

Ⅲ. 退溪·南冥 兩大 學問의 融合

16세기 한국 역사상 退溪·南冥 두 대학자가 경상도에서 같은 해 태어난 것은 국가의 큰 행운이다. 星湖 李瀷은 두 학자가 동시에 태어난 것을 '하늘의 뜻'이라고 하였다. 두 학자는 크게 학문을 이루었으면서도 각자 특색을 갖고 있는 것이 더욱 우리나라 학문을 다채롭게 하였다. 퇴계는 小白山 아래서 태어나 仁을 위주로 하였고, 남명은 頭流山 아래서 태어나 義를 위주로 하였다. 퇴계는 젊은 시절에는 과거를 통해서 仕宦을 하다가 중년 이후로 벼슬을 멀리하고 학문 연구와 제자 양성에 전념하였다. 남명은 평생 出處의 大節을 지키며 벼슬에 나간 적이 없었다. 퇴계는 성리학 강론을 중시하면서 저술을 풍부히 하였고, 詩도 많이 지었다. 남명은 실천만을 강조하며 저술은 중시하지 않았고, 시도 거의 짓지 않았다.

한강이 이런 시대에 태어나 퇴계 남명이 사는 곳의 중간 위치에 살면서 두 선생의 문하에 출입할 수 있었던 것은 학문적으로 큰 행운이었다.

1580년 昌寧縣監으로 부임하기 직전 宣祖에게 肅拜할 적에 선조가 묻기를 "李滉과 曹植은 기상과 학문이 어떠한가?" 하자, 대답하기를 "이황은 德과 度量이 渾厚하고 실천이 독실하며 공부가 매우 숙련되어 그 단계가 분명하므로 배우는 사람들이 쉽게 길을 찾아 들어갈 수 있습니다. 조식은 器量이 엄정하고 才氣가 호탕하며 초연히 스스로 道를 깨달아 우뚝 서서 혼자 나아가므로 배우는 자가 그 요체를 파악하기 어렵습니다."라고 하여 두 스승의 특징을 간명하게 적출해 냈다.

퇴계의 300여 명에 이르는 제자 가운데서 남명 문하에도 동시에 출입한 제자들이 10여 명 있는데, 한강은 그 가운데서도 가장 뛰어난 제자라 할 수 있다. 그는 퇴계의 강학과 저술을 따라 배워 많은 제자를 기르고, 많은 저술을 남겼다.

남명의 出處大節을 배워 관직에 경홀히 나가지 않고 나가서는 이룬 事功이 있었고, 또 실천을 중시하였다.

퇴계의 학문이 한강을 통해서 그 제자 眉叟 許穆에게 전수되어 近畿地方으로 전파되어 퇴계학이 전국적인 학문이 되었고, 이 近畿 退溪學派에서 星湖 李瀷, 順菴 安鼎福, 樊巖 蔡濟恭, 茶山 丁若鏞, 性齋 許傳 등 儒學과 實學을 겸비한 대학자들이 많이 나왔다. 이는 한강의 영향이니, 한강이 우리나라 學問史에 끼친 공이 크다고 할 수 있다.

IV. 광범위한 학문과 풍부한 저술

우리나라는 新羅 崔致遠이 문집을 남긴 이후로 문집을 남긴 학자는 많이 있으나, 저서를 남긴 학자는 거의 없었다. 寒岡의 스승인 퇴계가 최초로 저서다운 저서를 남겼지만, 性理學과 朱子學에 관한 것이 대부분이었다. 南冥은 아예 '程子 朱子 이후로는 저서는 필요 없다[程朱以後, 不必著

書]'라는 말을 남겨, 자신은 물론이고 제자들에게도 저서를 중요시 하지 않는 태도를 보이었다.

퇴계 이후에도 영남 퇴계학파의 학자들은 성리학 일변도의 공부를 하였고, 남명학파는 저서가 아주 적은 상태이다. 이에 비하여 寒岡의 학문은 그 범위가 광대하였고, 분야가 다양하였다. 한강의 광범위하고 다양한 저술 중시 경향은 近畿 退溪學派로 전승되어 星湖, 順菴, 茶山, 性齋 등의 浩汗한 저서를 산생하는 원천이 되었다.

한강이 남긴 저서 및 편저를 분야별로 정리하면 다음과 같다.[1]

1. 性理學 분야
   1) 『改定朱子書節要總目』(31세)
   2) 『中和集說』(56세)
   3) 『聖賢風節』(59세)
   4) 『心經發揮』(61세)
   5) 『洙泗言仁錄』(62세)
   6) 『濂洛羹墻錄』(62세)
   7) 『谷山洞庵志』(62세)

2. 禮學 분야
   1) 『家禮輯覽補註』(31세)
   2) 『五先生禮說分類』(61세)
   3) 『禮記喪禮分類』(73세)
   4) 『五服沿革圖』(75세)

3. 歷史, 人物 분야
   1) 『歷代紀年』(미상)
   2) 『古今忠謨』(56세)
   3) 『景賢續錄』(62세)

---

1) 李佑成교수의 「寒岡全書解題」를 참고하였다.

   4) 『臥龍岩志』(62세)

   5) 『武夷志』(62세)

   6) 『古今治亂提要』(64세)

   7) 『古今人物志』(65세)

   8) 『儒先續錄』(65세)

   9) 『一蠹實紀』(75세)

   10) 『古今名宦錄』(미상)

4. 地方志

   1) 『昌山志』(38세)

   2) 『同福志』(42세)

   3) 『咸州志』(45세)

   4) 『通川志』(50세)

   5) 『臨瀛志』(52세)

   6) 『關東志』(54세)

   7) 『忠州志』(미완성)

   8) 『福州志』(65세)

5. 醫藥 분야

   1) 『醫眼集方』(58세)

   2) 『廣嗣續集』(72세)

6. 文學 분야

   1) 『古今文粹』(56세)

   2) 『樂天閒適』(56세)

   3) 『朱子詩分類』(56세)

　한강은, 31세 때부터 저서를 하기 시작하여, 세상을 떠나기 3년 전인 75세 때까지 저서를 하였다. 관심 분야도 성리학뿐만 아니라, 예학, 역사, 인물, 지리지, 정치, 의약, 문학 등 각 분야에 광범위하게 걸쳐 있다. 한강의 학문이 얼마나 넓고 다양한 지 알 수 있다.

또 그의 학문은 이미 실학적인 요소를 많이 갖추고 있다. 국가 민족의 현실생활에 관계된 구체적인 내용의 저서가 많이 있다. 지방관으로 부임해서 가는 곳마다 지방지를 편찬하였다. 한강이 편찬한 지방지가 8종에 이른다는 것은, 그가 얼마나 우리나라의 역사와 산천에 애정이 짙은가를 알 수 있으며, 잘 다스리기 위해서나 외적의 침략을 막기 위해서도 고금의 다양한 정보가 축적되어 있어야 한다는 것을 남보다 먼저 깨달았던 것이다. 임진왜란 난리 속에서도 강원도감사로 재직 중에 『關東志』를 편찬하였다. 이를 의아하게 생각한 제자 崔晛이 물었을 때, 한강은, "지금 서적이 거의 다 없어졌는데, 만약 보고 들은 것을 수습해 두지 않는다면 장차 후세에 보일만한 것이 없을 것이다. 軍政을 수응하는 여가에 文官이나 儒士들에게 명하여 여러 읍의 풍토와 인물을 채집하도록 하여, 참고할 만한 문헌을 갖추려는데, 무슨 불가함이 있겠는가?"라고 대답했다.

그러나 1614년 한강이 72세 되던 해 蘆谷精舍에 불이나 많은 그의 저서는 대부분 불타 없어져 버렸다. 한강은 "하늘이 나를 망치는구려! 하늘이 나를 망치는구려!"라는 통탄을 금치 못하였다.

지금 남아 있는 것은 그 뒤 지은 것과 사방에서 남아 있는 것을 수습한 것이지만, 20책에 달할 정도로 많다. 남아 있는 저서로는 文集 13책 이외에, 『心經發揮』 4권 2책, 『洙泗言仁錄』 1책, 『五先生禮說分類』 4권 2책, 『五服沿革圖』 1책, 『咸州誌』 1책, 『歷代紀年』 3책, 『景賢續錄』 등이다.

V. 興學, 育人의 모범적인 牧民官

1580년 昌寧縣監으로 부임하기 위해서 肅拜했을 때, 선조가 묻기를, "그대는 고을에 부임하여 어떻게 백성을 다스릴 것이며, 또 무엇을 먼저 시행할 것인가?"라고 하니, 대답하기를, "옛사람의 말에 '어린아이를 보살

피듯 하라'라는 말이 있습니다. 신이 비록 어리석지만 이 말을 실천하도록 노력하겠으며 먼저 학교의 교육을 진흥시키겠습니다"라고 하였다.

창녕에 부임하여서는 옛날 家塾의 제도를 본떠 사방 각처에 書齋를 설치하고 선비를 양성하였다. 매달 초하루와 보름에는 文廟에 나아가 참배하고 여러 유생들을 불러 義理에 관해 설명하였다. 지난날 각처에 壇을 쌓아 제사지냈던 곳은 그림을 살펴 고쳐 쌓았으며, 효자와 열녀의 旌門을 다시 새롭게 수리하였고, 鄕射禮, 鄕飮酒禮, 養老禮를 행하였다. 선행과 악행을 문서에 기록하여 선을 권장하고 악을 징계하는 뜻을 보이기도 하였다. 기타 모든 일을 다 옛 법을 본떠 행하여 위아래 사람들이 안정되고 화합함으로써 치적을 이루어 명성이 크게 드러났다. 감사가 포상을 내리자고 아뢰어 특별히 옷감 안팎 한 벌을 하사하였다. 고을살이를 떠나 돌아올 적에 선비와 백성들이 生祠堂을 세워 그 공덕을 회상하는 정성을 부쳤다2).

창녕군수로 재직중 창령군지인 『昌山志』를 완성하였다. 寒岡이 저작한 최초의 지방지이나, 지금은 남아 있지 않다.

1586년 8월 咸安郡守로 제수되어 10월에 부임하였다. 창녕에서 한 것과 마찬가지로 교육을 중시하고 학문을 일으키고, 백성들을 사랑하는 가장 모범적인 행정을 하였다. 배운 것을 그대로 실천하는 이상적인 고을원이었다.

백성으로부터 조세를 거두어들일 때 그 기준을 올바로 헤아려 어긋나는 일이 없었다. 이웃 고을의 백성이 자기 고을의 관아에 베를 바쳤는데, 그 고을원이 그 베의 길이가 짧은 것에 화가 나서 笞刑을 가하려고 하자, 그 백성이 말하기를, "제 토지가 함안에도 있습니다. 이것은 함안 고을에 바칠 것인데 착오로 뒤바뀌어 가지고 온 것입니다." 하니, 이웃 고을원이 부끄러워하는 기색이 있었다.

그 이듬해 함안 사람 朴漢柱를 위해 祠宇를 창립하였으며 그의 무덤

2) 『寒岡年譜』

위에 흙을 더 쌓고 제사를 지냈다. 박한주는 燕山朝 때 사람으로 戊午史禍에 관련되었다.

『咸州志』를 완성하였다. 현존하는 지방지 가운데서 가장 오래된 것이고, 임진왜란 전에 이루어진 지방지로서는 전국에 유일하다.

1588년 8월에 병으로 사직하여 돌아갔다. 고을 사람들이 功德碑를 세워 기렸다. 비문은 梅竹軒 李明恕가 지었는데, 전문은 이러하다.

사또님은 이름이 逑, 자가 道可, 清州鄭氏 명망 있는 집안사람이다. 學行으로 발탁되어 昌寧縣監에 제수되었다가 얼마 뒤에 자리를 옮겨 司憲府 持平이 되었다. 벼슬길에 나아갔다 물러났다 하였는데 조정에 들어가 있는 날이 얼마 되지 않았다. 다섯 번에 걸쳐 벼슬을 역임하고 이 고을의 수령이 되었다. 때는 만력 병술년(1586) 겨울 10월이었고 3년이 지난 무자년(1588) 가을에 그만두고 고향으로 돌아갔다.

사또의 정사는 孝悌를 독실히 하고 절의를 장려하며 儒學을 숭상하고 제사를 중히 여기는 것을 우선으로 하였다. 상벌이 엄격하고 분명하며 몸가짐이 청렴하고 신중하여 아전들은 두려워하고 백성들은 화합을 이루었다. 고향으로 돌아갈 적에는 외로운 배가 가볍게 흔들거렸던 옛사람도 그보다 더 홀가분할 수 없을 정도였다. 아! 산천과 귀신도 못내 그리워할 터인데 더구나 사람이겠는가? 이에 고을 사람들이 가신 이를 사모하는 마음이 일어나 남기신 은택을 칭송하는 뜻을 비석에 새겨 잊지 못해하는 의미를 부치는 바이다. 다음과 같이 칭송한다.

사또님 오시는 게 어이 저리 더디셨으며,	侯來何遲
가시는 건 어이 이리 이르단 말이오?	侯去何疾
가뭄 끝 구름 일어 단비 뿌리고,	沛雲甘雨
맑고 얼음과 밝은 달 같은 정사라.	清氷皓月
끼치신 은택 받은 고을 백성들,	民受其賜
길이 생각하여 싫증내지 않으리라.	永懷無射

한강이 함안에 와서, 먼저 백성들에게 효도와 공경을 돈독히 하고 절의를 숭상하도록 교도하였다. 그리고 선비들을 우대했다. 그래서 당시 함안의 지도자급 인사인 竹牖 吳澐, 篁谷 李偁, 篁巖 朴齊仁 등과 결교하여 교육에 힘써 함안의 인재를 양성하고 학문을 일으켰다.

풍속이 온후하고 절의를 숭상하고 글 읽기를 좋아하게 만든 한강의 영향은 조선말기까지도 그대로 남아 있었다. 1864년 金海府使로 부임한 性齋 許傳이 함안을 방문하고 받은 인상을 이렇게 기록했다.

巴山郡[咸安의 별칭]은 옛날 寒岡先生이 다스리던 곳으로 수백 년 동안 그 流風과 남긴 교화가 그치지 않고 있다. 내가 두 번 그 곳에 가봤는데, 악기 연주하고 글 읽는 소리를 들을 수 있었다.[3]

함안 사람으로 한강의 문인이 된 사람은, 鵲溪 成景琛, 東隱 趙成麟, 梅竹軒 李明怘, 匡西 朴震英, 道谷 安侹, 隴雲 李時馣, 德川 趙由道, 場岩 趙英汶, 方壺 趙遵道, 彊齋 成好正, 藥溪 趙咸一, 敬菴 吳汝橝 등이 있다.[4] 이들은 慶南地域에 광범위하게 분포되어 있는 50여 명의 寒岡 문인들과 상호간에 서로 빈번히 交往하면서 학문을 講磨하였고, 또 풍속을 匡正하였다.

그 뒤 1607년 寒岡이 배를 타고 함안 龍華山 아래 道興津에 와서 놀 때, 咸安과 漆原, 靈山, 玄風, 高靈, 星山의 선비들이 모여 같이 학문을 토론하였다. 이때 참여한 咸安과 漆原의 선비로는 澗松 趙任道와 간송의 부친 立巖 趙埴, 간송의 숙부 斗巖 趙垠, 梅竹軒 李明怘, 道谷 安侹 등이었다.

1617년 寒岡이 東萊에 가서 온천욕을 하기 위해서 배를 타고 洛東江을 따라 내려왔을 때, 寒岡을 만나기 위해서 咸安 龍華山 아래 道興津으로

---

3) 許傳『性齋集』권14 26장 林亭記.『許傳全集』제2책, 아세아문화사 1974년. 巴山郡, 在昔, 寒岡先生所治, 數百年, 流風餘教, 未已. 余嘗再至其他, 聞絃誦之聲.

4) 澗松 趙任道는 寒岡을 만나뵌 적이 있었으나, 나이가 어렸으므로 스스로 제자라고 생각하지 않았다.

咸安과 漆原의 선비들이 모여들었다. 모인 선비는 곧 斗巖 趙垹, 衆奉 趙英漢, 菊庵 李明憼, 趙勉道, 道谷 安侹, 德川 趙由道, 場岩 趙英汶, 忍軒 黃元祿 등이었다.

한강이 1586년부터 2년 가까이 함안군수로 있으면서 학문을 장려하는 등 遺愛가 있었기 때문에 함안의 선비들이 그를 매우 흠모하였고, 20년이 지난 뒤에도 그를 뵙기 위하여 많은 사람들이 다투어 찾아갔던 것이다[5].

함안의 역사에서 寒岡이 군수로 부임하여 학문을 일으킨 것이 함안의 학문과 문화의 수준을 높이고, 그 이후 많은 학자들이 배출되고 문집을 남기는 데 결정적인 영향을 미쳤다고 할 수 있다.

VI. 結語

寒岡은 그 저술의 분야와 종류를 볼 적에 당대에 여타 학자와 비교할 수 없을 정도의 넓고 깊은 학문을 이룬 분이다. 그리고 이룬 학문을 실천하며 벼슬에 연연하지 않고 자신의 길을 바르게 간 대표적인 학자였다.

이런 학문과 실천력을 갖춘 학자가 함안군수로 부임하여 학문을 일으키고, 제자를 양성하여 함안의 문화적 학문적 위상을 높였다. 함안의 역사에서 한강 같은 인물이 군수로 재직함으로 인해서, 이후 대대로 학자가 많이 나오고, 많은 저술을 남기고, 風俗이 善化되는 은택을 입었다.

특히 군수 재직 시 편찬한 『咸州誌』는, 현존 전국 最早의 지방지로서 유명한 뿐만 아니라, 함안의 역사와 문화를 담은 珍籍으로서 가치는 무한히 크다.

오늘날 함안은 경제적으로는 이미 풍요롭다. 여기서 안주하면 안 되고, 寒岡의 정신을 살려 문화와 학문이 가장 우수한 고을로 성장하도록 다 같이 노력해야 할 것이다.

---

5) 『蓬山浴行錄』 5장. 1912년 檜淵書院刊本.

龍潭 朴而章의 生涯와 學問

I. 서언

용담(龍潭) 박이장(朴而章 : 1547-1622)은 남명학파(南冥學派)에 속하는 대표적인 학자관료의 한 사람이다.

그는 문과에 급제하여 관직에 진출하여 부제학(副提學), 대사성(大司成), 대사간(大司諫), 대사헌(大司憲), 도승지(都承旨) 등의 청요직(淸要職)을 역임하는 등 중앙정계에서 크게 활약하였고, 경연관(經筵官), 시강원(侍講院) 보덕(輔德) 등직을 맡아 선조(宣祖), 광해군(光海君) 등 당시 군주들을 교육하면서 가까이에서 모신 적이 있다.

그는 1569년 23세 때 남명(南冥) 조식(曹植)을 만나 뵌 이래로 남명학파와 인연을 맺어 남명의 제자들을 스승이나 벗으로 삼아 어울리면서 학문을 하였고, 늘 남명학파에 관심을 두었다. 나중에 정권을 잡은 대북파(大北派)와는 거리를 두었지만, 서울이나 경북지역에서 남명학을 전파하는 위치에 있었다.

용담은 세상에서 한강(寒岡) 정구(鄭逑)의 제자로 알고 있지만 그의 연령으로 볼 때 한강의 제자로 보기는 어렵다. 그는 나중에는 내암(來庵) 정인홍(鄭仁弘)과 관계가 악화되었지만, 젊었을 때는 정인홍의 문하를 출입하였으니 그의 제자인 것을 부인하기 어렵다.[1] 또 소재(穌齋) 노수신(盧守愼)의 제자이기도 하다.

그의 시문은 원래 많았을 것이나 그가 만년에 강학하던 모덕와(慕德窩)

---

1) 李相弼 『南冥學派의 형성과 전개』 2003년, 와우출판사.

에 화재가 나는 바람에, 대부분의 원고가 소실되어 버렸다. 장기간 후손들이 수집하여 1911년에 가서야 겨우 문집을 공간(公刊)할 수 있었다.

본고에서는 그의 생애를 편년식으로 자세히 소개하고 그의 사우관계(師友關係), 학문사상, 문집의 체재와 내용 등을 차례로 밝힌다.

Ⅱ. 생평 간개

박이장의 자는 숙빈(叔彬), 호는 용담(龍潭), 본관은 순천(順天)으로 1547년 11월 27일 합천군(陜川郡) 남교리(藍橋里)에서 태어났다. 순천박씨는 원래 고려 개국공신 박영규(朴英規)의 후손이다.

용담의 선대는 대대로 개성(開城)에서 살았는데, 그의 6대조 박가권(朴可權)이 성주(星州) 수륜동(修倫洞)으로 옮겨와 살아 비로소 경상도 사람이 되었다. 고조 박예손(朴禮孫) 때 남교리로 옮겨와 살았다. 부친은 복재(復齋) 박량좌(朴良佐)인데, 승지를 지냈다. 한훤당(寒暄堂) 김굉필(金宏弼)선생의 학문을 계승하여 후학들을 가르쳤다. 모친은 상의원(尙衣院) 별좌(別坐)를 지낸 배은(裵垠)의 따님인데, 본관은 성산(星山)이다.

용담은 1553년 7세 때부터 공부를 시작하였다. 가끔 조자(造字)의 의미에 대해서 묻기도 하고, 또 "하늘은 어디에 붙어 있느냐? 땅은 어디서 끝나느냐" 등등의 질문을 하니, 부친이 주자(朱子)가 "하늘 위에는 무엇이 있느냐?"라고 질문한 것과 비교하여 매우 기특하게 생각했고, 용담을 본 사람들은 원대한 인물이 될 것으로 기대했다.

1569년 23세 때 진주(晋州) 덕산(德山)으로 가서 남명(南冥) 조식(曹植)을 만나 뵈었다. 이때 남명은 이미 69세의 노인이었다. 남명의 제자인 덕계(德溪) 오건(吳健), 옥계(玉溪) 노진(盧禛), 개암(介庵) 강익(姜翼), 죽각(竹閣) 이광우(李光友), 동강(東岡) 김우옹(金宇顒), 한강(寒岡) 정구(鄭逑), 수우당(守愚堂) 최영경(崔永慶), 각재(覺齋) 하항(河沆) 등 남명의 제자들과 강학을 하였다2).

1573년 27세 때 진사와 생원에 다 합격하였다.

1574년 성균관 동쪽에서 소재(穌齋) 노수신(盧守愼)을 뵙고 소재가 지은 「인심도심변(人心道心辨)」에 대해서 토론했다.

1576년 30세 때 기자전(箕子殿) 참봉에 제수되었으나 나아가지 않았다. 『관혼촬요(冠婚撮要)』를 지었다.

1577년에 영숭전(永崇殿) 참봉에 제수되어 처음으로 관직에 나갔다. 관직에 있으면서 주자서(朱子書)와 『주역』을 강독하여 마지 않으니, 사람들이 '독서참봉'이라 일컬었다.

1780년 34세 때 『이정전서(二程全書)』 가운데서 성리학과 밀접한 관계가 있는 내용을 뽑아서 『정서절요(程書節要)』를 만들었다.

1582년에는 육경(六經)의 요점을 뽑아 『육경려해(六經蠡海)』를 지었다.

1583년에는 부친을 모시고 고령(高靈)의 용담리(龍潭里)로 옮겨가 살았다.

1586년 40세 때 문과에 급제하여 승문원(承文院) 정자(正字)에 제수되었다. 상촌(象村) 신흠(申欽), 유천(柳川) 한준겸(韓浚謙) 등과 동방급제하였다. 곧 한림(翰林)이 되었다. 선조(宣祖)를 야대(夜對)하였는데 선조가 임금의 덕(德)에 대해서 물었다. 용담은 "백성의 고락(苦樂)은 임금의 덕에 달려 있는데, 덕이란 것은 마음에 도리를 갖추는 것입니다. 사욕이 그 도리를 덮어 버릴 수 있으니, 항상 존양(存養) 성찰하는 노력이 없으면 마음의 도리를 회복할 수 없습니다."라고 대답했다. 그리고 성(誠)과 경(敬)의 요점을 이야기했고, 성색(聲色)과 교일(驕佚)에 대한 경계와 간사한 인간들이 임금을 막는 것에 대한 우려 등에 대해서 언급했다. 또 왕도(王道)와 패도(覇道), 경(敬)과 태(怠)의 관계 등에 대해서도 상세히 이야

---

2) 용담이 남명을 만났다는 기록은, 용주(龍洲) 조경(趙絅)이 지은 「용담행장」이나, 극재(克齋) 신익황(申益愰)이 지은 「유사(遺事)」 등에는 보이지 않고, 1909년 경에 지은 면우(俛宇) 곽종석(郭鍾錫)이 지은 「묘지명」과 『용담연보』 등에 처음으로 보이니, 신빙성이 부족하다.

기해 주었다.

선조가 궁중의 좋은 술과 귤을 선물하고 내시들로 하여금 돌아가는 길을 인도하라고 명하였는데, 그 당시 사람들이 아주 영광으로 생각하였다.

1588년에는 예문관 대교(待敎)에 제수되었다.

이 해 소재(穌齋)를 만나 『의례(儀禮)』를 강론하였다.

1589년 43세 때 홍문관(弘文館) 수찬(修撰), 지제교(知製敎), 경연(經筵) 검토관(檢討官) 시독관(侍讀官) 등에 임명되었다.

1590년 2월에 한강(寒岡) 정구(鄭逑), 모계(茅谿) 문위(文緯) 등과 마암(馬巖)에서 『심경(心經)』을 강론하였다. 3월에는 호남(湖南)의 민심을 선부(宣撫)하는 역할을 맡아 성공적으로 문제를 해결하고 돌아왔다.

1591년 5월 하절사(賀節使)의 서장관(書狀官)이 되어 명나라에 갔다. 당시 왜인들이 조선 조정에 글을 보냈는데, "명나라를 정벌하러 갈 것이니, 조선은 길을 빌려 달라."라는 내용이었다. 이런 내용을 명나라에 사실대로 알릴 것이냐 숨길 것이냐로 조정에서 논란이 있었는데, 용담은 사실대로 왜의 사정을 바로 알릴 것을 주장했다. 황제가 사실대로 보고한 것을 기뻐하여 몇 수레의 서적을 하사했다.

1592년 1월에 사간원 정언에 제수되었으나, 병으로 나가지 않았다. 4월에 왜적이 대규모로 침략해오자, 창의하여 왜적을 쳤다. 용담은 향병(鄕兵)을 모아 송암(松菴) 김면(金沔), 내암(來庵) 정인홍(鄭仁弘) 등과 연합하여 왜적의 흉봉(凶鋒)을 막아 경상도 지방을 보호하였다. 가을에는 초유사(招諭使) 김성일(金誠一)의 종사관(從事官)에 임명되어 군무를 논의하였다. 9월에 호남(湖南)에서 군량 1천 포를 가져와 경상우도 지역의 군민(軍民)들을 구제하였다.

1593년 6월 평안도 영유현(永柔縣)으로 가서 국왕의 행차를 호종(扈從)하였는데, 10월에 한성(漢城)으로 돌아왔다. 홍문관 부응교(副應敎)에 임명되었다. 11월 이후로 이조좌랑, 의정부 검상(檢詳), 사인(舍人) 등에 임명되었다. 이조판서 김응남(金應南)은 용담을 '영남의 제일가는 인물'이라

하여 추천했던 것이다.

1594년 정언(正言)에 제수되었다. 이때 전라감사가 '일본과 강화(講和)를 해서 백성들을 살리자'고 요청했다. 용담은 상소하여 일본과의 화의를 배척하였고, 안변기무(安邊機務) 8조를 올렸다. 팔조는 '감사와 수령을 잘 선택할 것', '장수를 잘 선발하여 군사를 훈련할 것', '둔전을 만들어 곡식을 창고에 쌓아둘 것', '지형을 잘 살펴 험요한 곳을 차지할 것', '세금을 적게 거두고 재물을 아껴 쓸 것', '군인과 백성들을 어루만져 죽을 힘을 다해서 싸우도록 할 것', '인재를 등용하되 품계에 얽매이지 말 것', '신의를 세워 간사하고 교활한 자를 막을 것' 등이었다.

11월에는 동강(東岡) 김우옹(金宇顒)에게 편지를 보내 최수우당(崔守愚堂)을 신원(伸寃)하는 일에 대해서 논의했다. 수우당(守愚堂)은 남명(南冥)의 제자 가운데서 선배 그룹에 속하는 개결한 선비였는데, 기축옥사(己丑獄事) 때 억울하게 걸려 희생 당했기 때문이었다.

1595년 순창부사(淳昌府使)에 제수되어 부임하러 가다가, 한강을 건너기 전에 홍문관 교리에 제수되었다. 비변사(備邊司)에서 "박이장은 재주와 덕이 아울러 갖추어졌고 학식이 풍부하니, 그를 경연(經筵)에 있게 해서 고문에 응하게 해야 합니다. 조그만 고을원을 맡기는 것은 조정을 실망하게 하는 것입니다."라고 아뢰었으므로 선조가 바로 불러와 교리를 맡긴 것이었다. 그때부터 경연 강관(講官)의 임무를 수행했는데 선조에게 『주역』을 강의하였다.

1597년 11월에 수원부사로 제수되었다. 그 이듬해 『수원지(水原志)』의 편찬을 마쳤다.

1599년 부친상, 모친상을 연달아 당하여 『주자가례(朱子家禮)』그대로 준행하여 예법이나 인정이 다 잘 갖추어졌다.

1601년 여름 탈상하고서 11월 성균관 전적(典籍)에 제수되었다가, 한 달여 만에 병으로 귀향하였다. 호성원종공신(扈聖原從功臣), 선무원종공신(宣武原從功臣)에 모두 책록(策錄)되었다.

1602년 정월 사헌부 집의에 제수된 이후로 1614년까지 홍문관 부응교
(副應敎), 전한(典翰), 직제학(直提學), 부제학(副提學), 시강원 필선(弼
善), 보덕(輔德), 동부승지(同副承旨), 우부승지(右副承旨), 좌승지, 도승
지, 대사성(大司成), 대사간(大司諫), 이조참의, 참판, 대호군(大護軍), 예
조참판, 대사헌 한성부(漢城府) 좌윤(左尹) 등직을 역임했다.

세자시강원에서는 『서경』 「무일편(無逸篇)」을 강의했는데, 안일하게
지내는 잘못과 궁중에서 물자를 허비하고 세금을 과중하게 거두는 폐단
등에 대해서 아뢰었다. 마음을 바로잡아 뜻을 정성스럽게 하고 간쟁을
받아들이고 다스리는 도리를 강구하고 정일(精一)의 공부에 힘을 쓸 것을
요청했다.

전한으로 있으면서, 수우당(守愚堂) 최영경(崔永慶)의 신원(伸寃)을 계
청(啓請)하였다.

1603년 3월 충청도 목천(木川)에 물러나 한강 등과 예설에 대해서 강론
했다.

6월에는 동지사(冬至使) 부사(副使)가 되어 중국을 다녀왔다. 개성에
이르러 포은(圃隱) 정몽주(鄭夢周)의 사당에 참배하였다.

1604년 58세 때 회재(晦齋) 이언적(李彦迪)이 무함 당한 것을 신변(伸
辨)하였다. 당시 오현(五賢)의 문묘종사(文廟從祀)에 대한 논의가 있었는
데, 회재와 퇴계를 비판한 사람이 있었기에, 용담이 신변에 나섰다.

1605년 붕당의 폐단을 논하다가 시의(時議)를 거슬러 영해부사(寧海府
使)로 좌천되었다. 『영해지(寧海志)』를 편찬하였다. 겨울에 다시 병조참판
겸 승문원(承文院) 부제조(副提調)에 제수되었다.

1606년 봄에 다시 단양군수(丹陽郡守)로 좌천되었다. 학교를 일으키고
향약을 실시하여 효제(孝悌)를 돈독히 하였다.

이 해 서울에서 증광시(增廣試)를 주관했다. 김주(金輳)라는 선비가 '퇴
계의 의리지학(義理之學)이 간악한 자들에게 무해(誣害)를 입고 있다'라
는 취지로 결론을 내렸는데, 용담이 뽑으려고 하자, 권력을 잡은 자의 측근

으로 시관이 된 자가 반대하자, 용담은 선현에게 해가 미칠까 염려되어
뽑지 않았다.

1607년 성주 무흘산(武屹山)에서 강학하였고, 한강과 예설을 논했다.
현풍(玄風)에 이르러 도동서원(道東書院)과 한훤당(寒暄堂)의 묘소를 참
배하였다.

1608년 진보(眞寶) 삼매촌(三昧村)으로 옮겨 임시로 살았다.

1609년에 덕천서원(德川書院)을 참배하였다. 이때 한강, 동계(桐溪) 정
온(鄭蘊), 부사(浮査) 성여신(成汝信), 송정(松亭) 하수일(河受一) 등과 함
께 서원록(書院錄)을 중수하였다.

1614년 1월에 영창대군(永昌大君)을 구출하려는 상소를 했다가 청송
(靑松) 감무관(監務官)으로 좌천되었다가, 가을에 파면되었다.

아들을 보내어 대정(大靜)으로 유배되는 동계(桐溪) 정온(鄭蘊)을 전송
하였다.

1615년 영창대군이 살해됐고, 또 인목대비(仁穆大妃)를 폐위하자는 논
의가 나왔다. 항의하는 뜻으로 만언소(萬言疏)를 올렸는데 비답을 듣지
못하고, 삭탈관작되어 방축되었으므로 진보(眞寶)로 돌아갔다.

1617년 고령 용담리(龍潭里)로 돌아갔다. 향약과 동규(洞規)를 지었고,
매월 초하루마다 강회(講會)를 개최했다.

1619년 성주 연봉촌(延鳳村)으로 옮겨가 살았다. 향리의 사람들이 강학
할 수 있는 집을 지어 주었는데 모덕와(慕德窩)라고 이름을 걸었다.『심경
요의(心經要義)』를 지었다.

1622년 향년 76세로 고종하였는데, 사림들이 모여 성주 위곡(蝟谷)에
안장하였다.

1625년 용주(龍洲) 조경(趙絅)이 행장을 지었고, 1726년 백각(白閣) 강
현(姜鋧)이 신도비를 지었다.

1678년 성주의 청천서원(晴川書院)에 위패를 봉안하였다.

1911년 후손 박인현(朴寅鉉) 등의 주관으로『용담집(龍潭集)』이 간행

되었다.

1990년 민족문화추진회(民族文化推進會)에서 『용담집(龍潭集)』을 표점 영인하여 한국문집총간(韓國文集叢刊) 제56집에 수록하여 간행하였다.

Ⅱ. 사우관계(師友關係)

용담(龍潭)은 영남에서 생장하였고, 그의 성학과정에 크게 영향을 끼친 사람들은 남명학파(南冥學派)와 퇴계학파(退溪學派)의 인물이 대부분이다.

23세 때 덕산(德山)에서 남명(南冥) 조식(曹植)을 만남으로 해서 남명학파와 인연을 맺었다. 이때 남명의 주요문인들과 관계를 맺었다. 덕계(德溪) 오건(吳健), 옥계(玉溪) 노진(盧禛), 동강(東岡) 김우옹(金宇顒), 한강(寒岡) 정구(鄭逑), 수우당(守愚堂) 최영경(崔永慶), 각재(覺齋) 하항(河沆) 등 남명의 제자들과 강학을 하였다. 특히 경학(經學)과 예학(禮學)에 관심이 많았다.

1574년 소재(蘇齋) 노수신(盧守愼)을 뵙고 스승으로 섬겼다. 노재는 화담(花潭) 서경덕(徐敬德), 회재(晦齋) 이언적(李彦迪), 퇴계(退溪) 이황(李滉) 등의 제자로서 성리학에 조예가 깊은 학자이자 대제학(大提學)을 지내는 등 조선(朝鮮)의 관각문학(館閣文學)의 대표적 문인이었다. 성리학과 문학을 겸비한 인물이었는데, 용담이 경학에 조예가 깊으면서 문학에 뛰어난 것은 소재의 영향이 컸다고 생각된다. 소재와 인심(人心)과 도심에 대해서 논변하고, 또 예서(禮書)도 배웠다.

관직에 있을 때는 오리(梧里) 이원익(李元翼)을 따랐고, 이조판서 김응남(金應南)의 지우(知遇)를 입었고, 1591년 그를 상사(上使)로 하여 서장관으로 북경(北京)에 사행을 다녀온 적이 있었다. 춘호(春湖) 유영경(柳永慶)과도 진밀한 관계를 유지하였고, 정치적인 노선도 가까웠다. 설사(雪

蓑) 남이공(南以恭)도 조정에서 노선을 같이하며 가까이 지냈다.

학봉(鶴峯) 김성일(金誠一)이 임진왜란 직후 초유사(招諭使)로 왔을 때 그의 종사관(從事官)이 되어 모셨다. 1593년 4월 학봉이 진주(晋州)에서 병사하자 조문하였다.

한강(寒岡) 정구(鄭逑)와 동강(東岡) 김우옹(金宇顒)은 같은 고을에 산 선배로서 가까이 지냈다. 한강에게는 어떤 일이 있거나 의문이 나면 반드시 물었고, 백매원(百梅院), 봉비암(鳳飛巖) 등지에서 도학(道學)과 예학(禮學)을 함께 강론했다.

내암(來庵) 정인홍(鄭仁弘)은 용담이 젊은 시절 배웠으나, 나중에는 정치적 노선을 달리했다.

남명학파의의 동계(桐溪) 정온(鄭蘊), 모계(茅谿) 문위(文緯), 영무성(寧無成) 하응도(河應圖) 등도 남명학파 내의 학자로 긴밀하게 지냈다.

의성(義城)에 살았던 경정(敬亭) 자암(紫巖) 이민환(李民寏), 이민성(李民宬) 등과 절친하게 지냈다.

또 사명대사(四溟大師)의 문집에 서문을 쓰는 등 승려들과도 교유가 있었고, 시도 주고받았다. 여타의 유학자들과 달리 불교에 대해서도 이해가 깊었던 것으로 보인다.

Ⅲ. 학문사상

31세 때부터 관직에 나가 관원 생활을 시작했지만, 『주역(周易)』과 주자(朱子)의 글을 읽어 독서랑(讀書郞)이라는 별명을 얻을 정도로 독서를 좋아하였다.

1780년 34세 때 『이정전서(二程全書)』 가운데서 성리학과 밀접한 관계 있는 내용만 뽑아서 『정서절요(程書節要)』를 만들었다. 1582년 36세 때는 육경(六經)의 요점을 가려 뽑아 『육경려해(六經蠡海)』를 지었다.

그는 학문할 자질을 타고난 사람이었으나, 40세 이후로는 관직에 종사하는 바람에 학문에 전념하지 못 한 아쉬움이 컸다. 그가 환갑을 맞이했을 때, 이런 심경을 「자경음(自警吟)」이라는 시와 그 서문에서 밝히고 있다.

내가 조정에 오른 이래로 두 번 전쟁을 겪었고, 두 번 천자의 조정에 다녀왔다. 어정어정하는 사이에 세월을 헛되어 다 보냈다. 일찍이 시를 지어 뜻을 나타내 보였다.

한 평생도록 처음 뜻 이루지 못 하여 부끄럽나니,	深愧平生作邃初
해마다 허둥지둥하며 세 가지 남은 여가를 저버렸다네.	經年役役負三餘
풍진 세상에서 쉰살 나이 잘못 보내버렸고,	風塵枉過知非日
예순살 거백옥(遽伯玉)의 나이 공연히 다 되었네.	空逼行年六十遽3)

경서 가운데서 가장 많이 읽혔던 『논어(論語)』에 대해서 이렇게 보았다.

『논어』라는 책은, 성인(聖人)의 말씀과 행동을 기록한 것으로 만세의 모범이다. 임금에게 충성하고 부모에게 효도하는 도리와 나라를 다스리고 백성들을 부리는 방법 등이 갖추어지지 않은 것이 없다. 사람들이 글을 읽으면서 『논어』를 두고 다른 데서 구할 것이 없다. 군자다운 사람은 성인의 언행이 담긴 책은 스승으로 삼을 만하다는 것을 알고서 그 내용을 즐기고 뜻을 찾아서 체득하면, 군자의 일상적인 행실이 되니, 어찌 칭찬할 것이 있겠는가? 소인이 성인의 언행이 담긴 책을 보면, 사악함을 제거하고 간교함을 멀리하는 말로 자기의 사욕을 물리치는 규범을 삼을 수 있고, 명분을 바로잡고 나쁜 것을 꾸짖는 논의로 자기를 죄주는 형구를 삼을 수 있다. 하나 하나의 교훈이 모두 소인들이 꺼리는 것이다.4)

『논어』의 가치와 그 책을 읽음으로 해서 얻게 되는 효용을 잘 정리하여

---

3) 『龍潭集』 권5 「年譜」.
4) 『용담집(龍潭集)』 권4 「조보독논어론(趙普讀論語論)」.

소개하였다.

　제자백가(諸子百家)에 대해서 용담은 이렇게 평했다.

　　허탄한 것으로는 장자(莊子)와 열자(列子)의 이야기가 있고, 잡된 것으로
　는 부처와 노자(老子)의 이야기가 있다.5)

　노장이나 불가의 설을 근본적으로 인정하지 않았음을 알 수 있다.

　용담은, 백성의 고락(苦樂)은 임금의 덕에 달려 있다고 보았다. 덕이란
것은 마음에 도리를 갖추는 것인데 사욕이 그 도리를 덮어 버리므로, 항상
존양(存養) 성찰(省察)하는 노력이 있어야 마음의 도리를 회복할 수 있다
고 보았다.

　용담은 비록 사환을 오래 했지만, 천성적으로 산수를 아주 좋아했다.
그가 청송(靑松)에 우거하면서 지은 「방언(放言)」이라는 시에서 이렇게
읊었다.

　사람으로서 산을 좋아하지 않으면 어진 사람이 아니고,
　　　　　　　　　　　　　人有不愛山 定是非仁者
　사람으로서 물을 좋아하지 않으면, 지혜로운 사람 아니라네.
　　　　　　　　　　　　　人有不愛水 定是非智者
　나는 산을 좋아하고 물도 좋아하니, 비록 어질고 지혜롭다 해도 괜찮으리라.
　　　　　　　　　　　　　而我愛山兼愛水 雖謂仁智亦可也
　　　　　　　　……
　세상에서 산수를 좋아하지 않는 사람은,　世之不愛山水者
　그 뜻을 보면 누가 거칠지 않던가?　　　觀其意.思孰不野.6)

　용담은 단순히 산과 물을 좋아한 것이 아니라, 인(仁)과 지(智)를 기르기

---

5) 『용담집(龍潭集)』 권4 「조보독논어론(趙普讀論語論)」.
6) 『용담집(龍潭集)』 권1 「放言」.

위한 수양의 차원에서 산수를 사랑했음을 알 수 있다. 곧 천인합일(天人合
一)의 경지를 체득한 것이었다.

면우(俛宇) 곽종석(郭鍾錫)은 용담의 학문과 행실을 이렇게 전반적으로
평했다.

　　충정(忠貞)의 전통이 있는 가문을 이었고, 사우(師友)들 사이에서 훈도를
　　받아, 뜻은 전일(專一)하고 기개가 매서웠고, 학문은 넉넉하고 행실은 닦이
　　어졌다. 안으로 쌓은 것이 크고 넓고도 두터웠으므로 밖으로 나타난 것이
　　툭 트였으면서도 빛났다. 출처진퇴(出處進退)에 있어서 평탄하거나 험하거
　　나, 다스려진 세상이거나 어지러운 세상이거나 간에 시종 한결같이 의리를
　　따르며 구차하지 않았다. 터럭만한 개인적인 이익 때문에 영합하는 바가
　　없었다. 깔끔한 마음에 확고하게 빼앗을 수 없는 지절(志節)이 있었다.
　　　집안을 다스릴 때는 효도와 공경을 하고, 자신을 단속하는 데는 장엄하면
　　서도 긍지가 있었고, 관직에 나가서는 맑고 신중했다. 백성들을 사랑하여
　　측은하게 여기는 것 등에서 그 학문의 공력이 헛되지 않았음을 알 수 있다.
　　　문장은 법도에 맞으면서도 아름다웠다. 원래 저술이 아주 풍부했다. 지은
　　책으로는『관혼촬요(冠婚撮要)』,『정서절요(程書節要)』,『육경려해(六經蠡
　　海)』,『심경촬요(心經撮要)』.『상재만록(桑梓漫錄)』등이 있었으나, 그의 서
　　재인 모덕와(慕德窩)』가 불타는 바람에 다 없어지고 말았다.[7]

Ⅳ.『용담집』의 내용과 가치

　지금 전존하는『용담집(龍潭集)』은 7권 3책인데, 1911년 9대손 박인현
(朴寅鉉), 박윤현(朴允鉉) 등에 의해서 목활자로 간행되었다.

　본래 용담이 지은 시문의 10분의 1정도 수록된 것이라 한다. 그의 저서
『정서절요(程書節要)』등도 수록되지 않았다.

---

7) 郭鍾錫「龍潭墓誌銘」.

책머리에 정래석(鄭來錫)이 1911년에 지은 서문이 있고, 그 다음에 목차가 있다.

권1에는 부(賦)와 시가 수록되어 있다.

권2에는 시가 수록되어 있는데, 양차의 중국 사행 때 창작한 시들이다.

권3에는 교서(敎書), 소(疏), 차(箚), 계(啓), 연설(筵說), 책(策) 등이 수록되어 있다.

권4에는 서(書), 서(序), 논(論), 제문(祭文), 행장(行狀) 등이 수록되어 있다.

권5는 연보이다.

권6에는 사우(師友)들의 증시(贈詩), 서간, 제문, 만사 등이 수록되어 있다.

증시는 소재(蘇齋) 노수신(盧守愼), 이수재(二水齋) 이덕연(李德演), 죽천(竹泉) 이덕형(李德泂), 유천(柳川) 한준겸(韓浚謙), 오봉(五峰) 이호민(李好閔), 해고(海皐) 이광정(李光庭), 백암(柏巖) 김륵(金玏), 황암(篁巖) 박제인(朴齊仁), 설계(雪溪) 문려(文勵) 등의 시 11수가 실려 있다.

서신으로는 한강(寒岡) 정구(鄭逑)의 서신 3편이 있는데, 두 번째 서신은 선조(宣祖)의 국상에 함께 참석할 것을 약속한 내용을 담고 있다. 모계(茅谿) 문위(文緯)의 서신 1편이 실려 있다.

만사는 완정(浣亭) 이언영(李彦英), 자암(紫巖) 이민환(李民寏), 경정(敬亭) 이민성(李民宬), 모계(茅谿) 문위(文緯), 검간(黔澗) 조정(趙靖), 동산(東山) 문경진(文景珍), 무민당(无悶堂) 박인(朴絪) 등이 지은 7수가 실려 있다.

제문은 오봉(五峯) 이호민(李好閔), 남계(枏溪) 이중무(李重茂)가 지은 2편이 실려 있다.

권7에는 조경(趙絅)이 지은 행장,[8] 신익황(申益愰)이 지은 유사(遺事),

---

8) 조경의 문집 『용주집(龍洲集)』에는 이 글이 수록되어 있지 않다.

강현(姜鋧)이 지은 신도비명(神道碑銘), 곽종석(郭鍾錫)이 지은 묘지명, 여팔거(與八擧)가 지은 봉안문(奉安文), 상향축문(常享祝文), 황중형(黃中炯)이 지은 「청정시상언(請贈謚上言)」, 구석검(具錫儉)이 지은 「부청시상언(復請謚上言)」 등이 수록되어 있다.

책 말미에는 장석영(張錫英)이 지은 발문과, 후손 박인현, 박윤현이 지은 발문이 있다.

권1에는 중국 사행 때 지은 시를 제외한 모든 시가 들어 있는데, 대체로 연대순으로 편성되어 있다. 모두 각 체의 시 99수가 들어 있다.

그 가운데 「응제광국지(應製光國誌)」라는 두 수의 시는 명(明)나라의 『대명회전(大明會典)』에 조선 태조 이성계(李成桂)가 고려의 권신 이인임(李仁任)의 아들로 오록(誤錄)된 지 오래되었는데도 시정되지 않았다. 1584년(선조 17) 종계변무주청사(宗系辨誣奏請使) 황정욱(黃廷彧)이 이를 시정하고 돌아왔고, 1587년 종계시정사은사(宗系是正謝恩使) 유홍(兪泓)이 명나라에서 개정한 『대명회전』을 가지고 온 것을 기념하여 『광국지(光國誌)』를 편찬한 모양인데, 종계변무를 기념해서 그 책을 두고 지은 시다. 오랫동안 문제였던 왕실의 세계가 바로잡힌 것을 경하했다.

「제김학봉해사록(題金鶴峯海槎錄)」은 학봉의 일본 사행 시집인 『해사록(海槎錄)』을 두고 지은 시인데, 학봉의 충의가 민멸되어서는 안 된다는 뜻을 담았다.

「문서궁지보(聞西宮之報)」는 인목대비(仁穆大妃)가 서궁에 유폐되었다는 소문을 듣고서 슬퍼하며 선조(宣祖)를 그리워한 내용이다.

「만정한강(挽鄭寒岡)」은 한강의 기백, 총명이 뛰어났고, 효우가 바탕이 되어 충성이 속에서 우러나왔고, 경서를 해석한 공로와 주역에 대한 조예가 깊었음을 칭송하였다. 한강의 서거는 우리 동방에서 유학이 단절되는 것이라고 슬퍼하고 있다. 한강의 학행에 대한 존모하는 마음을 알 수 있다.

「만박덕응(挽朴德凝」 3수는 대암(大庵) 박성(朴惺)이 뛰어난 자질을 타고났으면서도 강직한 성격으로 불우하게 지낸 사정과 용담 자신과 아주 절친한 우정이 있었음을 밝혔다.

「기아공(寄兒狂)」은 천리 밖에 있는 아들을 그리워하며 편지를 보내는 간곡한 심정을 담고 있는데, 부자간의 짙은 정을 잘 나타내고 있다.

「시아공(示兒狂)」은 아들 박공구(朴狂衢)에게 독서를 권유하는 시인데, 인내심을 갖고 백가서(百家書)를 널리 읽어야 하고, 문장을 지음에 있어서 육경(六經)에 뿌리를 두어야 한다는 것을 가르치고 있다.

권2에는 중국 사행 때의 시 171수가 들어 있다. 1591년 서장관으로 갔을 때의 시가 4수 이고, 1603년 부사로 갔을 때의 시가 167수이다. 당시 명나라의 문물, 역사, 지리, 풍속 등을 알 수 있는 중요한 자료이다. 간혹 창작순서가 잘못된 것이 있다.

「서회(書懷)」는 중국에 사신으로 떠나는 사명감와 중국문화와 풍토에 대한 기대, 예상되는 왕복에 따른 고생 등을 묘사하였다.

「고평도중문변경(高平途中聞邊警)」은 중국 사행 도중에 고평(高平)에서 만주족(滿洲族)의 소란으로 급히 군사정보가 전달되는 것을 보고 앞길을 걱정하는 내용이다. 우리 나라에서 임진왜란이 일어나기 전에 중국에서 벌써 만주족이 명나라의 우환이 되어가는 조짐을 보인 것을 용담이 간파한 것이다.

「어양교억천보고사(漁陽橋憶天寶故事)」 북경 동북쪽 교외에 있는 어양교를 지나면서 지난날 어양절도사(漁陽節度使)로 있던 안록산(安祿山)이 반란을 일으켜 당 현종(玄宗)이 피난했던 옛 일을 회상하면서 후세의 군왕들은 현종의 일을 감계(鑑戒)로 삼아야 한다는 교훈의 뜻을 붙였다.

「제이제묘(題夷齊廟)」 2수는 백이(伯夷) 숙제(叔齊)를 흠모해 오다가 그들과 연고가 있는 그 곳을 지나자 더욱 존경하는 마음이 깊어진다는 것과 이 세상의 강상윤리(綱常倫理)가 백이 숙제의 유풍에 영향을 받아 바로 설 수 있다고 믿고 있다.

「통주(通州)」는 통주의 번화한 광경을 묘사하고 있다. 통주는 경항운하(京杭運河)의 북쪽 끝 지점으로 선박을 통해서 중국 천하의 산물들이 집산하고 상업이 발달한 곳으로 당시 번화의 극치에 이르렀다.

「견석탄희작장단구구화(見石炭戲作長短句求和)」는 북경 교외에서 석탄을 처음 본 사실을 밝혔다.

「원일(元日)」은 북경에서의 설날 풍속을 보고 자신의 감회를 펼쳤다.

2권에 실린 시는 모두 중국 사행시로서 많은 중국 사행 문학 가운데서도 명나라 말기에 본 북경의 문화, 풍속 풍물 등을 고스란히 간직하고 있어 문학작품으로서 뿐만 아니라 역사자료로서도 가치가 크다.

권3에는 교서 1편, 소(疏) 2편, 차(箚) 2편, 계(啓) 5편, 연설(筵說) 3편, 책(策) 1편이 수록되어 있다.

「척남서방백청화소(斥湖南方伯請和疏)」는 왜(倭)와 강화(講和)하여 전쟁을 끝내자는 전라도 감사의 건의를 반박한 글이다. 강화한다는 말이 나오자마자 안일하게 대충 대충 처리하려는 분위기가 일어나 온 나라가 전쟁의 위기상황인 것을 모르게 되어, 사졸들은 해체되고 관료들은 태만하고, 중국 군사들은 돌아가려고 할 것이니, 원수를 갚지 않고 강화를 하려고 해서는 안 된다는 내용이다. 1594년 전쟁 중반에 강화하려는 사람들의 생각을 반박한 것이다.

「만언소(萬言疏)」는 비록 「만언소」라 했지만, 지금 남아 있는 글은 3천 자도 되지 않는다. 1615년 올린 소로서 영창대군(永昌大君)의 억울함을 하소연하고 인목대비(仁穆大妃)를 핍박하는 것을 반대하는 글을 올리고, 영창대군을 구제하려다가 유배가게 된 오리(梧里) 이원익(李元翼)을 구제하기 위해 올린 소이다. 소 전체에서 광해군(光海君)의 난정을 비판하고 있다. 용담의 충정(忠貞)한 자세를 알 수 있다.

「설립성균관학제(請設立成均館學制箚)」는 1602년 성균관 대사성으로 재직 때 올린 차자이다. 성균관에서 한갓 형식적인 글만 숭상하고 실용적인 면모가 없으니, 이런 식으로 해서는 이익을 추구하는 무리만 양성할 뿐 어진 인재를 기를 수 없으므로, 임금이 주가 되어 정일(精一)한 학문을 면려할 것을 요청하였다. 임진왜란 직후 성균관이 퇴폐한 상황을 바로잡으려고 용담이 노력한 것을 알 수 있다.

「청직주왜정소(請直奏倭情疏)」는 풍신수길(豐臣秀吉)이 조선에 글을 보내, "명나라를 치러갈 것이니까 조선에서 길을 빌려 달라."라고 했다. 당시 조정에서는 양론으로 갈라져 "저들이 감히 중국을 치지 못 할 것이니까 명나라에 아뢸 필요가 없다."는 주장과 "왜가 이미 난리를 일으킬 기미가 보이고 있는데, 숨기면 명나라를 속이는 결과가 된다."라는 주장이 맞섰다. 용담은 이미 나타난 모든 상황을 모아 보고해야 한다고 건의했고, 용담의 건의가 받아들여졌다. 결국 올바른 선택이었다.

「의국책(醫國策)」은 사람의 병을 다스리는 것이나 나라의 병을 다스리는 것이나 한 가지 원리인데, 모두 다 병의 근본을 찾아서 치료하는 것이 중요하다는 내용이다. 또 병을 치료하는 데는 순서가 중요하다는 것을 밝혔다. 국가의 병을 다스리려면 먼저 조정부터 바로잡아 혼탁한 기운이 없어지게 해야 하고 맑고 밝은 정사가 있어야 하는데, 그렇게 하려면 임금의 마음이 중요하다고 주장했다.

권4에는 서(書) 10편, 서(序) 5편, 논(論) 3편, 제문 3편, 행장 1편이 실려 있다.

서신은 오리(梧里) 이원익(李元翼), 춘호(春湖) 유영경(柳永慶), 한강(寒岡) 정구(鄭逑), 설사(雪簑) 남이공(南以恭), 동계(桐溪) 정온(鄭蘊), 모계(茅谿) 문위(文緯) 등에게 준 것이다.

「여오리이원익서(與梧里李相國書)」는 찾아뵙고 세금과 군포의 감면을 건의하겠다는 내용이다.

「여춘호유상국서(與春湖柳相國書)」는 당시 조정에서 당쟁이 점점 격화되어 가는데, 정승의 자리에 있는 유영경(柳永慶)이 조정을 잘 하라고 권의를 한 내용이다.

「여남자안(與南子安)」은 남이공(南以恭)에게 준 서신으로, 영창대군을 구제하는 일에 다 같이 힘쓰자고 권유하는 내용이다.

「여정휘원(與鄭輝遠)」은 제주에서 귀양살이하고 있는 동계(桐溪) 정온

(鄭蘊)이 어려운 상황에서도 섬 백성들에게 교화를 펼치고 있음을 위로하고 있다. 또 덕계의 외아들인 사호(思湖) 오장(吳長)이 황해도 유배지에서 작고한 소식을 전하면서 슬퍼하고 있다.

「김학봉해사록후운서(金鶴峯海槎錄後韻序)」는 학봉의 일본 사행 시집인『해사록』이 전쟁에서 전존하게 된 기구한 과정을 서술하고 있다.

「송운대사시집서(松雲大師詩集序)」는, 승병대장 사명당(四溟堂)의 시집에 붙인 서문이다. 당시 사명당은 사대부들과 교유가 많았는데, 용담이 그 시집 서문을 썼다.

「산해관시집서(山海關詩集序)」는 중국 사행 때 만리장성의 동쪽 출발점인 산해관(山海關)의 웅장한 모습을 보고 읊은 시를 모은 시집에 붙인 서문이다.

「조보독논어론(趙普讀論語論)」은, 송(宋)나라의 대신 조보(趙普)가 평생 여러 가지 악행을 자행했지만,『논어』읽기를 좋아하여 조정에서 논의가 있을 때는 반드시『논어』를 살펴서 해결 방안을 찾았다. 그러나 그가 평소에 좋지 않은 짓을 많이 했다 해서『논어』읽기를 좋아하는 것까지도 나쁘게 보면 안 된다. 좋지 않게 보는 것은 사람을 논하는 것이 편협한 것이고 다른 사람을 인정하는 도리가 각박한 것이다.『논어』를 좋아하는 마음을 확산시켜서 자신을 단속하면, 온몸의 나쁜 점이나 두 왕조에 변절한 것이 후세에 아무런 말썽꺼리가 안 될 것이라고 보았다.

「제정도가문(祭鄭道可文)」은 한강(寒岡) 정구(鄭逑)의 뛰어난 자질, 인격, 학문 등은 자신과 비교가 되지 않을 정도였는데, 일이 있거나 의문이 있으면 반드시 달려가 물었고, 같이 학문을 강론했는데, 지금은 먼저 세상을 떠나 다시는 만날 수 없게 된 슬픔을 말하고 있다.

「제박덕응문(祭朴德凝文)」은 아름다운 자질에 뛰어난 학문을 갖춘 대암(大庵) 박성(朴惺) 같은 사람은 임금이나 왕세자의 스승이 되어야 하는데, 초야에 묻혀 포의로 일생을 마치게 되어 안타깝다. 자기와 절친했는데 벼슬길에서 방황하다 보니, 자주 만나지 못하고 영결하게 되어 아쉽다는 뜻을 밝히고 있다.

V. 결어

용담(龍潭) 박이장(朴而章)은 문과에 급제하여 중앙관계에서 대사성, 대사간, 대사헌 이조참판, 도승지, 부제학(副提學) 등 요직을 역임하면서 크게 활약하였고, 또 선조(宣祖) 광해군(光海君)에게 교육을 한 적이 있는 중요한 학자 출신의 관료이다.

그가 홍문관(弘文館)의 실제적인 책임자인 부제학에 네 차례 임명된 것이라든지, 두 차례 명나라 사행에 참여한 것 등으로 볼 때 그의 학문이나 시문이 당대에 크게 인정을 받았다는 것을 알 수 있다.

그의 시는 담담한 구성 속에 서정성이 풍부하고, 문장은 평이하면서도 간명하였다. 그리고 그는 시문에 능하면서도 경학에 조예가 깊었고, 특히 역학(易學), 예학 등을 깊이 연구하여 5종의 저서를 하였다.

또 고을원을 맡으면 그 지방의 인문지리서인 지방지를 편찬하였는데, 『수원지(水原誌)』, 『영해지(寧海志)』 등을 편찬했으나, 남아 있는 것은 하나도 없다. 이는 그의 선배 한강이 고을원으로 부임할 때마다 지방지를 편찬한 자세와 매우 유사한데, 한강으로부터 영향을 받지 않았나 생각된다.

그의 서재가 화재를 만나는 바람에 시문은 10분의 1 정도 남아 있고, 다른 전저(專著)는 하나도 남아 있지 못하다. 이것은 그의 불행이자, 한문학계의 불행이다.

그는 고려아 청송 등지에 거주하면서 남명학파에 적극적으로 참여하여 남명학파의 영역을 확대시킨 공적이 있었다.

그는 학문적으로 뛰어났고 문집 이외에도 많은 저술을 남겼다. 전저는 다 없어졌지만, 지금 남아 있는 글만 해도 적지 않다. 그의 학문과 사상을

파악할 수 있는 내용이 있어 앞으로 자세히 연구하면, 그에 대한 학문과
사상의 새로운 면모가 밝혀질 것이다.

感樹齋 朴汝樑의 『感齋日記』에 대한 小考

Ⅰ. 서론

感樹齋 朴汝樑(1554-1611)은 咸陽을 대표하는 학자라고 할 수 있다. 그는 拙齋 盧祥과 來庵 鄭仁弘의 제자이다. 1600년 그의 나이 47세 되던 해에 文科에 급제하여 11년 동안 仕宦하여 여러 淸要職을 거쳐 司諫院 獻納에 이르렀다.

그는 내암이 매우 신임하는 능력 있는 제자였고, 光海君의 등극과 왕권 수호에 큰 공로가 있었고, 광해군 초기 大北政權에서 아주 큰 역할을 한 인물이었다.

그리고 慶尙右道 지역의 文臣으로는 상당히 많은 분량의 詩文을 남기고 있다. 그 시문 한편 한편이 모두 중요한 내용을 담고 있어, 깊이 연구하면 지금까지 알려지지 않는 사실을 밝힐 수 있는 것이다.

그런데도 지금까지는 그에 대한 전반적인 연구는 나오지 못했다. 1997년 姜東郁이 『江右儒脈』이라는 연재물에서 感樹齋 朴汝樑을 생애 위주로 처음 소개하였고, 2008년에는 李政喜가 「『感樹齋集』解題」를 써서 문집 위주로 소개했다. 2010년 全丙哲이 그의 「頭流山日錄」을 연구하여 「感樹齋 朴汝樑의 지리산 유람과 그 인식」이라는 논문을 발표하여 지리산 유람을 중심으로 언급하였다. 그리고 지리산 유람을 다룬 몇몇의 논문에서 그에 대한 언급을 약간 했을 뿐이었다.[1]

---

1) 최석기, 「조선 중기 사대부들의 지리산유람과 그 성향」, 『韓國漢文學研究』 제26집, 韓國漢文學會, 2000.

感樹齋는 壬辰倭亂 이전에는 주로 향리에서 師友들과 학문에 전념하였다. 임진왜란이 발발하자, 忘憂堂 郭再祐, 松庵 金沔 등의 倡義를 도와 왜적을 물리쳤고, 招諭使 鶴峯 金誠一을 도왔다.

임진왜란 직후인 1600년(宣祖 33) 문과에 급제하였고, 그 이후 11년 동안 주로 三司의 관직을 역임하고 司諫院 獻納에 이르렀다.

그는『感齋日記』라는 제목이 붙은 일기를 남겼는데, 무신년(1608), 기유년(1609), 경술년(1610)에 걸친 3년간의 분량이 친필로 남아 있다. 여러 군데 塗改, 添補한 흔적이 있는 것으로 보아 그의 친필본임에 틀림없다. 1914년 문집을 간행하면서 이 가운데 일부를 뽑아「從仕日記」라는 제목을 붙여 그의 문집인『感樹齋集』에 수록하였다.

본고에서는 그의 일기에 초점을 맞추어 그 일기의 체재와 내용, 가치 등을 밝혀보고자 한다.

Ⅱ. 生平簡介

朴汝樑의 자는 公幹, 호는 感樹齋이다. 본래 新羅 시조 朴赫居世의 후손인데, 高麗 말기에 朴元鏡이 軍功이 있어 三陟에 봉함을 받았기 때문에 삼척을 본관으로 삼게 되었다.[2]

그 5대손 朴仁麒가 삼척에서부터 安義로 옮겨와 살았다. 이때가 조선 전기에 해당된다. 그 손자 朴廉이 다시 안의에서 咸陽으로 옮겨와 비로소 함양 사람이 되었다. 이 분이 感樹齋의 5대조이다. 고조는 稷山縣令을 지낸 朴世英, 증조는 朴居義, 조부는 濟用監正을 지낸 朴應星, 부친은 濟用監 奉事를 지낸 朴賢佐이다.

感樹齋는 1554년(명종 9) 咸陽郡 동쪽 加省村에서 태어났다. 5세 때

---

2) 感樹齋 朴汝樑의 생평에 관한 자료는 대부분 그의『年譜』및 誌狀에서 인용했는데, 이후 일일이 註明하지 않는다.

능히 문자를 이해했는데, 책을 보면 반드시 읽으려고 하였으므로 부친이
기특하게 여겼다.

8세 때 『孝經』을 拙齋 盧祥에게 배웠다. 졸재는 玉溪 盧禛의 종형이다.
서적에 잠심하여 玩味하면서 부지런히 공부하기를 그만두지 않았다. 졸재
가 감수재의 부친에게, "그대 집안을 창성하게 하는 일은 이 아이에게
기대할 수 있다."라고 했다.

19세 때 부인 晉陽鄭氏에게 장가들었는데, 곧 唐谷 鄭希輔의 손녀였다.
당곡은 조선 중기에 咸陽 일대에서 상당히 이름난 학자였는데, 특히 교육
자로서 성공하여, 玉溪 盧禛, 靑蓮 李後白, 介庵 姜翼 등 많은 저명한 학자
들을 길러내었다.

이 해 南冥 曺植이 세상을 떠났다. 감수재는 나이가 너무 어려 남명을
承顔하지 못한 것을 매우 안타깝게 생각했다.

20세 때는 마을 뒤 濯纓巖 아래에 서실을 지었고, 탁영암 옆에 逍遙臺를
쌓고 학문을 연마하였다. 임진왜란이 일어나기 전까지는 서재 밖으로 나가
지 않고 『朱子大全』, 『心經』 등의 책을 읽으면서 性理學에 전심하였다.

이 시기에 이미 스스로 분발하여 "사람이 사람답게 되는 것은, 仁義가
있기 때문이다. 인의가 아니면 사람 되는 도리를 성립시킬 수가 없고, 사람
이라는 이름을 욕되게 하는 것이다."라고 하며, 經傳을 읽고 사색하며 寢食
을 잊을 정도였다. 百家에도 두루 통하였다. 특히 『大學』에 힘을 쏟았는데,
'毋自欺'라는 말로 처신하는 旨訣로 삼았고, '毋自欺'를 표방하는 시를 이
렇게 지었다.

이리저리 얽힌 德으로 들어가는 문 앞 길에서,	縱橫入德門前路
제일 가는 功程은 날로 새로워지는 데 있다네.	第一功程在日新
자기를 속이지 않는 곳이 聖人과 범인의 경계인데,	毋自欺頭凡聖界
몇 사람이 귀신이 되고 몇 사람이 사람 되는지?	幾人爲鬼幾人人

덕을 닦기 위해서 날로 새로워지려고 노력하지만, 그 실질적인 방법은 '자기를 속이지 않는 데' 있다는 것을 발견하였다. 자기를 속이지 않고 계속 수양하면, 성인의 경지에도 이를 수 있고, 자기를 속이면서 잘못된 길로 가면, 사람이 될 수도 없다는 풍자를 붙인 시였다.

30세 때는 德川書院을 참배하였다. 感樹齋는 來庵 鄭仁弘의 제자다. 내암은 南冥 曺植의 제자이니, 南冥은 感樹齋에게는 스승의 스승이 된다. 감수재가 남명에게 직접 가르침을 받지 못한 아쉬움이 컸지만, 來庵을 통해서 남명의 학문과 정신을 이어받은 것이다. 이때 南冥에 대한 尊慕의 정을 느꼈다.

1592년 壬辰倭亂이 발발하자, 忘憂堂 郭再祐가 倡義했다는 소문을 듣고는 떨쳐 일어나 그 진영으로 달려가 지원을 하였다.

1593년에는 鶴峯 金誠一이 招諭使로 있다가 慶尙左道 觀察使로 轉任되자 嶺南 선비들에게 通文을 돌려 여론을 조성하여 머물러 있게 하려고 노력했다.

임진왜란 초기 慶尙監司의 자리에 있던 金睟와, 右兵使 曹大坤이 자신들은 계속 적을 피해 다니면서, 의병장 郭再祐를 誣陷하여 상호간의 관계가 험악하게 되었다. 감수재는 行在所에 疏狀을 보내어 김수 등이 의병장의 공적을 시기하여 의병을 해산하려 하는 음모를 밝혀 아뢰고, 宣祖에게 이 일을 바로잡아 해결해 줄 것을 요청하였다. 그리고 體察使 李元翼에게도 서신을 보내어 근본을 공고히 할 책무를 아뢰었다. 明나라 都督 柳綎에게 表文을 올려 和議하는 일을 배척하고 왜적을 다 무찌르도록 요청했다.

1597년 丁酉再亂 때는 黃石山城에 들어가 여러 고을에 호소하는 通文을 보내었다. 성이 함락될 때 그의 次子가 죽었다. 그래서 그 뒤로는 처자를 이끌고 全羅道 지방을 떠돌며 뒷날의 계책을 도모하였다.

1598년 45세의 나이로 進士에 급제하였다. 1600년에 처음으로 叅奉에 임명되었다가 바로 別試文科에 급제하여 藝文館 檢閱에 제수되었다. 春秋館 記事官을 거쳐서 藝文館 待教로 승진했다. 北靑判官으로 잠시 나갔다

가 1608년에는 司諫院 正言, 世子侍講院 文學에 임명되었다. 이때 감수재
는 조정의 정치에 적극적으로 참여하여 발언하였다.

1610년 五賢의 文廟從祀를 주장하는 疏를 올려 光海君의 允許를 얻었
다. 내암의 충실한 제자지만, 文廟從祀에 관한 일에 있어서는 내암의 견해
를 맹종하지 않고, 자기 소신을 지켰다. 또 李潑의 伸寃을 요청하여 光海君
의 윤허를 받았다.

이 해 光海君이 자기 생모를 追崇하는 일이 잘못됐음을 논하였는데,
아무런 답이 없었다. 이때문에 벼슬을 버리고 고향 桃川으로 돌아왔고,
이때부터 세상의 일에 관심을 두지 않았다. 서재를 感樹齋라고 이름 붙였
는데, 風樹之嘆의 정회를 담은 것이었다.

고향으로 내려온 감수재는 1610년 8월 知足堂 朴明榑, 孤臺 鄭慶雲 등
과 함께 頭流山을 유람했다. 이때 「頭流山日錄」을 남겼는데, 『感齋日記』
속에 친필본이 남아 있고, 또 이를 약간 刪正하여 『感樹齋集』 제6권에
실었다. 곧 이어 伽倻山을 유람하였는데, 이때 海印寺에서 忘憂堂 郭再祐
를 만났다.

이해 9월 五賢의 文廟從祀가 결정되었다. 감수재 또한 오현의 문묘종사
에 공이 있었다.

1611년 司憲府 持平에 임명되었을 때 사양하다가 부득이 부임했다. 이
때 疏庵 任叔英이 과거에 급제했다가 直言으로 削科되게 되었는데, 감수
재가 언론으로 인해서 선비의 기운을 꺾으면 안 된다는 취지로 5차에 걸쳐
상소하여 임숙영을 구제해 냈다.

이 해 병을 얻어 9월 2일에 서울에서 작고했으니, 향년 겨우 58세였다.
고향 桃川 부모 산소 아래 酉向의 언덕에 반장했다.

그는 천성이 지극히 효성스러워 부모를 봉양하기 위하여 직접 순채를
따고 고기를 낚아 맛난 반찬을 풍부히 장만하였다. 1594년 임진왜란 중에
부모상을 당하였는데, 격렬한 전쟁 중에도 3년 동안 시묘살이를 했다. 전
쟁 중이라 艱苟한 생활로 喪禮를 예법이나 인정에 맞게 다 갖추지 못한

것을 종신의 통한으로 삼았다.

감수재는 교유를 신중히 했는데, 그와 사귄 대표적인 인물로는, 桐溪 鄭蘊, 思湖 吳長, 龍潭 朴而章, 知足堂 朴明榑, 松灘 鄭弘緒, 源泉 全八顧, 孤臺 鄭慶雲, 秋潭 尹銑 등이 있다. 이들과 道義之交를 맺어 학문의 폭을 넓혔다. 이들은 대부분 來庵의 제자들이 많다. 특히 鄭慶雲은 唐谷의 손자로서 그의 종처남이 되고, 또 다 같이 來庵의 제자로 壬辰倭亂 때는 의병활동을 함께 하는 등 평생의 동지였다.

Ⅲ. 感樹齋와 鄭仁弘, 光海君과의 관계

『感齋日記』의 정확한 이해와 가치를 알기 위해서는 그 주요 내용의 핵심이자 관심의 대상이 되는 感樹齋와 來庵 鄭仁弘의 관계, 그 당시 국왕인 光海君과의 관계를 먼저 알아 둘 필요가 있다.

感樹齋는 來庵 鄭仁弘의 대표적인 제자다. 사제관계가 가장 긴밀하였고, 정치노선도 완전히 같았다.

내암의 제자 가운데는 大北政權에 참여했다가 1623년 仁祖反正 때 처형되거나 삭직된 사람들이 많았다. 인조반정 이후에까지 살아 있던 내암의 제자들은 대부분 寒岡 鄭逑의 제자로 옮겨간 경우가 많았다. 본인이 그렇게 한 경우도 없지 않겠지만, 대부분은 후손들이 조상들의 문집을 만들면서 기록을 삭제하거나 變改하여, 내암과 관계가 없거나 나쁜 것처럼 만든 경우가 많았다. "일찍이 정인홍의 사람됨을 알아보고 절교하였다.", "정인홍의 집 앞을 지나가면서 들어가 만나보지 않고 비판하는 글을 지어 놓고 갔다.", "정인홍의 의견에 동조하지 않아 그의 탄압을 받았다." 등등의 상투적인 표현을 자주 썼다. 그래서 오늘날에 와서는 본래 내암의 제자였던 사람을 찾아내기가 쉽지 않다. 현재『朝鮮王朝實錄』등이 번역되어 인터넷 상에 본인이 "臣은 정인홍의 제자로서, ……"라는 상소를 한 명백한 증거가 올라 있는데도, 그 후손들은 지금까지도 來庵과의 관계를 부인하고 있는 실정이다. 1957년 德川書院의 儒林들이 南冥의 제자와 私淑人의 傳記資料를 수록한 『德川師友淵源錄』을 편찬하면서 來庵 鄭仁弘을 제자에 넣지 않았다. 이때 來庵 후손들의 泣請이 있었다 한다.

江右를 대표하는 대학자인 晩醒 朴致馥, 后山 許愈, 俛宇 郭鍾錫, 晦峯 河謙鎭, 重齋 金榥 같은 분들이, 조선 중기 인물의 傳記文字를 지으면서, 후손들이 삭제, 變改한 문집이나 자료만을 전적으로 믿고서 글을 지어 널리 보급함으로써 더욱 혼란을 가중시켰다.

그러나 感樹齋는 來庵보다 앞서 작고하였고, 또 그의 문집인 『感樹齋集』은 朝鮮王朝가 망한 4년 뒤인 1914년 간행됐으므로, 來庵 鄭仁弘과 관계된 시문을 고의적으로 빼거나 변개할 이유가 없었다. 강우지역의 문집 가운데 거의 유일하게 내암에 관한 기록이 군데군데 보이는 문집이 『感樹齋集』이다. 또 부록 가운데 내암이 感樹齋의 작고를 애도해서 지은 祭文 한 편을 실어 두었다. 그래도 그때까지의 江右地域의 분위기가 내암을 환영하는 환경은 아니었기에, 『感齋日記』에서 발췌·축약한 「從仕日記」을 만들면서도 來庵에 관한 기록을 대부분 빼거나 축약해 버렸다. 감수재의 『年譜』 가운데도 내암에게 배웠다거나 만났다는 기록은 단 한 군데도 보이지 않는다.

感樹齋 朴汝樑은 來庵 鄭仁弘을 소시 때부터 스승으로 모셨고, 임금님이나 아버지처럼 존경한다고 스스로 밝혔다. 남명을 老莊이라고 한 退溪의 시각을 분변하는 차자를 올린 것으로 인해 내암이 성균관 유생들로부터 『靑衿錄』에서 삭제되는 모욕을 당했고, 또 司憲府의 동료들이 내암을 論劾하려고 하는 것을 보고 감수재는 光海君에게 아뢰어 사직을 요청하였다.

얼마 전 좌찬성 鄭仁弘이 올린 차자는, 그의 스승 曺植을 老莊이라고 하는 변론을 밝히려고 하다 보니, 언사가 이일저일 언급하게 되어 이에 이른 것에 불과할 따름입니다. 封箚를 채 捧入하기도 전에 등본이 먼저 새어나가 사람들의 이목에 전파됨으로써, 서울 안이 시끌시끌하고, 그 결과 館學의 유생들이『靑衿錄』에서 이름을 삭제하고 邪說이라고 공박하기에 온 힘을 기울이게 되었습니다.

신이 삼가 듣건대,『청금록』에서 이름을 삭제하는 것은 바로 賊臣 柳永慶에게 시행한 일이라고 합니다. 그런데 지금 다시 인홍에게 시행하다니, 인홍의 죄가 과연 여기에 이르렀습니까?

사실 신은 소시에 인홍을 스승으로 섬기어, 의리상 임금이나 아버지처럼 그를 섬겨야 될 처지인데, 어찌 뻔뻔스레 떠들어대면서 직무를 수행할 수 있겠습니까? 呈告하여 체직을 청하자니, 지평 韓纘男이 이미 정고를 한 상태여서 한 관아에서 두 사람이 한꺼번에 정고를 할 수 없으므로, 문을 닫아걸고 집안에 틀어박혀 사람들의 견책을 기다리고 있었을 따름입니다. 그런데 지금 동료들이 돌리는 글을 보니, 바로 인홍을 논핵하는 사안이었습니다.

인홍은 소시 적에 曹植의 문하에서 사사하여 도를 들은 것이 매우 일렀고, 크게 그 스승에게 인정을 받았습니다. 심지어 明宗께서 引對하시던 날에 천거를 하기까지 하였으니, 그들 사제간의 관계를 알 수 있습니다. 뿐만 아니라 몸은 비록 林下에 묻혀 있지만, 임금을 사랑하고 나라를 걱정하는 마음만은 神明에게 물어봐도 이의가 없을 만큼 분명합니다. 그리고 매섭고 강직한 그의 태도는 노년에 이르러 더욱 신랄하여, 그가 전후로 일에 저촉되어 고생을 겪고 위험스런 상황까지 이르렀던 정상은 성상께서도 이미 알고 계시는 바입니다.

이번의 차자는 단지 스승을 존숭하는 마음에서 나온 것일 뿐, 어찌 거기에 다른 의도가 있어서 이렇게 된 것이겠습니까. 신이 지난해 從祀를 계청하던 때에 외람되이 본직에 있었는데 처음부터 끝까지 남의 뒤를 따랐으니, 신이 두 先正에 대해서도 어찌 딴 뜻이 있겠습니까만, 스승을 위하는 마음만은 性情에 박힌 것이므로, 신은 감히 그 논의에 참여하지 못하겠습니다. 신의 직임을 罷斥하도록 명하소서.[3]

感樹齋는 스승 來庵에 대한 존경심이 대단하였고, 내암의 學問淵源인

---

3)『光海君日記』권40, 3년 4월 12일조.

南冥에 대해서도 정확하게 그 위상을 알고 자신의 스승의 스승이 남명이라는 사실에 긍지를 느꼈다. 그리고 내암의 임금과 국가에 대한 사랑을 광해군에게 부각시키려고 노력하고 있다.

이때 光海君은 感樹齋의 사직을 윤허하지 않았다. 五賢의 文廟從祀에 있어서는 光海君과 來庵이 생각이 달랐던 것 같지만, 그렇다고 내암에 대한 광해군의 신임이 변한 것은 조금도 없었다. 내암을 옹호하는 감수재의 사직을 광해군이 윤허할 생각이 없었던 것이다.

來庵 鄭仁弘이 1611년 感樹齋의 작고를 애도하여 지은 祭文에 보면, 1608년 宣祖가 죽고 光海君 즉위할 시점에서 광해군이 왕위에 오르는 데 감수재가 얼마나 큰 공을 세웠는지 파악할 수 있다. 그리고 내암이 감수재를 얼마나 신임할 만한 인물로 인정하는지 알 수 있다. '정의로운 인물', '능력 있는 인물', '지조 있는 인물'로 확신하여 群鷄一鶴, 中流砥柱라는 표현을 쓰고 있다.

> -전략-
> 죽어도 바름을 잃지 않으면 죽어도 썩지 않는 것이오. -중략-
> 옛날 임인년(1602)에 그대와 함께 조정에 올랐는데, 내가 조정에서 떨치는 훌륭함이 있다고 그대는 생각하였소. 이 늙은 것은 벼슬을 버리겠다는 생각을 갖고 있어, 서울을 떠나 남쪽으로 돌아왔다오. 그대가 "숨으러 가신다"는 말을 했는데, 이는 실로 간절하게 나를 아끼는 뜻이었나니, -빠짐-
> 무신년(1608) 한 가지 일은 그대가 일찍 와서 알려주지 않았더라면, 이 늙은 것이 어찌 알 수 있었겠소? 나라를 걱정하는 한결같은 마음은 내 마음처럼 잘 아는데, 한 번 서울로 올라갔기 때문에 그렇게 되었다고 말할 수 있다오.
> 온 나라가 원수처럼 보아 분위기와 기세는 마치 바닷물이 솟는 듯 산이 우뚝 일어난 듯하고, 사람들은 바람에 풀 쓰러지듯 파도가 몰아치듯 했소. 능히 우뚝 서서 꺾이지 않기를 바랄 수 있었겠소? 이런 때 그대는 우뚝이 홀로 서서 온 나라 사람들을 개의치 않았다오. 비록 깊이 밝혀 차자(箚子)를 -빠짐- 또한 족히 여러 닭들 가운데서 외로운 학이 될 수 있고, 흐르는 강물

가운데서 가로 버티는 하나의 砥柱가 될 수 있다오.

　-생략-

　가령 그대가 명예나 관작을 탐내어 끝내 한 마디 말이 없었다면, 이런 병이 있어 일어나지 못했겠소? 명예와 이익의 현장에서 얻는 것과 잃는 것을 걱정하는 사람들과 얼마나 구별이 되겠소?

　아아! 이제 그대는 끝났구려! 유독 鄭德顯과 이 늙은 것만 세상에 남아 있을 따름이오. 홀로 서서 두려워하지 않는 것은 이 늙은이가 감히 바랄 바가 아니오. 이미 매우 노쇠하여 질병이 찾아드니, 실낱 같은 목숨 저녁에 어떻게 될지 아침에 모를 지경이오. 그대는 어두운 저 세상에서 묵묵히 나를 돌보고 보호하여 큰 낭패에 이르러 바름을 잃고서 죽지 않도록 해주기 바라오.[4]

　感樹齋 사후 2년 뒤인 1613년 光海君은 품계를 초월하여 輸誠結義奮忠定運功臣 資憲大夫 吏曹判書 兼 知經筵義禁府事 春秋館成均館事을 추증하고, 陟平君에 봉했다. 이 定運功臣은 永昌大君을 옹호하던 柳永慶을 제거하여 光海君의 등극에 공훈이 있는 사람들을 冊錄했는데, 鄭仁弘, 李山海가 1등공신이 되고, 感樹齋를 포함해서 李爾瞻 등 5명이 2등공신이 되고, 3등은 정확하게 명단이 남아 있지 않다. 그러나 仁祖反正이 일어나자, 西人政權에 의해서 전원 削勳되었다. 大北政權에 참여했다가 仁祖反正으로 무거운 죄명을 뒤집어쓰고 축출 당한 大北派 인물들의 후손들이 자기 조상이 定運功臣에 策錄된 사실을 仁祖反正 이후로 숨겨왔기 때문에 오늘날 와서는 그 명단을 알 수 없는 것이다.

　1608년 永昌大君을 보호하라는 宣祖의 顧命을 받은 柳永慶 일파를 타도할 수 있는 정보를 맨 먼저 입수한 인물이 바로 感樹齋였다.

　이때 감수재는 司憲府 正言으로 있으면서 執義 李爾瞻 등과 함께 柳永慶을 탄핵하는 疏章을 올렸다.

---

4) 鄭仁弘 『來庵集』 권12 6-7장, 「祭朴持平汝樑文」.

심지어 光海君은'아직 세자 책봉의 비준을 받지 못하였으므로 섭정을 할수는 없다'라고 하는가 하면, 또 '뭇 臣民의 뜻에서 벗어난 일이다'라고까지하였습니다. 그 음흉함에 화가 눈앞에 닥쳐 온 나라가 겁에 질려서 감히입을 열지 못하였습니다. 다행히 몸을 잊고 나라를 위하여 천리 밖에서 소를올려 숨김 없는 직언을 한 鄭仁弘의 힘을 입어, 그들의 비밀스런 음모가모두 드러나서 도망칠 수 없게 되었습니다. 그런데도, 유영경은 태연히 변명하고 나서서 분변하여 밝힐 것을 계청하였습니다. 매와 같고 개와 같은 邪黨을 사주하여 터무니없는 모함을 꾸며 함정을 설치하고, 옥사를 일으켜 선량한 인사들을 일망타진하여 다 죽이고서야 말려고 하였습니다. 정인홍의 상소에 보이는 '선량한 선비'라는 사람들은 모두가 전하를 보호한 사람들입니다. 그렇다면 이들을 다 죽이고 난 뒤에는 전하를 어디에다 두려고 하였겠습니까? 이때 종묘사직은 너무도 위급한 순간이었다고 하겠습니다. -중략-

또 정인홍이 소를 올린 뒤로도, 유영경은 庭鞫의 논의를 오로지 주관하여기필코 선량한 인사들을 다 죽이려고 하였으니, 그의 흉악하고 잔인함은그지없습니다. 남의 신하로서 이같은 죄악을 짊어진 이상, 하늘과 땅 사이에하루도 숨을 쉬도록 놓아두어서는 안 됩니다. 유영경·김대래 등을 모두법률에 의하여 처단할 것을 명하소서.5)

柳永慶 등이 宣祖의 顧命을 받아 永昌大君을 옹립하려는 계획을 가지고서, 光海君을 보호하던 鄭仁弘 등을 내몰아 귀양가게 했다. 그러다가宣祖가 갑자기 승하하는 바람에 광해군이 즉위하자, 전세가 역전되었다.이때 感樹齋는 동료들과 함께 소를 올려 柳永慶의 처벌을 적극 주장하고나선 것이다. 이 疏章에서 스승인 鄭仁弘의 공로를 부각시키고 있다.

永昌大君을 옹립하려던 柳永慶 등의 모의를 사전에 격파하여 光海君을옹립할 수 있었던 것은 바로 감수재가 朝報를 내암에게 보내주었기 때문이다. 그런 사정을 來庵이 스스로 광해군에게 밝힘으로써 感樹齋의 공훈을 光海君에게 확실히 각인시켰다.

---

5) 『光海君日記』 권7, 즉위년 8월 11일조.

신은 鳥嶺 바깥에 살아 도성에서 천리나 멀리 떨어져 있었으니, 兇臣들이 멋대로 날뛰어 그 당시 일이 위태롭다는 것을 신이 어떻게 스스로 알 수 있겠습니까? 朴汝樑이 朝報를 신에게 보여주었는데, 그는 신과 친분이 깊으므로 단지 신으로 하여금 시사가 어떠한가를 알게 하려고 그런 것일 뿐, 다른 뜻이 있었던 것은 아닙니다. 서울에 있는 몇몇 忠義로운 사람들은 보고 들음이 매우 상세하고 걱정스런 생각이 아주 깊습니다. 옛사람이 소리쳐 불러들임에 달려가 위급함을 구한 의리에 의거하여 멀리 山野에 도움을 요청하였습니다. 안에 있으면서 바깥에다 소리쳐 불러들이고, 가까이 있으면서 멀리에다 도움을 요청하는 것은 이치와 형세에 있어 필연적인 것으로, 부득이한 데서 나온 것입니다. 諫院이 아뢰면서는 신에게 중요함을 돌렸는데, 이는 그 표현이 조금 잘못된 것일 뿐입니다.[6]

感樹齋는 世子侍講院에서 文學, 司書 등직에 있으면서 光海君의 세자를 직접 가르쳤으니, 광해군의 인정을 크게 받았다고 할 수 있다. 光海君은 자기가 왕이 된 것과 왕권을 보호하는 데 있어서 感樹齋가 대단한 공훈이 있다는 것을 충분히 인정하고 있었다. 감수재에게 내린 「錄勳敎書」는 이러하다.

내가 오늘에 이를 수 있었던 것은 어찌 경의 공이 아니겠소? 내 어찌 이를 잊겠소? 생각이 간절하여 이른 아침부터 밤늦게까지 마음으로 느슨해지지 않소. 그대는 죽었지만 상을 내리는 것은 살아 있거나 죽었거나 차이가 없소. 이에 食邑地를 나누어주는 법을 본받고, 鐘鼎에 새겨, 定運二等功臣으로 策錄하오.[7]

그리고는 초상을 그려서 후세에 남기고, 序次에 구애 받지 않고 두 품계를 올려주고, 부모와 처자들도 두 품계를 올려주고, 嫡長子는 공신의 특권을 세습하도록 하여 대대로 녹을 받도록 해 주었다.

---

6) 『光海君日記』 권57, 4년 9월 22일조.
7) 『感樹齋集』 권8 2장, 「錄勳敎書」.

또 공신으로 책록한 뒤에 光海君은 禮曹正郞 梁克選을 보내어 感樹齋
의 집에 賜祭하였다. 그 賜祭文에서도 감수재의 공훈을 극찬하였다.

근래 정미(1607)년과 무신(1608)년에,
원흉들이 음모를 꾸몄나니,
숨 한번 내쉬고 들여쉴 동안에도,
놀랄 상황이 막 일어나려고 했다오.
누가 목욕하고 조정으로 와 토벌 요청하겠는지?
그들의 죄가 이미 가득 찼건만.
오직 卿만이 걱정을 했지만,
대막대로 치듯 힘이 약했소.
돌아보건대 어진 스승은,
나라의 날개였기에,
천리 밖에서 한 통의 서신으로,
속 마음 터놓고 위급함을 호소했다오.
듣자마자 칼로 쳐야 한다고 하여,
대궐에 항의하는 상소하였다오.
역적을 토벌하는 큰 의리를,
밝은 해처럼 훤히 제시하였다오.
흉악한 간신들을 싹 물리치고,
다시 종묘사직 안정되게 했다오.
오늘날의 좋은 상황에 이른 것이,
그 누구의 힘이었겠소?
경의 원대한 도모가 아니었다면,
어찌 능히 때에 맞게 알릴 수 있었겠소?
사직을 존속시킨 공훈이 있건만,
목숨은 아침 이슬처럼 사라졌다오.
살아 있을 때 공을 현창하지 못했지만,
오래 될수록 더욱 빛나는구려!
이에 공적인 논의에 의해서,

떳떳한 典章을 크게 거행한다오.
공훈은 鐘鼎에 새길 만하고,
典禮는 살아 있는 이나 죽은 이나 한가지라오.[8)]

이 제문에서 感樹齋가 柳永慶 등의 음모를 물리치고 光海君을 등극시
키는 결정적인 역할을 했음을 알 수 있다. 제자 感樹齋의 기민한 정보
제공에 스승 來庵이 과감하게 대처했기 때문에 광해군의 등극이 가능했던
것이다.

현직으로 정5품인 司諫院 獻納을 지낸 感樹齋에게 정2품인 吏曹判書에
추증하고, 陜平君에 봉한 것은 매우 파격적인 융숭한 禮典이다. 光海君이
來庵과 함께 感樹齋를 얼마나 좋아하고 신봉했는지를 알 수 있다.

IV. 『感齋日記』의 고찰

1. 『感齋日記』의 내력

南冥學派에 속하는 학자들은 南冥의 "程朱以後, 不必著書"라는 誠言
으로 인하여 저술이 적은 경향이 있지만, 반면에 일기를 남기는 전통이
있다. 지금까지 발견된 것만 대략 들어봐도 남명의 제자 德溪 吳健의 『歷
年日記』를 비롯하여 篁谷 李偁의 『篁谷日記』, 茅谿 文緯의 『茅谿日記』,
孤臺 鄭慶雲의 『孤臺日錄』 등이 남아 있다. 특히 『고대일록』 같은 경우는
1592년부터 1609년까지 18년간에 걸친 일기로 임진왜란 당시 慶尙右道
의 전쟁상황이나 난후 복구상황, 향촌유림 등의 동향을 알 수 있는 중요
한 자료이다. 孤臺는 唐谷 鄭希輔의 손자로서 感樹齋의 종처남이 된다.

『感齋日記』는 현재 咸陽郡 咸陽邑에 거주하는 후손 박호정씨가 소장하

---

8) 『感樹齋集』 권8 2-3장, 「賜祭文」

고 있다. 이는 感樹齋 朴汝樑의 일기인데, 중간중간에 塗改하고 補添한
것이 있는 것으로 보아 친필임에 틀림없다. 괘선이 없는 한지에 流麗한
초서로 쓰여 있다.

표제는 『感齋日記』라는 4자의 해서로 되어 있고, 그 오른쪽에 작은 글씨
로 戊申, 己酉, 庚戌의 간지가 해서로 적혀 있는데, 이는 1608년, 1609년,
1610년 3년을 표시하는 것이다. 이 표지 글씨는 후대에 책자를 다시 編綴
하면서 쓴 것으로 보인다.

현재 남아 있는 친필본 『感齋日記』는 1608년(光海君 즉위년) 음력 11월
22일부터 1610년 11월 28일까지 3년 분량이다. 그러나 무신년은 11월 22일
부터 시작하므로 모두 다 합쳐도 한 달 남짓 되는 분량이니, 실제로는
만 2년간의 일기라 할 수 있다. 중간에 친필로 된 「頭流山日錄」이 들어
있다. 이 「두류산일록」은 약간의 刪削만 있고, 문집에 실린 「두류산일록」
과 거의 내용이 같다. 앞으로 연구하는 사람들은 이 산삭된 부분을 보충하
여 연구하여야 할 것이다.

『感齋日記』는 한 책으로 모두 135장이고, 한 장은 대체로 32행, 한 행은
대체로 30자로 한 장에 900자 정도 들어가 있으니, 모두 12만 자 정도
된다. 마지막 부분 3장은 심하게 훼손되어 판독에 어려움이 있다. 그리고
각면의 아랫 부분, 특히 오른쪽 아랫 부분이 마멸되어 각 행마다 한 두
글자씩 보이지 않는 것이 있다.

1914년 『感樹齋集』을 목활자로 간행하면서 『感齋日記』 가운데 있는
기록을 발췌·축약하여 『從仕日記』라는 제목을 붙여 『感樹齋集』 제6권으
로 편집하여 넣었다. 제목 밑에 달린 주석에서 "선생[感樹齋]께서 벼슬에
종사하신 것은 庚子年(1600)부터인데, 일기가 유실되어 단지 무신년부터
신해년까지만 남아 있다."[9]라고 했다. 이 기록에 의하면 본래 感樹齋 자신
이 벼슬을 시작하면서 일기를 쓰기 시작했음을 알 수 있다. 『從仕日記』라

---

9) 感樹齋集 권6 1장, 雜著 「從仕日記」 주석.

는 제목은 일기를 쓰기 시작하면서 본인이 붙였는지, 문집 편집자들이 從仕한 내용 위주로 뽑아 「從仕日記」라고 이름을 새로 붙였는지는 아직 판정하기가 어렵다.

현재『감수재집』에 실린 「從仕日記」는 신해년(1611) 7월 10일까지 남아 있다. 이 해 9월 2일에 감수재가 작고했으니, 작고하기 50여 일 전까지의 일기가 남아 있는 셈이다. 「종사일기」에 수록된 분량만 가지고 볼 적에 전체 일기 80장 가운데서 신해년의 일기가 60장이고, 무신년·기유년·경술년 3년의 일기는 모두 20장 밖에 되지 않는다. 작고하던 해에 감수재가 정계에서 활발히 활동했다는 것을 증명해 주는 것이다.

그러나 친필본『感齋日記』에는 신해년 분량이 아예 남아 있지 않다. 이 신해년 일기는 문집을 간행하던 1914년까지 원본이 남아 있었는데, 그 이후에 없어졌다는 사실을 알 수 있다.

2.『感齋日記』와 「從仕日記」의 비교

위에서 말한 대로 「종사일기」는 친필본『感齋日記』에서 발췌·축약하여 실었는데, 感樹齋 자신에 직접 관계된 것만 잘라 실었기 때문에 史料的 가치가 크게 감소된다.

경술년(1610) 정월 1일부터 며칠 동안의 일기를 비교해 보면 그 차이를 알 수 있다.

『感齋日記』:
○ 二月初一日, 丁未, 晴. 祭畢, 百官問安于差備門外. 卯時, 上還宮. 是日, 釋奠祭祭官, 行祭畢, 至永慕殿, 哭臨脫服.
「從仕日記」:
○ 2월 1일 기록 없음.

『感齋日記』:

○ 二日, 戊申. 挽李正言妻梁氏, 挽詞. 交游中最切, 孰如子淵如. 聲氣宜同異, 悲歡又似歟. 平生偕老約, 春夢摠歸虛. 曾是傷矢鳥, 哀詩不忍書.

「從仕日記」:

○ 2월 2일 기록 없음.

『感齋日記』:

○ 五日, 辛亥, 晴. 任持平碩齡, 避嫌遞差. 後以城上所詣闕, 啓曰, -啓文略- 依啓. 權知承文院副正字 金大成削去仕版. ○ 都監監造官, 以文官塡差, 非但我國家, 自有前規, 頃日論啓, 亦蒙聖兪矣. 今者, 權知承文院副正字金大成旣差之後, 反以其任爲賤且勞, 便生厭避之心, 稱病不仕, 終至遞免而已. 夫古之聖人, 委吏乘田, 亦盡其職. 爲新進之人者, 所當不卑小官, 隨事恪勤, 而士習日偸, 怠慢成風, 陵夷頹廢, 百事無形, 如是而尙可爲國乎? 今玆, 祔廟冊禮, 莫大莫重之擧也. 爲臣子者, 雖勞賤之役, 不憚爲之, 而臺官論啓, 大臣商議入啓差下, 事體自別, 旋卽圖遞, 略無顧忌, 其慢蔑朝廷, 任便放肆之狀, 極爲痛惋. 今承律名似過之敎, 臣等亦非不知, 而參下文官之罷職者, 俗談以爲, 人皆稱夏云. 盖以身無一事, 安臥其家, 臨時敍用, 循例昇遷, 不失其次故也. 今若只罷其職, 是正墮其計, 而不足以警動自便之習, 振擧已頹之綱. 請亟命削去仕版, 今後更差圖免之人, 並一體施行. ○ 慈殿拜陵請停事, 入啓. 不蒙允.

「從仕日記」:

○ 二月初五日, 辛亥. 以城上所詣闕進啓(啓辭在集中).

『感齋日記』:

○ 三日, 己酉, 晴. 以城上所, 申前拜陵啓.

「從仕日記」:

○ 初三日, 己酉, 請停慈殿拜陵事入啓.

『感齋日記』:

○ 四日, 庚戌, 晴. 以城上所, 申前拜陵啓曰, 將慈殿拜陵請停事, 三司齊發抗章籲闕, 今幾日耶? 聖上一向溫諭, 尙閟兪音. 臣等不勝悶鬱焉. 殿下之欲

承順慈殿之意者, 豈非事親無違之道耶? 然所謂無違者, 不悖於事理, 無咈
於禮法之謂也. 自古聖后賢妃, 豈無至情之同然, 而未聞有徑情而直行者.
蓋以止乎禮義而不敢過也. 在我祖宗朝, 雖或有一二擧動之時, 而未免爲一
時之謬擧. 又有爲廷臣所爭, 而終不敢過者. 此可以爲戒, 而又可以爲法者
也. 考之前史, 旣如此, 稽之本朝, 又如此, 上自公卿, 下至士庶, 咸以爲不當
行. 可見古今天下同然之正論, 悖事理, 昧禮法之大者也. 臣等冒忝言地, 不
忍使慈殿, 不有天下公共之論, 而貽重譏於當今與後世也. 以是言之, 則殿
下之承順者, 所謂承順不當爲之事, 而非導慈殿無過擧之道也. 幾氓飢困騷
擾之弊, 亦一時之末慮也. 婦人有三從之道, 無專制之義. 況我慈殿之淑善
聖德, 出於天性者乎! 今此拜陵之還停與否, 合則古聖后之德者, 只在殿下
反覆道達之如何. 請亟告慈殿還寢擇日之命. 以鋤鐵, 反爲典守吏偸竊, 請
罷工曹前後色郎廳.

「從仕日記」:
○ 初四日, 庚戌, 請停慈殿拜陵事再啓.

『感齋日記』:
○ 八日, 甲寅, 晴. ○ 合啓請停慈殿拜陵. 答曰所論之意, 予豈不知, 慈聽未
回, 相持至今, 予甚悶焉. 宜知予意, 休煩, 可矣. ○ 答玉堂箚曰, 玉堂之論,
意正辭嚴, 予甚感惻, 但慈殿懇迫, 一向悲痛, 予甚難處, 宜察予情, 休煩,
可矣. 省箚足見忠直之意. 良用感惻, 營建事, 當議處. 開筵則過再忌後, 所
當卽爲. 適因氣候欠安, 玆未及始耳. 姑待之.
禮曹以科擧罷疑製事承傳議大臣. -이하 1천여 자 생략-
「從仕日記」:
○ 初八日 : 甲寅. 請停慈殿拜陵事三啓(啓辭在集中).

「從仕日記」는『感齋日記』에 비해서 크게 축약해서 감수재와 직접 관계
된 일만 간략하게 수록하였다. 축약하는 과정에서 간혹 자구를 수정하거나
改削하였다.『感齋日記』에 있는 매일의 氣象상황을 「從仕日記」에서는 전
부 삭제해 버렸다. 탈초과정에서 간혹 誤讀을 한 경우가 있다. 경술년 일기
1월달 기록 가운데서만 찾아도 '宿金陵館'의 '金'자의 초서를 '至'자로, '自

朝雨雪'의 '雪'자를 '病'자로, '醫人李慶男'의 '慶'자를 '廉'로 잘못 본 것이 발견되니, 전체적으로 정밀하게 대조해 보면 오독한 경우가 상당히 있을 것으로 보인다.

『感齋日記』에 수록되어 있는 詩, 文章, 備忘記, 啓辭, 疏箚, 批答, 書信 등을 「從仕日記」에서는 거의 다 생략해 버렸다.「종사일기」에서 啓辭 등을 생략하면서 "啓辭在集中"이라고 주석을 달아놓았지만, 그중에는 문집에 미처 채록되지 않은 것도 있고, 심하게 縮約·變改된 것도 있다. 아예 주석 없이 빠진 것도 적지 않다.

몇 가지 사례를 구체적으로 들어보면, 2월 2일자 『感齋日記』에 실린 挽詞는 『感樹齋集』에는 실려 있지 않다. 2월 5일자 啓辭는 『感樹齋集』에 「請處置持平任碩齡」이라는 제목으로 실려 있는데, 줄거리는 같다고 볼 수 있지만, 분량과 자구가 완전히 다르다. 이처럼 『감재일기』를 면밀히 검토하면 感樹齋의 시문을 더 발굴해 내어 『감수재집』을 보완하고 교정할 수 있을 것이다.

3. 여타 개별 문집과 비교

『感齋日記』는 동시대 다른 여러 학자 문인들의 문집에 부족한 부분이나 잘못된 점을 보완해 줄 자료가 많이 들어 있다. 여기서 『感齋日記』와 『來庵集』 가운데 몇 군데 한정해서 살펴보고자 한다.

1608년 1월 18일조에 鄭仁弘의 『來庵集』 권6에 수록된 「謝恩食物疏」가 전문이 다 수록되어 있다. 문집에는 '戊申年 12월 29일'이라는 주석[10]이 달려 있는데, 이는 『感齋日記』의 기록과는 다르다. 생각건대 29일은 來庵이 이 상소문을 지어서 보낸 날짜이고, 1월 18일이라는 『感齋日記』의 기록은 대궐에 접수된 날자로 볼 수 있다.

상소문 첫머리의 '崇政大夫 議政府左贊成 兼 世子輔養官 臣 鄭仁弘,

---

10) 『來庵集』 권6 13장.

誠惶誠恐 頓首頓首 謹 百拜上言于主上殿下'라는 38자가 『내암집』에는 생략되어 있는데, 『감재일기』에는 그대로 살려 두었다.

내용 가운데도, 『내암집』에 '朴明榑轉致'의 '轉'자가 『일기』에는 '輪'자로 되어 있고, '尤厚'가 『일기』에는 '優厚'로, '欺瞞'이 『일기』에는 '欺罔'으로, '含哭'이 『일기』에는 '含笑'로 되어 있어 뜻이 정반대다. 이 가운데 '含哭'은, 『내암집』을 편찬하는 과정에서 '笑'자의 별자인 '咲'자의 초서를 '哭'자로 잘못 읽은 것이다. 내용상으로 볼 적에 '含笑'라야 전후맥락이 닿아 뜻이 통한다.

『來庵集』에는 상소문 뒤에 光海君의 批答까지도 그대로 실었는데, 비답의 끝이 '故諭 ------錄事賚來'로 되어 있다. 그러나 『感齋日記』에서는 '仍傳曰依諭旨例政府錄事給馬下送錄事金擎日二十日下去'라고 더 상세히 기록되어 있어, 광해군이 특별히 諭旨를 내려 議政府錄事 金擎日에게 말을 주어 비답을 갖고 내려가도록 했다는 것을 알 수 있다. 이 기록을 통해서 그 당시의 상황을 더욱 생생하게 알 수 있고, 광해군이 얼마나 특별히 來庵을 隆待했는지를 알 수 있다.

『내암집』에 실린 批答 가운데 '穰'자는 『感齋日記』에는 '讓'자로 되어 있으니, 『내암집』에 실린 '穰'자는 명백한 오자임을 알 수 있다. '卿須善攝'의 '須'자가 『일기』에는 '宜'자로 되어 있는데, '宜'자가 좀 더 완곡한 표현이라고 할 수 있다.

『來庵集』뿐만 아니라, 感樹齋와 교유를 가졌던, 桐溪 鄭蘊, 茅谿 文緯, 思湖 吳長 등 여러 학자들의 문집도 『感齋日記』와 비교해서 면밀히 검토하면, 字句 修正은 물론이고, 여러 가지 새로운 사실을 밝혀 낼 수 있을 것이다.

4. 『朝鮮王朝實錄』과 비교

『朝鮮王朝實錄』은 왕실을 중심으로 한 아주 상세한 기록이지만, 매일매일 일어난 일을 모두 다 적을 수는 없다. 그래서 개인일기에 기록된 내용으로 『왕조실록』의 빠진 부분을 보완할 수도 있다. 이런 점에서 『感齋日記』는 비록 2년여라는 짧은 기간의 일기에 불과하지만, 대단히 중요한 사료적 가치를 갖고 있다.

1608년 光海君이 즉위한 해 12월 18일의 사건을 두고, 『感齋日記』를 『朝鮮王朝實錄』과 비교해 보면 이러하다.

『光海君日記』:

○ 戊申十二月十八日辛未陳奏使李德馨、黃愼啓曰："臣在北京時, 聽中朝物議, 則以奴酋爲憂. 且觀此胡情狀, 數年不爲進貢, 今年乃遣麾下八百名于京師, 爭賞銀之多少, 其侮賤中朝者, 甚矣. 臣見, 東征時來此路, 人間之, 則皆以爲：'此賊憂在遼、廣, 其次在貴國. 及此暇時, 修繕險要, 以爲軍兵入保之計, 可矣. 若視如倭人欲爲逃避, 則鐵騎如風雨, 人民無一脫矣, 貴國善自爲謀.' 如關西近邊必守之處, 預須相擇形止, 以定堡基, 觀勢善措, 恐不可已. 目今飢民流移, 物力全乏, 誠不可猝爲此役, 但預爲講定, 期免後日噬臍之悔, 可也. 關西一路, 上年旱蝗, 民不聊生, 今年旱災, 比前尤甚. 不及今善處, 則開年春夏間, 此輩非塡溝壑, 必嘯聚山谷矣. 詢諸道路, 朝廷無一紙處置之令, 此等危迫情狀, 必未及深悉而然也. 民間又言：'寧流移求活, 深恐救荒御史之來.' 蓋使命所到, 實惠未敷, 而奔走供應, 反多弊矣. 若多般備穀, 與本道監司, 使之召募屯田, 則賑飢生穀, 可以兼得. 惟在廟堂與方面當事者, 商確善處耳. 臣徑行一路, 聞見甚慘, 敢此並達." 答曰："此草記, 下備邊司議處

『感齋日記』:

○ 陳奏使李德馨等啓曰, 臣在北京, 聽得中朝論議, 方以奴酋爲巨憂. 至謂有加於宋室之元昊. 且觀此虜情狀, 數年不爲進貢, 今年乃遣麾下八百名於京師, 爭賞銀□□之數, 其侮試中朝者, 甚矣. 臣見東征時, 來此路, 人則俱以爲, '此賊憂在遼廣, 爾國之憂在其次也. 爾國, 當此暇時, 修繕險要, 以爲老弱避亂軍兵入保之計, 可矣, 若視如倭賊欲爲逃避之計, 則鐵騎驟如風雨, 搜山躝野, 人民無一脫矣, 貴國善自爲謀'. 關西一路, 上年旱蝗, 今年旱災, 流民移入海西之境, 朝中尙無一紙處置之命, 此等危迫情狀, 尙未深察而然也.

내용은 대동소이하나 자구는 크게 다르다. 아마 李德馨 등이 글로 아뢰지 않고 구두로 아뢰는 것을 내용만 적은 모양이다.

『感齋日記』에서는, 아뢰는 사람 명단에 黃愼은 빼고, 대신 '等'이라는 글자로 처리했는데, 이는 우연이 아니고 의도적인 것으로 볼 수 있다. 왜냐하면, 黃愼이 牛溪 成渾의 제자이기 때문이다. 感樹齋의 스승 來庵 鄭仁弘은, 牛溪 成渾을 南冥 문하의 선배인 守愚堂 崔永慶을 옥사하게 만든 장본인으로 간주하여 아주 혐오했기 때문에 감수재도 그 이름을 적고 싶지 않았을 것이다. 滿洲族이 세운 後金이 두려워할 만한 세력으로 파악하고 앞으로 조선에 壬辰倭亂보다 더 참혹한 전란이 닥쳐올 가능성을 예고하고 있다. 『感齋日記』가 『光海君日記』에 실린 글보다 더 요약되어 있고, 後金의 존재가 두려워할 만하다는 점을 더 강조하는 표현을 하고 있다.

1608년 12월 21일의 『感齋日記』의 기록을 『광해군일기』와 비교해 보면, 이러하다.

『光海君日記』:
○ 但卿等告訃天朝, 請命美諡, 在國家酬勞之典, 固不可闕. 況封事之未卽准完, 適中朝機會然也.

『感齋日記』:
○ 但卿等告訃天朝, 請命美諡, 在國家酬勞之典, 固不爲可闕然者也. 況封事之未卽竣完, 適然中朝機會之難便.

明나라 조정에 宣祖의 승하를 알리러 가는 사신에게 光海君이 당부하는 말이다. 『광해군일기』에는 '准完'으로 되어 있는 것이 『感齋日記』에는 '竣完'으로 되어 있는데, '封事를 인준하는 일이 끝나지 않았다'는 뜻이니, 『실록』의 기록이 더 타당하다고 볼 수 있다. 그러나 '適中朝機會然也'라는 표현보다는 『감재일기』의 '適然中朝機會之難便'이 더 정확하다고 하겠다.

1609(광해군1)년 1월 4일의 기록을 비교해 보면 이러하다.

『光海君日記』:

○ 使負罪之人尙保官爵, 士論憤鬱, 久而益激。　請命削奪官爵。

『感齋日記』

○ 使負罪之人尙保官爵, 士論憤鬱, 臣等將盧稷含汚之事, 論列累日, 尙未
蒙允, 至以所論過激爲敎, 臣等竊惑焉. 身爲重臣, 不自謹愼, 簠簋不飾之誚,
騰播已久, 公論之發, 亦云晩矣. 此豈過重之論乎? 請勿留, 亟命罷職.

『光海君日記』에서는 간략하게 기록하였고, 또 구체적으로 누구를 두고
하는 이야기인지 알기 어렵게 기록되어 있는데,『感齋日記』에는 盧稷이라
는 인물에 관한 것임을 분명히 밝히고 그 사안의 전말을 파악할 수 있도록
기록을 남겼다. 이런 경우에『감재일기』의 기록이 없다면,『실록』의 기록
만 가지고는 사건의 구체적인 전모를 파악하기 어렵다.

1609년 1월 10일의 기록을 비교하면 이러하다. 大司憲 李尙毅가 올린
상소문은『光海君日記』中草本에는 수록되어 있으나, 正草本에서는 대
부분 삭제하였다.『感齋日記』에는 삭제하지 않고 상소문이 그대로 실려
있다.

『光海君日記(中草本)』:

○ 行大司憲李尙毅啓曰, 無狀小臣, 至愚極陋, 孤立無徒, 所恃者, 上有聖明
耳。 不幸, 士論携貳, 氣象不佳, 其來, 久矣。 臣出身二十餘年, 杜門屛迹,
未嘗刺鄕論世, 自以爲天地間無用一物, 而遭遇盛際, 濫蒙天恩, 叨此重地, 辭
不得命, 欲有所調劑鎭靜於其間。 伏見正言尹訒啓辭, 有曰: ‘兩司一體, 義不
與此輩爲伍’, 必有其意。 臣爲風憲之長, 不可一刻仍冒, 而昨因賤疾, 今始來
避, 罪戾尤大。 請命罷斥臣職”. 答曰, “卿爲憲長, 浮薄相軋之習, 直斥痛革,
以靖朝廷, 以振紀綱, 勿辭, 盡職.

『光海君日記(正草本)』:

○ 伏見正言尹訒啓辭, 有曰, ‘兩司一體, 義不與此輩爲伍’, 必有其意。 臣

爲風憲之長, 不可一刻仍冒, 而昨因賤疾, 今始來避, 罪戾尤大。 請命罷斥臣
職” 答曰: “卿爲憲長, 浮薄相軋之習, 直斥痛革, 以靖朝廷, 以振紀綱, 勿辭,
盡職.

　『感齋日記』:
　○ 大司憲李尙毅啓曰: 無狀小臣, 至愚極陋, 孤立無徒, 所恃者, 上有聖明
耳. 不幸士論携貳, 氣象不佳, 其來, 久矣. 臣出身二十餘年, 杜門屛迹, 未嘗刺
鄕論世, 自以爲天地間無用一物, 而遭遇盛際, 濫蒙天恩, 叨此重地, 辭不得命,
欲有所調劑鎭定於其間. 伏見正言尹訒啓辭, 有曰: ‘兩司一體, 義不與此輩爲
伍’, 必有其意. 臣爲風憲之長, 不可一刻仍冒, 而昨因賤疾, 今始來避, 罪戾尤
大. 請命罷斥臣職. 答曰, “卿爲憲長, 浮薄相軋之習, 直斥痛革, 以靖朝廷, 以
振紀綱, 勿辭, 盡職.

　『光海君日記』에는 ‘鎭靜’으로 되어 있는데, 『感齋日記』에는 ‘鎭定’으로
되어 있다. 그러나 『感齋日記』에는 ‘而昨因賤疾, 今始來避, 罪戾尤大。
請命罷斥臣職’라는 19자는 빠져 있다. 아마도 너무 개인적인 내용이라 빠
진 것으로 생각된다.

　『光海君日記』에는 전혀 기록되지 않은 내용이 『感齋日記』에는 상세히
기록되어 있는 자료가 많다. 1608년 1월 24일자의 『感齋日記』에 실린 내용
은 『光海君日記』에는 전혀 실려 있지 않다.

　『感齋日記』:
　○ 鵝城府院君李山海箚子, 大槪病重, 不得趨參祥日哀哭之列. 且乞骸退歸
事, 入啓. 答曰, 省箚良用惻然. 卿以宿德元老, 功存社稷, 赤心所在, 可質於天
地鬼神. 雖不能陳力就列, 亦足爲邦國之蓍龜. 卿宜善攝, 勿爲辭退之計. 仍遣
內醫賜藥.

鵝城府院君 李山海가 箚子를 올려 祥日에 哀哭하는 반열에 참여하지

못한다고 아뢰자, 光海君이 "卿은 宿德의 元老로서 社稷을 보존한 공이 있고, 기특한 충성스러운 마음은 천지와 귀신에게 물어 볼 수 있고 나라의 蓍龜가 될 수 있으니, 안심하고 병을 잘 조섭할 것이지, 사퇴할 생각은 하지 마시라"라는 批答을 내리고는 內醫를 보내어 약을 내렸다.

光海君의 존경을 받고 있는 鵝溪 李山海에 관한 기록이 『실록』에서 삭제된 이유는 『光海君日記』의 편찬자들이 仁祖反正으로 정권을 잡은 西人勢力이기 때문일 것으로 볼 수 있다. 이런 기록은 李山海의 문집인 『鵝溪遺稿』에도 들어 있지 않다.

『感齋日記』 1609년 1월 26일조에서 全恩之說은 본래 右議政 沈喜壽와 寒岡 鄭逑가 비로소 내놓았다는 기록이 있다. 『實錄』에는 전혀 나와 있지 않다.

> 『感齋日記』:
> ○ 全恩之說, 右相與鄭逑始出, 議者, 多以爲言.

感樹齋가 寒岡을 鄭逑라고 이름을 바로 쓰고, 그 바로 앞에 全恩說을 반대하는 忘憂堂 郭再祐의 疏章 전문을 다 수록한 것으로 볼 때, 전은설에 대해서 감수재는 극력 반대하고 있다는 것을 알 수 있다. 그리고 寒岡 등 全恩說을 주장하는 사람들에 대해서 역적을 두둔한다는 좋지 않은 시각으로 보고 있었다는 것을 알 수 있다.

1609년(광해군1) 2월 16일의 기록을 비교하면 이렇다.

> 『光海君日記』:
> ○ 合兩司啓請李潑等伸冤. 答曰: "事雖可爲, 莫如待時. 先朝已定之事, 不可輕議, 姑竢後日".

> 『感齋日記』:
> ○ 臣等將李潑等伸冤事, 論列已盡, 而每以已諭爲敎. 臣等非不知聖意之有

待, 而有少遲日月. 第有所急之籲鳴, 而不得自已者焉. 當時逆獄之濫觴, 聖上
以爲先王之本心乎? 權奸乘隙爲計構陷, 實非先王之本心. 故鍛鍊之獄纔畢,
奸賊之敎旋下. 冤死之骨未冷, 而伸理之恩屢需, 特以次第之擧有所未及耳.
繼述之責, 寔在殿下, 而嗣服之初, 國言喎喎咸曰, 伸雪冤枉, 一日爲急, 則臣
等之論, 始發於今日者, 亦云晩矣. 聖上之猶有所待者, 不知□□□何在也? 夫
所謂三年無改者, 謂改其志, 而有所不忍於心者也. 豈以先王幾盡□□, 而後
嗣之當繼, 如此獄之謂乎? 伸釋之擧如此遲延, 則非但泉下之冤魂鬱結, 益與
公論, 異路而復沮, 輿憤愈久而愈激, 竊恐士氣之消鑠, 國脈之斲喪. 未必不由
於此也. 臣等之所以區區論執, 而期至於回天者也. 請勿留難, 快賜一兪. 李潑,
李洁, 白惟讓, 鄭介淸等, 蕩滌罪案, 復其官爵, 還其籍沒. 其餘冤死之人, 並令
廟堂, 悉加査考, 一體施行.

『光海君日記』에는, 李潑 등의 伸冤을 요청하기 위하여 兩司에서 合啓
한 사실과 光海君의 비답만 실려 있고, 啓辭와 批答 등은 다 생략해버렸다.
이는『光海君日記』를 편찬한 西人政權의 인물들은 李潑의 獄事에 연루된
松江 鄭澈, 牛溪 成渾의 제자거나 후배들이기 때문에, 문제될 소지가 있는
기사를『光海君日記』에서 삭제하려고 했기 때문으로 보인다. 그러나『感
齋日記』에는 양사에서 합계한 내용이 모두 다 실려 있다. 이 啓辭는 지금
까지 고찰한 바로는 오직『感齋日記』에만 수록되어 있고, 여타 문헌에서
는 보이지 않는다.

『感齋日記』를 통해서『실록』에 간혹 있는 誤字를 바로잡을 수 있다.
1609년 1월 22일자 기사에 左議政 李恒福이 올린 箚子가 실려 있지만,
『실록』에는 批答만 실려 있고, 차자는 실려 있지 않다.『실록』에 실린 비답
은 이러하다.

『光海君日記』
○ 西北之吳虞, 有難測知, 其綢繆絣征繕之策, 固不容少緩. 而卿一向引咎,
虛度時日. 噫! '天之方蹶, 無然泄泄'之戒, 不幸近之矣. 以卿之宏器、達識, 何
不動念於國家之急, 而困我至此哉? 宜勿更辭, 斯速出仕.

‘西北之昊’의 ‘昊’는 뜻이 통할 수가 없어 이상했는데, 『感齋日記』에는 ‘憂’자로 되어 있어 정확한 뜻을 알 수 있게 되었다. 또 『光海君日記』에는 ‘紅繕’으로 되어 있어 뜻이 통하지 않는데, 『일기』에 보면 ‘綴繕’으로 되어 있어 뜻이 통한다. 『실록』의 ‘宏器’가 『일기』에는 ‘宏量’으로 되어 있는데, ‘宏量’이 의미가 더 명확하다.

5. 『感齋日記』의 가치

『感齋日記』는 비록 만 2년이라는 짧은 기간의 개인일기지만, 光海君 초기의 조정의 상황을 자세하게 아는 데 중요한 사료가 많이 들어 있다. 대표적인 것 몇 가지를 들면 다음과 같다.

光海君이 재위하고 있을 때 광해군이 자기가 왕위에 오르는 데 결정적인 도움을 준 北人들이라 하여 그들의 요청을 무조건 다 들어준 것이 아니고, 매사를 매우 신중하게 결정했다는 사실을 알 수 있다.

광해군 초기에는 광해군이 仁穆大妃에게 매우 孝敬하여 그 뜻을 어기지 않으려고 노력하였고, 관계도 나쁘지 않았다는 것을 알 수 있다.

來庵 鄭仁弘과 그 제자들의 동향과 활동상 관계 등을 알 수 있는 중요한 자료이다. 특히 광해군 집권기의 정치동향과 내암에 관계된 왜곡되어 있는데, 이러한 사실을 바로잡는 데 필요한 귀중한 자료가 많이 들어 있어 앞으로 많은 연구가 필요하다. 특히 來庵을 정점으로 하는 孤臺 鄭慶雲, 栢淵 朴思齊, 漁適 柳仲龍, 秋潭 尹銑, 思湖 吳長, 戀菴 姜翼文, 知足堂 朴明榑, 茅谿 文緯, 原泉 鄭八顧 등에 관한 기록이 곳곳에 보인다.

V. 결론

感樹齋 朴汝樑은 심상한 鄕村의 선비로서 文科에 급제하여 잠시 벼슬하다 일찍 세상을 떠난 인물로 여겨져 지금까지 별 관심을 끌지 못한 것이

사실이다.

　그러나 그의 문집과 이 『感齋日記』를 통해서 밝혀진 바로는, 그는 孤臺 鄭慶雲과 함께 來庵 鄭仁弘의 핵심적 제자이고, 光海君의 등극에 결정적 역할을 한 인물이었다. 光海君 재위 초기에 그의 조정에서의 역할은 대단한 비중이 있었다.

　그가 이 기간에 남긴 『感齋日記』는 비록 만 2년에 불과한 짧은 기간의 개인 일기지만, 매우 중요한 자료적 가치를 가진다.

　이 『感齋日記』를 발췌·축약하여 「從仕日記」라 하여 『感樹齋集』에 수록했지만, 지나치게 축약했기 때문에, 『감재일기』에 비하여 자료적 가치가 현저히 떨어진다. 다만 신해(1611)년 부분은 『감재일기』에는 아예 없다. 발췌·축약되었지만 「종사일기」에 실린 내용이 유일한 자료이기 때문에 그 나름대로 큰 가치가 있다.

　『감재일기』에는 『감수재집』이나 여타의 어떤 문헌에서도 볼 수 없는 내용이 풍부히 들어 있다. 당시의 대표적인 官撰史書인 『光海君日記』와 비교해 보면, 『광해군일기』에 기록되지 않은 자료가 많이 들어 있고, 잘못을 바로잡을 수 있는 자료도 적지 않다. 특히 광해군 초기의 정국의 동향을 정확하게 깊이 있게 알 수 있는 것이 많아 광해군시대에 대한 기존의 견해를 바꿀 수 있는 것도 있다. 또 『感齋日記』에는 『感樹齋集』에 수록되지 않은 시문이 상당수 들어 있어 『感樹齋集』을 보완할 수 있다.

　특히 『感齋日記』의 내용 가운데는 그의 스승 來庵 鄭仁弘에 관한 기록과 그 제자들의 동향, 主義, 主張 등을 알 수 있는 자료가 많아 지금까지 來庵에 관한 왜곡된 시각의 辨正에 도움을 줄 수 있을 것이다.

　이 『감재일기』는 만 2년간의 기록이라 너무 짧고, 중앙정계 위주의 객관적인 사실만 기록했을 뿐, 또 感樹齋 자신의 감정이나 견해를 적은 내용이 거의 없어 아쉬움이 남는다.

　원본이 草書로 되어 있고, 보존상태도 양호한 편이 아니라, 군데군데 판독에 어려움이 없지 않지만, 脫草하여 누구나 알아볼 수 있는 楷書로

옮겨서 출판하고, 나아가 번역까지 한다면, 이『感齋日記』는『朝鮮王朝實
錄』등 官撰史書의 보완자료 뿐만 아니라, 당시 慶尙右道 학자 문인들의
동향을 밝혀 주는 중요한 자료가 될 것이다.

東溪 權濤에 대한 小考

I. 도어(導語)

　동계(東溪) 권도(權濤 : 1575-1644)는 조선(朝鮮) 중기의 대표적 문신 (文臣)으로서 산청군(山淸郡) 신등면(新等面) 단계리(丹溪里) 출생이다. 그는 한강(寒岡) 정구(鄭逑)와 여헌(旅軒) 장현광(張顯光) 두 분을 사사 (師事)하여 퇴계(退溪)·남명(南冥)을 이은 학자이고, 또 문과(文科)에 급 제하여 사환(仕宦)하면서 임금을 바른 길로 인도하고 정사(政事)가 올바 로 진행되도록 강직하게 소신을 폈다. 그리고 출처(出處)의 대절(大節)을 지켜, 벼슬에서 물러나 향리(鄕里)에서 지낼 때는 학문연구와 제자양성에 전념하였다.

　그의 일생은 학자 정치인으로서의 전형(典型)이라고 할 수 있는데, 오늘 날을 살아가는 지식인들에게 드리운 교훈(敎訓)이 크다고 할 수 있다.

　아래에 동계의 생애, 기질과 사상, 사우(師友) 관계,『동계집(東溪集)』에 관한 내용 소개의 순서로 서술하여 관심 있는 분들의 일람을 기다린다.

II. 생애

　동계(東溪) 권도(權濤)는 1575년(宣祖 8) 6월 12일 경상도(慶尙道) 단성 현(丹城縣) 단계리(丹溪里)[지금의 慶南 山淸郡 新等面 丹溪里] 세제(世 第)에서 태어났다. 자(字)는 정보(靜甫)요, 동계(東溪)는 그 호(號)이다.

　본관은 안동(安東)으로 고려(高麗) 초기 태사(太師) 권행(權幸)이 그

시조이다. 고려 후기 권행의 12대손 도첨의우의정(都僉議右議政) 예천부
원군(醴泉府院君) 권한공(權漢功)과 그 아들 대광보국지밀직사사(大匡
輔國知密直司事) 화원군(花原君) 권중달(權仲達) 등이 현조(顯祖)이다.
권중달의 손자 군기시정(軍器寺正) 권집덕(權執德)이 한양(漢陽)으로부
터 삼가현(三嘉縣) 대병(大幷)으로 옮겨와 살았다. 이 분이 동계(東溪)에
게 7대조가 된다. 그 손자 사용(司勇) 권계우(權繼祐)가 대병에서 단계리
(丹溪里)로 옮겨왔다. 이 이후로 권씨들은 단계를 중심으로 인근에 많이
퍼져나갔다. 그 손자 참봉(參奉) 권시준(權時準)이 동계(東溪)의 증조이
다. 조부는 상의원별좌(尙衣院別坐) 권운(權運)이고 아버지는 사포서별
좌(司圃署別坐) 증승정원좌승지(贈承政院左承旨) 권세춘(權世春)이다.
모부인(母夫人)은 상산김씨(商山金氏)로 급고재(汲古齋) 김담(金湛)의
따님이다.

　동계(東溪)는 나면서부터 특출한 자질(資質)이 있었다. 5세 때 『천자문
(千字文)』을 배웠는데 글자 풀이만 듣고서도 그 음(音)과 구두(句讀)에
다 통했다. 10세 때 관찰사(觀察使)로 있던 서애(西厓) 유성룡(柳成龍)이
단계현(丹溪縣)에 이르러 동계가 총명(聰明)하다는 것을 듣고서 그와 더
불어 『한서(漢書)』를 토론해 보고서 그 재주에 탄복하였다.

　16세(1590년) 때, 증병조참판(贈兵曹參判) 유옥(柳沃)의 따님에게 장가
들었다. 1592년 봄 임진왜란(壬辰倭亂)이 발발하기 전에 아버지께 아뢰어
집을 황매산(黃梅山) 속으로 다 옮기자, 사람들이 비웃었는데, 얼마 뒤
왜적(倭賊)이 쳐들어오자 사람들은 동계의 선견지명(先見之明)에 경탄하
였다.

　27세(1601년) 때 진사(進士) 초시(初試)에 응시하였으나, 시관(試官)이
뇌물(賂物)을 써 합격하도록 유혹하므로 정색을 하여 거절하고 회시(會
試)에 나가지 않았다.

　29세 때 성주(星州)로 가서 한강(寒岡) 정구(鄭逑)를 찾아뵙고 며칠 머
물며 학문에 대해서 질문하였다. 동계(東溪)의 실천(實踐)이 독실(篤實)하

고 경학(經學)이 박아(博雅)한 것을 한강은 자주 칭찬하였다.

38세(1612년) 때 진사시(進士試)에 합격하였다. 39세 때 인동(仁同)의 부지암정사(不知巖精舍)로 여헌(旅軒) 장현광(張顯光)을 찾아뵙고, 그 곳에 머물러『주역(周易)』을 강론(講論)하였다. 이 해 증광문과(增廣文科)에 급제(及第)하였다. 그 다음 해 모부인상(母夫人喪)을 당하여 3년 동안 여묘(廬墓)하였다. 상(喪)을 마치고 나서 42세 때 비로소 성균관(成均館) 학유(學諭)에 제수(除授)되었으나 나아가지 않았다. 그때 광해군(光海君)의 혼정(昏政)이 시작되었기 때문이다. 고향 집의 동쪽 골짜기에 동계정사(東溪精舍)를 짓고 조용히 지내면서 독서하였다. 이때부터 호(號)를 동계(東溪)라고 하였다.

46세(1620년) 때 한강(寒岡)의 부음(訃音)을 듣고서 설위(設位)하여 곡(哭)하였다.

49세 때 인조반정(仁祖反正)이 있었는데, 3월에 조정에서 광해군(光海君) 때 벼슬에 나서지 않고 깨끗이 지냈다 하여 동계(東溪)를 맨 먼저 청요직(淸要職)인 승정원(承政院) 주서(注書)에 발탁하였으나 병으로 나가지 못하였다. 그 뒤 9월에 다시 제수(除授)하므로 부임하였다. 그 뒤 예문관(藝文館) 검열(檢閱) 겸(兼) 춘추관(春秋館) 기사관(記事官)으로 옮겼다.

50세(1624년) 때 이괄(李适)의 난(亂)이 있어 인조(仁祖)의 어가(御駕)를 호종(扈從)하여 공주(公州)로 갔다가 난이 평정되자 돌아왔다. 이 공(功)으로 원종공신(原從功臣)에 책록(策錄)되고, 성균관(成均館) 전적(典籍)으로 승진하였다. 이때 영의정(領議政) 이원익(李元翼) 집으로 찾아가 공안법(貢案法)의 폐단을 지적하자, 이원익은 "그대의 말이 바로 나의 의견이오."라고 하고, 그 뒤 개정할 것을 건의하였다. 이 해에 병조좌랑(兵曹佐郎), 사간원(司諫院) 정언(正言), 병조정랑(兵曹正郎) 등의 자리로 옮겼다.

51세 때 홍문관(弘文館) 부수찬(副修撰), 지제교(知製敎) 겸(兼) 경연시

강관(經筵侍講官), 사헌부(司憲府) 지평(持平), 홍문관(弘文館) 부교리(副校理), 지제교 겸 경연시독관(經筵侍讀官), 성균관(成均館) 전적(典籍) 등 직을 지냈다.

53세(1627년) 되던 해 12월에 후금(後金)의 침략이 있어 인조(仁祖)의 어가(御駕)를 호종(扈從)하여 강화도(江華島)로 들어갔다. 수찬(修撰)으로서 어전(御前)에서 교서(教書)를 짓는데 마치 미리 지어두었던 것처럼 민첩하게 지어냈다. 이 해 경상도(慶尙道) 독운어사(督運御史)가 되었다가 일을 마치고 복명(復命)하여 사헌부 장령(掌令)에 제수되었다. 다시 사헌부 집의(執義)가 되어 천안군수(天安郡守) 윤명지(尹命之)의 간악한 장물죄(贓物罪)를 논핵(論劾)함에 있어 조금도 가차(假借)가 없자 조정의 권귀(權貴)들이 동계(東溪)를 두려워하면서도 존경하였다.

그 다음 해에는, 당시의 반정원훈(反正元勳) 좌의정(左議政) 김류(金瑬)가 뇌물을 받아들인 것에 대해서 논핵(論劾)하자, 김류가 사표를 내기에 이르렀다. 인조(仁祖)는 동계(東溪)를 외직(外職)인 흥양현감(興陽縣監)으로 내보냈는데, 당시 동계의 강직(剛直)함 때문에 조정이 숙연해졌다. 외직으로 나간 지 3개월만에 다시 사간원(司諫院) 사간(司諫)으로 돌아왔다.

56세(1630년) 때 세자시강원(世子侍講院) 보덕(輔德)에 제수되었고, 우복(愚伏) 정경세(鄭經世)와 함께 회시(會試)의 고관(考官)이 되었다. 이 해 7월에 민폐(民弊)와 시변(時變)을 걱정하는 상소를 하였는데, 말이 매우 간절하였다.

57세 때 사헌부(司憲府) 집의(執義)로 있으면서, 권신(權臣) 이귀(李貴)가 인조(仁祖)의 물음에 대답하면서 주자(朱子)의 말을 인용하였는데, 주자의 본래 취지를 왜곡한 일이 있었다. 동계는 이를 지적하여 논핵(論劾)하였다. 주자학(朱子學)에 정통하였고, 또 주자학을 위호(衛護)하는 그 정신을 알 수 있다.

58세 때 인조가 그 생부를 원종(元宗)으로 추존(追尊)하고 시호(諡號)

를 올리려고 했는데, 동계(東溪)가 그 시호의 글자수를 줄이자고 요청했다가, 인조의 진노(震怒)를 사, 삭탈관작(削奪官爵) 당하여 해남군(海南郡)으로 유배(流配)되었다. 그 다음 해 8월에 사면(赦免)되어 집으로 돌아왔다.

60세(1634년) 때 가숙(家塾)을 짓고 정이천(程伊川)을 본받아 강회(講會)의 규정을 만들어 시행하였다. 인근의 후학(後學)들에게 시서(詩書)를 강의하여 성취시키는 것으로 자신의 임무로 삼았다.

62세(1636년) 때 청(淸)나라 군대가 침략해 들어왔다. 이른바 병자호란(丙子胡亂)이었다. 인조(仁祖)가 남한산성(南漢山城)으로 들어갔다는 소식을 듣고서, 동계(東溪)는 달려갔으나 문경(聞慶)에 이르러서 길이 막혀 더 가지 못하고, 경상도(慶尙道) 관찰사(觀察使) 심연(沈演)의 진(陣)에 머물러 군무(軍務)를 도왔다. 심연에게 흩어진 군사를 모아 남한산성을 구원하러 가자고 건의하였으나, 인조가 항복했다는 소식을 듣고는 그만두었다.

그 다음해 2월 유민(流民)들을 진휼(賑恤)하는 일로 영남(嶺南)에 파견되어 상주(尙州), 산음(山陰), 함양(咸陽), 합천(陜川) 문경(聞慶) 등지를 돌며 백성들 구제하는 일에 정성을 쏟았다. 6월에 임무를 마치고 돌아가 세자시강원(世子侍講院) 보덕(輔德)이 되었다. 9월에 여헌(旅軒)의 부음(訃音)을 듣고서 설위(設位)하여 곡(哭)하였다. 12월에 통정대부(通政大夫)의 품계(品階)로 승진하였다.

65세(1539년) 때 승정원(承政院) 동부승지(同副承旨), 우승지(右承旨), 좌승지(左承旨), 호조참의(戶曹參議) 등직을 지냈다.

66세 때는 병조참지(兵曹參知), 호조참의(戶曹參議), 홍문관(弘文館) 부제학(副提學) 지제교(知製敎) 겸(兼) 경연참찬관(經筵參贊官) 춘추관(春秋館) 수찬관(修撰官), 사간원(司諫院) 대사간(大司諫) 등직을 지냈다.

68세 때는 서계서원(西溪書院)에 가서 덕계(德溪) 오건(吳健)의 『덕계집(德溪集)』을 교정(校正)하였다.

70세(1644년) 되던 해 8월 27일 동계정사(東溪精舍)에서 고종(考終)하였다. 부고(訃告)가 알려지자, 조야(朝野)의 사람들이 모두 탄식하였다. 12월에 수청동(水淸洞) 동쪽 기슭 신좌(辛坐)의 언덕에 안장하였는데, 영호남(嶺湖南)의 선비 및 향교(鄕校) 서원(書院) 등의 유생(儒生) 수백 명이 장례에 참석하였다.

1645년(仁祖 23)에, 동계가 원종공신(原從功臣)에 두 번 책록(策錄)되었으므로, 조정에서 특별히 자헌대부(資憲大夫) 이조판서(吏曹判書) 겸(兼) 지경연의금부춘추관성균관사(知經筵義禁府春秋館成均館事) 홍문관대제학(弘文館大提學) 예문관대제학(藝文館大提學) 세자좌빈객(世子左賓客)에 추증하였다.

1672년(顯宗 13)에 사림(士林)의 결의로 삼우당(三憂堂) 문익점(文益漸)을 모신 도천서원(道川書院)에 위판(位版)을 모시고 향사(享祀)하였다.

1788년(正祖 12)에 사림(士林)에서 상소하여 동계정사(東溪精舍)의 옛 터에 서원을 건립하겠다고 요청하여 윤허(允許)를 받았고, 그 다음에 완계서원(浣溪書院)을 완성하여 위판(位版)을 모시고 석채례(釋菜禮)를 봉행(奉行)하였다.

1824년(純祖 24) 나라에서 충강(忠康)이라는 시호(謚號)를 내렸다.

Ⅲ. 기질과 사상

동계(東溪)는 자품(資稟)이 영명(英明)하였고, 천성적으로 호학(好學)하였다. 기질이 강직(剛直)하고 청개(淸介)하였다. 또 효우(孝友)가 지극하여 종족(宗族)들을 화목하게 잘 이끌었고 자제들을 잘 교육하고 훈계하였다. 평소에 조용히 지낼 때도 반드시 의관(衣冠)을 정제하여 단정히 앉아 있었고, 게으른 모습을 보이지 않았다. 착한 일은 펴고 나쁜 일은 막았고, 얼굴빛을 바로 가지고 바른 말만 하였고, 영욕(榮辱)에 얽매이지 않았다.

18세 때 아버지가 여역(癘疫)으로 세상을 떠나자 빈소(殯所)를 차리고 나서 친구들이 전염될 것을 두려워하여 그 곁을 떠나라고 권유했지만, 동계는 꺼적대기 위에서 자면서 그대로 철저히 예법(禮法)을 지켰다.

문과(文科)에 급제했을 때는 북인(北人)들이 정권을 쥐고 있을 시기였으므로 벼슬에 나갈 뜻이 별로 없었다. 당시 정인홍(鄭仁弘)이 권력을 잡고 있어 사대부(士大夫)들 가운데서 그에게 추종하는 사람이 많았지만, 동계(東溪)는 꿋꿋이 지조를 지키며 돌아보지 않았다. 사람들이 동계의 처신을 염려하였지만 지조를 조금도 꺾지 않았다.

동계가 고관(考官)으로서 과거장(科擧場)을 감독할 때는, 규찰(糾察)이 엄명(嚴明)하여 분위기가 숙연(肅然)하였으므로 부정행위를 저지르는 사람이 없었다.

인조(仁祖)를 임금으로 옹립(擁立)하는 데 가장 큰 공훈을 세운 김류(金瑬)가 낙안군수(樂安郡守) 임경업(林慶業)의 뇌물을 받아들인 것을 논핵(論劾)하여 사표를 내야할 정도까지 몰아붙였고, 이귀(李貴)가 인조에게 대답하면서 주자(朱子)의 본의(本意)를 해친 점에 대해서 끝까지 그 잘못을 밝혔다.

반정(反正) 직후 공신(功臣)들이 인조(仁祖)의 숙부 인성군(仁城君)이 왕위를 탐내는가 의심하여 관리들을 기찰(譏察)하고 다니는 것을 보고, 동계(東溪)는 상소하여 기찰의 부당성을 지적하여 중지시킬 것을 건의하였다.

동계(東溪)는 언제나 자신의 뜻과 맞지 않으면 조금도 미련없이 벼슬을 던져버리고 물러났다. 대개 옛날 훌륭한 분들의 출처대절(出處大節)과 들어맞았다.

관직에 있을 때는 청렴(淸廉)하여 털끝 만한 부정도 없었다. 물러나 향리(鄕里)에 있을 때도 염담(恬淡)하여 물욕이 없었다.

인조(仁祖)가 자신의 생부를 원종(元宗)에 추존(追尊)하고 시호(諡號)

를 내릴 때 네 글자로 하는 상례(常例)를 어기고 글자수를 늘리려고 했을 때 이를 반대하다가 삭탈관작(削奪官爵) 당하여 해남(海南)에 유배(流配)되기도 했다. 당시 인조가 진노(震怒)하여 화를 예측할 수 없었는데도 동계는 자기의 주장을 조금도 굽히지 않았다. 대신(大臣)과 대간(臺諫)들이 구해(救解)하여 유배되는 데 그치고 말 수 있었다. 이때문에 동계(東溪)가 강직(剛直)하다는 이름이 조야(朝野)를 진동하였고, 유배의 길을 떠날 때 조정의 공경(公卿)들이 한강가에까지 나와 전별했다.

유배지 해남에 도착해 보니, 그 고을 출신의 인물로 석천(石川) 임억령(林億齡)과 미암(眉巖) 유희춘(柳希春)이 있었는데, 동계(東溪)는 그 고을 사람들에게 그들을 위해서 사당(祠堂)을 세워 향사(享祀)하도록 권유하였다. 그리고 그 지방의 선비들에게 과제를 부과하고 때때로 시험을 보였는데, 이로 인해서 그 지방에 문풍(文風)이 일어났고, 많은 인재들이 양성되었다.

60세 이후로는 주로 고향에서 은거하면서 후진(後進)들을 인도하였는데, 단성현(丹城縣) 일대에 많은 문학지사(文學之士)가 배출되었다.

동계(東溪)의 스승인 한강(寒岡) 정구(鄭逑)와 여헌(旅軒) 장현광(張顯光)은, 동계의 학문이 넓고 실천이 독실한 것을 자주 칭찬하였고, 사계(沙溪) 김장생(金長生)과 택당(澤堂) 이식(李植) 등은, 동계의 문장을 매양 칭찬하여 소장(疏章)에 능하다고 하였고, 용주(龍洲) 조경(趙絅)은 동계를 평가하여 통달하고 절개가 있고 착한 일을 좋아한다고 말하였다.

강고(江皐) 유심춘(柳尋春)은 완계서원(浣溪書院) 상향축문(常享祝文)에서, "행실은 충효(忠孝)를 온전히 했고, 도(道)는 체용(體用)에에 알맞았네. 많은 선비들을 열어주고 도와주었기에, 백세(百世)토록 높여 받든다네.[行全忠孝, 道適體用. 啓佑多士, 百世尊奉.]"라고 하여, 동계(東溪)의 일생의 행적과 후세의 영향을 잘 포괄하여 서술하였다.

Ⅳ. 사우(師友) 관계

동계(東溪)는 29세 때 성주(星州)로 한강(寒岡) 정구(鄭逑)를 찾아뵙고 스승으로 모셔서 1620년 한강이 세상을 떠날 때까지 사사하였다. 한강은 퇴계(退溪)와 남명(南冥) 두 학자의 문하에 출입하였으므로, 동계의 학통은 퇴계와 남명에 접맥(接脈)될 수 있었다. 38세 때는 인동(仁同)으로 여헌(旅軒) 장현광(張顯光)을 찾아뵙고, 스승으로 모셔서 1637년 여헌이 세상을 떠날 때까지 사사하였다. 동계의 시문이 화재를 만나 남아 있는 것이 전체에서 얼마 되지 않기 때문에, 두 선생과 학문을 토론한 내용의 글을 남아 있지 못하여 안타깝다.

동계(東溪)가 교유한 동시대 인물 가운데서, 고향의 친구로서 어울려 학문을 강마(講磨)한 인물로는, 덕계(德溪)의 아들 사호(思湖) 오장(吳長), 조은(釣隱) 한몽삼(韓夢參), 용호(龍湖) 박문영(朴文楧), 설학(雪壑) 이대기(李大期), 무민당(无悶堂) 박인(朴絪), 노파(蘆坡) 이흘(李屹), 모계(茅溪) 문위(文緯), 겸재(謙齋) 하홍도(河弘度), 간송(澗松) 조임도(趙任道), 창주(滄洲) 허돈(許燉), 창주(滄洲) 하징(河憕) 능허(凌虛) 박민(朴敏) 봉강(鳳岡) 조겸(趙珠), 임곡(林谷) 임진부(林眞怤), 송대(松臺) 하선(河璿) 등을 들 수 있다.

영남(嶺南) 출신으로 문과(文科)에 올라 조정에서 함께 벼슬한 인물로는, 우복(愚伏) 정경세(鄭經世), 태계(台溪) 하진(河溍), 지족당(知足堂) 박명부(朴明榑), 사서(沙西) 전식(全湜), 한사(寒沙) 강대수(姜大遂), 석담(石潭) 이윤우(李潤雨), 홍해군수(興海郡守) 이의활(李宜活) 등을 들 수 있다.

기호남인(畿湖南人)계열의 인물로 동계와 가까웠던 이는, 용주(龍洲) 조경(趙絅), 동명(東溟) 김세렴(金世濂), 고산(孤山) 윤선도(尹善道), 동주(東洲) 이민구(李敏求), 하담(荷潭) 김시양(金時讓) 등을 들 수 있다.

동계(東溪)는 당파에 얽매이지 않아 서인(西人)인 월사(月沙) 이정구

(李廷龜), 백강(白江) 이경여(李敬輿), 잠곡(潛谷) 김육(金堉), 석문(石門) 이경직(李景稷), 화포(花圃) 홍익한(洪翼漢), 죽음(竹陰) 조희일(趙希逸), 기평군(杞平君) 유백증(兪伯曾) 등과도 교분이 두터웠다.

그리고 단성현감(丹城縣監)으로 왔던 김봉조(金奉祖), 경상도관찰사로 왔던 이명웅(李命雄) 등과도 친밀한 관계를 유지하였다.

동계(東溪)는 문과(文科)에 올라 관직에 종사하였으면서도 향촌(鄕村)에서 지낸 세월이 비교적 많았으므로, 관계(官界)와 재야(在野)에 두루 친구가 비교적 많았다. 또 당파에 얽매이지 않았으므로 서인들 가운데도 동계와 교분이 두터운 사람이 적지 않았던 것이다.

Ⅴ. 『동계집(東溪集)』의 간개(簡介)

동계(東溪)의 시문(詩文)은 명백(明白)·개절(剴切)하였다. 본래 남긴 시문이 많았으나, 동계 사후 화재를 만나 원고(原稿)가 온전하게 남아 있지 못했다. 후손 대호(大鎬)가 수집하여 8권으로 편집하여, 입재(立齋) 정종로(鄭宗魯)의 서문(序文)과 구와(龜窩) 김굉(金㙆)의 발문(跋文)을 받아 목판(木板)으로 간행하였다.

제1권, 제2권에는 여러 가지 형식의 258제(題) 309수의 시가 실려 있다. 제3권에는 만사(挽詞) 65제 68수와 부(賦) 7편이 실려 있다. 이 가운데는 한강(寒岡), 사호(思湖) 등 당시 중요 인물들의 학덕(學德)을 회고한 것이 있어 인물사(人物史) 연구의 귀중한 자료가 될 수 있다.

제4권에는 교서(敎書) 2편, 소(疏) 10편, 차자(箚子) 1편, 계사(啓辭) 12편이 실려 있는데, 당시의 정치사(政治史)에 관계된 중요한 자료이다.

제5권에는 서신(書信) 50편이 실려 있는데, 여신(與信)이 26편, 답신(答信)이 24편이다. 한강(寒岡) 여헌(旅軒) 등 스승과 당시의 지구(知舊)들과 주고받은 것인데 정치적 견해, 학문에 관한 토론 등이 들어 있어, 학술적인 가치가 있다.

제6권에는 잡저(雜著) 6편, 잠(箴) 3편, 책문(策問) 1편, 표전(表箋) 2편, 전문(箋文) 1편이 실려 있다. 잡저 가운데 「월과회의(月課會儀)」는 학생들에게 읽은 책을 강(講)할 때 모임의 의식절차이고, 「강법(講法)」은 강(講)는 구체적인 과정이다. 이 두 편은 우리 나라 교육사(敎育史)를 연구하는 데 있어 매우 중요한 자료가 될 수 있다. 「대서계서원유생상순상서(代西溪書院儒生上巡相書)」는 덕계(德溪)의 사우(祠宇)를 짓는 일을 도와달라고 관찰사(觀察使)에게 요청하는 글이다.

제7권에는 축문(祝文) 6편, 제문(祭文) 20편, 묘지명(墓誌銘) 2편, 묘갈명(墓碣銘) 5편, 행장(行狀) 1편이 실려 있다.

동계의 문장은 현재 172편 남아 있다.

제8권은 부록(附錄)인데, 지구별장(知舊別章)이라는 제목으로 되어 있는 것은, 동계(東溪)가 김류(金瑬)의 뇌물사건을 논핵하다 흥양군수(興陽郡守)로 좌천되어 갈 적에, 잠곡(潛谷) 김육(金堉) 등이 전송하며 지은 11편과, 원종(元宗)에게 올린 시호(諡號)의 글자수를 줄이라고 건의하다 해남(海南)으로 정배(定配)되어갈 때, 석담(石潭) 이윤우(李潤雨) 등이 지은 6편이 실려 있다. 지구간찰(知舊簡札)은 사우(師友)들이 동계(東溪)에게 보낸 서신 29통이 실려 있다.

문집과는 별도로 연보(年譜)가 3권 있는데, 제1권은 연보이고, 제2권은 부록인데, 여러 태계(台溪) 하진(河溍) 등 사우(師友)들의 만장(挽章) 3편과 제문(祭文) 7편, 최경(崔綱)이 지은 도천서원봉안문(道川書院奉安文) 및 상향축문(常享祝文), 안정복(安鼎福)이 지은 완계서원봉안문(浣溪書院奉安文) 및 유심춘(柳尋春)이 지은 상향문(常享文), 정범조(丁範祖)가 지은 완계서원상량문(浣溪書院上樑文), 이시분(李時馩)의 『단구지(丹丘志)』에 실린 동계(東溪)에 관계된 기록을 뽑아 수록하였다. 제3권 역시 부록인데, 대산(大山) 이상정(李象靖)이 지은 「동계행장(東溪行狀)」, 갈암(葛庵) 이현일(李玄逸)이 지은 「신도비명(神道碑銘)」, 번암(樊巖) 채제공

(蔡濟恭)이 지은 「신도비명(神道碑銘)」, 김이양(金履陽)이 지은 「시장(諡狀)」 등이 실려 있다.

『동계집(東溪集)』은 『주자대전(朱子大全)』을 전범(典範)으로 삼아 편집한 문집양식이고, 시는 창작연대순으로 편집되어 있다. 이 문집은 조선 중기의 정치, 사회, 학자들의 생활상, 사고방식 등을 알아 볼 수 있는 중요한 문헌이다. 서울대학교 규장각(奎章閣) 등에 소장되어 있고, 1994년 경인문화사(景仁文化社)에서 한국역대문집총서(韓國歷代文集叢書) 제813집에 넣어 양장 1책으로 영인간행하여 보급한 적이 있다.

Ⅵ. 결어(結語)

동계(東溪)는 훌륭한 스승을 사사(師事)하여 학문을 갖추었고, 문과(文科)에 급제하여 환로(宦路)가 열려 장래가 촉망되었지만, 급제한 그때는 마침 광해군(光海君)의 혼정기(昏政期)였으므로 자신을 깨끗이 한 채 관직에 부임하지 않았다. 인조반정(仁祖反正) 이후로 특별히 관직에 서용(敘用)되었으나, 반정공신(反正功臣)을 위주로 한 서인(西人)세력들이 실권을 쥐고서 조정을 주도하였다. 그래서 남인(南人)에 속한 동계(東溪)는 승진도 늦고 요직을 맡지도 못했고, 끝내 크게 쓰이지도 못했다. 이런 여러 가지 이유 때문에 동계는 단지 출처(出處)의 대절(大節)을 지킨 강직한 신하라는 이름만 얻었을 뿐, 자신의 경륜(經綸)을 펼쳐 국가민족을 위한 큰 사업을 할 기회를 얻지 못한 점이 아쉽다.

이제 동계(東溪)가 간 지 360년의 세월이 흘러갔지만, 동계가 남긴 문집(文集)을 잘 읽어 그 정신을 오늘에 되살린다면, 오늘날 사람들에게 정신적인 나침반 구실을 해 줄 것이다.

東溪 趙亨道의 生涯와 그 시대

Ⅰ. 서론

咸安趙氏는 咸安을 본관으로 하여 함안에 세거하며 오랫 동안 함안을 대표하는 제일의 盛族이 되어 왔다.

조선 전기에 이르러 漁溪 趙旅의 손자 耐軒 趙淵이 靑松으로 장가를 들어 청송에 자리잡아 살기 시작함으로 해서 청송에도 함안조씨 일파가 세거하게 되었다[1].

내헌은 1562년 함안으로 還故했지만, 그 둘째 아들 望雲亭 趙址가 청송 安德里로 가서 살았으므로 이 그 후 청송에서 一門을 이루어 많은 인재를 배출했다.

망운정의 아들인 東溪 趙亨道는 청송에서 태어나 청송에서 생애를 마친 청송을 대표하는 文武를 겸전한 조선중기의 인물이다. 함안에 거주하는 백부 劍巖 趙埰에게 입계하였으므로 일생 동안 계속 함안을 왕래하며 살았다.

그는 조선시대 양대 國亂인 壬辰倭亂과 丙子胡亂에 직접 참여하여 국가를 위해 공헌하였다. 함안조씨는 조선시대에 一門에서 13명의 충신이 나와 세상에서 '十三忠'이라고 일컫고 있는데, 동계도 그 가운데 한 자리를 차지한다. 조씨 문중에서는 어계가 大節을 세운 이후로 대대로 忠節의 인물이 끊어지지 않았다.

본고에서는 전란의 시대를 맞아 동계 조형도란 인물이 어떻게 자신의

---

1) 趙亨道 『東溪集』 권5 29장, 趙基永 찬 「東溪遺事」.

문무의 실력을 갖추어 국가민족을 위해서 활동했는가를 밝히고자 한다.

그의 문집은 대부분 시로 이루어져 있고, 좋은 시가 많이 있지만, 시를 전문으로 다루는 발표가 있으므로 본고에서는 다루지 않는다.

Ⅱ. 가계

東溪 趙亨道의 본관은 咸安인데, 高麗 元尹 大將軍 趙鼎을 시조로 삼는다. 대대로 이름난 사람이 많이 나와 관직이 이어졌다. 고려 말기에 이르러 工曹判書 趙悅이 함안군 院北洞에 은둔함으로부터 함안에 世居하게 되었다.

조열의 손자 漁溪 趙旅는 端宗을 위해 충절을 지킨 生六臣으로서 크게 세상에 알려졌다. 正祖 때 吏曹判書에 추증되고 貞節이라는 諡號를 받았다. 함안의 생육신과 함께 西山書院에 享祀되고 있다.

어계의 맏아들로 군수를 지낸 趙銅虎는 일곱 아들을 두었는데, 모두 세상에 이름이 났다. 그 가운데 일곱째 아들 趙淵은 진사로 義禁府 經歷을 지냈는데, 節行과 文翰으로 세상에 널리 알려졌다. 호는 耐軒이다. 아들이 없어 형 虞候 趙騫의 아들 趙庭彦을 후사로 삼았는데, 副司直을 지내고, 刑曹參判에 추증되었다.

조정언은 아들 여섯을 낳았는데, 첫째 아들이 劍巖 趙堨로 東溪가 入系하여 그 뒤를 이었다. 둘째는 望雲亭 趙址로 동계와 南浦 趙純道, 方壺亭 趙遵道, 芝嶽 趙東道의 부친이다. 셋째는 栗軒 趙墿이다. 넷째는 立巖 趙壔으로, 澗松 趙任道의 부친이다. 다섯째는 韜巖 趙坦으로, 德川 趙由道의 부친이다. 여섯 째는 斗巖 趙堁이다.

망운정은 習讀 權恢의 따님에게 장가들었다.

함안조씨 가문은 대대로 충효와 절의의 가풍이 있었는데, 이런 기풍을 동계가 잘 이어받아, 임진왜란과 병자호란, 李适의 난 때 충절을 다했다.

동계는 집안에서도 자제들에게 늘 학문을 권장하였으므로 자제들 가운데 학문을 성취한 사람이 많았다. 특히 아우 方壼나 사종제 澗松 등은 늘 주위에서 동계를 모시면서 보좌하였다.

III. 생애와 爲人

東溪 趙亨道의 자는 景達, 이름은 亨道이고, 동계는 그 호이다. 또 遠道라는 이름과 大而라는 자도 있다.

동계는 1567년(明宗 22) 청송에서 安德里태어났다. 어려서부터 聰穎함이 절륜하여 글자를 배우자 곧 문장을 지을 줄 알았고, 글 읽기를 좋아했다.

1576년(宣祖 9) 함안 儉巖里에 사는 백부 앞으로 입계하였는데, 이 해 겨울에 부친상을 당했다. 공은 겨우 10세였는데, 어른처럼 상례를 집행하였으므로 조부가 매우 기특하게 여겼다.

1581년에는 조부상을 당했다. 애도하는 마음과 상례절차를 다 갖추었다.

모친 許氏 부인은 성품이 엄하고 법도가 있었다. 상복을 벗자, 함안과 청송을 오가며 살았는데, 허씨가 청송에 사는 僉知中樞府事 閔樞에게 나아가 배우도록 했다. 뜻을 독실이 하여 학업에 부지런히 힘써 성취한 것이 많았다.

1587년에 歸省하기 위해 咸安으로 돌아왔다. 그때 寒岡 鄭逑가 함안군수로 재직하고 있었는데, 고을의 뛰어난 선비들을 뽑아 鄕校에 모아 매달 초하룻날 講學을 하고 문예를 시험 보였다. 동계가 늘 첫째를 차지하니, 한강이 크게 장려하고 인정했다. 이로 말미암아 한강의 문하에 나아가 공부하였는데, 받은 旨訣이 많았다. 이 해부터 해마다 세 번 연달아 鄕試에 급제했다. 글 잘한다는 명성이 자자하였다. 시험을 관장하던 尹仁涵이 동계가 지은 글을 보고 탄복하여 "이 글을 지은 사람은 시험장에서만 그칠 사람이 아니다"라고 말했다.

1592년(선조 25) 임진왜란이 일어났다. 왜군들이 크게 침략해 와 노략질을 했고, 임금 宣祖는 서쪽으로 피난갔다. 서울은 함락되었고, 사람들은 모두 피난가서 숨었다. 이때 동계는 26세였는데, 發憤慷慨하여 招諭使 鶴峯 金誠一의 막하로 달려갔다. 또 아우 趙東道와 함께 忘憂堂 郭再祐 진영으로 갔는데 贊劃한 바가 매우 많았다. 다음 시에서 국가를 위해 한 몸을 바치겠다는 동계의 결의를 볼 수 있다.

세 곳 서울이 다 뒤집히고,	三京俱蕩覆
종묘사직이 다 기울어 무너졌네.	九廟盡傾隳
문관 무관이 가시덤불 속에서 울고,	文武鳴叢棘
선비들은 납가새 속으로 갔네.	衣冠付蒺藜
남아가 한창 병사를 규합해야 할 때,	男兒新節鉞
초유사가 옛 깃발을 들었도다.	招諭舊旌旗
활 쏘고 말 타는 것 내 일 아니지만,	弓馬雖非業
어렵고 위태로울 때 조금이라도 보답해야지.	艱危擬報絲
적을 사로잡으러 나길 길이 있나니,	請纓知有路
바로 나라 위해 내 몸 바칠 때라네.	裹革喜便時
鼎巖 진중으로 뜻이 같은 사람과 함께 나아가고,	鼎柵同聲赴
岐江 나루에서 함께 협조하여 따르리.	岐津共協隨
흉악하고 더러운 무리 제거한 뒤에,	擬除凶醜類
옛 서울 회복 된 것 볼 수 있으리라.	看復故都基2)

선비의 몸으로 국가를 위해 형제가 함께 한 몸 바칠 각오로 전쟁터로 출정하는 의연한 정신자세를 볼 수 있다. 이때 삼형제가 다 전쟁에 나가려고 했으나, 둘째 아우 趙純道는 부모를 봉양해야 한다는 종형의 말에 따라 집에 머물게 했다. 나중에 다시 아우를 永川의 의병장 權應銖의 휘하에 보내기도 했다.3)

---

2) 趙亨道『東溪集』권1 2장, 「壬辰夏聞鶴峯金先生招諭本道……共赴有詩」

전쟁 초기의 전공으로 인해서 조정에서 특별히 訓鍊院 主簿에 제수했다.
동계는 임진왜란을 겪으면서 사종형 大笑軒 趙宗道에게 서신을 보내
나라 일을 걱정하며 신하 된 사람의 도리에 대해서 이야기했다.

　忠孝 두 글자는 신하 된 사람이 마땅히 행해야 할 직분입니다. 하물며
君父께서 蒙塵하는 때를 만나 어찌 충성을 다해 종사하지 않을 수 있겠습니
까? 훈계하고 부탁하신 가르침에 힘입어 오늘을 보전할 수 있었으니, 깊이
감사하는 바입니다.
　하물며 한 집안의 여러 형제들이 전쟁터로 나아가 싸우다 죽으려 하니,
성공할 것이냐 실패할 것이냐 하는 것은 아직 알 수 없습니다. 하물며 형께서
방어하시는 성은 바로 왜적들의 요충지로서 작전을 잘 세워 보전하여 큰
일을 이루는 것이 어떻겠습니까?
　江右地域 8, 9성이 왜적에게 삼켜지는 것을 면하게 된 것은 金令公[鶴峯]
께서 지휘하신 대책에 힘입은 것입니다. 그런데 綸音에 남쪽으로부터 左道
監司로 옮겨가도록 했습니다. 바야흐로 확장되어 가는 의병들이 실망하여
해산하려는 뜻이 없을 수 있겠습니까? 더욱 용기를 북돋우고 힘쓰시어 흉악
한 왜적을 소탕하여 나라를 회복하기를 오직 바랄 따름입니다. 천만 珍重하
시옵소서.4)

　이 서신은 1592년 연말 경에 써서 부친 것 같은데, 임란 초기에 대소헌이
동계에게 많은 戒飭을 해 준 것에 대한 감사의 뜻을 전하고, 晉陽城을
잘 보위하라고 대소헌에게 당부하고 있다. 이때 조정에서 초유사로 내려와
경상우도 감사가 되어 관군과 의병을 잘 지휘하여 공을 세웠던 鶴峯을
慶尙左道의 감사로 전보하려고 하자, 동계는 이로 인하여 의병이 사기를
잃고 해산될까를 걱정하며 대소헌에게 그 문제점을 제시하였다. 전반적인
사태를 파악하여 대소헌에게 학봉이 경상우도를 떠나서는 안 될 이유를

---

3) 『동계집』 권4 9장, 「與權平仲應銖」.
4) 『동계집)』 권4 6장, 「與三從兄宗道」.

구체적으로 제시하고 있다.

1594년 국가에서 문무의 인재를 선발했는데, 동계는 "선비가 한 나라에 태어나 나라의 命運이 위태로운데 어찌 원래 하던 글공부만 하면서 임금님의 위난을 급하게 여기지 않을 수 있겠는가?"라고 하고는 무과에 응시하여 단번에 급제하였다. 동계의 문장과 학문을 아는 사람들은 모두 아쉬워하였다.5)

이 해 겨울에 宣傳官 겸 備邊司 郎官에 제수되었다. 그때 西厓 柳成龍이 영의정으로 있었는데, 신청하거나 아뢰는 모든 문자는 동계에게 쓰도록 했다. 비록 난리로 다급한 때였지만, 서애가 입으로 부르는 대로 물 흐르듯이 썼는데 한 글자도 틀리지 않으니, 동료들 가운데서 놀라 탄복하지 않는 사람이 없었다. 서애가 더욱 가상히 여겨, 얼마 지나지 않아 通政大夫의 품계로 올려주었다.

1595년에 淸河縣監에 제수되었으나 부임하지 않았다. 3월 11일 司䆃寺 主簿가 되어 三道水軍統制使 李舜臣을 찾아가 慶尙左道의 왜적의 형세와 항복한 왜적들이 알려준 "豊臣秀吉이 출병한 지 3년이 지나도록 끝내 전과가 없자, 군사를 더 내어 바다를 건너와 부산에다 진영을 만들려고 하는데, 3월 11일에 바다를 건너오기로 결정했다."라는 정보를 제공해 주었다.6)

그 뒤에도 이순신을 두 번 더 만났으나, 나중에는 水軍을 무함하여 啓奏했다는 이순신의 오해를 받았던 적이 있었다.7)

『宣祖實錄』에 이 일과 관련된 이런 기사가 실려 있다.

　　備邊司에서 아뢰기를,
　　"본사의 郎廳인 趙亨道가 嶺南을 다녀와서 書啓한 내용에 閑山島의 舟師 格軍 1명에게 하루에 주는 쌀은 5홉이고 물은 7홉이다. 그런데 한번 배를

5) 『동계집』 권5 31장, 조기영 찬 「동계유사」.
6) 『李忠武公全書』 권7 『日記』 을미년 3월 11일.
7) 『이충무공전서』 권7 『일기』 을미년 6월 초9일.

타게 되면 교체되어 돌아갈 길이 없으며 병이 들면 물에 밀어넣어 버리고 굶주리면 산기슭에 죽게 내버려두어 한산도의 온 지역이 귀신 동네와 같다'고 하였습니다. 가장 흔한 물까지도 홉으로 계산하여 나눠주는 지경에 이르렀으니 이것은 예전에 들어보지 못한 일입니다. 기갈이 함께 겹치면 머리를 맞대고 죽는 것은 괴이한 일이 아니나, 사람들의 氣를 상하게 하여 참혹한 정상을 차마 말할 수 없습니다. 형도가 하는 말을 자세히 들어보니, 섬 안에 샘이 많지 않고 또 진영과 멀리 떨어져 있어 물을 길어 오기에 불편하므로, 일상생활에서도 늘 물이 떨어질까 걱정되어 마음대로 쓰지 못하며, 얼굴을 씻거나 옷을 빨지도 못하여 더러운 냄새에 찌들고 서캐가 물고 疫疾이 생겨 그로 인하여 죽는 것이라고 합니다. 이는 모두가 主將이 사졸을 돌보지 않고 동고동락하는 의리를 모르는 소치이니 옛날 장수들이 종기를 빨아주고 술을 나누어 먹던 일과 다릅니다. 이렇게 하고서도 三軍에게 적개심에 불타 죽음을 무릅쓰고 싸우려는 마음을 일으키게 하려 한다면 어려운 일이 아니겠습니까?

지난번 조정에서도 이를 염려하여 이미 啓下받아 行移하였는데도 아직까지 거행치 않아 바다에서 고생하며 수자리 사는 병사들로 하여금 조금의 聖德도 입지 못하게 하였으니 매우 잘못된 일입니다. 지금부터 특별히 무휼하고 기갈을 구제하는 방도를 시행하여 여러 진영에 있는 舟師들이 남은 목숨을 보전할 수 있게 하라는 뜻으로 도원수와 통제사에게 下諭하심이 어떻겠습니까?"

하니, 임금님께서 그대로 따랐다.[8]

이 소식을 듣고 이순신은 "세상 일이란 놀랍다. 세상에 어찌 이런 무도한 일이 있을 수 있는가?"라고 탄식하였다.[9]

이 해 겨울에 慶山縣令에 제수되었다. 경산은 동남지역을 통괄하는 요로로서 왜적들이 빈번히 왕래하여 전투가 사방에서 벌어져 백성들이 안정되게 살 곳이 없었다. 동계는 심력을 다해서 城池를 수선하고, 창고를 채우

---

8) 『선조실록』 선조 28년 5월 23일조.
9) 『李忠武公全書』 권7 『日記』 을미년 6월 9일.

고, 몰려오는 백성들을 慰撫하니, 유민들이 모여들었다. 그 지역의 장수와 의견이 맞지 않아 論啓를 당했지만, 조정에서는 동계의 치적을 알고 있었기에 불문에 붙여 일이 잘 마무리되게 되었다.

1596년 9월 28일에 동계는 靑松 의병장을 대표해서, 大邱 八公山에서 寧海 의병장 南慶生, 安東 의병장 柳元直 柳復起, 청송 의병장 沈淸, 대구 의병장 孫處訥 崔東輔, 淸道 의병장 李雲龍, 蔚山 의병장 尹弘鳴, 興海 의병장 安成節, 密陽 의병장 孫起陽, 新寧 의병장 權應心, 永川 의병장 鄭世雅, 慶州 의병장 金應澤 金應河 등과 함께 각자 시를 읊으면서 동맹을 했다.10)

1598년에 愚伏 鄭經世가 경상도 관찰사로 부임하였다. 이때 생부 趙址가 연로하고 병이 많았기에 봉양하기 위해서 여러 번 사의를 표명해도 우복은 '나라 일이 끝나지 않았다'는 이유로 허락하지 않았다. 그래도 동계는 벼슬을 버리고 돌아와 버렸다.

1599년에 생부의 상을 당하였다. 조정에서는 그런 사실을 모르고 靈巖 縣監에 제수했다가 곧 遞職시켰다.11)

1605(선조 38)년 임금으로부터 군사를 뽑아 올리라는 명이 있었으므로 동계는 그 명령을 받아들여 나아갔다.

1606년 가을에 固城縣令에 제수되었다. 큰 전란을 겪은 뒤라 문물이 거의 다 蕩殘되었다. 동계는 부임하자마자 먼저 고을의 어진 선비를 방문하고 학문을 장려하고 인재를 기르는 것을 다스림의 우선으로 삼았다. 1607년 봄에 어떤 일로 인해서 탄핵을 받아 파면되어 돌아왔다.

1608년 가을에 昌原 召募將에 임명되었다. 1609(광해군 1)년 겨울에 本營의 中軍인 金明胤이란 자가 관찰사에게 동계를 참소하여 죄를 얽어 아뢰었다. 晋州 옥에 구속되었는데, 12월에 임금의 拿命이 있었다. 1610년

---

10) 金應洛 『壬辰日記』.
11) 『동계집』 권5 31장, 조기영 찬 「동계유사」.

5월에 동계는 供辭에서 스스로 사실을 밝혀 무사하게 되었고, 당시의 관찰
사는 파면되었다.

그는 이 시기에 「醉題」라는 시에서 자신의 다 펴지 못한 뜻과 억울한
일을 당하여 아쉬워하는 마음을 피력하였다.

책을 읽어도 孔孟의 책을 읽지 않았으니,	讀書不讀孔孟書
말이나 소이면서 옷을 입은 처지를 면하지 못 했고,	未免馬牛而襟裾
무예 배워도 衛靑이나 霍去病의 무예를 배우지 않았으니,	
	學武不學衛霍武
큰 공훈으로 狼居胥에 봉해지지 못 했도다.	難將大功封狼居
세월이 나는 듯 가니 어찌 잠신들 머물 손가?	陽烏日飛何曾息
나이 마흔에 허연 머리만 무성하구나.	四十白髮今扶疏
가슴 속에는 공연히 옛사람의 뜻 가득 차 있어,	胸中空鬱古人志
장대한 기운이 밤마다 견우성에 닿는다네.	壯氣夜夜干牛墟
괜히 하나의 쓸데없는 존재가 되었나니,	徒然自作一棄物
세상에서 나를 어떻게 할 것인지?	世上何有吾其如
옛날부터 먹고 마시는 게 운수 아닌 것 없나니,	由來飮啄莫非數
얻고 잃는 것이 시대의 운명이라는 것 알겠구나.	得喪還知時命歟
때때로 흥이 나면 한 말 술을 삼키나니,	有時乘興吞斗酒
신세가 허무한 꿈으로 돌아가는 것 느끼노라.	身世忽覺歸華胥
곁에 사람이여 취한 뒤에 노래한다고 웃지 마소서.	傍人莫笑醉後歌
나는 천지를 정말 여관으로 본다네.	我視天地眞蘧廬[12]

동계가 마흔 살 되던 그 시기 쯤에는 액운이 겹쳤다. 1607년에 어떤
일로 固城郡守에서 파면되어 돌아왔다. 1608년에는 昌原 召募將이 되었는
데, 그 이듬해 金明胤의 참소를 받아 진주 옥에 갇히었고, 서울로 압송되어
국문을 받았다가 풀려나왔다. 이 시는 아마도 이 시기에 지은 시인 것

---

12) 『동계집』 권1 8장, 「醉題」.

같다. 학문을 하였지만 학자로서도 크게 이름나지 못 했고, 무과에 급제하
여 나라를 위하여 몸을 바쳐 전공을 세웠지만, 封爵을 받을 만큼 되지도
못 했다. 지방의 고을원으로 무관직으로 전전하다 보니, 젊은 시절 품은
장대한 포부는 성취하지 못 하고, 수감을 당하는 처지가 되기에 이르렀다.
경륜을 펼치지 못 한 데다 억울한 일을 당하여 울분을 참지 못 하여 이
시를 지었던 것이다.

1610년에 생모 貞夫人 權氏가 세상을 떠났고, 이어서 1611년에는 모
친 淑人 許氏가 세상을 떠났다. 장례와 제례를 한결같이 예법제도대로
하였다.

1613년 상복을 벗고 나서는 청송의 東溪 위에 조그만 정자를 지어 '思親
戀君'이라고 편액을 걸고, 그 가운데서 시를 읊조리며 지냈다. 그때 아우
方壺 趙遵道도 金臺의 선영 아래에 風樹堂을 지었는데, 동계가 그 곳을
두고 시와 記文을 지어 걸었다.

당시 大北派의 전횡으로 光海朝의 昏政이 계속되었으므로 관직에 나아
가지 않고, 은거하는 뜻을 굳게 지켰다.[13]

1617년에 巡察使 尹暄이 수군을 설치하여 방어하는 일을 분담하게 하려
고 동계를 불러 本營에 있게 했다. 이 해 9월 크게 교활한 李景禥가 榮州의
옥에 구속되어 있었는데, 그 무리 1백여 명을 탈출시켜 도망쳤다. 장차
발호하여 난을 일으킬 우려가 있었다. 조정에서 동계에게 경상도 討捕將
을 겸하게 했는데, 機智를 내어 이경기를 체포하였고, 그 무리들도 많이
잡았다. 관찰사가 아뢰어 그 공로에 대해서 상을 내리도록 했다.

1618년 廢母論이 일어나자, 분하게 여겨, "천하에 어찌 어머니 없는 나
라가 있겠는가? 三綱이 이미 무너졌으니, 어찌 벼슬하겠는가?"라고 탄식
하고는 문을 닫고 벼슬에 뜻을 끊었다. 당시 동계의 인척 가운데는 폐모론
에 동조하는 사람이 없지 않아 동계가 거기에 호응하여 출세했더라면 고

---

13) 『동계집』 권5 32장, 趙基永 찬 「東溪遺事」.

을원이나 兵使 자리 정도는 쉽게 얻을 수 있었지만, 동계는 마치 온 몸이 더러운 것을 뒤집어쓰듯이 싫어했다.

1622년 嘉善大夫로 승진하였다. 이 해 겨울에 後金의 침략이 있었는데, 명나라 장수 毛文龍을 살해하는 등 살상 당한 사람이 매우 많았다. 巡邊使 柳斐가 동계를 從事官으로 삼겠다고 啓請하고서 서신을 보내어 동계에게 벼슬에 나오도록 권하였다. 동계는 명을 받고 서울로 들어갔다. 얼마 있다 가 慶德宮 衛將에 제수되었다.

1623년 3월에 仁祖反正이 일어났다. 동계는 군사를 모집하여 들어가 대궐문 밖에서 지켰다. 靑雲君 沈命世가 榻前에서 동계가 지킨 바와 본 바가 바르다는 것을 잘 아뢰었으므로, 4월에 특별히 寶城郡守에 제수되 었다.

보성 고을에서는 포탈한 稅米가 4천여 석이나 되어 고을의 큰 문제였는 데, 동계가 관찰사와 협의하여 조정에 아뢰어 2800석을 탕감 받게 되었다. 이로 인하여 칭송하는 소리가 일어났다. 보성은 본래 습속이 무예를 숭상 하고 유학은 경시하여 학교가 황폐해 있었다. 동계는 자신의 녹봉을 내어 재목을 모아 향교를 옛날 제도대로 수리하고 고을의 수재들을 선발하여 교육하기를 게을리하지 않으니, 한 해 안에 鄕試에 급제한 사람이 20여 명이나 나왔다. 모두가 동계가 문학을 숭상한 덕택이라고 칭송했다.

1624년 李适의 난이 일어나자, 인조가 公州로 몽진하였다. 동계는 그때 忠淸道 中營이었는데, 정병 수천 명을 뽑아 임금의 행차를 호종하면서 성첩을 지켰다. 때에 맞게 방어하는 대책에 조금도 실수가 없었다. 宰臣 몇 사람이 동계를 문무겸전한 인재라 하여 크게 쓰려고 했으나, 어떤 勳戚 의 방해로 결국 성사가 되지 않고 말았다.

1625년 여름에 어떤 토호의 청탁을 듣지 않다가 臺諫의 탄핵을 받아 파면되었다.[14] 그 달 곧 바로 다시 御營廳의 別將에 제수되었다가 사직하

---

14) 『동계집』 권5 27장, 申楫 찬 「東溪墓誌銘」.

고 고향으로 돌아왔다.

1627년 1월에 後金의 군대가 姜弘立을 향도로 삼아 침입하여 義州를 함락하고 곧바로 서울을 침범하려고 했다. 이때 旅軒 張顯光이 경상도 號召使였는데, 동계를 불러 號召營의 中軍으로 삼았다.[15]

조정에서 처음으로 각 鎭에다 別將을 두었는데, 동계는 맨 먼저 추천을 받아 晋州別將에 제수되었으나 사양하였다. 또 尙州別將에 제수되었으나 또 사양했다.

다시 槐山郡守에 제수되었으나, 국가가 위급한 때 자신이 무인으로서 목숨을 바쳐 나라를 위해 보답할 수 있는데도 후방의 조그만 고을의 원으로 편안히 지내는 것은 자신의 뜻이 아니라 하여 사양하였다. 인조 임금의 부임하라는 명이 있어 7월에 부임했다. 그때 마침 李仁居의 난이 있어 바삐 다니며 일을 보다가 병을 얻어 겨울에 다섯 번이나 사직소를 올려 마침내 체직되어 돌아왔다.[16]

1629년 慶州 營將에 제수되었다. 3년 동안 재직했는데, 恩威를 번갈아 써서 관할 지역이 조용하였다. 동계가 떠난 뒤에 고을 사람들이 去思碑를 세워 흠모하였다.

1636년 3월 後金이 황제라 일컫고는 사신을 보내어 조선을 위협하였다. 동계는 시를 지어 스스로 맹세했다.

흉악하고 모진 오랑캐 금나라 마음대로 방자하게 굴어, 金虜凶頑自肆然
패악한 말로 와서 위협하며 하늘을 무시하는구나. 悖言來脅侮蒼天
동해 바다 깊이가 얼마나 되는지 알지 못 하겠지만, 不知東海深何許
골짜기 속에 어찌 魯仲連이 없을 소냐? 峽裏寧無魯仲連[17]

---

15) 『동계집』 권5 34장, 조기영 찬 「동계유사」.
16) 『동계집』 권5 34장, 조기영 찬 「동계유사」.
17) 『동계집』 권5, 20장, 「東溪行狀」. 이하 「동계행장」에서 인용한 것은 다시 註明하지 않는다.

동해 바다를 밟고 죽을지언정 秦나라를 천자나라로 받들고 살 수는 없다는 齊나라 魯仲連처럼 후금을 천자로 인정할 수 없다는 동계의 결의를 잘 나타내고 있다.

이해 12월에 마침내 후금이 침략해 왔다. 인조는 서울을 버리고 南漢山城으로 피난을 갔다. 동계는 이때 70세였는데도 변란이 일어났다는 것을 듣고서는 출전할 행차를 독촉하였다. 知舊와 제자들 가운데 많은 사람들이 말렸지만, 동계는, "내가 나라의 두터운 은혜를 입었으니, 나라를 위해서 죽는 것은 영광스럽다."라고 하고는 관찰사 沈演의 忠州에 있는 진으로 나아갔다. 심연은 木溪에 머무르면서 진격하지 않았다. 동계는 憂憤을 이기지 못 하여 선봉 자리를 내 달라고 요청하여 한번 결사적인 전투를 벌리려고 했지만, 심연은 늙었다는 이유로 끝내 허락하지 않았다. 임금의 행재소인 南漢山城으로 바로 가려고 했지만, 길이 막혀 통하지 않았다. 또 崔鳴吉이 오랑캐 병영을 오가면서 講和하려는 계획이 있다는 소식을 듣고는 憂憤으로 등에 종기가 나서 앓다가 마침내 세상을 마쳤다. 그때는 1627년 2월 8일이었는데, 향년 71세였다. 세상을 떠나는 순간에도 목에서 나오는 소리는 '나라 일'에 관한 것뿐이었다.

동계의 서거 소식을 듣고서 원근에서 歎惜해 하지 않는 사람이 없었다. 이 해 8월에 河陽 八公山 속 本寺洞에 안장하였다.

동계는 재주와 자질이 뛰어났고, 뜻이 우뚝하고 컸다. 충효와 절의의 가풍을 잘 계승하였고, 寒岡과 竹牖 등 스승의 훌륭한 가르침을 받고 독실하게 공부하여 그 학문과 덕행이 사림에 모범이 될 만했고, 문장은 국가를 빛낼 만했다.

그러나 임진왜란을 만나 붓을 던지고 무예에 종사하게 되었지만, 동계의 본래의 뜻은 아니었다. 종묘사직이 위태롭고 백성들이 魚肉이 되는 처참한 상황에서 평소에 지녔던 가슴 속의 忠憤에서 국가를 위해 헌신할 것을 생각했다. 국가를 위해서는 자신이 앞장서서 전쟁에 참여하여 싸웠다. 고을원이 되어서는 늘 백성을 위하는 모범적인 목민관이 되었고, 학문

을 장려하고 인재를 양성하는 것을 최우선 목표로 삼았다. 물정 모르는
나약한 유학자는 아니었다.

동족이나 인척을 대할 때는 敦睦을 도모하였고, 고을에서 살아갈 때는
화합으로써 했고, 다른 사람과 사귈 때는 신의로서 했다.

동계는 뛰어난 학문과 올바른 식견으로 훌륭한 경륜을 펼치고 이름을
날릴 만했지만, 그에게 주어지는 관직은 늘 지방관이나 무관직에 그쳤다.
그 학문은 국왕의 스승이 되는 經筵官을 맡을 만했고, 그 지혜는 관찰사를
맡을 만했다. 그러나 그의 생애 동안에는 임진왜란, 정묘호란, 병자호란
등 전란이 연속되었고, 그 중간의 光海君 시대는 혼정의 시대였으므로
동계에게 주어진 자리가 그 능력을 발휘할 만한 자리가 되지 못 했다고
하겠다. 넉넉한 학문을 갖추었음에도 무관을 차별하는 조선시대 관습에
크게 피해를 입었음을 알 수 있다. 그래서 동계 자신도 "비록 몇 고을의
부절을 찼지만, 누가 본래의 뜻을 알아주겠습니까?18)"라고 하여 자신의
뜻을 펴지 못한 것을 아쉬워하였다.

동계는 의리에 밝아 出處의 大節을 철저히 지켰다. 시대에 맞추어 부침
하지 않았으니, 빼앗을 수 없는 지조가 있었다. 그래서 관직에도 오래 머물
지 않았고, 몇 차례 탄핵과 파면도 당했다. 마음이 맞는 사람도 적었다.

특히 명나라를 생각하는 正統意識이 분명했는데, 이는 그의 학문의 역량
에 바탕하였다. 특히 병자호란 때 화의를 배척한 시는 해나 별처럼 빛난다.

IV. 학문과 師友관계

東溪는 그 자신이 慶尚左道인 청송에서 생장하고 생활했지만, 그 선조
들의 터전은 慶尚右道인 咸安이었고, 자신도 함안에 와서 공부하고 생활

---

18) 『동계집』 권4 16장, 「祭申順夫文」.

한 적이 있어 경상좌우도를 함께 아우르는 인물이라 할 수 있다. 그의
종제인 澗松 趙任道가 退溪學派와 南冥學派를 아우르는 대표적인 학자이
고, 사종형 大笑軒 趙宗道도 남명의 제자로서 鶴峯, 西厓 등 퇴계의 제자들
과 긴밀한 交誼를 맺은 인물이다. 동계도 마찬가지로 경상좌우도를 소통
시킨 역할을 많이 하였다. 그는 청송, 함안, 宜寧, 榮州 등지에 거처하면서
경상좌우도의 사우들을 두루 사귀고 접하였으니, 대표적인 경상좌우도를
융합한 인물이다. 경상좌우도의 학파를 아우르는 점이 조선 중기 함안조씨
가문의 특징이라 할 수 있다.

동계의 장인은 竹牖 吳澐인데, 退溪와 南冥 두 문하를 출입하여 퇴계학
파와 남명학파의 장점을 융합한 학자 관료이다. 특히 죽유는 퇴계와는
밀접한 관계가 있다. 그의 장인 진사 蒙齋 許士廉은 퇴계의 큰 처남이다.
그래서 죽유는 퇴계에게 처질서가 된다. 또 죽유의 조부 竹塢 吳彦毅는
퇴계의 숙부 松齋 李堣의 사위로 퇴계에게는 종자형이 된다. 퇴계는 죽오
의 묘갈을 지었다. 죽유의 중부 春塘 吳守盈 역시 퇴계의 제자인데, 禮安
溫惠에서 살다 온혜에서 세상을 떠났다. 이런 연유로 죽유는 퇴계의 부인
허씨의 묘갈을 지었고, 『眞城李氏族譜』의 서문을 썼다. 퇴계와는 가까운
친척이자 제자였다.

죽유의 증조부 吳碩福이 宜寧縣監의 임기를 마치고 함안 茅谷에 자리
잡아 살게 됨으로 해서 함안 사람이 되었다. 東溪의 조부 耐軒은 竹塢와는
절친하여 杜谷 安公宅과 함께 함안의 三老로 일컬어졌다. 내헌이 함안으
로 돌아온 후 이들과 매양 春谷驛亭에 모여서 시를 주고받았다. 그 시집
이름을 『耐軒還鄕錄』이라 했다.19) 죽유는 나중에 처가를 따라서 의령으로
가서 살다가 다시 영주로 가서 살았는데, 동계도 한 때 처가를 따라 의령과
영주에 산 적이 있었다.

또 동계의 스승 寒岡 鄭逑 역시 퇴계와 남명 양문을 출입한 학자이므로

---

19) 『동계집』권1 9장, 「伏次曾王考還鄕錄韻仰呈松亭叔父二首」.

퇴계학과 남명학을 융합하였다. 동계는 한강 문하에서 학문을 이루었는데,
한강을 존모하여 東方五賢 이후로는 오직 한 사람이라고 칭송하였고, 한
강이 세상을 떠나자 우리 동방은 귀머거리 장님이 되었다."고 할 정도였다.
그러나 세상에서 한강을 진정으로 알지 못 하여 한강이 경륜을 다 발휘하
지 못 한 것을 아쉬워하였다[20].

동계는 장인 죽유와 스승 한강을 통해서 자연스럽게 우리 나라의 대표
적인 학자인 퇴계와 남명의 學統에 접맥되었다.

임진왜란이 발발하자 退溪의 제자인 鶴峯 金誠一의 막하에서 활동한
적이 있어 학봉과 접촉하게 되었고, 宣傳官으로 備邊司 郞官이 되었을
때는 西厓 柳成龍이 수발하는 문서를 서사하는 일을 맡아 그의 인정을
받은 적이 있었다.

남명의 제자이자 외손서이고 퇴계의 종이질인 忘憂堂 郭再祐의 진중에
서 동계가 전투에 참여하여 공을 세운 적이 있었다. 동계의 처외가인 宜寧
의 許氏 집안은 곧 망우당의 외가이기도 하다. 임진왜란이 일어나자말자
동계는 아우 趙東道와 함께 바로 망우당의 진중으로 달려갔다. 망우당에
게 이런 시를 주었다.

천금의 귀중한 재물을 흩고,	散寶千金重
깃털처럼 가벼이 몸을 바쳤도다.	捐身一羽輕
손으로는 한 자의 칼을 휘두르고,	手中揮尺劍
강 위에 긴 성을 일으켰도다.	江上起長城
서쪽에서는 임금님 위한 충성의 마음 떨쳤고,	誓奮忠君膽
남쪽에서는 나라 위해 장렬히 싸우는 소리 들리네.	南馳壯國聲
서울에 바야흐로 임금님 행차 돌아오니,	故都行返駕
더러운 무리들 평정하기 어렵지 않네.	小醜不難平[21]

---

20)『동계집』 권3 17장, 「寒岡鄭先生挽」. 五賢之後我先生, 位命無存欸世情. …… 最是儒林無
限痛, 東方從此入聾盲.
21)『동계집』 권1 3장, 「贈忘憂堂」.

　자신의 많은 재산을 내놓고 목숨을 바쳐 국가를 위해 나라를 지키는
망우당의 충성스런 모습에 감복하여 그 전공에 대해서 충심에서 우러나온
찬사를 보내었다.
　전쟁이 끝난 뒤 망우당이 昌寧 낙동강 가에 忘憂亭을 짓고 지낼 때,
동계는 망우정을 두고 이런 시를 지었다.

망우정 위에서 어찌 근심을 잊을 손가?	忘憂亭上豈忘憂
요순시대 임금과 백성으로 稷, 契 같은 근심이라.	堯舜君民稷契憂
손님 오면 근심 잊을 수 있는 술로 취하나니,	客來但醉忘憂物
망우당도 근심 있다는 것 누가 알겠는가?	誰識忘憂亦有憂22)

　망우당의 망우정을 두고 지은 시인데, 망우당의 심경을 간곡하게 그려
내었다. 비록 忘憂라는 호를 갖고 망우정이란 정자를 갖고 세상을 잊은
듯 지내고 있지만, 망우당은 진정으로 근심이 없는 사람이 아니고, 요임금
과 순임금의 어진 신하인 稷이나 契 같이 백성을 구제하고 교화시키려고
하는 그런 걱정은 갖고 있다는 것을 부각시켰다. 이 시는 형식적으로도
아주 독특한 시이다. '忘憂'란 말이 네 번 들어갔고, '憂'자는 여섯 번 들어
갔고, 押韻을 모두 '憂'자로서 했다. 같은 단어 같은 글자가 계속 중복되면
서도 전혀 지루하지 않고 오히려 절묘한 조화를 이루고 있다.
　학봉이나 旅軒 張顯光은 모두 청송과 인연이 있어 거의 매년 유람을
왔는데, 동계는 늘 그 행차를 모시고서 가르침을 받았다.
　서애의 제자인 愚伏 鄭經世가 경상도 관찰사로 부임했을 때, 동계는
慶山縣令으로 재직 중이었는데, 부친을 봉양하기 위해서 사직하려고 했으
나, 우복이 '국사가 다 끝나지 않았다' 하여 허락해 주지 않았다.
　처남인 校理 敬菴 吳汝橃과는 자주 시를 주고받으며 절친하게 지냈다.
　梧峯 申之悌는 동계의 자형인데 연령차가 5살 밖에 되지 않았다. 평생

---

22) 『동계집』 권1 7장, 「忘憂亭」.

동계를 이끌어 주고 지도하였다.

東籬 金允安은 安東 사람인데, 동계가 金明胤의 무함으로 진주 옥에 갇혔을 때, 召村察訪으로 재직 중이었다. 날마다 찾아와 문안하였으므로 동계는 "근심스런 세상 길 그대 말하지 말게나! 유독 나의 가난한 친구 소촌찰방이 있나니[悠悠世路君休說, 獨我貧交有召村]."라는 시를 지어 감사의 뜻을 표했다. 그로 인해서 김윤안과는 마음이 통하는 친구가 되었다.

통제사 李雲龍과는 같이 창의하였고, 나중에 통제사가 되었을 적에 統制營으로 이운룡을 방문한 적이 있었다.[23]

東岳 李安訥, 東溟 金世濂, 黔澗 趙靖, 樂齋 徐思遠, 慕堂 孫處訥, 鰲漢 孫起陽 등과 道義之交를 맺었다. 여가가 있으면 서로 초청하여 八公山이나 雲門山 등으로 유람하기도 하고, 시사를 논하고 經傳의 뜻을 강론하기도 했고, 때로는 詩酒로 서로 즐겼다.

함안의 知舊로는 葛村 李瀟, 梅竹軒 李明怘, 菊庵 李明憖, 匡西 朴震英 등을 들 수 있다.

龍潭 朴而章, 省克堂 金弘微, 東巖 李詠道 등은 모두 靑松府使를 지냈으므로 절친하게 지냈다. 大菴 朴惺, 訒齋 崔晛, 敬亭 李民宬, 紫巖 李民寏, 畸翁 朴狂衢 등과는 인연이 있어 산수 풍광이 좋은 곳에서 서로 시를 주고받았는데, 동계가 빠진 적이 없었다.

서애의 제자인 蒼石 李埈이 方壺亭으로 동계 형제를 방문했는데, 그 것을 인연으로 해서 河陰 申楫, 楓厓 權翊 등과 紫霞洞에 유람하였다. 이때 이들은 모두 도교 신선을 본떠 호를 지었는데, 동계는 靑溪道士였다. 이로 인하여 그 골짜기를 五仙洞이라 하였다. 속세를 벗어난 고상한 기상을 상상할 수 있다. 동계가 「五仙洞記」를 지었다.

동계는 아우 方壺 趙遵道와 함께 책상을 나란히 하여 부지런히 공부하였는데, 즐거워서 근심을 잊어버릴 정도였다.

---

23) 『동계집』 권1 4장, 「贈李統相」.

동계는 본래 학자가 될 사람이었는데, 난리를 만나 무예에 종사하게 되었다. 이 점을 본인이 아쉽게 생각하였다. 늘 서실에 앉아서 서적을 가까이하였는데, 經史子集을 널리 보았고 손수 四書三經을 베껴 읽었고, 諸子百家 등도 널리 꿰뚫어 자세히 알았는데, 특히 『春秋』에 뛰어났다.

관직에 있을 때도 史記, 百家書, 성리학에 관한 책, 우리 나라 선현들의 문집을 구입해서 읽었는데, 서가에 책이 가득히 꽂혀 있었는데, 읽어보지 않은 책이 없었다.

독서를 格物의 요결로 삼았고, 居敬을 마음을 단속하는 방법으로 삼았다. 자신을 바로잡는 것을 사물을 이루는 근본으로 삼았고, 학문을 장려하는 것을 후학들에게 끼쳐주는 법도로 삼았다.[24]

문장은 붓을 잡으면 바로 썼는데, 조화되고 넓어 자세히 갖추어져 있었다. 특히 시에 뛰어나 韻格이 平淡하여 彫琢한 모습이 없었다. 별로 신경을 쓰지 않고 짓는 듯했으나, 세상에서 시 잘 짓는다고 이름난 사람들도 미치지 못 할 정도의 수준이었다. 특히 杜甫나 陸游의 시를 매우 좋아하여 날마다 읊조렸는데, 특히 선배 되는 蒼石 李埈, 梧峯 申之悌 등과 왕래하며 시를 주고받았다.[25]

동계가 높고 아름다운 천부적인 자품을 타고난 것도 있지만, 훌륭한 師友들의 도움을 받아 성장한 사실도 부인할 수 없다.

그러나 동계는 자신의 학문적 경지에 만족할 수 없었다. 무관으로 출사하다 보니 학문에 전념할 수 없었던 것이 큰 원인이라 할 수 있겠다. 「自警」이라는 시는 이러하다.

인은 내가 반드시 본받아야 할 바이고,	仁吾所必則
예도 마땅히 행해야 할 바라네.	禮亦爲當行
성현과 같이 돌아간다는 가르침은,	賢聖同歸訓

---

24) 『동계집』 권5 37장, 조기영 찬 「동계유사」.
25) 『동계집』 권5 28장, 신즙 찬 「동계묘지명」.

배워도 이룰 수가 없구나.   學之不已成26)

程子의 「動箴」 가운데 "습관이 본성과 더불어 이루어져, 성현과 함께 돌아간다네[習與性成, 聖賢同歸.]"라는 말처럼, 언행을 조심하며 꾸준히 공부하면 성현처럼 된다고 기대했는데, 동계 자신이 점검해 볼 때 성취한 바가 성현과 거리가 멀어 스스로 더욱 힘쓰도록 경계한 시이다. 그때까지 자신의 부족함을 느끼고 힘쓰려는 결심을 하고 있다.

V. 동계에 대한 평가

蓑翁 梁克選은 "영남의 남은 전통 松堂 뒤를 이었네[嶺南遺緒後松堂]"라는 시를 지어 주었는데, 무예를 익히다가 학문에 침잠하여 학자의 규범이 된 松堂 朴英과 같은 경우로 동계를 들었다.

河陰 申楫은 "오직 공은 그 원래의 자리에 바탕하여 외적인 것을 구하지 않았다. 고을원 자리에서 계속 지내며 크게 경륜을 펴지 못했지만, 몸을 깨끗이 간직할 뿐이었다. 문예가 있으면서도 국한되지 않았고, 많이 갖추었으면서도 교만하지 않았다. 살아 있는 동안에는 순리대로 살았고, 세상을 떠나서도 마음이 편하게 길이 가문을 창성하게 했다. 사람들이 무인이라 말하지만 나는 꼭 문인이라고 말하고자 한다."27)라고 했다.

龍岡 鄭文益은 "문장으로 일찍이 남쪽에서 이름을 독차지했는데, 붓을 던지고 나서야 세상을 덮을 영웅인 줄 알았네[文名早日擅南中, 投筆方知蓋世雄.]"28)라고 하였으니, 동계가 문무에 모두 출중했음을 칭송하고 있다.

鶴峯의 손자인 端谷 金是樞는 "그 지위가 공훈과 맞지 않았는데 문득

---

26) 『동계집』 권3 13장, 「自警」.
27) 『동계집』 권5 29장, 신즙 찬 「동계묘지명」.
28) 『동계집』 권5 1장, 부록 「輓詞」.

세상을 떠나니, 영웅들이 천년토록 공을 위해 슬퍼하누나[位不稱功身奄逝, 英雄千載爲公悲].[29)"]라 하여 동계가 세운 공훈에 비해서 적절한 지위가 주어지지 못 했음을 아쉬워하였다.

定齋 柳致明은, "끝내 추천해 주는 사람이 없어 고을원 자리로 전전하였지만, 늘 文敎를 우선으로 했으니, 숭상한 바를 알 수 있다. 또 鶴峯, 西厓, 寒岡, 旅軒 등 여러 선생에게 知遇를 받았으니, 반드시 그럴 이유가 있었을 것이다. 동계가 단순히 하급의 일개 무관이었다면, 학봉, 서애, 한강 등 여러 대인들이 중시할 이유가 없었을 것이다. 동계가 갖춘 문학과 덕행 때문에 이들이 중시하였던 것이다."라고 하였다.

正祖 임금은 奎章閣에 명하여 『歷代忠烈錄』을 편찬하면서 동계의 사적을 수록하였다. 純祖 임금은 『尊周錄』을 편찬하면서, 동계가 병자호란 때 등창이 나서 세상을 떠난 사실을 특별히 기재하였다. 생존 당시에는 그렇게 크게 경륜을 펴지 못 했으나, 사후 근 200년이 되어 후세 국왕들이 충렬과 尊周大義를 인정하여 책에 수록하여 천추에 전해지게 했으니, 공신에 책록되어 功臣閣에 화상이 걸리는 것 못지 않게 되었다.

『公山會盟書』와 『火旺山同苦錄』 동계의 공훈이 올라 그 충절이 널리 알려지게 되었다.

VI. 결론

동계는 문무겸전하고 경상좌우도를 관통하는 사우관계를 맺어 활약한 조선 중기의 선비 출신의 무관이었다.

그는 임진왜란에 창의하여 鶴峯의 막하와 忘憂堂의 진중에서 전투에 참여하여 參劃한 바가 많았다. 곧 이어 무과로 출사하여 수령직과 무관직

---

29) 『동계집』 권5 4장, 부록 「輓詞」.

을 맡아 2품에까지 이르렀다.

그는 가는 곳마다 백성을 위한 모범적인 목민관이었고, 학교를 일으켜 인재를 양성하였다.

세상을 떠나는 마지막 순간까지도 국가를 위하여 목숨을 걸고 70노령에도 南漢山城에 포위되어 있는 仁祖 임금을 구출하기 위해서 출정할 정도로 애국심이 투철하였다. 殺身成仁하는 참된 선비정신을 가진 관료로서 후세의 귀감이 되기에 충분하다.

그는 寒岡 竹牖 등 退溪와 南冥 양문을 출입한 학자를 스승으로 삼아 퇴계학파와 남명학파를 아울러 배웠고, 또 생가 靑松과 양가 咸安을 오가며 慶尙左道의 인물과 慶尙右道의 인물들과 동시에 교류하였다. 그래서 동계는 학문적으로는 퇴계학파와 남명학파를 융합하였고, 교유범위도 경상좌우도를 아울렀다. 동계 뿐만 아니라, 大笑軒 趙宗道, 澗松 趙任道 등도 퇴계학파와 남명학파를 융합한 특징이 있었다. 퇴계학파와 남명학파를 융합하고 문무겸전한 것이 이 가문 인물들의 하나의 특징이라 할 수 있다.

그는 수준 높은 시를 많이 남겼는데, 앞으로 이를 정밀하게 분석하면 그의 정신세계를 좀더 깊이 있게 알 수 있을 것이다.

그러나 그의 뛰어난 자질과 능력에도 불구하고 무과 출신이라는 한계 때문에 비록 품계가 2품까지 이르렀어도 淸要職에 진출하지 못 하고, 대부분 지방직이나 무관직에 머무르고 말아 그 경륜을 충분히 발휘하지 못하게 되었다. 그 결과 동계는 사후에도 증직이나 시호를 받지 못하는 아쉬움을 남기게 되었다.

南冥・退溪 兩學派의 融和를 위해 노력한
澗松 趙任道

Ⅰ. 緒論

澗松 趙任道는 南冥 서거 33년 뒤, 남명의 영향력이 큰 慶尙道 咸安에서 태어났다. 어릴 때부터 먼저 退溪의 再傳弟子로부터 학문을 배워 江右地域의 대표적 학자로 성장하였다. 南冥의 제자 가운데는 退溪의 문하에도 아울러 출입한 제자들이 많이 있듯이, 南冥을 私淑한 後學들 가운데도 退溪學派의 영향을 직접 간접으로 받은 학자가 적지 않았는데, 간송은 그 대표적인 경우이다. 간송은 구체적인 교육은 주로 退溪學派의 학자로부터 받았지만, 장성한 뒤로는 학자로서 그의 활동한 지역은 南冥學派의 본거지인 慶尙右道였다. 그래서 그의 가장 큰 특징은, 南冥學派와 退溪學派의 장점을 자신의 한 몸에 거의 다 흡수하여, 兩學派의 관계를 融和시키려고 열심히 노력한 점이다.

지금까지 간송에 대해서 학술적으로 연구한 논문이 없었다. 그래서 이 글에서는 그를 학계에 소개한다는 의미에서 간송의 생애에 대해서 비교적 상세하게 언급하고, 나아가 그의 學統과 師友關係, 學術思想, 退溪學派와 南冥學派의 融和를 위한 노력 등에 대해서 考明하고자 한다.

간송에 대한 연구의 의의는, 간송 개인의 학문과 사상을 밝히는 것과 17세기 南冥學派와 退溪學派의 관계를 밝히는 것이다.

Ⅱ. 傳記的 考察

1. 生平

澗松 趙任道는 1885년(宣祖 18) 음력 7월 17일에 慶尙道 咸安郡 劍巖里
(지금의 伽倻邑 儉巖里)에서 司䆃寺 僉正 立巖 趙埴의 아들로 태어났다.
그의 5대조는 生六臣의 한 사람인 漁溪 趙旅이다. 漁溪의 조부 琴隱 趙悅
이 高麗末期 工曹判書의 관직을 버리고 咸安에 낙향하여, 郡北面 院北
마을 일대에 정착하여 산 뒤로부터 그 자손들은 대대로 咸安에 많이 살게
되었고, 간송의 조부 때 다시 儉巖으로 옮겨 살았다. 南冥의 제자인 大笑軒
趙宗道는 간송에게는 4從兄이 된다.

간송은 8세 때 壬辰倭亂을 만나 아버지를 따라 고향을 떠나 陜川에
가서 피난하였다.

14 때는 丁酉再亂을 만나 아버지를 따라 慶北 靑松으로 피난 갔다가
다시 榮州, 奉化 등지로 옮겨다녔다. 그때 봉화에서 槃泉 金中淸에게 배웠
는데, 金中淸은 月川 趙穆의 제자였다. 월천은 퇴계의 뛰어난 제자였으니,
이때부터 간송은 퇴계의 학통에 닿을 수 있었고, 이때부터 퇴계를 尊慕하
기 시작했다.[1]

15세 때 여름에는 槃泉을 따라 퇴계가 공부하던 淸凉山에 들어가 독서
하였다. 이 해 겨울에 다시 義城으로 옮겨가 살았다.

16세 때는 의성에 살던 杜谷 高應陟에게서 『大學』을 배웠는데, 두곡
역시 퇴계의 제자로 性理學에 깊은 조예가 있었다.

17세(1601년) 때 다시 仁同으로 옮겨가 살았다. 간송의 아버지가 자주
이사를 다닌 이유는 간송으로 하여금 文獻의 고을인 慶尙左道 일대에서
두루 遊學하여 학문을 폭 넓게 하려는 의도 때문이었다. 이때 간송은 비로
소 旅軒 張顯光을 뵙고서 스승으로 삼았다. 그때까지 간송의 이름은 幾道

---

1) 『澗松別集』 권2 2장, 「墓碣銘」.

였는데, 旅軒이 '幾'자가 적극적이지 못하다고 지적하였으므로, 澗松의 아
버지는 아주 적극적인 뜻을 가진 '任'자로 바꾸어 지었다. '儒道를 적극적
으로 책임진다'는 의미였다.

19세 때 고향인 咸安 劍巖으로 돌아와 困知齋를 짓고, 시냇가에 두 그
루의 소나무를 심고서 '澗松'이라고 自號하였다. 그리고는 "시냇가의 소
나무 사랑하나니, 날씨가 추워져도 그 모습 변치 않기 때문이라네[爲愛澗
邊松, 天寒不改容]."이라는 시를 지었으니, 소나무의 節操를 본받으려 한
것이었다.

20세(1604) 때 鄕試에 합격하였고, 어버이의 뜻을 거스르기 어려워 科擧
工夫를 계속하였다.

23세 때 함안의 龍華山 아래 배 위에서 寒岡 鄭逑를 뵈었다. 이때 한강
은 배를 타고 함안 道興 나루 부근의 물 속에 담가두었던 비석 石材를
찾기 위해서 배를 타고 왔다. 洛東江과 南江의 合流地點인 龍華山 아래서
머물고 있었는데, 인근 고을의 많은 선비들을 찾아가 만났다. 이때 旅軒
張顯光과 忘憂堂 郭再祐 등도 함께 있었으므로, 간송은 부친의 안내로
이 분들에게도 인사를 드렸다.

이 해 蘆坡 李屹의 따님에게 장가들었다. 노파는 본래 남명의 제자인
來庵 鄭仁弘의 門人이었는데, 1613년 癸丑獄事로 인하여 정인홍과 노선
을 달리하였다. 노파의 다른 사위가 成鑮인데, 성박은 浮査 成汝信의 아들
로 내암의 적극적인 지지자였다. 간송도 직접 간접으로 젊은 시절에는
내암과 관계가 적지 않았을 것으로 짐작된다.

27세(1611년) 때 정인홍이 퇴계의 文廟從祀를 배척하였는데, 함안 사람
가운데서도 정인홍의 지시를 받아 퇴계를 攻斥하는 상소를 작성하기 위한
疏會를 준비하는 사람이 있었다. 간송에게 참석을 강요하였다. 간송은『孟
子』의「逢蒙章」을 인용하여 자신은 참여할 수 없다는 뜻을 밝혔다. 당시
정인홍의 세력이 대단하였으므로, 선비로서 자신의 지조를 잃지 않은 사람
이 드물었다. 그런데도 간송이 참여하지 않으니, 당시 사람들이 간송은

千仞壁立의 氣像이 있다고 추앙하였다.

32세 때 참된 학문을 하기 위해서, 과거를 완전히 포기하고 독서에 전념하였다.

34세(1618년) 때 廢母論이 일어나 조정의 6품 이상의 관원들의 收議가 있었다. 간송은 臣子로서 大妃를 廢黜해서는 안 된다는 주장을 폈다. 이로 인하여 大北派 勢力들을 피하기 위해서 漆原縣의 奈內로 피신하여 翔鳳亭을 짓고 살았다.

43세(1627년) 때 丁卯胡亂이 일어나자, 간송은 고을 사람들에 의해서 의병장으로 추대되었으나, 그 뒤 병으로 사퇴하고 말았다.

47세 때 奉化로 가서 스승 盤谷 金中淸의 장례에 조문하고 돌아왔다. 돌아오는 길에 陶山書院 尙德祠를 拜謁하였다. 이때 禮安 安東 등지의 퇴계학파 학자들과 結交하여 교유의 폭을 넓혔다.

49세(1633년) 때 漆原縣 奈內에서 靈山縣 龍山 마을로 옮겨 살았다. 강 건너 함안의 龍華山 기슭에 合江亭을 지어 독서와 詠詩로 悠悠自適한 생활을 하였다.

50세 때 추천을 받아 恭陵 叅奉에 除授되었으나 나아가지 않았다. 이때 여러 선비들의 추대로 金海 新山書院의 원장을 맡았다. 新山書院에 東岡 金宇顒을 配享하려고 노력하였는데, 旅軒에게 자문을 구하였다.

53세 때 南漢山城을 지키지 못하고 항복했다는 소식을 듣고 북쪽을 바라보며 통곡하였다. 이 해 旅軒의 訃音을 듣고 設位하여 통곡하였다.

59세 때 昌原에 우거하고 있던 眉叟 許穆을 방문하였으나 만나지 못했다. 미수가 일찍이 龍華山 靑松寺로 간송을 방문한 적이 있었다.

70세 때는 宜寧縣監으로 있던 童土 尹舜擧가 간송을 방문하였다. 돌아가 간송을 眞儒라 칭송하였다.

75세(1659년) 工曹佐郞에 제수되었으나, 나아가지 않았다.

78세 때 御史 南九萬이 여러 선비들의 공론을 듣고 간송을 등용할 것을 啓請하였다. 조정에서 특별히 쌀과 콩을 내리자, 간송은 陳謝하는 疏를 올려 規諫의 뜻을 14개조로 개진하였다.

1664년 80세를 一期로 考終하자, 조정에서 米布로 부의를 내렸다. 함안의 鵝湖 先塋의 동쪽에 안장하였다.

1666년 사림들의 건의로 司憲府 持平에 追贈되었다. 1721년 사림들이 함안군 松亭里에 松亭書院을 건립하여 간송을 享祀하였다.

간송은 평생 벼슬하지 않고 학문연구와 유림활동만 한 순수한 선비로서 일생을 보냈다. 그러나 세상을 등진 潔身・長往의 자세는 아니었고, 憂國憐民의 사상을 늘 확고하게 지닌, 적극적으로 현실에 참여한 선비였다. 이런 점은 남명의 일생과 아주 흡사하다고 하겠다.

2. 爲人

澗松은 名利에 초탈하여 林下에서 평생 학문 연구에만 전념한 학자이다. 자기 손으로 自傳을 지어 자신의 기질과 면모를 객관화시켜 표현했다.

소탈하고 迂闊하고 뻣뻣하면서도 서툴러 세상과 맞는 것이 적었다. 일찍이 글을 일삼았지마는 이름을 이룬 것은 없었다. 어려서부터 특이한 情趣가 있었는데, 번거롭고 시끄러운 것은 좋아하지 않았다. 매양 그윽한 샘물 기이한 돌 무성한 수풀 긴 대나무 등 깊숙하면서 고요한 곳을 만나면, 기뻐서 돌아올 줄을 몰랐고, 그 속에서 띠풀로 오두막집을 짓고서 한 평생을 보냈으면 하는 소원이 있었다. 천성적으로 술을 좋아하나 주량이 적어 몇 잔만 마시면 곧 크게 취하여 즐겁게 천진스러운 모습을 드러내어 스스로 노래하여 그 가슴 속 생각을 읊어내었다. 비록 존귀하고 대단한 집안의 세력의 불길이 하늘에 닿을 정도라도 아첨하거나 굽히지 않았다. 홀아비나 과부, 자식 없는 늙은이, 부모 없는 아이일지라도 침범하거나 업신여기려 하지 않았다. 세상에 맞추어 알랑거리며 오르락내리락 하는 것은 내가 할 수 없는 것이고, 권력에 기대거나 남을 손아귀에 넣어 마음대로 주무르는 일은 내가 하려고 하지 않는 것이다. 오똑하게 자기 지조를 지켜 구차하게 남과 맞추는 일에 뜻을 끊었고, 사람들에게 사기를 당할까 미리 걱정하지 않았고 믿지 못할까 생각하지 않았다. 그러나 사기라는 것을 깨닫게 되면 죽을 때까지 그런 사람은 상대하지 않았다.

　돌아가신 나의 아버지께서 나를 사랑하시면서 걱정하시기를, "우리 애는 기질이 가을 물처럼 맑지만, 세속과 잘 어울리지 못하여 지금 세상에서 화를 면하지 못할까 두려울 따름이다."라고 하셨다. 나 또한 깨끗하게 솔직하게만 살면서 남을 방어하지 않고서, "내 좋은 대로 할 따름이다. 사람들이 좋아하고 좋아하지 않는 것이 나와 무슨 관계가 있겠는가? 스스로 알 따름이다. 세상에서 알아주고 알아주지 않는 것이 나에게 무슨 관계가 있겠는가?"라고 생각했다. 온전하게 하려다가 얻는 비난과 뜻하지 않은 칭찬 등이때때로 한꺼번에 닥쳐도 나는 거저 웃고 만다. 마음 속으로 결단하여 스스로 믿는 어리석음이 이러하였다. 집안이 가난하여 맑고 고달파 거의 유지하지 못할 것 같았으나, 마음은 사실 느긋하여 걱정하는 얼굴빛을 보지 못했다.

　…… 한가하게 지내면서 애써 하는 일은 없고, 다만 글로써 스스로 즐겼다. 산수에 흥을 붙여 사물 바깥에서 거닐면서 늙음이 장차 다가오고 있다는 것을 알지 못했다.

　이렇게 贊한다. 재주는 성기고 짧고, 천성은 고집스러우며 어리석네. 세상에 나가서는 엎어지고 산에 있으면서 수양하네. 자연 속에는 금하는 것 없으니, 물고기와 새들과 사귄다네. 내 좋아하는 것을 따라 하다 한 평생 마치고자 한다네.[2]

　세상에 영합하지 않고 자신의 節操를 지키고, 자연 속에서 자기 천성을 지키면서 살아가는 자신의 모습을 그렸다. 天人合一에 바탕을 둔 自然親和的인 사림과 학자의 인생관이 잘 나타나 있다.

　그 당시 세상은 날로 순박한 기풍은 사라지고 각박해져서, 재주 있고 영리하고 교묘하고 아첨 잘하는 사람만이 살 수 있는 세상으로 변해 가고 있었다. 澗松은 인정미가 사라져 가는 이런 세상을 가장 싫어하였다. 이를 풍자하는 글을 한 편 남겼다.

---

2) 『澗松集』 권3 44, 45장, 「自傳」.

어떤 사람이 말하기를 "저는 아무개인데, 천성이 못나고 말을 할 줄 몰라 이 세상에서 살아가기 어렵기에 이 일을 매우 걱정합니다."라고 했다. 내가 웃으면서 "어떻게 이런 사람을 하루 빌려 天理를 붙일 곳으로 삼을 수 있을까?"라고 하자, 좌중의 사람들이 놀라 이상하게 여기며 "무슨 말씀인지요?"라고 했다. 내가 이렇게 말했다. "天理라는 것의 물건 됨은 교묘한 것을 싫어하고 서투른 것을 좋아하네. 꾀 많은 것을 싫어하고 어리석은 것을 좋아하네. 말 잘하는 것을 싫어하고 말 못하는 것을 좋아하네. 예리한 것을 싫어하고 무딘 것을 좋아하네. 굽은 것을 싫어하고 곧은 것을 좋아하네. 사사로운 것을 싫어하고 공정한 것을 좋아하네. 교활하고 거짓된 것을 싫어하고 성실한 것을 좋아하네. 버릇없이 멋대로 구는 것을 싫어하고 공손한 것을 좋아하네. 殘暴한 것을 싫어하고 자상한 것을 좋아하네. 쟁탈을 싫어하고 겸손하게 물러나는 것을 좋아하네. 욕심내고 염치없는 것을 싫어하고 편안하고 고요한 것을 좋아하네. 사치하여 화려한 것을 싫어하고 검소한 것을 좋아하네. 경박한 것을 싫어하고 중후한 것을 좋아하네. 그래서 濂溪께서 말씀하시기를 '천하가 拙樸하게 되면 형벌과 정치가 없어지게 된다.'라고 하셨고, 明道께서 말씀하시기를 '재빠르고 영리하고 교묘하고 사나운 것은 道와 거리가 멀다.'라고 하셨다. 그러니 서툴고 말 잘 못한다고 무슨 걱정할 것이 있겠는가?" 온 좌중의 사람들이 의혹스럽게 생각하며 내 말의 요지를 알지 못했다.

간송은, 재주 있고 잘나고 날쌔고 약삭빠른 사람이 평범한 많은 사람들을 이용해서 출세를 도모하는 것을 싫어하면서 인위적으로 꾸미지 않고 자연스럽게 살아가는 평범한 사람들의 가치를 인정하였다. 참된 인간성의 회복을 부르짖은 것이다.

이 글의 내용은 간송 자신의 언행의 특징을 말했다고 볼 수도 있고, 또 그 자신의 處世指針이라고 볼 수도 있다. 언행이 일치하여 내면적으로 充實한 사람이자 꾸밈없는 순박한 선비를 간송은 지향했던 것이다.

Ⅲ. 學統과 師友關係

澗松은 비교적 어린 나이에 스승을 찾아 학문의 길로 나섰다. 그의 첫 번째 스승은 槃泉 金中淸이었다. 14세 때부터 15세 때까지 奉化에서 그에게 배웠다. 반천은 月川 趙穆의 문인으로서 이때 33세의 젊은 나이었는데, 이미 학문이 깊은 것으로 이름이 나 있었다. 간송에게 원대한 바탕이 있는 것을 보고서 "벗이 멀리서부터 오니 또한 즐겁지 않겠는가? 일년 동안 차가운 자리에서 가슴을 잘 열였다네. 갈림길에 서서 평생 사용할 말을 주나니, 좋은 구슬을 가시 덤불에 버리지 말게나![不亦樂乎朋自遠, 一年寒榻好開襟. 臨岐爲贈平生語, 莫把良珠委棘林]3)"이라는 勸勉하는 시를 지어주었다. 김중청은 그 뒤 문과에 급제하여 正言으로 있으면서 廢母論에 반대하다가 鄭仁弘에 의하여 파면 당하였다.

두 번째 스승은 義城에 살던 杜谷 高應陟이었다. 16세 때 두곡으로부터 『大學』을 배웠다. 두곡은 간송을 두고 "어린 나이에 실제로 보고 얻은 것이 있다."라고 稱歎하였다.

세 번째 스승은 仁同에 살던 旅軒 張顯光이었다. 여헌은 寒岡 鄭逑의 질서였고, 寒岡은 退溪와 南冥 兩門下를 다 출입하였다. 17세 때 처음 만나 53세 때까지 36년 동안 스승으로 모셨다. 23세 때 龍華山 아래 배에서 한강과 함께 왔던 여헌을 다시 뵈었다. 그 뒤 29세 때 여헌을 찾아갔을 때, 여헌은 자기 이웃으로 이사오도록 권할 정도로 간송에게 관심을 가졌다. 40세 때 여헌을 찾아가 여러 날 동안 모시고 있으면서, 『心經』, 『大學衍義』, 『讀書錄』 등의 책을 읽다가 의문 나는 점을 물었다.

41세 때 여헌을 찾아갔을 때, 여헌은 "致遠(澗松의 舊字)의 말은 天理에서 나온 것으로 매양 그 것을 듣고 있노라면 마음이 기울어지지 않은 적이 없다."라고 말하여, 이미 제자인 간송에게 배울 것이 있다고 여헌이 인정할

---

3) 『澗松年譜』 권1 2장.

정도로 그 學問의 경지가 높아졌다. 이때 간송은 성리학에 침잠하여 爲己
之學에 힘쓰던 때였는데, 「感興十絶」을 지어 그 학문의 경지와 학문하는
자세를 읊었다.

50세 때 여헌을 찾아가 東岡 金宇顒을 新山書院에 配享하는 문제로
자문을 구했을 때 여헌은 적극적으로 간송의 주장이 옳다고 하며 지지하
였다.

52세 때 여헌을 찾아가 "漢唐의 학문은 '記誦이나 詞章의 學에 불과합니
다."라고 하며 그 폐단을 지적하자, 여헌이 탄복하며 말하기를 "이 說은
아주 통쾌하여 사람의 정신을 일깨워 준다. 반드시 도움되는 바가 많을
것이다."라고 간송의 학문을 칭송하였다.

간송이 36년 간 여헌 문하를 출입하면서 親炙를 받은 것이 아주 오래되
어 觀感이 아주 간절하였다. 평소 여헌의 言行과 出處 및 質疑 答問한
것을 모아서 『就正錄』이라는 책을 만들었다. 나중에 이 글은 『旅軒文集』
續集의 부록으로 편입되었다. 『여헌문집』을 편찬할 적에 간송도 참여했는
데, 그 아들 張應一에게 여헌의 主著는 다 간행해야겠지만 詩文은 節要하
는 것이 좋겠다고 자신의 의견을 개진하였다.

간송은 여헌을 桐溪 鄭蘊, 愚伏 鄭經世와 함께 그 당시 儒林의 領袖요
朝廷의 으뜸 되는 元老로 보고 존경하였다.

시를 부쳐보내 그 쓸쓸함을 위로하며,	投詩慰寂寞
지금 세상 뛰어난 인물 헤아려 본다네.	歷數當世英
桐溪와 愚伏堂과	桐溪愚伏堂
우리 張先生이라네.	暨我張先生
유림에서 영수로 추앙하고 있고,	儒林望領袖
조정이나 초야에서 원로 되어 있네.	朝野稱元龜[4)

---

4) 『澗松集』 : 권1 4장, 「次林樂翁南字」.

간송이, 여헌의 학문이나 行身에 대해서 추앙하는 정도는 가히 절대적
이라 할 수 있다.

張夫子를 景仰하나니,　　　　　　　　　　　　　　景仰張夫子
높은 이름은 북두성으로 남쪽에선 으뜸.　　　　　高名冠斗南
깊고 조화롭기는 너른 바다 같고,　　　　　　　　淵冲滄海濶
절벽처럼 우뚝한 건 태산 같구나.　　　　　　　　壁立泰山巖5)

澗松은 어린 시절에 槃泉 金中淸, 杜谷 高應陟 등 退溪學派의 학자들에
게 受業하였으나, 결국은 가장 오랜 親炙를 받은 여헌의 학덕을 제일로
흠모하여 자기 학문과 行身 및 出處觀의 바탕을 마련하였던 것이다. 여헌
역시 퇴계의 제자인 寒岡의 學統을 이었으므로, 간송은 退溪學派의 학자
들로부터 학문을 전수 받아 기초를 닦았던 것이다.

간송의 생장지인 咸安에는, 大笑軒 趙宗道, 竹牖 吳澐, 茅村 李瀞, 篁谷
李偁, 篁巖 朴齊仁 등 남명의 제자들이 많았으므로 남명의 학문적 영향을
받았을 것으로 짐작해 볼 수 있다.

23세 때 간송은 蘆坡 李屹의 따님에게 장가드는 것을 계기로 해서 남명
학파에 확실하게 가입하게 된다. 노파는 남명의 제자 鄭仁弘의 제자이고,
또 三嘉에 있는 남명을 모신 龍巖書院의 원장을 맡아 일했으므로, 남명학
파 가운데서도 매우 중요한 위치에 있는 인물이었다. 간송은, 노파를 장인
으로서 뿐만 아니라, 스승으로 모셨으므로 남명학파의 학문에 접맥될 수
있었다.

간송은, 寒岡 鄭逑를 拜見하고 존모하기는 했으나, 이때 한강은 이미
연로하였으므로 執贄하지는 않았다. 篁巖 朴齊仁, 忘憂堂 郭再祐, 茅谿
文緯, 凌虛 朴敏, 畏齋 李厚慶, 桐溪 鄭蘊, 梧峰 申之悌, 石潭 李潤雨 등
그 당시 江右地域의 대표적인 학자들은, 선배로 모시고 따랐다. 이 가운데

─────────────

5) 『澗松集』 권1 15장, 「拜旅軒先生于遠懷堂」.

義城에 살던 오봉은, 한강의 문인으로서 간송에게는 종자형이 되었는데, 간송이 江左地方의 師友들과 結識하는 데 있어 교량적 역할을 했다.6) 외재 역시 한강의 문인이었는데, 澗松의 妻再從祖가 된다.

无悶堂 朴絪, 寒沙 姜大遂, 謙齋 河弘度, 林谷 林眞怤, 東溪 權濤, 匡西 朴震英, 疆齋 成好正, 益菴 李道輔, 修巖 柳袗, 眉叟 許穆, 聽天堂 張應一 등은 벗으로 학문을 강론하였다. 무민당이 편찬한 『南冥年譜』에 간송이 발문을 썼고, 무민당이 『山海師友錄』을 편찬할 때도 간송은 많은 의견을 제시하였다.

그리고 간송은 그 당시 격심하던 黨論에 얽매이지 않았다. 牛溪 成渾의 제자인 童土 尹舜擧가 宜寧縣監으로 부임해 왔을 적에 그와 친밀한 관계를 맺고서 退溪를 享祀할 德谷書院 건립의 일을 서로 의논하였다. 또 淸陰 金尙憲의 제자인 東江 申翊全이 居昌郡守로 부임했을 때, 간송은 栗谷의 『聖學輯要』, 『石潭遺事』 등에 대해서 듣고서 그를 통해서 그 책을 구해보려고 노력하기도 하였다.

간송의 師友들은 강우지역에만 국한되지 않고 강좌지역에도 폭넓게 고루 분포하여, 퇴계학파와 남명학파를 고루 아우른 특징이 있다. 간송은 한 쪽 학파에 속한 인사보다는 폭 넓은 교유관계를 가졌는데, 이는 간송의 학문적 시야를 넓히는 데 큰 도움이 되었을 것이다.

Ⅳ. 學術思想

澗松은 退溪學派에 속하는 학자들을 스승으로 모시고 배웠으므로 朱子學을 학문의 본령으로 삼았다. 주자학을 공부한 학자들은 대부분 성리학에 관한 학설이 많다. 더욱이 자신이 근 40년 동안 스승으로 모시며 따라

---

6) 『澗松別集』 권1 1장, 「就正錄」.

배웠던 旅軒은 성리학에 관한 학설이 대단히 많다. 그러나 간송은, 문집의
분량이 原集, 別集, 續集 합쳐 모두 12권 6책 정도의 적지 않은 분량임에도,
성리학에 관한 학설은 전혀 실려 있지 않다. 학문에 관한 내용 가운데도
대부분은 학문을 어떻게 실천에 옮기느냐에 관한 것이다. 이런 점은 退溪
학파에 속하는 학자로서는 아주 특이한 경우인데, 이 점에 있어서는 남명
의 학문정신과 아주 흡사하다.

간송은 학자의 학문하는 방법을 이렇게 제시하였다.

> 옛날의 이른바 학자들은 반드시 躬行 心得으로써 근본을 삼았고, 體를
> 밝히고 用을 알맞게 하는 것을 要諦로 삼았고, 여러 가지 변화에 대응하는
> 것을 귀하게 여겼습니다. 그리고 공부하는 절차는 벌벌 떨며 조심조심하고
> 성나는 것과 욕심을 참고 잘못을 고쳐 착한 데로 옮겨가는 것으로부터 나옵
> 니다.[7]

눈으로 보고 귀로 듣고 해서 아는 것으로는 진정한 학문이 될 수 없고,
몸소 실천하고 마음으로 터득하여야 한다는 점을 간송은 강조하였다. 사람
이 공부를 통해서 자기의 잘못을 고쳐서 착한 데로 나가는 데 학문이 도움
을 주어야 한다고 주장하였다.

학문하는 과정을 澗松은 이렇게 설정하였다.

> 대저 학문의 길은 반드시 분발하고 단단히 뜻을 세워, 마음을 비우고 뜻을
> 겸손하게 하여 가르침을 받아들여야 한다. 괴로움을 참고 견디며 功을 쌓아
> 야 하고, 용감하게 앞으로 나가 힘써 행하여 道에 이르러야 하고, 느긋하게
> 푹 젖어들어 德을 길러야 한다. 조심하고 삼가고 두려워하며 마음을 단속해
> 야 하고, 정확하고 치밀하게 일을 처리해야 한다. 主靜, 存誠, 居敬, 窮理
> 등의 절차는 그 본령이고 골자다. 마치 수레에 두 바퀴가 있듯이 새에게
> 두 날개가 있듯이, 하나를 없애고서는 다니거나 날 수가 없는 것이다. 여기에

---

7) 『澗松續集』 권2 2장, 「辭恭陵祭奉疏」.

종사하여 힘써 잘 따라서 노력하기를 오래 동안 해나가면, 지행이 함께 나아가고 발과 눈이 같이 이르게 된다. 그리하여 하루 아침에 툭 트인 평원을 혼자 훤히 보게 되어, 자기도 모르는 사이에 聖賢, 君子, 吉人의 경지에 들어가게 된다. 그러나 잠시라도 이 마음이 존재하지 않으면, 천리 밖으로 달아나 각기 제 갈 데로 가버릴 것이다. 사람을 미치게 만드는 망령된 생각의 기미는 바로 이런 때에 있다. 두려워하지 않을 수 있겠는가? 조심하지 않을 수 있겠는가? 이런 점이 옛날 성현들이 얇은 얼음을 밟듯 깊은 못에 다다른 듯 두려워하고 조심하여, 德이 이미 성대하지만 스스로 만족하거나 여유를 부리지 않고, 道가 이미 높아도 그 것을 잃을까 두려워한 까닭이다. 한 가닥 숨이 붙어 있는 한 이 마음을 잊어서는 안 되고 죽을 때가지 그만두어서는 안 되는 것이다.[8]

학문하는 본령을 主靜, 存誠, 居敬, 窮理에 두었다. 이 가운데서 하나라도 결여되면 학문을 할 수가 없고, 또 간단없이 꾸준히 노력하여 스스로 눈이 트여 깨달음을 얻는 데까지 가야한다고 했다. 글귀나 외우고 단편적인 지식을 습득하는 것이 아니라 학문의 道를 깨치는 것을 진정한 학문으로 보았고, 거기에 도달하기 위해서 자신의 마음을 단단히 붙들고서 꾸준히 노력해 나가야 한다고 보았다. 동시에 마음에서 일어나 학문하는 것을 방해하는 망상을 억제하여야 한다는 것이다. 간송이 말하는 공부는 지식습득의 단계가 아니고, 스스로 진리를 터득하는 단계를 말한다.

간송은 학문을 정의함에 있어 실천을 위주로 하여 그 사람됨을 바꾸는 것으로 간주했다.

이른바 학문이란 것은, 참되게 안 것을 실천하여 그 어떤 사람의 기질을 변화시키는 것으로 순수하여 잡되지 않은 것을 이른 것이다. 글자로 표현하거나 입으로 말하고 귀로 듣는 말단적인 것이 아니다.[9]

---

8) 『澗松集』 권3 49장, 「管窺雜說」.

9) 『澗松集』 권4 5장, 「篁巖先生遺稿序」.

귀로 듣고서 바로 입으로 말하는 학문은 진정한 학문이 될 수 없고 사이비 학문에 불과하다. 『禮記』에서 "口耳之學으로써는 다른 사람의 스승노릇을 해서는 안 된다."라고 했다. 진정한 학문은 사람을 더 좋은 쪽으로 발전시킬 수 있는 학문을 말하는 것이다. 간송이 일생 동안 추구한 학문이 바로 이런 학문이었다.

세상에 갖가지 학문이 존재하고, 儒學 가운데도 갈래가 많지만, 誠敬을 주로 하는 程子 朱子의 학문만이 바른 학문이라고 보았다.

儒學 가운데도 갈래가 많지만,	儒術多岐路
程子 朱子만이 어긋남이 없네.	程朱獨不差
정성 간직하여 온갖 거짓 소멸시켰고,	存誠消萬僞
敬을 주로 하여 천 가지 사악함에 맞섰다네.	主敬敵千邪
要約함을 잡아야 능히 博을 베풀 수 있고,	操約能施博
나라 다스림은 집안 바로잡는 것에 말미암네.	爲邦自正家
아름다운 거문고의 줄이 끊어졌기에,	瑤琴絃斷絶
괜히 후세 사람으로 하여금 탄식하게 만드네.	空使後人嗟[10]

유학 가운데서도 程朱의 학문을 정통으로 삼아야만 하고, 誠敬을 위주로 하여 博約을 겸비하여야 하고, 한 나라를 다스리는 것은 한 집안을 다스리는 근본적인 것에서 출발해야 함을 강조하였다. 그러나 참된 유학의 전통이 끊어진 당시의 유학은 정상적인 길로 나가지 못하고 있기 때문에 간송이 탄식한 것이다.

학문하는 방법은 옛날 것만 墨守해서는 안되고 앞 시대 학자들이 발견하지 못한 것을 후세의 학자들이 발견할 수도 있으므로 학문의 시대에 따른 진화를 인정했다.

---

10) 『澗松集』 권1 10장, 「儒述」.

　　義理는 무궁하고 지식과 견문은 한계가 있다. 이전의 聖人이 발견하지 못한 것을 후대의 성인이 발견할 수도 있고, 이전의 賢者가 말하지 못한 것을 후대의 현자가 말할 수도 있는 것이다.[11]

　朱子가 『大學』을 주석하면서 보완한 「補亡章」을 晦齋 李彦迪은 불필요한 것이라고 그의 『大學章句補遺』에서 주장했는데, 退溪는, 회재의 주장이 주자와 위배되기 때문에, "한갓 經書를 훼손한 죄만 얻었을 따름이다." 라고 하여 인정하지 않았다. 그러나 간송은, 퇴계의 주장을 맹종하지 않고 회재의 학문적 공적을 인정하였다. 학문이란 것은 한 사람에 의해서 완벽하게 이루어질 수 없기 때문에 후세로 오면서 점점 발전해 가는 것이다. 『周易』이라는 책을 예로 보더라도, 伏羲氏는 八卦만 그렸던 것을, 文王이 六十四卦로 늘리고, 周公이 爻辭를 만들어 풀이하고, 孔子가 序 象辭 象辭 繫辭 說卦 文言 등을 만들어 완벽하게 『周易』의 체계를 이룬 것이다. 유학자들은 대부분 무조건 復古主義 尙古主義에 사로잡혀, 聖賢의 학설에 대해서 감히 반대의견을 내놓지 못했다. 그러나 간송은 그 당시로서는 드물게 주자와 퇴계의 학설에 반대되는 견해를 제시하였으니, 용기 있는 양심적인 학자로서의 자세를 잃지 않았다.

　그 당시 학풍은 이미 실천이 따르지 못하면서 말만 번지러하게 하는 분위기가 팽배해 있는 것을 간송은 이렇게 경고하였다.

세상 선비들이 말하는 학문이란,	世儒所謂學
글을 배워 잘 외워 읽는 것.	學書能誦讀
세상 선비들이 말하는 사업이란,	世儒所謂業
글짓기를 일삼아 爵祿을 따는 것.	業文賭爵祿
마음과 입이 서로 맞지 않고,	心口不相應
말과 행동을 서로 돌아보지 않네.	言行不相顧

---

11) 『澗松集』 권3 53장, 「管窺瑣說」.

비록 만 권의 책을 독파했다 한들,	雖破萬卷書
德行에는 아무런 도움이 되지 않네.	於德竟何補
임금 섬길 때는 신하의 도리 다하고,	事君盡臣節
어버이 받들 때는 자식 노릇 한다면,	奉親供子職
배우지 않았다고 사람들이 말할지라도,	人雖曰未學
나는 반드시 그런 사람을 배웠다 하겠네.	吾必謂之學
그대 보게나! 顔子에게 준 孔子의 四勿과,	君看顔四勿
曾子가 날마다 세 가지로 반성하는 것을.	與夫曾子省
어디 말이 솜씨 있게 한 데가 있던가?	何嘗言語工
그 어디 문장이 번지러한 데가 있던가?	亦豈文字炳
이 두 분은 마침내 큰 道를 능히 듣고서,	終能聞大道
체재를 갖추어 앞 시대의 聖人 계승했다네.	具體承前聖
어찌하여 말세로 흘러온 폐단은,	奈何末流弊
한갓 가지와 잎만 숭상하게 되었는지?	枝葉徒崇獎
경박한 분위기가 순박한 근원 흩어버려,	澆風散淳源
크게 소박한 기운이 날로 잃어 가는구나.	大樸日淪喪
앵무새처럼 제멋대로 말만 번지러 잘하니,	鸚鵡謾好音
의관 차려 입었지만 마부들에게 부끄러우리.	簪裾愧厮養
명예와 이욕의 관문 통과한 뒤에라야,	透得名利關
바야흐로 조금 쉴 만한 곳이 된다네.	方是少歇處
上蔡[謝良佐]의 엄한 훈계 있나니,	上蔡有嚴訓
이 말을 가슴에 새겨 둘지어다.	服膺事史魚[12]

당시 세속적인 선비들은, 자신을 수양하여 세상을 敎化하는 선비의 본래의 임무는 망각한 채, 입으로 글만 외워 과거에 합격하여 爵祿을 얻고 이름을 얻는 데만 급급하였다. 言行이 일치되지 않으면서 많은 책을 읽어 지식은 풍부하게 갖고 있고, 문장은 숙달되어 잘 지어내지만, 그 사람 자신의 德行을 함양하는 것과는 아무런 관계가 없는 것이었다. 孔子가 말한

---

12) 『澗松集』 권1 3, 4장, 「世儒歎」.

爲己之學은 사라지고 爲人之學이 세상을 휩쓸고 있을 때, 간송은 진정한
선비를 그리워하여 이런 탄식을 했던 것이다. 顔子나 曾子의 예에서 볼
수 있듯이, 문장을 잘한다는 칭송을 들은 적이 없었지만, 聖人의 큰 道를
듣고서 體得하여 후세에 전승시켜 준 업적이야말로 선비가 하는 일 가운
데서 가장 큰 가치가 있는 것으로 간송은 보았다. 程子의 제자인 上蔡
출신의 謝良佐가 처음에는 記誦을 잘하는 것으로 자부했을 때 程子는 玩
物喪志의 우려가 있고 그의 병통은 '자랑[矜]'에 있다고 훈계하였다. 처음
에는 사량좌가 수긍하지 않았지만, 나중에는 정자의 가르침의 진정한 의미
를 깨닫고, 자신도 기송의 문제점을 알았다. 그 이후 자신의 제자들을 가르
칠 때 늘 기송의 문제점을 훈계했다.13)

언행이 일치되고 명예와 이욕의 관문을 통과하여 진정한 修己治人의
공부에 전념하는 사람을 일컬어 참된 선비라고 할 수 있다. 간송이 지향하
는 학문의 길도 바로 이런 것에 있었다. 이런 학문경향은 남명의 학문정신
과 완전히 일치하는 것이다. 이런 까닭에 그가 초기에 스승으로 삼았던
인물이 대부분 퇴계학파에 속한 사람들이었지만, 간송 자신은 나중에 남명
학파 내에서 중심인물로 부각될 수 있었던 것이다.

선비들도 평소에 兵法을 익혀야 한다는 생각을 간송은 가졌는데, 이는
국방의 중요성을 인식하고 제자들에게 병법을 가르쳤던 남명의 사상과
맥이 통하는 것이다.

썩은 선비들 평소에 병법을 이야기하지 않다가,　　　腐儒平昔不談兵
지금 와서 난리 당하자 뼈 속까지 놀라기만 하네.　　臨亂如今但骨驚
달빛 희미한 외로운 성에선 소식 끊겨졌는데,　　　月暈孤城消息斷
대궐로 머리 돌리니 공연히 눈물 범벅이 되누나.　　北辰回首涕空橫14)

13) 黃宗羲『宋元學案』권24,「上蔡學案」.
　　胡安國『上蔡語錄』권2 8-17장.
14)『澗松集』권2 18장,「聞南漢受圍慨然有作」.

온 나라의 지식인들이, 평소에 국가 민생의 현실문제 해결에 아무런 도움이 되지 않는 空理空論的인 학문에만 힘을 쏟다가, 난리를 당하게 되자 아무런 대책 없이 놀라기만 하고 있었다. 간송은 이런 사태에 직면하여 현실적인 학문을 하지 못한 선비의 한계를 절실하게 느꼈던 것이다.

평소에 심신을 잘 거두어 단속하고 名節을 닦으며 正道를 지켜나가던 선비들도, 名利의 문제에 당면하게 되면 자기의 본래의 보조를 잃는 경우가 많았다. 그런 사례를 우리 나라의 역사상 많은 인물의 행적에서 볼 수 있다. 出處의 大節을 잘 지켜야만 올바른 선비라고 볼 수 있다고 간송은 생각했다.15)

楚나라의 은자 長沮와 桀溺 같은 사람은 세상을 구제하려고 다니는 孔子를 비웃는 말을 하였기에 역대로 유가의 비판을 받아왔다. 간송은 그들을 聖人의 도로써 논할 수는 없지만, 道를 가지고서 사람들에게 영합하고 부귀를 탐내어 나아갈 줄만 알고 물러날 줄을 모르는 사이비 儒者들은 長沮와 桀溺보다도 못한 사람으로서, 장저와 걸익을 비난할 자격이 없다고 보았다.16)

佛家에서는 불법을 전파하여 궁극적으로는 모든 사람이 불가에 귀의하기를 희망한다. 간송은 불가의 自家矛盾을 이렇게 지적하였다.

천하의 모든 사람이 다 함께 중이 된다면, 누가 임금이 되며 누가 신하가 되며, 누가 백성이 되어 관리들을 먹여 살리며, 누가 관리가 되어 백성들을 다스리겠는가? 한 사람도 빠짐없이 입산하여 불교를 받들게 된다면, 누가 부부가 되며, 누가 부자가 되며, 누가 형제가 되겠는가? 모두가 다 중이 되었을 경우 늙은 사람은 죽고, 젊은 사람은 늙고, 앞에 있던 사람들은 없어지고, 뒤에 오는 사람들이 이어가지만, 백년도 안 지나서 인류는 다 없어지고 말 것이다. 천지 사이에 가득한 것은 나무 돌 새 짐승 벌레 뱀 가시 뿐일 것이다.

---

15) 『澗松集』 권3 9장, 「上旅軒先生書」.
16) 『澗松集』 권3 45, 46장, 「沮溺說」.

우리 儒道에 해악을 끼칠 뿐만 아니라, 佛道 그 자체도 끊어진다. 그때 가서
중이 되어 불교를 받들려고 한들 될 수 있겠느냐?[17]

불가에서는 포교하는 데 많은 정성을 기울여 많은 사람들이 출가하여
승려가 되기를 바란다. 그러나 불가의 희망대로 모든 사람들이 승려가
된다면, 의식주의 재료는 누가 생산하며 인류는 어떻게 번식 · 보존하겠는
가? 불교 교리는 공격할 필요도 없이, 불교 스스로 모순을 지니고 있는데,
이 모순을 간송이 잘 지적해 내었다. 유자로서 불교를 압도할 수 있는
논리를 갖추었다 하겠다.

간송은, 당쟁의 폐단에 대해서 누구보다도 심각하게 인식하여, 나라를
멸망시키고 세상에 재앙을 끼치는 鴆毒이라고 간주하였다. 그래서 그 자
신은 당파에 얽매이지 않아, 공정한 론의를 견지하였다.

당론이 일어난 이후로 공론이 없어졌다. 당파에 속한 사람의 이름 가운데
는 온전한 사람이 없게 되었다. 색목이 같지 않으면 좋아하고 싫어하는 것도
다르게 된다. 그 논의가 나와 합치가 되면 줄곧 그를 좋아하여 그의 나쁜
점을 모르게 되어 조그마한 것까지 알리고 추켜세우기를 한량없이 한다.
그 논의가 자기와 어긋나게 되면 줄곧 그를 미워하여 그의 아름다운 점을
모르게 되어 죄에 밀어 넣고 죄를 얽어 만들기를 힘닿는 데까지 한다. 좋아하
고 싫어함이 혼란스럽게 되고 시비가 뒤바뀌어, 서로 모함하고 다투는 분위
기가 온 세상에 넘쳐흘러, 물과 불의 관계처럼 죽을 때까지 공격한다. 심지어
는 부자간에 의견을 달리하는 경우도 있고, 형제간에 당파를 나눈 경우도
있다. 자기와 같은 당파이면 비록 천리를 떨어져 살아도 아교와 옻칠처럼
착 달라붙는데, 자기와 같은 당파가 아니라면 비록 같은 집에서 거처해도
楚나라와 越나라의 관계처럼 원수가 된다. 아래로 각 고을 각 마을에 이르기
까지 그렇지 않은 곳이 없다. 국가의 존망은 생각지도 않고, 백성들의 苦樂은
걱정하지도 않은 채, 오직 당론에만 급급하니 공론이 어떻게 나타날 수 있겠

---

17) 『澗松集』 권3 52장, 「管窺瑣說」.

는가? 온전한 사람을 어느 곳에서 얻을 수 있겠는가? 내가 이 세상을 보건대,
'黨'이라는 한 글자는 나라를 망치고 세상에 재앙을 끼치는 짐새의 독이다.
대개 당론은 자기 한 사람의 사사로움에서 나온 것이지 공정한 의리가 나타
난 것은 아니기 때문이다. 비록 楊子, 墨子, 老子, 佛敎의 해악이나 홍수와
맹수의 재난의 처참함도 이렇게 참혹한 데는 이르지 않을 것이다.18)

간송은, 당쟁의 해독을 잘 알고 있어 당쟁에 가담하지 않았고, 老論이나
少論에 속하는 인물이라도 마음이 통하면 사귀었다. 이런 정신을 가졌기
때문에 한 평생 南冥學派와 退溪學派 두 군데 다 관계하면서 두 학파의
융화를 위해서 일생 동안 계속 노력할 수 있었던 것이다.

간송 자신이 한 평생의 정신적인 이정표로 삼은 澗松이라는 호를 두고,
이렇게 시로써 풀이했다. 그의 학문하는 방법과 정신세계의 방향이 그의
호 속에 내함되어 있다.

나 홀로 시냇가의 소나무 사랑하노니,	獨愛澗邊松
날씨 추워져도 그 모습 변하지 않기에.	天寒不改容
깊은 뿌리는 깎아지른 골짜기에 박혀 있고,	深根盤絶壑
곧은 가지는 높은 봉우리에 치솟았네.	直幹聳危峯
바람이 세차면 그 소리 더욱 웅장하고,	風烈聲逾壯
서리 매서우면 푸르른 빛 더욱 짙다네.	霜嚴翠更濃
그대여 보게나! 봄철이나 여름철에는,	君看春夏節
모든 것들이 다 푸르고 싱싱한 것을.	百物共青葱19)

간송은, 자기 일생의 삶의 방향을 '澗松'이라는 두 글자로 집약하여 표현
하였다. 날씨가 추워져도 변하지 않는 그 節操, 깊은 학문적 바탕, 고상하
고 강직한 언행을 갖고서 살아가겠다는 의지를 강하게 나타내고 있다.

---

18) 『澗松集』 권3 51, 52장, 「管窺瑣說」.
19) 『澗松集』 권1 10장, 「栽松澗邊」.

세상의 장애물이 앞을 막으면 자신은 더욱더 견결한 자세로 자기의 길을 개척해 나가겠다고 했다. 세속의 炎凉에 따라 부침하는 부류들과는 자신을 같이 보아서는 안 된다고 말하고 있다.

宋나라 초기의 정승 范質의 「誡姪兒八百字」라는 시에 "화사한 화원의 꽃은, 일찍 피었다가 먼저 시드네. 더디 자라는 시냇가의 소나무, 울창하여 늦게까지 푸르름 머금고 있네.[灼灼園中花, 早發還先萎. 遲遲澗畔松, 鬱鬱晚含翠.]"20)라는 구절이 있다. 朱子는 이 시의 교훈적인 가치를 크게 인정하여 『小學』에 수록하였다. '澗松'이라는 호는 바로 이 시에서 따왔다. 울긋불긋 봄을 장식하는 아름다운 꽃은 날씨가 추워지거나 서리가 내리면 자취를 감추고 만다. 그러나 소나무만은 추운 겨울 눈보라 속에서도 절개를 지키는 풍모를 그대로 견지하고 있다. 이런 소나무의 정신을 배워 일생을 살아가겠다는 결심을 하고, 자기 집 앞 시냇가에다 두 그루의 소나무를 심었던 것이다. 간송은 退溪를 攻斥하는 대열에 참여하라는 당시 불길 같은 세력을 가진 大北派의 위협에 조금도 자신의 지조를 굽히지 않았고, 조정에서 몇 차례 벼슬을 내렸지만 나가지 않고 草野에서 학문에만 전념하였다. 소나무는 단순한 식물이 아니라 바로 澗松 자신의 한 평생의 정신적 스승이었던 것이다.

V. 退溪・南冥 兩學派의 融和

南冥學派의 영향권 안에 속해 있는 咸安地域에서 世居해 온 집안에서 생장하였으면서도 어릴 때부터 퇴계학파에 속한 학자들로부터 학문을 전수 받은 澗松은, 완전히 퇴계학파로 편중되지 않았고 나중에 남명학파에서 적극적으로 활동하면서 철저하게 퇴계학파와 남명학파를 조화롭게 융

---

20) 北京大學 古文獻硏究所 『全宋詩』 권3 48쪽.

화시켜 나갔다. 鄭仁弘의 退溪 辨斥으로 인한 두 학파간의 불편한 관계를
해소시키는 데도 간송이 큰 역할을 했다.

　그는 퇴계와 남명을 거의 꼭 같은 비중으로 존모하였으며, 두 분의 특징
을 잘 파악하였다. 그의 「東賢十八詠」 가운데서 퇴계와 남명을 읊은 시가
있는데, 먼저 퇴계를 두고 읊은 시를 소개하면 이러하다.

　　朱子의 책 몹시도 좋아하여 새로운 것으로 발전시켰고,　　酷悅朱書便奪胎
　　오묘한 이치 속에 침잠하여 일찍이 돌아선 적 없었네.　　潛心理窟不曾回
　　陶山書堂의 巖棲軒 玩樂齋에 끼치신 향기 남아 있나니,　　巖栖玩樂餘香在
　　늘그막에 숨은 맑은 氣風 百世에 걸쳐 높고 높으리라.　　晩隱淸風百世嵬

南冥을 두고 읊은 시는 이러하다.

　　태산의 가을 기운이 퇴폐한 세속 물결 누르는데,　　泰山秋氣壓頹瀾
　　敬義의 工程은 오묘하여 관문을 통과했도다.　　敬義工程妙透關
　　道 지니고도 때 만나지 못했으나 어찌 작게 쓰이랴?　　道不遇時寧小用
　　나라를 경륜할 그릇 품고서 시골에 숨어 사셨지.　　懷藏國器軸適間[21]

　朱子學에 침잠하여 그 오묘한 이치를 연구하여 밝힌 퇴계의 학문적 성
취와 泰山 같은 기상을 갖고 敬義의 학문으로 퇴폐한 세상을 바로잡는
데 주력한 남명의 실천위주의 현실적 학문의 특징을 잘 구별하여 내었다.
　간송은 일생 동안 남명학파와 퇴계학파의 융합을 위해서 노력했다. 그
의 절친한 벗 无悶堂 朴絪이 『山海師友淵源錄』을 편찬하고 있을 때, 간송
은 그 책 속에 퇴계의 행적을 수록할 것을 건의한 적이 있었다. 이는 남명
학파와 퇴계학파의 관계를 좋게 하려는 의도에서였던 것 같다. 그러나
无悶堂은 주저하며 선뜻 수용하지 않았다. 그래서 수록의 가부에 대해서

---

21) 『澗松集』 권2 13장.

旅軒에게 자문을 구하여 결정하려고 한 일이 있었다.[22]

간송은 남명에 대한 존모가 남달랐고, 또 퇴계학파와 남명학파의 융합을 위하여 여러 가지 방안을 모색하였다. 간송의 만년에 德川書院 내부에 분쟁이 있었는데, 林谷 林眞怤가 德川書院에 관심을 가져달라고 간송에게 서신을 보냈다. 간송이 여기에 대해서 이렇게 답하였다.

> 德川書院에 관심을 가지라고 말씀하셨는데, 이 서원은 士友들이 한 번 빠져들면 헤어나지 못하는 곳이오. 비록 지혜로운 사람이라도 어떻게 할 수가 없소. 형은 어째서 재난을 실어 남에게 주는 일을 반쯤 죽어가는 늙은 것에게 맡기려 하시오 이 늙은 것이 무슨 기력이 있어 거기에 생각이 미치겠소. 비록 그러하나 저는 남명에 대해서 존모하는 마음이 얕지 않소. 바야흐로 『南冥粹言』이라는 책 한 권을 편찬하고 있소. 그 가운데는 버리거나 취하거나 해야 할 것이 또한 많소. 「解關西問答」, 「與子精子强書」, 「策問題」 등은 빼어버려야 하겠고, 퇴계가 남명에게 보낸 세 통의 서신, 퇴계가 쓴 「遊頭流錄跋」, 徐花潭이 지은 四韻의 시, 李龜巖 先代의 墓碑 등은 수록해야겠소.[23]

간송이, 남명을 존모한 나머지 남명의 시문의 簡要 및 관계자료를 附錄으로 한 『南冥粹言』을 편찬하고 있다는 사실을 밝혔다. 퇴계학파와의 융합을 위해서 많은 주의를 하고 있었다는 증거이다. 맨 처음 『南冥集』을 편찬할 때 그 일을 주도한 鄭仁弘의 의도에 의해서 편찬된 『남명집』이 반질되자, 거기에 실린 글로 인하여 각지에서 여러 가지 문제가 야기되었다. 이로 인해서 남명학파는 더욱 고립될 처지에 놓였으므로, 간송은 남명의 진면목을 바로 알리고, 다른 학파와의 관계 개선을 도모할 목적으로 『南冥粹言』의 편찬을 시도했다고 볼 수 있다. 남명학파는, 「解關西問答」으로 인해서 晦齋 李彦迪 집안과 관계가 악화되었고, 「與子精子强書」 때문에 龜巖 李楨 집안과 관계가 나빠졌고, 남명의 인상도 나쁘게 만들 우려

---

22) 『澗松集』 권2 21장, 「與朴伯和」.
23) 『澗松集』 권2 23, 24장, 「答林樂翁」.

가 있었다. 「策問題」는 임금의 失政을 노골적으로 비웃는 듯한 내용이 있기 때문일 것이다.

仁祖反正 이후 가뜩이나 위축된 남명학파가 사방의 공격을 당하는 것으로부터 보호하려는 의도에서 간송은 이 책을 편찬하려고 했을 것이다. 퇴계가 남명에게 보낸 세 통의 서신과 「遊頭流錄跋」을 넣으려는 것은 鄭仁弘으로 인해서 악화된 두 학파와의 관계를 개선하려는 것이다. 花潭의 시를 수록한 것은 花潭의 시에 次韻한 南冥의 시가 經世意識이 더 강렬하다는 것을 대비해서 보이려는 의도이다. 李龜巖 先世의 墓碑를 수록하려는 것은, 남명이 이구암과 관계가 괜찮을 때 남명이 이구암의 요청에 의해서 그 父公의 묘비를 지었다. 만년에 남명은 河沮婦事件으로 이구암을 의심하여 절교하였다. 퇴계의 제자 노릇하던 구암은 남명에게 절교 당한 뒤 퇴계에게 자기의 사정을 하소연하였고 퇴계는 구암을 위로하였다. 이로 인해서 퇴계를 싫어한 鄭仁弘이 구암을 더욱 미워하였다. 나중에 정인홍이 『南冥集』을 편찬할 적에 이구암 父公의 묘비를 수록해야 한다는 寒岡 등의 건의를 거절하고 수록하지 않았다. 간송이 볼 적에 남명학파와 구암 집안과의 갈등은 내면적으로 남명학파의 力量의 손실만 가져온다고 판단하여 그 해결방안으로 『南冥粹言』의 편찬에 착수했던 것 같다.

南冥은 비록 벼슬에 나가 직책을 맡은 적은 없었지만, 남명이 끼친 정신적인 영향은 후세에 영원히 대단하다는 것을 간송은 이렇게 밝히고 있다.

| 남명이 한 일 없다고 말하지 마소서. | 莫道南冥無事業 |
| 백세의 맑은 바람 우리 동쪽 나라 떨쳤다오. | 淸風百世振東韓[24] |

孟子가 말한 "聖人의 百世의 스승이다."라는 말이 있는 것처럼, 남명이 우리 민족에게 있어서 정신적 지도자로서의 역할을 길이 할 것으로 보았다.

---

24) 『澗松集』 권2 9장, 「讀南冥集」.

　남명의 일생 동안의 마음가짐을 가장 정확하게 파악하였던 사람은 바로
간송이었다. 그의 「書南冥先生次花潭詩後」라는 글은 이러하다.

　　曹先生이 花潭의 詩에 次韻한 첫째 聯은 "붉은 마음을 가지고 이 세상을
　되살리고 파, 누가 밝은 해를 돌려 이네 몸을 비춰줄꾀[要把丹心蘇此世, 誰回
　白日照吾身]?"라고 되어 있다. 慨然히 세상을 걱정하는 뜻이 말 바깥에 넘쳐
　흐른다. 보배를 품고서 세상에서 숨어 지내다가 바위 틈에서 일생을 마친
　것이 어찌 선생의 본래 마음이겠는가? 어떤 사람은 벼슬하지 않은 것을 가지
　고 선생의 문제점으로 삼기도 하고, 혹은 한 가지 절개만 가진 사람으로
　여기기도 하니, 또한 이상하지 않은가? 宣祖朝의 대신 李鐸이 經筵에서 아뢰
　기를, "曹某 같은 사람은 지금 세상의 버려진 인재입니다. 그에게 除拜한
　벼슬이 별 볼 일 없는 벼슬에 불과했기에 끝내 한 마디 말도 하지 못하고
　죽었습니다. 이런 것이 선비들이 전하께서 불러도 오지 않는 까닭입니다."라
　고 했는데, 이 말이야말로 사실에 접근하는 말이다.[25]

　남명은 자기 한 몸만 깨끗하게 간직하기 위해서 세상을 잊고 멀리 숨은
사람이 아니었다. 늘 국가민족에게 관심을 갖고서 달밤에 눈물을 흘리기까
지 했다. 끝까지 벼슬에 나가지 않은 것은 자신에게 내린 벼슬자리가 經綸
을 펼쳐 무슨 일을 할 수 있는 자리가 아니었기 때문이었다. 남명의 그러한
처지를 간송이 가장 잘 이해했던 것이다.
　간송은 남명이 만약 때를 만나 자신의 蘊蓄한 바를 펼쳤더라면 남명이
그 당대나 다음 세상을 위해서 이 정도의 역할은 했을 것이라고 말하고
있다.
　남명을 잘 모르는 사람들이 남명의 眞面目을 파악하지 못하고 '氣節만
있는 處士' 정도로 貶下하는 경향이 있었다. 西人 가운데서 老論系列의
인사들 가운데 이런 생각을 가진 사람이 많았는데, 澤堂 李植, 淸陰 金尙憲
등이 대표적인 사람이다. 이런 고정관념은 사라지지 않아 農巖 金昌協,

---

25) 『澗松集』 권4 12장.

三淵 金昌翕 등에게 계속 이어져 갔다. 仁祖反正 이후 남명의 제자들이 대부분 정계에서 축출되자, 남명도 정당하게 평가되지 못하는 억울한 경우를 당하게 되었다. 간송은 이 점을 무척 안타깝게 생각하였던 것이다.

경륜을 갖춘 남명 같은 사람이 임금에게 올바른 대우를 받지 못하고 일생을 마친 일은, 후세의 왕들이 山林에 숨은 인재를 불러내는 일을 어렵게 만들었다.

남명이때를 만나 자기의 경륜을 펼칠 수가 있었다면 우리 나라 백성들 뿐만 아니라 나아가 천하의 사람들을 두루 敎化하여 착한 사람을 만들어 儒敎에서 말하는 이상적인 사회로 만들 수가 있었을 것이다. 혼탁한 세상의 도덕적 보루가 되어 그 功德이 해와 달처럼 빛날 수 있었을 것이니, 오늘날 사람들이 운위하는 정도의 남명에 그치고 말지는 않았을 것이다. 간송은 남명의 현실 정치에서의 능력을 아주 크게 평가하였다.

> 만약 남명이 뜻을 얻어 천하 사람들을 두루 착하게 만들고 평생 쌓은 실력을 펼칠 수 있었다면, 세상 인심을 맑게 하고 天理를 밝히고 世道를 만회하고 혼탁한 세상을 격려하여 우뚝이 世波의 砥柱가 되고 어두운 길에 밝은 해나 별이 될 수 있었을 것이니, 그 공덕과 사업이 어찌 이 정도에서 그치고 말았겠는가? 아아! 애석하도다.26)

간송은 남명에 대한 존숭하는 마음을 포괄하여 이렇게 시로 읊었다.

江河 같은 器局에 泰山 같은 모습,　　　　　江河器局泰山容
金玉 같은 풍채에 눈 속의 달빛 같은 마음.　　金玉儀形雪月衷
바른 기운은 매서운 햇살 아래 가을 서리 스치는 듯,　正氣秋霜橫烈日
곧은 節操는 푸르른 소나무에 기댄 푸른 대 같아.　貞操綠竹倚蒼松
이전의 聖賢에 의지하여 敬義의 功 이루었고,　功成敬義依前聖

---

26) 『澗松集』 권4 15, 15장, 「南冥先生年譜跋」.

道는 中庸에 합치되어 어린 後生을 깨우쳤도다.　　　　道合中庸啓後蒙
숨어 지낸 것은 애초에 세상일 잊은 것 아니었나니,　　遯世初非忘世事
무슨 일 할 수 있는 때 아닌 것 알았기에 자취 감추었지.
　　　　　　　　　　　　　　　　　　　　　　知時不可故藏踪[27]

　남명의 큰 氣像 깨끗한 人品, 우뚝한 學德, 후세의 영향 등 남명의 전반에 걸쳐 존모의 뜻을 붙였다. 특히 남명이 은거하게 된 것은, 그 당시 시대적으로 무슨 經綸을 펼칠 수 없어서 부득이 세상에 나가지 않은 것으로서, 세상을 잊고 은둔을 고집한 사람과는 다르다는 점을 부각시켰다.
　간송이 사림의 추대를 받아 新山書院 원장으로 있으면서, 스승 旅軒을 찾아가 남명에 대한 평가와 東岡 金宇顒의 新山書院 配享問題를 두고 여헌에게 자문을 구하였다. 두 사람이 주고받은 대화는 이러하다.

　　여헌선생께서 남명선생의 높은 곳에 대해서 언급하시기를, "그 높은 곳은 벼슬과 祿을 사양하고 風節을 세운 것에 있을 뿐만 아니라, 議論이 사람들의 생각보다 훨씬 뛰어나고 識見이 보통 사람보다 몇 단계 앞서고, 資稟과 學力이 아주 뛰어난 것에 있다"라고 하셨다. 任道가 말하기를, "선생의 가르치심은 다행입니다. 어떤 부류의 사람들은 '높다[高]'라는 말에 대해서 불만을 갖고 있습니다. 「高風正脈辨」 등의 글이 바로 그런 것입니다"라고 했다. 선생께서는 "'높다'는 뜻은 좋지 않은 것은 아니지만, 다만 '正脈'이란 글자와 비교해 보면 약간 구별이 있는 것 같다. 그래서 논하는 사람들이 그렇게 말하는 것 같다. 그러나 이 어른의 높은 것은 누가 능히 따라갈 수 있겠는가?"라고 말씀하셨다. 임도가 묻기를, "소생이 사람들의 함부로 추대하는 바를 잘못 입어 외람되이 新山書院 山長의 임무를 맡게 되었습니다. 金東岡을 서원에 配享하고 그가 지은 『經筵講義』 등의 책을 간행, 반포하여 우리 儒道에 도움이 되게 하고자 하는 데, 어떻겠습니까?"라고 하자, "매우 좋지, 매우 좋아!"라고 선생께서 말씀하셨다. 任道가 또 묻기를, "東岡은 남명한테 親炙한 것이 가장 먼저이고, 또 장가들어 손서가 되었으니, 그밖에 거저 설렁설렁

27) 『澗松續集』 권1 38장, 「讀南冥集」.

남명 문하를 출입한 사람들하고는 비교할 바가 아닙니다. 한 祠堂 안에 配享하는 것이 예법에 알맞을 것 같습니다. 다만 申松溪가 聯享의 위치에 있으니, 만약 士論에서 '동강은 남명에게 손서가 되고 문인이 되니 배향하는 것이 마땅하지만, 松溪가 東岡에 대해서 차분한 마음으로 받아들일 수 있겠소?'라고 한다면 어떻게 해야겠습니까?"라고 했다. 선생께서 말씀하시기를, "이것은 그렇지 않다. 新山書院은 본래 남명을 위해서 창설한 것이다. 松溪는 손일 따름이다. 무슨 방해될 것이 있겠는가? 내 생각으로는 송계의 位牌가 왼쪽에 있다면 동강을 서편 벽 쪽에 위패를 놓으면 되고, 송계가 오른 쪽에 있다면 동강은 동편 벽 쪽에 위패를 놓으면, 무방할 것 같다"라고 하셨다.[28]

寒岡이 東岡의 죽음을 애도하는 挽詞에서 "退陶의 바른 맥을 영원토록 그리워하고, 山海의 높은 기풍 특별히 존경했네[退陶正脈終天慕, 山海高風特地欽]"라는 표현을 썼는데, 이에 대해서 鄭仁弘은 「高風正脈辨」을 지어 퇴계에게 正脈을 돌리고 남명에게는 高風이라는 표현을 쓴 것에 대해서 불만을 가졌다. 그러나 旅軒은 正脈과 高風은 구별은 있는 것 같치만 南冥의 아주 뛰어난 점을 포괄하여 '高'자로 표현하였으니, 문제될 것이 없다고 하였다. 그리고 新山書院은 본래 남명을 위해서 창설된 서원이므로 비록 송계가 聯享되어 있다 해도 親炙를 가장 오래 받은 東岡을 配享하는 것은 지극히 당연한 일이라고 여헌은 간송의 질문에 답했다.

남명의 학덕을 흠모한 유림들이 남명이 강학하던 山海亭이 있던 金海 神魚山 기슭에 1578년 新山書院을 건립하여 1609년 조정으로부터 賜額을 받았다. 그러나 그 이후 원장 자리가 오래도록 비어 있었고, 강학의 기능이 해이해지자, 1633년 유림에서 간송을 추대하여 원장으로 삼았다. 간송은 몇 번 사양해도 되지 않아 원장을 맡아 서원을 운영해 나갔다.[29] 당시 江右地域에서 澗松의 名望이 대단히 높았다는 것을 알 수 있다.

간송은 남명 못지 않게 퇴계도 똑 같이 대단히 존숭했다. 퇴계에게 직접

---

28) 『澗松別集』 권1 14, 15장, 「就正錄」.
29) 『澗松別集』 권1 40, 41장, 「遊觀錄」.

가르침을 받지는 못했지만, 퇴계가 남긴 책을 읽고 또 그 제자나 제자의
제자에게 가르침을 받아 학문의 길로 접어든 것을 다행으로 생각했다.

> 하물며 나는 어리석어 일찍이 학문의 功을 잃었고 나아가 바로 잡아줄
> 師友도 없었음에랴? 그래도 다행히 宣城은 退溪의 고향이요 一善은 여러
> 어진이들이 많이 나온 곳이다. 비록 제자의 예를 차리고 퇴계선생의 곁에서
> 직접 가르침을 받지는 못했지만, 그 기풍이 남아 있었기에, 先賢들의 道를
> 실은 책을 보고 선배들이 남긴 가르침을 듣고서 착한 본래의 마음을 계발할
> 수가 있었다. 또 孔子 孟子 曾子 子思 堯임금 舜임금 文王 武王의 책을 구해
> 다가 읽은 그런 뒤에서야 환히 밝아져 마치 취한 꿈이 깨는 듯, 어두운 밤이
> 밝아오는 듯, 이 道를 돌이킬 수 있고 本性을 회복할 수 있다는 것을 알았다.
> 천지가 천지가 된 까닭과 사람과 사물이 사람과 사물이 된 까닭이 이 것에서
> 벗어나지 않았다.[30]

宜寧縣監 尹舜擧가 퇴계의 妻鄕이라하여 宜寧에 퇴계를 享祀할 德谷書
院을 지은 것에 대해서 간송은 관심을 보이면서 격려하고 있다. 자기가
사는 함안군에 인접인 고을인 의령에 퇴계를 奉享하는 書院이 생기게 된
것을 매우 감격할 정도로 기뻐하였다. 이 역시 퇴계에 대한 극도로 존모하
는 마음이 발로된 것이라 할 수 있겠다.

또 덕곡서원에 퇴계를 奉安할 때 그 奉安文을 지었다. 간송이 縣監 尹舜
擧와의 친밀한 관계도 있겠지만, 奉安文을 짓게 된 연유는 이 江右地方에
서는 퇴계를 정확하게 알고 퇴계학파와 밀접한 관계가 있는 인사로는 澗
松,만한 사람이 없다는 여론이 모아졌기 때문에 간송에게 請文했을 것으
로 생각된다. 간송은, 이 奉安文에서 退溪를 海東의 程朱로서 이전 여러
유학자들의 학문을 집대성했다고 극도로 존숭하였다.

---

30) 『澗松集』 권4 29장, 「困知齋箴」.

아아! 우리 선생이시여,	惟我先生
우리 나라의 程子 朱子 같은 분.	海東程朱
여러 학설 절충하시고,	折衷羣言
여러 유학자들 학문 집대성하셨네.	集成諸儒
……	……
연세 드신 노인분이 전하는 말에,	故老相傳
先生의 杖屨가 미쳤다 하네.	杖屨攸及
제사를 받드는 것이 예법에 맞기에,	禮合稱祀
영원히 공경하여 본받으리.	永寓矜式
아직까지 祠宇 없었던 것은,	尙闕廟貌
그 책임이 후학에게 있다네.	責在後學31)

그리고 퇴계의 발자취가 미친 宜寧에 祠宇가 없다는 것은 이 곳에 사는 後學들의 책임이니, 마땅히 享祀를 거행하여 영원히 師表로 삼아야 한다는 뜻을 밝혔다. 그러나 이 奉安文은 題目 머리에 '擬'자가 붙어 문집에 실려 있는 것으로 볼 때, 실제로 퇴계를 奉安하는 儀典 때는 쓰이지 않은 것 같다.

1611년에 퇴계의 文廟從祀를 攻斥하는 鄭仁弘의 지시에 의하여 정인홍에게 붙어지내던 어떤 사람이 함안에서, 퇴계의 文廟從祀를 반대하는 疏章을 작성할 疏會를 열고 간송에게 참석할 것을 요구하는 서신을 보냈다. 『孟子』「逢蒙章」에 나오는 제자의 제자인 庾公之斯가 아무리 적국의 장수라도 스승의 스승인 子濯孺子를 쏘지 않는 의리를 지킨 것을 인용하여, 간송은 자기 스승의 스승인 퇴계를 攻斥하기 위한 疏會에 참석할 수 없다는 입장을 분명히 했다. 당시 정인홍의 세력은 대단하였고, 당시 젊은 간송은 이미 '鄭來庵을 헐뜯고 모독한다'는 비방을 듣고 있었던 터라, 자신의 앞날에 많은 위협적인 요소가 따랐지만, 퇴계에 대한 의리를 저버리지 않고 지조를 지켰다.32)

---

31) 『澗松集』 권5 4장, 「擬德谷書院奉安退溪先生文」.

이런 점에서 볼 때 간송 자신은 퇴계학파에 속하는 학자라는 입장을 분명히 한 것이다. 이때 만약 간송이 정인홍 일파의 세력에 눌려 그 疏會에 참석하여 大北政權에 가담했더라면, 의리 없는 사람으로 전락하고 말았을 것이고, 퇴계학파 쪽의 사람들로부터 철저히 배척을 당했을 것이다.

그의 「寓言」이라는 글은 순리에 의하지 않고 힘과 폭력으로 반대파를 내치고 자기들의 목적을 달성하려는 사람들을 풍자한 글이다. 누구라고 구체적으로 거명하지 않았지만, 간송은, 당시 정인홍 일파가 文廟에 從祀 되기로 되어 있던 퇴계를 공척하는 일에 느낀 바가 있어서 이 글을 지었던 것이다.[33]

1631년 47세 된 간송은 奉化로 가서 어릴 적의 스승 槃泉 金中淸의 大祥에 참석하여 哭하고, 돌아오는 길에 陶山書院에 들러 閑存齋에서 자고 尙德祠에 謁見하고 퇴계의 유물을 참관하고 陶山書院 내외를 둘러보았다. 이때 간송은 "직접 퇴계를 곁에서 모시고 가르침을 듣는 것 같아 시대는 차이가 있지만 사람으로 하여금 느끼는 바가 있게 하였다."라고 자신의 감회를 적었다.[34] 이 遠行에서 禮安 安東 榮州 奉化 義城 등지를 둘러보고, 溪巖 金坽, 梅園 金光繼, 六友堂 朴檜茂 등 퇴계학파의 여러 인사들과 結交하고 돌아왔다.

간송은 어려서부터 퇴계학파에 접맥되어 퇴계의 이론을 탐구하고 詩文 창작하기를 즐겨한 퇴계의 태도를 배웠다. 그 바탕 위에 남명학파의 학풍이 짙은 지역에 살면서 절의를 숭상하고 실천을 중시하는 태도를 결합하여, 실천을 중시하면서도 詩文 짓기를 좋아하고 著述도 많이 남긴 학자로 성장했다고 볼 수 있다. 이 점이 여타의 남명학파에 속하는 학자들이 저술이 영성한 것과는 다른 점이다. 퇴계학파의 장점과 남명학파의 장점을 모두 흡수하여, 새로운 간송 자신의 독자적인 人物像과 학문노선을 형성

---

32) 『澗松集』 권1 「年譜」, 42장.
33) 『澗松集』 권3 36, 37장, 「寓言」.
34) 『澗松別集』 권1 34장, 「遠行錄」.

했다고 볼 수 있다.

그러나 후대로 오면서 간송은 후손들의 의도에 의하여 점점 퇴계학파 쪽으로 더욱 더 접근해 간 것 같다. 간송의 현손 趙弘燁의 요청에 의하여 訥隱 李光庭이 간송의 墓碣銘을 지었는데, 그 내용 가운데 퇴계에 관한 언급만 있고, 남명에 관한 언급이 전혀 없다. 그 외 서원 건립을 위한 사림의 상소문이나, 書院祠宇上樑文, 常享祝文 등에서도 퇴계의 학맥을 계승한 것으로만 되어 있다.

VI. 結論

澗松 趙任道는 南冥學派가 영향력을 행사하는 慶尙右道에 속한 고을인 咸安郡에서 태어났고, 그의 사종형 大笑軒 趙宗道는 남명의 뛰어난 제자이다. 그러나 간송은 어릴 적부터 퇴계학파에 속하는 인물들을 스승으로 삼아 퇴계학파의 學統에 먼저 접맥되게 되었다.

대소헌은, 간송이 아홉 살 때 순절했기 때문에 간송이 가르침을 받을 수 없었고, 23세 때 蘆坡 李屹의 사위가 되어 노파의 문인이 되었지만, 책을 펴 놓고 직접 가르침을 받지는 않았다. 그러므로 그의 인격과 학문의 형성에는 퇴계학派의 학자들이 절대적인 영향을 주었고, 그 가운데서도 旅軒 張顯光의 영향이 가장 컸다.

그러나 간송의 활동지역은 남명학파의 본거지인 慶尙右道였으므로 그는 남명학파 학자들의 영향을 받아 남명학파로 전환되지 않을 수 없었다. 자기 고향인 함안에는 남명의 제자들이 많이 있었고, 자기 妻鄕인 三嘉縣은 남명이 생장하여 講學하던 곳이다. 또 자신의 丈人인 노파는 남명을 모신 龍巖書院의 원장으로 활동했다. 하나 그의 전환은 퇴계학파를 떠나 남명학파로 이적한 것이 아니고, 퇴계학파로서의 소속을 유지하면서 아울러 남명학파의 소속으로서 활동하였다.

　남명학파와 퇴계학파에 모두 교유관계가 있었던 특수한 위치에 있던
간송은 두 학파간의 融和를 위해서 한 평생 노력하였다. 그리고 한 쪽
학파에 치우치지 않고 아주 균형감 있게, 두 학파의 장점을 흡수하여 그
사이에서 자기의 위상을 정립하였다.

　그는 양학파의 長點을 잘 吸收하여 자신의 새로운 독자적인 人間像과
학문노선을 형성하였다. 자신의 志節을 굳게 지켜 불의와 타협하지 않고
권력에 굴하지 않고 자신의 노선을 견지하여 벼슬하지 않고 林下에서 일
생을 보낸 것과 벼슬하지 않으면서도 국가와 民生의 일을 잊지 않고 계속
관심을 갖는 것은 남명학파의 특징이라 할 수 있는데, 澗松은 이런 점을
잘 섭취하였다. 학문을 탐구하여 著述을 많이 하고 詩文을 저술하기를
좋아하는 점 등은 퇴계학파의 특징인데, 이런 점도 간송은 잘 吸收하였다.
퇴계학파의 학자들이 성리학을 깊이 연구하여 그 방면의 저술이 많은 데
간송의 문집에는 性理學에 관한 저술이 하나도 없다. 이 점은 퇴계학파를
배웠으면서도 자기가 좋지 않다 생각된 것은 남명학파를 따랐음을 알 수
있다.

　요약해서 말하자면 澗松 당시로서는 보기 드물게 양심과 용기와 균형감
각을 갖고 兩學派에 속하면서 두 학파의 장점을 잘 吸收하여 자신의 세계
를 구축하여 활동한 학자이다. 그러나 그를 추종하는 後學이나 후손들은
후대로 내려오면서 점점 남명학파와는 관계를 멀리하고, 退溪學派에 더욱
더 접근하려는 경향을 보였는데, 이는 인조반정 이후 남명학파의 몰락과
관계가 있다. 이런 사실 왜곡은, 그 당시 현상을 정확하게 파악하는 데
장애가 될 뿐이다.

　앞으로 天人合一的인 士林派 詩歌의 典範이 될 만한 그의 漢詩에 대한
연구가 진행된다면, 澗松이라는 인물을 더 깊이 있게 정확하게 이해할
수 있을 것이다.

匡西 朴震英의 生涯와 爲國忠節

Ⅰ. 서론

咸安이 낳은 뛰어난 인물 가운데서 비중이 매우 높은 인물을 든다면, 마땅히 匡西 朴震英을 앞서서 손꼽아야 할 것이다.

匡西는 學問淵源的으로 寒岡 鄭逑에게 배워 退溪學派와 南冥學派에 접맥되어 朝鮮朝 學脈의 중심부에 들게 되었다.

壬辰倭亂이 발발한 직후[1]에는 倡義하여 많은 功을 세웠고, 李适의 난을 평정하는 데 결정적인 역할을 하였고, 丙子胡亂 때도 倡義하여 救國의 貞忠을 바치려고 하였다.

그는 國家民族을 위하여 선비정신을 발휘하여 殺身成仁의 자세로 활약했다. 이는 당시의 선비들에게 뿐만 아니라, 후세에도 모범을 보인 태도였다. 그러나 그의 인물됨이나 행적의 비중에 비해 지금까지 거의 알려지지 않았고, 연구도 미미한 편이다.[2]

---

1) 壬辰倭亂 발발 직후 : 최근에 匡西 朴震英이 忠順堂 李伶과 함께 최초의 의병이라는 주장이 제기되고 있다. 이는 좀 더 정밀한 고찰이 필요하겠지만, 「匡西年譜」에 의하면 임진년 5월에 忘憂堂 郭再祐의 陣中으로 간 것으로 되어 있으니, 4월에 창의했을 가능성이 있고, 늦어도 5월은 넘지 않았을 것이다. 그러나 『岐洛編芳』에 실린 旒叟 鄭葵陽(1667~1732)이 지은 聞巖 辛礎墓碣銘에, "1592년 4월 13일 왜적이 나타나 부산성이 함락되자 청년 朴震英[당시 24세])이 백의로 창의하여 金海城으로 달려가 진중에 있으면서, 김해성이 함락(4월 20일)될 때까지 수많은 왜적과 대항하였으나, 중과부적으로 신초, 李瀗과 함께 탈출했다"고 기록되어 있다. 『匡西年譜』는 1871년 문집을 만들 때 후손 晩醒 朴致馥이 작성했는데, 어떤 자료에 근거했는지는 밝히지 않았다. 匡西를 직접 만났던 澗松 趙任道가 지은 「匡西行狀」이나, 咸安에 산 적이 있는 眉叟 許穆이 지은 「匡西墓碣銘」에는 날짜가 나와 있지는 않다.

2) 姜貞和의 「匡西 朴震英의 삶 그리고 기억(2011년, 咸安文化院)」이 匡西에 관해서 연구한

壬辰倭亂 때 匡西가 篁谷 李偁 및 황곡의 아우 忠順堂 李伶과 함께 倡義한 날짜가 4월 14日로 되어 있는데[3], 倡義日字가 언제로 考證되느냐에 따라서, 全國 最初의 倡義가 될 수도 있을 정도의 중요한 인물이다. 이에 대한 확실한 고증은, 후대에 나온 자료에만 의거해서는 안 되고, 그 당시 나온 자료를 찾아서 근거로 하여 더 치밀하게 진행할 필요가 있다.

그에 대한 연구는, 단순히 咸安의 鄕土史 연구 수준에서 그치는 것이 아니고, 우리나라 전체의 역사에 영향을 미칠 수 있는 중요한 과제다. 앞으로 匡西와 함께 의병활동을 한 인물들에 대한 연구도 아울러 진행한다면, 그의 행적이나 함안의 의병활동이 더욱 분명하게 밝혀질 것이고, 함안 사람들의 自矜心도 提高될 수 있을 것이다.

본고에서는 그의 家系와 師友關係, 成學過程, 爲國精忠 등의 章으로 나누어 究明하고자 한다.

Ⅱ. 匡西의 生涯

匡西 朴震英은 字는 實哉, 匡西는 그의 호이다.

1. 家系

본관은 密陽이다. 朴氏는 본래 新羅 왕족이었는데, 이후 많은 世系가 갈라졌다. 같은 密陽朴氏라도 中始祖가 여럿인데, 匡西 집안이 속한 密陽

최초의 논문이다. 이 밖에 許捲洙의 「咸安의 學問的 傳統과 晩醒 朴致馥의 역할(2006년, 南冥學硏究院)」에서 匡西의 家系와 간단한 생애를 論及한 적이 있다.

3) 匡西 朴震英의 후손 朴烘基씨가 제공한 자료에 의하면, 4월 14일로 되어 있다. 忘憂堂 郭再祐가 宜寧에서 창의한 것이 4월 22일이니, 광서의 倡義가 최초가 될 수도 있다. 그러나 박홍기씨가 제공한 자료에는 출처가 나와 있지 않다. 그 당시의 믿을 만한 자료에 의해서 고증을 충분히 해야 할 필요가 있다. 앞 시대의 자료에 전혀 나타나지 않다가 조선 후기에 비로소 나타나는 자료에만 근거한다면, 사실의 신빙성이 낮다고 밖에 할 수 없다.

朴氏의 中始祖는 朴元光이다. 高麗朝에서 令同正을 지냈고 松都에서 살았다.

朝鮮朝에 들어와 參判 朴彦忠은 密陽 龜齡里로 옮겨가 살았다. 朝鮮 초기 大提學을 지낸 春亭 卞季良이 그 사위이고, 佔畢齋 金宗直의 부친 江湖 金叔滋는 朴彦忠의 아우 朴弘信의 사위이다. 匡西의 5대조 參軍 朴景玄은 燕山朝 이르러 佔畢齋 家門이 「弔義帝文」으로 말미암아 戊午士禍가 일어나 滅門의 위기에 처하자, 朴景玄도 인척인 관계로 咸安 杜谷으로 피신하여 숨어 살았다.

匡西의 고조인 徵士 朴如達이 다시 咸安의 儉巖村으로 옮겨 살았다. 증조 朴榴는 工曹參判을 지냈다. 증조모 咸安李氏는 大司憲을 지낸 梅軒 李仁亨의 따님이다. 李仁亨은 咸安李氏로 晋州에 살았는데, 당시 文翰과 仕宦으로 대단히 번성한 집안이었다. 조부 朴宗秀는 贈漢城府右尹을 지냈다. 부친 桐川 朴旿는 吏曹判書에 追贈되었는데, 游軒 丁熿과 龜巖 李楨의 문하에서 배워 性理學에 조예가 깊어 많은 선비들로부터 추앙을 받았고, 사후 廬陽書院에 享祀되었다.[4]

모친은 載寧李氏인데, 副提學 栗澗 李仲賢의 증손녀이고 현감 李景成의 따님이다. 이경성의 아들인 茅村 李瀞, 葛村 李潚은 광서의 외숙이다.

匡西의 配位는 咸從魚氏, 全州朴氏, 成川金氏인데, 모두 9명의 아들을 두었다. 魚氏는 參判 魚泳潭의 손녀다.

맏아들은 浣石亭 朴亨龍인데 大司憲에 추증되었다.[5] 浣石亭의 繼配는 知中樞府事를 지낸 趙味道의 따님이다. 조미도는 호가 南溪이다. 나라가 위태롭고 어지러울 때 광서와 더불어 일을 함께 했고, 우정이 매우 친밀하였다. 둘째 아들 武川 朴庚龍은 武科에 급제하여 禦侮將軍 栗浦萬戶를 지냈는데 품계가 通政大夫에 이르렀고, 振武原從一等功臣에 策錄되었다.

---

4) 許捲洙의 「咸安의 學問的 傳統과 晩醒 朴致馥의 역할」.
5) 咸從魚氏 부인 소생으로, 원래 朴亨龍 위에 朴世龍이 있었으나, 일찍 사망한 것으로 추정된다.

셋째 아들은 曉川 朴任龍인데, 武科에 급제하여 현감을 지냈다. 역시 振武原從一等功臣에 策錄되었고, 품계가 嘉善大夫에 이르렀다. 淸나라 황제의 요청으로 元帥 申瀏를 따라 朴任龍은 副元帥로 羅禪征伐에 참여하였다. 황제가 가상히 여겨 朝鮮王에게 咨文을 보내어 승진시키도록 하였고, 상으로 萬卷書籍을 내려주었다. 넷째 아들 德隱 朴起龍은 通德郞을 지냈다. 다섯째 아들 中溪 朴子龍은 贈 嘉善大夫 副護軍을 지냈다. 여섯째 아들 廬南 朴見龍은 通德郞이다. 일곱 째 아들 廬溪 朴季龍은 通德郞이다. 여덟 째 아들 朴源龍은 孝友로 일컬어졌다. 아홉 째 아들 廬隱 朴禹龍은 通德郞이다.

7명의 사위가 있는데, 첫째 사위인 觀象監直長 尹泰之는 知中樞府事 尹昕의 아들이다. 尹昕은 領議政을 지낸 梧陰 尹斗壽의 아들로 벼슬이 大提學에 이르렀다. 尹泰之는 그의 서자였는데, 벼슬은 觀象監直長을 지냈다. 넷째 사위 南斗柄은 宜春君 南以興이 아들이다. 南以興은 平安道 兵馬節度使로 丁卯胡亂 때 성이 함락되자 자결하였다.

匡西의 자손들은 咸安, 宜寧, 陜川, 山淸, 居昌, 淸道, 星州, 固城, 昆陽, 高靈, 巨濟, 昌原, 釜山, 서울 등지에 분포해서 살고 있다.

광서의 후손 가운데 조선말기 晩醒 朴致馥은, 定齋 柳致明과 性齋 許傳의 학문을 이어 江右지역의 대표적인 학자가 되었다.

2. 行蹟 編年6)

匡西 朴震英은 1569년(宣祖 2) 11월 19일 咸安郡 관아의 동쪽 下里 儉巖村에서 태어났다.

---

6) 『朝鮮王朝實錄』, 『承政院日記』 등 관찬 사료나, 당시 선현들의 문집에는 匡西에 관한 기록이 거의 없다. 여기 제시한 행적은 澗松 趙任道가 지은 「匡西行狀」, 眉叟 許穆이 지은 「匡西墓碣銘」, 『匡西實紀』에 수록된 「匡西年譜」 등을 참고하여 서술했기 때문에 개별 사항에 대해서 일일이 註明하지 않는다. 다른 章의 내용에서도 특별히 주석이 달리지 않은 것은 대부분 『匡西實紀』 가운데 들어 있는 내용이다.

1572년 4세 때부터 부친 桐川에게 글자를 배우기 시작했다.

1574년 6세 때부터 부친이 훈계하는 말을 글로 써서 차고 다니며 스스로 檢飭하였다.

1575년 7세 때부터 『十九史』를 배우기 시작했다. 이때부터 독서에 전념하여 가르치거나 감독할 필요가 없었다. 부친이 크게 기특하게 여겨 "우리 집안을 이름나게 할 사람은 반드시 이 아이일 것이다."라고 했다.

1577년 9세 때 모친상을 당했는데 어른처럼 執喪하니, 탄복하지 않는 사람이 없었다.

1579년 11세 때 고을의 篁谷 李偁에게서 『小學』을 배웠다. 篁谷은 광서의 종고모부로 退溪와 南冥의 문하를 출입하여 두 학자의 학문을 모두 이었다. 또 忠順堂 李伶은 바로 篁谷의 아우이다.

1583년 15세 때 부친의 초청에 따라 모인 篁巖 朴齊仁, 守愚堂 崔永慶, 竹牖 吳澐, 大笑軒 趙宗道, 篁谷 李偁, 覺齋 河沆, 茅村 李瀞 등을 모시고 대접했다. 이들은 당시 慶尙右道에서 학문적으로나 영향력에 있어 이름난 선비들이었다. 이들이 匡西의 行動擧止를 보고서 "숙성한 것이 보통 애들하고는 다르니, 다른 날 반드시 대단한 인물이 될 것이다."라고 칭찬했다.

1584년 17세 때부터 守愚堂을 따라서 『論語』를 배웠고, 그 다음해에는 茅村에게 四書에 대해서 물었다.

1586년 18세 때 咸從魚氏에게 장가들었다.

1587년 19세 때 咸安郡守로 부임한 寒岡 鄭逑를 뵙고 가르침을 요청했다. 寒岡은 退溪 이후 가장 큰 학자로 南冥의 문하에도 출입하여 두 학파의 학문적 장점을 융합하였다. 그의 학문은 매우 자주적이면서 실용적이었는데, 『咸安郡志』를 편찬하여 함안의 역사와 문화를 보전하였는데, 이 군지는 현재 남아 있는 우리 나라 最古의 지방지이다.

1591년 22세 때 부산 앞 바다를 바라보며 世宗 元年 對馬島 정벌에 참여한 조상인 朴彦忠 장군, 朴弘信 장군의 일을 생각하였다.

1592년 24세 되던 해 봄에 昌原의 匡廬山 남쪽 기슭에 있는 匡山寺에서 글을 읽고 있었다.

4월 13일 왜적이 부산 앞 바다에 나타나 즉시 烽火와 擺撥馬에 전하여지고 釜山城과 東萊城이 함락되었다는 소식을 듣고 昌原 匡廬寺에서 분개하여 붓을 던지고 함안 儉巖村으로 달려가 白衣로 倡義하여 金海城으로 달려가 왜적에 대항하였으나 衆寡不敵으로 죽음을 각오하였지만, 聞巖 辛礎장군으로부터 "무익한 죽음보다 江左로 가서 의병을 모아 적을 토벌한다면 혹 國恩에 조금이나마 보답이 되지 않겠는가?"라는 말을 듣고, 李潚 장군과 함께 칼을 뽑아 金海城 포위망을 뚫고 나오니 적병들은 흩어지고 쓰러져 감히 해치지 못했다. 겨우 蔑浦津 강을 건너 靈山을 거쳐 咸安 儉巖村으로 돌아왔다.

4월 하순에 倭賊이 크게 침략해 들어오니, 여러 고을이 함락되고, 宣祖는 서쪽으로 피난갔다. 광서는 그 소식을 듣고서 통곡했다. 왜적을 쳐 나라에 보답하겠다는 뜻을 부친에게 아뢰어 咸安郡守 柳崇仁과 함께 布衣의 신분으로 분개하여 또 다시 의병을 일으켰다.

5월에 忘憂堂 郭再祐의 부름에 의해서 宜寧의 忘憂堂의 陣中으로 갔다가 다시 咸安으로 돌아왔다. 패전한 함안군수 柳崇仁이 광서가 함안으로 돌아와 줄 것을 요청하였으므로 망우당이 허락한 것이다.

6월에 함안에 주둔하는 왜적과 鎭海[지금의 鎭東 일대]에서 함안으로 침범하는 왜적을 추격하여 다 섬멸하였다. 이때 唐浦에 주둔하던 李舜臣 장군이 匡西의 戰功을 듣고서 조정에 아뢰었으므로 軍資監 叅奉에 除授되었다. 8월에는 軍資監 直長, 11월에는 主簿로 승진하여 晉州에 있는 招諭使 鶴峯 金誠一의 軍幕으로 가서 함께 일을 논의하였다.

1593년 1월에는 軍資監 判官에 제수되었다. 鶴峯의 狀啓로 인하여 僉正에 除授되었다. 晉州에서 다시 都元帥 權慄의 부름을 받고 元帥府로 나갔다.

2월 12일 幸州山城 內 권율 장군의 휘하에서 조대항, 최영길, 이광선, 두기문 등과 함께 出戰하여 幸州大捷에서 대승하였다.

1594년 26세 때 6품의 관직에 있는 상태에서 武科에 급제하였다. 이때 조정에서 文武才略를 갖추어 장수가 될 만한 인재를 추천하라고 했는데, 權慄은 匡西를 추천하였으므로 1월에 4품의 職牒을 받았다. 3년 동안에 7번 朝命을 받을 정도로 그 戰功이 혁혁하였다.[7]

4월 丹城의 大笑軒에게 의지하고 있던 부친 桐川이 별세하여 장례를 치루고 居喪하였다. 가을에 權慄의 권유로 부득이 起復하였다. 그러나 관직에 종사하기는 해도 고기를 먹지 않고 혼자 있을 때는 喪主로서의 예법을 지켰다.

1595년 가을에 伏兵將으로서 왜적 砲兵 1백여 명을 사로잡아 귀순시켰다.

1596년 여름 喪期를 마쳤는데, 12월에는 軍資監 副正에 승진했다.

1597년 8월에 火旺山城으로 갔다. 黃石山城이 함락되어 大笑軒 趙宗道, 存齋 郭䞭이 전사했다는 소식을 듣고 發憤 痛哭하며 시를 지어 애도했다.

10월에 軍資監正으로 승진했다.

1598년에 宣武原從功臣 2등으로 策錄되었는데, 匡西는 자신의 戰功을 말한 적이 없었기 때문에 책록된 등급이 전공에 미치지 못 하여 사람들이 모두 원통하게 생각했다.

1599년 12월에 龍宮縣監에 제수되었다. 난리를 막 겪은 뒤라 고을의 상황이 차마 볼 수 없을 정도로 처참했다. 광서는 녹봉을 내놓고 세금을 면제하여 떠돌아다니던 백성들을 불러 모으니, 민심이 크게 기뻐하였다. 치적이 널리 알려지자 茅村이 편지를 보내어 격려하였다. 龍宮은 지금은 醴泉郡에 병합되어 있는데, 安東과 접경지역이다. 가까이 있는 河回로 가서 西厓 柳成龍을 찾아가 景仰하는 정성을 다했다. 가을에는 尙州로 蒼石 李埈, 愚伏 鄭經世를 찾아갔다. 이 두 사람은 西厓의 제자다.

1601년 32세 때 관직을 버리고 귀향하였다. 고을 사람들이 길을 막으며 만류를 했고, 떠나고 난 뒤 去思碑를 세웠다.

---

7) 成大中 『尊周錄』.

1602년 咸安郡 山仁面 安仁村으로 이거하였다.

1605년 慶源判官에 제수되었으나 부임하지 않았다.

1607년 39세 때 寒岡 鄭逑, 旅軒 張顯光을 모시고 洛東江과 南江이 만나는 龍華山 아래서 배를 띄우고 배에서 학문을 토론하고 시를 주고받으며 담소하였다. 이때 모인 인사로는 忘憂堂 郭再祐, 함안군수 朴忠後, 獨村 李佶, 鵲溪 成景琛, 聞巖 辛礎, 立巖 趙埴, 葛村 李瀷, 沃村 盧克弘, 永慕 辛邦楫, 伴鷗 趙㘽, 畏齋 李厚慶, 敎授 羅翼南, 復齋 李道孜, 進士 兪諧, 梅竹 李明惡, 㵎松 趙任道 등 35명이었다. 이때 모임을 寒岡 鄭逑 선생이 龍華山下同泛이라고 명명하였다. 이때 匡西는 비교적 젊은 사람 축에 속했는데, 가까이에서 大賢들의 풍모를 보고 학문을 강론하는 것을 듣고 많은 것을 느꼈다.

광서는 文武全才였고 壬辰倭亂 때 큰 공도 세웠지만, 그 당시까지는 크게 쓰이지 못하여 크게 주목 받을 위치에 있지는 않았지만, 그 忠義와 廉退의 志節은 이미 忘憂堂과 비슷한 면이 있었다.[8]

1608년 義州判官으로 제수되어 부임하였다. 이때 서쪽 국경지방에는 일이 많았는데 匡西는 事機에 따라서 알맞게 잘 應變하였으므로 백성들이 편안하게 살 수 있었다.

1614년 46세 때 慶興都護府使로 부임하였다. 滿洲族을 막을 수 있는 모든 조처를 마음을 쏟아 미리 대비했는데, 백성들을 번거롭게 동원하지는 않았다. 이후 3년 동안 재임하면서 軍務를 淸肅하게 하여 빠뜨린 것이 없게 하니 백성들이 편하게 여겼다. 당시 滿洲族에게 포로로 잡혀간 우리 백성들이 많았는데, 광서는 자신의 녹봉을 내어 贖還해 왔다. 咸鏡道 觀察使 權縉이 조정에 아뢰어 유임시키기를 요청하자, 조정에서 咸興判官으로 제수하였다. 부임하여 城池를 구축하고 무기를 철저하게 준비하였다.

1618년 白沙가 北靑에서 귀양살이하다가 거기서 세상을 떠났는데, 匡西

---

8) 李象靖 「岐洛編芳序」.

는 직접 찾아가 弔問을 표시하였다. 廢母論을 반대하다 귀양간 白沙를
조문한다는 것은 당시 실권자 李爾瞻 등 大北派政權의 비위를 거스르는
일이었지만, 匡西는 개의치 않고 소신대로 했다. 大北派 政權에 참여한
인물들은 대부분 南冥學派였고, 匡西도 南冥學派에 속하는 인물이라 할
수 있는데, 廢母論에 반대하는 등 大北派 정권과는 반대노선을 걸었다.[9]

1619년 광서는 通政大夫로 승진하였다. 당시 遼東 일대에서 明淸間의
角逐戰이 날로 격렬하게 되어가는 상황에서 광서가 정성을 다하여 국경
수비를 강화하여 滿洲族의 침략에 대비하고 있었기 때문이었다. 이해 특
별히 새로 만들어진 關右守禦使에 제수되었고, 平安道의 順川郡守를 겸임
하였다.

1620년 順川 鄕校를 중수하여 儒敎를 일으켰다. 순천은 변방이라 유교
문화가 없었다. 광서가 부임해서 보니 향교는 황폐하여 제 기능을 못하고
있었다. 유생들을 면려하여 講學을 하게 하고 상벌을 엄격히 하니, 儒風이
크게 진작되었다.

이때 判書 李時發이 贊劃使로 巡行次 나왔다가 順川郡에 이르렀는데,
포병 가운데 한 병사가 자신의 솜씨를 시험하고자 하여 그 앞에서 대포를
쏘아 나는 새를 떨어뜨린 적이 있었다. 이시발은 대단히 기특하게 여겨
큰 상을 주려고 했다. 공은 안 된다고 고집하여 말하기를 "군중에서 장수의
명령 없이 대포를 쏜 자에게는 軍法이 있지 軍賞은 없다."라고 하자, 이시
발이 놀라 탄복하며 결국 상을 주지 못하고, 군대를 다스리는 것이 整肅하
고 직분을 받들어 수행하는 것이 충성스럽고 근면하다 하여 매우 크게
포상하고 돌아갔다.

이때 암행어사로 나왔던 崔有海가 사소한 일로 匡西를 무함하여 관직에
서 축출하려고 했으나, 광서가 淸廉 剛直하다는 것을 아는 諫官 金時讓의
伸救로 무사하게 되었다.

---

9) 『匡西實紀』「匡西年譜」.

당시 暴虐하기로 이름난 平安道 觀察使 朴燁이 평소 匡西의 威名을
듣고서 順川郡을 巡行할 적에는 조금 조심을 했으나, 그의 애마인 長耳馬
로 늙은 기생을 괴롭혔다. 광서는 그 말을 목 베고는 官職을 내놓았으나,
박엽은 도리어 일어나 謝過하였다.10)

順川에서 스승 寒岡의 부고를 듣고 位牌를 설치하고서 절하고 痛哭하
였다.

全羅道兵馬節度使로 제수되었다가 도로 원래 자리로 돌아왔다. 滿洲族
의 침략이 우려되는 상황에서 順川은 요충지였으므로 조정에서 西路의
방비를 소홀히 해서는 안 된다고 건의하였기 때문이었다.

1623년 明나라의 遼東이 滿洲族에게 함락되자, 漢族 가운데서 滿洲族
통치를 받기 싫어 朝鮮으로 흘러 들어와 떠돌며 사는 사람이 많았고, 개중
에는 범법행위를 하는 사람도 있었는데, 광서는 그들을 잘 鎭撫하였다.

당시 滿洲族의 세력이 날로 확장되어 가자 明나라 장수 毛文龍이 平安
道 바다에 있는 椵島에 와서 鎭을 치고 있었고, 명나라에서는 遼西지방에
鎭江府를 설치했는데, 자주 朝鮮에 군사와 말을 요구하였다. 광서는 關右
守禦使로서 그들의 군량과 군수를 보급하는 임무를 맡았다.

이때 明나라 鎭江府 都督이 皇帝의 명으로 朝鮮 조정에 咨文을 보내
匡西를 승진시켜 새로운 일을 하게 하도록 하고 順川郡에 牌文을 보내어
광서의 文武의 능력을 인정하고 면려하였다. 이 牌文은 후손가에 보관되
어 있는데, 나중에 高宗 임금이 직접 보고자 한 적이 있었다.11)

5월에는 兵曹參知에 제수되었다가 8월에는 黃海道 防禦使가 되었다.
備邊司에서는 "서쪽 국경지방은 중요한 곳으로서 이런 때 朴震英이 아니
면, 방어의 임무를 맡길 사람이 없으니, 內職에 머무르게 해서는 안 됩니
다."라고 아뢰어 방어사로 나가게 되었다. 9월에는 平山都護府使로서 방

10)『東稗雜錄』
11)『匡西實紀』권2 22장.

어사를 겸임하게 되었다.

1624년 1월에 李适의 반란이 있었다. 이괄은 副元帥로서 寧邊에 주둔하고 있었는데, 仁祖反正 때의 論功行賞에 불만을 품고 仁祖를 축출하기 위해서 난을 일으켜 군대를 이끌고 서울로 진격한 것이었다. 匡西는 군대를 이끌고 平壤에 주둔하고 있던 都元帥 張晚의 진영으로 갔다. 이때 李适이 反間計를 써서 張晚에게 匡西를 誣陷하였지만, 장만은 더욱 신임하여 右脇大將으로 삼았다.

당시 李适의 군대는 수만 명이었고, 都元帥가 거느린 군대는 수천 명에 불과했다. 張晚이 여러 장수들을 불러, "적들과는 군사 수에 있어서 衆寡不敵이니 힘으로 싸워서는 안 되겠고, 계략으로 적을 괴멸시켜야 하겠소. 李适의 장수들 가운데 逆順의 이치를 아는 자가 있는지요?"라고 묻자, 匡西가 "李胤緖는 嶺南 사람인데, 반드시 逆賊에게 붙지는 않았을 것입니다."라고 하고는 이윤서의 노비 孝生을 비밀리에 불러 술과 소고기를 먹이고 利害로써 타일러 편지를 주어 보냈다. 편지의 내용은 군신간의 義理와 逆順의 구분을 밝힌 것이었다. 광서가 편지를 써서 여러 장수들에게 공동 서명을 요청했지만 여러 장수들은 모두 하려고 하지 않았고, 오직 南以興과 柳孝傑만 서명했다. 이윤서가 편지를 보고 밤에 대포를 쏘고는 자신이 거느린 군사를 이끌고 張晚에게 귀순하였다. 이로 인해서 이괄의 전력에 큰 損失을 가져오게 했고, 관군은 士氣를 더했다.[12]

匡西의 이 편지는 지금 『匡西實紀』에 수록되어 있는데, 광서의 智略과 經綸을 알 수 있다. 광서가 李适의 군대에 가담한 장수 가운데서 忠逆의 이치를 아는 사람으로 李胤緖를 선정한 것은 광서의 사람 보는 안목이 밝았다는 것을 알 수 있다. 이윤서는 관군에 귀순한 뒤 이괄의 군대에 오래 동안 있으면서 이괄을 죽이지 못한 것을 부끄러워하여 歸順하자마자 스스로 목을 찔러 죽었다.[13]

---

12) 成大中 『尊周錄』.

匡西는 서울 동쪽 교외에서 申景瑗 군대와 합세하여 싸워 공을 세웠다. 2월에 이괄의 난이 평정되었다. 이때 都元帥 張晩은 병이 위독하여 대응하는 전략을 세우기 어려워 匡西가 南以興, 鄭忠信 등과 協謀하여 난을 평정할 수 있었다.

난이 평정된 후 匡西는 振武原從 一等功臣에 策錄되고 嘉善大夫로 승진하였다. 아들 禦侮將軍 朴庚龍, 出身 朴任龍도 一等功臣에 올랐다.

1625년에 6월 24일 折衝將軍 行龍驤衛副護軍에 제수되었으나, 관직을 버리고 고향으로 돌아왔다. 그리고 07월 03일 慶尙右道兵虞候에 제수되었다[14].

1626년에 兵曹參判에 제수되었다. 李适의 난을 평정하는 데 있어 으뜸되는 공을 세웠지만 匡西는 자랑하지 않고 謙退하자, 封爵의 대열에서 누락되었다. 兵曹判書 金時讓이 원통함을 하소연하는 상소를 하여 이 관직에 제수되게 되었다. 3월에는 선대 三代의 追贈을 받아 묘소에서 焚黃하였다.

1628년 60세 때부터 다시 고향에 돌아와 독서에 전념하였다. 광서는 본래 寒岡의 제자로서 退溪學派와 南冥學派에 접맥되어 있어 학문의 길로 나갈 수 있었다. 그러나 난리의 시대를 만나 武事에 종사하게 되었다. 戰功으로 振武原從一等功臣이 되고 列卿의 지위에 올랐지만 즐거워하는 바는 아니었다.

1625년 이후부터 물러나 經史를 硏窮할 마음을 가지고 있다가 이 해부터 본격적으로 학문에 전념하였다. 조정에서 여러 차례 召命이 있었으나 끝까지 나가지 않았다.

1630년 62 때 昌原 匡廬山 아래에 집을 짓고 匡西라고 자호하고는 琴書로 스스로를 즐겼다. 광서는 광려산의 산수를 매우 좋아하여 몇 칸의 茅屋

---

13) 趙任道 「匡西行狀」.
14) 『承政院日記』.

을 지어 藏修之所로 삼아 左圖右書로 고아한 정취를 누렸다. 날마다 여러 유생들과 講學하여 마지 않았는데, 모여든 유생이 여러 백 명에 이르렀다.

1636년 12월 淸나라 군대가 크게 침략해 들어왔다. 仁祖는 南漢山城으로 들어가 피난했다. 광서는 이때 68세였는데도 병든 몸을 이끌고 아들 朴任龍도 함께 大邱에 있는 觀察使 沈演의 진영으로 가서 함께 국왕을 구원하러 가기로 약속했다. 그러나 관찰사는 회피하면서 관망하려는 생각이었고 모든 조처가 疏迂했으므로, "같이 일할 수 없다."고 판단하고는 바로 南漢山城으로 갔다.

그 다음해 1월 鳥嶺을 넘자 和議가 이미 성립되었다는 소식을 듣고는 통곡하며 돌아왔다. 갓을 찢어버리고 다시 匡廬山으로 들어갔다. 명나라가 망하고 중국이 오랑캐 천지가 된 것에 대해서 悲憤慷慨하여 즐거워하지 않았다. 술을 마시며 칼을 만지며 길이 탄식하였다. 丙子胡亂 이후로 嶺南에서 세상을 마칠 때까지 의리를 지킨 사람은 桐溪 鄭蘊과 朴震英 등 몇 사람만 일컬어졌다.[15]

1638년부터 淸나라의 崇德이라는 年號가 사용된 冊曆이 반포된 것을 통탄하고 글을 쓸 때는 崇禎이라는 明나라 연호를 계속 썼고, 아들들 공부시킬 때 오랑캐 역사인 『元史』와 『魏史』는 배우지 못 하도록 했다. 광서는 오랑캐 민족이 中國을 점령하여 다스리는 것을 중국을 더럽힌다고 생각했다. 吳達濟 등 三學士가 피살되었다는 소식을 듣고서 시를 지어 비분함을 달랬다.

1641년 11월 29일 匡廬山 아래 집에서 향년 73세로 考終하였다. 자손들에게 "禮를 지켜 家訓을 떨어뜨리지 말아라."라는 말 이외에는 다른 말이 없었다. 그 다음해 2월에 咸安 紫邱山에 안장하였다.

1644년에 資憲大夫 戶曹判書 兼 知義禁府事에 추증하였다. 이 해 崇禎皇帝가 자살하고 明나라가 망했다. 仁祖가 이를 슬퍼하여 節義를 지킨

---

15) 『尊周錄』.

신하들에게 특별히 贈爵하도록 했다.

1649년 孝宗 元年 때 崇政大夫 判敦寧府事 兼 判義禁府事 五衛都摠府
都摠管에 추증되었다.

1652년 澗松 趙任道가 行狀을 지었다. 간송은 16세의 연령차가 있지만
忘年之交를 맺고 아주 절친하게 지냈다. 匡西의 맏아들 朴亨龍의 요청으
로 짓게 된 것이었다. 1682년 眉叟 許穆이 墓碣銘을 지었다. 미수 역시
연령차는 크지만 寒岡 門下의 同門의 의리가 있었고, 또 병자호란 이후
宜寧 咸安 漆原 昌原 등지에서 10여 년 살았기 때문에 광서에 대해서
잘 알았고, 광서를 만났을 수도 있다.

1682년에는 광서의 묘소를 함안군 북쪽 內岱面(현, 代山面) 龍華山 接
友洞에 이장하였다.

1759년 英祖 때 지역 儒林들이 咸安 平館里에 道溪書院을 지어 葛村
李瀗, 仁原君 李休復, 道谷 趙益道와 함께 享祀하였다. 서원에 모셔지는
인물은 道學이 있고 德行이 있어야 하는데, 광서는 주로 武功으로 이름났
고 지금 남아 있는 그의 詩文에는 道學 관계의 내용은 없지만, 匡西가
書院에 享祀된 것은 그 학문과 덕행을 儒林들이 인정했다고 볼 수 있다.

1798년 正祖의 명으로 明나라를 위해서 절의를 바친 여러 신하들의
사적을 모아 편집하여 『尊周錄』이라는 이름으로 간행했는데, 각 인물들의
傳을 지어 실었다. 匡西의 傳도 그 속에 들어갔는데, 奎章閣 檢書官 成大中
이 지었다.

1823년 道溪書院을 咸安郡 巴水里로 옮겼다.

1871년 武肅이라는 諡號를 내렸다. "굳세어 굽히지 않는 것을 武라 하
고, 자신을 바로 하여 아래 사람들을 거느리는 것을 肅이라 한대剛毅不屈
曰武, 正己攝下曰肅]."라는 諡注가 있다. 諡狀은 禮曹判書 弘文館 提學
李明迪이 지었다.

1880년 영의정 李最應이 經筵에서 아뢰어 大報壇 제사에 향사되도록
하고 자손들이 參祀하도록 했다.

증 판돈녕부사 武肅公 朴震英은 明나라 天啓 때에 鎭江運餉使로서 兵馬
에 대한 공급에 정성을 다하였고, 또 1621년 중국에서 넘어온 유랑민의 수가
2만 명 정도였고 그 이듬해에는 그 숫자가 10만 명으로 불어나 朴震英은
유랑민 수만 명을 살렸습니다. 明 나라에서 咨文을 보내어 褒獎하여 資級을
올리고 鎭江府游擊將으로 陞任하고 그 뜻으로 牌文을 먼저 보내어 諭示하였
는데, 그 패문이 지금까지 그 집에 보관되어 있고 朱墨의 眞跡이 어제 쓴
것처럼 완연합니다. 국가의 褒獎은 실로 이미 극진하였습니다마는, 그 후손
이 아직도 皇壇에 제사하는 반열에 참여하지 못하므로 참으로 억울하다는
탄식이 있습니다. 入參하도록 뒤미처 명한 일도 전례가 많이 있으므로 감히
아룁니다." 하니, 상이 이르기를, "그대로 하라."라고 하였다.16)

이로써 匡西에 대한 국가의 襃揚의 儀典은 최고조에 달하였다.

1871년 7대손 晚醒 朴致馥의 주관으로 遺文과 관계기록을 모아 『匡西
實紀』 2권 2책으로 편집하여 간행하였고, 또 1961년에 중간하였다.

Ⅲ. 爲人과 行身

匡西는 어려서부터 재주와 식견이 보통 무리들하고 달랐다. 天性이 豪
邁하여 뜻이 크고 기개가 있어 녹녹하지 않았다.17)

말을 할 수 있을 때부터 忠孝와 義烈을 숭상해야 한다는 것을 알았다.

광서는 지극한 효자였다. 모친을 일찍 여의고 계모를 아주 효성스럽게
섬겼다. 계모의 장례와 제사를 예법대로 하니 마을 사람들이 칭찬하였다.

縣監 辛石+甲의 부인이 된 누이가 홀로 자식 없이 늙은 것을 불쌍히
여겨 힘을 내어 後嗣를 세워주었다. 광서의 외사촌인 李而模가 남자 종을
팔자 공은 값을 따지지 않고 샀다. 난리를 겪고 나서 이씨 집안의 노비들이

---

16) 『承政院日記』 고종17년 8월 8일 :

17) 『匡西實紀』 年譜.

다 흩어져 도망가 버렸고, 곤궁하여 살 수가 없자, 광서는 전에 샀던 노비를 그냥 돌려주었다.

이런 데서 보기 드문 그의 인간미를 알 수 있다. 누구에게나 평등하게 대하는 사상이 계급의식이 철저하던 시대상황에서 광서는 이미 갖고 있었다.

광서는 세상과 영합하지 않고 강직하게 자신을 관리했다. 관직에 있을 때는 신중하고 결백하였으므로, 비록 광서를 꺼려하고 미워하는 사람도 감히 그 허물을 지적해 내지 못했다.

處身이 嚴肅하고 重厚하였고, 가벼이 웃거나 말하지 않았다. 남의 장단점을 논하지 않았다, 남의 착한 점을 들으면 기뻐하여 잊지 않았다.

고을의 젊은이들이 옷띠를 묶지 않으면 꾸짖었고, 비복들이 세수나 빗질을 하지 않고서는 감히 광서를 뵙지 못했다.

제사 때는 비록 노쇠하고 병이 들어도 반드시 제사 며칠 앞서 齋戒하고 목욕하였다. 家廟에는 새벽에 일어나 반드시 參拜하였다.

의복과 음식은 절약하고 검소하게 하였고, 거처는 반드시 정돈을 했다. 남에게 빌려온 책인데 본래부터 더럽혀지고 훼손되었으면 기워 손질하였다.

다른 사람의 婚事나 喪禮를 만나면 힘닿는 대로 도왔다.

배우는 사람에게는 親疎를 가리지 않고 타일러 잘 인도했다.

광서는 아들을 훈계하여, "사람 되는 방법에 있어서 德行을 根本으로 삼지 않고 한갓 과거시험장에만 간다면, 이익에 대한 욕심이 생겨나는 것이다."라고 했다.

광서는 겸손하여 자기 자랑을 하지 않았다. 李适의 亂을 평정하는 데 있어서 광서가 李胤緒에게 보낸 大義에 입각한 회유의 편지 한 장 때문에 이괄의 반란군 가운데 절반 가량이 귀순하여 일순간에 반란군이 궤멸하게 되었다. 당시 張晩이 지휘하는 관군은 이괄의 반란군을 상대할 전력이 안 되었다. 그래서 광서가 회유작전을 쓴 것이었다.

戰功은 광서가 제일 높았으나, 論功을 할 적에 광서는 겨우 原從功臣에
策錄되었을 뿐이었다. 그러나 광서는 단 한 마디도 自己의 功勞에 대해서
는 자랑하지 않았고, 이후에도 불평한 적이 없었다. 이런 점에서 광서의
人品과 度量을 알 수 있다.

領議政을 지낸 月沙 李廷龜는, "朴震英은 옛날 名臣의 기풍이 있다.
세상에서 크게 쓰지 않은 것은 나라의 不幸이다."라고 했다. 광서를 얼마나
큰 人物로 봤는지 알 수 있는 말이다.

眉叟 許穆의 墓碣銘의 핵심인 銘辭는 匡西의 면모를 잘 묘사하였다.

충성을 다하고서도 공은 보지 않았고,	忠不見功
청렴하여 용납되지 못 했네.	廉不見容
바른 道가 나에게 있나니,	直道在我
편안하게 여기며 성내지 않았네.	安且不慍
더럽고 흐린 것에 대한 경계요,	汚濁之戒
어질고 착한 것을 권할 수 있네.	良善之勸

IV. 師友關係

匡西는 寒岡 鄭逑의 제자로 널리 알려져 있다. 그러나 寒岡의 제자가
되기 전에 어릴 때는 부친 桐川에게서 字學과 『十九史』를 배웠고, 11세
때는 종고모부인 篁谷 李偁에게서 『小學』을 배웠다. 16세 때는 守愚堂
崔永慶에게 『論語』를 배웠고, 17세 때는 외숙인 茅村 李瀞에게 四書를
배웠다. 19세 때 비로소 寒岡의 문인이 되었다.

寒岡과 篁谷은 退溪의 문하와 南冥의 문하를 다 출입하였다. 匡西는
비록 퇴계 남명의 직접적인 제자가 되지는 못 했지만, 두 분 스승을 통해서
그 學統에 접맥할 수는 있었다. 수우당과 모촌은 남명의 제자였으므로,
광서는 南冥의 敬義之學을 충분히 계승할 수 있었다. 匡西가 국가민족을

위해 忠節을 다하고 또 出處의 大節을 잘 지킨 것은 南冥의 出處大節을
잘 遵行했다고 할 수 있다.

이 밖에도 고을의 선배 篁巖 朴齊仁, 竹牖 吳澐, 大笑軒 趙宗道 등을
어른으로 모셨다. 覺齋 河沆은 부친의 친구로 모셨다.

忘憂堂 郭再祐는 의병활동을 같이 하였고, 旅軒 張顯光은 寒岡 문하의
선배로서 龍華山 船遊 때 뵌 적이 있다. 이 밖에 咸安郡守 朴忠後, 獨村
李佶, 鵲溪 成景琛, 聞巖 辛礎, 立巖 趙埴, 葛村 李潚, 沃村 盧克弘, 永慕
辛邦楫, 伴鷗 趙坿, 畏齋 李厚慶, 敎授 羅翼南, 復齋 李道孜, 進士 兪諧,
梅竹 李明怘, 澗松 趙任道 등은 모두 龍華山 船遊를 같이 하며 많이 이야
기를 나눈 사이였다.

또 匡西는 교유범위가 慶尙右道에만 국한된 것이 아니고, 安東 尙州
등 慶尙左道에까지 미쳤다. 龍宮縣監으로 부임하여 安東 河回로 西厓 柳
成龍을 찾아가 뵈었다. 유성룡은 壬辰倭亂 막바지에 和議를 주도했다 하
여 誤國小人으로 몰려 削奪官爵을 당하여 고향으로 돌아와 있었다. 李爾
瞻 등 大北政權의 눈 밖에 날 일이었으나, 광서는 아무런 거리낌 없이
서애를 만났는데, 이때 退溪의 학문에 대해서 들었을 가능성이 크다. 서애
를 통해서 그 뛰어난 제자인 愚伏 鄭經世와 蒼石 李埈을 만났다.

광서는 寒岡 뿐만 아니라, 退溪學派와 南冥學派의 중요 인물들과 관계
를 맺었고 함안의 선배들과도 긴밀한 관계를 맺어 학문적 폭을 넓혔다.

匡西의 외조부 李景成은 南冥과 친했는데, 南冥이 三嘉나 晉州에서 金
海 山海亭으로 왕래할 때 咸安을 지나면 광서의 외가인 이경성의 집에서
묵고 갔으니, 광서의 외가는 남명의 영향을 많이 받았을 것이고, 그 영향이
광서에게까지 미쳤을 가능성이 크다.

V. 成學과 出處

退溪와 南冥 兩門을 출입한 寒岡 鄭逑가 咸安郡守로 부임하여 儒敎의 敎化를 크게 일으켜 매달 講會를 베풀었는데, 匡西는『小學』과『論語』의 내용을 훤히 알았고, 進退 周旋하는 것이 儀則에 맞았기 때문에 寒岡의 獎許를 여러 차례 입었다.18)

광서가『小學』에 크게 영향을 받았는지, 나중에 자식들을 교육할 때도 『소학』을 아주 강조하였다. "사람 되는 도리가 그 속에 있다.", "구절이나 따다 쓸 그런 책이 아니다."라고 하며 부지런히 읽을 것을 강조하였다. 『소학』이외에『心經』,『近思錄』,『左傳』 등도 읽을 것을 강조하였다.19) "『좌전』을 모르면 문장 짓는 법을 알 수가 없으니, 이 책은 알지 않을 수 없다."라고 했다.『좌전』을 가장 좋은 문장의 敎範으로 생각했다.

匡西는 공부하는 데 있어서 '敬'을 대단히 중시하였다. "敬은 학문하는 바탕으로서 성현이 傳授한 心法은 단지 이 '敬'자 하나를 지키는 것일 따름이다. 털끝만큼도 잠시 태만하고 쉽게 생각하는 뜻이 있어서는 안 된다."라고 敬을 강조하였다. 敬을 유지하면 성실과 신의도 그 속에 포함되므로 늘 敬을 생각하여 잊지 말아야 한다고 주장했다.

그러나 匡西는, 난리의 시대를 만나 선비로서 학문에만 전념할 수 있는 여건이 못 되어 관직에 나가고, 때로 전쟁터를 누볐지만 늘 動靜이 安閒하고 모둔 조처가 正道에서 나왔는데, 이는 學問을 한 힘이었다.

國亂中이라 起復은 했지만 匡西는 喪中이라는 것을 생각해서 고기는 먹지 않았다. 비록 武功을 세워 관직이 높이 올라갔지만, 그는 근본적으로 선비였다.

1625년 이후로 匡廬山에 물러나 匡西라 自號하고서 학문에 전념했다. 만년에는 더욱 책을 좋아하였는데, 방과 마루를 깨끗이 쓸고서 종일토록

---

18) 趙任道「匡西行狀」.
19)『匡西實紀』「寄子亨龍」.

단정히 앉아 經史子集을 맛보지 않는 것이 없었다. 天文, 地理, 陰陽 등에 관한 책도 모두 두루 통하였는데, 부지런히 공부하여 게으름을 피우지 못 하도록 했다. 그리고 제자들도 많이 양성했다.

어떤 사람이 "늙어서 冊을 보면 눈만 버리지 아무런 도움이 될 것 없오" 라고 하자, 광서는 "사람은 각자 좋아하는 바가 있소. 만약 하늘이 나에게 나이를 더 준다면 글을 읽고 궁리하여 마음이 꽉 막힌 것을 없앴으면 하지만, 나는 매우 老衰했으니 後悔하고 恨歎한들 무슨 所用이 있겠는가?"라고 했다.

이후 여러 차례 조정에서 벼슬로 불렀지만 나가지 않았다. 광서를 알아 주었던 荷潭 金時讓이 嶺南按察使로 나왔다가 시골집으로 광서를 방문하여 벼슬하러 나가지 않는 이유를 물었다. 광서는 "나는 본래 재주와 덕이 부족한데, 임금님의 恩惠를 입은 것이 두터워 저의 분수에 이미 만족한데, 다시 무엇을 구하겠소?"라고 하였다.[20] 여기서 광서의 出處大節을 알아볼 수 있다.

그리고 벼슬에서 물러나 시골에 산 이후로 權勢 있는 사람의 집에 한 번도 간 적이 없었다. 匡西의 이런 당당한 선비다운 자세를 두고 동향의 후배 澗松 趙任道는 稱頌하는 詩를 남겼다.

공훈 이루고 편안히 물러나는 것 들은 적이 없었는데, 功成恬退未曾聞
공만이 홀로 초연히 무리에서 뛰어났군요. 公乃超然獨出羣
17년간 총애도 욕된 것도 잊어 버렸지만, 十七年間忘寵辱
북쪽 국경지방을 돌아보니 비린내가 넘치네. 回看楡塞漲腥氛

공훈을 이루었으면 자랑하고 싶고 그 댓가를 받고 싶은 것이 人之常情이다. 그러나 匡西는 그런 수준을 몇 단계 뛰어넘었다. 단지 中原의 문화가 오랑캐에 의해서 오염되는 것을 통탄할 뿐이었다. 단순히 명예나 官爵만

---

20) 趙任道 「匡西行狀」.

바라고 공훈을 세운 사람과는 다르고 순수하게 국가민족을 위해서 자기 한 몸을 바쳐 할 수 있는 최선을 다한 것일 따름이었다.

寒沙 姜大遂는 匡西를 칭찬하여, "朴公이 욕심 없이 물러난 것은 세상에서 어려운 바이다."라고 했다. 광서의 이런 태도는 순간적인 판단에 의해서 나온 것이 아니고, 이룬 공부가 바탕이 되었던 것이다.

VI. 爲國忠節

匡西가 壬辰倭亂 초기에 倡義하여 왜적을 물리친 것은 순수한 애국심에서 나온 것이지, 무슨 반대급부를 바라고 한 것이 아니었다. 광서는 자신의 공을 자랑해 본 적이 없었고, 전쟁이 끝난 뒤 論功行賞을 할 때, 그 勳級이 자신의 戰功에 미치지 못 해도 불평하지 않았다. 순수하게 國家民族을 위해서 殺身成仁하는 것이 진정한 선비의 자세였기 때문이다.

1636년 겨울에 淸나라 군대가 대거 침략해 들어와 나라 일이 아주 위급하였다. 匡西는 이때 이미 68세의 高齡이었는데도 나라를 위해 목숨을 바칠 각오를 하고 아픈 몸을 이끌고 전쟁터로 향했다.

본래 慶尙道 觀察使 沈演의 陣中으로 가서 같이 보조를 맞추기로 했다. 그러나 심연의 軍政이 疎迂하고 또 진격할 뜻이 없는 것을 알고, "못난 인간과 같이 일을 할 수 없다."하고는 빠른 길로 달려가 임금의 행차를 호위하려고 했다. 이때 匡西의 결심은 그의 여러 아들들에게 보낸 편지에 잘 나타나 있다. 그 편지는 이러하다.

애비는 巡察使의 진중에 계속 머물러 있다. 경상도 관찰사는 계속 머뭇머뭇 관망하면서 바로 출발하려고 하지 않는다. 상벌도 사람들의 마음에 들지 않는다. 이런 식으로 해서 임금님을 구원하러 간들 무슨 일을 할 수 있겠느냐? 痛歎스럽도다! 痛歎스럽도다!

요즈음 들으니, 南漢山城이 포위된 지 이미 한 달이 되었다는구나. 이른바

講和라는 것은 항복을 비는 것과 다를 것이 없다. 저들은 계속 포위하고 있으니, 항복하는 恥辱이 오래지 않아 있을 것이라고 한다.

사람의 신하가 되어 이런 지경에 이르렀으니, 살아 무엇 하겠는가? 나의 계획은 결정되었다. 나는 품계가 2품에 이르렀고, 나이는 예순을 넘었다. 임금님이 욕을 당하면 臣下는 죽어야 하는 것이 古今에 두루 통한 義理다. 한 필의 말을 타고 서북지방으로 가서 갑옷을 벗고 육박전을 벌여 漢江 가의 풀에 간을 으깨 바르고 松坡의 들판에 뼈를 버려 사나운 鬼神이 되어 敵을 죽인다면 어찌 痛快하지 않겠는가?

사람으로 누가 죽지 않겠는가? 죽을 곳을 얻으면 榮光이다. 너도 이 애비의 마음을 잘 체득하여 지나치게 슬퍼하지 말아라.[21]

이미 68세의 老衰한 몸이지만 광서의 氣槪는 그대로 살아 있고, 國家民族을 위해서 자기를 犧牲하려는 자세가 確固하였다. 그의 장렬한 愛國心이 이 말 속에 잘 나타나 있다.

그러나 南漢山城에 도착하기 전에 淸나라와 和議가 이루어졌다는 소식을 듣고는 悲憤하면서 돌아왔다.

丙子胡亂 이후로는 당시의 일에 말이 미치면, 칼을 뽑아 베개를 치며 혀를 찼다. 平素에 술을 즐기지 않았는데, 술을 많이 마셨다. 한밤중에도 일어나 北斗星을 보면서 침울해 하였다. 나라를 걱정하는 생각으로 마음의 病이 되었다. 늘 말하기를, "오랑캐가 평정되었다는 보고를 들으면 내 病은 藥을 안 써도 나을 것이다."라고 했다.

匡西는 崇明思想이 투철했고 오랑캐 滿洲族을 철저히 배격하는 사상이 투철하였다. 비록 丙子胡亂 때 전투에 참여하기 전에 굴욕적인 和議가 성립되어 돌아왔지만, 우리나라가 淸나라의 간섭을 받게 된 것을 아주 恥辱的으로 생각하였다. 그러나 현실적으로 이를 극복할 國防力이 없는 것을 慨歎하다가 病을 얻어 生命을 短縮한 것이었다.

---

21) 『匡西實紀』 8장, 「寄諸子書」.

VII. 결론

匡西 朴震英은 본래 寒岡 鄭逑의 제자로 학문의 길을 걸을 인물이었다. 스승 寒岡 篁谷 李偁 등을 통해서 退溪學派 南冥學派에 다 접맥되어 이론과 실천의 양면을 다 겸비할 수 있었다.

그러나 24세 때 壬辰倭亂을 만나 목숨을 걸고 國家民族을 위해 倡義하여 多大한 戰功을 세운 것 때문에 將軍으로 알려지게 되었다. 이후 북쪽 국경지방의 武官이나 지방관을 맡아 당시 흥기하는 滿洲族의 침입에 잘 대처했다. 특히 李适의 亂 때는 智略으로 叛亂軍의 내부를 괴멸시켜 평정하는 데 결정적인 功을 세웠다.

이런 전공으로 인해서 관직이 2품에 이르고 1등 공신에 策錄되었다. 그러나 이는 그가 즐거워한 바가 아니었다. 그의 본래 뜻은 학문에 있었고, 그의 학문은 단순히 儒學에만 국한된 것이 아니었다. 經史子集에 두루 통했고, 天文, 地理, 陰陽까지도 다 알 정도로 폭이 넓었다. 만년에는 물러나 讀書와 講學에 전념하면서 1백여 명의 제자를 길렀다.

지방관으로 부임해서도 鄕校를 중수하고 儒生들을 면려하여 儒學을 興起시켜 윤리를 보급하였다. 이는 단순한 武人 출신의 지방관과는 다른 학자적 면모다.

광서는 학문을 중시했지만, 학문보다는 덕행을 더 중시하였다. 세상을 살아가면서 항상 敬을 대단히 중시했다. 聖人이 전한 心法이 敬이고, 학문의 기초가 되고, 성실이나 신의 등도 다 敬 속에 포함된다고 보았다. 그의 詩文 속에는 憂國衷情과 尊周攘夷의 사상이 내포되어 있다. 이런 학문적 경향은 南冥의 학문경향과 상통한다고 볼 수 있다.

匡西는 赫赫한 功을 세우고도 그 것을 자랑하거나 그 것을 바탕으로 더 높은 벼슬을 추구하지 않았다. 평생 출세하기 위해서 權貴에게 접근하지 않았고, 安分知足하면서 지냈다. 근검하고 淸廉潔白하고 剛直하였고, 자기관리를 철저히 하여 한 점 하자가 없었다.

모든 사람을 平等하게 보고 대했고, 특히 불쌍한 사람들을 同情하였다.

많은 저술이 있었을 것으로 생각되나, 여러 차례 亂離를 겪었고, 나중에 宗家에 萬卷 書籍庫에 화재가 나는 바람에 다 燒失되어 오늘날 남아 있는 資料가 얼마 되지 않아 그의 학문과 사상을 깊이 연구하는 데 限界가 있다.

그러나 국가에 危難이 닥치면 맨 먼저 나서 목숨을 걸고 나섰다. 壬辰倭亂 때의 倡義나 丙子胡亂 때의 勤王 등의 決行은 대단히 숭고한 정신으로 오늘날 우리 나라의 知識人 指導層, 가진 자 등에게 龜鑑이 될 수 있다.

세상에서는 흔히 '朴震英將軍'이라고 하여 그를 단순한 武將으로 보고 있는데, 이는 옳지 않은 시각이다. 그는 文武兼全하여 國家民族을 위해서 올바르게 선비정신을 발휘한 인물이었다.

知足堂 朴明榑 研究*

Ⅰ. 머리말

경상대학교 부설 사회과학연구소에서는 경남지역의 내력 있는 가문들의 협조를 얻어 史料 발굴의 측면과 함께 이 지역의 역사적 知識蓄積에 기여하려는 시도를 하고 있다. 이미 端磎 金麟燮(1827~1903)에 대한 연구가 발표된 바 있으며[1] 본고 역시 그 일환으로 집필되었다.

朴明榑(1571-1639)의 字는 汝昇이며 自號는 知足堂이다. 그는 宣祖 4년 경상도 安陰縣[2] 光風里에서 출생하여 만19세의 나이로 文科及第하였고 인조반정 후 承政院 都承旨를 거쳐 江陵府使로 있던 중 68세의 나이로 病死하였다. 그가 살았던 시대는 한마디로 危亂의 시대였다.[3] 그는 우리 민족사에서 가장 호된 시련기 가운데 하나였던 壬辰倭亂과 丙子胡亂을 직접 체험하였고, 국내적으로도 朋黨政治가 苛烈되어 가던 때에 출사하여 그로 인한 피해를 받기도 하였다. 이러한 시대적 환경 속에서 박명부는 입신양명의 꿈을 버리고 관직도 탐하지 않고 다만 自靖에 뜻을 두었다. 그가 스스로 嶺癡 또는 知足堂이라 號한 것이라든지 향리에서 자연과 벗

---

* 이 글은 경상대학교 사회과학대학 사회학과 池承鍾 교수와 공동 집필하였다.

1) 金玄操·許卷洙, 「端磎 金麟燮 硏究」, 『社會科學硏究』 3집, 경상대 사회과학연구소, 1985.

2) 安義는 본래 新羅의 馬利縣이었다. 新羅 景德王 16년(757) 利安으로 개정되어 天嶺郡(지금의 咸陽)의 領縣이 되었다, 操船 太宗 15년(1415) 利安과 感陰이 병합되어 安陰縣이 되었다. 이후 英祖 4년(1728) 安陰縣을 폐하여 그 땅을 나누어 咸陽, 居昌에 각각 분리하여 예속시켰다가 同王 12년(1736)에 다시 縣을 두고 同王 43년(1767)에 安義로 고쳐졌다. 따라서 朴明榑의 生時에는 安陰이었다.

3) 『知足堂集』 서문에 나오는 표현이다.

하여 유유자적하고자 유명한 弄月亭을 지은 것은 이러한 그의 마음을 읽을 수 있는 상징적인 의미가 있다고 하겠다. 비록 그가 역사에 이름을 들날린 학문의 대가나 대정치가는 아니었지만, 난세의 지식인으로서 또 관료로서 살아간 그의 삶을 통하여 당대의 사회현실에 대한 일정한 지식을 얻을 수 있을 것이며, 그의 일생을 곰곰이 생각해 봄으로써 중요한 교훈을 얻을 수도 있을 것이겠다.

사실 우리는 인물 위주의 宮廷史나 그러한 식으로 쓰이는 정치사에 대해 반대한다. 역사는 몇몇 엘리트들의 손에 의해 이루어진 것이 아니며 수많은 민중들의 삶에 의해 형성된 총체인 것이다. 따라서 역사의 표층만 만지작거리는 인물 중심의 역사는 그 일부일 뿐 진정한 역사는 아니다. 그러므로 사상사에 못지않게 構造史나 일상생활의 역사에 대한 연구가 필요한 것이다. 그러나 실제 민중들의 손에 의해 기록된 자료는 찾아보기 힘들다. 한문을 문자로서 사용한 제약 때문에 우리는 민중들의 삶을 이해할 때에도 엘리트들의 손에 의해 씌어진 史料들에 의존하게 되는 경우가 많은 것이다. 그런데 박명부는 중앙정계보다는 외직에 더 많이 나아갔고 재야에 머무른 시기도 오히려 많았다. 따라서 우리는 주로 그의 시를 통하여 난세의 지식인으로서의 정서와 당대 민중 삶의 일단을 엿보고자 하였다.

이와 같이 우리는 한 지식인·관료로서의 박명부의 삶을 구조화시켜 봄으로써 당대(조선중기)의 사회현실에 간접적으로 접근하고자 하며, 그의 작품을 통하여 그의 삶에 대해 이해함은 물론 당시의 민중들의 삶에 대한 얼마간의 지식을 얻고자 한다. 다만, 시간의 부족과 자료의 제약으로 말미암아 이 글은 어디까지나 기초연구의 수준에 머무른다는 것, 그리고 이 글은 박명부의 傳記 또는 評傳이 아니라는 점을 첨언해 두고자 한다.

Ⅱ.자료에 대하여

본고에서 대체로 의존하고 있는 자료는 밀양박씨 문중에서 간행한 것으로 보이는 『知足堂先生文集』이다. 부록을 포함하여 3책 8권으로 되어있는 이 문집의 체제를 보이면 다음과 같다.

第一册 : 序, 日錄, 권1(賦 2편, 詩 141수), 권2(敎書 3편, 疏 7편, 箚 4편)
第二册 : 권3(啓辭 5편, 狀啓 4편, 箋文 1편, 書 21편)
　　　　권4(雜著 10편)
　　　　권5(序 5편, 記 2편, 跋 3편, 銘 2편, 贊 2편, 祝文·祭文 17편, 傳 1편, 碑碣 2편)
第三册 : 권6(附錄 : 年譜·敎諭·賜祭文)
　　　　권7(附錄 : 贈詩·贈序·挽詞·祭文)
　　　　권8(附錄 : 行狀·墓誌銘·神道碑銘·花川書院常享祝文·弄月亭重建記·弄月亭重建梁頌)
　　　　跋

이와 같이 하여 모두 248장(496 페이지)에 해당하는 木版本으로 되어있다. 이 가운데 138장이 박명부의 遺文이다.

이 문집은 박명부의 후손 朴景煥이 관련된 유문을 모아 1915년에 판각한 것이다. 이 문집의 序에 「閼逢攝提格中和節」이라 하였으니 곧 甲寅年을 말함이요 跋에서 '三百年之後' 또는 '旃蒙單閼端陽節'이라 한 것은 박명부가 죽은 뒤 300년 후의 乙卯年을 가리킨다. 따라서 甲寅年은 1914년, 乙卯年은 1915년에 각각 해당된다. 이러한 여러 사실로 미루어 볼 때 이 문집은 후손들이 선조에 대한 추념의 뜻에서 간행한 것으로 보인다. 본고는 이러한 사정을 참작하여 객관적으로 확인할 수 없는 박명부 개인에 대한 평가는 신중을 기하여 처리하였다.

Ⅲ. 박명부의 仕宦

박명부는 어릴 때부터 學業에 힘써서 19세 되던 해에 당시 최연소로 문과에 급제하여 仕路에 나아갔다. 급제한 이듬해에 承文院 著作에 叙用 되었으나 그의 나이 52세 인조반정이 일어나기 전까지는 크게 떨치지 못하였다.

그의 나이 21세(1592)에 임진왜란이 일어났다. 그는 郭再祐를 도와 義兵을 초모하는 데 힘쓴 바 있으며, 敵兵의 銳鋒을 피하기 위하여 부친(朴瀓)을 모시고 茂朱의 赤裳山城에 再次 머무르기도 하였다. 난이 진정된 후 그는 閉門讀書로 소일하며 스스로 嶺癡라 號하여 自愧하기도 하였다.

23세에 承訓郎(正六品)이 되었고 28세에 朝奉大夫(從四品)가 되어 海州牧의 判官(從五品)으로 부임하였으나 牧使와 뜻이 맞지 않아서 30세 되던 해에 解官되어 歸鄕하고 만다. 그 뒤 32세에 父親喪을 입었고 服闋한 후 일시 司憲府 持平(正五品)이 되었으나 곧 그만 두었고 35세에 居山道 察訪(從六品) 兼 北淸 敎授(從六品)로 좌천되었다. 光海君이 卽位한 후 廷曙道 察訪을 거쳐 陜川 郡守, 古阜 郡守로 叙用되나 둘 다 곧 罷職되었다. 그러나 그동안 品階가 올라 38세에 通訓大夫(正三品 堂下官)가 되었다. 43세 되던 해에 桐溪 鄭蘊을 구하기 위한 疏會에 참여하였다가 邪議를 主張하였다 하여 仕版에서 削去되었다.[4] 이후 仁祖反正이 일어나기까지 10年동안 廢錮되어 있었다.

그의 나이 52세에 仁祖反正이 일어나 西人政權이 수립되자 그는 일약 大丘府使(從三品)로 기용되었고 元帥府 管餉使의[5] 重責을 겸하게 되었

---

4) 《光海君日記》 卷87, 光海君 7年 2月 丙申條 [司憲府?曰 槐山郡守 朴明榑主張邪議 營救 賊蘊 自以爲明是非定邪正 聞者莫不該? 今授本職 物情尤激 請命削去仕版 從之]

5) 이때 明의 都督 毛文龍이 鐵山의 假島에 雄據하고 있었는데 管餉使는 그에게 軍糧을 보내주는 임무를 맡은 임시 官職이다. 《仁祖實錄》 卷2, 仁祖 元年 5月 丁巳條. [備邊司啓曰 目今運餉之事 一日爲急兩南管餉使兪昔曾 似難兼察湖嶺 請以大丘府使朴明榑 差本道管餉 使 從之]

다. 朴明榑는 管餉使를 인연으로 하여 通政大夫(正三品 堂下官)가 되었
다. 그 후 丙子胡亂이 일어나기까지 竹山府使, 濟州牧使, 刑曹參議, 蔚山
府使, 僉知中樞府事, 同副承旨, 右副承旨, 左副承旨, 左承旨, 忠淸道觀察
使, 禮曹參判, 龍驤衛 副護軍 등을 거쳤고 內職보다는 外職에 많이 있었다.

65세에 丙子胡亂이 일어났을 때 龍驤衛 副護軍으로서 還鄕하여 있던
그는 上京하여 御駕를 따라 南漢山城에 들어가서 主戰論者의 편에 서기
도 하였다. 굴욕적인 和約이 맺어진 후 嘉義大夫(從二品)로 加資되었으나
그는 벼슬에 뜻을 잃고 戶曹參判을 마다하고 落鄕하였다. 67세(仁祖16年)
에 다시 서울로 돌아와 漢城府佐尹, 同和義禁府事, 左承旨를 거쳐 都承旨
가 되었다. 곧 解任되어 刑曹參判에 있다가 같은 해 겨울 江陵府使가 되었
고 이듬해 68세의 나이로 세상을 떠났다.

이와 같이 少年登科한 그로서는 晩年에 와서야 비로소 빛을 볼 수 있었
으니 不運한 편에 속한다고 할 수 있겠다. 이러한 순탄하지 못한 宦路는
그의 人生觀에도 영향을 주게된 것으로 보인다. 이러한 事情을 개인의
성격이나 기질 또는 능력에서 그 원인을 찾을 수도 있겠으나, 크게 보면
當代의 政治過程이나 權力構造에 의해 조건 지워진 것으로 생각된다. 다
음 절에서 朋黨政治와 관련하여 朴明榑의 생애를 조명해 봄으로써 이 문
제에 대해 다소 언급하고자 한다.

Ⅳ. 南人과 朴明榑

1. 南人의 政治行路

본고는 朴明榑가 南人系列에 속한다고 보고 있으므로 여기서는 그의
생애를 전후한 南人의 政治行路를 개괄해 봄으로써 그의 삶을 둘러싼 當
代의 政治와 社會에 대한 이해를 돕고자 한다.

이른 바 朋黨政治는 宣祖代에 와서 士林派가 政治의 主導權을 장악하

면서 擡頭한 것이다.6)

士林派들에 있어서 朋黨은 뜻이 같은 친구들끼리 맺는 道義之交를 뜻했고 黨은 利害關係로 맺어진 무리를 뜻했다.7) 그러므로 그들에게 있어서 公道의 실현을 위해 노력하는 君子之黨은 眞朋으로 간주되어 인정될 수 있었다. 또한 公道의 실현을 위한 朋黨 間의 상호비판이 인정되었으므로 성리학 체계에서 본래 하나의 政治原理의 의미를 가질 수 있는 것이었다. 한편 잠재적으로는 官職의 有限性의 측면에서 士林派의 政治參與 욕구를 충족시켜 주는 방식으로서도 그 의미를 갖는 것이었다. 따라서 士林派의 정치주도권 장악은 곧 黨爭(朋黨政治)으로 연결되는 것이며 이것은 곧 그들 나름의 政治方式의 展開였던 것으로 이해될 수 있다.

宣祖 8年頃 前輩와 後輩의 대립에 의해 東西分黨이 이루어졌다. 東人 곧 後輩들은 주로 宣祖 卽位 後에 中央政界에 進出한 사람들로 沈義謙과 前輩에 대해 비판적인 입장을 취하였다. 이들은 退溪·南冥의 門人이 많았고 學緣性이 강하였으며 朋黨의 규모도 컸다. 이에 대해 東人의 비판을 받은 西人은 처음에는 前輩數人에 지나지 않았으나 宣祖14年 栗谷 李珥가 西人으로 自定한 것을 계기로 하여 朋黨으로서의 모습을 갖추게 되었다. 李珥는 東人이 가하고 있는 비판공격이 淸議의 선을 넘었다고 판단하여 東人에게도 비판과 견제가 필요하다는 인식에서 西人으로 自定하였다.

東人은 다시 宣祖 22年頃 鄭汝立의 謀叛事件을 계기로 하여 南北分黨을 겪게된다. 이 사건의 연루자들에 南冥·花潭계열이 많았는데 退溪계열은 謀逆을 사실로 인정하여 南人으로 갈라져 나온 것이다.

이리하여 宣祖年間 南人·北人·西人의 세 政派가 角立하게 되었다. 壬辰倭亂이 진정된 후 北人 측이 政局을 주도하게 되어 西人·南人은

---

6) 이 부분은 李泰鎭, <士林과 書院>, 《한국사》 12, (國史編纂委員會, 1984)에 주로 의존하였다.

7) 《歐陽修集》 [君子有朋無黨 小人無朋有黨 君子與君子 以同道爲朋 小人與小人 以同利爲黨 此自然之理也]

대체로 등용되지 않았다. 그 후 光海君의 卽位를 둘러싸고 곧 大北政權(李山海·李爾瞻·鄭仁弘 등)이 수립됨에 따라 西人·南人·小北 계열의 中央政界 진출이 鈍化되었다. 西人 측이 주도한 仁祖反正이 성공한 후 西人은 일정한 한계를 두긴 했으나 南人과 小北 계열의 인사들도 등용하였다. 이에 따라 壬辰倭亂 後 오랫동안 失勢를 거듭해 온 南人들이 中央政界에 대거 진출할 수 있는 계기가 마련되었다. 그 후 南人들은 顯宗과 肅宗代에 일시 집권적 위치에 서기도 하였으나 甲戌換局 이후 완전히 失勢의 상태에 놓이게 되었다.

2. 南人과 朴明榑

朴明榑가 朋黨政治에 적극 가담한 흔적은 보이지 않는다. 그것은 그가 內職보다 外職, 在朝보다 在野에 머무른 시기가 더 많았던 점과도 관련지을 수 있겠으나 비교적 政治에 초연한 자세를 취하였기 때문인 것으로 보인다. 그러나 그가 맺은 學緣이나 親交로 미루어 볼 때 어느 정도 그를 南人과 가까운 계열에 속하였다고 보아도 큰 무리가 없을 것으로 보인다. 또한 그를 南人 계열의 인사로 간주할 때 그의 순탄하지 못하였던 宦路와 仁祖反正 後의 經歷을 명확히 이해할 수 있는 것이다. 바꾸어 말하면 그의 官僚로서 履歷은 바로 南人의 行路와 浮沈을 같이 한 바가 있었다는 점을 지적할 수 있는 것이다.

朴明榑는 어릴 때부터 擧業에 힘썼기 때문에 性理學에 대한 체계적인 探究를 할 기회가 없었다. 그는 嶧陽 鄭惟明에게 就學하여 桐溪 鄭蘊, 權濂, 吳佺 등과 같이 修學하였다. 그의 나이 20세 되던 해에 -文科及第한 이듬해- 寒岡 鄭逑를 찾아가 그 弟子가 되어 수개월 동안 爲己之學(性理學)에 대해 깊이 연구하고 돌아오니 이때에 비로소 性理學과 淵源이 닿았다. 그 후 그의 나이 49세 되던 해 즉, 鄭逑가 죽을 때까지 스승으로 모셨다. 그는 鄭逑가 죽었을 때 장례에 참석하였을 뿐 아니라 心喪 三年의 예를 갖추었고 다른 弟子들과 함께 스승의 遺文을 收拾하고 校正하는 일을 도왔다. 그가 張顯光, 鄭經世, 柳袗 金榮祖 등과 교분이 있었던 것은 鄭述의 門徒로서의 인연 때문이었을 것으로 보인다. 특히 鄭述의 首弟子格인 旅軒 張顯光은 직접 安義에까지 來訪한 적이 있었다 한다. 이와 같이 朴明榑 退溪의 學統을 이어받은 寒岡 鄭述의 弟子였으므로 學文上으로 退溪·寒岡系列에 속한다고 볼 수 있겠다.

이러한 學緣을 바탕으로 政治的으로도 南人 쪽에 속할 蓋然性이 그만큼 더 커지게 된다. 그러면 文集에 보이는 것을 토대로 하여 朴明榑와 南人系 人士들 간의 관계를 밝혀 보고자 한다.

① 먼저 南人의 거두였던 愚伏 鄭經世와는 여러 차례에 걸쳐 인연을 맺었던 것으로 나타나 있다. 그의 나이 36세에 鄭經世에게 편지를 보내어 道南書院에 圃隱·寒暄·一蠹·晦齋·退溪 五先生을 合享한 데 대해 경하의 뜻을 표한 바 있으며, 40세 당시 古阜郡守에서 罷職되어 鄕里로 돌아오는 중도에서 母親喪을 당하여 심히 곤경에 처해 있을 때 당시 鄭經世는 全羅監司로써 關文을 發하여 무사히 屍身을 護送할 수 있도록 도움을 주었다. 또 56세에 濟州牧使로 부임할 때 鄭經世를 방문하니 손을 잡아주며 전송하였다 하고, 58세에 蔚山府使가 된 것은 다시 吏曹判書였던 鄭經世의 薦擧에 의한 것이었다.

② 孤山 尹善道는 그가 濟州牧使로 부임하던 도중 康津으로 來訪한 적이 있고,

③ 芝峯 李睟光의 장례에 참석한 바 있고,

④ 西厓 柳成龍과는 35세에 鄕里로 돌아가던 중 내방하여 그 門下에 머무르면서 退溪文集을 攷閱한 바 있으며,

⑤ 梧里 李元翼과는 25세 당시 體察使로 慶州에 와있던 그를 찾아가 환담을 나눈 적이 있다 하고

⑥ 龍洲 趙絅은 67세에 安義로 來訪한 바 있고 朴明榑의 墓誌銘을 지었다.

이와 같이 朴明榑 자신이 적극적으로 朋黨을 추구하고 現實政治에 뛰어든 것은 아니라 하더라도 그가 맺은 學緣이나 親交 등으로 미루어 그가 政治的 環境 속에 있을 때는 대체로 南人으로 규정되거나 최소한 南人과 政治的 得失을 같이 했을 가능성이 충분히 있었다고 판단된다. 우리는 朋黨政治를 주도하지도 않았고 政治의 濁流에 몸을 내맡기기를 꺼려했을 지도 모르는 한 知識人을 구태여 朋黨政治의 도식과 틀에 맞추어 내고자 하는 것은 아니다.8) 다만 當代의 다른 士大夫들과 마찬가지로 그들에게 있어서 朋黨政治는 개인의 의지와는 독립된 일종의 時代的 條件이었으며 따라서 삶의 外的 環境의 하나였음을 부각시키고자 할 따름이다. 그러므로 朴明榑가 南人과 맺었던 인연은 그의 인생에서의 榮辱에 영향을 주었고 그가 삶에 대해 지닌 태도에 대해서도 壬辰倭亂・丙子胡亂 등의 다른 요인과 함께 일정한 작용을 하였을 것으로 추측하는 것이다.

V. 弄月亭에 대하여

知足堂 朴明榑는 그 인품이 경박하지 않고 純朴하여 俗態가 조금도 없었던 모양이다. 《仁祖實錄》에 보면 그가 67세 때 承政院 都承旨에 임명되었을 때 司諫院에서 衆望에 부합되지 못함을 들어 반대하였으나 仁祖가 그 인품을 언급하여 적극 변호한 것도 그때문이었다.9) 따라서 그는 官職이나 榮華에 연연해하지 않고 鄕里에서 悠悠自適한 삶을 보내는 것을 좋아한 것으로 보인다. 그가 건립한 弄月亭은 그러한 면을 보여주는 좋은 예이다.

---

8) 예를 들면 朴明榑의 行狀을 지은 사람은 同榜의 인연이 있었다 하나 北人인 李慶全(李山海의 子)이었으며 64세 때 西人인 羅萬甲을 위하여 王에게 啓請한 적도 있다.

9) 《仁祖實錄》卷 37, 仁祖 16年 8月 己亥條 [諫院啓曰 銀?之長 泰稱淸選 決非人人所占之地也 都承旨朴明榑 醇謹無華 猶或可取 而曾無履歷 且乏人望 除目一下 物議騷然 請命체差 啓曰 此人醇朴 少無俗態除授長官 未爲不可矣]

원래 朴明榑의 曾祖 朴承叔은 晋州의 竹洞에 살았다. 別提 鄭玉堅의 사위가 되어 妻鄕인 安義縣 光風里에 來往하였다. 朴明榑는 廢錮되어 불우한 시절을 보내던 43세 되던 해의 겨울에 光風里가 城市에 가까워서 번잡하다고 하여 擧家하여 天嶺의 灆水 위의 九羅村에 있는 小屋을 사서 이주하고 杜門耕讀하며 지냈다. 그 후 50세 겨울에 城北에 新庄을 꾸며 옮겨왔다. 그는 景觀이 수려한 곳에 정자를 세우려는 생각을 품고 60세 되던 해의 겨울에 城北의 溪上에 小亭을 꾸며 樂汝軒이라고 명명하고 거처하였다. 그는 이에 그치지 않고 61세와 63세 때 두 번에 걸쳐 花林洞에 있는 月淵 부근을 친히 살핀 다음 드디어 66세 되던 해(仁祖 15年 : 1637)에 弄月亭을 건립하게 되었다.

弄月亭은 그 후 英祖 29年(1753)에 重建되었고,[10] 다시 高宗 32年(1895)에 再重建된 바 있다.[11]

VI. 知足堂의 詩

知足堂 朴明榑는 131題 141首의 漢詩를 남기고 있다. 그 形式別로 보면, 5言絶句 22首, 7言絶句 77首, 5言律詩 8首, 7言律詩 17首, 五言古詩 6首, 7言古詩 9首, 長短句 2首이다.

68年間의 생애 동안 141首의 詩를 남겼는데, 그의 비교적 긴 생애에 비해서는 꽤 적은 분량이다. 19歲에 文科에 급제하여 出仕했고, 그 이전에는 科擧 準備를 위해서 文學的 價値가 없는 科詩에 전념했으므로 많은 작품을 남길 여건이 되지 못했다.

---

10) 文集, 卷8, 弄月亭重建記에 「今百有餘年」, 「癸酉」 등의 표시가 있어서 연대추정이 가능함.
11) 同卷, 弄月亭重建記에 崇禎紀元后五乙未라 하였으니 崇禎元年은 1628, 최초의 乙未年은 1655이므로 五乙未는 1895년이 된다. 또 이 글을 지은이가 端磎 金麟燮(1827~1903)인 점도 연대추정에 참고가 된다.

　그러나 詩人으로서의 創作意識을 갖고 詩作活動을 한 것은 아니지만,
官僚知識層의 敎養物로서 지은 詩로서는 비교적 수준 높은 作品이다.
　그는 登科한 이후로 壬辰倭亂·丙子胡亂 등을 겪었고, 地方官으로 在
職한 時期가 많았고, 또 자신이 鄕村 출신이었으므로 百姓들의 苦痛을
잘 알고 있었기 때문에 나라를 걱정하고 백성들을 동정하는 詩가 많았다.
태어난 고향 安義의 山水가 수려했고, 여러 차례 地方官으로 나가 있는
동안, 여러 山川景槪를 두루 지나쳐 보았으므로 景物詩가 많았다. 또 出仕
를 일찍 부터 했기 때문에 고향집과 부모 형제를 떠나 있었던 시기가 많았
으므로 鄕愁를 읊은 詩가 많았다. 또 두 차례의 난리를 겪는 동안 政治는
부패할 대로 부패해졌고, 경제는 파탄지경에 이르렀고, 民心은 날로 奸巧
하게 되었다. 이런 世態를 詩로써 넌지시 읊은 諷刺詩가 있다. 그의 詩
가운데 내용이나 文藝的인 面에서 대표작이 될 만한 것을 골라, 景物詩·
憐民詩·鄕愁詩·諷刺詩로 나누어 고찰해 보고자 한다.

1. 景物詩

　그는 벼슬에 오래 있었지만 榮達에 급급하지 않고, 늘 물러나 泉石에
逍遙할 것을 생각하였다. 그래서 그는 景物詩는 景物 그 자체보다도 그의
感情이 많이 담겨 있다. 梅花를 두고 「咸平始見梅花有感」은 이러하다.

　　매화 보기를 즐기는 건 타고난 버릇,　　　　　三生一癖好看梅
　　그윽한 날간 뜰 가애 몇 그루 심었었더니,　　數樹幽軒庭畔栽
　　가만히 나는 향기 새벽녘 꿈자리로 배어들고,　暗香時逐五更夢
　　성긴 그림자 정월에 마시는 술잔에 찾아 왔었지.　疏影每侵正月杯
　　남쪽 고을 도착하여 옛 그루터기 찾으니　　　　南州著處尋古株
　　병화에 타고 남아 가지가 반쯤 말랐네.　　　　兵火餘塵枝半枯
　　봄바람 소식 물을 길 없으니,　　　　　　　　東風消息訪無處
　　고향의 매화 피었을지 생각만이라도 해본다.[12]　却想故園開且無
　　　　　　　　　　　　　　　　　　　　　　　　（以下 略）

壬辰倭亂 중에 公務로 咸平에 들렀다가 우연히 매화를 보았다. 梅花는
작자가 가장 좋아하는 꽃으로 매화를 보는 순간, 고향집의 모든 것이 동시
에 상기된다. 옛날 자기 집 뜰에 매화 몇 그루를 심었고, 그 매화가 자라,
梅花로서의 특징인 暗香과 疏影으로서 자기의 절친한 벗이 되었던 일이
있었다. 새벽녘 꿈이 채 깨기도 전애 배어드는 매화 향기, 正月 따뜻한
술잔에 달빛을 받아 비치는 매화 그림자, 진실로 文人의 風流로서는 극치
다. 그런데 난리를 만나, 그 매화를 버려두고 타향을 바삐 왕래하게 되었다.
타향 咸平에서 비로소 매화를 발견했지만, 兵火에 타 반쯤 죽은 매화였다.
매화마저 반쯤 탔으니, 人命·財産의 피해는 미루어 짐작할 수 있는 큰
난리였다. 고향의 사정은 알 길도 물을 길도 없다. 그러나 고향 매화는
무사히 피었을까 어떨까 하고 혼자 생각해 본다. 매화가 필 수 있다면
고향집이 무사한 것이다. 전쟁 중 타향에서 매화를 보고서 단순히 눈앞에
보이는 매화만 읊은 것이 아니고, 그것에서 興을 일으켜 매화를 좋아하며
한가하게 지내던 과거생활을 회상하고 전쟁 중의 고향 사정을 걱정하고,
아울러 눈앞에 보이는 매화의 처참한 모습애서 전쟁의 참상을 이야기하여,
시간적으로나 공간적으로 입체적인 묘사에 성공한 작품이다.

作者가 晩年에 安義 花林洞 계곡에 弄月亭을 짓고 자신의 藏修之地로
삼으려고 했다. 이 亭子 위에 스스로 詩를 지어 붙였다. 「題弄月亭」이란
시는 이러하다.

길가에 따로 그윽한 경치 있을 줄 누가 알았겠는가?	路傍誰識別區幽
산은 서려 있고 물은 빙빙 도네.	山若盤回水若留
섬돌 비치는 연못은 맑고도 그윽하고,	映砌池塘澄更滿
창을 치는 푸르른 산기운은 걷혔다가 도로 펴이네.	撲牕崗翠捲還浮
아이는 배고파도 죽으로 풀칠한다고 성내지 않고,	兒飢不慍饘糊口

---

12) 「知足堂集」 卷 1, 張 6, 7.
    이하 卷數와 張數만 표시함.

손은 와서 집에 머리 받힌다고 싫어하지 않는다.　　　　客至寧嫌屋打頭
한가한 사람 일 없다고 말하지 말게나!　　　　莫道散人無事業
늘그막 골짜기 독차지 했으니, 또한 풍률세.13)　　　晚專邱壑亦風流

　名利를 위해 각축을 벌이는 宦海에서 물러나 老年을 지낼 정자 한 채를
지었다. 온 세상 사람들이 두루 알고 있는 명승지가 아닌, 그저 길가지만
사람들의 눈에 잘 뜨이지 않는 곳이고, 亭子라고 해도 무슨 규모가 宏闊하
거나 단청이 찬란한 것도 아니었다. 사람이 드나들기에도 머리가 부딪칠
정도의 초라한 것이다. 생활도 넉넉하지 않고 그저 죽으로 연명할 정도다.
그러나 작자는 만년에 이 골짜기를 차지하여 정자 한 채를 세운 것에 마음
뿌듯함을 느끼고 있다. 눈앞은 衣食住의 풍족함만 바라는 것이 아이들의
심정인데, 아이는 곤궁한 생활에 성내지 않고, 물질적 풍요나 세속적 권세
를 쥔 작자가 아니건만, 손은 계속해서 찾아든다. 자연의 아름다움에 파묻
혀 유유자적하게 지내는 것이 난리·당쟁 속의 벼슬살이보다 얼마나 나은
지를 작자는 이 詩의 裏面에서 은연중에 말하고 있다. 또 제2句, 제3句,
제4句는 정자와 그 주변의 山水를 그림 이상으로 살아 움직이게 묘사하였
다. 제6句는 機智가 번득이는 독창적인 표현이다.

2. 憐民詩

　作者는 어릴 적부터 핍박받는 백성들의 고통을 보아 왔고, 또 난리 중에
義兵將으로 혹은 官吏로서 혹은 野人으로서 백성들과 고통을 같이 하였
고, 地方官으로 자주 나가 百姓들의 고통을 직접 보고서 그것을 덜어 주고
자, 기회 있을 때마다 국가에 상소하였다. 때로는 그 고통상을 詩로 읊어
간접적으로 위정 당국자의 귀에 들어가게 하였다. 그의 「淳昌村舍見老嫗
日暮獨舂」은 이러하다.

---
13) 卷 1, 張 29.

아침엔 전쟁에 끌려가고 저녁엔 세금 걷으러 계속해서 오니,

朝征暮稅紛稠疊

이리 뛰고 저리 뛰느라 괴로워할 겨를도 없네.　　　　　奔走東西苦未遑

늙은 할미 호미 메고 혼자 늦게 돌아와,　　　　　　　　老婦荷鋤歸獨晚

저녁 지을 길 없는데 방아만 바삐 찧네.14)　　　　　　夕炊無計春且忙

백성을 위해서 아무런 베푼 일도 없는 국가건만 전쟁이 나면, 百姓을 징발하여 死地로 내몰고, 재정이 궁핍하면 백성들에게서 과중한 세금을 거두어 들인다. 백성들은 억울해도 하소연할 곳도 면제 받을 길도 없으므로, 다만 묵묵히 따르는 수밖에 없다. 아들들이 있었건만 전쟁터에 벌써 끌려 나가 생사를 알 수 없고, 며느리는 세금을 내지 못한 죄로 관리에게 끌려가 부역에 종사하게 되었다. 집에 홀로 남은 늙은 할미가 낮 동안 농사일을 하고 기진맥진하여 돌아와도 저녁밥 지을 양식도 없는 실정이다. 壬辰倭亂을 만나 피폐해진 한 농가의 처참한 모습을 담담한 필치로 사실적으로 묘사했다.

　농사는 그 철을 놓치지 않아야 기대한 수확을 거둘 수 있는 것이다. 정치를 잘 하는 임금은 전쟁을 일으키거나 과중한 부역을 시켜 백성들을 괴롭히지 않지만, 부득이해도 농사철만은 피해서 한다. 작자는 당시 농사철에도 농사를 지을 수 없게 백성을 내모는 정치를 보고,「正月耕者尙多」라는 시를 지었다.

애기풀 돋아나고 매미 우는 오월에,　　　　　　　　　葽秀蜩鳴五月天

남쪽 들판에선 쟁기 채워 논가는 것 자주 보이네.　　　南阡頻見耦而田

묻노니, 농사일이 이다지도 늦은가?　　　　　　　　　問渠東作今何晚

어제 변방에서 막 돌아왔다 하네.15)　　　　　　　　　自道邊城昨始旋

---

14) 卷 1, 張 7.

15) 卷 1, 張 7.

음력 5월이면 모내기를 다 끝내어 들판이 푸르러야 옳게 농사를 짓고 있는 것인데, 겨우 논을 갈고 있는 형편이다. 작자는 걱정이 되어 물어 봤더니, 변방에 끌려갔다 어제 막 돌아 왔다고 그 농부는 대답했다. 자기 전답이 있는데도 수확을 거두지 못하게 정치를 하니, 재정이 궁핍하게 되고, 굶주리는 백성들이 많이 나올 수밖에 없다. 작자는 수확을 거둘 수 있는 경지마저 옳게 수확을 거둘 수 없게 됨을 보고 안타까워 이 시를 지었다. 3句·4句는 작자의 나무라는 듯한 물음에 농부의 정치 때문에 이렇게 됐다고 말하는 듯한 대답으로 되어 있어, 시가 변화 있게 구성되어 있다. 작자의 물음은 당연했지만, 농부의 대답을 듣고는 더 이상 입을 열 수가 없어, 농부의 말에 수긍을 하고 마는 분위기를 느끼게 하여, 독자에게 농부의 핍박받는 모습을 더욱 더 실감 있게 전달하고 있다. 1句의 「蔘秀」와 「蜩鳴」이란 詩語는, 前者는 시각적이고 식물인데, 後者는 청각적이고 동물이라 여름의 계절적 특징을 나타냄에 있어 좋은 對立構造를 이루고 있다. 그러나 애기풀은 여름의 계절적 특징을 나타내기에는 조금 적합하지 못한 식물이다.

3. 鄕愁詩

젊은 나이에 고향을 떠나 타향을 전전하면서 벼슬하다 보니, 자식된 윤리로 봐서 마땅히 모셔야 할 고향의 부모님을 그리워하는 정이 간절하고, 산수 좋은 고향땅이 늘 머릿속을 떠나지 않았다. 때로는 관직에 대한 회의를 느껴, 던져 버리고 부모형제가 있는 고향으로 돌아가고 싶지만 생계 때문에 그러지도 못하고, 늘 갈등을 느껴 온 작자였다. 그의 「故鄕人來」란 詩는 이러하다

호남 땅 떠돌아다닌 지 한 해가 지나,	流落湖濱歲己周
고향 가고픈 마음 정말 간절하도다.	古園歸思政悠悠
그에게 고향 소식을 물어 보노라니,	憑渠欲問鄕消息

말마다 나그네 시름 돋우어 내네.[16]   語語還挑客裏愁

巡邊使의 從事官이 되어 湖南 지방을 다닌 지 일 년이 지나니, 전쟁
속의 고향집과 부모형제 생각이 극도로 간절해진다. 그러던 차에 다행하게
도 고향에서 온 사람이 있어 고향 소식을 물어 보니, 마음에 위안이 되기는
커녕 도리어 시름만 자아내게 한다. 전쟁 중인지라 고향이라고 안온할
리가 없었다. 작자 자신은 객지에서 일 년 이상 公務를 보면서 고생을
하고 지냈지만, 마음의 안식처인 고향을 그리워하는 마음에 그 고생을
잊고 지냈다. 고향 사람에게 들은 소식은 전쟁으로 인한 고향집의 폐허화,
연만한 부모님들의 피난살이로 인한 고생, 어린 동생들의 굶주림, 친척
동리 사람들의 생사 등등 모두가 안 듣는 것만 못한 소식들이었다. 고향
사람 만난 기쁨이, 그 소식의 처참함에 곧 가려져 버리고 말았다. 제4句에
서는 고향 사람에게서 좋은 소식을 들으려 하던 작자의 기대가 일시에
무너지는 느낌으로 재빠르게 반전되고 있다.
　거의 같은 시기에 지은, 「長城落花」라는 시는 이러하다.

남쪽 나라에 봄 이미 저물어,   南國春已暮
꽃가지에선 꽃 후루루 떨어지네.   花枝落紛紛
나그네 돌아갈 수 없어,   行人歸不得
해질 녁에 남몰래 혼을 녹이네.[17]   斜日暗銷魂

지난 봄(1592)에 난리를 만나 從事官으로서 湖南地方을 떠돌아다니다
보니, 또 봄이 저문다. 봄이 가니 꽃도 사정없이 진다. 가지에서 떨어져
바람에 정처 없이 날려 가버리는 꽃잎을 보고, 고향을 떠나 이 고을 저
고을로 다니는 작자 자신의 신세와 흡사함을 더욱 강렬하게 느낀다. 公務

---

16) 卷 1, 張 10.
17) 卷 1, 張 10.

에 얽매인 몸이고 전쟁 중이라 돌아갈 수 있는 고향도 아니기에 지는 해를 바라 보며 흘러가는 세월만 아까와 하면서 긴장을 남몰래 녹이고 있다. 객지 인지라 자신의 심정을 알아 줄 이도 터놓고 이야기 할 이도 없는 실정이다. 만물이 소생하고 새도 알을 낳고 짐승도 새끼를 치는 봄이요, 날던 새도 둥우리로 깃드는 해질녘에 찾아갈 곳 없는 작자는 자기의 처지를 돌아보고서 시라도 한 수 지어 그 시름을 달래려 하고 있다.

1599년 鄭仁弘 일파에게 밀려나 함경도 明川으로 좌천되었다. 宦路에서의 좌절을 뼈저리게 느꼈다. 「明川古站驛月夜吟」이란 시는 이러하다.

옛 역에서 밝은 달 만나니,　　　　　　　　　　　　　　古驛逢明月
향수 배나 더한다.　　　　　　　　　　　　　　　　　　鄕愁一倍加
알아야겠네, 저 조각달이,　　　　　　　　　　　　　　應知一片月
변방의 자식 생각하는 부모님 계신 고향집 두루 비춘다는 것을.[18]
　　　　　　　　　　　　　　　　　　　　　　　　　　偏照思邊家

난생 처음 밟아 보는 북쪽 변방 땅, 산도 낯설고 물도 낯설고 아는 사람이라고는 아무도 없는 적막한 곳이다. 오직 한 조각 밝은 달만이 예부터 알던 것이다. 고향에 있을 때 늘 보던 달이고, 또 달은 변방으로 좌천된 자식을 걱정하시는 부모님 계신 고향집을 동시에 비춰주고 있으므로 더욱 작자는 향수를 느낀다. 동시에 위안도 느끼고 있다. 제 4句의 고향집을 "思邊家"라고 표현한 세 글자 속에 많은 의미를 압축시켜 넣어, 짧은 5言絶句지만 변방과 고향, 자신과 부모, 과거와 현재 등을 연결시키는 데 성공한 작품이다. 杜甫의 「月夜憶舍弟」에서 느낄 수 있는 情趣가 담겨져 있다.

---

18) 卷 1, 張 7.

4. 諷刺詩

壬辰倭亂·丙子胡亂 등 두 차례의 난리로 조선왕조의 기틀이 흔들리어
권위가 실추되었고, 永昌大君 賜死·廢母論 등 光海君의 亂政, 仁祖反正
등등의 사건으로 사회질서가 매우 혼란해 졌고, 인심도 奸巧해졌다. 이에
작자는 그러한 世態·人心을 풍자한 詩를 지었다. 그의 「益山見羅文學子
升因以淸風換毛扇戲題其面」이란 시는 이러하다.

무심한 한 줄기 바람에,	無心一陣風
차고 더움이 마음대로 이리 저리 가네.	寒熱任東西
세상 인심은 정말 이러해도,	世情固若此
옛 친구야 그러지 않겠지.[19]	故友將無同

부채의 바람 따라 찬 공기 더운 공기가 이리 저리 갈라지듯이, 名利에
따라 세상 사람들이 몰리는 게 각자가 본 당시의 세태였다. 세상이 아무리
그러해도 친구에게는 서로 지조를 지켜 그러지 말자고 권면하고 있다.
儒家의 溫柔敦厚한 詩敎가 잘 나타나 있다.

세상의 인륜도덕이 날로 타락되어 감을 보고 작자는 「登鳥嶺」이라는
詩를 지었다.

아득히 남쪽 변방이 먼데,	渺渺南荒遠
돌길 가파른 데를 오르고 또 오른다.	登登石逕危
세상 길 점점 나빠져 감을 볼 때,	世道看漸惡
鳥嶺이야 평평한 걸.	鳥嶺卽平夷

험한 조령 돌비탈 길을 힘써 오르고 또 오르니, 무척 힘이 든다는 것을
작자는 느꼈다. 그러나 오르기 힘든 鳥嶺 길도 험악한 세상길에 비하면,

---

19) 卷 1, 張 8.

평탄한 셈이라고 말하여, 세상 사람들이 얼마나 살벌해져 가는가를 단적으로 말하였다. 제1句와 제2句는 對句로 구성되어 있는데, 제1句는 수평적인 묘사로 광활한 분위기를 느끼게 하는데, 제2句는 수직적으로 묘사하여 가파른 분위기를 느끼게 한다. 또 "登登"이라는 詩語는 험한 고개를 오르느라고 쉬지 않고 노력하는 작자의 모습을 연상하게 한다. 그렇게 힘을 들여야 오를 수 있는 고개를 평탄하다고 하여, 세상길의 험난함이 더욱 선명하게 부각되었다.

이상에서 그의 한시 11首를 골라 분석해 봤다. 그의 詩의 특징을 종합해 보면, 전문적인 시인으로 자처한 詩人은 아니고 宦路에 나선 지식인의 교양물로 시를 지었지만, 그 수준은 꽤 높다고 하겠다. 儒家의 溫柔敦厚한 詩敎에 입각하여 난삽한 用事나 險僻한 어구가 없는 그저 辭達·理順한 평이한 표현을 써서 자신의 詩想을 담고 있다. 押韻도 强韻으로 한 것은 거의 없다. 자신의 체험이 담겨진 사실적인 작품이 대부분이고 형식적으로 볼 때는 7言絶句가 압도적으로 많다.

景物詩에서는 경치와 자기 정감을 잘 조화시켜 한갓 묘사에만 치중한 작품과는 차원이 다르다. 憐民詩에서는 자신이 官僚인지라 百姓들이 곤궁한 생활을 하는 것에 스스로 책임을 느끼는 입장에서 썼다. 鄕愁詩에서는 進退에 대한 갈등이 담겨 있다. 풍자시에서는 세태·인심을 풍자하였지 국가의 잘못에 대한 비판시는 없으니, 역시 관료로서의 한계라고 하겠다.

지금까지의 漢文學史에서나 기타 논문에서 朴明榑의 詩에 대하여 論及한 것은 없었고, 朝鮮時代의 여러 詩選集에 그의 작품이 選入된 적이 없었다. 아마 그의 생전에는 詩 창작보다는 政治官僚로서 주로 활약하였고, 그의 文集이 1915년에야 비로소 정리 간행되어 세상에 유포되었기 때문일 것이다.

그의 同榜友 李廷龜·金尙憲 등등은 쟁쟁한 詩文大家였고, 그와 詩를 唱酬한 것이 남아 있다. 또 李廷龜 사후 1635년 그는 충청감사로 있으면서 李廷龜 詩文의 가치를 알고 68卷 22冊의 방대한 月沙集을 간행해 내기도 했다. 이런 文學的 交流나 지금 남아 있는 시로 봐서 官僚詩人으로서는 매우 수준 높음을 알 수 있다.

VII. 맺음말

本稿는 個人文集을 주된 資料로 삼아 역사상의 한 인물의 생애를 構造化하고 그의 詩를 분석한 일종의 기초 연구이다. 이 글의 冒頭에서 전제한 바와 같이 우리는 가급적이면 傳記式의 서술을 피하고자 하였고, 한 인간의 생애와 작품을 통하여 當代의 社會現實과 民衆生活에 대한 일정한 지식을 획득하고자 노력하였다. 다만 知足堂 朴明榑의 생애에 있어서 가장 두드러진 특징은 그가 의식적으로 志向하였든 아니든 간에 官僚로서의 地位였기 때문에 자연히 그의 생애도 政治環境(또는 官僚的 履歷)의 견지에서 일차적으로 구조화될 수 밖에 없었고 그의 詩에 대한 해석도 이와 무관할 수 없었다. 그러나 다른 자료들이 보완될 수 있다면―예컨대, 당시 鄕村社會에서의 지위와 역할, 社會經濟的 측면에서의 여러 가지 실태와 활동 등을 밝혀줄 수 있는 자료들―본고에서 구명한 것보다 훨씬 체계적이고 유의미한 연구결과를 도출해 낼 수 있을 것이다.

知足堂 朴明榑는 學緣上으로는 退溪·寒岡系列, 政治的으로는 南人系列에 속하는 官僚知識人(士大夫)이었던 것으로 규정할 수 있다. 그는 19세에 文科及第함으로써 文才를 크게 떨친 바 있으나 官僚로서의 履歷이 그다지 순탄한 것은 아니었다. 그는 52세 때 仁祖反正이 西人측에 의해 성공한 후 비로소 要職에 나아갈 수 있었고 資級도 堂上官에 오를 수 있었다. 특히 그는 光海君年間에 獄事에 연루되어 削去仕版되고 十年의 세월 동안 廢置되는 쓰라린 경험을 겪기도 하였다. 본고는 이러한 經歷을 朋黨政治의 맥락에서 구명하여 보았다. 즉 朴明榑는 學緣·親交로 볼 때 南人과 가까운 계열에 속하였던 것 그리고 그의 官僚로서의 履歷이 南人

의 政治的 浮沈과 맥을 같이 하였다는 것을 밝혀 보았다. 그러나 그의 스승 鄭逑처럼 官爵을 탐하지 않았고 항상 물러나 鄕里에 머무르려는 마음을 가지고 있었다. 또한 그는 朋黨政治에 깊이 관여하려고 하지 않았던 것으로 보인다. 이러한 태도는 아마도 그가 壬辰倭亂과 丙子胡亂을 직접 체험하였고 또 廢置十年의 辛酸을 맛보았던 데서 연유한 것이 아닐까 생각된다. 그러나 그의 생애를 정치적 측면에서 구조화해 보면 결국 朋黨政治의 틀을 크게 벗어나지 못하였다고 할 수 있으니, 이것은 朋黨政治가 當代의 士大夫들의 삶에 있어서 어느 정도 一般的 條件의 의미를 띠지 않을 수 없었던 것과 연관지어 생각할 수밖에 없다.

한편, 知足堂 朴明榑는 在朝보다는 在野에, 內職보다는 外職에 머무른 시기가 더 많았다. 이러란 다양한 경험들을 토대로 하여 그는 상당한 분량의 詩를 남겨 놓았다. 비록 그가 詩人으로서의 創作意識을 가지고 詩作活動을 한 것이 아니기 때문에 많은 작품을 남겨 놓은 것은 아니었다 하더라도, 官僚知識人의 敎養物로서 지은 詩로서는 상당히 수준 높은 작품들이라고 할 수 있다. 본고는 그의 詩 가운데 그 내용이나 藝術的인 면에서 代表作으로 삼을 만한 11首를 가려내어 음미해 봄으로써 그가 지녔던 情緖를 追體驗함은 물론 當代의 社會狀에 대한 간접적인 인식을 얻고자 하였다. 그러나 文學作品을 통하여 當代의 社會를 體系的으로 再構成한다는 것은 方法論上으로도 難點이 있는 것이기에 굳이 시도하지 않았고, 우선 個別作品에 대한 해석과 음미의 차원으로 만족하려 한다. 본고에서는 그의 詩를 景物詩·憐民詩·鄕愁詩·諷刺詩로 분류하여 해설해 보았다.

이와 같이 본고는 아직까지 政治史·文化史 또는 漢文學史에서 이렇다 할 주목과 조명을 받지 못하였던 한 인물을 주제로 하여 여러 각도에서 분석하여 보았다. 비록 知足堂 朴明榑는 위대한 文章家나 大政治家·大學者는 아니라 할지라도 이 글의 모두에서 전제한 바와 같이 그는 우리 역사의 한 특징적인 시기에 榮辱을 맛보며 살아 숨 쉬었던 인물이며, 그의 一代記는 우리의 歷史 속에서 분명한 하나의 座標를 자니고 있는 것이다.

물론 이러한 제한된 대상에 대한 연구를 통해 얻을 수 있는 성과는 어차피 한정적일 수밖에 없다. 그러나 오히려 이러한 사람들에 대한 연구의 축적과 체계화를 통하여 역사의 深層에 보다 가까이 접근할 수 있지 않을까 한다.

明庵 鄭栻의 生涯와 詩文學에 대한 考究

Ⅰ. 서론

임진왜란(壬辰倭亂 : 1592-1598)은, 조선(朝鮮)은 물론이고 중국과 일본에 많은 변화를 가져왔다. 중국은 명(明)나라에서 청(淸)나라로 왕조가 바뀌었고, 일본은 막부(幕府)가 바뀌었다. 조선은 왕조가 그대로 존속되었지만, 여러 가지 변화가 있었다. 왕조에 의한 주자학(朱子學) 일변도의 사상적 통제가 그 권위를 상실하게 되어 여러 가지 사상적 혼란을 가져오게 되었고, 피지배층은 지배층에 대한 신뢰도 많이 떨어지게 되었다.

종전부터 외교관계를 맺어왔던 명나라와 임진왜란 이후 새로 일어난 청나라와의 외교관계 설정이 통치자들의 큰 고민거리였다. 광해군(光海君) 때는 현실적인 실리외교로 인하여 적당하게 관계를 유지해 오고 있었지만, 인조반정(仁祖反正)으로 집권한 서인정권(西人政權)은 명나라를 숭상하고 청나라를 배척하는 명분외교에 집착하다가, 정묘호란(丁卯胡亂)과 병자호란(丙子胡亂)을 연달아 당하여 결국 항복하는 결과를 가져왔다.

힘의 열세로 인한 항복에 의하여 청나라와 군신관계를 맺은 것은 당시 시대상황으로 봐서 어쩔 수 없었지만, 당시 지식인들은 정신적으로 많은 갈등을 하였다. 마음으로는 내키지 않아도 조정에서 사환(仕宦)하고 있던 관료들은 청나라를 숭상하는 대열에 합류했지만, 재야의 지식인들은 대부분 청나라를 인정하지 않고 명나라를 숭상하는 마음을 그대로 간직하고 있었다. 재야의 지식인들 가운데서도 출사(出仕)를 염두에 둔 사람들은 청나라를 배척하는 마음을 표방하지 않았지만, 출사를 단념한 사람들은 명나라를 숭상하는 마음을 그대로 간직한 채 청나라를 철저하게 배척하였다.

　명암(明庵) 정식(鄭栻)은 명나라를 숭상하는 인물 가운데서도 철저한 사람이었다. 그는 청나라를 미개한 오랑캐로 간주하여 철저하게 배척하여 인정하지 않았다. 명나라를 높은 학문과 찬란한 문화를 가진 중국 역사상의 정통(正統)으로 인정하였다. 사람답게 사는 삶의 질이 높은 이상적인 국가로 명나라를 생각하였다.

　그래서 청나라가 지배하는 세상에 나가서 벼슬하는 것을 더럽게 생각하였고, 어떻게 하면 중국 대륙에서 청나라를 섬멸하여 축출할까 하는 것이 일생의 화두(話頭)였다.

　명암의 사상과 문학은 모두 이 화두에서 출발하였다. 그래서 그의 호(號)마저도 명암(明庵)이라고 했던 것이다. 그의 고결한 정신자세는, 조선(朝鮮)의 백이숙제(伯夷叔齊)라 일컬어 손색이 없다.

　본고(本考)에서는 지금까지 학계에 소개된 적이 없었던 명암(明庵) 정식(鄭栻)의 생애와 그의 시문학(詩文學)의 독특한 면모를 밝혀, 한국한문학(韓國漢文學) 연구의 지평을 확대하고자 한다.

II. 전기적(傳記的) 고찰

1. 명암(明庵)의 생애와 시대상황

　명암(明庵) 정식(鄭栻)은 1683년(肅宗 9) 진주(晋州) 옥봉(玉峯)에서 태어났다. 자(字)는 경보(敬甫)이고, 명암은 그 호(號)이다. 본관은 해주(海州)인데, 대대로 환업(宦業)과 훈적(勳績)이 혁혁한 가문이었다. 고려(高麗) 때 전리정랑(典理正郎)을 지낸 숙(肅)이 그 비조(鼻祖)이다. 조선시대에 들어와 진사(進士) 희검(希儉)이 있었는데, 허암(虛庵) 정희량(鄭希良)의 아우이다. 연산군(燕山君)의 난정(亂政)을 만나 벼슬에 나가지 않고 소양강(昭陽江) 위에 숨어 스스로 어은(漁隱)이라고 호(號)를 붙였다. 이

분은 명암의 6세조이다. 고조 신(愼)은 대사간(大司諫)을 지냈고, 증조인
정문익(鄭文益)은 진사(進士)인데, 임진왜란 때 구국(救國)의 의병장(義
兵將) 충의공(忠毅公) 농포(農圃) 문부(文孚)의 제씨(弟氏)이다. 1624년
농포(農圃)가 이괄(李适)과 관계가 있는 것으로 몰려 화(禍)를 당한 것을
가슴 아프게 생각하여 집안을 이끌고 남쪽으로 옮겨와 비로소 진주(晋州)
사람이 되었다. 이때 농포(農圃)의 두 아들도 함께 내려와 진주에 정착하
게 되었다.

명암(明庵)은 나면서부터 자질(資質)이 영명(英明)하였고, 기상(氣像)
이 우뚝하였다. 일곱 살 때부터 글을 배우기 시작했고, 여덟 살 때는 글을
지을 줄 알아 사람들을 놀라게 할 만한 말을 지어냈다. 일찍이 새로 지은
적삼을 입고 있었는데, 헐벗은 아이를 보고는 벗어서 입혀 주었다. 열 살
때 누님을 만나기 위하여 서울로 가다가, 겨울 고개 위의 외로운 소나무를
두고 읊기를, "너는 태고(太古)의 마음이 있어, 눈 속에 서서도 봄을 잃지
않았네[爾有太古心, 雪立不失春]."라고 했다.

열세 살 때 족형(族兄)인 노정헌(露頂軒) 정구(鄭構)에게서 배웠는데,
이로부터 문예(文藝)가 크게 진보되었다. 언행(言行)이나 거동(擧動)이 모
두 법도(法度)를 따르니, 향리의 덕(德) 있는 어른들이, '하늘이 낳은 참된
선비'라고 지칭(指稱)하였고, 명암을 대하는 모든 사람들은 명암에게 영향
을 받아 감히 태만하지 못하고, 자기도 모르게 용모를 가다듬을 정도였다
고 한다.

열아홉 살 때 과거(科擧)에 응시하기 위해서 합천(陝川)의 시험장에
갔다가, 우연히 송(宋)나라 호전(胡銓)의 「척화소(斥和疏)」를 읽고서, 문
득 감개(感慨)하고 비분(悲憤)하여 목이 메어 눈물을 흘리면서 이렇게 이
야기하였다.

한 때 오랑캐와 화의(和議)하는 것도 오히려 차마 할 수 없는데, 지금
천하는 결국 어떤 세상인가? 천지가 뒤집히고, 갓이 밑에 가고 신발이 위로

가듯 법도가 무너지고 질서가 어지러운 때이다. 대장부로 태어나서 어찌 차마 지금 세상에서 출세할 수 있겠는가? 하물며 우리 동쪽 나라는, 명(明)나라에 대해서 의리상 군신관계(君臣關係)이고, 은혜는 부자관계와 같다. 어찌 차마 대수롭잖은 일로 여겨 잊을 수 있겠는가?[1]

이에 유건(儒巾)을 찢어버리고, 돌아와 명암거사(明菴居士)라고 스스로 호를 지었다. 늘 패랭이를 쓰고 다니면서 명나라에 대해서 슬퍼하고 부끄러워하는 마음을 붙였다. 세상 사람들과의 교유(交遊)도 끊고, 집에서 경서(經書)를 주로 읽고 사서(史書)도 곁들여 읽었다. 때때로 명산대천(名山大川)을 두루 유람했는데, 멀리는 금강산(金剛山), 묘향산(妙香山), 태백산(太白山), 오대산(五臺山), 천관산(天冠山), 소백산(小白山), 월출산(月出山)으로부터, 가까이로는 지리산(智異山), 가야산(伽倻山), 금산(錦山) 등지로 두루 유람하였다. 가는 곳마다 유산기(遊山記)를 남겨 그 산수(山水)의 미려(美麗)함을 서술하고 자신의 감회(感懷)를 붙였다.

만년(晩年)에 가족을 이끌고 두류산(頭流山)으로 들어가 무이산(武夷山)[2]의 아홉 구비의 시내를 얻어, 무이정사(武夷精舍)를 짓고, 손수 주자(朱子)의 초상을 그려 벽에 걸었다. 또 용담(龍潭)의 위에 와룡암(臥龍庵)을 짓고 제갈량(諸葛亮)의 초상화를 걸었다. 이 두 인물을 명암(明庵)은 자신의 배울 만한 이상적인 인물로 간주하고 직접 가르침을 받는 스승처럼 모시고, 그 학문과 그 정신을 배우려고 하였다. 또 주자는 거란족(契丹族)이 세운 금(金)나라의 화의(和議)를 반대하고 북쪽의 잃어버린 강토(疆土)를 찾아야 한다는 주장을 한 인물이고, 제갈량도 위(魏)나라가 차지한 중원(中原)을 회복해서 한(漢)나라 황실(皇室)을 옛날 도읍하던 낙양(洛陽)으로 옮겨가도록 하기 위해서 노력했던 인물이다. 이런 집념 속에는, 명(明)나라를 부흥시켜 명나라의 수준 높은 문화를 되살려야 한다는 명암

---

1) 『명암집(明庵集)』 권6 부록, 정재규(鄭載圭) 찬 「명암행장(明庵行狀)」.
2) 무이산(武夷山) : 산청군(山淸郡) 시천면(矢川面)에 있는 구곡산(九曲山)이다.

(明庵)의 염원이 담겨져 있었던 것이다.

초연히 세상에 나가 출세할 생각은 끊어 버리고 혼자 산수 속에 묻혀서 즐거워하며 근심을 잊어버렸다. 가난하여 자주 먹을 것이 없게 되어도, 고사리를 뜯고 솔잎을 먹으면서 느긋하게 지내며 마음에 두지 않았다.

스스로 「명암전(明菴傳)」을 지어 자신의 뜻을 보였는데, 그 대략은 이러하다.

> 공(公)은 어느 곳 사람인지 모른다. 그 이름자도 모른다. 그 성벽(性癖)이 보통이 아니라서, 착한 것을 따르기를 물 흐르듯이 하고, 나쁜 것을 싫어하기를 원수처럼 했다. 부유해도 즐거워하지 않고 가난해도 아첨하지 않았다. 세상에 알려지기를 구하지 않았고, 교유(交遊)하기를 좋아하지 않았다. 이름난 경치나 좋은 곳이 있다는 이야기를 들으면 구애받지 않고 바로 갔다. 해동(海東)의 산수(山水)에 공의 발자취가 미치지 않은 곳이 거의 없었다. 일생토록 주(周)나라를 높이고 오랑캐를 물리치는 것3)으로써 제일 가는 일로 삼았다. 세상 사람들이 "명(明)나라의 천지가 아니다."라고 말해도, 자신은 명나라의 천지라고 여겼다. 사람들이 "명나라 시대가 아니다."라고 말해도, 자신은 명나라 시대라고 여겼다. 사람들이 "명나라의 산수(山水)가 아니다"라고 말해도, 자신은 명나라의 산수라고 여겼다. 사람들이 "명나라의 백성들이 아니다."라고 말해도 자신은 명나라의 백성이라고 여겼다. 말이 명나라에 미치면 피 눈물을 흘렸다. 만년에 두류산에 들어가 무이구곡(武夷九曲)을 얻어, 주자(朱子) 및 제갈무후(諸葛武侯)의 초상을 걸고 아침 저녁으로 마주하고서 마치 살아 계신 분을 스승으로 섬기듯이 했다. 서가(書架)에는 『시경(詩經)』, 『서경(書經)』 등 책이 있고, 뜰에는 매화, 대, 난초, 계수나무, 소나무, 국화가 있었고, 또 두 마리 학 모양의 돌을 소나무와 계수나무 사이에 두고서 스스로 즐겼다. 찬(贊 : 찬양하는 글)을 이렇게 붙인다. "명(明)나라 세월, 명나라 천지. 무이산(武夷山) 아홉 구비의 물, 그 가운데 한 사람이

---

3) 주(周)나라를 높이고 오랑캐를 물리치는 것 : 천자(天子)의 나라인 주(周)나라를 높이고 중국(中國)을 침범하는 변방 오랑캐를 물리친다는 정신. 여기서는 명(明)나라를 높이고 오랑캐 나라인 청(淸)나라를 물리친다는 뜻이다.

있으니 어떤 거사(居士)인지? 거사에게 스승이 있으니, 회암부자(晦菴夫子)
라네."4)

1746년 5월 15일 무이정사(武夷精舍)에서 세상을 떠나니 숭정(崇禎)5)
기원으로부터 119년이고, 향년(享年) 64세였다. 임종(臨終) 때 좌우를 돌
아보고 말하기를 "오랑캐에게는 백년토록 지속하는 명운(命運)이 없는
것이니, 그 시한(時限)으로 계산해 보면 지나갔다. 내가 죽기 전에 비린내
나는 티끌이 싹 걷히는 것을 볼 수 있겠거니 했으나, 이제 끝장이로다.
끝장이로다."라고 했다.

또 말하기를 "착한 일을 하거나 나쁜 일을 했을 때 자신이 어찌 모르겠
는가? 내 일생을 가만히 헤아려보니, 우러러 하늘에 부끄럽지 않고, 아래
로 사람들에게 부끄러울 것도 없도다. '백세청풍(百世淸風)'6)이니 '만고강
상(萬古綱常)'7) 등의 말을 나에게 적용(適用)한다 해도 내가 크게 사양할
것은 없다. 내가 죽은 뒤에 반드시 '대명처사(大明處士)'로 나의 명정(銘
旌)을 쓰도록 하라."라고 했다. 철저하게 명나라 세상의 회복을 염원하다
가 일생을 마쳤고, 이 염원을 저 세상에까지 가지고 가려는 생각이 있었던
것이다.

1760년 관찰사(觀察使) 조엄(趙曮)이 명암(明庵)의 행적(行蹟)을 조정
(朝廷)에 올렸다가, 8년 지난 1767년(영조 43) 특별히 사헌부(司憲府) 지
평(持平)에 추증(追贈)되었다. 벼슬을 추증하는 교지(敎旨)에 오랑캐 나라
인 청(淸)나라 연호(年號)를 쓰지 않고, 명(明)나라의 마지막 황제 의종(毅
宗)의 연호인 숭정(崇禎) 기원(紀元)이라고 썼는데, 이는 실로 영조(英祖)

---

4) 역주『明庵集』권5 404쪽.
5) 숭정(崇禎) : 명(明)나라 마지막 황제인 의종(毅宗)의 연호. 1628-1644. 조선(朝鮮)시대
   사람들을 명(明)나라를 잊어서는 안된다는 취지에서 명나라가 망한 뒤에도 숭정 연호를
   계속 썼다.
6) '백세청풍(百世淸風)' : 오랜 세월토록 남을 만한 맑은 기풍(氣風).
7) '만고강상(萬古綱常)' : 만고(萬古)의 오랜 세월 동안 윤리도덕의 모범이 될 만한 행실.

의 특별한 명령에 의한 예외적인 경우였다. 조정에서 명암의 의리(義理)를 장려하고 지절(志節)을 높이 평가한 결과였다. 당시 조정의 군신(君臣)들은 공식적으로 청나라의 연호를 사용하였지만, 마음 속으로는 매우 싫어했고, 명암의 이런 삶의 방식에 암암리에 찬사(讚辭)를 보냈다는 사실을 알 수 있는 것이다.

2. 기질(氣質)과 사상

명암은 천분(天分)이 매우 높아, 세속(世俗)의 명예나 이익, 운수(運數) 등에 대해서 원래 별 관심이 없었다. 참된 마음과 곧은 기운으로 바깥 사물의 영향을 받지 않았다. 그래서 정신의 작용이 완전하였고, 이룬 바가 우뚝하였다. 맑기는 가을 물 위의 연꽃 같았고, 우뚝하기는 쏟아져내리는 물살 속에 버티고 선 돌기둥8) 같았다. 또 높은 하늘을 나는 기러기가 구름을 뚫고 가는 듯, 외로운 소나무가 눈을 뚫고 솟은 듯했다. 만년에는 매화 대나무 소나무 계수나무를 사랑하였는데, 산수간(山水間)을 소요(逍遙)하면서 즐겼다. 그가 사랑한 나무들도 모두 절개(節槪)를 상징하는 것들이었다.

마음가짐이 철저하여 진실되게 마음을 써서 끝까지 간직하고 견고하였다. 알아야 할 것을 알지 못하는 것이 있으면 반드시 안 뒤에 실천했다. 나무 조각에다 「사물잠(四勿箴)」을 새겨 늘 옷의 띠에 차고 다니면서 이른 아침부터 밤늦게까지 자신을 점검하였다.

매일 새벽 닭 울음소리를 들으면 곧바로 일어나 세수하고 머리 빗고 의관(衣冠)을 정제하고는 팔짱을 끼고 단정히 앉아서 『주역(周易)』의 「계사전(繫辭傳)」 상하(上下), 『중용(中庸)』, 『대학(大學)』 몇 장(章)과, 정자

---

8) 물살 속에 버티고 선 돌기둥 : 하남성(河南省) 삼문협(三門峽)에 있는 산. 황하(黃河)가 갈라져 돌로 된 이 산을 감돌기 때문에, 큰 돌기둥이 버티고서 어떤 물살에도 끄떡하지 않는 것처럼 보인다. 어떠한 어려움에도 영향을 받지 않고 자신의 지조를 지켜나가는 것을 의미한다.

(程子)와 주자(朱子)가 지은 잠명(箴銘) 및 제갈량(諸葛亮)의 「출사표(出師表)」와 호전(胡銓)의 「척화소(斥和疏)」, 두보(杜甫)의 「북정시(北征詩)」를 외웠는데, 이렇게 하는 것을 늘 하는 일과로 하였다.

평소에 늘 복희씨(伏羲氏), 주(周)나라 문왕(文王), 주공(周公), 공자(孔子), 자사(子思), 송(宋)나라 주염계(周濂溪), 정자(程子), 주자(朱子) 등이 지은 책을 쉬지 않고 읽었으며, 이것으로써 생각을 적고, 이것으로써 뜻을 구하였다. 이 두 가지로써 한평생 자신의 계획으로 삼았다. 간혹 명암은 세상을 잊고 산수간을 방랑한 인물이라 간주하는 사람이 없지 않으나, 사실 명암은 철저히 유교(儒敎)의 가르침에 입각하여 살아간 인물이었다.

명암(明庵)이라는 호는 명(明)나라를 그리워한다는 뜻이 담겨 있으니, 오늘날 사람들이 보면 사대적(事大的) 발상이라고 간주할 수도 있겠으나, 수준 높은 명나라의 정신문화(精神文化)를 회복·유지하겠다는 의지의 표현이라고 볼 수 있다. 무력(武力)을 앞세운 오랑캐나라인 청(淸)나라의 문화침략에 대한 지식인의 외로운 저항이었던 것이다.

왕희지(王羲之)와 위부인(衛夫人)의 글씨를 배워 서예(書藝)에도 일가(一家)를 이루었다. 지금 구곡산(九曲山) 무이구곡(武夷九曲), 거창(居昌) 수승대(搜勝臺), 함안(咸安) 의상대(義相臺), 남해(南海) 금산(錦山) 등에 명암(明庵)의 필적이 남아 있다.

산수를 유람하기를 좋아하였지만, 자신의 조행(操行)에 매우 엄격하였다. 비록 해가 지고 어두워져 사람이 없을 때나 이름난 운치 있는 깊숙한 산수(山水) 속에 있을 때도 갓을 바로 쓰고 정신을 집중하였지, 일찍이 조금도 방종(放縱)하게 행동한 적이 없었다.

본래 술을 좋아하였지만, 크게 취하여 체면을 잃은 적은 없었다.

정신수련(精神修鍊)이 대단하였는데, 지리산(智異山) 불일암(佛日庵)에서 면벽(面壁) 중인 승려 두 사람 곁에 가서 말없이 앉아서 삼일 동안 일어나지도 않고 눕지도 않았지만 정신을 한결같이 맑게 유지하였다. 두 승려가 함께 일어나 명암(明庵)에게 절을 하고서 기이하다고 탄복하고는,

솔잎 죽을 끓여서 바친 일이 있었다. 온 천하가 청(淸)나라 세상이 된 상황에서도, 명암(明庵) 혼자 능히 대의(大義)를 등에 짊어지고서 곤궁하게 살면서도 죽을 때까지도 후회하지 않을 수 있는 정신력이 바로 이런 데서 나온 것이라 할 수 있다.

제사 때는 반드시 정성과 경건(敬虔)함을 다하였다. 목욕을 하고 옷을 갈아입고, 촛불을 밝혀 밤을 새웠다. 집안은 정연(整然)하게 법도(法度)가 있었다. 아들, 조카, 며느리, 딸들로 하여금 혼정신성(昏定晨省)의 예(禮)를 행하도록 했다. 조금이라고 잘못이 있으면 훈계하고 가르치는 것이 아주 지극하였는데, 고치면 즉시 그만두었다.

숙종(肅宗)과 경종(景宗)의 초상(初喪) 때 성복(成服)을 하기 전에는, 바깥에서 거적때기를 깔고 지냈고, 인산(因山) 전에는 술과 고기를 먹지 않았다. 친지(親知)들의 상사(喪事)에는 비록 관계가 멀고 신분이 천할지라도, 부고(訃告)를 들은 날에는 고기를 먹지 않았다.

사람들과 사귈 때는 진실하고 순박하고 간절하고 지극하였고, 모난 행동을 드러내지 않았으므로, 다른 사람들이 자발적으로 공경하였다. 비록 수레 모는 종처럼 천한 사람이라도 정성스러운 마음으로 사랑하고 흠모(欽慕)하여 차마 속이거나 저버리지 못했다. 일찍이 어떤 아전(衙前)이 무슨 일을 가지고 명암을 속인 적이 있었다. 다른 여러 아전들이 그 사실을 알고서 모두 모여서 그 아전을 준절(峻切)하게 책망하기를, "네가 비록 천한 것이지만 어찌 처사공(處士公 : 明庵을 기리킴)을 속인단 말인가?"라고 했다. 깊은 산 속의 승려들도 기꺼이 맞이하여 공경심(恭敬心)을 일으키지 않은 적이 없으면서 말하기를, "오늘은 정처사(鄭處士)님을 모시게 됐도다."라고 할 정도였다.

명암은 자그마한 체구였지만, 굳세게 강상(綱常)과 더불어 무리가 되어 이미 재가 된 불씨를 다시 불어 일으키고, 다 없어져버린 양(陽)의 기운을 붙들어 심으려고 하였는데, 그 힘이 부족하지 않을까 하는 것은 걱정하지 않았다. 대개 천성(天性)이 그럴 뿐만 아니라, 타고난 기질(氣質)이 굳세어 굽히지를 않아, 다른 사람이 견디지 못하는 바를 능히 견디어내었고, 다른 사람이 하지 못하는 바를 능히 해내었다.

성리학(性理學)을 깊이 연구하고, 특히 태극(太極)에 대해서 조예가 깊었지만, 공허한 이론을 전개한 글은 남기지 않았다. 독서의 양이 많고 폭이 넓어 유학(儒學)에만 국한되지 않고 제자백가(諸子百家) 등도 두루 섭렵하였는데, 특히 도가적(道家的) 정취(情趣)가 적지 않았다. 그러나 불교(佛敎)의 혹세무민(惑世誣民)하는 측면과 사찰건물의 지나친 사치에 대해서는 엄격하게 비판하였다. 그러나 마음 맞는 승려들과 교유를 하면서 많은 시를 주고받았다.

명암(明庵)은 본래 공명(功名)과 부귀(富貴)를 헌 신짝처럼 던져버린 사람이었으므로 벼슬에 나가지 않고 초야에 묻혀서 구도자(求道者)처럼 청고(淸苦)하게 살다 갔다. 그 당시 치열하던 당쟁(黨爭)에 혐오를 느껴 일체 관여하지 않았다. 그러나 그렇다고 해서 세상을 등진 것은 아니었고, 국가민족에 관심을 갖고 늘 걱정하며 살아갔다. 조선 초기의 매월당(梅月堂) 김시습(金時習) 등 일군의 방외인(方外人)들이 세상을 등지고 체제(體制)와 예속(禮俗)을 무시하고 세상에 냉소(冷笑)를 보내던 생활태도와는 확연히 달랐다.

명암(明庵)은 평생 명(明)나라 문화를 그리며 그 회복을 바라다가 끝내 그 실현을 보지 못하고 만 아쉬운 생애였다.

명암은 남의 요청에 의한 응수문자(應酬文字)는 몇 편 짓지 않았고, 순수하게 자신의 사상과 감정이 담긴 글만 남겼다.

한 평생을 티끌만한 흠도 없이 자신의 원칙을 지키면서 깨끗하게 바르게 살다간 일생이었다.

Ⅲ. 시문학(詩文學) 고찰

1. 『명암집(明庵集)』에 대한 간개(簡介)

1) 간행전말과 체재

명암(明庵)은 수천 수의 시와 많은 문장을 남겼다. 그러나 명암 사후 곧바로 정리되어 간행되지 못하고, 보자기에 싸인 채로 있었는데, 손자 정경천(鄭擎天)이 간행을 염두에 두고 홍호(鴻湖) 이원배(李元培)에게 시문(詩文) 몇 편과 연보(年譜) 행장(行狀)을 보여 주고서 발문(跋文)을 받아 두었다.

그 뒤 농포(農圃)의 후손인 지와(芝窩) 정규원(鄭奎元 : 1818-1877)이 그 가운데서 약간의 글을 가려 뽑아 정리하였고, 노호(鷺湖) 정두언(鄭斗彦)이 거기에 약간의 가감(加減)을 하였지만, 간행에는 미치지 못하였다.

그러다가 명암(明庵)의 현손 정호선(鄭好善)이, 명암의 시문이, 장차 흩어져 영원히 없어져 전해지지 못할까 두려워하여, 일가(一家)들과 간행의 일을 도모하여, 여러 사우(士友)들에게 문의를 했더니, 여러 유림(儒林)들 가운데서 마음을 기울이고, 찬조금을 낸 집안이 백여 집안이나 되었다. 이것에 힘입어 지리산 속에서 목판(木板)을 새길 준비를 하고, 월고(月皐) 조성가(趙性家)에게 요청하여 교정(校正)을 보고, 집안 조카 정광희(鄭光義), 정규석(鄭珪錫)으로 하여금 깨끗하게 정리한 원본(原本)을 쓰게 했다. 그 일을 마치자 다시 자기 생질 이도복(李道復)에게 부탁하여 명암이 남긴 글 가운데서 아직 수집하지 못한 글을 더 수집하게 하였다. 그 원고를 후산(后山) 허유(許愈), 노백헌(老栢軒) 정재규(鄭載圭)에게 두 번째 교정(校正)을 부탁하여 6권으로 만들었으니, 경비를 줄이기 위해서 간략(簡略)하게 만든 것이다. 결국 목판(木版)으로는 찍지 못하고, 1901년에 6권 3책의 체재로 목활자(木活字)로 찍어 내었다.

『명암집』의 구성을 살펴보면, 맨 첫머리에 진주목사(晋州牧使) 조덕상

(趙德常)이 1761년에 쓴 서문과 1901년에 조성가(趙性家)가 쓴 서문이 붙어 있다.

제1권, 제2권 제3권에는 시 653수가 수록되어 있다. 제4권에는 서(書) 18편, 기(記) 7편, 발(跋) 4편이 수록되어 있고, 권5권에는 록(錄) 6편, 전(傳) 2편, 상량문(上樑文) 1편, 제문(祭文) 4편이 수록되어 있다. 명암이 지은 산문은 모두 42편이다.

이 가운데서 명암의 시와 유산록(遊山錄)은 특히 문학적 가치가 높다. 산문 가운데서 대표적인 것을 소개하면 다음과 같다. 「수월루기(水月樓記)」는 지족당(知足堂) 조지서(趙之瑞)를 향사(享祀)하던 신당서원(新塘書院)의 문루(門樓)에 붙인 기문(記文)인데, 지금은 훼철(毁撤)되어 없어지고 터만 남은 신당서원의 역사를 알 수 있는 중요한 자료이다. 「촉석루중수기(矗石樓重修記)」는 촉석루의 역사와 건물이 가지는 의의(意義)를 알 수 있는 자료이고, 「의암비기(義巖碑記)」는, 비록 어우(於于) 유몽인(柳夢寅)의 『어우야담(於于野談)』에 실린 내용을 그대로 인용했지만, 의기(義妓) 논개(論介)의 사적을 유림(儒林)들의 공인을 거쳐 비문(碑文)으로 만들어 세상에 홍보했다는 데 그 의의가 있다 할 수 있다. 「의상대중수기(義相臺重修記)」는, 한국전쟁 때 소실되어 버린 함안군(咸安郡) 미산(眉山) 속에 있던 신라(新羅) 고찰 의상대(義相臺)의 역사와 가람배치를 알 수 있는 중요한 자료이다. 「명암전(明庵傳)」은 명암의 자서전으로, 명나라 문화를 그리워하며 고뇌(苦惱)에 찬 생애를 보내던 명암의 정신적 궤적(軌跡)을 알아 볼 수 있는 자료이다. 「와룡암상량문(臥龍庵上梁文)」은, 제갈량(諸葛亮)을 흠모(欽慕)하여 자신이 살고 있는 집 이름을 와룡암이라 붙이고, 그 이름을 붙이게 된 동기와 그 의미, 집 주변의 산수와 집의 구도 등에 대해서 묘사한 글이다.

2. 시세계(詩世界)

명암(明庵)은 일생 동안 벼슬하지 않고 초야(草野)에 묻혀서 수신(修身)과 독서(讀書)를 하면서 틈나는 대로 자신의 감회(感懷)와 울분을 붙인 시(詩)를 많이 지었다. 명암은 천성적으로 시인의 자질을 타고났고, 또 시를 매우 사랑하였다. 산수 유람하러 가는 짐 속에 늘 당시집(唐詩集)이 들어 있을 정도였다.

명암은 산수(山水)를 많이 유람했는데, 그때마다 산수(山水)의 풍광(風光)과 자신의 감회를 읊은 많은 시를 남겼다. 본래는 수천 수의 시를 남겼다[9]고 했지만, 지금『명암집(明庵集)』에 실려 있는 시는 모두 547제(題), 653수 뿐이다. 명암의 시는 여러 가지 시체(詩體)에 두루 걸쳐 있어, 내용적으로는 물론이고 형식적으로도 다양하다.

명암의 시는 크게, 자신의 정신세계(精神世界)를 읊은 시, 우국연민(憂國憐民)의 시, 많은 여행을 통해서 본 산수자연을 읊은 시, 사물을 읊은 시 등 네 가지로 나눌 수 있다.

그는 문화(文化)의 전범(典範)이라 할 수 있는 명(明)나라의 멸망에 대단한 허탈감을 느끼면서 청(淸)나라가 중원천하(中原天下)를 차지한 것에 대해서는 대단한 치욕감(恥辱感)을 느끼며 살았다. 자신의 존재는 명나라 문화의 존속(存續)이라는 자부심 내지는 사명감(使命感)을 갖고서, 명나라의 회복을 주야로 간망(懇望)하였다.

1) 정신세계(精神世界)를 읊은 시

명암(明庵)의 많은 시 가운데서도 그의 지식인으로서의 고뇌를 담은 정신세계를 반영하여 담은 시가 가장 핵심이라고 할 수 있다.

「어떤 사람에게 답하여」라는 시는, 명암의 일생의 생활태도를 표방한

---

9) 월고(月皐) 조성가(趙性家)가 지은 「명암집서(明庵集序)」.

시라고 할 수 있다.

세속 따르면 사람들 비방(誹謗) 없어질 거라 말하지만	人言從俗衆誚無
이렇게 하는 말은 날 모르는 말이라고 나는 답한다네.	答謂斯言不識吾
부귀(富貴)와 공명(功名)일랑 모두 다 끊어버렸는데,	富貴功名都謝了
다시 무슨 일을 구하려고 사람들에게 아첨하겠는가?	更求何事向人諛[10]

그 당시 청나라 세상이라 하여 과거도 포기하고 초야에 묻혀서 간고(艱苦)를 자초하여 살아 가는 명암의 처세방식에 대해서 다른 사람의 말이 없지 않았고, 개중에는 "평범하게 살 것이지 그렇게 유별나게 살 것이 있느냐?"고 하는 지구(知舊)도 없지 않았을 것이다. 이에 대해서 명암은 '자신의 마음을 모르는 말'이라고 했다. 부귀와 공명을 다 초월하고서 살아 가는데, 누구에게 아첨할 필요도 없고, 또 누구의 비방이 있어도 개의치 않고 자신의 길을 가겠다는 확고한 의지를 보이고 있다. 「아들 상협(相協) 상문(相文) 상화(相華) 등에게 보이는 시」라는 제목의 시는 이러하다.

공자(孔子) 맹자(孟子) 비록 시대적으로 멀지만,	孔孟雖云遠
그 분들의 책 남아 있으니 도(道) 없어지지 않아.	書存道不亡
만약 참된 즐거움이 있는 곳에 살게 되면,	苟居眞樂處
자기 방안이 곧 신선 사는 곳이 될 수 있다네.	房內有仙鄕

도(道)는 구하면 얻을 수 있는 것인데,	道可求之得
도 구하는 사람 일찍이 본 적 없어.	求之見未嘗
호걸다운 선비에게 말 부치노니,	寄言豪傑士
어찌 꼭 문왕(文王) 기다릴 것 있으랴?	何必待文王

명월주(明月珠)나 야광주(夜光珠) 같은 구슬은	明月夜光璧

---

10) 역주 『明庵集』 권1 64,65쪽.

보배로 여겨 간직하지 않는 사람이 없다네.	人非不寶藏
애석하도다! 천년 세월이 지난 오늘날에는,	惜哉千載下
사통팔달(四通八達) 큰 거리에다 갖다 버리네.	遺棄在康莊
손가락 하나 폈다 굽혀지지 않으면,	一指伸難屈
정성 다해서 반드시 의원(醫員)에게 묻는다네.	心誠必問醫
온 몸이 본성(本性)의 이치를 잃었는데도,	全身失性理
웃기만 하고 치료할 길을 구하지 않는다네.	笑矣不求治[11]

　사람이 살아갈 바른 도(道)를 공자(孔子) 맹자(孟子) 등 옛 성현들이
다 책에 남겨 두었고, 이 도를 따라 살면 이 세상이 낙원(樂園)이 될 수
있는데도, 눈앞에 보이는 물질적인 부귀영화만 추구하고 도는 추구하지
않는 세상 사람들의 살아가는 방식을 보고 개탄하였다. 맹자(孟子)가 말하
기를, "약손가락이 구부러져 펴지지 않으면 아프거나 일하는 데 방해가
되지 않아도, 그 것을 고치기 위해서 아무리 먼 길이라도 의원을 찾아간다.
그러나 사람들은 자기 마음이 나쁜 것은 고치려고 하지 않으니, 가치의
경중을 모른다."라고 했다. 이 시에서는 맹자의 이 말을 인용한 것인데,
용모에 조금의 이상만 있어도 그 것을 고치려고 정성을 다해서 의원에게
묻지만, 자기의 심성(心性)에 문제가 있어 타고난 것을 다 잃고서도 고치
려고 하지 않는 세상 사람들의 살아가는 방식에 대해서 일갈을 가하고
있다.

　문왕(文王)은 주(周)나라의 훌륭한 임금이다. 여기서의 뜻은, 호걸다운
선비가 나와서 중국(中國)을 회복하면 되지, 꼭 문왕 같은 임금이 나와서
호걸들을 규합해야만 중국을 회복할 수 있는 것만은 아니라는 뜻이다.
민간에서 호걸이 나와서 청나라를 축출해 주기를 바라고 있다.

　그의 「와룡암(臥龍菴)에서 되는 대로 쓴 시」는, 명나라의 문화를 지키려

---

11) 역주 『明庵集』 권1 93쪽.

는 그의 정신을 볼 수 있다.

한 선비가 하늘과 다툰다고 들은 적이 있는데,	曾聞一士與天爭
하늘은 높고 높아도 정성에 감응(感應)한다네.	天蓋高高亦感誠
명암(明庵) 늙은이를 한낱 선비로 보지 마소서.	莫以明翁看一介
명암 늙은이 죽지 않아야 명나라 망하지 않는다네.	明翁不死不亡明[12]

세상 사람들이, 자신을 한낱 문약(文弱)한 선비로 보는 것에 명암(明庵)은 동의하지 않고, 중국에서 없어진 명나라의 명맥을 자신이 전승(傳承)하고 있다고 자부하고 있다. 이에서 천하가 다 청(淸)나라 천하가 되고, 조선도 그 영향권 안에 들어갔지만, 자신만은 청나라의 영향권 안에 있다는 것을 인정하지 않겠다는 굳센 다짐이 들어 있다.

「우연히 읊어」라는 시에서, 초야에 묻혀 생활하는 그의 모습을 볼 수 있다. 야인(野人)의 몸이라 하여 자신만의 정신적 안일을 추구한 것은 전혀 아니고, 세상의 강상(綱常)과 중원(中原)의 회복을 잊은 적이 없었다. 유교(儒敎)를 배워 실천하는 사람으로서 세상을 구제하겠다는 우환의식(憂患意識)이 시 속에 깊게 배어 있다.

물 흐르고 구름 낀 곳에 가족 이끌고 자취 감추어,	挈家遯迹水雲傍
저녁 낚시에서 돌아와 초당(草堂)에서 잠잔다네.	夕釣歸來睡草堂
내 한 평생 동안 천하의 일을 보아 왔거늘,	看取百年天下事
이 마음만이 오직 강상(綱常)을 보전하려 할 뿐.	此心惟欲保綱常

누런 기장 밥 배불리 먹고 옛날 책 읽다가,	飽喫黃粱讀古書
앞 호수 물안개 달빛 속에서 낚시한다네.	一竿烟月釣前湖
가만히 인간세상의 일 점검해 보았더니,	默然點檢人間事
분명히 지극한 즐거움이 이 밖에 더 없네.	至樂分明此外無

---

12) 역주 『明庵集』 권1 85쪽.

북쪽으로 중국(中國) 땅 바라보니 눈물이 줄줄,　　　神州北望涕潸潸
백년 동안의 깊은 원수 아픔이 가시지 않아,　　　百載深讐痛未刪
만고의 강상(綱常)은 마땅히 스스로 지켜야지,　　　萬古綱常宜自保
맑은 기풍(氣風) 어찌 꼭 서산(西山)에 양보하랴?　　　淸風何必讓西山13)

서산(西山)은 백이숙제(伯夷叔齊)가 주(周)나라 곡식 먹기를 부끄러워
하여 숨었던 수양산(首陽山)이다. 명암 자신의 맑은 지절(志節)은 백이숙
제에 못하지 않다는 자부심을 이 시에서 느낄 수 있다.

한 평생을 살면서 참된 학문을 계승해가지 못하면서 세월만 보내는 자
신을 부끄러워하여 「『주역(周易)』을 읽고서」라는 이런 시를 남겼다. 세상
이치는 다 순환하는데 학문은 옛날만 못하고 자신이 이런 학문의 수준을
높이지 못하는 것을 안타까워하고 있다.

사라졌다 자라나고 갔다가 돌아오는 한 가지 이치,　　　一理消長往復還
달은 거울처럼 가득했다가 또 활처럼 되누나.　　　月盈如鏡又如彎
천추(千秋)에 학문이 끊어져 이을 사람 없는데,　　　千秋絶學無人繼
어렴풋한 사이에서 어정어정하니 스스로 부끄럽네.　　　自愧優游影響間14)

성리학(性理學)의 요체(要諦)인 이(理)와 기(氣)의 본질과 양자간의 관
계에 대해서, 역대로 많은 학자들이 궁구하여 많은 학설을 내놓았다. 명암
(明庵)은 이와 기의 관계를 명료하게 이해하여 칠언절구 한 편으로 요약해
내었다. 그의 「이기(理氣)를 두고 읊어」라는 시는 이러하다.

하나의 이(理)가 만 가지 변화의 근원이라,　　　一理初爲萬化原
기(氣)가 거기서부터 형체가 생겨난다네.　　　氣隨那裏始形存
이 세상에는 이 이(理) 없는 사물은 없나니,　　　世間無物無斯理

---

13) 역주 『明庵集』 권3 211쪽.
14) 역주 『明庵集』 권3 216쪽.

이 이(理)는 응당 고요한 곳에서 보아야 한다네.   斯理應從靜處看15)

2) 우국연민(憂國憐民)의 시

명암은 평생 단 한번도 벼슬에 나가 본 적이 없이 초야에 묻혀 지냈지만,
세상을 등지고 혼자 자기 몸만 깨끗이 간직하려는 생각을 가진 것이 아니
고, 언제나 명나라를 회복하여 이상적인 문명(文明)의 세계를 회복하는
것이 꿈이었다. 그러므로 비록 벼슬에 나가지는 않았다 해도, 잠시도 국가
민족의 운명과 백성들의 생활상에 대해서 잊어 본 적이 없었다. 명암의
걱정은 다른 지식인의 걱정과는 다르다. 오로지 오랑캐 세상을 종식시키고
수준 있는 문명을 가진 명나라를 회복하자는 것이었다.

명암은 임경업(林慶業) 장군이 명나라를 부흥시키려다가 결국 뜻을 이
루지 못하고 간신들의 손에 억울하게 죽은 사연을 못내 아쉬워하였다.
「임경업(林慶業)장군전」을 읽고서」라는 시를 지어서, 임경업장군의 죽음
을 슬퍼하면서 동시에 명암 자신의 포부가 이루어지지 못한 슬픔을 거기
에 복합시켰다.

장군이 분을 내어 일어나 쇠 창을 잡고서,   將軍憤起把金戈
영웅의 마음 감추고서 바다를 건너갔네.   韜晦雄心越海波
그 당시 한 손으로 해와 달을 붙잡았고,   隻手當年扶日月
만리 외로운 자취 조국 산하 때문에 울었네.   孤蹤萬里泣山河
사람 떠나고 일 어긋나 탄식해도 미칠 수 없고,   人離事去嗟無及
운수 다하고 하늘이 망치니 어떻게 하겠는가?   連訖天亡可奈何
부질없이 남아 간담(肝膽) 찢어지게 만드니,   空使男兒肝膽裂
한 차례 읊조리고서 슬픈 노래 부른다네.   一回吟罷一悲歌

몸은 불행히도 어지러운 때에 태어났으니,   不幸身當板蕩秋

---

15) 역주 『明庵集』 권3 221쪽.

장군은 우리 나라만 위해 근심한 것 아니었네.　　　將軍非但爲東憂
우주 사이에서 명(明)나라 왕업(王業) 회복하려 했고,　　圖恢宇宙皇明業
이 산하(山河)에 느끼는 늙은이 부끄러움 씻으려 했네.　欲洗山河老父羞
한평생 장한 뜻 칼 한 자루에 간직해 두고서,　　　　壯志百年裝一劍
만리 너른 물결에 외로운 배 저었다네.　　　　　　滄波萬里棹孤舟
기발한 계획 결국 간사한 중16) 때문에 잘못되니,　　　奇謀竟作奸僧誤
천하에 어떤 사람이 눈물 흘리지 않으리오?　　　　天下何人淚不流

장군이 바다 모퉁이에서 우는 모습 홀로 보고서,　　獨見將軍泣海隅
남조(南朝)17)의 호걸들 어찌 부끄러움 없었으랴?　　南朝豪傑豈無羞
장차 사직(社稷)을 다시 회복하려 대책을 갖고서,　　爲將社稷重恢策
만리 길 떠날 배의 구름 같은 돛 바로 달았다오.　　直掛雲帆萬里舟
천지간에 은혜 잊은 사람들 보고 간담(肝膽) 노했고,　天地忘恩肝膽怒
산하(山河) 되찾으려 맹세하니 해와 별도 걱정했네.　山河有誓日星愁
어떻게 하다 영웅이 계획한 일 한번에 그르쳐 가지고,　如何一誤英雄事
북쪽 오랑캐를 죽여 그 머리를 장대에 걸지 못했나?　未梟當年北虜頭18)

오랑캐 나라 청나라를 축출하고 명나라를 회복하여 오랫동안 지속되어
온 중국의 문화를 회복해야 한다는 명암의 생각과, 병자호란(丙子胡亂)
직후 청나라에 저항하여 망해 가는 명나라를 도와 일으키려고 노력했던
임경업(林慶業) 장군의 생각은 일치하였다. 그러나 뜻을 이루지 못하고
간신들의 모함으로 처형된 임경업 장군의 일생을 슬퍼하였다. 임경업장군
이 처형된 뒤에 많은 강개(慷慨)한 문인들이 「임경업장군전」을 지어 그의
못 이룬 뜻을 아쉬워하였다. 문약(文弱)한 측면이 있는 문인들은 뜻은 있
어도 실행에 옮기지 못하고 있을 때, 임경업장군이 대신 명나라 부흥을

---

16) 간사한 중 : 당시 임경업(林慶業)을 도와 중국(中國)을 왕래하던 독보(獨步)라는 승려가
　　있었다. 임경업이 중국에서 배를 준비하라고 시켰으나, 배를 준비하지 않아 임경업이 체포되
　　게 되었다.
17) 남조(南朝) : 북경(北京)에서 남경(南京)으로 옮겨온 명나라 부흥왕조인 남명(南明) 조정.
18) 역주『明庵集』권3 247쪽.

위해서 활약해 주는 것을 보고 마음으로 아주 호쾌(豪快)하게 여겼을 것이다. 명암은 자기 시대에 임경업장군 같은 사람이 나타나지 않는 것을 못내 아쉬워하였다.

명암이 살았던 시대, 특히 숙종(肅宗)·경종(景宗)·영조(英祖) 연간에는 당쟁(黨爭)이 더욱 격렬하게 되고 출척(黜陟)이 빈번하였다. 오랑캐의 속박을 벗어나려는 생각은 전혀 없이 조정의 관원들은 자기 당파의 이권을 위해서 당쟁으로 날을 지새우면서 나라 일은 치지도외하였다. 명암은 당쟁의 폐해를 걱정하여 「붕당(朋黨)이 일어난 지 ……」라는 이런 시를 지었다.

서로 용납하지 못하는 그 형세 마치 숯불과 얼음 같아,　其勢難容若炭氷
시비(是非)를 빚어내어 실타래처럼 어지럽게 되었네.　釀成是非亂如繩
벼슬의 바다에 삿대 위태로워도 물러나는 사람 없으니,　危檣宦海無人退
백 자나 되는 풍랑(風浪)이 또 한 번 닥쳐오겠구나.　百尺風瀾又一層[19]

3) 산수자연을 읊은 시

명암은 금강산(金剛山)·묘향산(妙香山) 등 우리 나라의 이름 난 산은 거의 다 등람(登覽)하면서 많은 시를 남겼다. 산수를 유람할 때마다 상세한 유록(遊錄)을 남겼고, 또 많은 시도 남겼다. 산수를 읊은 시는 양적으로 매우 풍성하다. 여러 차례의 여행에서 얻은 시는 금강산(金剛山), 지리산(智異山), 가야산(伽倻山) 등이 다 들어 있어, 유산시(遊山詩)로 전집(專集)을 내어도 될 정도이다.

집에 앉아서 상상으로 지은 시가 아니고 직접 신고(辛苦)한 발걸음을 옮기며 먼 거리를 여행한 체험에 바탕을 두고 지은 시이기 때문에 현장감(現場感)이 있고 회화성(繪畫性)이 강하다.

「천왕봉(天王峯)에 올라」라는 시는 이러하다.

---

19) 역주『明庵集』권1 65쪽.

웅장하게 동해 바다를 누르니 맑은 기운이 무르녹고,	雄壓東溟淑氣融
바위 걸치고 돌 쌓아 귀신의 솜씨를 극도로 발휘했네.	架嵒築石極神工
우뚝이 머리로 푸른 하늘을 이고 서서,	屹然頭戴靑天立
천 년 동안 비와 눈에도 그 모습 변하지 않았네.	雨雪千年不變容20)

멀리 맑은 기운이 엉킨 동해 바다까지 누르는 지리산 천왕봉의 웅장한 자태를 묘사하였고, 돌과 바위로 엉켜 쌓여진 그 모습은 신의 솜씨가 아니면 불가능하다고 보았다. 오랜 세월 동안의 비바람 눈보라에도 변치 않는 천왕봉의 모습을 부각시켰는데, 여기서 선비의 절조(節操)나 자세를 비유했다고 볼 수 있다. 명암 자신의 삶의 방식을 천왕봉의 변치 않는 모습에서 배우고 있다고 볼 수 있다. 남명(南冥)의 「제덕산계정주(題德山溪亭柱)」에서 "어떻게 하면 두류산(頭流山)처럼 하늘이 울어도 울지 않을 수 있을까[爭似頭流山, 天鳴猶不鳴]?"라는 구절과 그 정신이 상통하고 있다고 하겠다.

「설악산(雪嶽山)」이라는 시는 이러하다.

큰 바다 모퉁이에 산악의 기세 웅장하게 서려 있고,	岳勢雄盤大海隈
금으로 된 연꽃 천 송이 속세 티끌과 먼지 멀리했네.	金蓉千朶絶塵埃
뾰족한 봉우리는 장차 어디로 날아가려는지?	尖峰何處將飛去
분명 위태로운 돌은 떨어져 내리려 하는구나.	危石分明欲墮來
골짜기에 쏟아지는 맑은 샘물 다투어 옥을 뿜고,	瀉壑淸泉爭噴玉
하늘에서 떨어지는 폭포는 우레처럼 울부짖네.	落天流瀑却喧雷
흰 구름이 반쯤 산의 진면목(眞面目)을 가렸는데,	白雲一半藏眞面
신선들이 나그네 시기(猜忌)하여 그러는 건 아닌지.	無乃羣仙向客猜21)

햇빛을 받아 반사된 설악산 군봉(群峯)을 금빛 연꽃에 비유하였다. 설악

---

20) 역주 『明庵集』 권1 17쪽.
21) 역주 『明庵集』 권3 183, 184쪽.

산의 웅장하면서도 험준(險峻)한 돌로 된 봉우리의 자태와 쏟아져 내리는 맑은 폭포를 생동감 있게 잘 묘사하였다. 설악산이 구름에 반쯤 가려진 것을 두고, 신선들이 속세의 나그네가 구경하는 것을 시기해서 그런 것이라고 기발하게 착상하여 시의 의미에 변화를 주었다.

「황류(黃柳) 나루를 지나며」라는 제목의 시는 두 수가 있는데, 동일한 시기에 지은 것이 아니고, 한 편은 젊은 시절에 지은 것으로 봄 경치를 묘사한 것이고, 다른 한 편은 만년에 지은 것으로 가을 경치를 묘사한 것이다.

화사한 햇살에 맑은 호수요 꽃은 둑에 가득,	麗日淸湖花滿堤
둑 가의 향그런 풀 나귀 발굽에 밟히누나.	堤邊芳草入驢蹄
긴 들판 아득하고 봄바람은 따사로운데,	長郊漠漠東風暖
문득 꾀꼬리가 오르내리며 우는구나.	忽有鶬鶊上下啼22)

물안개 낀 만경창파(萬頃蒼波) 넓디넓은데,	烟波萬頃瀾
외로운 일엽편주(一葉片舟) 더디 가누나.	一葉孤舟遲
기러기 떼 비스듬히 내려앉는 곳에,	雁陣斜斜外
저녁 노을 수 많은 봉우리에 비칠 때라.	千峯落照時23)

동일한 곳의 경치를 읊은 두 수의 시는 두 폭의 그림 같다. 그러나 봄의 경치를 읊은 시는, 화려하면서도 생동적이다. 천지 운행의 큰 조화 속에서 만물이 자기의 역할을 다하는 모습을 볼 수 있다. 가을을 읊은 시는, 정적(靜的)인 여유 속에서 모든 것이 수렴(收斂)되는 분위기를 느낄 수 있다. 같은 곳을 이렇게 계절의 변화의 특징을 잘 잡아 묘사했는데, 시 가운데 인생이나 우주 운행의 원리마저 느낄 수 있다.

---

22) 역주 『明庵集』 권1 59쪽.
23) 역주 『明庵集』 권2 204쪽.

4) 사물을 읊은 시

명암(明庵)은 사물의 이치를 궁구(窮究)하는 학자의 자세로 일생을 살았기에 사물을 보는 관찰력도 아주 예리했다. 그래서 그의 영물시(詠物詩)는 과학자의 자연관찰처럼 정밀하다.

「뜰의 매화」라는 시에서 사물의 속성(屬性)을 시로 나타내는 명암(明庵)의 솜씨를 알 수 있다.

강성(江城)24)의 봄비가 밤에 흩날릴 때,	江城春雨夜霏微
일찍 피는 매화 눈처럼 가지에 가득하네.	忽見寒梅雪滿枝
사물의 본성은 시절의 모양 따라 얇지 않아,	物性不隨時態薄
초당(草堂)으로 다시 돌아오니 옛날 모습이네.	草堂重返舊年姿25)

이른 봄, 보슬비 내리는 속에서 가지 가득히 핀 매화를 보고서, 세태에 따라 자기의 지조를 바꾸지 않고 자기의 길을 묵묵히 가는 선비의 기상(氣像)을 복합시켰다.

「대나무」라는 시는 이러하다.

그윽하게 사는 은자(隱者)가 보기에 꼭 합당하나니,	政合幽居隱者看
처마 가득히 살랑거리는 소리 번거로와도 싫지 않아.	滿簷疎韻不嫌繁
야윈 줄기는 풍상(風霜)의 괴로움을 실컷 겪었고,	瘦莖任飽風霜苦
굳센 마디는 눈이나 달빛의 차가움 견뎌 왔도다.	勁節能堪雪月寒
이리저리 난 빽빽한 잎은 봉황이 잠자기 알맞고,	密葉參差宜鳳睡
꾸불꾸불한 외로운 뿌리는 용이 서린 것 배웠도다.	孤根屈曲學龍蟠
한가할 때면 하늘하늘하는 푸르런 대나무 베어내어,	閑來欲剪猗猗翠
그 당시 위수(渭水) 여울에서 다시 낚시나 할까.	更釣當年渭水湍26)

---

24) 강성(江城) : 단성(丹城)의 별칭.
25) 역주 『明庵集』 권3 219쪽.
26) 역주 『明庵集』 권1 37쪽.

대나무의 특징을 하나도 빠뜨림 없이 묘사해 내었다. 시각적으로 가는 줄기, 굳은 마디, 빽빽한 잎, 굽은 뿌리를 묘사하였고, 청각적으로는 바람에 흔들리는 대나무의 소리도 아울러 묘사하였고, 맨 첫 구에서 종합적으로 대나무의 전체적인 분위기를 묘사해 내었다. 위수(渭水) 가에서 낚시하던 사람은 강태공(姜太公)이다. 비록 낚시로 세월을 보내고 있지만, 주(周)나라 무왕(武王)의 발탁으로 주나라를 천자(天子)나라로 만드는 데 큰 공훈을 세운 인물이다. 명암 자신도 초야에 묻혀 지내지만, 강태공처럼 경륜(經綸)을 갖고서 세상을 구제할 뜻을 갖고 있다는 것을 밝혔다.

「연꽃」이라는 시는 이러하다.

짙붉은 데다 살며시 하얗고 깨끗하여 물안개와 어우러져,	深紅微白澹和烟
훤칠한 눈 같은 연꽃은 열 길이나 이어져 있구나.	雪藕亭亭十丈連
바람이 푸른 연잎 흔드니 기울어졌다 다시 바로 서고,	風搖翠蓋欹還正
빗방울 야명주(夜明珠)처럼 흩어져 부숴졌다 둥글어지네.	雨散明珠碎却圓
푸르런 빛이 차가운 물결에 비춰어 아주 깨끗하고,	淸倒寒波看濯濯
고요함이 빈 달에 이르니 사랑스러울 정도로 아름답네.	靜臨虛月愛姸姸
사랑스럽도다. 염계(濂溪)노인 간 천년 뒤에는,	可憐千載濂翁後
누가 남은 향기를 가져갈 지 아직도 뚜렷하네.[27]	誰取餘香尙宛然

붉은 빛과 흰 빛이 섞인 연꽃이 안개와 조화를 이루고 있고, 흰 연 줄기는 우뚝하게 솟아 있다. 푸른 일산 같은 연잎은 바람을 받아 기울었다가 바로 서고 한다. 빗방울이 연잎 위에 내리는 순간 비가 퉁기었다가 금새 모여서 구슬을 이룬다. 그리고 연꽃과 연못의 물과 달이 어울려서 한 폭의 정물화를 이룬다. 주렴계(周濂溪)가 「애련설(愛蓮說)」을 지어 연꽃의 특징을 너무나 잘 묘사하였기에, 그 이후로 연꽃을 두고 쓴 시문(詩文)이 드물다고 할 정도다. 명암의 이 시는 「애련설」의 내용과 거의 중복되는 것이 없다. 주렴

---

27) 역주『明庵集』권1 38쪽.

계가 미처 언급하지 못한 점을 관찰하여 시로 나타내었다. 명암의 관찰이 정확하고 묘사 능력이 아주 섬세함을 이 시에서 증명할 수 있다.

명암(明庵)의 시 가운데 대표적이라 생각되는 몇 수를 들어 명암의 시세계를 개괄적으로 소개하였다.『명암집(明庵集)』의 반 이상이 시이고, 시 가운데는 주옥(珠玉) 같은 우수한 작품이 많아, 주제별로 심화시켜 연구할 필요가 있을 것이다.

2. 유산록(遊山錄)

옛날부터 학자나 문인들은 산을 많이 찾았다. 맹자(孟子)의 말에 "공자(孔子)께서 동산(東山)에 올라 노(魯)나라를 작게 여기셨고, 태산(泰山)에 올라서는 천하를 작게 여기셨다."라고 했다. 높은 산에 오르면 대장부의 호연지기(浩然之氣)를 펼 수 있고, 또 천하를 굽어보면서 자신의 포부를 그려 볼 수도 있기 때문이다. 또 산천의 기운을 흡수하여 시문(詩文)의 기(氣)를 북돋울 수 있는 것이다. 천고(千古)의 명저『사기(史記)』를 저술한 사마천(司馬遷)이 젊은 시절 명산대천(名山大川)을 두루 유람하여 명문장가가 된 것이 대표적인 예다. 또 산의 흔들리지 않는 장중(莊重)한 자세를 배워 자기 지조를 지키는 선비가 될 수 있는 것이다. 그보다도 등산은 공부하는 것과 그 과정과 원리가 비슷하다. 높은 산에 오르려면 몸은 힘이 들지만 높이 오르면 오를수록 보이는 시야는 넓고 정확하듯이, 공부도 하려면 많은 노력과 시간을 들여야 하고, 그만큼 식견(識見)이 높아진다. 또 올라가기는 어렵고 내려가기는 쉬운 것도 공부와 같다. 또 옛날 분들은 단순히 등산을 위해서 산을 찾는 것이 아니고, 여러 가지 측면에서 산을 스승으로 삼아 자신을 수양하는 데 도움을 받고자 하였다.

공자(孔子) 이후로, 사마천(司馬遷), 이백(李白), 두보(杜甫), 한유(韓愈), 구양수(歐陽脩), 주자(朱子) 등 많은 학자 문인들이 산을 찾았다.

우리 나라의 선비들 가운데서도 조선(朝鮮) 전기의 매월당(梅月堂) 김

시습(金時習), 추강(秋江) 남효온(南孝溫), 점필재(佔畢齋) 김종직(金宗
直), 탁영(濯纓) 김일손(金馹孫) 등 많은 분들이 산을 찾았다. 명암(明庵)
의 방조(傍祖)가 되는 허암(虛庵) 정희량(鄭希良)도 산을 좋아한 사람 가
운데 한 분이다. 우리 나라를 대표하는 대학자인 퇴계(退溪) 이황(李滉)
남명(南冥) 조식(曺植) 등도 산을 즐겨 찾고 산을 유람한 뒤에 시나 유산록
(遊山錄)을 남겼다. 조선 후기에는 미수(眉叟) 허목(許穆), 삼연(三淵) 김
창흡(金昌翕) 등이 산을 즐겨 찾았다.

명암은 아마 우리 나라 선비들 가운데서 가장 산을 좋아하였을 것이다.
그리고 명암은 여행할 때면 대부분 여행기록을 남겼다. 현재 『명암집(明
庵集)』에는 「관동록(關東錄)」, 「청학동록(靑鶴洞錄)」, 「두류록(頭流錄)」,
「가야산록(伽倻山錄)」, 「금산록(錦山錄)」, 「월출산록(月出山錄)」 등 여섯
편의 유산록(遊山錄)이 실려 있다. 「관동록(關東錄)」 속에 금강산(金剛
山), 설악산(雪嶽山), 토함산(吐含山)에 유람한 기록이 들어 있다. 명암
자신의 기록에 의하면, 묘향산(妙香山), 태백산(太白山), 소백산(小白山),
오대산(五臺山), 속리산(俗離山), 천관산(天冠山) 등도 유람한 것으로 되
어 있는데, 이런 산에서 논 유산록(遊山錄)은 현재 남아 전하지 않다.

이 여섯 편의 유산록은 명암 자신의 여행기록일 뿐만 아니라, 역사지리
(歷史地理)에 관한 중요한 자료이다. 명암이 본 당시 사람들의 생활상(生
活狀), 자연환경생태(自然環境生態), 없어지거나 파괴·변형된 고적(古
蹟)과 건물, 도로 상황 등등 당시의 모습을 그대로 담고 있기 때문이다.
금강산(金剛山)의 은선대(隱仙臺)와 만폭동(萬瀑洞)의 경치를 적은 글의
일부를 소개하면 다음과 같다. 묘사(描寫)와 비유(比喩)가 핍진(逼眞)하여
경치가 눈앞에 재현되는 듯하다.

은선대(隱仙臺)가 있는데 뾰족한 바위로 뿔 모양의 돌이 십이 층으로 되어
있고, 폭포가 구름 끝에서 떨어지는데, 그 형세는 마치 공중에 달려 있는
듯하다. 이 곳이 금강산의 제일 가는 경치이다. 만폭동(萬瀑洞)의 물이 다투

어 흐르는 가운데서도 구룡연(九龍淵)은 더욱 기이하면서도 웅장하다. 아득
한 옛날부터 사람들이 그 물줄기의 근원을 찾지 못하고 있다. 무지개가 거꾸
로 드리우고, 구름과 안개가 자욱하여 어두운데, 세찬 물이 내뿜어 구슬이
깨어지고 옥이 부숴지니, 그 소리는 마치 우레가 노하여 싸우는 듯하다. 마음
이 혼들리고 눈이 흐릿하고 정신이 두려워졌다. 만이천봉우리와 만폭동 흐
르는 물을 어찌 다 기록하리오?28)

금강산 가는 길에 경주(慶州)를 경유하였는데, 당시 경주(慶州)의 신라
유적은 폐허가 된 채로 있는 광경을 그대로 기록하였다. 그리고 검소하게
살지 않고 큰 궁궐과 절을 짓느라고 백성들을 강제로 부역시킨 신라지배
층에 대해서 풍자(諷刺)를 잊지 않았다.

경주(慶州)에 들어가니, 반월성(半月城) 옛 서울의 묵은 자취가 눈에 참담
(慘澹)하고 마음을 아프게 하였다. 그 무너진 궁궐터와 폐허가 된 절을 보니,
산의 줄기를 깎아 고루느라 백성들의 힘을 많이 썼다. 옛날 요(堯)임금은
천자(天子)이면서도 납가새로 인 집에 흙 계단의 궁궐에서 산 정신을 왜
본받으려고 하지 않는가? 신라(新羅)의 왕들 때문에 천고(千古)를 향해서
한 번 웃는다.
토함산(吐含山)에 들어가니, 이른바 골굴(骨窟)이라는 것이 있는데 제일
가는 명승지였다. 바위 머리에 길이 있고 집은 가물가물 공중에 달려 있는
것이 여섯 곳이었다. 이 날 밤에는 바위 문에서 밝은 달을 벗삼아 있으려니,
마음이 아련하여 인간세상이 어디에 있는지 알 수 없는 지경이었다.29)

지리산 불일암(佛日庵), 불일폭포(佛日瀑布)와 청학동(靑鶴洞)의 경치
를 섬세하게 묘사하였다. 특히 불일폭포의 물이 세차게 흘러내리는 모습을
눈앞에 재현시키는 듯 묘사가 뛰어나다.

---

28) 역주 『明庵集』 권5 354쪽. 「관동록(關東錄)」.
29) 역주 『明庵集』 권5 350, 351쪽. 「관동록(關東錄)」.

불일암(佛日庵)에 들어갔다. 한 줄기 길이 푸른 절벽에 걸려 있었다. 절벽
에 길이 없어지면 나무에 걸터앉아 사다리처럼 해서 올라갔는데, 그 아래는
만 길이나 되니, 정신이 아찔하였다. 암자의 좌우는 위로 우뚝 솟아 마치
달려 있는 듯했다. 앞에는 두 봉우리가 만 길 높이로 깎아지른 듯 서 있었는
데, 오른 쪽은 비로봉(毘盧峯)이요, 왼쪽은 향로봉(香爐峯)이었다. 옛날에
푸른 학과 흰 학이 바위 틈에 깃들어 살았으므로, 혹은 청학봉(靑鶴峯) 백학
봉(白鶴峯)이라고 하는 것이다. 봉우리 위로부터 폭포가 나는 듯이 천길 아
래로 떨어지는데 상하 이층으로 되어 있었다. 맑은 날에도 안개가 골짜기에
가득하고, 바람과 우레가 절로 일어났다. 폭포에서 떨어져 내린 물이 고여서
못이 된 것이 이른바 학연(鶴淵)이었다. 중이 말하기를, "용이 그 아래에
잠겨 있는데, 때로 나옵니다. 운연(雲淵)의 절벽 표면에 '삼선동(三仙洞)'이
라는 세 글자가 있는데, 어느 시대 어떤 사람의 글씨인지는 알지 못합니다"라
고 했다. 왼쪽에 큰 바위가 있는데 '완폭대(翫瀑臺)' 세 글자가 쓰여져 있었는
데, 고운(孤雲) 최치원(崔致遠)의 글씨였다. 한참 동안 그 곳을 돌아다니니
마치 술병 속 같은 별다른 세계고 이 세상 바깥의 뛰어난 경치였다.[30]

이 밖에 관동팔경(關東八景), 금강산(金剛山), 지리산(智異山), 가야산
(伽倻山) 월출산(月出山) 금산(錦山) 등 우리나라의 중요 관광자원에 대
한 상세한 역사적 자료를 내포하고 있어 기행문학으로서 뿐만 아니라,
당시의 역사지리 자료로서도 중요한 가치가 있다.

Ⅳ. 결론

명나라가 망하고 청나라가 중국을 통치하고 있던 시대에 태어나 살았던
명암(明庵)은, 명리(名利)를 초탈하여 명나라의 회복과 청나라의 축출을
염원하면서 한평생 부귀영화를 누리는 것을 스스로 포기하고서, 출처(出
處)의 대절(大節)을 지켜 곧게 깨끗하게 간고(艱苦)한 삶을 영위하였다.

---

30) 역주 『明庵集』 권5 371쪽, 「두류록(頭流錄)」.

오랑캐에게 조공(朝貢)을 바치는 조정에서는 구차하게 벼슬할 수가 없었던 것이다. 보통 사람 같으면 고민하지 않아도 좋을 문제였지만, 그는 선비 지식인으로서 국가의 운명에 무관심할 수 없었던 것이다. 백이숙제(伯夷叔齊) 이래로 이어져 온 선비의 절의(節義)사상이 이 시대상황에서 명암을 통해 체현(體現)된 것이었다.

그의 시는 청정(淸淨)하고 진솔(眞率)한 폐부(肺腑)에서 흘러나온 것이기에 읽는 사람에게 감동을 준다. 시상(詩想)이 다채롭고 진지하고, 표현의 기법도 독창적이라 이전의 시를 답습한 것이 아니고, 아주 핍진(逼眞)하게 사물을 묘사하였다. 언어를 다루는 기술이 섬세하여 그의 시는 내용적으로 뿐만 아니라 문예적(文藝的)으로 성공하였다고 할 수 있다.

그의 산문 가운데는 「촉석루중수기(矗石樓重修記)」, 「의암비기(義巖碑記)」 등 많은 사람들의 주목을 받았던 글이 있지만, 문학적으로 가장 뛰어난 글은 여러 종류의 유산록(遊山錄)이라 할 수 있다. 그의 유산록은 산수문학의 전범(典範)으로서 한국한문학사(韓國漢文學史)에 등장하여야 하겠다.

訥庵 朴旨瑞의 學問과 江右學派에서의 역할

Ⅰ. 序論

晋州地域에 世居해 온 泰安朴氏 家門에서는 凌虛 朴敏(1566-1630) 이후로 대대로 여러 명의 學者들이 배출되었고, 南冥 曺植의 文集인 『南冥集』重刊, 南冥의 文廟從祀運動, 德川書院 重修 등 南冥學派 안에서 특별히 중요한 역할을 한 인물이 많았다.

凌虛의 6대손이고, 西溪 朴泰茂(1677-1756)의 증손인 訥庵 朴旨瑞(1754-1819)는 近畿南人의 대표적인 학자인 順菴 安鼎福과 退溪學派의 대표적인 학자인 東巖 柳長源을 스승으로 삼아 근기남인과 江左地域의 학자들과 폭넓은 學問的 교류를 하면서 慶尚右道의 學問의 位相을 높이려고 노력한 중요한 인물이다. 그는 南冥의 文廟從祀를 청원하는 疏章을 저술한 남명학파의 핵심적인 인물이다. 남명학파에 속하는 학자로서는 文集의 분량도 상당히 많은 편이고, 그의 문집은 南冥學派 및 江右地域의 學問的 動向을 알 수 있는 文獻的 價値가 크다고 할 수 있다.

당시 學者들로부터 '江右儒宗'[1) 또는 '南州第一人'[2)이라는 稱道를 받았던 訥庵이었지만, 오늘날까지 李相弼교수의 논문[3)에서 소개된 것 이외에는 아직 본격적으로 연구한 논문이 나오지 않고 있고, 學界에서도 전혀 주목을 받지 못하고 있다. 訥庵의 位相과 役割에 비추어 볼 때 억울한

---

1) 『訥庵遺事』 41장, 姜鳳周 所撰 「鼎岡書院通文」.

2) 『訥庵集』 권8 5장, 「家狀」. 이하 本考에서 특별히 注明하지 않은 자료는 모두 『訥庵集』에서 인용한 것임을 밝혀 둔다.

3) 「南冥學派의 形成과 展開」 高麗大學校 大學院 博士學位論文 1998.

점이 없지 않다고 할 수 있다.

本考에서는 訥庵 朴旨瑞의 生涯와 그의 폭넓은 師友關係, 당시 江右儒林社會에서의 역할 및 江右學派 연구의 寶庫라 할 수 있는 그의 문집인 『訥庵集』의 내용 및 가치에 대해서 고찰하고자 한다.

Ⅱ. 朴旨瑞의 傳記的 考察

訥庵 朴旨瑞는 1754년(英祖 30) 晋州牧의 남쪽 篤古山里에서 태어나 1819년(純祖 19)에 세상을 떠났다. 初名은 天健, 字는 國禎, 訥庵은 그의 號이다. 本貫은 泰安인데, 본래는 密陽朴氏였으나 高麗朝에 左僕射를 지낸 朴元義가 泰安君에 봉해졌기 때문에 泰安朴氏가 되었다.

訥庵은 南冥學派에서 중요한 역할을 한 凌虛 朴敏의 6대손이고, 南冥의 私淑人의 한 사람인 西溪 朴泰茂의 曾孫으로, 南冥學을 家學으로 한 집안에서 태어났다. 그가 태어났을 때 西溪는 아직 생존해 있었는데, 그의 岐嶷非凡함을 보고 奇愛하여 曾悅이라고 小字를 지어 주었다.

어려서는 조부 蓮齋 朴挺元에게서 배웠고, 그 다음에는 從叔 石浦 朴孟夔에게서 古人의 爲己之學을 배워 性理學을 착실하게 공부했다.

21세 되던 1774년 近畿南人學派의 實學者 順菴 安鼎福을 廣州의 廣陵山 속으로 찾아가 『心經』 가운데 의문나는 내용에 대해서 질문하였다. 돌아오는 길에 安東에 들러 臨汝齋 柳䂓, 東巖 柳長源, 雨皐 金道行 등을 찾아가 經典의 뜻을 질문했다. 또 安東 海底에 사는 表叔 素庵 金鎭東을 찾아가 先世의 行狀 및 墓碣銘 등에 대해서 의논했다. 그리고 陶山書院에 들러 退溪先生의 祠宇에 參謁하고 墓所에 參拜하였다. 이때 겨우 弱冠의 나이였는데, 이들 儒林의 巨擘들이 訥庵의 夙成함을 사랑하였다.[4]

---

4) 『訥庵集』 권8, 附錄 「家狀」 제13장..

그는 孝誠이 지극하였는데, 9세 때 父親喪을 당했을 때 治喪함이 成人
과 같았다. 殉死하려는 어머니를 설득하여 음식을 들게 하고 병을 낮게
하여 天壽를 다 누리도록 했다. 母親喪 때는 60세가 넘었으면서도 너무나
슬피 울어 거의 목숨을 잃을 지경에까지 갔다. 제사 때는 반드시 밖에
나가지 않고 齋戒하였고, 祭需는 직접 점검하였고, 제사지내는 날에는 막
初喪을 당했던 때처럼 슬퍼했다. 형제간에 友愛가 지극하였고, 一族間에
화목하게 잘 지냈다.

젊은 시절 科學工夫를 하여 鄕試에는 합격하였으나, 會試에는 합격하지
못했다. 과거가 사람에게 累를 끼친다고 생각하여 일찍 포기하려고 하였
으나, 어머니가 계시기 때문에 자기 멋대로 포기할 수는 없었지만, 마음으
로는 이미 과거를 포기하고 爲己之學에 전념하고 있었다.

1797년 南冥의 文廟從祀를 청원하는 疏章을 지었고, 이 글을 갖고서
여러 儒生들과 함께 서울로 들어갔는데, 이때 이 論議를 주도하였다. 近畿
南人學派에 속하는 領議政 樊巖 蔡濟恭과 判書 海左 丁範祖 등을 만나
道義를 講論하였다. 이때 漣川으로 가 眉叟 許穆을 모신 湄江書院과 眉叟
의 故居인 十靑園을 둘러보고 欽慕하는 마음을 붙였다.

1798년에 晋州牧使 尹魯東이 鄕飮酒禮를 거행하였는데, 訥庵에게 儀式
節次를 정하도록 했다. 그리고 또 鄕校에서 儒生들을 모아놓고 講義를
했다. 이는 訥庵이 晋州의 학자들 가운데서 古禮에 가장 造詣가 깊고,
學問的으로 가장 우수했다는 것을 증명한다.

1799년 正祖가 嶺南 先賢의 事行을 편찬하도록 명령했는데, 士林에서
네 사람을 추천하여 그 일을 관장하도록 했다. 江右地域은 尙州에 살던
立齋 鄭宗魯와 訥庵이 추천되었다. 이는 蔡弘遠 등이 正祖의 명을 받들어
편찬한 『嶺南人物考』의 자료수집 작업이었을 것으로 짐작되는데, 이때
이미 訥庵의 位相과 비중은, 慶尙右道를 대표하는 학자에 올라 있었던
것이다.

1806년 尙州 近巖書院에서 損齋 南漢朝와 함께 東岡 金宇顒이 편찬한

『續綱目』을 교정하였다. 그의 博學함이 이미 江左地域에서도 인정받았다
는 사실을 증명하는 것이다.

1811년 洪景來가 亂을 일으키자, 訥庵은 그 소식을 듣고서 憂憤을 이기
지 못하여 道內 각지의 士友들에게 보내는 檄文을 지어 倡義하려고 했었
는데, 구절마다 殉國할 意志가 강렬하게 나타나 있었다.[5] 홍경래의 난이
진압되었다는 소식을 듣고는 그만두었다.[6] 訥庵은 벼슬하지 않고 草野에
서 지냈지만, 經綸을 蘊蓄하였고, 傷時憫俗의 뜻이 가슴 속에 항상 간절하
였다. 國家事에 늘 관심을 갖고 있었는데, 正祖가 昇遐하자 3년 동안 服喪
을 하였다.

1815년 德川書院의 院任을 맡았고, 1818년 德川書院 講規를 지었다.
1819년 9월 23일에 病逝하니, 享年 66세였다.

訥庵의 사후 그의 學德과 衛道의 功勞로 인하여, 德川書院 등 慶尙道
47개 書院과 11개 鄕校 등에서 士論이 駿發하여 鼎岡書院에 奉安되어
享祀되어 왔으나, 大院君 때 훼철되고 말았다.

많은 書院과 鄕校에서 그의 享祀를 요청하는 士論이 일어난 것에서
그의 學行이 어떠했고, 그의 儒林社會에 끼친 功績이 얼마나 컸는가를
알 수 있다.

Ⅲ. 師友間의 交遊

訥庵은, 그 6대조 凌虛 朴敏 이후의 家學을 계승하여 濡染된 바 많았지
만, 그의 成學過程에서 당시 쟁쟁한 師友로부터서 많은 도움을 얻었다.
그 당시 江右地域의 다른 인물들과 비교할 수 없을 정도로 눌암은 近畿南
人과 安東을 중심으로 한 江右地域의 유명한 학자들과 거의 빠짐없이 交

---

5) 『訥庵集』 권8, 附錄 「家狀」.
6) 『訥庵集』 권8, 부록 崔東翼 撰 「事狀」.

遊 하였다. 심지어는 全羅道 光州에 사는 霽峯 高敬命의 후손인 參議 高廷
憲과도 交遊를 하였다. 訥庵은 "외롭게 살면서 들은 것이 적으면 固陋함을
면할 수 없나니, 반드시 師友의 도움을 기다려 사람이나 學問이 완성된다."
고, 學問이나 人格을 형성하는 데는 師友의 도움이 필수적이라고 생각하
였다. 그는 특히 大山 李象靖의 門下에 나가지 못한 것을 매우 한탄할
정도였다. 이런 까닭에 訥庵이 사귄 江左地域의 師友들 가운데는 大山의
門人이 많았다.

訥庵은 자신이 「從遊諸賢遺事」라는 글을 남겨 자신의 交遊關係를 정리
해 두었다. 訥庵의 사우관계를 각지역별로 나누어 살펴보면 아래와 같다.

1. 江右地域 學者

訥庵이 살던 시대까지만 해도, 仁祖反正으로 인해서 慶尙右道지역에는
많은 학자가 나오지 못했고, 학자들이 있어도 저술이 활발하지 못하였다.
눌암은 그 당시 晋州를 중심으로 한 학자들과 거의 다 교유관계를 맺고
儒林事業에 함께 參與하여 同心協力하고 있었다.

梅村 姜德龍의 후손인 梅隱 姜興運은 晋州 雪梅谷에 살았는데 窮乏한
사람들을 잘 救恤하였다. 그 아들 姜必儁은 사람됨이 淳厚하여 至行이
있었는데, 1797년 南冥陞廡疏를 올릴 때 訥庵과 함께 그 일을 주관하여
斯文에 功勞가 많았던 인물이다.

梧潭 權必稱은 東溪 權濤의 후손으로 丹城 丹溪에서 살았는데, 武科에
올라 水使를 지냈다. 武人이지만, 儒行이 있었다.

竹窩 河一浩는 丹池 河悏의 후손으로 晋州 丹池洞에 살았는데, 사람됨
이 忠厚·謹愨하고 文詞에 뛰어났다.

仙巖 趙輝晋은 大笑軒 趙宗道의 후손으로 晋州 召南에 살았다. 사람됨
이 우뚝하고 뛰어나 不世出의 奇男子로서 남의 多急한 일을 잘 구제해
주고 賓友들을 정성스럽게 접대하여 '南道主人'이라는 칭송을 들었다. 그

는 특히 樊巖 蔡濟恭과 交情이 아주 친밀하였다.

南溪 李甲龍은 桐谷 李晁의 후손으로 明經科에 올라 掌令을 지냈다. 사람됨이 介潔하여 志操가 있었다. 자신의 제자 가운데서 文科及第者를 9명이나 배출할 정도로 이 지역 人才養成에 공로가 컸다.[7]

琴窩 鄭時毅는 農圃 鄭文孚의 후손으로 晋州 佳谷에 살고 있었다. 사람됨이 뜻이 크고 文詞에 능했다.

菊潭 河鎭伯은 竹窩 河一浩의 아들인데, 文詞로 科擧場에서 이름이 있었는데, 進士에 합격하였고, 德川書院 院長을 지냈다.

菊軒 河達聖은 雪牕 河澈의 후손이었는데, 晋州 安溪에 살았다. 사람됨이 軒豁하여 局量이 있었다. 이 지역 老論들이 노론에 속하는 晋州牧使와 慶尙監司를 등에 업고 謙齋 河弘度를 誣陷하여 宗川書院에서 黜享했을 때 20여년간 노력하여 마침내 伸理함에 이르렀다.

立叟 李東瑢은 日新堂 李天慶의 후손으로 丹城 靑峴에 살았는데, 處身과 治家에 法度가 있었다.

金輝運은 東岡 金宇顒의 후손으로 晋州 鴨峴에 살았는데, 生員試에 합격하였고, 文名이 있었다.

李秉烈은 桐谷 李晁의 후손으로 南溪 李甲龍의 門人이다. 丹城 龍頭村에 살았는데, 明經科에 합격하여 持平을 지냈다. 風貌가 古奇하고 생각이 高潔하였다. 그는 訥庵을 "자신을 잘 檢束하는 이름난 선비다."라고 평가했다.

許秉은 眉叟 許穆의 從後孫으로 宜寧 慕義에 살았는데, 正祖의 知遇를 입어 武科 합격의 恩澤을 입어 昌城防禦使를 지냈다. 眉叟의 篆書를 배워 전서에 능하였다.

鄭軾은 桐溪 鄭蘊의 宗孫으로 한 때 尙州 恭儉池에 가서 살았는데, 出仕하여 丹城縣監을 지냈다. 사람됨이 恭儉·謹慤하여 玉과 같았다.

---

7) 李相弼 前揭論文 145쪽.

河頌逸은 松亭 河受一의 후손으로 儒林事業에 관심이 많았는데, "늦게
사 지금 세상에 태어났지만, 古人의 道를 행한다면, 또한 古人처럼 될 수
있다."라고 말하며 스스로 期約하는 바가 컸는데, 短折하고 말았다.[8]

이들 이외에도 金東仁, 盧嶷, 權正觀, 姜志遠, 河泰範, 姜宇贇 등과 교유
가 깊었다.

2. 江左地域 學者

訥庵은 江右地域의 학자로는 가장 폭넓게 江左地域의 학자들과 젊은
시절부터 교유를 하였다. 이는 西溪의 外孫으로 訥庵에게 表叔이 되는
素庵 金鎭東이 安東에서 영향력 있는 학자였기 때문에, 訥庵이 쉽게 安東
을 비롯한 江左地域의 학자들과 교유할 수 있었고 安東地域의 학계의
동향을 알 수 있었을 것이다.

東巖 柳長源은 安東 水谷에 살던 학자였는데, 大山 李象靖의 高足이다.
百家에 두루 통했고, 虎溪書院에서 講會를 열었을 때, 300명의 儒生이
모일 정도로 영향력이 컸다. 지은 책으로는 『四書纂註增補』, 『常變通考』
등 10여 종의 저서와 『東巖文集』 17권이 있다.

訥庵은 1774년 21세 되던 해 安東 水谷으로 東巖을 찾아뵙고 經典의
의문나는 점을 물었다. 그 뒤 두 차례 書信往復이 있었고, 凌虛의 行狀과
西溪의 墓碣銘을 東巖에게 청하여 받았다.

后山 李宗洙는 眞城李氏로 安東 一直面에 살던 학자였는데, 大山의 뛰
어난 제자이다. 문집 『后山集』이 있다. 訥庵은 한 번 書信을 보낸 적이
있었다.

川沙 金宗德의 上洛金氏로 義城 沙村에 살았는데, 역시 大山의 문인이
다. 學行이 있어 儒林의 重望을 입었고, 추천을 받아 義禁府都事에 제수되
었다. 문집 『川沙集』이 있다. 訥庵이 한 번 書信을 보낸 적이 있었다.

---

8) 『訥庵集』 권7 30-44장, 「從遊諸賢遺事」.

立齋 鄭宗魯는 晋陽鄭氏로 愚伏 鄭經世의 宗孫이었는데, 尙州 愚伏洞
에 살았다. 大山의 뛰어난 제자인데, 추천으로 벼슬이 掌令에 이르렀다.
문집『立齋集』이 있고, 訥庵과 두 번 書信往復이 있었다. 立齋는, "凌虛公
의 學問은 淵源이 있었는데, 그대가 또 문장도 잘하고 操行도 있고, 참되게
알고 실천하니, 장차 凌虛公의 遺風餘韻이 크게 떨쳐, 멀리 淵源을 잇는
것을 보게 되겠도다."라고 訥庵을 稱詡하였다.

省流亭 李志淳은 退溪의 宗孫으로 禮安 上溪에 살고 있었는데, 縣監을
지냈다. 訥庵이 한 차례 退溪 宗宅을 방문하여 結交하였다.

鄭光翼은 藥圃 鄭琢의 宗孫으로 醴泉 高平에 살고 있었는데, 氣像이
우뚝하여 長者의 風貌가 있었다.

龜窩 金㙆은 聞韶金氏로 安東 龜尾에 살았는데, 역시 大山의 문인이다.
일찍이 文科에 올라 벼슬은 禮曹參判을 지냈다. 鄭宗魯와 江左 江右를
사이에 두고 두 사람의 우뚝이 齊名하였다. 訥庵이 한 번 書信을 보냈고,
祖妣의 墓碣銘을 요청하였다.

素庵 金鎭東은 聞韶金氏로 開巖 金宇宏의 후손인데, 安東 海底에 살았
다. 천거로 監役에 제수되었다. 訥庵의 表叔이었기에 訥庵의 후원자로서
눌암이 江左地域의 학자들과 교유하는 데 많은 도움을 주었다. 素庵의
집안 弟姪 가운데서 눌암과 친분이 두터운 인사가 많았다.

柳宗春은 西厓의 宗孫으로 河回에 살았는데, 文章과 操行으로 당시에
名望이 있었다. 천거로 都事에 제수되었고, 나중에 豐昌君에 봉해졌다.

臨汝齋 柳㴐는 柳宗春의 재종숙으로 學問이 아주 넓었는데, 특히 性理
學에 정통하였다. 그는, "文章과 操行이 세상에 일컬어질 만하다."라고
訥庵을 稱許하였다.

蠹窩 崔興璧은 慶州崔氏로 高靈 菊田에 살았는데, 大山의 문인이었고,
文章이 古作者의 軌範이 있었다. 그는 訥庵을 博雅多聞하다고 평하였고
畏友라고 일컫지 않은 적이 없었다.

李鼎德은 晦齋 李彦迪의 후손으로 慶州 良洞에 살았다. 文科에 급제하

여 벼슬이 參議에 이르렀다. 사람됨이 淳厚·坦蕩하여 古家 子弟의 氣風이 있었다. 1799년 正祖가 嶺南 先賢의 事行을 편찬하도록 명령했는데, 士林에서 네 사람을 추천하여 그 일을 관장하도록 했을 때, 訥庵은 江右地域을 맡았고, 李鼎德은 江左地域을 맡아 작업하였던 인연이 있었다.

이 밖에도 石潭 李潤雨의 후손인 李謙中, 謙菴 柳雲龍의 후손인 柳尙春, 寒岡의 후손인 鄭東璞, 鶴峯의 후손인 進士 金崇德과 金宗壽, 霽山 金聖鐸의 조카인 雨皐 金道行, 密庵 李栽의 증손인 李宇銷, 德川書院 院長을 지낸 息山 李萬敷의 손자인 剛齋 李承延, 木齋 洪汝河의 증손인 洪時伯, 蒼雪 權斗經의 증손으로 泗川縣監을 지낸 酉陽 權思浩, 小山 李光靖의 아들인 俛庵 李堣, 默軒 李萬運, 江皐 柳尋春, 定齋의 父公 寒坪 柳晦文, 西厓의 후손인 豐安君 柳相祖, 鶴棲 柳台佐등과도 폭 넓게 交遊하였다.

3. 近畿地域 學者

正祖가 近畿南人을 重用하고, 또 嶺南南人들에게 관심을 보이자, 두 집단간에 매우 친밀하게 交遊하게 되었다. 이런 시대적 분위기에 힘입어, 訥庵은 近畿南人學者들과 폭넓은 交遊를 하였다. 訥庵에 앞서 曾祖父인 西溪 朴泰茂도 星湖 李瀷과 交遊關係를 맺고 있었다.

近畿南人系列의 대표적인 학자인 順菴 安鼎福은 廣州 基洞에 살고 있었는데, 星湖 李瀷의 首弟子였다. 訥庵이 21세 때 廣州 廣陵山으로 찾아가 『心經』에 대해서 질의하고 제자가 되었다. 訥庵과 두 차례 書信往復이 있었다.

領議政 蔡濟恭은, 訥庵이 南冥陞廡疏를 갖고 서울로 갔을 때 만나보았고, 그 아들 吏曹參議 蔡弘遠과도 교유를 맺었다.

海左 丁範祖는 錦城丁氏로 愚潭 丁時翰의 후손인데 原州 法泉에 살고 있었다. 벼슬은 刑曹判書에 이르렀고, 당시 近畿南人 가운데서 詩文이 가장 뛰어났던 인물이다. 訥庵이 南冥陞廡疏를 갖고 서울에 갔을 때 만나

보았는데, 海左의 주선으로 伏閣上疏가 쉽게 이루어졌다.9) 訥庵의 祖上兩代의 墓碣銘을 요청하여 받았다. 그 아들 丁若衡과도 交遊하였고, 書信往復이 있었다.

鶴麓 李益運은 延安李氏로 서울 芹洞에 살았다. 樊巖 蔡濟恭의 제자로, 벼슬은 禮曹判書에 이르렀다.

李光漢은 平昌李氏인데 서울 芹洞에서 벼슬은 參判에 이르렀다. 1756년 晋州牧使로 부임하여 訥庵의 증조 西溪 朴泰茂를 방문하였고, 서계의 장례 때는 誄詞를 지어가지고 와서 弔問하였다. 그 아들 李東玄은 承旨를 지냈는데, 訥庵과 교분이 있었다.10)

惠寶 李用休는 驪州李氏인데, 星湖의 조카로 서울 貞洞에 살았다. 문장으로 이름나 그 당시 在野文柄이라는 칭호를 들었다. 그 아들 錦帶 李家煥은 博覽强記로 유명했는데, 英祖 때 丁載遠이 晋州牧使로 있을 때 德川書院을 重修하자, 그 重修記를 지었다.

丁載遠은 茶山 丁若鏞의 父公인데, 1790년 晋州牧使로 부임하여 德川書院을 중수했는데, 1792년 任所에서 작고했다. 訥庵은 그를 자주 만나 世道를 논하고 國朝의 역사와 역대 인물들을 논평했다.

餘窩 睦萬中은 泗川睦氏로 서울 新門 바깥에 살았다. 벼슬은 參判에 이르렀는데, 文章이 古作者의 軌範이 있었다.

이 밖에 龍洲 趙絅의 후손인 趙廷玉, 星湖의 從孫인 木齋 李森煥 등과도 交遊를 가졌다.

Ⅳ. 學問하는 方法

訥庵 朴旨瑞는 江右地域의 학자였지만, 21세부터 順菴 安鼎福의 門下

---

9) 『訥庵集』 권2 16장, 「答鄭海左」.
10) 『訥庵集』 권7 30장, 「從遊諸賢遺事」.

에 들어갔고, 또 江左의 대학자들과 많은 교유를 하였다. 정신적으로는 南冥을 계승하였지만, 治學方法은 朱子와 退溪의 것을 따랐다. 南冥이 남긴 글이 얼마 되지 않기도 하고, 『南冥集』에 남아 있는 글 가운데는 學問하는 방법을 논한 글이 거의 없기 때문일 것으로 생각된다. 그래서 그의 詩文에는 朱子와 退溪의 글이 자주 인용되고 있다. 訥庵 學問의 得力處는 『朱子大全』과 『退溪集』이었다.

訥庵은 學問하는 방법을 退溪의 말을 인용하여 이렇게 제시하고 있다.

> 退陶先生께서 이런 말씀을 하셨습니다. "무릇 학문하는 것은 다만 마음을 가라앉히고 공을 쌓아 오래 되도록 게을리하지 않는다면 자연히 얻는 바가 있을 것이다."라고 하셨습니다.11)

학문하는 데는 마음을 가라앉히고 功을 쌓는 것이 중요함을 이야기했다.

『朱子大全』을 學問하는 데 필요한 寶典으로 생각하여 극도로 尊信하고 있다. 四書와 六經에 없는 내용이 이 책에 다 들어 있고, 孔子 孟子 程子 張子가 말하지 못했던 것이 이 책에서 다 이야기하고 있다고 하여, 학자들에게 必讀書로서 읽을 것을 권장하고 있다.

> 이 책은 바로 義理의 淵藪요 학문의 軌範입니다. 천하 사물의 洪纖, 輕重, 表裏, 精粗 등을 경우에 따라 辨析하고 사물에 따라 분해하지 않음이 없습니다. 四書와 六經에서 말하지 못한 것을 이 책에서 다 말했고, 孔子 孟子 程子 張子가 말하지 않은 바를 이 책에서는 밀하고 있으니, 儒者라고 이름하는 사람이라면 이 책을 읽은 그런 뒤에라야 意見이 통할 수 있고 是非가 밝아질 수 있고, 지키는 바가 정해질 수 있고. 지향하는 바가 바르게 될 수 있습니다.12)

---

11) 『訥庵集』 권3 9장, 「與柳曄汝」.
12) 『訥庵集』 권3 44장, 「答李子益」.

訥庵은 南冥學派의 傳統이라 할 수 있는 實踐을 강조하였다.

> 아는 것이 어려운 것이 아니라 행하는 것이 어렵습니다. 이 점이 배우는 사람에게 널리 있는 문제점입니다. 그래서 옛날의 군자들은 반드시 이 점에서 정성스레 힘을 들였고, 조심스럽게 경계하는 마음을 붙였습니다. 退溪 老先生께서 西厓에게 답하는 서신에서, "학문을 논하는 말은 모두 자신이 직접 겪은 것에서 나와야 한다."라고 말한 것이 바로 이 것입니다. 이 말씀은 바로 病痛을 말한 것인데, 보지 않고 짐작하거나, 아프지도 않은데 신음하는 것과는 아주 차이가 있습니다. 능히 이 뜻을 간직하여 오래도록 중지하지 않는다면 순수하게 푹 익어서 자연히 마음이 녹아들고 정신적으로 이해가 되어 말끔하게 초탈하게 되어 가슴 속에 가득한 俗累가 씻지 않아도 저절로 흔적이 없게 될 것입니다.[13]

그러나 知行合一을 주장한 陽明學에 대해서는 訥庵은 아주 비판적인 자세를 취하였다.

> 明나라의 학자 王陽明 陳白沙 羅整庵 같은 사람은 학문이 높지 않은 것은 아니고, 식견이 넓지 않은 것은 아니지만, 결국 陸象山의 틀 속으로 들어가 朱子의 法度와는 다르게 되어 異端이 되고 말았습니다.[14]

訥庵은 文章의 規範으로서 經書의 특징을 요약해 말했다. 문장을 잘 지으려고 한다면 經書에 근본을 두지 않으면 될 수가 없다는 점을 강조한 것이다.

> 만약 혹 문장에 뜻을 두신다면 반드시 古人의 軌範을 찾으려 할 것인데, 『論語』의 精簡함, 『孟子』의 滂沛함, 『詩經』의 調和로움, 『書經』의 嚴格함,

---

13) 『訥庵集』 권3 21장, 「答申上舍」.
14) 『訥庵集』 권3 20장, 「答金叔明」.

『周易』의 變化, 『禮記』의 節度, 『春秋』의 義理 같은 것은 辭達 · 理順하여 후세의 법도가 될 만합니다.15)

學問으로 가는 길은 결국 讀書를 통하지 않을 수 없는데, 올바른 讀書方法이 學問의 성취를 기약할 수 있다. 訥庵은 독서의 방법을 이렇게 제시하였다.

　讀書의 방법은 정밀한 것을 귀하게 여기지, 잡된 것을 귀하게 여기지 않고, 요약하는 것에 힘을 써야지 넓은 것에 힘을 쓰지 말아야 합니다. 한 편의 문장 안에서 먼저 그 脈絡을 살펴서 句讀의 사이에서 그 의미를 깊이 탐구해야 합니다. 聖賢의 千言萬語가 내 마음과 서로 호응해서 融會 · 貫通하여 내 마음과 책이 한 덩이가 되어 한 글자도 이해되지 않는 것이 없게 된 그런 때에 가서야 得力하는 곳이 있게 될 것입니다. 朱子께서 讀書의 방법을 말씀하실 때, 항상 "마음을 가라앉히고 기운을 평온하게 하여 정신을 오로지 하고 생각을 하나로 모아야 한다."는 등등의 말로써 정성스럽게 깨우쳤고, 또 " 많은 것을 탐내고 얻기에 힘쓰고 지름길을 취하여 빨리 가려는 것은 절대 안된다."라는 말로써 금지시켜 경계하였습니다. 이런 까닭에 『大學』을 읽는 사람은 「新民」章을 읽었으면 「新民」章을 읽어 훤히 깨친 그런 뒤에 비로소 「至至善」章을 읽어야 합니다. 앞 章을 읽어 다 마치지 못했으면서 뒷 章으로 뛰어넘어 가게 해서는 안됩니다. 위에 구절을 아직 다 마치기도 전에 아래 구절에 마음을 두어서는 안됩니다. 공부한 세월이 오래됐느냐 얼마 되지 않았느냐를 따지지 않고, 힘을 들인 것이 많은가 적은가를 따지지 않고서, 조용히 講究하여 반복해서 정밀하게 詳考하여 같은 부류끼리 충분히 통하고 앞뒤가 서로 통해야만 됩니다.16)

朝鮮王朝는 건국초부터 科擧制度를 실시해 왔는데, 科擧工夫는 진정한 공부와는 관계없고, 詞章만 발전시키는 결과를 초래하였다. 그래서 訥庵

---

15) 『訥庵集』 권3 16장, 「答蘇知禮」.
16) 『訥庵集』 권3 11장, 「與成仲應」.

은 그 문제점을 이렇게 지적하였다.

조정에서 오로지 科擧를 통해서 인재를 선발하기 때문에 詞章은 성해졌지
만 진정한 학문은 폐지되어, 經傳을 익히려는 노력과 자신을 점검하고 반성
하는 공부는 묶어서 한쪽으로 치워 버려두고 있습니다. 간혹 爲己之學에
종사하는 사람이 있으면, 무리로 모여서 지껄이고 비웃고 몰래 욕하고 들어
내놓고 헐뜯고 하면서, 따로 名目을 만들어 學者라고 하는데, 학자로서 처음
이 있고 끝까지 잘 마쳐 진실하고 간절하고 독실한 사람은 또한 거의 드뭅니
다. 모두가 작은 것을 얻어 만족하여 더 나아가겠다는 뜻은 없고, 먼 것을
바라보면 스스로 한정하여 중지하는 폐단이 있습니다. 두 가지의 바깥에서
능히 초연하여 용감하게 힘써 앞으로 나가는 사람은 또 많은 것을 탐내고
얻기에 힘쓰고 지름길을 좋아하여 빨리 얻으려고 합니다. 옛 사람을 목표로
하여 부지런히 힘써 죽은 후에라야 그만두겠다는 사람은 갑자기 얻으려고
하여, 즉각 효과가 없는 것을 이상하게 여겨 이때문에 실망하여 크게 탄식하
고 근심스레 흥미를 잃고 맙니다.17)

科擧工夫로 인하여 야기된 당시 學問하는 사람들의 문제점을 지적하고,
학문하는 이상적인 방법을 이렇게 제시하였다.

대개 學問이란 것은, 가까운 것을 말하자면 일상생활 속에 있고, 먼 것을
이야기하자면 천지의 바깥에까지 극도로 뻗어나갑니다. 下學한 뒤에 반드시
上達할 수 있습니다. 아래로부터 시작해야 높은 곳에 이를 수 있습니다. 한
때나 한 달의 공부로 문득 이룰 수 있는 것이 아닙니다. 용감하게 氣力으로
단숨에 나아갈 수 있는 것이 아닙니다. 다만 마땅히 공부하는 것을 마음에
잊지도 말고 助長하지도 말아서 한 푼 한 치씩 잡아당겨 나가는 것입니다.
낮에는 부지런히 노력하고 저녁에는 반성하여 스스로 힘써 쉬지 않아 그
實踐이 篤實하고 그 造詣가 깊어지기를 기다려 오래되면 純熟하여 저절로
활발한 경지에 이르게 될 것입니다. 그렇게 된 뒤에라야 비로소 자신에게는

---

17) 『訥庵集』 권3 51-52장, 「答成純彦」.

진보만 있고 퇴보는 없고, 다시는 無聊하다는 탄식이 없게 될 것입니다.[18]

당시 성행하던 風水說에 대해서, 訥庵은 조상의 體魄을 편안하게 모시려는 것까지는 인정하지만, 자손들이 祖上의 墓所를 吉地에 모시는 것을 통해서 福을 바라는 것은 옳지 않다고 보았다.[19]

訥庵은 學問의 방법을 朱子와 退溪에게서 찾았고, 아울러 南冥學派의 傳統인 實踐도 중시하였다. 그리고 진정한 學問과 거리가 먼 科擧工夫로 인해서 초래된 학문상의 문제점을 지적하고 그 해결방안을 제시하였다.

V. 儒學振興事業

訥庵은, 평생 벼슬에 나가지 않고 일생을 草野에서 處士로 지내며 學問研究와 弟子養成으로 일생을 보내었다. 그러나 많은 초야의 학자들이 俗事를 초탈하여 조용히 독서하며 지낸 것과는 처신하는 방식이 달랐다. 학문연구와 아울러서 儒林의 事業에 적극적으로 참여하여 일을 주도해 나가는 위치에 있었다. 한마디로 그의 일생은 衛道와 尊賢이라는 두 개의 課業에서 벗어나지 않았다고 할 수 있겠다.

그가 가장 힘을 기울인 사업은, 江右地域의 精神的 핵심이라 할 수 있는 南冥의 顯彰事業이었다. 士林들의 論議를 모아 南冥의 文廟從祀運動을 전개한 것이다. 두 차례의 陞廡疏를 訥庵이 직접 지었고, 대궐에 두 차례 가서 上疏하였다. 正祖에게 30여 차례나 있어온 南冥의 陞廡 請願을 允許하여 賢者를 높이는 정성을 펴고 착한 일을 권장하는 정치를 하라고 訥庵은 역설하였다. 그러나 끝내 允許를 얻지는 못했다.

이때 星州에서 寒岡의 陞廡運動도 동시에 전개되고 있었는데, 檜淵書院

---

18) 『訥庵集』 권3 52장, 「答成純彦」.
19) 『訥庵集』 권4 4장, 「山家說辨」.

儒林들은 자신들이 먼저 추진하고 있는 일이 성사도 되기 전에, 德川書院 유림들이 南冥陞廡運動을 벌여 자신들과 경쟁관계가 되어 자신들의 사업 성공에 불리하다고 생각하였다. 그리하여 寒岡의 후손 鄭墣이 南冥陞廡運動을 추진하는 중심인물인 訥庵에게 항의하는 서신을 보낸 적이 있었다. 눌암은 南冥의 陞廡運動은 寒岡이 맨 먼저 발의한 일로, 南冥의 陞廡運動이 寒岡의 陞廡에 전혀 방해가 되지 않는다는 사정을 설명하였다.20)

본래 晋州 鄕校는 玉峯의 산 중턱에 있어 너무 높아 불편하였다. 이에 좀 낮은 鳳谷洞으로 옮겼더니, 터가 낮고 좁았다. 이때문에 다시 옛날 터로 옮겨야 한다는 것이 晋州 父老들의 숙원이었는데, 마침내 訥庵이 부로들의 뜻을 받들어 1811년부터 힘을 다하여 지도하여 일을 처리하여 그 다음 해 말끔하게 중건하였다. 이때 눌암은 이때 「大成殿開基祝文」, 「大成殿移建上樑文」과 「大成殿移建事蹟碑銘」을 지었다.

鶴峯 金誠一은 壬辰倭亂 때 招諭使로 부임하여 慶尙右道 일대의 義兵活動을 지원하고, 一次晋州城戰鬪를 승리로 인도하여, 晋州 사람들에게는 恩功이 많았다. 그래서 진주 士林에서 鶴峯을 享祀하는 書院을 짓고자 하여 晋州牧의 동쪽 5리 되는 開慶里에 터를 잡아 공사를 시작했는데, 訥庵의 증조부 西溪 朴泰茂와 默齋 趙錫圭가 주도하였다. 마침 조정에서 書院의 신설을 금지하는 명령이 있어 공사를 중단하였는데, 준비해 두었던 木材 등은 다 도둑 맞고 말았다.

訥庵이 다시 이 일을 추진하여 晋州牧使에게 부탁해서 목재도 도로 찾고, 朝廷에서 비록 書院의 신설을 금지하는 법령을 내렸지만, 요긴하지 않은 서원 신설에 해당되는 경우이고, 鶴峯의 경우에는 반드시 서원을 세워 그 勳勞를 報祀해야 하고 그 서원은 꼭 晋州에 있어야 한다는 내용의 疏章을 직접 지었다. 그 뒤 訥庵의 노력 덕분에 慶林書院이 세워져 鶴峯과 大笑軒 趙宗道를 享祀하다가 大院君 때 훼철되었다.

---

20) 『訥庵集』 권3 장1-5, 「答鄭復汝」.

　당시 鼎岡書院이 쇠퇴하여 유지해 나가기 어려웠는데, 訥庵이 맡아 서원 재산을 넉넉하게 만들고, 廟宇를 중수하고, 祭器를 새로 鑄成하고, 또 『鼎岡書院誌』를 출간했다. 이 서원에 享祀된 아홉 先賢의 傳記資料를 訥庵은 철저히 수집하여 이 책 속에 수록하였다.

　晋州의 학자로 人才養成에 공로가 있었으나 매몰되어 있던 兪伯溫의 墓碣을 세워 그의 行蹟을 다시 부각시켰다.

　守愚堂 崔永慶의 遺墟가 100여 년 동안 매몰되어 있었는데, 그 傍孫들과 협력하여 遺墟碑를 세웠다.

　謙齋 河弘度가 講學하던 慕寒齋가 安溪에 있었는데, 무너져 내린 것을 泗川縣監으로 부임한 酉陽 權思浩와 論議를 일으켜 重建하였다.

　秋潭 鄭顗의 墓碣銘을 眉叟 許穆이 지었는데, 자손들이 衰微하여 아직 세우지 못하고 있었는데, 晋州의 士林들에게 부탁하여 세웠고, 자신은 秋潭의 墓誌銘을 지어 墓碣銘에서 누락된 행적을 수집하여 정리하였다.

　東岡 金宇顒이 편찬한 『續綱目』을 板刻할 때, 損齋 南漢朝 등과 함께 近嚴書院에 모여서 對校하여 그 訛誤를 바로잡았다.

　覺齋 河沆의 『覺齋集』, 松亭 河受一의 『松亭集』, 浮査 成汝信의 『浮査集』, 滄洲 許燉의 『滄洲集』 등 江右地域의 대표적인 학자의 文集도 校正하여 板刻해 내었다.

　忠莊公 鄭苯에 관한 자료를 수집하여 碑銘을 지었고, 大司憲 李仁亨에 관한 자료를 수집하여 實錄을 만들었다.

　우리 나라 先賢들의 行蹟을 수집하여 『東賢零蹟』 4책을 편집하였고, 先賢들의 手墨을 보는 대로 수집하여 『東儒心畫』 10권을 편찬하여 先賢들을 欽慕하는 마음을 붙였다.

　訥庵은, 자기 집안의 위로 19世 동안의 譜牒, 行狀, 墓碣銘, 外家의 世系 및 家訓, 挽詞, 祭文 등을 모아 『無忝錄』이라는 책을 편집하여 집안의 역사를 정리하였다. 그리고 원고상태로 있던 6대조와 증조부의 문집인 『凌虛集』과 『西溪集』을 간행하였고, 10대 이하의 산소와 후손 없는 傍祖

의 산소에 墓碣을 세웠고, 이를 종이에 拓本하여 『蓴城世碣』이라 이름하여 정리하였다.

당시 道學의 宗儒와 文章의 巨匠들이 西溪와 唱酬한 詩文을 모아 作帖한 『西溪題詠』이 화재로 소실되었는데, 訥庵이 原作者의 後孫家에서 그 原詩를 얻어 그 책을 復舊하였다.

仁祖反正 이후로 政界에서 완전히 소외되고 學問的으로도 學脈이 끊어져 衰退一路를 걷던 江右地域을 다시 復興시키기 위하여 訥庵은 주도적인 역할을 수행하였다.

VI. 江右學派 硏究資料의 寶庫, 『訥庵集』

南冥 曺植의 實踐儒學의 영향으로 江右地域의 학자들은 일반적으로 문집의 분량이 적었다. 訥庵 朴旨瑞의 경우는 그 자신이 詩文原稿를 축적하지 않아 흩어진 상태에서 아들 朴士淳이 수집하여 편찬하였고, 편찬한 뒤에도 訥庵 사후 89년만인 1908년에 가서야 겨우 간행될 수 있었다. 본래는 편집한 원고가 8책 정도 남아 있었는데, 4책으로 줄여서 간행했다. 그의 詩文은 본래 양이 아주 많았는데, 이는 일찍부터 近畿南人 학자나 江左地域의 학자들을 만나 그 영향을 받았기 때문일 것이다.

『訥庵集』은 南冥을 위시한 江右學派에 속하는 인물들에 관한 자료가 많아 硏究資料로서의 價値가 풍부하다.

「南冥先生從祀文廟疏」는 南冥의 學德의 우수함을 명쾌하게 요약·정리하여 남명을 전체적으로 소개하는 자료이다.

「擬請建鶴峯金先生書院疏」는 晋州 儒林의 鶴峯의 壬亂時의 恩功에 대한 인식과 慶林書院의 창설과정을 알려주는 자료이다.

「擬檄道內士友文」은 洪景來亂에 대한 儒林들의 視覺과 對處方案을 알 수 있는 자료이다.

「鼎岡書院事蹟記」는 鼎岡書院의 역사와 鼎岡書院에 奉安된 鄭溫 등 아홉 명의 행적을 알 수 있는 자료이다.

「題覺齋河先生遺集後」, 「題曾王考西溪先生遺集後」, 「題滄洲許先生遺集後」은 覺齋, 西溪, 滄洲 文集의 간행과정을 알 수 있는 자료이다.

『大成殿移建事蹟碑銘』은 晋州 鄕校의 이건에 관계된 역사를 알 수 있는 중요한 자료이다.

「大司憲梅軒墓碑銘」은 佔畢齋의 벗인 李仁亨의 행적을 알 수 있는 자료로서 朝鮮前期 晋州 士林들의 동향을 알 수 있는 자료이다.

東山 鄭斗, 松岡 河恒의 碑銘, 誠齋 姜應台, 潮溪 柳宗智, 雲塘 李琰, 秋潭 鄭頠, 陶丘 李濟臣, 壓湖亭 許彦深, 仙巖 趙輝晋의 墓誌銘, 天民堂 崔餘慶, 進士 俞伯溫, 栢谷 陳克敬, 三緘齋 金命兼, 珠潭 金聖運, 雪谷 姜必儁의 墓碣銘, 茅村 李瀞, 漁隱 朴挺新의 行狀 등은 南冥의 先輩, 親友, 弟子, 私淑人에 관한 傳記資料로서 가치가 크다.

訥庵이 한평생 동안 師事하거나 從遊한 130명의 學者들과 그들의 자제들을 添錄하여 직접 정리한 「從遊諸賢遺事」는 하나의 풍부한 人名錄으로서 江右地域의 學者는 물론이고, 많은 近畿南人 학자 및 安東을 중심으로 한 강좌지역의 학자들의 간단한 履歷이 들어 있고, 또 訥庵이 직접 목도한 그들의 人品과 風貌가 기술되어 있어 國史를 보충할 수 있는 생생한 살아 있는 자료라 할 수 있다.

『訥庵集』에 실려 있는 近畿南人學派, 江左의 退溪學派의 많은 학자들과 주고받은 많은 서신은, 당시 학자들의 學問觀, 思考方式, 儒林界의 動向 등을 알 수 있는 중요한 자료이다.

VII. 結論

訥庵 朴旨瑞는 朝鮮 英·正祖 때 慶尙右道에서 활약했던 학자로 일생

동안 벼슬에 나가지 않고 學問硏究와 弟子養成에 전념했다. 특히 그는
南冥學을 家學으로 하는 泰安朴氏 家門에서 태어나 6대조 凌虛 朴敏과
曾祖父 朴泰茂의 정신을 이어 江右地域에서 비중 있는 역할을 하는 학자
로서 여러 가지 큰 儒林事業을 해내었던 것이다.

訥庵은 江左地域의 많은 學者들과 近畿南人學派의 학자들과 폭넓게
交遊하여 학문적 視覺을 넓혀 江右地域 학자로서의 한계를 초월할 수
있었다. 그래서 그의 문집의 분량도 앞 시대 학자들보다 증가할 수 있었다.
江右地域의 先輩學者들의 著述이 거의 없었기에, 정신적으로는 南冥을
이었지만 그 學問形成은 朱子와 退溪에게서 得力하고 있다.

그가 수행한 뚜렷한 業績으로는 南冥의 陞廡運動을 비롯한 여러 先賢
들의 宣揚事業과 原稿 상태로 남아 있던 이 지역 이전 學者들의 文集의
교정·간행과 매몰된 先賢들의 事蹟을 정리하여 碑碣을 세우는 일이었다.

그의 이러한 왕성한 學問的 交遊와 活動은, 仁祖反正 이후 침체되었던
江右學派가 새롭게 일어날 기초를 마련하여, 19세기부터 江右地域에 많은
학자들이 배출되게 만든 원동력이 되었을 것으로 생각된다.

앞으로 그의 文集을 면밀히 검토한다면, 당시 江右地域 학문의 흐름과
儒林들의 意識構造를 정확하게 파악할 수 있을 것이다.

제2부

19세기 이후의 인물

咸安의 學問的 傳統과 晚醒 朴致馥의 역할

I. 서론

咸安은 慶尙南道 동서남북의 중심에 자리잡은 군단위 행정지역이다.

지금의 咸安은 1906년 咸安郡과 漆原縣이 합병되어 이루어진 고을인데, 역사적으로 많은 인물이 배출되었고 이들에 의하여 높은 학술적 성취를 이루었다. 그러나 壬辰倭亂과 韓國戰爭 등 참혹한 戰禍를 입은 격전지이기에 많은 문헌이 蕩殘되고 말았다. 현재 남아 있는 자료들 가운데 高麗時代 자료는 없고 거의 대부분이 朝鮮시대에 쓰여진 자료이기 때문에, 고려 이전의 학술적 전통은 고찰하기 쉽지 않다.

그래서 본고에서는 주로 朝鮮王朝 건립 이후 咸安의 학술을 통시적으로 한번 고찰해 보았다. 함안 출신으로서 文科에 급제했거나, 文集을 남긴 인물이거나, 국가적으로 인정받는 큰 학자의 제자인 경우, 가능한 한 본고에 그 성명과 文集名을 수록하여 咸安의 학문의 역사를 전반적으로 파악하려고 노력하였다. 개별 학자에 대한 것과 개별 문집의 내용에 대한 연구를 이후에 할 수 있도록 기초를 닦는 일이라고 하겠다.

조선말기 晚醒 朴致馥이라는 인물이 咸安에서 崛起하여 함안의 학술을 정리하여 문하에 많은 학자 문인을 배출하여 咸安이 학술이 興隆하도록 하였으므로, 본고에서는 그의 학문적 특징과 그의 역할에 대해서 특별히 비중 있게 다루었다.

Ⅱ. 함안지역 학문의 역사적 고찰

咸安의 씨족형성과 인물배출 및 학문적 분위기에 대하여 梅竹軒 李明怘는「重修鄕案序」에서 이렇게 말했다.

> 우리 군은 옛날 五伽倻의 하나이다. 方丈山[智異山]의 한 갈래와 낙동강의 큰 흐름이 꿈틀꿈틀하고 넘실넘실하여 깃이 되고 띠가 되었는데, 맑고 깨끗한 기운이 靈氣를 빚어내고 정신을 응축시켜 옛날부터 장수나 정승 등 인재가 많이 나왔다.
> 군의 큰 성이나 명망 있는 집안은 이러하다. 그 가운데 첫째가 趙氏인데 咸安의 토박이 성이고, 李氏는 載寧李氏, 星州李氏,[1] 驪州李氏, 仁川李氏가 있고, 그 가운데 토박이 성의 하나인 咸安李氏가 있다. 安氏는 順興安氏와 廣州安氏가 있고, 魚氏는 咸從魚氏가 있고, 金氏는 善山金氏와 蔚山金氏가 있고, 吳氏는 高敞吳氏이고, 河氏는 晉陽河氏이고, 朴氏는 密陽朴氏와 慶州朴氏가 있다. 그 밖에 성씨는 이루 다 열거할 겨를이 없지만, 다 번성하여 名卿鉅公이 이어져서 배출되었다.
> 그래서 땅은 비록 바닷가에 붙어 있지만, 집집마다 글을 외우고 거문고를 연주한다. 咸安의 풍속은 예의를 숭상하고 순박한 기풍을 전해오고 있다. 조야에서 모두 '士大夫의 고을'이라 일컫고 있다.(中略)
> 아아! 우리 남쪽 지방은 국가의 鄒魯之邦이고, 우리 고을은 鄒魯之鄕 가운데서도 鄒魯之鄕이다. 이 鄕案을 받들어 펼쳐보면 "아무개는 이 고을에 살고, 아무개는 아무개의 先代고, 아무개는 아무개의 할아버지다."라는 등 예의의 융성함과 문물의 성대함이 지금까지도 사람들의 귀와 눈에 바로 어제의 일처럼 뚜렷하다. 그러한즉 임진왜란 때 십 년 동안 왜적의 소굴이 되었으면서도, 의리를 배반하고 왜적에게 붙은 사람이 한 사람도 없었던 것은 우리 조상들이 남긴 기풍과 분위기가 미친 영향 때문이리라.[2]

---

1) 이 李氏들을 咸安지방에서는 일반적으로 星山李氏라고 부르는데, 실제로는 星州에 근거지를 둔 廣平李氏이다.

2) 李明怘,『梅竹軒集』, 606-607쪽,「重修鄕案序」. 星山廣平李氏篁谷宗門會, 2005년. "吾郡, 五伽倻之一也. 方丈一支, 東洛洪流, 蜿蜒焉, 渾浩焉, 爲襟, 爲帶, 而淸淑之氣, 釀靈凝精, 自古, 將相人, 多出焉. 郡之大姓望族, 曰趙, 土姓也. 曰李, 載寧也, 星州也, 驪州也, 仁川也,

이 글은 壬辰倭亂 직후에 쓰여진 것인데, 당시 咸安에 거주하던 주요 성씨들이 열거되어 있고, 또 '鄒魯之鄕 가운데서도 鄒魯之鄕'이라는 말을 하는 것으로 볼 때, 咸安 사람들의 학문적 문화적 자부심이 대단했고, 군민들은 선비들의 敎化에 힘입어 예의를 숭상하고 의리를 지키는 民度가 대단히 높은 고을이었음을 알 수 있다.

인재가 많이 나와 학문하는 분위기가 전통이 되어 조선 말 일제 초기까지도 咸安에서 지속되고 있었음을 西川 趙貞奎의 다음 기록을 통해서 알 수 있다.

　　咸安은 산수가 아름답고 인물이 빼어난 것은 남쪽지방에서 으뜸이다. 그 땅은 삼이나 목화나 벼 보리 콩 등에 알맞고, 과수와 소나무 대나무의 이로움이 있다. 그 풍속은 중후하여 군자가 많아 제사를 풍성하게 지내고 손님이나 벗들을 독실히 대한다. 名門巨族들의 정자와 재실이 여기저기 우뚝우뚝 솟아 서로 바라보고 있다.3)

咸安은 산수가 아름답고 인물이 많이 나고 산물이 풍성한 속에서 거주하는 함안군민들은 조상의 제사를 정성을 다하여 풍성하게 차리고, 손님이나 벗들의 접대를 잘하고, 또 이름 있는 집안에서는 조상을 위한 정자나 재실을 많이 건립하여 유교문화가 꽃을 피웠음을 알 수 있다. 함안은 조선시대 내내 문화가 우수하고 학문활동이 왕성한 곳이었음을 알 수 있다.

其 一, 亦土姓也. 曰安, 順興也, 廣州也. 曰魚, 咸從也. 曰金, 善山也, 蔚山也. 曰吳, 高敞也. 曰河, 晋州也. 曰朴, 密陽也, 慶州也. 其他姓氏不暇盡擧, 而大蕃衍, 名卿鉅公, 相繼輩出. 故地雖濱海, 而家絃戶誦, 俗尙禮義, 風傳淳朴. 朝野咸以士大夫鄕稱之. ……. 嗚呼! 吾南, 乃國家鄒魯之鄕, 而吾邑, 卽鄒魯中之鄒魯也. 奉展此案, 某人居是邦, 某也, 某之先, 某也, 某之祖. 其禮義之隆, 文物之盛, 至今, 在人耳目, 赫赫若前日事, 則十年賊窟, 無一人背義而附賊者, 亦吾儕祖先遺風餘韻之所及也."

3) 趙貞奎,『西川集』, 권3, 28장,「追慕齋重修記」. "咸安, 山水之勝, 人物之秀, 蓋南服之拇也. 其土宜麻綿稻秔麥菽, 有果樹松竹之利. 其俗重厚, 多君子, 崇文學, 豊烝嘗, 篤賓友. 名門巨族之亭觀齋舍, 磊落相望焉."

1. 고려시대까지

咸安(이하 漆原 포함)은 三韓時代에는 弁韓에 속해 있었고, 그 뒤 阿羅伽倻라는 왕조가 함안을 중심으로 건립되어 상당히 강성한 세력을 형성하였다.

최근 함안군 都巷里에서 漢字가 쓰여진 다량의 伽倻時代 木牘이 출토되었는데, 書體가 상당히 세련된 것으로 볼 때 4-5세기 경에 이 지역에서 한자의 사용이 이미 생활화되었을 정도로 문화수준이 높았음을 알 수 있다. 1988년 함안과 인접한 昌原市 茶戶里 제1호분에서 기원후 1세기경의 것으로 추정되는 毛筆이 출토되었다. 창원과 멀지 않은 함안지역에서도 별 차이 없이 한자를 사용하는 문자생활이 이루어지고 있었음을 짐작할 수 있다.

6세기 전반 新羅 法興王 때 咸安은 신라에 병합되어 신라의 郡縣이 된 이래로 眞興王 때 창설된 花郞制度의 영향 아래 국가의 인재양성계획에 참여한 인물이 있었을 것이고, 신라의 삼국통일 이후 景德王 때부터 실시한 讀書三品科 실시로 國學에 입학하여 經史와 文學을 공부하여 관직에 나간 인물도 있었을 것이다. 그 당시 신라의 국학에서 공부한 과목에 든 책으로는 『周易』, 『禮記』, 『書經』, 『詩經』, 『春秋左氏傳』, 『論語』, 『孝經』 등 經書와 『史記』, 『漢書』, 『後漢書』 등 史書와 『文選』 등의 문학서와 諸子百家 등이 있었다.4) 咸安 지방에도 직접 간접으로 이런 古典 교육의 영향을 받았을 것으로 보인다.

高麗 成宗 14년(995)에 咸州刺史를 두어 중앙정부의 직접적인 통치를 받았으므로 중앙정부의 文物이 지방정부로 어느 정도 파급되었을 것이다. 顯宗 9년(1018)에 咸安으로 개칭하여 金海에 속했다가, 恭愍王 22년(1373)에 知咸安郡事를 두어 다스렸는데, 이때 鄕校가 건립되어 교육을 담당하고 있었는지에 관한 기록이 남아 있지 않다.

---

4) 金富軾, 『三國史記』 권38, 12-13장, 「職官志」上.

高麗末期 咸安李氏 집안의 忠毅公 李源과 그 아들 忠烈公 李芳實, 咸安 趙氏 집안의 政堂文學 趙烈, 羅州吳氏 집안의 大司成 吳一德 등이 文科에 올라 仕宦을 했으니, 이들이 어느 정도 학문이 있었음을 알 수 있으나, 그들의 著述이나 관계기록이 남아 있지 않아 학문적인 업적은 고찰할 수가 없다. 서적의 부족을 보완할 수 있는 고려시대 인물의 金石文도 출토된 것이 없는 실정이다.

함안은 지역적으로 볼 때 남해안을 통해서 직접적으로 中國의 漢文文化를 받아들일 수 있는 여건이 되므로, 일찍이 문화가 발달했을 가능성은 충분히 있다.

2. 朝鮮前期

咸安 鄕校는 高麗 때부터 존재했겠지만, 남아 있는 기록으로는 1392년 朝鮮 건국과 함께 창건된 것으로 기록되어 있다. 1950년 한국전쟁으로 인하여 鄕校의 文籍이 蕩殘되었으므로 향교의 역사를 상고할 수가 없다.[5]

다만 朝鮮 初期의 인물로 추정되는 監司 尹滋가 咸安의 客舍인 淸範樓를 두고, "집집마다 文敎가 흡족한 것 보기 좋나니, 고을 사람들이 천년 동안 아름다운 명성 얻겠네.[喜見家家文敎洽, 邑人千載得佳聲.]"라고 읊었으니, 당시 咸安에서는 이미 文敎가 충분히 널리 퍼져 군민들이 다른 지방 사람들이 부러워할 정도로 수준 높은 文化的 혜택을 누리고 있었음을 알 수 있다.

憂堂 朴融(?-1428)이 1425년에 咸安郡守로 부임하여 鄕校의 祭器를 수리한 적이 있었다.[6]

---

5) 『咸安校誌』 41쪽 「沿革」. 함안향교, 1982년.

6) 朴天翊 『松隱集』 권3 부록 「行狀」. 四男三女, 長融, 文科, 典翰. 歷典金山・咸安, 修列邑校宮祭器.

　『咸州誌』 任官條에 의하면, '朴融은 1425(世宗 7)년 10월에 부임하여 1428년 3월에 임지에서 작고한 것'으로 되어 있다.

1425년(세종 7) 慶尙監司 敬齋 河演이 군수 禹承範의 요청으로 淸範樓
의 이름을 지었다.[7]

朝鮮前期 嶺南士林派의 영수 佔畢齋 金宗直은 그의 대표적인 제자이자
생질인 康伯珍이 함안군수로 임명되어 가자 전송하는 시 3수를 지어 격려
하였다.

巴水는 흰 깁처럼 맑고,	巴水淸如練
餘航山 바닷가에 우뚝해.	餘航秀海濱
大家가 자네 따라 가니,	大家從子往
옛 풍속 시대와 더불어 새로우리.	舊俗與時新
(이하 생략)	

백성의 일은 소털처럼 빽빽하고,	民務牛毛密
변방 관원은 말발처럼 튼튼해야지.	邊官馬足驕
너그러움은 복잡하게 얽힌 것 제압하고,	寬能制盤錯
믿음은 경망한 것 敎化시킬 수 있나니.	信可敎輕佻
쉬우나 어려우나 모름지기 편안하게 할 것 생각하고,	夷險思須泰
맑고 공평함으로써 조심스레 스스로 표방하게나.	淸平愼自標
명성은 어둡게 묻히기 어렵나니,	名聲難黯黮
누가 구중궁궐이 멀다 했던가?	誰謂九重遙[8]

佔畢齋가 직접 咸安과 인연을 맺은 적은 없지만, 그의 제자이자 생질인
康伯珍이 함안군수로 부임하여 『先生案』을 정리하였고, 그 제자 迂拙齋
朴漢柱가 咸安에 거주하면서 제자들을 양성하였고, 제자인 梅軒 李仁亨,

---

7) 河演, 『敬齋集』 권1, 17장. 「復用前韻」注. "淸範, 樓名, 在咸安. 先是, 洪熙乙巳, 先生, 以監
   司, 作記."
   『敬齋集』 권4, 年譜에는, 1425년에 "到咸安, 登淸範樓. 樓卽郡守禹承範所建, 禹公請名於先
   生, 名以淸範."라고 되어 있다.
8) 金宗直, 『佔畢齋集』 권23 12-13. 「送康甥之任咸安」.

杏軒 李義亨 형제는 함안 사람으로 문과에 급제하여 淸宦을 지냈고, 함안 사람인 睡窩 周允昌은 佔畢齋의 제자로 文科에 장원급제하여 文川郡守를 지냈다. 咸安은 學問 傳統에 있어, 佔畢齋 학문의 영향을 적지 않게 받았다고 볼 수 있다.

慕齋 金安國이 1517년 慶尙道觀察使로 부임하여 각 고을의 유생들을 勸勉하는 시를 지어 주었는데, 그 가운데서 咸安의 학자들에게 준 시는 이러하다.

큰 강령은『小學』의「明倫篇」과「敬身篇」으로,　　大領明倫與敬身
그 규모와 차례가 상세히 서술되어 있네.　　規模次第更詳陳
행실을 닦는 법으로 이 밖에 달리 없나니,　　修行此外無餘法
『小學』을 공부하여 날로 새로워지길 바라노라.　　小學工夫願日新[9]

漆原의 유생들을 권면하는 시는 이러하다.

속된 학자들 어지러이 요점을 얻지 못해,　　俗學紛紛未領要
부화하고 잡박하여 멋대로 자랑하는구나.　　浮華雜駁更矜驕
제발 이전 사람들의 고루함 따르지 말고,　　諸生愼莫循前陋
학생들은 밤낮으로 소학 공부에 힘쓰기를.　　小學工夫勉晝宵[10]

金安國이 관찰사로서 각 고을을 순찰하는 중에 향교에서 글을 읽고 있는 咸安과 漆原의 儒生들에게 공부는 단순히 아는 것보다는 修行이 중요하니,『小學』공부에 특별히 힘을 기울일 것을 강조하였다.

寒岡 鄭逑는『咸州誌』에서 咸安의 풍속을 평하여,

---

9) 金安國,『慕齋集』권1, 9장,「勸咸安學者」.
10)『慕齋集』권1, 19장,「勸漆原學徒」.

　　풍속은 검소하고 진솔함을 숭상하고, 선비는 禮法과 義理를 사모하고, 喪
　　禮와 祭禮에 삼가며, 백성들은 농업과 뽕나무 가꾸기에 힘쓰고, 아울러 물고
　　기와 소금도 판다.11)

라고 했다. 여기서 선비는 예법과 의리를 삼가고 喪禮와 制禮를 신중히
치른다는 내용으로 미루어볼 때 咸安에 유학이 널리 보급되어 선비들의
활동이 활발했음을 알 수 있다.

　朝鮮前期에 咸安의 學問史에서 획기적인 일은 이후 함안에서 많은 학
자들을 배출한 咸安趙氏 가문과 載寧李氏 가문이 咸安에 정착한 것이다.

　高麗가 망하자 不事二君의 志節을 지켜 벼슬을 마다하고 咸安으로 들
어와 奠居한 대표적인 인물이 琴隱 趙悅과 茅隱 李午다. 茅隱은 山仁面
茅谷에, 琴隱은 郡北面 院北에 터를 잡아 門戶를 형성하였다.

　琴隱 趙悅은 政堂文學 趙烈의 손자로 恭愍王 때 工曹典書를 지냈는데,
高麗가 망하자 벼슬을 버리고 院北에 숨어서 다시는 세상에 나가지 않았다.

　琴隱의 아들 趙寧은 부친과는 달리 朝鮮朝에 仕宦을 도모하여 太宗朝
에 문과에 급제하여 縣監을 지냈다.

　그 손자 漁溪 趙旅는 1453년(端宗 1) 진사가 되어 成均館에서 공부하던
중 端宗이 遜位했다는 소식을 듣고는 仕宦을 단념하고 고향으로 돌아와
은거하였으니, 세상에서 일컫는 生六臣의 한 사람이다. 文學과 志節이 있
었다. 자녀들을 의리로 가르쳤고, 喪禮와 祭禮에는 철저히『朱子家禮』에
의거하였다.12) 나라에서 吏曹判書를 추증하고 貞節이라는 諡號를 내렸다.
咸安의 西山書院 등에 享祀되어 있다. 漁溪는 咸安 사람으로서는 최초로
개인 文集을 남긴 인물이다.

　趙昱은 漁溪의 종제인데, 1553년 文科에 급제하여 弘文館 著作을 지냈
고 문장으로 이름이 있었다. 佔畢齋 金宗直과 교분이 두터웠고, 詩文 唱酬

---

11)『咸州誌』권1,『慶南輿地集成』151쪽. "俗尙儉率, 士慕禮義, 謹於喪祭, 民務農桑, 兼販魚鹽."
12) 趙旅『漁溪集』권2 3-4장.「墓碣銘」(李薇 撰),「神道碑銘」(李縡 撰).

가 많았다.

漁溪의 장자 趙銅虎는 郡守를 지냈고, 차자 趙金虎는 僉知를 지냈다. 趙銅虎의 아들 趙舜은 1492년 文科에 급제하여 벼슬이 吏曹參判에 이르 렀고, 昭陵의 復位를 奏請한 바 있다. 그 아우 趙參은 進士에 올라 1507년 에 文科에 급제하여 司憲府 執義를 지냈는데, 호가 無盡亭으로 冲齋 權橃, 愼齋 周世鵬과 더불어 학문을 講磨하였는데, 愼齋는 그를 위해서 「無盡亭 記」를 지어 주었다. 그 아우 趙績은 1513년 文科에 올라 벼슬이 判決事에 이르렀다. 이들은 삼형제 모두가 文科에 급제하였으니, 그 당시 趙氏 가문 의 융성을 짐작할 수 있다.

조선 중기에 이르러 大笑軒 趙宗道는 南冥의 문하에서 공부하였는데 임진왜란 때 招諭使 鶴峯 金誠一을 도와 활약하였고, 矗石樓 三壯士로 유명하다. 그 뒤 咸陽郡守를 지내고 黃石山城에 들어가 왜적을 막다가 장렬히 殉國하였다. 문집『大笑軒集』을 남겼고, 그 뒤 吏曹判書에 추증되 고 忠毅라는 시호를 받았다.

茅隱 李午는 密陽으로부터 咸安 茅谷에 奠居한 이래로 그는 高麗의 유민으로 자처하며 그 사는 곳을 高麗洞이라 하여 은거했다. 그 아들 李介 智는 晉州에 살던 牧使 河敬履의 딸과 결혼하였는데, 하경리는 判中樞院 事를 지낸 襄靖公 河敬復의 아우인 것으로 볼 때, 당시 茅隱의 집안은 이미 家數가 높았음을 알 수 있다. 李介智는 출사하지 않았지만 詩禮로 자식을 교육하여 전국적인 가문으로 提高시키는 데 성공하였다. 李介智의 맏아들 李孟賢은 1456년에 生員에 합격하고, 1460년에 文科에 狀元하여 벼슬이 黃海道 觀察使에 이르렀다. 둘째 아들 李仲賢은 1472년에 生員 進士에 모두 합격하고, 1476년에 文科에 급제하여 벼슬은 參政에 이르렀 다. 李孟賢의 맏아들 李瑞은 1483년에 進士에 장원급제하고 1486년에 文 科에 급제하여 承文院 校理를 지냈다.13) 晉州, 河東, 慶北 寧海, 英陽 등지

---

13) 『咸州誌』 164쪽.

에 거주하는 載寧李氏 家門은 茅隱 李午의 후손들로 咸安에서 갈려나간 一派이다.

朝鮮初期 咸安에 기반을 두었던 咸從魚氏 家門의 學問은 주목할 만하다. 魚淵은 본래 晉州 사람인데 咸安 사람인 直講 李云吉의 따님과 결혼함에 따라 咸安 山仁面 安仁里 內洞으로 옮겨와 살았다. 부모상을 당하여 3년 동안 廬墓하여 당시 문란한 喪禮를 실천을 통하여 바로잡았다. 薦擧를 통해 大邱縣令에 除授되어 부임하였는데, 淸介함을 스스로 지켜 당시 수령들 가운데서 이름이 높았다.14)

그 아들 綿谷 魚變甲은 1408년(태종 8) 文科에 狀元하여 世宗 때 벼슬이集賢殿 直提學에 이르렀다. 集賢殿은 世宗이 직접 주도하는 학술연구기관인데, 당시 쟁쟁한 인재들이 모여든 거기서 실질적인 책임자인 直提學을 지냈음을 볼 때 그 학문이 世宗에게 인정받았음을 알 수 있다. 그는 또 국가적인 한글 실험사업인 「龍飛御天歌」 제작에도 참여하였다.

魚變甲의 아들 龜川 魚孝瞻, 魚孝瞻의 아들 西川 魚世謙, 魚世恭 등은 仕宦과 文學으로 朝鮮前期에 저명하였다. 魚淵의 현손 灌圃 魚得江은 朝鮮 중기에 慶南地域에서 詩文으로 名聲을 날렸는데, 각 名勝에는 그가 남긴 題詠이 걸려 있고, 조선전기 慶尙右道 지역의 유명인사들의 碑誌文字를 많이 지었다. 1513년 1월 함안군수로 부임하였다가 10월 병으로 사퇴한 적이 있었다. 이 魚氏들의 作品은 대부분 『咸從世稿』에 수록되어 있는데, 魚變甲의 「題壁上」과 魚世謙의 「招子晉辭」 등은 『東文選』에 選錄되어 있다.

慶州朴氏인 朴決은 朝鮮 文宗朝에 문과에 급제하여 著作을 지냈으나 端宗의 遜位를 보고 물러나 伯夷山 아래 숨어서 시를 읊으며 自靖하였다. 조정에서 여러 차례 徵召가 있었으나 응하지 않았다.

咸安李氏인 李仁亨이 1468년 文科에 狀元하여 벼슬이 大司成에 이르렀

---

14) 鄭述, 『咸州誌』 160쪽.

고, 그 아우 李義亨과 李智亨은 1477년 文科에 同榜及第하여, 일가 삼형제
가 문과에 급제하였다. 李義亨은 藝文館 檢閱을 지냈다. 그리고 李仁亨의
아들 李翎이 1519년 賢良科에 올라 承文院 正字에 이르렀다. 李義亨의
아들 李翊은 成宗朝에 문과에 올라 司諫을 지냈다.

朝鮮 前期 漁溪 趙旅의 後孫과 茅隱 李午의 후손들이 후세에 계속 번성
하여, 咸安을 대표하는 文翰의 가문으로 성장하였다. 그러나 조선전기 咸
安에서 많은 문과급제자와 出仕者를 배출했던 咸從魚氏 가문과 咸安李氏
가운데서 李仁亨, 李義亨 후손들은 咸安을 떠나 다른 곳으로 이주해 갔다.

驪州李氏인 李皐는 高麗朝에 生員 進士 兩試와 文科에 급제하고 翰林
學士를 지냈다. 太祖 李成桂가 易姓革命에 성공하여 여러 차례 벼슬로
불렀으나 나아가지 않았다. 태조가 이고가 사는 곳을 그림으로 그리게
하여 八達山이라는 이름을 내릴 정도로 그를 그리워하였다.

李審은 李皐의 아들인데, 朝鮮 太宗朝에 進士와 文科에 급제하여 吏曹
參判을 지내고 原從功臣에 策錄되어 그 당시 세상에서 이름이 높았다.

晉州河氏인 河莉山은 郡北面 平廣里에 살았는데, 1472년 文科에 올라
벼슬이 司諫院 司諫에 이르렀다. 그 아들 河沃은 1496년 문과에 올라 벼슬
이 弘文館 校理에 올랐다.

羅州吳氏인 吳一德이 1390년 高麗의 과거에 급제하여 관직이 大司成에
이르렀고 趙沖信의 딸과 결혼함으로 해서 平廣里에 거주하게 되었다. 그
아들 吳粹는 承文院 著作을 지냈다. 그러나 羅州吳氏는 寒岡이 『咸州誌』
를 편찬할 때 姓氏條에 이미 들어있지 않은 것으로 봐서 조선전기에 일찍
이 咸安을 떠난 것으로 보인다.

迂拙齋 朴漢柱는 본래 密陽 사람으로 佔畢齋 金宗直의 문하에서 공부
하였다. 咸安 사람인 安孝文의 딸에게 장가들어 咸安 牛谷里로 옮겨와
살았다.[15] 1485년(成宗 16) 文科에 급제하였고, 지방관으로 나가서는 학교

---

15) 鄭逑, 『咸州誌』 권1, 人物條. 23장~24장.

를 일으키고 敎化를 밝히는 데 힘썼다. 司諫院 正言에 이르러서는 燕山君
의 荒淫한 政事를 여러 차례 直諫하였다. 戊午士禍가 일어나자 平安道
碧潼으로 유배되었다. 그 뒤 1500년에 全羅道 樂安으로 移配되었다가
1504년 甲子士禍가 일어나자 서울로 끌려가 처형되었다. 그는 知行合一을
실현하는 참 선비의 표본으로서 燕山君의 悖倫과 任士洪 등의 奸惡狀을
탄핵하는 箚子를 올렸고, 사형을 당하면서도 의연한 자세를 조금도 잃지
않았다. 中宗反正 이후 都承旨에 추증되었고, 뒤에 咸安의 德巖書院 등에
享祀되었다. 宣祖 때 咸安郡守로 부임한 寒岡 鄭逑가 그의 學德을 흠모하
여 蓬山 동쪽 기슭에 있는 그의 산소를 수축하고 제사를 드린 적이 있었다.

高敞吳氏인 三友臺 吳碩福은 본래 서울 사람이었는데, 인근 宜寧의 縣
監으로 부임하였다가 임기를 끝내고 나서는, 처가가 있는 咸安의 茅谷에
奠居하였다. 그가 모곡에 전거하게 된 것은, 李午의 손서인 內禁衛 金致誠
의 사위가 되었기 때문이다.

그 아들 吳彦毅는 1531년 司馬試에 합격하였고, 천거로 縣監을 지냈다.
그는 退溪 李滉의 숙부인 松齋 李堣의 사위로서 젊은 시절 退溪와 함께
松齋의 문하에서 수학하였다. 학자를 가르치는 데 특별한 방법이 있어
鄕黨에서 그를 欽服했는데, 그가 사는 마을의 士風이 아름다운 것은 모두
그의 힘이었다. 그의 맏아들 吳守貞은 忠義衛 聚友亭 安灌의 딸에게 장가
듦으로 해서 咸安의 士族과 혼인을 맺었다. 둘째 아들 春塘 吳守盈은 退溪
의 제자로 1555년 進士에 합격하였고, 名筆로 이름이 높았다. 문집『春塘
集』을 남겼다.

吳彦毅의 손자 竹牖 吳澐 역시 退溪의 제자이자 퇴계의 처남인 進士
許士廉의 사위로 退溪學과 긴밀하게 접맥되어 있다. 吳澐은 또 남명의
문하에도 출입하였다. 吳澐은 1566년 문과에 올라 벼슬이 工曹參判에 이
르렀다. 우리 나라 역사서인『東史纂要』를 저술하였고, 문집『竹牖集』을
남겼다. 한강이『咸州誌』를 편찬할 때 같이 참여하였다.

吳澐의 맏아들 敬菴 吳汝橃은 寒岡 鄭逑의 문인인데,16) 학문이 純正하

였다. 宣祖朝에 문과에 급제하여 府使를 지냈고, 문집 『敬菴集』을 남겼다. 둘째 아들 洛厓 吳汝橝은 光海朝에 문과에 급제하여 輔德에 이르렀다. 문장에 능하였다. 이들은 이후 宜寧으로 옮겨가 잠시 살다가 다시 慶北 榮州로 이주해 갔으므로, 후손들이 咸安에 살지 않는다.

吳彦毅의 동서인 曺孝淵은 1529년 2월 咸安郡守로 부임하여 다스린 적이 있었다. 1533년 봄 退溪가 吳碩福의 초청으로 茅谷을 방문하여 여러 날 머물며 시를 짓고 놀았다.17) 현재 茅谷 마을 입구에는 退溪의 杖屨가 미친 것을 기념하는 景陶壇碑가 세워져 있다. 비문은 퇴계의 11대손인 響山 李晩燾가 咸安 유림들의 요청으로 지었는데, 그의 문집 『響山集』에 실려 있다.

聚友亭 安灌은 謹齋 安軸의 후손으로 靜庵 趙光祖 문하에서 공부하여 文學과 德行이 뛰어나 한 시대의 師表가 되었다. 『中庸解』, 『近思錄答問 要語』 등의 저술을 남겼다. 그는 趙光祖의 문인이었으므로 己卯士禍로 스승이 화를 당하자, 仕宦을 단념하고 咸安으로 옮겨와 살았는데, 그의 咸安 奠居 역시 함안의 학문 수준을 높이는 데 기여했을 것으로 보인다.

浣川堂 朴德孫 역시 靜庵 趙光祖의 문인으로 進士에 합격하였다. 학문 과 덕행이 濯纓 金馹孫, 輔德 安仲孫과 함께 이름이 났으므로, 세상에서 '嶺南三孫'이라고 일컬었다.18)

可谷堂 沈湅은 靜庵 趙光祖의 문인인데 直言으로 權奸들에게 거슬려 벼슬을 그만두고 郡北面 藪谷에 은거하였다. 『心書』, 『論治平要』 등을 지었다.

安應鈞은 明宗朝에 문과에 급제하여 부사를 지냈다.

---

16) 실제로는 來庵 鄭仁弘과 혼사관계를 맺었으니, 정인홍의 문인일 가능성이 크다. 仁祖反正 으로 인하여 정인홍이 역적으로 몰리자, 그 제자들의 후손들은 정인홍과 관계가 없는 것으로 문집을 조작하는 경우가 많았다.

17) 李滉, 『陶山全書』 제4책, 166-172쪽.
　　『咸州誌』, 권1 43장, 叢談 條.

18) 李明星 번역, 『朝鮮寶輿勝覽』 144쪽, 學行 條.

篁谷 李偁은 星山李氏[廣平李氏]로 退溪와 南冥 兩門에 출입하였다. 篁谷의 외가는 安義縣 葛溪에 世居하던 恩津林氏 家門으로, 葛川 林薰과 瞻慕堂 林芸이 그의 외숙이기 때문에 어려서부터 이들 형제로부터 親炙를 많이 받았다. 또 寒岡 鄭逑와 친밀하게 지냈는데, 寒岡이 "寬厚長者로 내가 두려워하며 복종하는 바다."라고 칭찬하였다. 이 밖에 退溪와 南冥의 문인인 東岡 金宇顒, 守愚堂 崔永慶, 栢谷 鄭崑壽 등과 교분이 두터웠다.[19] 進士에 합격하였고, 遺逸로 薦擧되어 持平을 지냈다. 문집『篁谷集』과『篁谷日記』를 남겼다.

獨村 李佶은 篁谷의 아우인데 學行으로 일컬어졌다. 葛川 林薰, 南冥 曹植의 문인이고, 寒岡 鄭逑, 旅軒 張顯光과 교유하였고, 문집을 남겼다.

忠順堂 李伶은 篁谷의 아우로 葛川 林薰의 문인이다. 壬辰倭亂 때 倡義하여 金海로 가서 왜적과 싸우다가 장렬히 순절하니, 나라에서 吏曹參議에 추증하고 旌閭를 내렸다. 性齋 許傳이 그의 行狀을 지었다.

茅庵 朴希參은 南冥 曹植과 孤山 黃耆老의 문인이고 仁宗 때 참봉을 지냈다. 문집을 남겼다. 뒤에 坪川書院에 享祀되었다.

松嵒 朴齊賢은 茅庵 朴希參의 아들로 南冥의 문인이고 守愚堂 崔永慶을 從遊하였다. 龜巖 李楨이, "林下에서 독서하는 선비로 嶺南에서 명망이 높도다.[林下讀書士, 望高大嶺南.]"라고 시를 지어 칭찬하였다. 宣祖朝에 假監役을 지냈다.

그 아우 篁嵒 朴齊仁 역시 南冥의 문인인데 寒岡 鄭逑, 守愚堂 崔永慶, 大笑軒 趙宗道 등과 從遊하였다. 王子師傅를 지냈다.

茅村 李瀞은 李仲賢의 증손으로서 南冥 문하에서 공부하여 經學에 조예가 깊었다. 宣祖朝에 천거를 받아 出仕하여 벼슬이 牧使에 이르렀다. 壬辰倭亂 때 倡義하여 招諭使 鶴峯 金誠一을 도와 전공을 세워 原從功臣에 策錄되었다. 그는 임진왜란 이후 德川書院의 중건에 공이 많았고, 그

---

19) 趙任道, 『澗松集』 권3, 39~40장, 「篁谷行狀」.

뒤 德川書院 院長을 지냈다. 문집『茅村集』을 남겼다.

葛村 李潚은 茅村의 아우인데, 壬辰倭亂 때 倡義하여 軍功을 세워 宣武
功臣에 策錄되었다. 군수를 지냈고, 道溪書院에 享祀되었다.『葛村實紀』
가 있다.

薇村 李沔은 李仲賢의 증손인데, 고을에서는 그의 信義를 추앙하였고,
선비들은 그 高明함에 탄복하였다. 行誼로 천거되어 主簿를 받았고, 문집
을 남겼다.

警齋 陳克仁은 南冥의 문인으로 문학과 行誼가 세상의 推重을 받았다.
南冥보다 먼저 세상을 떠나자 남명이 挽詞를 지어 슬퍼했다.[20]

新村 安璜은 聚友亭 安灌의 손자인데, 一齋 李恒의 문인이다. 壬辰倭亂
때 倡義하여 原從功臣에 策錄되었고, 奉事를 지냈다. 문집을 남겼다.

桐川 朴旿는 游軒 丁熿과 龜巖 李楨의 문하에서 배워 性理學에 조예가
깊어 많은 선비들로부터 추앙을 받았고, 사후 廬陽書院에 享祀되었다.

梅竹軒 李明恚는 篁谷 李偁의 아들인데, 性理學에 조예가 깊었고, 宣祖
朝에 進士에 합격하였다. 寒岡 鄭逑를 따라 배웠다. 한강이,

> 매양 생각컨대, 그대는 아름다운 자질로 용맹스럽게 세상의 얽매임을 벗
> 어나 자신을 위한 학문에 뜻을 다하니, 그 조예를 어찌 헤아릴 수 있겠습니
> 까? 그러나 멀리 떨어져 있어 더불어 서로 어울릴 수가 없으니, 늘 마음이
> 쏠리고 그리워할 따름입니다.[21]

라고 인정하는 서한을 보냈다. 문집『梅竹軒集』을 남겼다.

---

20)『南冥集』에「挽陳克仁」이라는 칠언절구시가 있다. 그 제목 아래 주석에, "본래 天嶺[咸陽
의 별칭] 사람인데, 金海에 장가와서 살았다."라고 되어 있다. 김해에 살던 執義 魚泳濬의
사위이다. 여러 종류의 南冥門人錄에는 陳克仁은 문인으로 올라 있지 않다. 鄭逑의『咸州誌
』나 朝鮮 憲宗 때 편찬한『增補咸州誌』,『漆原誌』에는 전혀 보이지 않다가,『朝鮮寰輿勝覽』
(咸安篇)에 처음으로 나타난다. 그 부친 僉奉 陳騫은『咸陽誌』人物條에 실려 있다.

21) 鄭逑,『寒岡續集』권8, 1장,「答李養初」. "每念, 吾賢契, 資質之佳, 勇然擺脫於世累, 專心致
志於向裏之學, 其進詣, 何可量焉? 距遠, 不能與之相從, 居常, 益用傾遡耳."

茅軒 安慤은 中宗朝에 監察 벼슬을 지냈다. 임진왜란이 일어나자 金海 立石江 위에 가서 싸웠다. 杜陵書院에 享祀되어 있고, 性齋 許傳이 그의 墓碣銘을 지었다.

竹溪 安憙는 宣祖朝에 진사시와 문과에 급제하여 네 고을의 고을원을 지냈다. 壬辰倭亂 때 倡義하여 공훈을 세웠다. 鶴峯 金誠一, 樂齋 徐思遠, 柏巖 金功 등과 교유하였다. 임진왜란 직후에 金海의 新山書院을 중건하는 데 공로가 많았다. 문집을 남겼고, 杜陵書院에 향사되었다. 性齋 許傳이 行狀을 지었다.

斗巖 趙垹은 澗松 趙任道의 숙부인데, 壬辰倭亂 때 倡義하여 忘憂堂 郭再祐와 함께 鼎巖津을 지켰고, 丁酉再亂 때는 火旺山城 전투에 참여하여 軍功을 세웠다. 문집 『斗巖集』을 남겼다.

菊庵 羅翼南은 寒岡 鄭逑, 旅軒 張顯光과 종유하였고, 「愼獨箴」, 「講學說」 등을 지었다. 仁祖朝에 천거되어 教授를 받았다. 뒤에 道山書院에 享祀되었고, 문집을 남겼다.[22]

靜窩 洪天覺은 문학과 行誼로 세상의 推仰을 받았으나 聞達을 구하지 않고 林泉에 뜻을 붙이고 일생을 보냈다. 문집을 남겼다.

菊庵 李明慭은 篁谷 李偁의 아들인데 寒岡 鄭逑의 문인이다. 學行이 純正하였으나 은거하여 仕宦하지 않았다. 蘆坡 李屹, 日新堂 李天慶 등과 從遊하였다. 壬辰倭亂 때 倡義하였고, 문집을 남겼다.[23]

竹窩 李明悆는 篁谷 李偁의 아들로 寒岡 鄭逑의 문인이다. 학문이 정밀하고 독실하였다. 壬辰倭亂 때 忘憂堂 郭再祐를 도와 倡義하여 軍功을 세웠다.

德川 趙由道는 寒岡 鄭逑, 旅軒 張顯光, 愚伏 鄭經世의 문인인데, 학행으로 이름이 있었고, 문집을 남겼다.

---

22) 李明星 번역, 『朝鮮寰輿勝覽』, 咸安篇, 145쪽.

23) 李明星 번역, 『朝鮮寰輿勝覽』, 遺逸條, 152-153쪽.

農隱 朴道元은 旅軒 張顯光의 문인으로 推許를 입었고 문집을 남겼다.

立巖 趙坦은 임진왜란 때 倡義하여 軍功을 세워 助防將에 임명되었다. 宣武功臣에 策錄되고 兵曹參判에 추증되었다. 문집을 남겼다.

東山 李抶雲은 李明怘의 아들인데 학문을 독실히 하고 덕행이 있었다. 仕進할 뜻이 없어 林泉에서 일생을 보냈다. 문집을 남겼다.

雲壑 趙平은 光海朝에 진사에 합격하였는데, 沙溪 金長生의 문인이다. 학행으로 천거되어 參奉 洗馬 등직에 제수되었으나 나가지 않았다. 丙子 胡亂 이후 和議가 성립되자 은거하여 일생을 마쳤다.

鄭東取는 權奸들의 弄權을 싫어하여 과거를 포기하고 내면적인 학문에 전념하였다. 『四子註解』를 지었다.

尹天鶴은 문장과 操行이 다 뛰어났고 參奉을 지냈다. 문집을 남겼다.

繼先齋 沈碩道는 旅軒 張顯光의 문인인데 光海朝에 司馬試에 합격하였으나, 廢母論이 일어나는 것을 보고 돌아와 은거하며 제자 양성에 전념하였다. 문집을 남겼다.

疆齋 成好正은 寒岡 鄭逑의 문인으로 謙齋 河弘度와 교분이 두터웠다. 南冥을 지극히 존경한 사람이다.[24] 그 아우 成好晉은 謙齋의 매부로 겸재를 從遊하였다.

漆原지역에서는 朝鮮 前期에 많은 文科及第者가 나왔다. 漆原府院君 尹子當, 牧使 權虞, 大提學 尹守當, 權虞의 아들인 正郎 權守平, 縣監 裵世績, 參判을 지낸 文敏公 愼齋 周世鵬, 그 아들 校理 周博, 參判 尹伊, 尹伊의 아들인 漆溪君 尹卓然, 正言 安義, 典籍 郭硏 등 11명에 이른다.[25] 『漆原誌』에 누락되어 있지만, 裵文甫는 世宗朝에 문과에 급제하여 固城郡守를 지냈다. 裵世績은 佔畢齋 金宗直의 제자이다.

24) 河弘度, 『謙齋集』 부록 권4, 『師友錄』, 경인문화사 1990년. 그러나 『咸州誌』 속편, 『朝鮮寶輿勝覽』, 『嶠南誌』 등에 전혀 언급이 없는 것으로 볼 때, 仁祖反正 이후 廢錮 등 문제가 있은 것으로 보인다.

25) 『漆原誌』 36쪽, 科擧條.

愼齋 周世鵬의 선조는 본래 陜川에 살았는데, 그 조부 周長孫이 漆原 사람 牧使 權虞의 사위가 됨에 따라 그 아들 周文俌가 漆原으로 옮겨와 살게 되었다. 周文俌의 장자 周世鵬은 迂拙齋 朴漢柱의 사위가 되었으니 咸安의 士族과 혼인을 맺게 되었다.

愼齋는 司馬試와 文科에 올라 내외의 여러 관직을 거쳐 벼슬이 參判에 이르렀다. 그는 우리 나라 역사상 최초의 서원인 白雲洞書院을 세워 우리 나라 學術史와 敎育史에 획기적인 공적을 남겼다. 최초의 書院誌인『竹溪 志』를 편찬하였고, 문집『武陵雜稿』를 남겼는데, 칠원지역에서는 현존하는 최초의 문집이다. 이 이외에도『東國名臣言行錄』,『心圖』 등을 남겼다. 『심도』는 최근 北京大學 도서관에서 발굴되었는데, 退溪의『聖學十圖』보다 근 20년 앞서 지어진 것으로 앞으로 학계의 주목을 크게 받을 것이고, 朝鮮前期 咸安의 학문적 수준을 증명할 것으로 생각된다. 사후에 紹修書院과 漆原의 德淵書院에 享祀되고 있다.

愼齋 周世鵬은 儒學 공부를 철저히 한 바탕 위에서 과거시험을 통하여 관계에 진출한 전형적인 학자형 관리이다. 그래서 그는 관직에 있으면서도 관심이 늘 학문과 문학에서 떠나 본 적이 없었다. 다른 관리들보다 특별히 교육에 관심이 많았는데, 그의 白雲洞書院 창설은 이후 우리 나라의 학문 사상 교육 문학 등에 지대한 영향을 끼쳤다. 우리 선현들이 학문을 좋아하고 책을 많이 저술한 전통은, 실로 신재의 서원창설에서 기인한 것이 많다고 볼 수 있다.

그리고 그는 당시 弘文館의 실질적인 책임자인 副提學에 임명될 정도로 詩文에 특출하였다. 특히 1,328수라는 방대한 분량의 시와 123편의 산문 작품을 남겼고, 이 시들의 내용도 다양하고 풍부하다.

유학자로서 자신의 내면 성찰에 방법과 방향을 제시한 修養詩, 산수자연의 아름다움을 추구한 山水詩, 儒者로서 책임감을 느껴 세상을 구제하려는 救世詩, 당시 지배층의 착취에 시달리는 농민들의 疾苦를 동정하고 위정자들의 무관심을 풍자한 憐民詩, 역사적 사실에서 교훈을 찾아 당세

에 경종을 울리는 詠史詩 등이 돋보인다. 특히 咸安의 山水와 풍속을 읊은
시도 적지 않다.

1569년에는 咸安지역 최초의 서원으로 琴川書院이 城山에 세워졌다가
琴川으로 옮겼다. 이 서원은 조선후기에는 존재가 확인되지 않으나, 초기
에 함안에서 서원이 건립되었다는 것은 당시 일어나기 시작한 서원창설운
동에서 함안도 뒤지지 않았다는 사실을 알 수 있다.

咸安의 學問 전통에 있어서 획기적으로 한 단계 발전을 하게 된 것은,
寒岡 鄭逑가 1586년 咸安郡守로 부임하면서부터이다. 南冥, 退溪 兩門에
출입하였던 寒岡 鄭逑는 星州 출신으로, 慶南의 昌寧, 咸安 등지의 郡守로
재직하면서 學問을 일으키고, 많은 제자를 길렀다. 그가 떠난 뒤에 함안
군민들이 그의 善政을 잊지 못하여 去思碑를 세웠다. 한강은 특히 敎化에
힘썼다.

　　원님의 정치는 효도와 공경을 돈독히 하고 節義를 장려하며 선비를 높이
　　고 제사를 중히 여기는 것으로 먼저 할 일로 삼았습니다. 그리고 엄숙하고
　　명백하고 맑고 신중하여 아전들은 두려워하고 백성들은 교화되었습니다.[26]

寒岡 鄭逑는 함안에 와서 먼저 백성들에게 효도와 공경을 돈독히 하고
절의를 숭상하도록 했다. 그리고 선비들을 우대했다. 그래서 당시 咸安의
지도자급 인사인 竹牖 吳澐, 篁谷 李偁, 篁巖 朴齊仁 등과 結交하여 교육
에 힘써 함안의 인재를 양성하고 학문을 일으켰다. 그리고 李明怘 등 많은
제자를 가르쳤다.

풍속이 온후하고 절의를 숭상하고 글 읽기를 좋아하게 만든 寒岡의 영
향은 조선말기까지도 그대로 남아 있었다. 1864년 金海府使로 부임한 性
齋 許傳이 咸安을 방문하고 받은 인상은 이러했다.

---

26) 李明怘, 「梅竹軒集」 권1, 714쪽, 「寒岡鄭先生去思碑銘」. 侯之政, "以惇孝悌, 獎節義, 崇儒,
　　重祀, 爲先. 而嚴明淸愼, 吏憚民化."

巴山郡[咸安의 별칭]은 옛날 寒岡선생이 다스리던 곳으로 수백 년 동안 그 流風과 남긴 敎化가 그치지 않고 있다. 내가 두 번 그 곳에 가봤는데, 악기 연주하고 글 읽는 소리를 들을 수 있었다.[27]

咸安 사람으로 寒岡의 문인이 된 사람은 紫巖 成景琛, 東隱 趙成麟, 梅竹軒 李明恕, 匡西 朴震英, 道谷 安侹, 隴雲 李時馤, 德川 趙由道, 場岩 趙英汶, 疆齋 成好正, 藥溪 趙咸一 등이 있다. 이들은 慶南地域에 광범위하게 분포되어 있는 50여 명의 寒岡 문인들과 상호간에 서로 빈번한 交往을 하면서 학문을 講磨하였고 또 풍속을 匡正하였다.

그 뒤 1607년 寒岡이 배를 타고 龍華山 아래 道興津에 와서 놀 때 咸安과 漆原, 靈山, 玄風, 高靈, 星山의 선비들이 모여 같이 학문을 토론하였다. 이때 참여한 咸安과 漆原의 선비로는 澗松 趙任道와 간송의 부친 立巖 趙埴, 간송의 숙부 斗巖 趙垺, 梅竹軒 李明恕, 道谷 安侹 등이었다.

1617년 寒岡이 東萊에 가서 溫泉浴을 하기 위해서 배를 타고 洛東江을 따라 내려갈 때 咸安 龍華山 아래 道興津으로 咸安과 漆原의 선비 斗巖 趙垺, 㒷奉 趙英漢, 菊庵 李明憼, 趙勉道, 道谷 安侹, 德川 趙由道, 場岩 趙英汶, 忍軒 黃元祿 등이 찾아가 寒岡을 뵈었다. 한강이 1586년부터 2년 가까이 함안군수로 있으면서 학문을 장려하는 등 遺愛가 있었기 때문에 咸安의 선비들이 그를 매우 欽慕하였고, 20년이 지난 뒤에도 그를 뵙기 위하여 많은 사람들이 다투어 찾아갔던 것이다.[28]

함안의 학문적 역사에서 寒岡 鄭逑가 군수로 부임하여 학문을 일으킨 것이 함안의 학문적 수준을 높이고, 그 이후 많은 학자들이 배출되고 문집을 남기는 데 결정적인 영향을 미쳤다고 할 수 있다.

---

27) 許傳, 『性齋集』 권14, 26장, 「林亭記」. 『許傳全集』 제2책, 아세아문화사 1974년. "巴山郡, 在昔, 寒岡先生所治, 數百年, 流風餘敎, 未已. 余嘗再至其地, 聞絃誦之聲."
28) 『蓬山浴行錄』 5장. 1912년 檜淵書院刊本.

3. 朝鮮後期

壬辰倭亂 때 활발한 義兵活動으로 구국의 대열에 섰던 慶尙右道 지역의 義兵將들은 임진왜란이 끝난 뒤 조정에 대거 등용되었고, 宣祖 말년에는 강한 발언권을 얻게 되었다. 그리하여 光海君의 등극에 南冥의 제자들이 중심이 된 北人들이 큰 역할을 하게 되어 光海君 朝代에는 북인이 정권을 專擅하였다. 鄭仁弘을 둘러싼 北人들의 일당독재에 뜻 있는 인사들은 出仕를 탐탁하게 여기지 않았다. 이에 정권에서 밀려난 西人들이 비밀리에 南人과 연합하여 仁祖反正을 성사시켜 北人政權을 무너뜨리고 말았다. 西人들이 정권을 잡은 이후로 嶺南 사람들은 出仕의 길이 막혔고, 南冥學派와 긴밀한 관계가 있는 慶尙右道지역은 완전히 중앙정계로부터 擯斥을 당하였다.

文科及第者 수도 현격하게 감소되었고, 南冥의 學脈이 이어지지 못하여 19세기 후반까지 慶尙右道는 학문적으로 심한 沈滯期에 빠지는데, 咸安지역도 예외가 아니었다. 그 결과 仁祖反正 이후로 250년 동안 새로운 대학자의 출현도 없고 저술도 나오지 못했다.

仁祖反正 이전부터 咸安에서 활약해 오다 仁祖反正 직후 咸安의 학계를 주도한 인물은 澗松 趙任道였다.

澗松 趙任道는 1585년 咸安郡 劍巖里에서 司䆁寺 僉正 趙埴의 아들로 태어났다. 그의 6대조는 漁溪 趙旅이다. 南冥의 제자인 大笑軒 趙宗道는 간송에게는 三從兄이 된다.

澗松은 14 때 慶北 奉化에서 槃泉 金中淸에게 배웠는데, 金中淸은 月川 趙穆의 제자였다. 月川은 退溪의 뛰어난 弟子였으니, 이때부터 澗松은 退溪의 學統에 닿게 되었고, 澗松은 이때부터 退溪의 學脈에 닿고 되어 퇴계를 尊慕하기 시작했다.[29] 16세 때는 義城에 살던 杜谷 高應陟에게서 『大學』을 배웠는데, 杜谷 역시 退溪의 제자로 性理學에 깊은 조예가 있었다.

---

29) 『澗松別集』 권2, 2장, 「墓碣銘」.

1601년 17세 때 仁同으로 가 旅軒 張顯光을 뵙고서 스승으로 삼았다. 旅軒은 寒岡 鄭逑의 영향을 크게 받았고, 寒岡은 退溪와 南冥 兩門下를 다 출입하였다. 澗松은 53세 때까지 36년 동안 旅軒을 스승으로 모셨고, 旅軒과의 問答을 기록하여 「就正錄」이라는 글로 남겼다.[30]

23세 때 咸安의 龍華山 아래 배 위에서 寒岡 鄭逑를 뵈었다. 이때 寒岡은 배를 타고 星州로부터 洛東江과 南江의 合流地點인 龍華山 아래 道興津에서 잠시 머물면서, 인근 고을의 많은 선비들을 접견하였다. 이때 스승인 旅軒 張顯光과 忘憂堂 郭再祐 등도 함께 있었으므로, 澗松은 이 분들에게도 인사를 드렸다.

이 해 蘆坡 李屹의 따님에게 장가들었다. 蘆坡는 본래 南冥의 제자인 來庵 鄭仁弘의 門人이었으나, 1613년 癸丑獄事로 인하여 鄭仁弘과 노선을 달리하였다.

1611년 27세 때 鄭仁弘이 退溪의 文廟從祀를 배척하였는데, 咸安 사람 가운데서도 鄭仁弘의 지시를 받아 退溪를 攻斥하는 疏를 작성하기 위한 疏會를 준비하는 사람이 있었다. 澗松에게 참석을 강요하였으나, 澗松은 참여할 수 없다는 뜻을 분명히 밝혔다. 당시 鄭仁弘의 세력이 대단하였으므로, 선비로서 자신의 志操를 잃지 않은 사람이 거의 드물었다. 그래서 세상 사람들이 澗松은 千仞壁立의 氣像이 있다고 推仰하였다.

1618년 34세때 廢母論이 일어나자, 澗松은 '臣子로서 大妃를 廢黜해서는 안 된다'는 주장을 폈다. 이로 인하여 大北派 勢力들을 피하기 위해서 漆原縣의 奈內로 피신하여 翔鳳亭을 짓고 살았다.

47세 때 陶山書院을 拜謁하였다. 이때 禮安 安東 등지의 退溪學派 학자들과 結交하여 교유의 폭을 넓혔다.

49세(1633년) 때 漆原縣 奈內에서 靈山縣 龍山 마을로 옮겨 살았다. 강 건너 咸安의 龍華山 기슭에 合江亭을 지어 讀書와 詠詩로 悠悠自適한

---

30) 趙任道, 『澗松別集』 권1, 1장-17장, 「就正錄」.

생활을 하였다.

50세 때 推薦을 받아 恭陵 參奉에 除授되었으나 나아가지 않았다. 이때 여러 선비들의 추대로 金海 新山書院의 院長을 맡았다.

1664년 향년 80세로 일생을 마쳤다. 1666년 士林들의 건의로 司憲府 持平에 追贈되었다. 1721년 士林들이 咸安郡 安仁里에 松亭書院을 건립하여 澗松을 享祀하였다.

澗松은 평생 벼슬하지 않고 學問硏究와 儒林活動만 한 순수한 선비로 일생을 보냈다. 그러나 세상을 등진 潔身長往의 자세는 아니었고, 憂國憐民의 思想을 늘 확고하게 지니고서, 적극적으로 현실에 참여한 선비였다. 이런 점은 南冥의 일생과 아주 흡사하다고 하겠다.

澗松의 생장지인 咸安에는, 大笑軒 趙宗道, 竹牖 吳澐, 茅村 李瀞, 篁谷 李偁, 篁巖 朴齊仁 등 南冥의 제자들이 많았으므로 南冥學派의 인물들의 영향을 받았을 것으로 짐작해 볼 수 있다.

23세 때 澗松은 蘆坡 李屹의 딸에게 장가드는 것을 계기로 해서 南冥學派에 확실하게 참여하게 된다. 蘆坡는 南冥의 제자인 鄭仁弘의 제자이고, 또 三嘉에 있는 南冥을 모신 龍巖書院의 院長을 맡아 일했으므로, 南冥學派 가운데서도 매우 중요한 위치에 있는 인물이었다. 澗松은 蘆坡를 장인으로서 뿐만 아니라, 스승으로 모셨으므로 南冥學派의 學問에 接脈될 수 있었다. 그러나 澗松의 후손들은 澗松을 退溪學派와 긴밀하게 연결하려고 노력하다보니, 南冥學派와의 관계는 인멸시켜려고 하는 의도가 없지 않았다. 安東지역 학자인 訥隱 李光庭이 澗松의 墓碣銘을 지으면서 南冥에 관한 언급을 전혀 하지 않은 것에서 그 예를 찾을 수 있다.

澗松은 寒岡 鄭逑를 拜見하고 尊慕하기는 했으나, 이때 寒岡은 이미 연로하였으므로 執贄를 하지는 않았다. 篁巖 朴齊仁, 忘憂堂 郭再祐, 茅谿 文緯, 凌虛 朴敏, 畏齋 李厚慶, 桐溪 鄭蘊, 梧峰 申之悌, 石潭 李潤雨 등 그 당시 江右地域의 대표적인 학자들을, 澗松은 선배로 모시고 따랐다. 이 가운데 義城에 살던 梧峰은 寒岡의 문인으로서 澗松에게는 從姊兄이 되었는데, 澗松이 江左地方의 師友들과 結識하는 데 있어 교량적 역할을 했다.[31] 畏齋 역시 寒岡의 문인이었는데, 澗松의 妻再從祖가 된다.

无悶堂 朴絪, 寒沙 姜大遂, 謙齋 河弘度, 林谷 林眞怤, 東溪 權濤, 匡西 朴震英, 疆齋 成好正, 益菴 李道輔, 修巖 柳袗, 眉叟 許穆, 聽天堂 張應一 등을 澗松은 벗으로 삼아 서로 어울려 학문을 강론하였다. 이 가운데서 眉叟 許穆은 40대인 1645년경에 漆原에 와서 살았는데,[32] 澗松과 交往이 있었다.

无悶堂이 편찬한 『南冥年譜』에 澗松이 跋을 썼고, 无悶堂이 『山海師友錄』을 편찬할 때도 澗松은 많은 의견을 제시하였다.

그리고 澗松은 그 당시 격렬하던 黨論에 얽매이지 않았다. 牛溪 成渾의 제자인 童土 尹舜擧가 宜寧縣監으로 부임해 왔을 적에 그와 친밀한 관계를 맺고서 退溪를 享祀할 德谷書院 건립의 일을 서로 의논하였다. 또 淸陰 金尙憲의 제자인 東江 申翊全이 居昌郡守로 부임했을 때, 澗松은 栗谷의 저서인 『聖學輯要』, 『石潭遺事』 등에 대해서 듣고서 그를 통해서 그 책을 구해보려고 노력하기도 하였다.

澗松의 師友들은 江右地方에만 국한되지 않고 江左地方에도 폭넓게 고루 분포하여, 退溪學派와 南冥學派를 고루 아우른 특징이 있다. 澗松은 兩學派에 속한 학자들과 폭 넓은 교유관계를 가졌는데, 이는 澗松의 學問的 視野를 넓히는 데 큰 도움이 되었을 것이다.

澗松은 退溪學派에 속하는 학자들을 스승으로 모시고 배웠으므로 朱子學을 학문의 本領으로 삼았다. 朱子學을 공부한 학자들은 대부분 性理學에 관한 學說이 대단히 많다. 더욱이 자신이 근 40년 동안 스승으로 모시며 따라 배웠던 旅軒은 性理學에 관한 學說이 많았다. 그러나 澗松은 文集의 분량이 原集, 別集, 續集을 합쳐 모두 12권 6책 정도의 적지 않은 분량임에

---

31) 『澗松別集』 권1, 1장, 「就正錄」.
32) 『眉叟年譜』, 4장, 乙酉年.

도, 性理學에 관한 학설은 전혀 실려 있지 않다. 학문에 관한 내용 가운데
도 대부분은 학문을 어떻게 실천에 옮기느냐에 관한 것이다. 이런 점은
退溪學派에 속하는 학자로서는 아주 특이한 경우인데, 이 점에 있어서는
澗松의 治學方法은 南冥과 아주 흡사하다고 할 수 있다.[33]

澗松은 일생토록 退溪學派와 南冥學派의 융합을 위하여 노력했는데,
그의 영향으로 이후 咸安의 학자들이 남명학파와 퇴계학파 한쪽으로 치우
치지 않고 양학파의 장점을 고루 배우는 특성을 갖게 되었다고 볼 수 있다.

仁祖反正 이후 咸安과 漆原에서 활약한 이름난 학자를 소개하면 다음과
같다.

道谷 安侹은 본래 咸安郡 道音里에서 태어나 壬辰倭亂 직후에 漆原으
로 옮겼다. 文科에 급제한 安義의 증손으로 寒岡의 문인이다. 澗松 趙任道
의 從姉兄으로 澗松과 자주 交往하였다.

匡西 朴震英은 桐川 朴旿의 아들로 寒岡 鄭逑의 문인이다. 壬辰倭亂
때는 忘憂堂 郭再祐를 도와 창의하였고, 丙子胡亂 때도 창의하였다가 鳥
嶺에 이르러 和議가 이루어졌다는 소식을 듣고 痛哭하고 돌아왔다. 兵曹
參判에 제수되었고, 사후에 判敦寧府事에 추증되고 武肅이라는 諡號를
받았다. 大報壇에 配享되고 道溪書院에 향사되었다. 문집을 남겼다. 眉叟
許穆이 墓碣銘을 지었다.

樂天亭 李聳雲은 菊庵 李明慇의 아들로 蘆坡 李屹의 문인이다. 문학으
로 세상의 추앙을 받았다. 澗松과 학문을 講磨하여 서로 도움을 받았다.
벼슬하지 않고 제자 양성으로 일생을 보냈다. 문집을 남겼다.

農隱 朴道元은 篁巖 朴齊仁의 손자로 旅軒 張顯光의 문인이다. 澗松
趙任道, 釣隱 韓夢參 등과 從遊하였고, 문집을 남겼다.

晩默 李景茂는 澗松 趙任道의 문인으로서 學德이 순수하게 갖추어졌다.

廬陽書院에 향사되어 있고, 문집을 남겼다.

李炫은 葛村 李澔의 손자로 澗松 趙任道의 문인이다. 문학과 덕행으로 세상의 추중을 받았고, 문집을 남겼다.

止知軒 洪碩果는 眉叟 許穆의 문인으로 寒岡 鄭述와 旅軒 張顯光의 推獎을 입었다. 「鑑古四箴」을 지어 後學들을 면려하였다.

道峯 趙徽天은 大笑軒 趙宗道의 손자로 澗松 趙任道의 문인이다. 어려서부터 학문에 뜻을 두어 性理學에 침잠하였고, 禮學에 더욱 정통하였다. 문집을 남겼다.

敬齋 洪宇亨은 止知軒 洪碩果의 아들로 澗松 趙任道의 문인이다. 문학과 효우가 세상의 모범이 되었다. 丙子胡亂 이후 세상에 알려지기를 구하지 않고 林泉에서 숨어 지냈다. 문집을 남겼다.

趙璉은 道谷 趙益道의 손자로 澗松 趙任道의 문인이다. 학문과 실천의 수준이 유림에서 으뜸이었다. 肅宗朝에 左承旨에 추증되었다.

松齋 趙采는 趙璉의 아들로 澗松 趙任道의 문인이다. 經傳과 史書에 널리 통하였고 義理를 깊이 연구하여 스승의 獎許를 입었다. 만년에 友于亭을 짓고 소요자적했는데, 慶尙監司로 부임한 일족인 趙榮福이 記文을 지어 주었다.

三悅堂 李景蕃은 復齋 李道孜의 문인으로서 문학이 순수하였다. 뒤에 掌樂院正에 추증되고 廬陽書院에 향사되었다.

浣石堂 朴亨龍은 匡西 朴震英의 아들로 安仁里에 살았는데, 眉叟 許穆의 문하에서 공부하였다. 肅宗朝에 學行으로 천거되었고, 英祖朝에 大司憲에 추증되었다. 문집을 남겼다. 특히 그는 장서가 만 권에 이르렀으므로 서재를 건축하여 萬卷樓라 명명하였다. 明나라 조정에서 상으로 다섯 수레의 서적을 내려주어 장려했던 것이다.[34] 조선 중기에 만 권의 장서를 소유한다는 것은 전국적으로 볼 적에도 그 유래가 없는 일인데, 함안의

---

34) 李明星 번역, 『朝鮮寶興勝覽(咸安篇)』, 古蹟條, 83쪽. 2005년, 함안문화원.

학자 문인들이 이 서적들을 활용하여 그 학문적 수준을 높였을 것임을 짐작할 수 있다.

明庵 安俌는 聚友亭 安灌의 현손으로 桐溪 鄭蘊의 문인이다. 丙子胡亂 이후 基山에 은거하여 후진을 양성하고 鄕規를 제정하였다. 實紀가 있다.

毅齋 安健은 安俌의 아우로 역시 桐溪의 문인이다. 형과 함께 基山에 은거하여 시를 읊으며 세상을 마쳤다.

凝庵 李東柱는 永慕齋 李明念의 손자로 博學하고 행실이 독실하였는데, 후진양성에 전념하였다. 사림에서 여러 차례 褒贈을 요청하는 상소를 하였다. 나중에 監察에 추증되었다. 文集을 남겼다.

防隱 文學庸은 三憂堂 文益漸의 후손으로 본래 宜寧에 살았는데, 丙子胡亂으로 和議가 성립된 이후 咸安 防禦山 속으로 들어와 은거하였다. 문집을 남겼다.

朴昌萬은 浣石堂 朴亨龍의 아들인데, 通德郞에 올랐다. 시를 잘하는 것으로 일찍부터 이름났고, 시집을 남겼다.

思齋 李昶은 문학과 行誼가 일찍 이루어졌고, 문집을 남겼다.

羅得培는 孝宗朝에 문과에 급제하여 省峴道 察訪을 지냈다.

茅溪 李命培는 葛庵 李玄逸의 문인으로서 『性理說辨』, 『疑禮問答』 등의 저서를 남겼다. 나중에 持平에 추증되었고, 山陰祠에 享祀되었다.

樂天亭 李東壽는 葛村 李瀗의 현손으로 葛庵 李玄逸의 문인이다. 여러 차례 스승의 獎許를 입었다.

病窩 李宗臣은 葛村의 후예로서 天資가 粹美하고 문장과 덕행이 일찍이 이루어졌다. 문집을 남겼다.

屹峯 李贇望은 密庵 李栽의 문인으로 『理氣性情辨』, 『就正錄』 등의 저서를 남겼다. 江左의 학자인 大山 李象靖, 霽山 金聖鐸 등과 從遊하였고, 山陰祠에 享祀되어 있고, 문집을 남겼다.

淸義堂 趙永輝는 과거를 포기하고 은거하며 덕을 닦았다. 童蒙敎官에 추증되었고, 문집을 남겼다.

茅齋 李斗望은 茅溪 李命培의 아들인데 孝行이 뛰어나 監察에 추증되었다. 문집을 남겼다.

淵齋 洪震亨은 家學을 계승하여 문학이 純正하여 당시의 일류학자들과 학문을 講磨하고 긴밀한 교분을 나누었다.

枕流亭 李聃壽는 葛村 李瀟의 현손인데, 儒林의 重望을 입어 德川書院 院長을 지냈다.

聽溪 趙檍은 陶谷 趙益道의 증손으로 문학이 일찍 이루어졌고, 자연에 묻혀서 古典을 깊이 연구하였다. 문집을 남겼다.

洛湖 趙棡은 澗松의 증손으로 戊申亂에 倡義하여 역적을 힘써 섬멸하였다. 문집을 남겼다.

聾啞軒 趙益城은 大笑軒 趙宗道의 후손인데, 英祖 戊申亂에 창의하였고, 문집을 남겼다.

朴昌億은 문학과 덕행으로 당시에 이름이 났다. 壽職으로 嘉善大夫 副護軍을 받았다. 문집을 남겼다.

牧牛軒 李昌奎는 葛村 李瀟의 증손으로 葛庵 李玄逸의 문인이다. 性理學의 眞詮을 깊이 연구하였고, 學行이 있었다. 道林書院을 창건하였고, 문집을 남겼다.

芹村 趙景栻은 문학에 뛰어났는데, 西山書院의 賜額을 위해서 대궐에 상소하는 등 정성을 다하였다. 문집을 남겼다.

巴溪 洪啓文은 詩書를 널리 보았고 英祖 戊申亂에 倡義하였으나 모친상을 당하여 끝까지 참여하지 못했다. 문집을 남겼다.

菊潭 周宰成은 愼齋 周世鵬의 방손인데 英祖 戊申亂에 倡義하여 공을 세웠다. 난이 평정된 뒤 초야에 묻혀서 학문 연구에 전념하여 『庸學講義』, 『經義輯錄』, 『居家要範』 등의 저서와 문집 『菊潭集』을 남겼다. 나중에 左承旨에 추증되고 旌閭를 받았다.

杜庵 安應瑞는 문학으로 명망이 높아 사림의 추중을 받았다. 문집을 남겼다.

紫皐 朴尙節은 星湖 李瀷을 從遊하였는데, 英祖朝에 倡義하여 역적을 쳤다. 학행으로 이름이 높았고, 암행어사의 천거를 받았다.『理全酌海』, 『沂洛編芳』, 『萬姓譜』 등을 저술하였고, 문집을 남겼다.

南棲 黃鼎采는 문학을 좋아하였는데, 「左右保身箴」, 「理氣吟」 등을 지었다.

辟諱 李道新은 학문에 독실히 힘썼는데, 「經緯說」, 「戒孫說」 등을 지어 후학들에게 모범을 보였다. 나중에 左承旨에 추증되었고, 문집을 남겼다.

四契堂 李世衡은 梅竹軒 李明怘의 후예로 문장과 行誼로 그 당시에 이름이 있었다. 여러 차례 薦擧를 받았으나, 林泉에 묻혀서 후진 양성에 전념하였다. 문집을 남겼다.

默窩 李吉龍은 經傳에 널리 통하였고 義理를 깊이 탐구하였다. 남쪽 지방의 士友로서 推重하지 않는 사람이 없었다. 문집을 남겼다.

李德柱는 月輝堂 李希曾의 후손인데 正祖朝에 무과에 올라 宣傳官을 지냈다. 洪景來亂의 진압에 출정하여 역적 괴수를 목 베어 春川府使에 제수되었으나, 병으로 부임하지 못했다. 문집을 남겼다.

飽德菴 李潤德은 학문을 독실히 하고 실천에 힘써 士友들의 推重을 받았다. 문집을 남겼다.

晚樂齋 朴奎赫은 문장으로 세상에 이름이 있었고, 문집을 남겼다.

夷峯 黃後榦은 본관이 昌原으로 夷溪 黃道翼의 아들로 家學을 이었고, 뒤에 密庵 李栽, 霽山 金聖鐸의 문하에 나아가 성리학을 연구하여 추중을 받았다. 당시의 학자 慵窩 柳升鉉, 江左 權萬, 谷川 金尙鼎, 樂溪 趙靈得, 屹峯 李贊望, 紫皐 朴尙節 등과 가장 절친하였다.『夷峯遺稿』8권을 남겼고, 道巖書院에 享祀되었다.[35]

雙梅堂 安慶稷은 霽山 金聖鐸의 문인으로 聖人의 학문에 널리 통하고 孝悌를 독실히 실천하였고, 여러 번 천거에 올랐다.

---

35) 許傳,『性齋集』권30, 3-4장, 「處士夷峯黃公遺事」.

聾窩 安慶一은 霽山 金聖鐸의 문인으로 經學에 精深하였고, 文詞가 典雅하였다. 「救弊疏」 萬言을 올렸다.

莫知翁 趙敬植은 덕행이 일찍 이루어졌고, 여러 차례 고을의 추천을 받았다. 문집을 남겼다.

無名亭 安慶邦은 安璜의 후손으로 夷峯 黃後榦의 문인이다. 외모는 중후하고 內心은 진실하여 推重을 받았다. 문집을 남겼다.

乃翁 安致權은 黃後榦의 문인으로 학문하는 宗旨를 얻어들었다. 문집을 남겼다.

朴馨久는 大山 李象靖의 문인으로 英祖朝에 進士에 올랐다. 문학에 전념하여 문집을 남겼다.

李文夏는 李明憝의 후손인데 安慶稷의 문인이다. 문예가 숙성하였고 문집을 남겼다.

心齋 李相龍은 대대로 詩書의 학문을 전수하였고, 學行으로 세상에 알려졌으며 문집을 남겼다.

餘窩 李廷億은 梅竹軒 李明忿의 후예로 과거공부를 포기한 뒤 性理學에 전념하였고, 「東國諸賢贊」을 지었다. 또 德巖書院, 道林書院, 廬陽書院의 儀禮와 院規를 만들었다. 문집을 남겼다.

樂窩 李起龍은 大山 李象靖의 문인인데, 문학과 行誼로 이름났고, 道溪書院을 창설하였고, 문집을 남겼다.

晩庵 李運采는 문학에 정통하였고, 「安分養心」, 「晩悟」 등의 글을 지었다. 문집을 남겼다.

德翁 李炯은 李沔의 증손으로서 名利를 사절하고 爲己之學에 전념하였다. 문집을 남겼다.

西澗 朴春赫은 문학과 덕행으로 당시에 이름이 났고 문집을 남겼다.

壹孝堂 沈尙壹은 大山 李象靖의 문인이다. 經書에 밝고 문학에 뛰어났다. 암행어사의 추천으로 昭格署郞에 제수되었고, 뒤에 戶曹參議에 추증되었다. 문집을 남겼다.

剛齋 鄭再玄은 여러 經傳을 연구하여 「言行戒」, 「忿慾戒」, 「庸學辨義」 등을 지었고, 문집을 남겼다.

嵋陰 李著仁은 經傳에 潛心하여 뜻을 구하기를 게을리하지 않았다. 문집을 남겼다.

槐窩 李有馨은 실행이 독실하고 조예가 깊어 향리의 모범이 되었다. 문집을 남겼다.

薇窩 李有幹은 일찍이 과거를 준비하여 功令文으로 이름이 높았다. 세 번 낙방한 뒤 六經에 침잠하여 학업이 크게 발전하였다. 문집을 남겼다.

聾窩 李壽元은 家學을 계승하여 經書를 연구하였다. 所庵 李秉遠, 定齋 柳致明 등과 학문을 講磨하였다. 문집을 남겼다.

慕怙齋 朴正赫은 立齋 鄭宗魯를 從遊하여 학문이 정밀하고 순수하였 다. 『心經質義』를 지었고, 문집을 남겼다.

修齋 李有善은 嵋陰 李著仁의 아들인데, 재주와 行誼가 뛰어났다. 「神 明舍重修記」, 「周易上下經圖說」, 「身心輕重辨」 등을 지었고, 또 문집도 남겼다.

惺齋 安夢伯은 竹溪 安憙의 후손으로 立齋 鄭宗魯의 문인이다. 司馬試 에 합격하였다. 『禮家彙篇』, 『史記輯覽』, 『道統全篇』 등을 저술하였고, 문집을 남겼다.

蒼潤 朴馨天은 經學·文章·筆法에 모두 뛰어났다. 正祖朝에 生員에 합격하였는데,[36] 당시 領議政 蔡濟恭이 行誼로 천거하였다.

流齋 朴馨術은 慕怙齋 朴正赫의 아들로 立齋 鄭宗魯의 문인이다. 문장 이 沈鬱·穠郁하여 모범이 되었고, 문집을 남겼다.

聾溪 趙昌鉉은 漁溪 趙旅의 후손으로 立齋 鄭宗魯의 문인이다. 四書五 經에 정통하였고, 性命과 理氣를 강구하였고, 필법이 힘이 있어 神의 경지 에 들어갔다. 문집을 남겼다.

---

36) 盧相稷이 지은 「晩醒行狀」에는 進士試에 장원한 것으로 기술되어 있다.

安安齋 朴仁赫은 학행으로 여러 번 추천에 올랐고 문집을 남겼다.

慕濂齋 安羽鯉는 竹溪 安憙의 후손인데, 立齋 鄭宗魯, 龜窩 金㙉의 문인이다. 진사에 합격하였고, 「仁說」, 「會類」 등의 글을 지었다.

朴依敬은 진사에 합격하였는데, 문학이 醇正하고 器局이 卓犖하였다. 문집을 남겼다.

李正宅은 李明憼의 후손인데, 일찍이 夷峯 黃後榦의 문하에 나아가 공부하여, 密庵 李栽와 霽山 金聖鐸 학문의 旨訣을 들었다. 문집을 남겼다.

晩隱 鄭萬僑은 夷溪 黃道翼의 문인이다. 독실하게 공부하고 操行을 갖추었다. 문집을 남겼다.

拙軒 安泊은 聚友亭 安灌의 후손으로 性潭 宋煥箕의 문인이다. 사람됨이 忠信・篤敬하여 사람들로부터 獎許를 많이 받았다. 문집을 남겼다.

愧窩 朴馨璉은 덕행과 문장으로 고을의 영수가 되었다. 문집을 남겼다.

紫西 朴馨喆은 효행이 뛰어나고 禮學에 조예가 깊었다. 문집을 남겼다.

忍窩 安禮淳은 竹溪 安憙의 후예인데 학술이 넓고 깊었다. 문집을 남겼다.

朴挺秋는 大山 李象靖의 문인으로 聖人의 학문을 배웠다. 문집을 남겼다.

華西 李有恒은 문학에 조예가 깊었고, 후진들을 잘 인도하였다. 문집을 남겼다.

紫陰 朴泰郁은 글 잘하는 것으로 이름이 났고 필법도 정교하였다. 문집을 남겼다.

居仁齋 朴泰蕃은 立齋 鄭宗魯의 문인으로 문학이 순수하였는데, 立齋가 詩를 지어 推許하였다. 문집을 남겼다.

槐軒 趙增現은 無盡亭 趙參의 후손으로 夷峯 黃後榦의 문인인데, 經傳을 부지런히 연구하였고, 필법도 절묘하였다. 문집을 남겼다.

月汀 趙源은 大笑軒 趙宗道의 후손으로 樊巖 蔡濟恭의 문인인데, 학문은 실천을 위주로 하였고, 후진들을 힘써 推獎하였다. 문집을 남겼다.

梅軒 朴馨洛은 필법이 절묘하여 18세 때 正祖의 御屏에 心箴을 썼는데, 중국 사람이 보고서 稱賞하였다. 문집을 남겼다.

養志軒 孫之亨은 純祖朝에 문과에 급제하여 掌令을 지냈는데, 문집을
남겼다.

趙民植은 純祖朝에 문과에 급제하여 현감을 지냈다.

三便齋 李潤龍은 憲宗朝에 文科에 급제하여 都正을 지냈고, 문집을 남
겼다.

晚翠堂 李文甲은 梅竹軒 李明고의 후예로 문학이 일찍 이루어졌다. 鳳
山亭을 지어서 날마다 士友들과 講磨하였는데, 性齋 許傳이 贊을 지었다.
문집을 남겼다.

若菴 趙達植은 梅山 洪直弼의 문인으로 일찍이 학문하는 요결을 얻어
들었다. 문집을 남겼다.

道窩[37] 安宅柱는 타고난 자질이 卓異하고 志行이 懇篤하였다. 세상을
떠난 뒤 그의 문인들이 비석을 세우고 문집을 간행하였다.

九曲子 李明新은 孝行이 뛰어났다. 剛齋 宋穉圭의 문인으로 학업을 크
게 이루었다.

循齋 趙淕는 道谷 趙益道의 후예로 剛齋 宋穉圭의 문인인데, 近齋 宋近
洙, 直菴 南履穆 등과 서로 麗澤相磨하였다. 性理學에 조예가 깊었고, 朱子
와 尤庵을 尊慕하여『朱子大全』과『宋子大全』을 늘 책상에 두고서 보았
다.『師門日記』와 문집을 남겼다.

廣棲 李有星은 李贇望의 증손으로 강학과 修行으로 士友의 추중을 받
았고, 문집을 남겼다.

晚松 李鍾和는 辟諱 李道新의 손자로 陽川 趙淤의 문인이다. 剛齋 宋穉
圭를 從遊하여 학문의 旨訣을 얻어들었다. 학문은 경위를 관통하여 一言
一行이 다 법도에 맞았고 후진을 양성하였다. 문집을 남겼다.

李庚祿은 憲宗朝에 무과에 급제하여 判官을 지냈다. 독서를 좋아하여
『經世志』를 지었다.

---

37)『嶠南誌』에는 '道菴'으로 되어 있다.

進巖 李馥欽은 문학이 정밀하였고, 필법이 힘이 있었다. 길러낸 제자들이 많았다. 문집을 남겼다.

松湖齋 安孝克은 道谷 安侹의 후손인데 타고난 자질이 탁월하고 문학이 精深하여 향리의 推重을 받았다. 문집을 남겼다.

栗溪 李性欽은 聾窩 李壽元의 아들로서 經傳과 史書를 깊이 연구하였고, 後學을 지도하여 육성한 사람이 많았다. 문집을 남겼다.

李文夏는 雙梅堂 安慶稷의 문인으로 문예가 일찍이 이루어졌으나 요절하였다. 문집을 남겼다.

聾叟 李致秉은 평생 爲己之學에 전념하였고 文詞가 贍麗하고 필법이 瘦勁하였는데, 문집을 남겼다.

省窩 朴鳳來는 문학이 精深하였고, 특히 易學에 조예가 깊었고 天文을 잘 보았다. 문집을 남겼다.

睡巖 洪在奎는 『小學』 공부에 전념하여 참된 선비의 길을 걸어 士友의 推重을 받았다. 문집을 남겼다.

新新軒 吳致勳은 科擧를 단념하고 爲己之學에 힘써, 一山 趙昺奎가 '叔世의 完人'이라고 稱許하였다. 문집을 남겼는데, 拓菴 金道和가 文集에 서문을 썼다.

薇陰 李有柱는 行誼와 필법으로 세상에 알려졌다. 문집을 남겼다.

白巖 洪禹圭는 行誼로 천거되어 叅奉에 올랐다가 護軍으로 승진하였다. 문집을 남겼다.

雲樵 趙爛奎는 道谷 趙益道의 후손인데, 어려서부터 厚重하여 科擧에 뜻을 두지 않고, 독서에 힘썼다. 문집을 남겼다.

吾廬 朴俊蕃은 晩醒 朴致馥의 부친으로 학식과 문장으로 당시의 推重을 받았고, 고을과 道의 추천을 받았다. 性齋 許傳이 行狀을 지었다. 문집을 남겼다.

雙峰 李尙斗는 定齋 柳致明의 문인인데, 詞賦에 능하였고 후학들을 잘 이끌었다. 문집을 남겼다.

松溪 朴玲는 松嵒 朴齊賢의 후손으로 家學을 계승하여 經傳을 깊이 연구하였다. 문집을 남겼다.

收心齋 朴來貞은 篁巖 朴齊賢의 후손으로 일찍이 학문에 뜻을 두었는데 銘을 지어 스스로 경계하였다. 문집을 남겼다.

明谷 朴東㞳는 節義를 숭상했는데 丙子胡亂 이후 和議가 성립되고 나서 桐溪 鄭蘊의「花葉詩」에 次韻하였고, 『考亭淵源家禮儀圖』를 저술하였다.

明窩 陳健은 丙子胡亂 때 倡義하였고, 『三行考』를 저술하였고, 문집을 남겼다.

儉溪 李時大는 東山 李扶雲의 아들인데, 종형 冬菴 李時昌을 따라 배웠다. 서실을 지어 학문을 장려하였다. 문집을 남겼다.

蓬窩 李㞳錫은 李時大의 아들로 특이한 재주가 있었고, 시에 뛰어났다. 문집을 남겼다.

槐窩 趙增彦은 無盡亭 趙參의 후손인데, 문학과 行誼가 있었고, 문집을 남겼다.

溪堂 李世賢은 李㞳錫의 아들로 학문이 정밀하고 넓어 士友들의 推重을 받았다. 문집을 남겼다.

反觀子 趙希閔은 趙益道의 현손인데, 易理에 정통하였고, 象數에도 밝았다. 『管通八解』를 저술하였다.

瀝溪 尹楷는 經傳과 史書를 깊이 공부하였고, 문집을 남겼다.

擊壤亭 趙瀧는 趙坦의 후예인데, 經傳과 史書를 깊이 공부하였고, 識見과 行誼가 갖추어졌다. 문집을 남겼다.

壽庵 李益模는 道窩 安宅柱의 문인이다. 문학이 일찍이 이루어졌고, 후진들을 양성하였다. 壽職으로 通政大夫를 받았다. 문집을 남겼다.

山陰 李龍淳은 才藝가 아주 뛰어났고 기억력이 비상하였다. 察訪을 지냈고, 문집을 남겼다.

梅窩 朴泗는 穎悟하고 强記하여 手不釋卷했는데, 문집을 남겼다.

篁林 朴思亨은 文詞를 잘했고, 문집을 남겼다.

道菴 成澤森은 문학에 精博하여 士友의 推重을 받았다. 문집을 남겼다.

梅山 李得喆은 日新堂 李天慶의 후손인데, 문장에 능하였다.『陳北溪性理增解』를 지었다.

奉訓齋 朴涵은 문학으로 鄕黨의 추중을 받았다. 문집을 남겼다.

敬菴 李運昌은 文詞가 典雅하였고, 禮經에 정통하였다. 문집을 남겼다.

南皐 李璇은 操行이 독실하고 독서를 열심히 했는데, 문집을 남겼다.

遜齋 趙慶東은 大笑軒 趙宗道의 후손으로 鶴棲 柳台佐의 문인인데, 安貧力學하여 사람들이 그 독실함에 탄복하였다. 문집을 남겼다.

澗松 이후 조선 후기 함안에서는 크게 학문을 이루거나 제자를 양성한 학자가 나오지 않았다. 대부분의 학자들은 중앙정계에 진출하지 못하고 향촌에서 沈潛하여 조용히 지냈다. 이때의 咸安의 선비들은 書院 건립운동 위주로 하여 지역 선배들을 尊慕하고 인재를 양성하는 데 주력하였다. 그래서 조선후기에 함안에서는 특별히 서원이 많이 창설되었고, 또 건립한 서원을 賜額書院으로 승격시키려고 노력하였다. 조선후기 咸安과 漆原에 세워진 서원은 다음과 같다.

西山書院은 咸安 출신의 生六臣인 漁溪 趙旅를 중심으로 한 생육신 여섯 분을 모신 書院인데, 郡北面 院北里에 세워져, 肅宗 때 賜額되었다.

德淵書院은 愼齋 周世鵬을 享祀하는 서원으로 漆原面 陽亭里에 세워졌는데, 賜額書院이다.

仁衢書院은 茅隱 李午를 享祀하는 서원인데, 伽倻面 仁谷里에 있었다.

道林書院은 寒岡 鄭逑, 茅村 李瀞, 篁巖 朴齊仁, 篁谷 李偁을 향사하는 서원인데, 咸安面 大山里에 있었다.

新巖書院은 聚友亭 安灌을 享祀하는 서원인데 伽倻邑 新音里에 있다. 현재 복원되어 향사를 계속하고 있다.

杜陵書院은 茅軒 安憼과 竹溪 安憙, 壯巖 安信甲을 享祀하는 서원인데, 艅航面 外巖里에 있었다.

廬陽書院은 廣陵子 安宅, 無盡亭 趙㟖, 桐川 朴旿, 梅竹軒 李明怘, 三悅

堂 李景蕃, 晩默堂 李景茂를 享祀하는 서원인데, 艅航面 外巖里에 있다.

道溪書院은 葛村 李瀷, 參議 趙益道, 仁原君 李休復, 武肅公 朴震英을 享祀하는 서원인데, 咸安面 巴水里에 있었다.

德巖書院은 迂拙齋 朴漢柱, 大笑軒 趙宗道를 모신 서원인데, 함안면 校村에 있었다.

松亭書院은 澗松 趙任道를 모신 서원인데, 山仁面 鳳鳴에 있었다.

坪川書院은 茅庵 朴希參, 松嵒 朴齊賢, 篁嵒 朴齊仁을 享祀하는 서원인데, 郡北面 明館里에 있었다.

道山書院은 菊庵 羅翼南을 享祀하는 서원인데 郡北面 鳳岡山 아래에 있었다.

道巖書院은 誠齋 裵汝慶, 樂溪 趙靈得, 夷峯 黃後幹, 義士 趙益成을 향사하는 서원인데, 郡北面 垈洞에 있었다.

沂陽書院은 敬齋 周珏, 菊潭 周宰成, 感恩齋 周道復을 享祀하는 서원인데, 漆原面 舞沂里에 있었다.

中央政界에서 소외된 분위기 속에서도 咸安 선비들은 서원을 지어 先賢을 享祀하며, 배우려는 정성을 갖고서 학문의 명맥을 유지해 나갔다.

4. 朝鮮末期

仁祖反正 이후 慶尙道가 중앙정계로부터 완전히 소외 당하였으나, 安東을 중심으로 한 慶尙左道는 그런 상황에서도 退溪學을 기반으로 하여 독자적인 학문을 계속해 나갔다. 그러나 南冥의 영향이 컸던 慶尙右道 지역은 학문적으로도 완전히 쇠퇴일로를 걷게 되었다. 咸安에서는 南冥學派와 退溪學派를 융합한 澗松 趙任道가 인조반정 직후의 상황에서 선비들의 정신적 지주가 되어 儒林을 이끌어나갔지만, 澗松이 逝世한 이후로는 스승의 위치에 있을 만한 큰 학자가 없었다.

이후 이 지역은 학문적으로 대단히 침체했다. 다만 학문에 뜻이 있는 사람들은 慶尙左道의 退溪學派에 속하는 葛庵 李玄逸, 密庵 李栽, 霽山 金聖鐸, 大山 李象靖, 立齋 鄭宗魯의 문하로 찾아가거나, 일부 西人을 추종하는 사람들은 性潭 宋煥箕, 剛齋 宋穉圭, 梅山 洪直弼 등 栗谷學派로 찾아가서 어려운 여건에서 공부하여 咸安 학문전통의 명맥을 유지해 나갔다. 그러나 대부분은 咸安 선비들은 주변에서 큰 스승을 만날 기회를 얻지 못하였으므로, 대부분 鄕曲의 小儒로 일생을 마치게 되었기에 큰 학자가 나오기 어려운 상황이 되고 말았다.

이렇게 침체된 상황에서 咸安 학문에 부흥을 가져 오게 한 대학자가 바로 性齋 許傳이었다. 性齋는 朝鮮後期 老論 위주의 정치권에서 南人의 영수로서 四曹의 判書를 지내고 知中樞府事에 이르렀다. 조정의 요직에 있으면서 近畿南人은 물론이고, 嶺南南人의 위상의 提高를 위해서 많은 노력을 했다. 그는 학문적으로 近畿南人의 대표적인 학자로서 星湖 李瀷, 順菴 安鼎福, 下廬 黃德吉 등의 學統을 이었다.

그가 1864년 金海府使로 부임하여 관아에 公餘堂을 열어 제자들을 가르쳤다. 性齋 같은 대학자가 내려와 제자를 가르치니, 강우지역 학자들의 배움에 대한 갈망을 일조에 해소될 수 있었다. 그래서 晉州, 丹城, 咸安, 三嘉, 宜寧, 昌寧, 密陽, 昌原, 固城, 金海 등지의 학자들이 그 문하에 수백 명이 모여들었는데, 특히 咸安에 거주하는 학자들이 제일 많았다. 이들이 큰 학문을 이룸에 따라 咸安의 학문이 다시 부흥하게 되었다.

性齋는 부임 이후 강우지역의 書院과 祠堂 등을 두루 참배했고, 또 仁祖反正 이후 거의 매몰되어 있던 이 지역의 선현들의 墓道文字와 行狀, 文集과 實紀 등의 序跋, 齋舍와 亭子 등의 記文 등을 지어 주어, 그들의 學問과 事行을 적극적으로 顯揚하였다. 강우지역이 학문적으로 다시 부흥하고, 정신적인 자부심을 회복하는 데 있어, 성재가 끼친 공로는 지극히 컸으니, 가히 강우지역 學問復興의 元勳이라 할 수 있다. 그 가운데서도 性齋의 教育의 혜택을 가장 많이 입은 곳이 咸安이었다.[38]

성재의 문하에서 공부한 함안의 학자는 다음과 같다(괄호 안은 거주지).

晩醒 朴致馥(安仁), 梅屋 朴致晦(安仁), 李相斗(平舘), 趙仲植(壽洞), 文景純(立谷), 文郁純(景純弟), 趙蘭植(立谷), 趙容植(院洞), 趙性忠(立谷), 安廷植(茅谷), 趙政植(壽洞), 李璋祿(巴水), 趙性濂(壽洞), 趙性源(性濂弟), 趙胤植(康洞), 趙性昊(下林), 趙庠奎(立谷), 趙昺奎(立谷), 李文欽(康洞), 李鳳奎(儉巖), 李文琮(立谷), 李文奕(文琮弟), 朴永脩(沙洞), 黃基夏(大山), 李志東(廣井), 趙祐植(槐項), 趙性斅(祐植姪), 趙性胤(槐項), 李壽澈(立谷), 李壽箕(立谷), 李文達(巴水), 趙性簡(性忠弟), 趙性周(立谷), 周熙尙(漆原 舞沂), 周熙冕(熙尙弟), 趙鏞昊(樂洞), 李夔祿(巴水), 趙漢極(烏谷), 李鉉八(廣井), 李壽浩(廣井), 李壽聃(立谷), 李珍榮(立谷), 朴東善(安仁), 黃仁壽(漆原 柳洞), 安禔燮(茅谷), 安文燮(茅谷), 李熙祿(立谷), 安相默(養溪), 李壽祜(茅谷), 趙性坤(壽洞), 李壽升(立谷), 李嘉欽(立谷), 李太欽(立谷), 李壽顯(壽澈弟), 文起奎(立谷), 文起斗(立谷), 文起老(立谷), 朴斗植(松汀), 李龍鉉(儉巖), 李斗浩(咸安), 李壽瀅(茅谷), 李壽瓚(安仁), 周時中(漆原 舞沂), 趙濂奎(下林), 李敏植(巴水), 李會麒(儉巖), 趙昇奎(昺奎弟), 安甲柱(荻山), 安周燮(茅谷), 鄭璉煥(漆原 雲洞), 李泰臣(平舘), 鄭基煥(璉煥弟), 李龍淳(儉巖), 趙性珏(咸安), 周時甲(漆原), 周時準(漆原), 趙善秀(安仁), 李鉉基(咸安), 趙昺澤(咸安), 黃熙壽(漆原) 등 80명에 이른다.[39]

性齋의 門人錄인『冷泉及門錄』에 올라 있는 문인이 495명인데, 그 가운데서 慶南地域 문인은 305명이고, 咸安지역 문인은 80명이니, 4분의 1을 훨씬 넘는 숫자다. 咸安 사람들의 求學之誠이 얼마나 대단하며 그 동안 배울 만한 스승을 만나지 못하여 학문적인 공백기간이 얼마나 길었는가를 단적으로 보여주고 있다.

『冷泉及門錄』에 수록되지 않은 性齋의 문인으로는 道淵 洪在寗, 樵溪

---

38) 許捲洙,「近畿南人들의 南冥에 대한 관심」,『南冥學硏究』제23집, 慶尙大學校 南冥學硏究所, 2006년.
39)『許傳全集』제8책, 許應『冷泉及門錄』, 서울 亞細亞文化社, 1974.

李致佑, 陶窩 李璇奎, 幽巖 趙性憲, 晩節堂 趙性仁, 愼菴 羅益瑞, 巴西
趙鏞振, 竹坡 陳英植, 誠齋 金珍斗 등 9명에 이른다.[40]

함안에 거주한 性齋의 문인 가운데 문집을 남긴 학자와 문집명은 다음
과 같다. 朴致馥의 『晩醒集』, 朴致晦의 『梅屋集』, 李鳳奎의 『竹皐集』, 李
文達의 『笑庵集』, 朴致東의 『聽水齋集』, 李璋祿의 『竹塢集』, 羅益瑞의
『愼菴集』, 趙性源의 『紫巖集』, 李蘷祿의 『晩圃集』, 李壽憲의 『訥軒集』,
李壽澈의 『忍菴集』, 李鉉八의 『鶴皐集』, 李鉉基의 『林皐集』, 李中祿의
『餘陰集』, 李壽瓚의 『海亞詩集』, 文郁純의 『道齋集』, 趙昺奎의 『一山集』,
李壽澄의 『曉山集』, 趙性昊의 『淸巖集』, 文景純의 『矗岩集』, 趙性簡의
『正齋集』, 趙性憲의 『幽巖集』, 趙性仁의 『晩節堂集』, 趙漢極의 『悟溪集』,
趙鏞振의 『巴西集』, 趙濂奎의 『天山集』, 陳英植의 『竹坡集』 등 27종에
달한다. 거의 동시대에 일개 군 안에서 性齋라는 한 학자의 문인들이 이렇
게 많은 문집을 남긴 것은 여타 군에서 유례를 찾아보기 어려울 것이다.

金海府使의 임기를 마치고 서울로 돌아간 性齋가 御史 朴瑄壽에 의
해 김해 재직시 당파를 만들었다는 誣告를 입었을 때 함안의 학자 趙性
濂, 文郁純, 趙昺奎 등이 議政府에 글을 올려 성재의 혐의 없음을 辨正
하였다.[41]

性齋와 동시대에 살면서 性齋의 문인이 될 만한 연배인데도 성재의 문
하에 출입하지 않았거나, 시대적으로 조금 늦게 태어나 性齋의 문인이
되지 못한 咸安의 학자들을 살펴보면 다음과 같다.

菊菴 金璜爽은 蘆沙 奇正鎭의 문인인데, 經傳을 열심히 공부하고 操行
을 닦아 獎許를 입었다. 시를 특히 잘했고, 문집을 남겼다.

聱聱堂 李喆臣은 哲宗朝에 司馬試에 합격하였고, 문집을 남겼다.

---

40) 이들은 『冷泉及門錄』에는 올라 있지 않으나, 『朝鮮寶輿勝覽(咸安篇)』과 『嶠南誌(咸安篇)』
에 性齋 許傳의 문인으로 기재되어 있는 사람들이다.

41) 趙昺奎 『西川集』 권4 31장, 「心齋趙公墓誌銘」, "及性齋先生之陷於御史朴瑄壽之誣啓也,
公與崔華植, 文郁純, 趙昺奎諸人, 上書于議政府, 乃得卜."

趙時植은 經學에 뛰어났는데 高宗朝에 문과에 급제하여 持平을 지냈다.

忍菴 趙性益은 재주와 학문이 일찍 이루어졌다. 문집을 남겼다.

愼菴 安鼎梅는 孝友가 出天하고 操行이 독실하였고, 문집을 남겼다.

老川 安鼎宅은 肯菴 李敦禹의 문인으로 학문이 宏奧하였다. 「太極說」, 「四七辨」, 「易林」 등을 저술하였고, 문집을 남겼다.

聾窩 李致秉은 文詞에 능하였고, 필법에 뛰어났다. 문집을 남겼다.

竹圃 沈禮澤은 晩醒 朴致馥의 문인인데, 문학에 전념하여 文詞가 雄健하였고 士友의 추중을 받았다. 문집을 남겼다.

柏軒 尹鍾卓은 巴岑 趙文孝의 문인으로 推獎을 입었다. 힘써 후진을 면려하였고 문집을 남겼다.

祿溪 趙司植은 문장을 잘하였고, 鄕試에 한 번 합격하였다. 문집을 남겼다.

琴溪 趙祐植은 文詞에 능하였고, 후진들을 勉獎하였으며, 輔仁契를 창설하였다. 문집을 남겼다.

月湖亭 趙汶愚는 大笑軒 趙宗道의 후손인데, 형 禎愚, 翰愚와 함께 講學하며 精進하였다. 문집을 남겼다.

雲塢 趙性璹은 趙達植의 아들로 慷慨·奇偉하였는데 문집을 남겼다.

石翠 趙性恂은 道谷 趙益道의 후손으로 承旨 申斗善의 문인이다. 經傳과 史書를 널리 연구하였고, 문을 닫고 강학하였다. 문집을 남겼다.

廣川 趙性胤은 가는 곳마다 학문을 장려하였고 「自警銘」을 지었고, 문집을 남겼다.

白痴堂 趙性弻은 大笑軒 趙宗道의 후손인데, 형제간에 우애가 있어 서로 어울려 講磨하였다. 문집을 남겼다.

匡齋 金美洪은 家學을 계승하여 힘써 공부하고 操行을 닦으며 고을 사람들을 가르쳤다. 문집을 남겼다.

方山 李益龍은 家學을 계승하였는데, 옛날 方山子의 풍모가 있었다. 문집을 남겼다.

夷南 朴圭煥은 松嵒 朴齊賢의 후손으로 문장과 行誼가 일찍 이루어졌

고, 문집을 남겼다.

林坡 趙麟植은 일찍이 문학으로 이름이 있었는데 문집을 남겼다.

信山 趙性孚는 재주와 학문이 일찍이 이루어졌고 문집을 남겼다.

後覺堂 安相琦는 晚醒 朴致馥의 문인으로 器局이 峻整하고 議論이 宏偉하여 향리에서 이름이 높았다. 『居喪要覽』을 지었다. 拓菴 金道和가 「後覺堂記」를 지었다.

西溪 文在桓은 剛明하여 氣槪가 있었고 庚戌國亡에 여러 날 동안 통곡하며 음식을 물리쳤다. 문집을 남겼다.

巴南 李載杞는 문학과 行誼가 일찍 이루어졌는데, 문집을 남겼다.

西川 趙貞奎는 大笑軒 趙宗道의 후손으로 后山 許愈의 문인이다. 문학으로 세상에 이름이 있었고, 문집을 남겼다.

芋山 李熏浩는 拓菴 金道和의 문인으로 經學이 精篤하고, 문장이 깊이가 있었다. 문집을 남겼다.

錦溪 趙錫濟는 無盡亭 趙參의 후손인데, 후학들을 推獎하였고 문집을 남겼다.

新庵 李準九는 晚松 李鍾和의 아들로 淵齋 宋秉璿, 勉庵 崔益鉉의 문인이다. 조리가 정제하고 분석이 精微하였는데, 문집을 남겼다.

陶川 安有商은 寒洲 李震相의 문인으로 經傳에 밝고 操行이 갖추어졌다. 心性을 논함에 있어 水木의 根源에 비유하였다. 문집을 남겼다.

西皐 趙宏奎는 文詞가 贍富하였다. 문집을 남겼다.

海樵 李會勳은 晦堂 張錫英에게 從遊하였는데, 뜻이 커서 權貴들에게 굴하지 않았다. 문집을 남겼다.

山我堂 尹永寬은 李尙斗의 문인인데 문집을 남겼다.

碧棲 趙麟奎는 大笑軒 趙宗道의 후손으로 經傳과 史書에 널리 통하였고, 문집을 남겼다.

省窩 朴鳳來는 操行에 독실하여 "경계하고 삼가고 두려워하여 곧고 바름을 지킨다.[戒愼恐懼, 固守貞正.]" 여덟 글자를 써서 벽에 걸어두고 謹飭

하였다. 문집을 남겼다.

杞菴 李馥榮은 趙性胤의 문인인데, 사람됨이 純厚하고 학문에 힘썼다. 문집을 남겼다.

樂圃 安閨中은 형과 함께 經傳과 史書를 열심히 연구했는데, 저술이 있으면 반드시 형제가 연명으로 발표했는데, 저작집을 『塤篪錄』이라 명명하였다. 叅奉을 지냈다.

杞園 李珩基는 俛宇 郭鍾錫의 문인으로 문집을 남겼다.

聾岑 崔長鎬는 효행이 있었고, 문집을 남겼다.

奇山 曹賢洙는 四未軒 張福樞의 문인인데 스승으로부터 「勉警箴」을 받았다. 문집을 남겼다.

訥窩 安鍾珪는 晦堂 張錫英의 문인으로 經傳과 史書를 博覽하였고, 문집을 남겼다.[42]

이상에 수록된 인물이나 문집은 1937년『嶠南誌』가 간행될 시기까지를 하한선으로 하여, 그때 이미 세상을 떠나고 문집을 남긴 학자들만을 다루었다. 그 이후 일제 말기에도 晦川 趙亨奎, 晦山 安鼎呂 등 많은 학자들이 배출되었고 이들 사후 문집이 간행되었으나, 아직 전반적으로 정리되지 못한 실정이다. 1937년 이후 해방 이후까지 정리되어 나온 문집의 숫자도 매우 많을 것으로 짐작이 된다.

Ⅲ. 咸安의 학문과 晩醒 朴致馥의 역할

晩醒 朴致馥은 1824년 咸安郡 安仁里에서 태어났다. 자는 薰卿이고 晩醒은 그 號이다. 본관은 密陽인데, 朝鮮開國功臣 朴彦忠이 開城에서 密陽

---

42) 이상에서 소개한 학자들은 寒岡 鄭逑가 편찬한 『咸州誌』 및 朝鮮末期에 편찬된 『咸州誌』 속편, 일제 때 편찬된 『朝鮮寰輿勝覽(咸安篇)』, 『嶠南誌』에 있는 내용을 종합하여 간추린 것이다. 따로 일일이 주석을 달지 않는다.

으로 옮겨와 살다가 그 증손인 朴景玄이 咸安으로 移居하여 咸安 사람이
되었다. 그 현손 桐川 朴旿는 游軒 丁煥과 龜巖 李楨의 문하에서 배워
性理學에 조예가 깊어 많은 선비들로부터 추앙을 받았고, 사후 廬陽書院
에 享祀되었다. 그 아들이 匡西 朴震英이고, 匡西의 아들이 萬卷樓의 주인
浣石堂 朴亨龍이다. 이 분이 晩醒의 6대조이다. 조부 蒼澗 朴馨天은 進士
試에 장원하였고, 부친 吾廬 朴俊蕃은 학식과 문장으로 당시의 推重을
받았고, 고을과 道의 추천을 받았다. 性齋 許傳이 行狀을 지었고 문집을
남겼다. 조모 李氏부인은 문학에 능하여 직접『孝經』과『忠經』을 晩醒과
그 아우 梅屋 朴致晦에게 가르칠 정도였다. 모친 郭氏부인은 7세 때 집에
혼자 있는데 불이 나자 神主부터 먼저 구출한 일이 있었다.

晩醒이 학문적으로 대성한 것은 본인의 자질과 노력의 결과이겠지만,
가정의 학문적 분위기에 크게 영향을 받았음을 알 수 있다.

1845년 22세 때 晩醒은 安東에 살던 定齋 柳致明을 찾아가 束脩의 禮를
갖추고 정식으로 제자가 되었다. 定齋의 문하에서 西山 金興洛, 定齋의
아들인 洗山 柳止鎬 등과 結識하고 經書의 論旨를 토론하였다.

1860년 37세 때 三嘉縣(지금의 陜川郡 佳會面) 大田村으로 옮겨가 百鍊
齋를 짓고 독서와 講學의 장소로 삼았다. 오늘날은 咸安과 佳會가 상당히
멀게 느껴지지만, 그 당시 宜寧을 통과해서 가면 그리 먼 길이 아니었다.
佳會로 옮긴 이후로도 晩醒은 咸安을 자주 왕래하면서 咸安의 선비들을
선도하였고, 또 함안에 집이 그대로 남아 있었다.

三嘉 百鍊齋로 端磎 金麟燮, 后山 許愈, 俛宇 郭鍾錫 등이 와서 머무르
며 講學하였고, 紫東 李正模, 勿川 金鎭祜 등이 經書를 들고 와 질문하였
는데, 이때의 問答을 편집하여『百鍊齋講錄』을 이루었다.

38세 때 定齋의 訃音을 듣고 挽詞와 祭文을 지어 자신의 학문을 완성하
기도 전에 스승을 잃게 된 아쉬움을 말했다.[43]

---

43)『晩醒集』권13, 21-22,「祭定齋先生文」.

1864년 41세 때 아우 梅屋과 함께 金海의 관아로 性齋 許傳을 찾아가 執贄하였다. 性齋는 晩醒과 이야기를 나누어 보고 나서, "내가 많은 선비들을 만나 보았지만, 그대 같은 사람은 아직 보지 못했다."라고 하며 크게 기뻐하고, 자신의 저서 『士儀』와 「天民敬德說』 등을 내어 보였다.

43세 때는 成均館에 있으면서 바른 학문을 숭상하고 邪說을 물리치자는 「斥邪文」을 지어 嶺南에 반포하였다.

44세 때 咸安의 道林書院에서 性齋의 제자로 함안에 살던 趙性濂, 李壽瀅, 趙昺奎 등과 모여 『心經』을 강의하였다. 성재가 만성에게, "道林書院에서 모여 강론한 것은 道를 숭상하는 고심을 알 수 있었소. 더욱이 『心經』에 功力이 깊은 줄을 알았소."44)라는 서한을 보내와 격려하였다.

45세 때는 性齋의 저서 『士儀』를 교정하였다. 본래 趙性覺 등이 『士儀』를 간행하여 널리 반포하려고 했으나 성재가 만성에게 서한을 보내어 극력 말리며 교정을 부탁하였다. 『士儀』는 그 2년 뒤인 1870년 趙性覺 등에 의해서 咸安에서 목활자로 간행되었다.45)

1869년 46세 때 慶尙監司 李參鉉이 晩醒을 賢良으로 조정에 추천하였다. 그 薦目에 "세상을 구제할 경륜이요, 나라를 윤택하게 할 문장이다.[濟世經綸, 潤國文章.]"라고 했다. 그 경륜과 문장이 뛰어나 이미 國士로 대접받고 있음을 알 수 있다.

1881년 性齋가 晩醒을 王佐之才라 하여 천거하였으나 등용되지 못했다. 그 이듬해 進士試에 합격하니, 59세였다. 당시 成均館 유생들이 荒嬉하여 학업을 폐기하였으므로 만성이 글을 지어 권면하였다. 또 뜻을 같이하는 館生들과 泮水契를 결성하여 成均館을 바로잡으려고 노력했다.

1884년 61세 때 다시 咸安으로 돌아와 띠집을 지어 小軒이라 했다.

1886년 여름 性齋를 문병하니, 성재는 晩醒의 손을 잡고서, "星湖와

---

44) 『晩醒年譜』 丁卯年條. 許先生與先生書曰, '道林會講, 可見尙道苦心, 而心經一部, 尤知用功之深.'"

45) 鄭景柱, 金喆凡 『士儀』 해제, 보고사, 2006년.

順菴의 學統의 전수가 그대에게 있으니, 그대는 힘쓸지어다."라고 했다.
그리고는 평생 지은 著述들을 만성에게 주면서 잘못된 점을 考訂하도록
했다.46) 9월에 여러 선비들을 倡率하여 禮葬을 하고 心喪을 입었다. 祭文
을 지어 性齋의 학덕을 추모하면서 슬퍼하였다.

晩醒은 性齋의 문하를 20년 동안 출입하며 성재의 학문과 인격에 孺染
되었는데, 성재는 정성을 다하여 지도하였고, 만성은 心悅誠服하였다.

晩醒은 定齋와 性齋 兩門을 출입함에 따라 近畿南人의 實學的 성향의
학문과 嶺南 性理學을 아울러 吸수하여 새로운 학문적 방법을 얻었다.
退溪의 학문이 순수한 嶺南學派와 寒岡 鄭述를 거쳐서 眉叟 許穆으로
전수되어 형성된 近畿學派 사이에는 다 같이 退溪學派에 속하면서도 경향
을 달리했는데, 晩醒에 의하여 다시 融合된 것이다.

嶺南의 순수 退溪學派와 近畿의 退溪學派의 관계를 深齋 曺兢燮은, 晩醒
의 墓碣銘을 지으면서 이 점에 대해서 잘 밝혀 두었다. 그리고 晩醒은
이 두 학파간의 학문적 벽을 헐어 하나로 융합시킨 공을 이루었다고 밝혔다.

　　退溪 이후로, 퇴계를 으뜸으로 쳐서 배우는 사람은 嶺南과 近畿 두 학파가
있는데, 영남의 학문은 정밀하고 엄격하여 항상 經典대로 지켜 요약된 데로
돌아가는 것을 위주로 하나, 근기의 학문은 응용하여 시대를 구제하는 일을
급선무로 한다. 영남의 학문은 錦陽에서 講學하던 葛庵 李玄逸, 蘇湖에 살던
大山 李象靖을 거쳐 定齋柳氏에 이르렀다. 近畿의 학문은 星湖 李瀷, 順菴
安鼎福으로부터서 性齋許氏에 이르렀다.

　　그러나 물결의 흐름이 커지고, 대문과 담장이 점점 넓어짐에 추종하여
믿는 것이 이미 달라져, 각각 그 들은 바를 숭상하였다. 그 울타리를 터서
하나로 만드는 사람이 혹시라도 있지 않았다. 유독 晩醒선생이 定齋와 性齋
두 선생에게서 학문을 충분히 배우고 고루 그 학문의 전통과 취지를 계승하
고 그 요점을 지켜, 우뚝이 한 지역의 영수가 되었으니, 이른바 '저기 있어도
나쁨이 없고, 여기 있어도 싫어함이 없이 이른 아침부터 밤늦게까지 길이

---

46) 『晩醒年譜』, 22장, 丙戌年條.

그 영예를 잘 마친 사람이 아니겠는가?[47]

晚醒은 성리학자와 실학자의 特長을 한 몸에 간직하였고, 이를 다시 咸安의 후진들에게 심어줌으로서 함안의 학문적 경향이 순수하면서도 실용적인 측면이 있도록 만들었다.

선생은 才氣가 크고 뛰어나 枯淡한 것에 안주하고자 하지 않고, 다시 諸子百家의 서적에 힘을 쏟아 그 蘊蓄을 넉넉하게 하고 베풀어 사용함을 이롭게 하고자 힘썼다. 일찍이 敎旨에 응대하여 「三政策」을 올렸는데, 布置가 정연하여 사람들이 그 器局과 식견에 탄복하였다. 晚醒선생에게 왕래하면서 공부를 하는 사람들이 수백 명씩 되었는데, 만성선생은 科擧에 쓰이는 문장과 외우는 공부 이외에 마땅히 실무가 있다는 것을 알게 했다.[48]

본체에 비중을 둔 嶺南學派의 본래의 면목을 유지하면서 近畿學派의 실용적인 노선을 수용하여 體用이 兼備된 학문으로 후진들을 지도하여 많은 학자들을 길러냈다.

지리멸렬해진 咸安의 학문이 性齋의 訓導를 받음으로 해서 다시 일어났고, 이것을 정착시키는 데는 晚醒의 역할이 컸다. 西川 趙貞奎는 만성의 역할에 대해서 다음과 같이 서술하였다.

온 세상이 물 흘러가듯 휩쓸렸는데, 洛東江 서쪽이 더욱 쓸쓸하고 흐릿했

47) 曺兢燮, 『巖棲集』 권31, 10-11장, 「朴晚醒先生墓碣銘」. "蓋自陶山以後, 宗而學者, 有嶺畿之二派. 嶺學精嚴, 常主於守經反約. 畿學閎博, 多急於應用救時. 嶺學經錦陽·蘇湖, 以至定齋柳氏. 畿學從星湖·順菴, 以及於性齋許氏. 則波流益漫, 門庭寢廣. 然趨信旣別, 各卽所聞, 未或有決其藩而一之者. 獨先生遊遨二氏間, 均承緖餘, 而守指要, 蔚然爲一方之領袖. 豈所謂在彼無惡, 在此無射, 庶幾夙夜, 而永終譽者, 非耶?"
48) 曺兢燮, 『巖棲集』 권31, 11장, 「朴晚醒先生墓碣銘」. "先生旣才氣閎拔, 不欲安於枯淡, 益肆力於諸子百家, 務瞻其蘊蓄, 而利其施用. 嘗應旨對三政策, 布置井井, 人已服其器識. 其齋居也, 往來攻業者, 動數百人. 先生謂, "功令記誦之外, 當使知有實務.""

습니다. 먼저 알고 먼저 깨달은 하늘이 낸 재주가 있어 古人의 문호를 주창하여 세우지 않는다면, 道가 붙어 있는 곳이 있고 머리를 돌려 방향을 바꿀 방법이 있다는 것을 알았겠습니까? 公은 남쪽 지방에서 태어나 일찍이 문장으로 천리 밖에 이름이 전파가 되었습니다. 「大東續樂府」 같은 것은 간행도 하기 전에 온 나라에 전송되었으니, 공이 세상에서 중시를 받은 것은 우뚝이 泰山 같았습니다. 공은 마음으로 매우 부족하게 여겨, "글로서 도덕에서 나오지 않는다면 귀하게 여길 것이 못된다."라고 생각하여, 진실하고 光大한 것으로 몸을 둘 곳으로 여겨 마음을 침잠하고 힘을 쌓았습니다. 무릇 天道의 변화와 人事의 순응과 사물의 조화의 오묘함에 있어 그 극치를 미루어 총괄하여 모아 풍성하게 일가의 문장을 이루었으니, 이른바 道라는 것이 여기에서 하나가 되는 것이 아니겠습니까?[49]

道에 바탕을 둔 글을 지어 道文一致의 경지를 이루려고 노력한 晚醒의 노력으로 형식에만 치중하여 科擧工夫에만 매달리고 진정한 학문은 쇠퇴했던 조선 말기 함안의 학문이 진정한 학문으로 나갈 수 있도록 방향의 전환을 가져왔다고 볼 수 있다.

조선말기에 咸安에 수많은 유학자들이 활동하며 문집을 남겼는데, 그 자손들이 현실에 잘 적응하는 것은 晚醒에 의해서 이룩된 이런 학문적 전통의 영향이 없지 않으리라 생각된다.

1887년 나라에서 晚醒을 義禁府都事에 제수했으니, 監司의 薦目에 의한 것이다.

1888년에는 南冥의 文廟從祀를 요청하는 상소를 했는데, 晚醒이 疏首가 되었다. 南冥 사후 남명의 문묘종사는 江右儒林들의 숙원사업이었으

---

49) 趙貞奎, 『西川集』 권4, 7-8장, 「祭晚醒朴公文」. "混世滔滔, 而大江以西, 尤寥寥矣, 貿貿矣. 不有命世之才, 先知先覺, 而倡立古人門戶, 孰知道之所寄, 爲有在, 有回頭趨嚮之方哉? 嗚呼! 公挺生南服, 早歲以文章, 流聲千里. 若大東續樂府, 未及登木, 而一國傳誦之. 公之重於世, 巍乎若泰山也. 公心甚自歉曰, 文而非自出於道德, 則亦不足貴也. 於是益以眞實光大爲致身之所, 而潛心積力. 凡天道之變, 人事之順, 物化之妙, 莫不推極而總會之, 袞然成一家之文. 所謂道者, 不在玆而爲一也耶?"

나, 이때까지 允許를 받지 못했으므로 다시 만성이 주체가 되어 상소한 것이었다. 이 해에 王子師傅 書筵官 등의 직위에 제수되었다.

1890년 門人 勿川 金鎭祜 등과 함께 士林들을 倡率하여 『性齋文集』을 丹城 法勿里 隱樂齋에서 교정하여 간행하고, 또 性齋를 추모하는 麗澤堂과 性齋의 초상을 모신 影堂을 丹城 法勿里에 건립하고 講規를 만들었다. 性齋의 影堂과 麗澤堂을 건립하는 일은 곧 性齋 學統의 嫡傳임을 인정받는 일이 되므로, 이때 性齋의 영당을 세우겠다고 나선 家門은 여럿 있었는데, 최후까지 경합을 벌였던 가문으로는 咸安에 世居하던 一山 趙昺奎 등이 중심이 된 咸安趙氏 家門과 密陽에 世居하던 小訥 盧相稷을 중심으로 한 光州盧氏 가문이 있었다. 그러나 결국은 法勿里에 세우기로 결론이 났는데, 이에는 商山金氏 家門의 勿川 金鎭祜와 晩悔 金肇鉉의 노력이 가장 컸다.50)

그 이듬해 晩醒은 李命九, 盧相稷 등과 논의하여 함께 性齋의 年譜를 편찬하였다.

1893년 晩醒은 德山 山天齋로 가서 『南冥集』을 교정이라는 이름으로 刪改하려는 일부 유림들의 계획에 대해서 반대하는 의견을 밝히고 돌아왔다.

1894년에 일생을 마쳤는데, 처음에 三嘉 淵洞에 안장했다가 1913년 함안군 代山面 龍華山 선영 아래로 이장하였다.

1896년에 문집을 丹城 麗澤堂에서 13권 목활자본으로 간행했다가, 1925년 다시 修整을 가하여 達城의 廣居堂에서 문집 18권과 부록 2권을 합쳐 목판으로 간행하였다. 2003년에 이르러서 秉燭契 계원들이 목판본을 영인본 1책으로 만들어 다시 출간하였다.51)

晩醒은 咸安에 사는 性齋 門人들의 좌장으로서 후진들을 바른 학문으로

50) 許愈, 『后山集』 13권, 22-23장, 「麗澤堂記」.
51) 이 영인본에는 부록 2권이 누락되었다.

이끌어 함안에 참된 학문이 정착하도록 하였고, 한편으로는 文翰을 통하여 咸安의 선현들의 학문과 덕행을 선양하는 文集의 序跋, 齋亭의 記文, 각종 碑誌類文字 등을 많이 지어 함안의 학문적 전통이 널리 알려져 후세에 길이 전하도록 노력하였다.

Ⅳ. 결론

咸安은 阿羅伽倻가 건국된 이후로 문화가 시작됐을 것으로 짐작되나, 남부지방의 잦은 전란으로 인하여 자료가 없어져 高麗 이전의 학문에 관한 사실을 詳考하기는 어렵다. 다만 가야시대의 木牘이 咸安에서 대량 출토된 것으로 봐서 伽倻時代에 이미 한자를 사용한 문자생활이 자유롭게 될 수 있었음을 미루어 알 수 있다.

함안에 본격적으로 학자가 배출되어 학문이 시작된 것은 조선 건국 이후부터이다. 高麗末 琴隱 趙悅과 茅隱 李午의 咸安 정착이 咸安의 학문 興隆에 있어 하나의 큰 계기가 되었다고 볼 수 있다. 이후 각 성씨가 함안에 기반을 잡아 번성함으로 인하여 그 후손 가운데서 많은 학자들이 나왔다.

朝鮮 宣祖朝에 寒岡 鄭逑가 咸安郡守로 부임하여 학문을 일으키고 교육을 장려하고『咸州誌』를 편찬한 것이 함안의 학문 수준을 높이고, 학문의 저변을 확대한 중요한 계기가 되었다. 특히『咸州誌』를 통해서 그 당시 함안의 지식인들에게 그때까지의 함안 문화의 전모를 알게 하여 함안의 문화적 전통에 대한 자부심을 느끼고, 앞으로 문화를 가꾸어 나가야 하겠다는 사명감을 갖게 만들었다.

仁祖反正으로 침체되기 시작한 咸安의 학문은, 澗松 趙任道의 노력으로 급격한 쇠퇴를 막고 현상을 유지할 수 있게 되어, 仁祖反正 이후에도 다른 고을과는 달리 학문이 단절되지는 않게 되었다. 澗松은 南冥學派와 退溪學派의 융합을 위해서 평생 노력한 학자인데, 간송의 노력으로 인해서 함안 지역은 한 쪽으로 치우치지 않고, 퇴계학파나 남명학파 두 학파의 장점을 골고루 섭취하는 이점을 갖게 되었다.

인조반정 이후 함안에서 큰 학자나 저명한 저술이 나오지는 않았지만, 이때 함안의 학자들은 書院 건립운동을 적극적으로 펼쳐 尊賢과 講學을 통해서 학문적 전통을 이어나갔다.

咸安에서 스승으로 삼을 만한 대학자가 나오지 않자, 조선 후기에 이르러서는 함안에서 학문을 하고 싶은 욕구가 있는 사람들은 慶尙左道나 畿湖地方으로 유학을 가야만 하는 어려움이 있어, 자연히 대부분의 선비들이 향촌의 小儒로 침체됨을 면하기 어려웠다.

조선말기 性齋 許傳이 金海府使로 부임하여 관아에서 講學을 하자, 배움에 목말랐던 함안의 선비들이 구름처럼 몰려가 가르침을 들었다. 500여 명의 성재 문인 가운데서 90여 명이 함안 사람이고, 그 가운데서 문집을 남긴 문인만 해도 27명에 이르니, 함안의 학문은 성재의 敎導로 말미암아 완전히 중흥을 이루었다고 말할 수 있다.

性齋의 문인들은 지금까지 간행하지 못했던 조상의 문집이나 實紀에 성재가 지은 序文을 얻어 간행하여 반포하고, 조상의 재실이나 정자에 성재가 지은 記文을 붙이고, 조상의 산소에 성재가 지은 碑文을 얻어 새기는 등 先賢들의 學問과 德行을 선양함으로 인하여, 묻혔던 함안의 학문이 단시일내에 다시 빛을 발하게 되었다.

性齋의 문인 집단에서 좌장격인 晚醒은 性齋의 學統을 전수받아 스승 性齋의 문집 간행과 성재를 享祀할 麗澤堂을 지어 성재의 학덕이 천추에 전할 수 있도록 기반을 마련하여 敎恩에 보답하였다. 그는 또 定齋 柳致明의 제자이기도 한데, 近畿南人學派의 실학적인 학문과 정통 嶺南退溪學派의 성리학적 특성을 잘 조화시켜 함안의 학문 경향을 정통을 지키면서도 실용적인 방향으로 가도록 했고, 退溪와 南冥의 학문이 잘 조화를 이루도록 만들었다.

1937년을 하한선으로 할 때 咸安의 학자들에 의해서 지어진 文集은 기록에 남아 있는 것만으로도 약 200여 종에 이르고, 專著는 30여 종 되는 것으로 파악되었다. 이 정도로 풍성한 著述이 나온 것은 咸安이 學問의 고장이라는 것이 확실히 증명된 것이다. 이들 저술 가운데는 아직 간행되어 세상에 공개되지 않은 것이 많고, 그중에는 전란으로 인하여 간행되기도 전에 자취를 감춘 것도 적지 않으리라 생각된다. 앞으로 함안 학자들의 저술을 대대적으로 발굴하여 간행 보급하면 함안에서 나온 文集과 專著를 현대의 많은 학자들이 본격적으로 연구할 수 있게 되어, 함안의 역사와 문화가 새롭게 밝혀질 것이다. 특히 지금까지 거의 방치하다시피 해온 朝鮮時代 咸安의 漢文學이 새롭게 조명되어 각광을 받게 될 것이다.

지금까지는 咸安의 역사와 문화에 대한 연구는 伽倻時代 古墳과 土器에 너무 치중하여, 대외적으로 咸安 하면 伽倻 이후에는 문화가 전혀 없는 것처럼 잘못 인식되어 온 경향이 없지 않았으니, 함안의 역사와 문화를 골고루 균형 있게 연구하여 함안의 역사와 문화의 실상을 올바르게 밝혀 咸安이 學問의 고장인 것을 널리 알릴 필요가 있다.

月皐 趙性家의 學者的 生平과 詩의 特性

I. 서론

1623년 仁祖反正으로 인해서 大北政權이 축출됨에 따라 南冥學派는 침체하게 되었고, 이로 인해서 그 이후로 慶尙右道 지역에서는 학자가 거의 나오지 않았고, 저술도 드물었다. 이런 현상은 19세기 전반기까지 지속되었다.

그러다가 19세기 중반부터 晉州를 중심으로 한 경상우도 지역에서 많은 학자들이 배출되었고, 저술도 풍성하게 나왔다. 이 시기에 등장한 학자들은, 性齋 許傳의 門徒, 蘆沙 奇正鎭의 문도, 寒洲 李震相의 문도들이 대부분이었다.

蘆沙 문하 출신으로 慶尙右道에서 활약한 학자는 21명이 있었는데,[1] 月皐 趙性家(1824-1904), 溪南 崔琡民(1837-1905), 老栢軒 鄭載圭 (1843-1911) 등이 가장 이름났다. 그 가운데서도 蘆沙의 가장 대표적인 문인이라고 할 수 있는 학자는 月皐였다. 그는 蘆沙 만년에 노사로부터 그의 性理說을 정리한 「猥筆」을 전수 받았고, 또 노사 사후 「蘆沙行狀」을 撰述하였으므로 노사의 首弟子라고 일컬을 수 있는 위상을 인정받았다. 월고는 그 在世 당시 慶尙右道에서 이미 비중 있는 학자로 추앙을 받았고, 경상우도 蘆沙學派의 首長 노릇을 하였다.

근년에 와서 月皐에 대한 연구 논문이 몇 편 나와 그의 생애 전반과 蘆沙學派에서의 역할과 영향력 등에 대해서 소상히 밝혔다.[2]

---

1) 『蘆沙先生淵源錄』「先生門人編」.

本考에서는 기존 연구의 성과에 바탕하여 학자로서의 그의 생애를 밝히고, 그의 詩가 갖는 의미와 그 특징을 究明하고자 한다.

Ⅱ. 生平과 成學過程

月皐 趙性家는 1824년(純祖 24) 晉州 서쪽의 玉宗 檜山[지금의 河東郡 玉宗面 檜新里]에서 贈童蒙敎官 趙匡植과 金海金氏 사이에서 장남으로 태어났다.[3]

月皐는 본관이 咸安趙氏로 朝鮮 端宗 때 生六臣의 한 사람인 漁溪 趙旅의 후예다. 漁溪의 5대손인 道谷 趙益道는 李适의 난을 평정한 공으로 兵曹參判에 추증되었다. 道谷의 5대손인 趙元老가 咸安에서 玉宗 雲谷里로 옮겨와 살았는데, 그 아들 趙經鎭이 다시 月橫으로 옮겼다. 趙經鎭은 바로 月皐의 증조부이다.

월고의 선조 가운데 道谷 이후로 저명한 인물은 없었다. 月皐의 부친이 근검으로 家産을 일으켜 자식 교육에 誠力을 기울여 아들들을 학자로 만들었다. 月皐의 아우는 橫溝 趙性宅, 趙性宇, 月山 趙性宙 등인데, 月山 역시 蘆沙의 문인이다. 橫溝도 月皐, 月山과 함께 학행으로 이름이 있었고, 문집을 남겼다.

月皐는 어려서부터 아주 聰慧하였고, 스스로 책을 좋아해서 부지런히 읽고 외웠으므로 스승의 독려가 필요 없었다. 그 부친이 아들을 큰 인물로

---

2) 金鍾坤, 「嶺南地域 蘆沙學派의 형성과 활동」, 『淸溪史學』 제15집, 2000년.
   金鍾坤, 「蘆沙 奇正鎭의 교유관계와 인맥」, 『조선시대의 사상과 문화』 所收, 집문당, 2003년.
   朴鶴來, 「月皐 趙性家의 生涯와 學問」, 『東洋學硏究』 제42집, 단국대학교 동양학연구소, 2007년.
   姜東郁, 「月皐 趙性家(상, 하)」, 慶南日報 「江右儒脈」, 所收.
3) 月皐의 생애에 관한 자료는, 대부분 그 손자인 趙鏞肅이 지은 「月皐家狀」과 松山 權載奎가 지은 「月皐行狀」에 의거했는데, 특별한 경우가 아니면 따로 주석을 달지 않았다.

만들기 위해서 자질구레한 집안 일에 일체 신경을 쓰지 않고 오로지 학문에 정력을 다 쏟도록 여건을 마련했다.

20세쯤에 이미 經書와 史書를 두루 섭렵했고, 문장을 짓는 데 있어서는 옛날 문장가의 軌範을 따랐다. 여러 번 鄕試에는 합격하였으나, 文科에는 끝내 합격하지 못했다. 계속 과거에 미련을 버리지 못하다가 50세가 넘어서야 과거를 포기하였다.4) 과거를 포기하면서 "내 어찌 여기에서 그치겠는가?"라고 말했으니, 스스로 포부를 크게 가졌음을 알 수 있다.

1851년 28세 되던 해 3백리를 걸어가 자기가 지은 문장을 폐백으로 삼아 蘆沙를 찾아뵙고 그 문하에 들어갔다. 河東에서 먼 全羅道 長城까지 가서 蘆沙에게 執贄하게 된 이유는 이미 노사와 교분을 맺고 노사의 薰陶을 입은 마을에 사는 스승 月村 河達弘의 권유가 있었기 때문이었다.5) 蘆沙가 이미 湖南에서 學德으로 우뚝 솟아 聖賢의 학문을 계승하고 있다는 것을 들었다.

蘆沙는 월고를 처음 만나자 그의 타고난 자질이 툭 트이고 포부가 깊고 넓은 것을 사랑하여 참된 선비로 만들려고 결심하고서 정성을 다해서 가르쳤다. 월고는 노사를 스승으로 삼은 이후 큰 잠에서 깨어난 듯 이전의 틀에서 벗어나 더욱 열심히 공부하였다.

월고는 28세 때 부친을 모시고 月橫里로 돌아와 살았다. 檜新이란 곳은 너무 궁벽한 산골이라 찾아오는 士友들에게 많은 불편을 주었기 때문이었다.

1883년(高宗 20) 月皐가 60세 되던 해 조정으로부터 繕工監 假監役을 除授받았다. 經學에 밝다고 道에서 조정에 추천했기 때문이었다.

月橫으로 옮겨와서 「汾西講約」을 만들어 선비들을 모아 춘추로 講會를 하고 導飮禮를 거행하였다. 대개 栗谷의 「海西講約」을 본받아 만든 것인

4) 『月皐集』 권6, 39장, 「與趙海史」.
5) 朴鶴來, 「月皐 趙性家의 生涯와 學問」, 『東洋學硏究』 제42집, 단국대학교 동양학연구소, 2007년.

데, 당시 學規가 확립되지 않아 선비들은 나아갈 방향이 확정하지 못했기 때문이었다.

월횡의 시내가에 取水亭을 지어 제자들을 거처하게 했는데, 벽에 '江湖性氣, 風月情懷'라는 여덟 글자를 써서 걸고, 그 아래 朱子가 제자들을 가르친 것 가운데서 가장 切要한 것을 사방 벽에 써서 붙여 제자들을 가르쳤다. 이때부터 제자들이 많이 몰려들었다.6) 월고가 그 당시 이미 文學과 風流로 남쪽 지방에 명성이 크게 났기 때문이다.

1887년 淵齋 宋秉璿이 月皐를 찾아와서 이틀 자고 갔다. 淵齋가 특별히 길을 둘러서 월고를 방문했는데, 만난 것은 처음이지만 월고의 명성을 이미 들었기 때문이었다.

1893년 晉州牧使가 觀察使의 지시를 받아 講約을 설치하고 月皐를 초빙하여 都約長으로 삼았다. 고을 안에서 學行이 있는 사람을 선발하여 講規를 가르쳐주고서, 그들을 각 마을에 나누어 보내 가르치게 했다. 그리고는 봄 가을로 진주에 모여서 講學을 했는데, 이때의 일은 都約長이 주관하도록 했다.

또 여러 선비들의 요청으로 丹城縣의 新安精舍와 三嘉縣의 觀善堂에서 강의했다.

觀察使가 부임하게 되면 먼저 아전을 보내어 문안을 하며 술과 고기를 선물로 보내기도 했고, 어떤 때는 직접 방문하여 정사를 묻기도 했다.

1894년에는 月皐가 관찰사 李容植에게 正學을 숭상하고 善政을 베풀어 東學을 막으라고 건의하였다.7)

1895년 乙未倭變 이후로 나라가 점점 망할 조짐을 보였는데, 月皐는

---

6) 松山 權載奎가 쓴 「月皐行狀」에는 많은 문인들이 모여든 것으로 기술되어 있으나, 월고에게 배운 문인들을 정리한 門人錄 존재하지 않는다. 『蘆沙先生淵源錄』에는 제자의 제자들까지 다 기록되어 있는데, 월고의 문인은 겨우 5명만 기록되어 있는데, 모두가 조카, 손자, 손서거나 일가이고, 순수한 문인은 한 사람도 등재되어 있지 않다. 문인들의 명부를 정리하지 않아서 그런 것 같다.

7) 『月皐集』 권6, 27장, 「與李方伯」.

智異山 中山里 깊은 골짜기로 들어가 숨어서 살았는데, 사는 집을 方丈石室, 또는 邯鄲心室이라고 했다. 나무꾼이나 목동들과 어울려 살면서 詩를 지어 興을 발산시켰다.

그러나 이때 月皐는 이미 名望이 대단했으므로 사방에서 士友들이 계속 찾아왔다. 찾아온 인사들 가운데 저명한 사람으로는, 勉菴 崔益鉉, 心石齋 宋秉珣, 小雅 趙性熹, 溪南 崔琡民, 老栢軒 鄭載圭, 松沙 奇宇萬 등이었다. 특히 溪南, 老栢軒, 松沙 등은 蘆沙 문하의 동문인지라 더욱 자주 어울렸다. 그러나 글을 요청하거나 배우고자 하는 사람들은 다 돌려보냈다.

日本이 우리 나라를 짓밟고 백성들이 도탄에 빠졌다는 것을 듣고는 매우 상심하여 자주 탄식했다. 그런 감정을 자주 詩로 표현하였다.

지리산에 들어와 산 이후로, 灆溪書院 원장에 추대되어 咸陽으로 행차한 것을 제외하고는, 산 바깥으로 한 발짝도 옮긴 적이 없었다. 남계서원 원장은 이전에는 관례적으로 慶尙道 觀察使가 맡았는데, 儒林으로서 맡은 것은 月皐가 처음이었다. 월고는 서원의 祭享儀節과 講規를 만들어 常規로 확정하였다.

1902년 조정에서 月皐를 通政大夫로 승진시켰다. 高宗이 耆老社에 들어간 것을 기념해서 그 은혜를 널리 확대시킨 것이었다.

1904년 6월 6일 고향집에서 考終하니, 향년 81세였다.

月皐는 慶尙右道에 있는 蘆沙 제자 가운데서 가장 중심 되는 인물이라 할 수 있다. 老論에 속하면서도 蘆沙學派의 입장을 대변하여 儒林에 비중이 있었다. 그래서 유림의 큰 일에는 꼭 참여하였다. 『南冥集』을 교정하여 중간할 때는 교정에 참여하여 다시 定本을 확정하였다. 본래 南冥의 묘소 아래에 眉叟 許穆이 지은 비석이 서 있었는데, 그 비문의 문제점을 지적하여 尤庵 宋時烈이 쓴 「南冥神道碑」를 새로 새겨 세우게 만들었다. 이때 月皐는 비를 바꾸어 세워야 한다는 여론을 주도하여 새로 세울 분위기를 조성하였다.[8] 喚醒齋 河洛의 문집을 간행할 때도 자신이 주관하여 스승 蘆沙한테 서문을 받아 책머리에 실었다. 一蠹 鄭汝昌의 杖屨地인 河東의

岳陽亭 중건에 참여하였고, 여러 유림들의 衆望으로 그 重建上梁文을 지었다.9)

月皐는 부친의 배려와 아우와 아들의 뒷받침으로 평생 전답에 가본 적이 없었고 錢穀에 대해서 말해 본 적이 없이 오로지 공부에만 집중할 수 있었다. 한평생 달리 좋아하는 것은 없었고, 오로지 經書를 좋아하였다. 평생 철저하게 공부하여 地負海涵의 지식을 축적하였다.

그는 나중에 科擧를 포기하고 爲己之學에 치중했는데, 과거공부에 대한 그의 견해는 이러하였다.

지금 젊은 사람들 가운데서 독서한다고 일컬어지는 사람들도 모두가 다 科擧에 얽매였기 때문에 向上하려는 뜻이 없소. 혹 향상하려는 뜻이 있는 사람도 師友를 얻지 못하여 門路와 단계를 얻지 못했기 때문에 마침내 이룬 것이 없소. 세태의 흘러가는 것이 다 이렇소. 그대는 다행히 生員에 합격하여 일찍이 科擧의 구속에서 벗어났고, 性齋를 얻어 의귀할 곳으로 삼았으니, 문로나 단계를 얻지 못할까 걱정할 것은 없소. 다만 향상하려는 뜻이 독실한지 독실하지 못한지는 알지 못하겠소.

우리 집안이 떨치지 못하는 것은 모두가 과거 합격자가 드물게 나오는 것에다 핑계를 대는데, 과거란 궁벽한 시골 선비에게는 분수 밖의 것이오. 오직 내 몸을 신중히 하고 내 책을 열심히 공부하여 옛 사람의 爲己之學을 알아서 하늘이 부여한 귀중한 것을 저버리지 않는 것이 자신의 분수요. 이미 내 분수를 닦는다면, 혹시 올지도 모르는 과거 합격 같은 것이 무슨 관계가 있겠소?

혹 과거 합격의 이름을 한번 얻게 되면 곧 그때문에 자만하는 뜻을 가지고 사치스러워져 침 뱉듯이 책을 버리고, 자기 처신을 바르게 하지 못한다면 다른 사람의 손가락질을 받게 될 것이요. 그러면 합격하지 않은 것만 못할

---

8) 손자 趙鏽蕭이 지은 「月皐家狀」과 松山 權載奎가 지은 「月皐行狀」에는, 尤庵이 지은 南冥神道碑를 세운 것으로 서술되어 있으나, 실제로 尤庵이 지은 神道碑가 세워진 것은 1926년의 일이다.

9) 『月皐集』 권7, 14장, 「與盧時用」.

것이요.[10]

月皐가 族姪 一山 趙昺奎에게 주는 글이다. 그때 一山은 막 생원 시험에 합격했다. 이제 막 합격한 그에게 자만심도 갖지 말고 과거에 연연하지 말고 참된 공부를 열심히 하라고 훈계하고 있다. 그러나 月皐 자신은 실제로 50세가 될 때까지는 과거공부를 떨쳐버리지 못했음을 고백하였다. 그리고 蘆沙로부터 '科擧를 좋아하는 마귀에 씌였다'라는 책망을 듣기까지 했다.[11]

동시대의 인물들 가운데는 새로운 문물에 관심을 가진 학자가 많았으나, 月皐는 철저히 옛날부터 내려오던 전통학문을 고수하였다.

月皐가 交往한 士友들은, 蘆沙 門下의 동문인 溪南 崔琡民, 梨谷 河仁壽, 雲溪 梁柱臣, 谷隱 李墇, 山石 金顯玉, 芝岡 閔致完, 稽樵 閔致亮, 明湖 權雲煥 등이 있었다.

스승으로 모신 蘆沙는, 星州의 학자 寒洲 李震相과 함께 모두 性理學說에 있어서 主理說을 주창하였으므로, 그 제자들끼리는 비교적 거리낌없이 서로 交往이 있었다. 寒洲가 慶尙右道 지역을 유람할 때 月皐도 같이 어울렸다. 餘沙[南沙] 마을에서 같이 鄕飮酒禮를 거행하고 講座를 열었다. 그리고는 寒洲 등과 함께 南海 錦山에 같이 올랐다. 寒洲의 제자인 后山 許愈와도 서신왕복이 있었다.

梅山 洪直弼의 제자인 芝窩 鄭奎元, 雙洲 鄭泰元과도 막역하였고, 그 밖에 石田 李最善, 莘村 權祿休, 晩醒 朴致馥, 醉蓮 權秉太 등은 모두 관계가 좋은 벗들이었다.

---

10) 『月皐集』 권10, 39장, 「答趙應章」.
11) 『月皐集』 권14, 29장, 「祭蘆沙先生文」.

Ⅲ. 人稟과 操行

月皐는 욕심이 적었고 天機가 자연스러웠고 蘊蓄한 것이 풍부했고, 談論을 잘 했다. 松山 權載奎는 그 인품을 형상하여 "깨끗하기는 연꽃에 찌꺼기가 없는 것 같고, 넓고 넓기는 江河가 다함이 없는 것 같다."[12]라고 한 것을 볼 때, 깔끔하고 도량이 넓었음을 알 수 있다. 身體는 그리 크지 않았고 깨끗하였으며 목소리가 크고 우렁찼다.

60년 동안 부모님을 모시면서 하루같이 공손하고 조심하며 부드럽고 즐겁게 했다. 상주 노릇할 때는 자신이 노쇠했다 하여 조금도 해이해지지 않았다. 月皐 자신은 빈소를 지켰고, 바로 다음 아우인 橫溝는 侍墓를 하였다.

喪服을 벗은 뒤에도 부모의 묘소에 가면 반드시 곡을 했고, 家廟에는 매달 초하루 참배했고, 새 음식이 나오면 가묘에 바치지 않고서는 먼저 입에 넣지 않았다. 제사를 지낼 때는 술이나 고기를 따로 마련해 두고 몸소 제수를 점검하였는데, 그 성의가 사람들을 감동시켰다. 증조 이하의 산소에 石儀를 갖추고 碣石을 세워 행적을 기록하였다.

세 아우들과는 우애가 돈독하였는데, 집에 있을 때는 같이 자고 밖에 나갈 때는 같이 다녔다. 막내 아우 月山과는 같이 蘆沙 문하에 출입하였고, 혹은 鄕試 등에서 나란히 榜에 들기도 하였다. 누님 한 사람이 鄭氏 집안으로 출가했다가 딸 셋만 데리고 寡居하였는데, 월고가 한결같은 마음으로 돌봐주었고, 또 양자를 세워 대를 잇게 했다.

집안을 다스릴 때는 입으로 지시하기에 급급하지 않았고, 몸소 실천하여 시범을 보였다. 부부간에는 親狎한 말을 한 적이 없었고, 남녀간에 직접 물건을 주고받지 않았다.

1884년 의복제도를 개정하는 高宗의 명령이 있었는데, 月皐는 항상 큰

---

12) 『月皐集』 권20, 12장, 「月皐行狀」. "皭然如芙蓉之無滓也, 浩然如江河之無窮也."

소매의 옷을 입고 다니면서 "이 명령은 오랑캐가 되는 것의 시작이니, 임금님의 명령이라도 감히 따르지 못할 것이 있다. 이때문에 죄를 얻는다 해도 사양하지 않겠다."[13]라고 했다.

1896년 조정에서 斷髮令을 내리고 또 흰옷 입는 것을 금지하는 명령을 내리자, 월고는 "내 뜻은 이미 결정되었다. 차라리 죽을지라도 어찌 이런 것을 하겠느냐."라고 하며 따르지 않았다. 일상적인 옷이나 그릇 등도 다른 나라에서 생산한 것은 가까이하지 않았다.

松沙 奇宇萬에게 보낸 서신에서 斷髮令에 堅決하게 저항하는 月皐의 의지가 더욱 극명하게 드러나 있다.

> '목은 자를 수 있어도 머리털은 자를 수 없습니다. 나라는 망해도 의리는 망할 수 없습니다.[頭可斷, 髮不可斷. 國可亡, 義不可亡.]' 이 두 구절은 큰 의리입니다.[14]

月皐는 학문에 바탕한 品德이 진실하면서도 순박하였고 온화하면서도 두터웠고, 인위적이거나 참담하고 각박한 뜻이 없었고, 맑고 통달하고 깔끔하여 얽매이거나 鄙吝한 사사로움이 없었다. 거동이나 일상생활에 나타난 모습은 솔직하여 심하게 속박하는 것이 없는데도 법도를 넘지 않아 마치 물 흐르듯 꽃 피듯 자연스러웠다.

책을 좋아하여 장서가 5천권에 이르렀고, 늘 士友들을 통해서 새로운 책을 구하려고 끊임없이 노력하였다. 책을 보다가 마음에 드는 곳을 적어 모은 책이 1권 있고, 따로 觀書箚錄이 있다. 또 자신의 독서생활 士友交往 등 일상생활을 기록한 방대한 분량의 『月皐日記』가 남아 있어 그의 생활상과 의식구조, 成學過程 등을 알 수 있다.

---

13) 『月皐集』 권20, 14장, 「月皐行狀」.
14) 『月皐集』 권11, 9장, 「答奇會一」.

Ⅳ. 蘆沙 師事 및 士友關係

月皐는 28세 때 전라도 長城으로 가서 蘆沙를 찾아뵙고 스승으로 삼은 이후로 매년 반드시 두 번 이상 문안인사를 갔다.

1879년 蘆沙가 세상을 떠났을 때, 月皐는 마침 부친상을 당하여 居喪中 에 있었지만, 스승의 喪에 맞는 喪服을 따로 지어 입고서 장례에 참석하였 다. 자신이 親喪을 당하여 居喪中에 있었기 때문에 이때 無韻의 祭文만 지어 올렸고, 挽詞는 짓지 않았다.

1892년 蘆沙의 行狀을 지었고, 年譜를 편찬하는 일에 몇 년의 노력을 들여 미진한 것이 없도록 했다. 행장을 지으면서 蘆沙의 손자인 松沙 奇宇 萬, 老栢軒 鄭載圭 등과 계속 토론하면서 스승의 學德을 가장 정확하게 선명하게 형상화하려고 노력하였다. 노사의 忌日이 되면 祭需를 장만할 돈을 보냈는데, 평생 한 번도 빠뜨린 적이 없었다.

月皐는 蘆沙와 기질이 서로 맞아 사사한 30년 동안 천하의 서적과 천하 의 일들을 강론하고 질문하여 바른 도리를 얻지 않은 것이 없었다.

月皐가 蘆沙에게 얼마나 心悅誠服했는지는 다음 글을 보면 알 수 있다.

> 先師[蘆沙]의 도덕과 문장은 장차 천추토록 오래 오래 전할 것이니, 우리 儒學의 큰 경사요. '원컨대 고려에 태어나서 金剛山을 한 번 봤으면' 하는 것이 중국 사람들이 바라는 바였소. 子和[李承鶴]께서 능히 한 번 가서 그 문하에서 從遊한다면, 동쪽 나라에 태어난 것이 헛되지 않을 것이오.15)

月皐는 蘆沙를 만나 참된 공부를 하였음을 이렇게 고백한 바 있다.

> 性家는 천성이 용렬하고 게으르고 받은 기운이 浮薄하였소. 글을 읽을 줄 안 이래로 功令文의 찌꺼기에 취했으므로 四書를 한두 번 보지 않은

---

15) 『月皐集』 권11, 25장, 「答李子和」.

것은 아니로되 일찍이 진지하게 공부해 본 적이 없었소. 함축된 깊은 내용을
단지 껍질만 벗겨왔으니, 마침내 얻은 바가 없었고, 다른 사람과 함께 얻은
것은 오직 羞惡之心이었소. 그래서 소매를 떨치고 일어나 호남과 영남 사이
의 길을 멀다 여기지 않고, 두 번 스승의 문하에 이르러 지극한 논의를 얻어
들었소. 그런 뒤에 옛날 것은 씻어버리고 새 것을 도모하여, 경서를 열심히
공부하기로 단단히 결심하였으나 전날의 버릇이 없어지지 않아 힘써 탐색하
여 깊이 궁구하지 못하였소. 비유하자면 오래된 병이 이미 깊어 상투적으로
침을 놓고 뜸을 떠서는 나술 수가 없는 것과 같소.16)

　蘆沙는 月皐를 敎導하는 데 있어 엄격하여 차례가 있었다. 처음에는
眼目을 높이고 마음을 크게 하는 방법을 가르쳤다. 중간에는 가지와 잎을
다 잘라버리고 한 가지 근원에서 功效를 거두도록 했다. 마지막에는 자기
의 학설을 요약 정리한 「猥筆」을 전수해 주었다.
　그러나 月皐는 스승 蘆沙의 주된 학문인 性理學 관계의 저서는 하지
않았다. 그 이유를 月皐는 이렇게 밝혔다.

　　말이 많으면 道를 해치고, 또 투쟁의 실마리를 일으킨다. 朱子 이후로 經術
　은 크게 밝아져 있다. 말하는 것이 어려운 것이 아니고, 아는 것이 어렵다.
　아는 것이 어려운 것이 아니고 행하는 것이 어렵다. 대저 道라는 것은 내
　자신이 마땅히 가야할 길이고, 내 마음에 갖추고 있는 이치다. 만약 몸소
　행하여 마음으로 터득하지 않고서, 한갓 입으로만 말하여 자기의 지혜와
　능력을 자랑하는 도구로 삼는다면, 爲己之學이 아니다.17)

　蘆沙 사후 『蘆沙文集』은 세 번 간행됐는데, 그때마다 月皐가 가장 많은
경비를 지원하였다.
　『蘆沙文集』이 나오자, 艮齋學派 등에서 栗谷 등의 학설과 다르다는 이

---

16) 『月皐集』 권8, 25장, 「答奇景道」.
17) 『月皐集』 권20, 15장, 「月皐行狀」.

유로 通文을 돌려 사방에 선동하여 공격을 개시하였는데, 문제가 크게
될 것 같았다. 月皐는 論辨하지 않는 것을 비방을 중지시키는 방법으로
여겨 직접적인 대응은 하지 않았다. 스승 蘆沙의 학문이 워낙 높고 그
학설이 정확하기 때문에 시간이 지나면 상대가 반드시 수긍하여 저절로
승복할 것으로 믿고 있었기 때문이다. 다만 공격하는 사람이 평소에 자신
과 친한 사람일 경우에는 그와 절교했을 따름이었다. 이 문제에 대한 월고
의 생각은 다음 글에 잘 나타나 있다.

옛날부터 聖賢들도 屈伸이 없을 수 없는데, 우리 스승이라고 홀로 면할
수 있겠는가? 우리들이 할 도리는 오직 마땅히 스승께서 남긴 저서를 강론하
여 남긴 學統을 더욱 확장하여 밝은 하늘이 돌아오기를 기다릴 따름이다.18)

月皐는 蘆沙를, '道學의 正脈', '문장의 眞源', '東方에 다시 나지 않을
大儒'라고 극찬을 하였다.19)
月皐는『蘆沙文集』간행과 年譜 편찬 등에 가장 많은 심력을 기울였는
데, 蘆沙의 碑碣의 撰者로는 勉菴 崔益鉉을 추천하였다.20) 勉菴은 나중에
蘆沙의 神道碑銘을 지었다.
또 艮齋學派의 학자들이 蘆沙의 性理說을 문제로 삼아 공격했을 때,
月皐는 시를 지어 자신의 심경을 밝혔는데, 勉菴을 간곡하게 자기 편으로
끌어들여 지지를 받으려고 하였다.

주자학의 연원이 우리 나라에 두루 퍼졌나니,	朱學淵源遍海東
같으면서 다르기도 하고 다르면서 같기도 하다네.	同而有異異而同
한 방에 들어와 창을 잡고 찌르려는 일 알겠는데,	也知入室操戈事

---

18)『月皐集』권20, 13장,「月皐行狀」.
19)『月皐集』권14, 26, 30장,「祭蘆沙先生文」.
20)『月皐集』권11, 10장,「答奇會一」.

빗장을 뽑아 대문을 여는 자세를 스스로 취해야지.　　自是抽關啓鑰風
물여우 몰래 모래 뿌리는 것처럼 하는 건 사람 본성 아니라 슬프고,
　　　　　　　　　　　　　　　　　　　　哀爾蜮沙非所性
우습다! 하루살이 나무 흔들려 한들 무슨 효과 있겠는가?
　　　　　　　　　　　　　　　　　　　　笑他蜉樹作何功
華西 문하의 衣鉢이 다행히 그대에게 있나니,　　華門遺鉢幸公在
말의 뜻은 읊은 시 가운데서 삼엄하군요.　　　　詞義森嚴感賦中.21)

　같은 淵源에서 나와 다 같이 朱子學을 연구해도 학설이 다를 수 있고,
또 약간 다른 학설은 포용을 해야 하는데도, 蘆沙의 학설을 문제 삼아
艮齋學派에서 심하게 공격을 해 왔다. 그러나 月皐는 마음을 열고 관대하
게 받아들이려고 했다. 뒤에서 蘆沙를 誣陷하는 짓은 본성을 가진 사람이
라면 해서는 안 되는 짓인데도 유학을 했다는 사람들이 그런 짓을 하는
것을 보고서는 슬픈 마음이 들었다. 그들이 또 스승 蘆沙를 공격하지만,
하루살이가 큰 나무를 흔드는 격에 불과하니 우스울 뿐이라는 것이었다.
스승의 높고 깊은 학문에 대한 尊崇하는 마음이 확고하였다. 공격하는
사람들의 수준으로는 蘆沙의 경지에 도저히 따라갈 수 없으니, '하루살이
가 큰 나무를 흔드는 꼴'이라고 一笑에 부치고 말았다.
　月皐는 蘆沙 사후에도 스승에 대한 尊慕가 지극했다. 월고가 노사의
손자 松沙 奇宇萬에게 보낸 서신에서 자신이 스승에 대한 도리를 다하지
못한다고 자책하였는데, 그 내용은 이러하다.

　　그대에게 용서받지 못할 것이 있나니, 乙酉[1885]年 이후로 지금[1891]까
　지 鳳山에 있는 스승의 묘소에 참배하지 못한 것이 첫 번째 죄요, 『答問類編』
　을 印出할 때 참여하지 못한 것이 두 번째 죄요. 여러 해 동안 심부름꾼을
　보내어 그대의 안부를 묻지 못한 것이 첫 번째 허물이고, 지난 가을 莘村과
　河氏가 돌아갈 때 며칠 놀았는데 서신을 붙이지 못한 것이 두 번째 허물이요,

---

21) 『月皐集』 권5, 31장, 「次崔勉庵新安刊所有感韻」.

이번 가을에 鄭厚允이 갈 때 바쁜 것을 뿌리치고 서신을 붙이지 못한 것이
세 번째 허물이오. …… 내년 봄에 상복을 입은 채로 한번 가서 큰 가르침을
들을까 계획하고 있소.[22]

月皐는 스승이 떠난 뒤에도, 자기 아들 뻘 정도 밖에 안 되는 스승의
손자인 松沙에게 지극한 정성을 쏟고 있다. 또 스승의 손자가 큰 학자로서
스승의 뒤를 잇고 있는 것을 매우 다행으로 생각하였다.

V. 文學觀

松山 權載奎는 月皐의 문장을 평하여, "遒健하여 골격이 있고, 蕭散하여
자질구레하거나 지저분한 분위기가 없다."[23]라고 평가했다. 趙鏞肅은,
"문장과 도덕이 합치되었다"고 기록하고 있다.

老栢軒 鄭載圭는 "宋나라 사람이 문장의 전범으로 삼은 『禮記』「檀弓
篇」을 바탕으로 해서 운용하여, 『書經』 典謨의 문장을 상고하고, 『左傳』
과 『國語』의 문장을 참작했고, 스승 蘆沙의 古文을 법도로 삼아 당시의
유림들의 固陋한 의견과는 맞지 않았다."[24]라고 月皐 문장의 학습 연원
과 그 특징을 포괄적으로 이야기했다.

月皐는 蘆沙로부터 문학에 관해서 이런 가르침을 들었다.

문장으로 온 나라에 독보적인 존재가 있다 한들 단지 화를 부를 뿐이다.
그대는 여기에 마음을 쓰는 병통이 있는 듯하다. 朱子께서 이르지 않았던가?
지난날 선배들은 타고난 자질이 뛰어나고 특이하여 스스로 능한 것이었지,
꼭 이 것으로만 일로 삼지는 않았다네.[25]

---

22) 『月皐集』 권11, 5장, 「答奇會一」.
23) 『月皐集』 권20, 15장, 「月皐行狀」.
24) 鄭載圭, 『老栢軒集』 권39, 16장, 「祭趙月皐文」.

문장을 잘 하는 것은 자연적으로 되는 것이지 일을 삼는다고 되는 것은 아니었다. 月皐는 꼭 그렇게 하지는 못해도 스승의 말씀을 큰 띠에 써서 마음에 새긴 지 오래 되었다. 처음에 문장에 관심을 많이 가졌다가 蘆沙의 가르침을 입어 經書나 『朱子大全』 등의 공부에 注重한 것이다.

그러나 시나 문장에 대한 특별한 사상이나 이론이 담긴 전문적인 글을 남긴 것은 없다. 다만 그의 서신이나 서문 등에 그의 문학관을 알 수 있는 단편적인 내용이 약간 있다. 그 가운데 중요한 것을 소개하면 다음과 같다.

經術과 文章을 두 갈래로 나누어 보아서는 안 되는데도, 당시 사람들이 너무 문장에만 치우쳐 있는 점을 월고는 이렇게 지적하였다.

> 지금의 선비들은 經術과 文章을 나누어서 두 갈래로 보는데, 왕의 정치체제를 기획하고, 나라의 공론을 결정하고 백성을 다스리고 큰 왕업을 일으키는 일은 아예 스스로 한계를 정하고서 강구하지 않습니다. 이런 점은 과연 선비들의 두루 겪는 문제점인데, 그대가 하신 말씀이 지금 이 시대의 병통에 딱 들어맞소.26)

月皐는 詩를 배우는 데 있어서는 알맞은 연령대가 있는 것으로, 젊은 사람은 시보다는 학문을 먼저 해야 하고, 시는 학문을 이룬 뒤에 나중에 해야 된다는 생각을 갖고 있었다.

> 옛날 荊州刺史 陶侃이 그 막료들이 바둑을 두는 것을 보고 책망하여 "여러분들은 나라의 인재들이다. 어찌 이런 돼지 치는 하인들이나 하는 놀이를 하고 있는가?"라고 말했다. 朱夫子께서 그 내용을 『小學』에 실어 陶公이 다른 사람의 훌륭한 점을 이루어주는 점을 칭찬하였다.
> 司馬溫公이 일찍이 獨樂園에 거처하면서 바둑판으로 여름을 보내자 蘇子瞻이 시를 지어 찬미했다.

25) 『月皐集』 권14, 28장, 「祭蘆沙先生文」.
26) 『月皐集』 권10, 31장, 「答蔡進士」.

그런즉 陶公이 책망한 바를 溫公이 했으니, 온공의 어짊이 도공에 미치지 못한 것일까? 아니다. 온공은 젊어서 부지런히 공부하여 좋은 성적으로 과거에 급제해서 顯要職에 올라 마침내 慶曆 연간의 이름난 정승이 되어 四海를 敎化하여 온 세상을 잘 다스려지게 한 분으로 멀리는 畢公과 召公에 부끄러움이 없고, 가까이로는 韓琦와 范仲淹 같은 분과 아울러 일컬어졌다. 벼슬에서 물러날 나이가 되어서는 은거할 집을 짓고 深衣와 幅巾으로 재상의 모습은 감추고 옥 바둑돌과 가래나무 바둑판으로 신선의 취미를 즐겼다. 이런 때 陶公이 보았다면 역시 틀림없이 칭찬했을 따름일 것이다.

이런 관점에서 말한다면, 다 같은 바둑이지만, 두어서 되는 때가 있고 되지 않는 때가 있을 따름이다.

내가 詩를 두고 이르는 것도 역시 그러하다. 젊은 시절 어떤 일을 할 만할 때는 마땅히 옛날 훌륭한 분의 뜻에 뜻을 두고, 옛날 훌륭한 분의 학문을 배워, 자기를 완성하고 사물을 완성하는 것으로써 기약해야 한다. 저 안개 낀 자연 속에서 읊조리고, 꽃이나 벌레 물고기 같은 종류를 묘사하려고 수사를 일삼는 것은 숭상할 바가 아니고 급한 것도 아니라는 것이다.

어떤 사람은 "시도 문장에 속하는 하나의 기예인데, 바로 바둑에다 비교한다면 잘못된 것이오."라고 한다. 그러나 伊川先生은 "유익할 것이 없다." 라고 말하며 평생 시 읊기를 좋아하지 않았으니, 내 말도 근거가 없는 것은 아니다.[27)]

한창 공부해야 할 젊은 사람이 너무 詩에 빠져 학문을 등한시한다면, 그 사람의 일생을 그르치는 결과를 초래할 것이니, 그것은 마치 공부에 힘을 쓰지 않으면서 바둑을 두는 것과 같다. 伊川 程頤는 시를 짓지 않았고, 시를 좋아하는 사람들을 매우 책망하였다. 학문에 방해가 된다는 생각에서였다. 南冥도 '시를 지으면 마음이 황폐하게 된다'라는 생각을 갖고서 제자들에게 시 짓는 것을 경계하였다. 月皐가 이런 생각을 가진 것도 이런 전통에서 영향을 받았다 할 수 있다. 그러나 월고는 시를 지어서는 안 된다거나 무시하는 것은 아니고, 젊은 나이에는 공부를 열심히 하고, 공부

---

27) 『月皐集』 권12, 16-17장, 「梅窩序」.

가 이루어진 뒤에 시를 지으라는 융통성 있는 방안을 제시한 것이었다.
　좋은 시는 좋은 분위기라야 지을 수 있는 것이다. 그래서 시를 잘 지으려
면 먼저 깨끗하고 한가하고 욕심 없는 사람이 되어야 한다고 月皐는 주장
했다.

> 詩라는 것은, 山水를 骨髓로 삼고, 風月을 性情으로 삼아 꽃이나 새가
> 그 빛과 모양을 꾸미고, 거문고와 휘파람 술잔 등이 그 멋을 고취하는 것이다.
> 그래서 깨끗하고 한가하고 욕심 없는 선비가 모두 능한 것이다. 그러나 저
> 티끌이 가득한 속된 마음을 가진 사람은 비록 평생 詩를 일삼는다 해도 어찌
> 그 최고의 경지에 나아가 그 정수를 맛볼 수 있겠는가? 또 깨끗하고 한가하
> 고 욕심 없는 선비라도 문을 닫고 끙끙거리며 먹을 썩게 만들고 붓을 빨면
> 그 사람의 기운은 시들어 버린다. 반드시 좋은 환경을 만나야만 한다.[28]

좋은 문장을 지으려면 먼저 道義와 氣節을 갖추어야 한다고 보았다.
형식적이고 화려한 문장은 좋은 문장이 아니고, 내용이 좋은 문장이 좋은
문장인데, 내용이 좋은 문장은 道義와 氣節을 갖춘 사람만이 지어낼 수
있는 것이라고 月皐는 보았다.

> 문장이 道義와 氣節로부터 나오지 않았으면, 비록 비단을 잘라 붙이고
> 구슬을 꿴들 어찌 족히 숭상할 것이 있겠는가?[29]

같은 맥락에서 좋은 시는 性情의 바름을 얻은 시라야 한다고 생각했다.

> 시를 어찌 한갓 聲韻이나 句格을 가지고 구할 수 있겠는가? 오직 잘 보는
> 사람은 시에서 그 시를 짓게 된 까닭을 구하나니, 그 性情의 바름을 얻을
> 수 있을 것인저![30]

---

28) 『月皐集』 권12, 35장, 「大源庵詩會序」.
29) 『月皐集』 권12, 33장, 「柳烏文集序」.

문장 가운데서 사람의 일생을 기록하여 壙中에 넣는 墓誌銘은, 상세한 것보다는 간략하게, 길게 하는 것보다는 짧게 하는 것이 마땅하다고 생각했다.

墓誌銘의 체재는 간략하게 하는 것이 마땅하지 상세히 하는 것은 마땅하지 않고, 짧게 하는 것이 마땅하지 길게 하는 것은 마땅하지 않소. 한 글자가 한 구절의 뜻에 해당하기 때문에 생략하는 것이고, 한 구절이 한 章의 뜻을 머금고 있기 때문에 그래서 짧게 하는 것이오. 유독 韓愈나 柳宗元을 천고토록 추앙하는 것은 이때문이오.31)

후손들은 조상 자랑하기 좋아하여 碑誌類 文字는 보통 과장과 수식이 많은데, 장황하게 늘어놓아서는 墓誌銘의 본래 취지를 상실하는 것으로 月皐는 보았다.

문장을 잘 지으려면 그 일에 專一해야 함을 강조하였다.

음악에 있어서 伶倫이나, 醫藥에 있어서 扁鵲이나, 수레 몰기에 있어서 造父나, 점치는 데 있어서 神龜나, 바둑 두는 데 있어서 秋나, 탄환 쏘는 데 있어서 邃 등은 모두가 하늘이 낸 뜻에다 거기에 자기 뜻을 專一해 가지고 배워서 그 경지를 얻은 것이오. 하물며 문장의 어려움은 이런 몇 가지 기술보다도 두 배 내지 다섯 배 정도 어려운 것이오. 柳宗元이나 蘇軾 같은 사람은 그 경지를 더욱 더 많이 얻은 사람들이라 할 수 있소. 말세의 얇은 재주를 가진 사람들은 그 재주가 옛 사람에 절대적으로 미치지 못하면서도, 專一하는 공부는 하지 않고서 갑자기 문장의 근육이나 골수를 얻는다는 것은 이미 될 수가 없는 것이오.32)

좋은 문장은 義理가 담긴 글이라야 하는데, 의리가 담긴 글로는 六經이

---

30) 『月皐集』 권12, 29장, 「竹坡詩稿序」.
31) 『月皐集』 권11, 31장, 「答趙景善」.
32) 『月皐集』 권10, 32-33장, 「答蔡進士」.

있고, 그 다음으로는『朱子大全』이 있으니,『주자대전』을 숙독하는 것이
좋은 문장을 지을 수 있는 바른 길이라고 생각했다. 그래서 士友들에게
늘『朱子大全』과『朱子語類』를 숙독할 것을 권장하였다.

> 지난날 어른들에게 들으니, 무릇 선비 된 사람들은 젊은 시절에는 반드시
> 百家를 널리 보다가 만년에 이르러서는 고개를 숙이고 朱子의 책으로 들어
> 간다고 했소. 대개 문장의 어려움을 노년에 이르러서야 비로소 깨달은 것인
> 데, 가슴 속을 적셔주는 것으로는 義理가 담긴 문자만 한 것이 없소. 의리가
> 담긴 문자로는 六經 다음으로는 朱子의 글만한 것이 없소. 德菴의 萬卷書를
> 그대는 이미 널리 섭렵했을 것이오. 그대의 나이가 늦었다고 말하지 않을
> 수 없소. 원컨대 지금부터는 어지러운 百家書는 감출 곳에 감춰두고 책상
> 위에는 오직『朱子大全』한 질만 올려놓고, 필생의 계책을 이 책에 붙이고서
> 스승에게 질문하고 벗들과 강론하여 주고받는 서신도 반드시 이 것으로 토
> 론한다면 어떻겠소?[33]

좋은 문장을 짓기 위해서, 문장교본으로 손꼽혀 많은 사람들이 탐독하
는『唐宋八家文』같은 책을 읽을 필요는 없고,『朱子語類』를 읽는 것이
낫다는 생각을 月皐는 가졌다. 문장을 잘 짓는 것은, 단순한 외적인 기교로
만 되는 것이 아니고, 궁극적으로는 학문이 이루어져야 한다고 생각했던
것이다.

> 그대는 일찍이『朱子語類』를 가지고 참작해서 경전을 보았소. 책을 보는
> 데 쓰이는 道具書로써 아마 이보다 더 나은 것이 없을 것 같소. 저도 겨울에
> 조금 시험해 보았으나, 조급하고 경솔한 성질에 비록 침잠해서 궁구하여
> 그 맛을 느끼지는 못했지만, 좋아하는 마음은 다함이 없었소.
> 『唐宋八家文』은 아직도 아무 탈 없이 그대 책상 위에 놓여 있는지요?
> 이런 책은 보지 않아도 군자가 되는 데 해로울 것이 없고, 보아도 소인 되는

---

33)『月皐集』권8, 10장,「與金稺敬」.

데 해로울 것이 없소. 『朱子語類』 같은 책은 그렇지 않소. 원컨대 그대는
이런 데 유념하시오. 각자 터득한 바로써 서로 보여주면 서로 면려하는 바탕
이 될 수 있을 따름이오.[34]

좋은 문장을 짓기 위해서는 마음을 굳게 갖는 것이 중요한데, 이익이나
명예 등 바깥 사물에 마음이 빼앗겨 표절할 생각을 해서는 안 된다고 했다.

그러나 뜻으로 통솔하는 것이 굳지 못하여 바깥 사물에 흔들려 빼앗기는
것이 하나가 아니고 많소. 더욱 병이 되는 것은 科擧試驗에 쓰이는 문장이요.
이런 까닭으로 책을 마주하여 웅얼거리며 읽지만 함축된 뜻을 찾아 궁구하
지 못하고 먼저 章句나 표절할 생각부터 일으키니, '구슬을 산다면서 구슬
담은 상자만 사고 구슬은 돌려주어 버린다'는 말이 바로 이런 것을 두고
이른 것이요. 어찌 진보할 희망이 있겠소?[35]

判書 徐承輔가 문장에 대하여 완전히 부정적인 시각을 갖고서, 이런
질문을 해 왔다.

문장은 실로 잘 짓기 어려우니, 꼭 배울 것은 없습니다. 孔子께서는 "말을
교묘하게 하고 얼굴빛을 좋게 하는 것에는 仁이 적다.", "강직하고 굳세고
소박하고 말을 잘못하는 것이 仁에 가깝다."라고 하셨습니다. 祝官 鮀의 말
솜씨나 鄒衍이나 張儀의 변설이 아니라면 어느 겨를에 능하게 할 수 있겠습
니까? 단지 禍만 불러올 뿐이겠지요?

이 질문에 月皐는 이렇게 대답했다.

화려하게 수식하는 데 마음을 쓰는 것은 실로 배울 것이 없지만, 일을
간결하고 예스럽게 기록하는 것은 어찌 배우지 않을 수 있겠소?[36]

34) 『月皐集』 권8, 30장, 「與奇景道」.
35) 『月皐集』 권8, 26장, 「答奇景道」.

예스럽고 간결하게 기록하기 위해서는 문장을 배울 필요가 있다는 것이 月皐의 생각이었다.

月皐는 經學과 文章이 兩分되어서는 안 되고, 經學에 바탕을 둔 위에 문장의 기교를 발휘해야 된다고 보았다. 문장을 위한 문장보다는 내용 있는 문장을 강조하였는데, 그러기 위해서는 글 짓는 사람의 學德, 氣節 등이 먼저 갖추어져야 한다는 생각을 가졌다.

그러나 月皐는 문장보다는 시를 좋아하였고, 또 시에 그의 特長이 있었다. 그의 시를 정밀하게 검토하면 그의 진면목을 발견해 낼 수 있다.

VI. 詩에 나타난 月皐의 모습

月皐는 시를 매우 좋아하였고, 1,500여 수에 달하는 많은 작품을 남겼는데, 그 가운데는 독창적이면서 빼어난 구절을 포함한 시가 대단히 많다. 그는 性理學者인 蘆沙의 수제자이지만, 스승의 전문분야인 성리학보다는 시를 더 좋아했다. 이는 어릴 때 배웠던 스승인 月村 河達弘의 영향이 컸던 것 같다. 월촌이 시를 좋아하고 잘 했기에[37] 月皐도 시를 좋아한 것이다.

월고는 시를 통해서 자기의 정신적 만족을 찾았고, 이루지 못한 뜻을 위로받았다. 그의 시를 '自然과의 合一', '治學의 歷程', '人情의 表出', '自我 省察' 등 네 가지 주제로 나누어 고찰하고자 한다.

1. 自然과의 合一

儒學者는 기본적으로 天人合一의 사상을 가졌다. 하늘과 땅에 순응해서

---

36) 『月皐集』 권6, 20장, 「與徐判書」.
37) 『月皐集』 권12, 35장, 「大源庵詩會序」.

살아가는 것은 물론이고, 자신의 주변 山川과도 늘 조화를 생각하였다.
月皐는 자신이 집주변의 환경과 자신의 일생생활을 이렇게 읊었다.

佳士山 아래 道德川 가,   道德川邊佳士山
주인의 삼간 띠집 오뚝하구나.   主人茅棟矗三間
차가운 소나무 야윈 대 속에 새로 오솔길 열었고,   寒松瘦竹新開逕
지저귀는 새 헤엄치는 물고기가 모두 얼굴을 아네.   啼鳥游魚摠識顔
만권의 책 속에 자신의 분수를 달갑게 여기고,   萬卷詩書甘自分
한 평생 천지간에 나같이 한가한 사람 없으리라.   百年天地少吾閒
'물이여!'하고 孔子께서 무슨 뜻 취하셨는지?   水哉是取取何意
洙泗의 물가에서 일찍이 이 뜻을 들었도다.   此義曾聞洙泗邊[38]

　　晉州 서쪽 玉宗 佳士山 아래 道德川 가에 月皐의 집이 있었다. 그 집
주변에는 소나무와 대나무가 어우러져 있고, 그 사이로 오솔길이 하나
나 있다. 陶淵明의 三逕을 연상케 한다. 산에는 우는 새가 있고, 물에서는
헤엄치는 물고기가 있다. 그런 환경 속에 오천 권 장서를 갖고 한가한
생활을 하고 있는 자기는 천지 사이에서 가장 한가한 사람이다. 집 주위를
흐르는 물은 단순한 물이 아니고, 孔子께서 찬미한 물의 의미를 갖고 있다.
늘 쉬지 않고 흐르는 변치 않는 물이다. 이 물처럼 자신도 계속 학문을
연구하겠다는 의지를 갖고 있음을 감지할 수 있다. 새가 울고 물고기가
헤엄치는 것은 다 天理의 운행에 맞추어 자신의 本性을 살리며 살아가는
현상이다. 또 소나무 대나무는 사계절 내내 푸르른 志節의 상징이다. 이런
환경 속에서 자신의 생활에 정신적인 만족을 얻으면서 주변 산수와 주인
이 완전히 일체가 되어 있다.
　　전라도 高敞에 사는 친구인 東塢 曺毅坤의 집을 찾아가 조의곤이 지은
東塢亭이라는 정자를 두고 이런 시를 지었다.

---

38) 『月皐集』 권3, 26장, 「取水亭」.

멀리 산 중턱에 정자가 있는데,	有亭迢遞半登岡
달 비친 문과 바람 부는 난간에 의미 길구나.	月戶風檻意味長
네모난 못가에서 지팡이 짚고서 물고기 보고,	植杖觀魚方沼畔
검푸른 수풀 곁에서 두건 비스듬히 쓰고 새소리 듣네.	岸巾聽鳥黝林傍
책을 읽어 천추 이전의 옛사람들을 벗 삼고,	千秋尙友看書史
몇 마지기 생활은 산뽕나무와 뽕나무에 붙였다네.	數畝生涯付柘桑
취한 뒤에 거문고 어루만지며 스스로 즐기나니,	醉後撫琴還自樂
뜰에 가득한 꽃과 과일이 날마다 향기를 바치누나.	滿庭花果日呈香[39]

그림 같은 산중턱에 정자를 짓고 깃들어 사는 친구인 曺毅坤은 달과 바람을 다 차지하고 산다. 그런 속에서 얻는 의미는 매우 많다. 때로는 물고기를 보고 새소리를 들으면서 道의 本體가 운행되는 것을 본다. 그러다가 책을 읽어 천년 전 옛 선현들을 師友로 삼는다. 그러다가 긴장을 풀기 위해서 몇 잔의 술을 마시고 풍류로 거문고를 연주하는데, 뜰의 꽃과 과일이 향기를 전해온다. 친구가 노년을 保養하기 위해서 경치 좋은 곳을 골라 정자를 지었는데, 그 주인이 지은 시에 月皐가 찾아가 次韻하였다.

이 한 편의 시 속에 산, 달, 바람, 물고기, 연못, 새, 수풀, 책, 뽕나무, 술, 거문고, 뜰, 꽃, 과일, 향기 등 선비가 어우러져 즐길 수 있는 자연물이 다 들어 있다. 재산이 많거나 벼슬이 높아서가 아니라, 이렇게 많은 자연물과 친밀하게 어울려 지내니, 바로 땅 위의 신선과 같은 생활이다.

다음은 晉州 大坪 강가의 산 위에 있는 孤山亭을 두고 읊은 시다. 원래 圃隱의 후손인 學圃 鄭暄이 지은 정자인데, 후손들이 잘 가꾸어 晉州 인근 선비들이 모이는 명소가 되었다. 月皐는 학포의 후손인 坪隱 鄭煥文의 시에 이렇게 차운하였다.

---

39) 『月皐集』 권4, 9장, 「次曺士弘東塢亭原韻」.

활 모양으로 굽은 강에 손바닥 같은 들판,	弓樣江回掌樣坪
스스로 만족하며 태평을 즐기는 마을 하나.	一區自足樂昇平
서쪽으론 盤谷과 이웃하여 그윽하며 고상하고,	西隣盤谷幽而窈
동쪽으로 董邵南처럼 글 읽으며 밭가는 것 본받네.	東挹邵南讀且耕
물 깊고 산 높은 경치 좋은 곳에 孤山亭 자리 잡았고,	孤山亭占泓崢勝
집안에 전해 내려오는 건 圃隱선생 忠義의 명성이라.	圃老家傳忠義聲
조물주가 그대에게 준 것은 진실로 이미 풍부하나니,	造物餉君良已厚
자연스럽게 노니는 것이 莊子보다 못할 것이 없도다.	采眞遊不讓莊生[40]

첫 구는 꼬불꼬불한 蛇行川 가에 형성된 扇狀地 모양으로 된 孤山亭
주변의 마을의 정경을 절묘하게 묘사했다. 太行山 기슭에 있는 盤谷과
이웃한 듯 隱者가 살 만한 마을인데, 벼슬을 마다하고 직접 농사지으면서
孝悌忠信을 실천하는 處士 董邵南처럼 그 속에서 글 읽으며 농사짓는
생활을 하고 있다. 높은 산 깊은 물가 경치 좋은 곳에 있다고 해서 孤山亭
이 이름난 것이 아니다. 포은의 忠義를 잘 지켜나가는 由緒가 있어 더욱
가치가 있는 것이다. 이런 속에서 사는 후손 坪隱 鄭煥文은 하늘로부터
많은 선물을 받아 좋은 경치 속에서 자유롭게 사는 유유자적한 생활은,
얽매임을 싫어한 莊子보다 못하지 않다고 평가했다. 정신적인 풍요를 듬
뿍 누리는 정환문의 생활을 운치 있게 잘 형상화했다.

가을 수확의 계절에 月皐는 농촌 들판의 정경을 한 편의 그림처럼 묘사
하였다.

나뭇잎 떨어지고 하얀 이슬 드리웠는데,	木葉蕭森玉露垂
온 들판에 벼와 기장 모두가 이삭 늘어졌네.	滿郊稻黍摠離離
논밭의 허수아비가 사람처럼 서 있으니,	田間傀儡如人立
새들은 알지 못하고 그럭저럭 속히는구나.	鳥雀無知謾受欺[41]

---

40)『月皐集』권4, 3장,「次鄭德五坪隱韻」.
41)『月皐集』권1, 7장,「次月村田家十二月詩韻」.

다 익어 이삭이 드리워진 벼와 기장이 있는 벌판에 새떼들이 몰려들기 마련인데, 그 것을 쫓기 위해서 사람 모습을 한 허수아비가 서 있다. 그래도 새들은 그 것이 사람인 줄 알고 속힘을 당하고 있다는 것이다. 특별한 의미가 있는 시는 아니지만, 농촌의 가을 정경을 담담한 필치로 묘사하였다. 농촌생활을 하며 田園詩를 쓴 陶淵明 시의 분위기와 아주 흡사하다.

2. 治學의 歷程

어떤 공부든지 쉬운 것이 없다. 하루 아침에 이루어지는 것도 아니다. 그러니 꾸준히 해야 한다. 月皐는 시를 통해서 그 자신의 治學方法을 이렇게 제시하였다.

자라고 자라는 봄의 뜻에 풀이 뜰에 어우러졌나니,	生生春意草交庭
공부를 잠시도 멈추지 않는 것을 보시기를.	看取工夫不暫停
글을 읽으면서 책 속의 맛을 모르고서,	讀書不識書中味
옛날 경서 파먹는 좀은 배우지 마시오.	莫學蠹魚蝕古經[42]

해마다 봄풀이 돋아나 자라듯 천지의 조화의 운행에는 멈춤이 없다. 이를 본받아 공부도 쉬어서는 안 된다. 쉬면 공부가 아니다. 매일 해가 돋듯, 해마다 봄이 오듯 꾸준히 공부를 계속해야 한다.

그러나 계속 한다고만 되는 것은 아니고, 책 속의 깊은 뜻을 파악해야 한다. 책을 읽으면서도 그 뜻을 알지 못하거나 알면서도 실천하지 못한다면, 옛날 책 파먹는 좀과 조금도 다를 바가 없다. 선비로서 아무 하는 일 없이 국가민족을 망각한 채 제 한 몸만 챙긴다면, 책을 파 먹는 좀과 다를 바가 없을 것이다.

공부는 뜻대로 되지 않는다. 세월이 흘러간다고 저절로 실력이 붙는

---

42) 『月皐集』 권3, 41장, 「月峯齋次韻」.

것은 더구나 아니다. 뜻을 잘 세우고 분발해야만 효과가 있게 된다.

외로운 등불 깜박거리는데 궁벽한 오두막에 앉았으니,	孤燈耿耿坐窮廬
흐르는 물 같은 세월에 뜻 둔 일은 엉성하도다.	日月如流志業疎
마흔 살 되기 전 서른 살 넘은 연령에,	四十以前三十後
묻노니 옛 사람들 성취는 어떠했을까?	古人成就問何如[43]

이 시는 月皐가 서른을 넘기고 마흔이 되기 전의 어느 시기에 지은 시이다. 20년 정도 공부를 한 시점이라 할 수 있다. 어느 정도 수준에 이르고 나면 발전하기가 더욱 어렵다. 공부가 뜻대로 되지 않는다는 느낌을 받는다. 그러면 탄식을 하게 되고, 탄식하면서 옛 성현들은 이 나이에 얼마나 성취했는지? 스스로 묻고 있다. 공부를 하는 사람들은 옛날부터 '聖人으로써 스스로 기약하라'는 말을 많이 듣는다. 월고는, 이미 성인에 기준을 두고서 '舜임금은 어떤 사람이며 나는 어떤 사람인가?'라는 顔淵의 말을 생각하고 자신이 뜻 둔 學業이 목표에 이르려고 노력을 해왔다. 그러나 아직 그 경지에 못하여 스스로 탄식을 하면서 더욱 분발하고 있다.

儒學 공부의 첫 걸음은 格物인데, 격물을 하려면 자신의 가슴을 열어야 한다. 가슴을 연다는 것은 사물과 자신이 하나가 되는 것이다. 자신과 관계 없는 사물은 어떻게 가치기준을 부여할 수가 없어 별 의미가 없게 된다. 격물이 안 되면 사물의 가치기준이 서지 않기 때문에 모든 것을 의심하게 된다. 문장 공부나 역사 공부는 참된 공부가 아니라고 보았다. 格物과 관계가 없는 기예의 연마나 지식의 습득에 머무를 수 있기 때문이다. 의심이 풀리지 않은상태를, '장면마다 九疑山 봉우리'라는 諧謔的이면서도 기발한 표현을 하고 있다.

---

43) 『月皐集』 권1, 9장, 「寄呈抱甕三首」.

사물의 이치 궁구하는 공부는 먼저 가슴 열어야 해,	格物工夫先拓胸
그렇지 않으면 장면마다 九疑山 봉우리와 같다네.	不然面面九疑峯
東方朔은 원래 학문을 아는 사람이 아니기에,	方朔原非知學者
단지 문장과 역사서로써 세 달 겨울 다 보냈네.	只誇文史足三冬

月皐에게는 3백리 밖 전라도 長城에 蘆沙선생이 있었지만, 어릴 때부터 스승으로 모셨던 같은 마을의 月村 河達弘이 있었다. 월촌이 세상을 떠났을 때, 월고는 이런 시를 지었다..

어진 스승 이웃에 계셨으니 얼마나 다행인지요?	賢師何幸比隣存
오십년 동안 줄곧 우러러 존경해 왔습니다.	五十年來仰止尊
우둔한 바탕이라 비록 이룬 것 없어 부끄럽지만,	鈍根縱愧無成就
평소 이끌어주신 은혜를 감히 잊겠습니까?	平日提撕敢忘恩[44]

月皐가 어릴 때부터 스승으로 모셨던 月村이 54세 때인 1877년에 세상을 떠났다. 월고는 존경해 마지 않았지만, 그가 세상을 떠났을 때 가르쳐 준 바대로 한 것이 없어 부끄럽다고 스스로 탄식했다. 謙辭도 포함됐겠지만, 공부란 것이 목표를 세운 대로 되는 것이 아님을 切感한 것이다.

3. 人情의 表出

月皐는 晉州를 중심으로 한 慶尙右道에서 태어나 활동했지만, 그 교유 범위는 전국적이었다. 勉菴 崔益鉉, 淵齋 宋秉璿 등 老論 계열의 대단한 國儒들과 교유를 하였다. 그리고 蘆沙 문하에 출입한 관계로 湖南의 학자들과 많은 관계를 맺었다. 그리고 黨色은 달라도 寒洲 李震相, 晩醒 朴致馥, 后山 許愈 등과도 학문을 토론하며 절친하게 지냈다.

먼 친척인 澹人 趙敏植이 그의 집으로 찾아와 머물며 담소를 나누다가

---

44) 『月皐集』 권3, 10장, 「河月村挽十首」.

시를 지어 주었으므로, 거기에 차운하여 시를 이런 지었다.

궁벽한 골목 쓸쓸하고 대나무 숲 깊은데,	窮巷蕭蕭竹樹深
흰 도포 입은 분 왕림하셔서 문득 놀랐도다.	忽驚門外白袍臨
십년 동안 보내주신 서신은 충고와 칭찬이었고,	德音十載規兼獎
한밤중까지 옛날 일 지금 일 정답게 이야기했네.	情話三更舊又今
천 길 높이 나는 봉황 따를 도리는 없으니,	丹穴未隨千仞鳳
지리산 나뭇가지에 앉은 새 되기 달갑게 여기리.	方壺甘作一枝禽
좋은 술 없어도 담근 술 있어 무궁한 뜻 있나니,	酤無醑有無窮意
행차가 골짜기 수풀에서 나가는 것 재촉 마시길.	行幰休催出洞林45)

아무리 참된 학문을 한다지만, 과거하여 仕宦할 기대가 없지 않았던 月臯가 시골에서 살아갈 때는 외로움을 느끼지 않을 수 없었을 것이다. 말이 통하는 친구를 자주 만날 수 있는 것도 아니다. 이런 때 천리 밖에서 흰 도포 차림으로 반가운 손님이 찾아 왔으니, 바로 澹人 趙敏植이다. 10년 동안 서신을 통해 자기에게 때로는 충고를 때로는 칭찬을 해주던 사람이다. 만나게 되니 옛날 이야기 지금 이야기가 이어져 밤이 깊은 줄을 몰랐다. 月臯 자신이 智異山 속에 묻힌 한 마리 새라면 趙敏植은 봉황새와 같은 존재였다. 따르려 해도 따를 수 없는 큰 인물이었다. 시를 한 수 주고 떠나려 할 때, 月臯는 너무 서둘러서 떠나지 말아달라고 요청하였다. 반가운 손님과 쉽게 헤어지기가 어렵지만, 그에게서 배울 것이 많았기 때문이었다.

인근의 水谷에 사는 東寮 河載文이 찾아왔다. 다 같이 月村 문하의 동문으로 나중에 사돈관계를 맺었다. 비 오는 밤에 관솔불을 밝혀 놓고 두 사람이 밤새도록 대화를 나누었다. 대화를 나누다가 또 시를 지었다.

---

45) 『月臯集』 권1, 13장, 「澹人千里潰庄之行臨枉敝廬感荷可言臨行寵以一律和呈」.

쓸쓸한 관솔 등불 밤 하늘 비추는데,	寂歷松燈照夜天
좌중의 좋은 친구 모두 한창 나이일세.	座中良友盡英年
시냇물 소리 밖에선 두둑두둑 빗소리요,	雨聲瑟瑟溪聲外
나무 빛 밖으로는 아련한 산 빛이로다.	山色依依樹色邊
마음 혹 망녕되이 치달려 도리어 부끄럽고,	心或妄馳旋愧了
졸렬하게 시 지어도 또한 기뻐다네.	詩雖拙得亦欣然
밤새도록 앉아 신나게 이야기하고 즐겁게 웃는데,	劇談歡笑通宵坐
때로 수풀의 바람이 잠 못 이루게 하는구나.	時有林風也攪眠[46]

너무 마음에 드는 친구라서 차마 잠을 잘 수가 없다. 시를 잘 짓고 못 짓고를 따질 필요가 없다. 자신이 과거에 너무 집착하여 참된 공부를 할 시간을 허비한 것을 부끄러워하기도 했다. 비오고 바람 부는 산 속의 집에서 두 사람이 밤새도록 이야기 나누는 속에서 인간미를 느낄 수 있다.

다음은 芝窩 鄭奎元이 부쳐 보낸 시에 차운하여 보낸 시다.

그대 아름다운 시구 외우니 내 마음 상쾌하게 하는데,	誦君佳句爽吾心
좋은 밤에 잠이 없어 일어나 비녀 고쳐 꽂는다네.	良夜無眠起整簪
남쪽 하늘엔 서신 전하는 기러기 끊어졌기에,	南天久斷傳書雁
생각이 江東에 구름과 渭水의 나무 그늘에 있다네.	思在江雲渭樹陰[47]

梅山 洪直弼의 제자인 芝窩 鄭奎元과는 인근에 살았는데, 자주 서신을 왕복하면서 학문을 논하는 사이였다. 그러다가 한 동안 소식을 듣지 못하며 지냈다. 어느 날 날아온 芝窩의 시구를 읽으니, 그 서신이 月皐의 마음을 상쾌하게 했다. 너무 반가워 잠을 이룰 수가 없다. 그만큼 月皐는 芝窩와 意氣投合했던 것이다. 그리워하는 마음 간절하여 唐나라 때 李白과 杜甫가 長安과 江東 지방에 떨어져 살면서 서로 그리워한 것과 같은 심정

---

46) 『月皐集』 권1, 12장, 「河東寮羲允過余書室占韻志喜二首」.
47) 『月皐集』 권1, 3장, 「和芝窩鄭國喬五心字韻」.

이었다.

다음은 月皐가 자기보다 먼저 죽은 둘째 아우 橫溝 趙性宅의 죽음을
애도해서 지은 시이다.

너와 내가 來世마다 형제가 되어,	與君世世爲兄弟
다하지 못한 인연 내세에서 또 맺으세.	又結來生未了緣
내세에는 내가 너의 아우가 되어 가지고,	來生使我爲君弟
형을 잘 섬긴 네 은혜 조금이나 갚았으면.	善事兄恩少報焉[48]

먼저 죽은 아우에게 할 말이 많았겠지만, 다 생략했다. 다만 저 세상에
가서는 月皐 자신이 아우가 되어, 평생 희생적으로 자기를 잘 모셨던 아우
를 섬겨서 아우의 그 은혜에 보답하겠다는 간절한 염원이 담겨 있다. 자기
를 잘 모셨던 아우라는 특징을 잘 부각시켜 그 友愛의 强度를 느끼게 하는
시다.

4. 自我省察

선비는 근본적으로 操行이 있어야 하는데, 자기의 잘못을 알면 바로잡고,
자기에게 잘하는 것이 있으면 더욱 더 발전시켜 완전한 도덕적 인격체를
형성하는 것이다. 옛날의 올바른 학자들은 학문하는 것이 지식 습득에
목적이 있는 것이 아니었고, 학덕을 갖추는 것을 주된 목적으로 삼았다.
아무리 지식이 풍부해도 操行이 없으면 올바른 선비가 될 수 없었다. 그래서
선비들은 한 가닥 숨이 붙어 있는 한 잠시도 쉬지 않고 계속 精進을 했다.

몸을 다스리는 건 마음 단속하는 것만 한 게 없나니,	治身莫若檢其心
병을 숨기는 사람 가운데 침을 꺼리는 사람 많다네.	護疾人多忌砭針

---

48)『月皐集』 권4, 40장, 「仲弟挽六首」.

| 알겠도다! 그대가 깨어있는 마음 불러일으켜, | 知君喚得惺惺處 |
| 종래부터 바깥의 유혹에 침략 당하지 않은 줄. | 外誘由來不見侵[49] |

사람의 마음은 몸을 단속하고, 마음은 敬이 단속한다. 敬을 하려면 늘 마음이 '깨어있어야[惺惺]' 한다. 자기 마음이 깨어 있으면 명예나 이익 등 바깥의 사물이 침범하지 못 한다. 바깥의 유혹에 흔들리지 않아야 몸을 다스릴 수 있다. 사람이 사람답게 사는 것이 가장 중요하다. 그래서 사람으로서 살아가는 데 禮法이 중요하다는 것을 강조하였다. 禮法의 본질은 바로 敬이다.

무례한 것에 대해서는 「相鼠篇」에서 풍자했나니,	無禮曾聞刺相鼠
옷 입은 소 되어 문예의 세계에서만 놀지 말기를.	莫作牛裾遊藝圃
변화하는 것도 마땅히 시일이 필요하나니,	也知虎變當有日
「兎罝篇」은 거친 인재 이야기한 것이 아니라네.	兎罝不是人才鹵[50]

禮法의 근본은 모르면서 의관을 차려입고 선비인양 행세하는 사람이나, 詩文으로 이름 내려고 동분서주하는 무리들은 진정한 선비가 될 수 없다. 操行은 없으면서 技能만 가진 사람도 문제다. 겉모양은 사람 같아도 실제로는 소와 다를 바 없다고 月皐는 아주 멸시하였다.

月皐는 평생을 공부했지만, 스스로 돌아볼 때 정확하게 아는 것이 없고, 행동이 참되고 바른 데서만 나오는 것도 아니었다. 그래서 저절로 나오는 탄식을 금할 수가 없었다.

| 아는 것도 식견도 없이 세월만 보냈나니, | 無知無識送居諸 |
| 여든이 되어서도 오히려 객기 제거하지 못해. | 八十猶難客氣鋤 |

---

49)『月皐集』권1, 3장, 「和芝窩鄭國喬五心字韻」.
50)『月皐集』권1, 2장, 「次朱子十二辰詩韻」.

涵養이나 操存의 경지는 꿈에도 이르지 못했으니,   涵養操存夢未到

움막에서 탄식한다고 이제 와 무슨 도움 되었는가?   到今何益歎窮廬51)

그래도 月皐는 가식이 없는 솔직한 성격의 소유자였다. 사방에서 추앙하는 큰 학자의 반열에 들었으면서도 자신이 느끼는 심정을 그대로 드러내 보였다. 유학자들이 늘 강조하는 마음 수양공부의 덕목인 涵養이나 操存에는 꿈에도 도달해 본 적이 없다고 말하고 있다. 평생 공부를 한다고 했지만 인생의 마지막에 돌아보니, 결국 얻은 것이 없다고 자백하고 있다. 가슴을 열고서 이런 솔직한 자백을 누구나 할 수 있는 것이 아니다. 이에는 대단한 용기가 필요하다.

자신의 이런 실패한 학문적 경험을 젊은 사람에게 답습하지 말라고 이렇게 시를 지어주어 권면하였다.

方丈山 속에 사는 하나의 썩어빠진 물건,   方丈山中一朽物

좋은 모습이라곤 하나도 없고 텅 비었으니 어쩌랴?   百無善狀奈空空

그대 같이 아름다운 자질은 뜻 먼저 세우는 게 옳나니, 如君美質宜先志

어디에 세울 것인가? 학문 가운데 세워야 한다네.   志立於何學問中52)

젊은 趙生에게 준 시인데, 月皐는 자신을 지리산 속의 썩어빠진 물건으로 생각할 정도로 자신의 일생의 학문적 성과에 만족하지 못했다. 젊은이에게 뜻을 세우는 것이 중요하다는 것을 강조하였다. 특히 참된 학문에 뜻을 두어야 함을 강조했다. 자신이 학문에 뜻을 두었으면서도 과거를 단념하지 못하여 본격적인 학문을 하는 데 늘 유혹을 받았던 月皐가 '학문에 뜻을 두어라'라고 한 것은 체험적으로 훈계하는 말이다.

다음의 시는 81세에 세상을 떠난 月皐가 별세하기 얼마 전에 지은 시다.

---

51) 『月皐集』 권4, 46장, 「七絶」.

52) 『月皐集』 권5, 21장, 「次韻趙生雲卿」.

생의 마지막 해에 자신을 돌아보고 아무런 재주도 없는 사람으로 스스로 평가했으니, 자신의 공부에 대해서 만족하지 못했던 것이다. 그러나 자기의 공부에 만족하지 못하는 것이 정상이다. 만족하지 못하는 것은 自慢心이 없다는 증거이다. 누구를 막론하고 만약 자기 공부에 만족한다면, 그때부터 그 사람은 발전이 있을 수 없다. 그런 사람은 마음 가짐이 문제다. 월고는 마지막까지도 공부에 대한 의욕을 버리지 않고 精進하려고 노력했음을 이 시에서 보여주고 있다.

여든 되어도 아무런 뛰어난 재주 없으니,	八十無長技
꿈뜨기도 하구나! 趙月皐라는 사람은.	惷哉趙月皐
약 싹은 本草를 원수로 삼고,	藥苗讎本草
부드러운 밥에 머리 눈썹 수염 허연 것 탄식하네.	髟飯嘆三毛
글자 파먹으며 좀과 같이 늙어왔고,	食字蟬俱老
산 좋아하니 까치가 도망갈 만하네.	癖山鵲可逃
술의 맛이 좋아서,	麴生風味好
나의 호기를 상당히 도우누나.	助我七分豪53)

月皐는 부친과 형제와 아들의 도움을 받아 공부에 전념한다고 했지만, 생을 마감하는 순간에 자신을 점검해 보니, 아무런 이룬 것이 없었다. 마치 책 속에서 종이를 파먹는 좀과 다를 바 없다고 생각했다. 책을 통해서 글을 읽어 국가민족에 보탬이 되는 일은 못하고 남의 글이나 지어주고 살아왔으니, 책을 파먹고 사는 좀과 다를 바 없는 존재였던 것이다. 자신을 좀에 비유한 시를 月皐는 여러 편 지었다. 程子의 말에, "배 불리 먹고 아무 하는 일 없으면 한 마리 좀과 같다."라는 말이 있는데, 월고가 '좀과 같이 늙어간다'고 자신을 폄하한 것은, 정자의 이 말을 염두에 두고 자신에 대한 심각한 책망을 가한 것이라고 볼 수 있다.

---

53) 『月皐集』 권4, 37장, 「五律」.

평생 벼슬하지 않고 공부에만 전념한 月皐지만, 공부란 것이 만족할 경지에 도달할 수 없는 것이므로 월고가 세상을 떠나기 바로 직전까지도 아쉬움을 남겼다. 그러나 마지막 순간에 깨달은 가장 큰 교훈은 올바른 학문에 뜻을 두는 것이라고 후배에게 가르치고 있다. 이 말이 주는 의미가 크다.

月皐의 시는 단순한 문예적인 시가 아니고, 그 속에는 그의 인생역정과 자아성찰과 학문의 방법 등 다양한 내용이 담겨 있다. 그의 시를 정밀하게 읽으면 그의 眞面目을 발견할 수 있을 것이다.

VII. 결론

月皐는 어릴 때부터 月村의 문하에서 학문에 전념하였고, 장성한 이후로 蘆沙 문하에 30년을 출입하였고, 蘆沙 만년에 「猥筆」을 전수받을 정도로 학자로 인정을 받았다. 또 노사 사후 노사를 모신 高山書院에 首位로 從享되어 노사의 首弟子로 共認되고 있다.

그러나 月皐는 스승의 주된 학문인 性理學에 관한 著述은 하지 않았다. 朱子 등 先賢들이 이미 다 해 놓았기 때문에 실천하는 것이 중요하다고 보았다. 이는 南冥이 "程子, 朱子 이후로는 꼭 저술을 할 필요가 없다."라고 한 말과 상통한다. 월고는 다 같이 蘆沙 문하에 출입한 溪南이나 老栢軒과도 학문경향이 상당히 다르다. 朝鮮後期 우리 나라 학자들은 대부분 性理學을 위주로 해 왔는데, 사실 독창적인 새로운 학설은 별로 없고, 늘 비슷한 주장을 해 왔다. 그리고 性理學에는 역대로 논란이 많았다. 학파와 학파간은 물론이고 심지어 스승과 제자 사이에도 學說이 달라 사이가 나빠진 경우도 많았다. 월고는 이런 경향을 간파하고서, 性理學 저술은 하려고 하지 않고 南冥처럼 실천을 강조하였다.

月皐의 내면을 보면 실제로 그는 性理學에 그렇게 큰 관심이 없었다.

복잡한 禮學 논의에도 관심이 없었다. 여타의 蘆沙 제자들과도 크게 다르다. 그가 늘 읽기를 권유한 책이 經書와 朱子의 저서였지만, 그 자신은 성리학에 관한 저술은 물론이고 언급도 거의 하지 않았다. 성리학 전문가라 할 수 있는 寒洲 李震相, 后山 許愈 등과 往復한 書信에서도 성리학에 대한 담론이 없었다.

月皐의 長處는 詩에 있었다. 그는 타고난 특출한 시인이다. 感覺이나 表現伎倆이 다른 사람보다 월등하게 뛰어났다. 그리고 그는 천부적으로 시 짓기를 무척 좋아하였고, 長篇鉅製도 물 흐르듯 지어내었다. 芝窩 鄭奎元의 죽음을 애도하는 挽詞인 「鄭國喬挽」은 240구에 이르는 五言排律詩이고, 溪南의 「龍山雜詠」에 和答한 시는 43수의 연작시다. 특출한 詩的인 才能을 가진 사람이 아니면 도저히 지어내기 힘든 능력이다.

그의 시의 경지는 平淡하면서도 淸雅하다. 특히 詩語가 세련되고 표현 기법이 精巧한데, 山水自然이나, 人情世態의 묘사에 뛰어났다.

그러나 정치의 모순, 위정자의 비리, 농민들의 고통상, 당시의 내외정세 등 현실문제를 다룬 시는 거의 보기 어렵다. 그의 관심이 天人合一的인 觀念世界나 修己에 치중해 있음을 알 수 있다.

그가 평생 性理學을 공부한 큰 학자지만, 성리학적인 저술을 남기지 않은 대신. 수준 높은 시 작품을 많이 남겼다. 시 속에 그의 개성이나 사상, 학문, 취향 등이 나타나 있다. 그의 시의 분위기는 宋元의 性理學者들의 분위기가 농후하다고 할 수 있다.

그의 시를 면밀히 검토하면 그의 학자로서의 면모도 밝힐 수 있다. 그래서 본고에서는 그의 학자적 생애를 검토하면서 시를 분석하게 되었다.

端磎 金麟燮 硏究*

Ⅰ. 서론

朝鮮王朝는 19세기에 접어들어 그 말기적인 병폐가 노정되어 각지의 농민들은 지배층에 대대적으로 항거하여 자신들의 권익을 보호하려고 하였다. 그 최초의 민란이 丹城에서 일어났고, 그 首倡者는 正言을 지낸 金麟燮이라는 인물이었다.

지금까지 端磎는 丹城民亂의 수창자라는 사실을 제외하고는 거의 학계에 알려지지 않았다. 그는 당시 南人系의 定齋 柳致明, 性齋 許傳 兩門에 출입한 경상우도의 대표적인 학자로 詩文集 28卷을 비롯한 10여 종의 저술을 남겼다. 당시 영남지방에서는 드물게 少年登科하여 早年에 淸宦을 역임했으나, 진정한 학문의 연구를 위하여 還鄕하였다.

향리에서 핍박받는 농민들을 직접 목도하고 그들을 고통에서 풀어주고자 적극 노력하여 농민운동을 주도하게 되었다.

본고에서는 지금까지 소개되지 않았던 그의 가계, 생애, 사우관계, 학문, 사상을 밝히고, 나아가 단성민란 때 그의 역할 등에 대해서 자세히 고찰해 보아 그의 행적을 밝혀 보고자 한다.

특히 그가 남긴 53년 간의 일기는 端磎 개인의 행적에 대한 귀중한 자료임은 물론 19세기의 사회상을 알아보는 데도 좋은 자료가 될 수 있다. 본고에서는 그 일기에 대한 개괄적인 소개에만 그치고 전문적인 연구는 후일로 미루고자 한다.

---

* 이 글은 경상대학교 사회과학대학 사회학과 김현조 교수와 공동으로 집필하였다.

본고의 집필목적은 단성민란에서 端磎의 역할에 초점을 맞추어 鄕居散官의 생활, 官屬들과의 마찰 및 농민들과의 관계 등을 규명하는 데 있다.

Ⅱ. 생애 및 시대상황

19세기 이후 조선왕조는 척족의 전횡으로 왕권은 극도로 쇠약해지고 지배층은 무능했고 부패했다. 지방관들의 경제적 수탈로 말미암아 농민들의 지배층에 대한 불만은 포화상태에 이르렀다. 이러한 상황에서 1811년 (純祖 11) 洪景來의 亂 이후 농민들은 지배층에 대하여 집단적인 항거를 하기 시작했다.

이런 항거 중에서 가장 대규모의 민란이 1862년(哲宗 13) 2월 18일에 일어난 晉州民亂이었고 그 導火線이 된 것이 동년 2월 4일에 일어난 단성 민란이었다.[1] 이 단성민란의 수창자가 바로 端磎 金麟燮이었다.

단계 김인섭은 1827년(순조 27) 慶尙道 咸陽郡 木洞 外家에서 태어났다. 端磎는 本貫이 商山인데, 상산 김씨는 朝鮮初 金後가 벼슬을 버리고 단성 法勿에 入居한 이래로 대대로 그곳에서 살았다. 端磎의 직계 조상 중에서 八代祖 金景訊이 訓鍊院 判官을 지낸 뒤로는 仕宦한 인물이 없었다. 8대조 이후로는 端磎가 처음이었다. 여러 곳을 옮겨다니다가 1839년 (哲宗 5) 端磎가 13세 때 父親 金櫶이 丹城縣 丹溪里에 정착했으니, 세거지 법물과는 약 20里 거리에 있었다.

1846년(憲宗 12) 20세 되던 해 3월 문과에 급제하여, 동년 12월에 承文院 權知副正字에 임명되어 벼슬길에 나갔다. 당시의 소년등과를 親知들이 모두 영광스럽게 여겼지만, 端磎 자신은 학문에 潛心하지 못하고 가난

---

1) 국사편찬위원회 편, 『한국사』, V.15, 133쪽에서는 단성민란의 발생 일자를 1862년 3월 4일로 잡아 진주민란보다 16일 뒤에 발생한 것으로 해놓았으나 이는 잘못된 것이다(端磎日記 壬戌年 2月條)

때문에 官路에 발을 들여 놓게 된 것을 후회하였다. 그가 判書 鄭基會에게
보낸 서한을 보면,

지난 丙午年(1846) 봄, 아직 관례도 올리기 전에 우연히 과거에 급제한
지 지금에 거의 오십 년이 되었습니다. 당시 저는 식견이 없었으므로, 집은
가난하고 어버이는 늙어 혹 조금의 봉록이라도 얻어 어버이를 봉양할 수
있을까 생각하여 한 두 번 서울에 갔던 것입니다.[2]

라는 기록이 있다. 가난하여 어버이를 봉양할 수 없었으므로 출사하여
받은 봉록으로 어버이를 봉양하려 했던 젊은 날의 자신의 생각을 식견이
없었던 때문이라고 생각하고 있다.

1847년(憲宗 13) 東岡 金宇顒의 7대손인 金彦耆의 딸에게 장가들었다.
端磎는 평생토록 동강을 존모했는데, 동강은 옛날에 端磎의 집안으로 장
가들었고, 이제 端磎가 또 동강의 집안으로 장가드는 인연도 있게 되었다.

1848년(헌종 14) 長寧殿 別檢으로 옮겼다가, 23세 되던 그 이듬해 정월
에 벼슬을 버리고 歸覲하였다. 집안이 가난하여 부모를 봉양할 길이 없었
고, 또 조부와 부친의 권고로 이해 2월에 다시 상경하였다.

1850년(철종 1) 2월에 다시 벼슬을 버리고 귀근하였다가 5월에 다시
상경하였다. 이 해 겨울에 다시 귀향하였다가 이듬해 3월 다시 상경하였다.
이해 6월에 成均館 典籍에 임명되었으나, 곧 사직하고 환향하였다. 1852년
(철종 3) 정월에 성균관 전적에 다시 임명되었다가 이 해 9월에 司諫院
正言으로 옮겼다. 다음 해 11월 사직하고 귀근했다.

1854년 고향에 있으면서 安東 大坪으로 평소 敬仰해 마지않던 영남
남인계의 대학자 定齋 柳致明을 찾아뵈었다. 정재에게 出處의 大節을 물
었다. 정재는 "자기의 본분을 지키면서 벼슬하려 나가지 않는 것이 좋다."
라고 대답했다. 端磎는 사환을 단념한 지는 오래 되었지만 집안이 가난하

---

2) 「端磎集」, 권7, 32張. 이하 「단계문집」은 권 · 장만 표시하고, 「端磎日記」는 日記라고 略稱함.

고 어버이가 늙어 그만두지 못했다고 말하면서 사환을 단념한 뜻을 확고
히 했다. 이해 겨울에 溫陵 典祀官에 차출되어 상경했다.

1858년(철종 9) 32세 되던 해 5월에 벼슬을 버리고 환향하였다. 이 이후
로는 현직에 취임한 적은 없었다. 당시 조정의 관료들은 대부분 척족에
관계된 족벌이나 당파로서 충원되어 있었고, 端磎도 8대 만에 자신이 처음
으로 등과하였고, 친지 중에서 조정의 요직에 있는 사람이 없었다. 그래서
그의 서울에서의 사환은 호화롭기는커녕 오히려 처량한 생활이었다. 판서
정기회에게 주는 서한에서,

> 영남의 외로운 몸으로서 조정의 權貴 중에서는 의탁할 만한 사람이 없었
> 습니다. 성균관 옆 한 모퉁이의 차가운 객창에서 책이나 읽으면서 날을 보냈
> 는데, 영달의 길을 보기를 구름같이 여겼습니다. 이로부터 사직하고 물러났
> 습니다. 눈앞에 굶어죽을 일이 닥쳤지만 괘념하지 않고 오직 문을 걸어 닫고
> 뜻을 구하여 옛 사람에 가까워지기를 바랐습니다.[3]

라고 했다. 가난 때문에 벼슬길로 나왔으니 사환하여 영달하기를 꾀하지
않았고, 항상 물러나 자기 본래의 뜻대로 학문을 닦아 林下의 讀書之士로
지내고 싶었다. 매관매직마저 성행하던 당시의 조정에서 영달하기 위해서
는 권귀들에게 머리를 수그리고 아첨을 하지 않으면 안 되었다. 端磎는
천성이 강직하였으므로 일신의 영달을 위해서 권귀들을 찾아다니는 일을
할 수가 없었고, 또 貪虐한 관리들과 같은 조정에서 서고 싶지도 않았다.
그래서 32세라는 창창한 나이로 벼슬을 버리고 돌아와 고향에서 살았다.

1862년(철종 13) 2월에 丹城民亂이 일어났다. 端磎와 그 부친 海寄 金櫶
은 현감과 서리들의 경제적 수탈을 막고, 농민들의 억울한 원통함을 풀어
주기 위해서 1861년 초부터 감사와 현감에게 서한을 여러 차례 보내어
농민들의 억울한 사정을 하소연했으나 소용이 없었다. 급기야 민란이 발발

---

3) 同前

하자 端磎 부자는 그 주동자로 지목되었다. 端磎는 이해 7월에 의금부에서 신문을 받고 풀려났으나 부친은 9월에 靈光의 荏子島에 유배되어 1년간 귀양살이를 했다.

1864년(고종 1) 4월에 哲宗의 因山으로 상경했다가 司憲府 持平에 임명되었다. 仁政殿에서 謝恩하고 辭職疏를 草하여 올리기도 전에 遞職되었으므로, 5월에 환향하였다.

이 해 봄에 새로 부임한 丹城縣監이 백성들에게 가혹한 형벌을 가하며 수탈하였다. 서리들을 앞세워 선량한 인물들을 모함하려고 했다. 端磎의 부친 金櫶은 서리들이 원수로 여기던 터이므로 禍에 걸려들게 되었다. 端磎는 이때 서울에 있으면서 領議政 鄭元容을 찾아가 전후 실상을 이야기하여 도움을 받게 되었다. 이해 7월에 부친상을 당했다.

다음 해에 金海府使로 부임한 性齋 許傳이 직접 丹溪의 집으로 와서 조문하였다. 부친 海寄의 墓碣銘을 性齋에게서 받았다.

1867년(고종 5) 8월에 御史 朴瑄壽에게 武斷했다는 죄목으로 걸려들어 江原道 高城으로 유배되었다. 박선수의 형 朴珪壽가 임술년 민란 때 嶺南 按覈使로 내려와 端磎 부자를 죄로 얽으려 하였다가, 중간에 탄핵을 받아 돌아가게 된 일이 있었다. 이때에 이르러 그 동생 박선수가 어사로 나오게 되자, 그를 사주하여 端磎를 죄로 얽도록 했던 것이다. 이해 9월 인근 通川 郡으로 옮겼다. 이때 金剛山 등지를 유람하며 많은 시를 지었다. 다음 해 11월에 放免되었다.

1882년(고종 19) 4월에 三嘉 觀善堂의 講長에, 5월에는 단성 향교의 강장에 추대 되었다. 4월 司憲府 掌令에 임명되었다.

1889년(고종 26) 晚醒 朴致馥, 舫山 許薰, 后山 許愈 등과 함께 『性齋集』을 校正하였다.

1893년(고종 30) 당시 영남의 여러 선비들이 山天齋 등지에서 모여 『南冥集』을 교정하여 중간하려고 하면서 『學記』에 들어 있는 여러 그림을 멋대로 고치고 빼어 맨 뒤에 실으려 했다. 端磎는 그렇게 해서는 안 된다고 편지를 보내어 논변하였다.

1894년(고종 31) 司諫院 獻納에 임명되었다.

1900년(고종 37) 晉陽郡 集賢山 속에 大嵒精舍를 짓고, 거처하면서 제 자들을 가르쳤다.

1902년(고종 39) 通政의 品階를 받았다. 조관 중에서 나이 70세 이상 된 사람에겐 임금이 특별히 한 품계씩 올려 주었다.

1903년(고종 40) 8월 24일에 丹溪의 太虛樓에서 考終했다.

端磎는 소년등제하여 헌납에까지 올랐지만 사환한 햇수는 통틀어 10년 도 채 되지 않는다. 집안은 항상 가난하여 끼니조차 잇기 어려웠고, 28세 때는 하나 밖에 없던 동생을 잃었고, 곧 이어 누이를 잃었으며 33세 때는 두 딸을 연이어 잃었다. 민란으로 인하여 두 차례나 큰 화를 입었으며 오랫동안 각기병으로 고생하는 등 보통 사람으로서는 감내하기 어려운 시련이 생애 중에 여러 차례 있었다. 立志가 된 讀書之士인 端磎인지라 이런 시련에도 아랑 곳 하지 않고 安貧樂道하면서 꿋꿋이 학문연구에 정 진할 수 있었던 것이다.

III. 師友關係

19세기 후반 南人系의 두 巨擘이 있었으니, 嶺南 南人系를 대표하는 定齋 柳致明과 近畿南人系를 대표하는 性齋 許傳이었다. 定齋는 安東 大 坪에 살고 있었으므로 제자들 가운데 자연히 영남 사람들이 많았고, 性齋 는 서울에 살았지만 金海府使를 지냈으므로 慶尙南道 일원에 그의 제자가 많았다.

이 두 사람은 退溪의 학통을 계승한 사람들인데, 端磎는 양문에 다 출입 하였다. 그리하여 그의 학맥은 퇴계에 닿고 있다. 그러나 단계가 나서 자란 곳이 慶尙右道이므로 자연히 南冥의 영향을 크게 받았다.

端磎의 부친도 定齋를 스승으로 모시면서 늘 존모하였고, 定齋가 新智島에 유배되었을 때 직접 찾아가 안부를 물었다. 端磎는 사환으로 인하여 좀 더 일찍 찾아뵙지는 못했고, 27세 때 비로소 서한을 올렸고, 30세 때 安東 大坪으로 찾아뵙고서 出處의 大節을 물었다. 34세 때는 집안의 從先祖인 生員 金碩과 進士 金墩 兩公 遺稿의 序文을 定齋에게 청하였다. 35세 때는 定齋의 부음을 들었지만 민란의 餘禍로 장례에 참석하지 못했다. 37세 때 定齋의 삼년상에 참석하여 스승을 잃은 슬픔을 다했다. 비록 만나 뵈온 것은 한 차례 밖에 되지 않았지만 자주 서한의 왕래가 있었고 평생토록 경모하는 마음은 조금도 해이해지지 않았다. 벼슬에서 일찍 사퇴하게 된 것에도 그의 영향이 컸다고 할 수 있다.

端磎의 부친 金櫶은 性齋 許傳과 본래 교분이 있었으므로 端磎가 소년 때 서울로 데려가 性齋를 뵙게 했다. 그 후 20세 때 등과한 이후로 서울 冷泉골 性齋의 집으로 찾아뵈었다. 39세 때 부친이 세상을 떠났는데, 그 다음 해에 당시 金海府使로 재직하던 性齋가 직접 단계의 본가로 조문을 왔다가 하루를 머물고 돌아갔다. 그 해 7월에는 부친의 묘갈명을 청하여 받았다.

41세 되던 해 고성에 유배되었을 때 性齋가 고성군수에게 부탁하여 잘 주선해 주도록 하였다. 그 이듬해 방면되어 돌아오는 길에 서울을 경유하여 性齋를 찾아뵙고, 配所에 있을 때 금강산을 유람하면서 지은 『怳怳錄』의 跋文을 받았다. 54세 때 자기의 서재인 太虛樓의 記文을 청해 받았다. 55세 때는 두 아들 壽老와 基老를 性齋에게 보내어 제자가 되게 했다. 60세 때 性齋의 부음을 듣고서 設位하고 곡했다. 이때 만장, 제문을 지어 보내고 또 性齋의 行狀을 지었다. 63세 때 자기 집안의 재실인 隱樂齋에서 性齋의 유고를 가져와 동문인 晩醒, 許薰 및 친구 后山 등과 함께 對校하여 간행하였다. 端磎가 지은 「性齋先生行狀」은 의견의 차이로 말미암아 『性齋集』에 실리지 못했다. 이어 藏板閣인 麗澤堂을 여러 동문들과 같이 지어 『性齋集』 목판을 수장하고 또 춘추로 性齋를 향사하여 이 지방 유림들의

귀의처가 되게 했다. 端磎는 스스로 말하기를 "은혜는 부형과 같고, 의리로
는 스승과 제자 관계다."4)라고 할 정도로 관계가 깊었다.

心卽理說로 유명한 寒洲 李震相과는 定齋 문하의 同門友였다. 51세 때
같이 智異山을 유람했는데, 가는 도중에 山淸 南沙에서 같이 鄕飮酒禮를
행하고, 「太極圖說」을 강론했고, 德山에 들러 南冥의 사당에 배알했다.
여러 날을 寒洲와 같이 보내고서 다음 해 서한을 보냈고, 寒洲가 대가로
자처하여 겸양이 부족한 듯한 자세에 대하여 완곡한 충언을 해 주었다.
72세 되던 해 寒洲의 心卽理說에 대하여 辨을 지어 물리쳤다.

晩醒 朴致馥은 咸安 安仁에서 태어났다가 三嘉 淵洞에 옮겨 살았는데,
端磎와 가장 莫逆한 知己였다. 24세 때부터 같이 알고 지냈고 定齋, 性齋
양문의 동문우였다. 36세 때 丹城民亂으로 인하여 端磎 부자가 화를 입었
을 때 친히 찾아와 위안을 해 주었다. 또 51세 때 智異山 유람도 같이했고,
살고 있는 곳이 서로 가까웠으므로 자주 만나 학문을 토론했다.

『南冥集』改刊時에는 의견이 상충되어 端磎가 서한을 보내어 『南冥集』
을 고쳐서는 안 된다고 충고해 주었다.

『性齋集』 간행 때는 같이 교정을 맡아 그 일을 주관했다. 麗澤堂 건립에
도 다 같이 공로가 컸다.

寒洲의 심즉리설이 당시 경상우도 일원을 풍미하여 대부분의 유자들이
그 설을 지지했는데, 晩醒은 端磎와 함께 그 설을 반박했다.

后山 許愈는 三嘉에 살았으므로 端磎와 가깝게 지냈다. 后山은 寒洲의
문인이므로 心卽理說을 신봉하고 보급하려고 노력하였는데, 端磎는 단호
하게 辨駁하였다. 后山의 '氣質之性은 발하는 곳에 기준을 두고 말한 것'이
라는 설을 단계는 반박하여 天命之性과 氣質之性은 서로 떨어질 수 없음
을 밝혔다. 『南冥集』 개간시에는 의견이 상충하였다.

晩求 李種杞는 星州에 살았는데 性齋 문하의 동문우로 『性齋集』을 같

4) 7卷, 19張.

이 교정했다. 『南冥集』 개간에 있어 보기 드물게 端磎와 의견이 일치했다. 그의 서재인 晩求亭의 기문을 端磎가 지어 주었다.

俛宇 郭鍾錫은 19세의 연령차가 있는 후배다. 端磎가 45세 때 약관의 俛宇가 『朱子語類』를 읽고 의문나는 점 76조를 물어 왔다. 端磎는 그때 이미 『朱子語類』를 통독했으므로 그 問目에 일일이 답변하고, 아울러 서한을 보내어, "그대는 재주가 너무 높고 기상이 너무 날카로워 문목을 보니, 穿鑿하는 병통이 있는데 이 점을 고쳐야 대성할 수 있겠다."[5]라고 했다.

端磎 사후에 그에게서 배웠던 젊은 제자들이 대부분 다시 俛宇의 제자가 되었다. 뒤에 俛宇가 유명해지자 양문에 출입했던 사람들이 俛宇의 제자임만을 표방하게 되어 端磎의 제자가 드물게 되었다.

舫山 許薰은 性齋 문하의 동문우로서 『性齋集』을 같이 교정했고 서신을 왕래하면서 학문을 토론했다.

省軒 李炳熹는 端磎의 문장과 학문이 嶺南에서 제일이라 하여 「天淵臺說」을 청해 받았다. 또 端磎의 궁핍함을 보고 종종 선물을 보내주기도 했고 端磎 사후 『端磎集』 간행 때 재정적 지원을 해주기도 했다.

端磎와 관계가 있는 朝廷官僚는 다음과 같다. 領中樞府事 鄭元容은 端磎가 1862년 민란으로 義禁府에 압송되었을 적에 주선하여 방면될 수 있게 해 주었고, 그 부친 金櫶도 鄭元容의 주선으로 유배기간이 단축될 수 있었다. 1864년 다시 丹城縣監과 관계가 악화되었을 때도 金櫶은 鄭元容의 주선으로 무사하게 지나갈 수 있었다.

鄭冕朝는 민란 직후 晉州牧使였는데 金櫶이 민란으로 진주옥에 구금되어 있을 때 많이 돌보아 주었다.

李敦榮은 민란 직후 慶尙監司로 부임하여 端磎 부자의 화를 면하게 해주려고 무척 애를 썼다.

---

5) 1卷, 15張.

이밖에 당시 영남 일대의 이름난 선비인 西山 金興洛, 肯菴 李敦禹, 洗山 柳止鎬, 素窩 許巘, 勿川 金鎭祜, 一山 趙昺奎 등과 서한을 주고받는 등 교분이 두터웠으니, 端磎의 인물됨과 학자로서의 비중을 짐작할 수 있겠다.

Ⅳ. 학문과 사상

端磎는 그의 77년간의 생애중 10년 미만의 仕宦期를 빼고는 대부분 향리에서 생활하면서 학문연구에 전념했다. "과거하여 벼슬하는 것이 인생을 그르칠 줄 어찌 알았겠는가?"라는 그의 시구가 벼슬에 대한 그의 생각을 단적으로 이야기해 주고 있다.

그는 『朱子大全』, 『朱子語類』, 『近思錄』 등을 정독하면서 朱子를 철저히 배웠다. 주자를 배운 바탕 위에서 우리나라의 선현들 가운데서 南冥을 가장 흠모하였다. 그는 "南冥先生은 出處의 바름과 식견이 밝은 것은 우리 東方의 제일이다."[6]라고 말하여 남명을 가장 높이고 있다.

端磎 자신의 학문 경향이나 기질 등이 사실 남명을 닮은 점이 많았다. 官屬의 부정부패를 보고 참지 못하여 불쌍한 백성들을 위항 자신이 직접 탐관오리들과 싸운 것은 남명이 나라 일을 걱정하여 달밤에 눈물을 흘린 것과 상통하였다. 端磎가 죽으면서 가족들에게 우리나라에는 쓸데없는 문집이 많이 나돌고 있으니 내가 죽거든 나의 문집을 내지 말라고 유언을 한 것과 남명의 著書不必要說과 상통하고 있다. 또 端磎가 "요즈음 학자들은 性이니 理이니 하고 떠들어 대지만 灑掃應對의 절차도 모르고 있다."라고 말한 것은, 南冥이 退溪에게, "요즈음 학자들이 입으로 천리를 이야기하면서 쇄소응대의 절차도 모르고 있다."라고 한 서한에서 배운

---

6) 21卷, 20張.

이야기이다. 그가 젊은 나이에 벼슬을 버리고 환향한 것도 남명의 영향이
컸다고 볼 수 있다. 그가 다른 어떤 선현보다 남명을 가장 존모한 것은
"그 기풍이 백대에 떨치고 만길의 절벽처럼 우뚝 선 분은 오직 우리 남명
선생 한 분뿐이다. 내가 평생토록 연구하고 우러러 받드는 분도 선생 한
분 밖에 없다."7)라고 한 말에서 알 수가 있다.

당시 嶺南의 여러 선비들이 山天齋 등지에 여러 차례 모여, "『南冥集』과
『學記』에 鄭仁弘의 손으로 된 흔적이 있다."라고 하여 교정한다는 미명
아래 대대적으로 고치려고 했다. 이 일에 대해서 端磎는 大賢이 남긴 글을
一字一句도 고쳐서는 안 된다고 그 일에 참여한 친구 및 후배들에게 여러
차례 서한을 보내어 강력히 반대했다. 그의 「答山天齋會中」이라는 서한은
이러하다.

> 대저 『學記』 상·하권에는, 실마리를 구하여 힘을 쓰는 것과 자기가 처신
> 하고 남을 다스리는 일과 異端을 물리치고 성현을 보는 일 등의 대략이 갖추
> 어지지 않은 것이 없다. 그 속에 실린 조목은 모두 1,090條이고 실린 圖는
> 24개이다. 다 남명선생께서 일생토록 도의 본체를 꿰뚫어 보시고서 일자일
> 구를 결정하여 지당함을 구하신 것이다. 그런데 중간에 여러 사람들이 망령
> 되이 刪改하니 마음속으로 대단히 밉다. 그래서 내가 두문불출하는 바이다.
> 이제 본래 모습대로 간행하기를 꾀한다면 얼마나 다행한 일이겠는가? 만약
> 또 사사로운 의견으로 아무런 어려워하는 마음 없이 빼고 더하고 하여 망령
> 되이 그림을 빼내어 버리고 字句를 고친다면, 내가 눈을 부릅뜨고 용기를
> 내어 그 일을 辨斥할 것이다. …… 하물며 3백년을 지나온 大賢의 문집은
> 여러 선배들의 충분한 교정을 거쳐 아주 상세하게 간행되어 나라 안에 배포
> 되어 있다. 그런데 이제 조무래기 후배들 가운데 누가 감히 교정의 일에
> 손을 대며 누가 감히 교정하자고 입을 벌리는가?8)

---

7) 8卷, 28張.
8) 11卷, 40, 41, 42張.

학기의 圖와 文句의 배열은 南冥 자신이 직접 정해 놓은 것이고, 『南冥集』은 여러 선배들의 상세한 교정을 거쳐 완전하게 되어 있으니, 지금 와서 후생들이 감히 손댈 성질의 일이 아니라고 주장하면서, 改刊을 하는 한 자신은 그 일에 참여하지 않겠다는 입장을 밝히고 있다.

南冥보다는 尊慕의 정도가 조금 못하지만 退溪도 역시 크게 존모하고 있다. 그의 「退溪先生贊」에서, "海東 천년 세월에 참된 선비가 빼어났네."9)라고 하여 우리나라 천년 만에 처음 태어난 참된 선비라 칭송하고 있다. 宜寧의 德谷書院은 퇴계를 享祀하는 서원인데, 훼철 이후 그 터에 새로 지은 德谷書堂의 上梁文을 端磎가 지었다. 그 글 속에서 "退溪李先生은 백세의 師表요, 천년의 유학 학통을 계승하였네."10)라고 하면서 극구 칭송하고 있다.

東岡 金宇顒은 앞에서 언급한 바대로 端磎와 戚誼가 있으므로 여러 선현 중에서도 특별히 존모하고 있다. 그의 "동강이 조정에서 벼슬한 것이 30여년인데 그 일을 논하는 시종이 靑天白日과 같고 우레 같은 위엄이 있으면서도 雨露 같은 혜택을 백성들에게 끼쳤으며, 용이나 호랑이 같은 용맹스러움이 있으면서도 기린이나 봉황새 같은 상서로움을 갖추어 평생 처신한 일이 남에게 의심갈 만한 것이 없는 진정한 經世濟民할 학문을 가진 분이다."11)라고 극찬을 하였다. 端磎는 33세 때 벌써 『東岡先生師友淵源錄』의 서문을 썼다.

이밖에 크게 존모한 선현으로는 德溪 吳健, 東溪 鄭蘊, 眉叟 許穆, 大山 李象靖 같은 인물이 있는데, 대개 자신과 학맥이 닿거나 인근에 살아 영향을 받은 남인계 인물들이다.

端磎의 학문은 性理學에만 국한된 것이 아니고 그 범위가 아주 넓었다. 그가 정원용에게 보낸 서한에서,

---

9) 22卷, 8張.
10) 22卷, 12張.
11) 17卷, 1張.

제가 出仕한 이래 지금까지 20년이 되었습니다. 고금 국가들의 成敗와 利病, 賢人君子들의 行事本末, 夷狄의 情狀, 山川과 道路의 險夷, 六經의 蘊奧와 百家의 支流 등을 대충 섭렵하여 通했습니다.

라는 기록이 있다. 40세 전후에 이런 정도로 그 학문의 범위가 넓었고, 죽을 때까지 근40여년 간 온축을 더했으니, 그 학문과 문장이 영남에서 제일이라고 칭송한 李炳憙의 말이 단순한 치사가 아님을 알 수 있겠다. 심지어 그는 유자들 사이에 금기로 되어 있던 『水滸傳』까지도 읽고서 서간에 그 문구를 인용할 정도였다.

易學에 크게 밝아 退溪의 『啓蒙傳義』를 몇 차례 연구했고, 『周易』의 疑義를 묻는 柳宜貞 등의 問目에 몇 차례 답하였다.

그의 성리설은 주리설도 주기설도 다 타당하지 못하다고 보고 있다. 그가 許爕에게 준 서한에서

主理說도 진실로 불가하고 主氣說도 진실로 불가하다. 대저 心이란 性과 情을 다스리고 理와 氣를 겸하고 動과 靜을 꿰뚫고, 體와 用을 갖추어야 몸의 主宰가 되고 萬事의 벼리가 될 수 있다.[12]

라고 주장하여 주리설과 주기설 어느 편에도 치우치지 않았다.

主理의 극단인 寒洲의 心卽理說에 대해서는 특별히 변을 지어 痛駁했다. 그는 「心卽理說辨」에서,

明나라 사람 王陽明이 佛氏, 老子의 그럴듯한 說을 빌려와 周公의 참됨을 어지럽혀 心卽理說을 창시했는데, 더욱 이치에 가까운듯 하면서도 크게 참됨을 어지럽히는 것이다. …… 우리나라에서도 그 설을 신봉하여 그 설을 더 확충시켜 심즉리라는 주장을 하는 사람이 있다. 그들은 心이 곧 理라고

---

12) 12卷, 3張.

하니, 이는 理로써 理를 다스리는 격이 되어, 心과 性의 구별에 어두울 뿐만
아니라 이는 문리도 되지 않고 의리도 이루지 못하는 이야기다. …… 만약
그 說을 방치해 두고 능히 막는 사람이 없다면, 그것이 사람의 마음을 허물고,
식견을 그르칠 것이니, 홍수와 금수의 화도 이보다 더하지는 않을 것이다.13)

라고 하여, 心卽理說은 陽明學에서 근원을 둔 것으로서 理論이 될 수가
없고 그 설이 사람에게 미치는 화는 매우 심각하다고 경고하고 있다. 그러
나 그때의 性理學의 조류는 主理로 흘렀으므로 端磎의 주장은 별로 받아
들여지지 않았고 경남 일원에는 心卽理說이 계속 파급되어 갔다.

그는 문장을 지음에 있어 韓愈를 본받은 것이 많았다. 문장에 있어서
한유를 泰山北斗처럼 敬仰했다. 때로 한유를 꿈에서 만나 보고서 부탁의
말을 듣고 깨어나 시를 짓기도 했다. 또 한유의 貫道風을 따르려고 무척
노력했다.

詩에 있어서는 彫琢을 배격하고 진솔하게 표현하고자 하였다. 시를 지
음에 있어서 조탁을 일삼아 남의 눈을 즐겁게 하려고 힘쓰는 것은 詩家의
말단으로서 정신을 소모하고 뜻을 해친다고 주장했다. 그는 시를 알아보는
안식이 높아 32세 때 南龍翼의 『箕雅』를 다시 精選하여 『箕雅抄選』을
편찬하기도 했다.

그의 政治思想을 살펴보면, 31세 때 벌써 封事十條를 지어 자신의 정치
의견을 개진하려다가 결국 올리지 않았다. 그 요지는 충직한 인물을 가까
이하고 총애하는 무리들을 멀리할 것, 公道를 넓혀 사사로움이 없음을
보여줄 것, 염치를 장려하고 禮讓을 높일 것, 권위와 복록이 임금의 손에서
나오게 하여 임금의 권한을 크게 할 것, 과거를 엄하게 관리하여 선비들의
경향을 바로잡을 것, 청탁을 막아 선비들의 길을 맑게 할 것14) 등이었는데,
당시 儒者들의 사고에서 발전된 것은 별로 없다.

---

13) 15卷, 5張.
14) 6卷, 10, 11, 12張.

그는 청나라를 오랑캐 나라라하여 배격하고 명나라를 숭상하였다. 당시 청나라에서 우리나라에 여자와 숫말을 요구했다. 端磎는 청나라 사신을 목 베고 그들의 요구를 들어 주지 말 것은 물론, 지금 청나라의 내부가 곪았으니 이때를 놓치지 않고 명나라의 遺民들과 협력하여 청을 멸망시키자고 상소를 기초했지만, 역시 올리지는 않았다. 이는 거대한 구상으로서 그 실현 가능성은 무척 희박하다고 하겠지만 청나라에 당한 수모를 씻어 보려던 그의 우국충정은 잘 나타나 있다. 이때는 벌써 북학파 실학자들에 의해서 청을 배우자는 주장이 많이 나왔는데도 端磎는 서울과의 거리가 멀었던 관계로 당시의 사정에 조금 어두웠던 것 같다.

그때 이따금씩 나타나는 외국선박과 壬午軍亂, 甲申政變의 소식을 듣고 국가의 장래를 걱정했다. 또 동학도들의 각지에서의 약탈행위에 대해서 매우 분개 하였고 東學 자체를 대단히 싫어했다. 端磎 자신도 농민들을 대변하려다가 관속들과 충돌이 있었지만, 그것은 정당한 일이라고 생각했으나, 동학도들이 난리를 피우는 것은 옳지 못한 짓이라고 생각했다.

벼슬하는 사람은 直諫을 해서 임금의 총명을 넓혀 주는 것이 매우 중요하고, 지방관이 된 사람은 가중한 부역으로 백성들을 괴롭게 만들어서는 안 된다고 생각했다.

그는 가난 때문에 사환을 했지, 벼슬은 탐탁하게 여기지는 않았다. "과거가 사람을 그르칠 줄 어찌 알았겠는가? 소년 등과한 것은 하나의 불행이다." 등등 그가 한 말을 보면 그의 출처관을 엿볼 수 있다.

"임금의 명을 받들어 벼슬하러 나간 사람은 도를 곧게 하여 처신하고 사물을 이롭게 하여 백성들에게 혜택을 끼치는 것을 본분으로 삼아야 한다."[15]는 의견을 갖고 있었다.

그의 기질은 강직하고 실천을 중시했는데, 이는 가정에서 물려받은 바도 크겠지만 남명을 존모한 결과 영향을 받은 바도 크다. 그는

---

15) 9卷, 31張.

　　이전부터 내 생각으로는 차라리 진창에서 문드러져 죽을지언정 권세 있는
집에 가서 귀를 늘어뜨리고 꼬리를 흔들면서 동정을 구하여 하루라도 편안
히 살려는 것은 나의 뜻이 아니다.
　　평생토록 곤궁하게 지내지만 남들이 알아주기를 구하지 않고, 세속 사람
들이 좋아하는 바를 추구하지 않는 것을 上策으로 삼았다.

라는 말에서 그의 뜻이 얼마나 굳게 서 있는지를 알 수 있다. 사실 소년등
과하여 요령 있게 처신했다면, 관직도 올라가고 생계도 넉넉했겠지만 그의
기질상 그런 짓을 스스로 용납하지 못했던 것이다.
　　그는 저술을 별로 좋아하지 않았지만, 장수한 데다가 젊은 시절에 관직
에서 물러났으므로 자연히 저술이 많이 남아 있게 되었다. 명망이 당시
영남 일원에서 대단했으므로 請文하는 사람들이 많았다. 마지 못해 남의
請文에 응하게 되면 사실대로 지어 줄 뿐 아첨하는 글을 짓지 않았다.
그의 저술로는 『端磎集』 28권과 『端磎日記』 53년분이 남아 있다. 이밖에
『言行類篇』, 『異同字辨』, 『箕雅抄選』, 『關東日錄』, 『遊山錄』, 『頭流漫錄』,
『晦菴出處編錄』, 『日月行道記』, 『春秋大綱』 등의 저술을 남겼다.

Ⅴ. 단성민란의 수창

　　조정에서 주로 사헌부 · 사간원 · 성균관 등의 淸宦을 지내다가 벼슬을
버리고 향리에 거주하면서 보니. 지방관과 서리들의 부정부패는 극에 달해
있음을 알았다. 19세기 후반 전국 어느 고을이든 간에 관리들의 부정부패
가 없던 고을이 없었지만, 단성현은 규모가 워낙 작았으므로 농민 개개인
이 당하는 피해는 여느 고을보다 컸다. 이런 사정을 목도한 端磎는 당하고
만 있는 농민들을 좌시할 수가 없었다. 그 농민들 중에서도 端磎 자신의
일가인 상산김씨도 많았다.
　　그는 지식인으로서의 사명감을 느껴 농민들의 고통을 풀어 주고자 적극

적으로 나섰다. 이제 그 민란의 진행상황과 端磎의 활동상을 날짜에 따라
기술해 보고자 한다.

환향한 지 3년째 되던 1861년 그의 나이 35세 때인 2월 17일에 당시의
경상감사 金世均에게 單子를 올려 전 단성현감 任漢의 姦贓不法을 極言
하고, 감사가 그 실상을 밝혀 바로잡아 줄 것을 건의했다. 그 단자는 이러
하다.

"재물을 훔치는 교활한 서리들이 백성들에게 화를 미치는 것이 가리가
苗를 해치는 것보다 더 심합니다.……조막만한 잔폐한 고을이 또 흉년을
만나 사람들은 모두 수레바퀴 자국에 고인 물에 있는 붕어같은 신세인데
열흘 보름 사이에 수만 궤미의 돈을 걷어 가니 그 살갗을 벗기고 골수를
때리며 고혈을 빨아가는 정경은 참혹하여 차마 말을 할 수가 없습니다. 사나
운 군졸들은 멧돼지처럼 밀어 닥쳐 세족들의 집안을 파괴하고, 흉포한 졸개
들은 매처럼 쳐들어와 선비들의 의관을 찢어버립니다. 밤낮없이 포학하게
위협하는 것은 큰 도적떼들이 집을 파괴하여 노략질하는 것보다 한술 더
뜹니다. 닭·돼지·개·양 등의 가축을 싸그리 다 빼앗아가고, 솥·그릇·옷
등은 하나도 남긴 것이 없습니다. 채찍과 몽둥이가 어지러이 날고 감방은
넘치게 되어 원통한 기운이 천지에 가득합니다. 살려고 해도 살 수가 없고,
오직 죽는 것만 바랄 뿐입니다. 거리에는 '단성이 아니라 哭城이네'라는 동요
가 있습니다. 이제 단성의 고질적인 병폐를 하나하나 아뢰겠습니다. 첫째,
작년에 거두어 들인 돈으로 18,000餘兩에 이르렀는데도, 현감은 멋대로 자기
私事를 쓰고는 더 거두어 남은 돈으로 상납하려고 하고 있습니다. 遞職된
자가 한 달이 지났는데도 떠나지 않고 머뭇머뭇하면서 더욱 포학하게 굴면
서 백성들을 때리고 감영의 명령이라 하고, 선비들에게 형장을 가하면서
감영의 분부라 하면서 公貨를 私用한 죄를 미봉하고 있습니다. 둘째, 단성현
의 전답은 모두 2,609結 3,003負인데 免税戶·公減·금년의 재해로 인한
控除한 結 등을 대충 헤아려 보았더니 남은 결의 합계가 1,650결이었습니다.
이것은 지난 丁巳年(1857) 直指使가 이룬 절목의 실제 결수입니다. 이것마저
서리들이 농간하여 속여 지금의 실제결수는 1,310결입니다. 대개 직지사의
절목은 자세하면서도 엄정한데 어찌하여 토지대장 위의 먹빛이 마르기도

전에 도적질할 뜻으로 허물어뜨리고 멋대로 하여 세금을 거두어들이는 결수
는 더욱 오그라들고 부역에 응하는 사람은 더욱 적어지게 되었습니다. 그래
서 每結 當 거두어들이는 세금이 지체있는 사람은 40여량이고, 상민들은
근 50여량인데 지방관 된 사람이 어찌 살피지 않는단 말입니까?"16)

위의 단자를 볼 때 단성현 관속들의 부정부패로 백성들이 피해를 입은
것은 민란 당해년이 아니고, 오래 전부터 있어 왔음을 알 수 있다. 전체
2,609결에서 여러 가지 면세 대상을 빼고도 실제 결수가 1,650결이 남는데
몇몇 관속들이 340결을 착복하고 그 數를 보충하기 위해 백성들에게 가중
한 세금을 거두었고, 세금을 내지 못하면 가축·옷·살림도구 등을 마구
약탈해가며, 명령을 듣지 않는 사람에게는 무차별로 형장을 가하고 감금하
였던 것이다. 민란 몇 년 전부터 이러했으니 민란 발생 직전의 관리들의
탐학상은 가히 짐작하고도 남는다. 이러한 단성현 관속들의 부정부패의
실상을 낱낱이 감사에게 보고한 端硯의 단자에 대해서 감사는 별다른 조
치를 내리지 못했다.

이해 봄에 이조좌랑으로 있던 林禹默이 단성현감으로 부임했다. 3월
13일에 시골사람들이 端硯가 감사에게 단자를 올렸다는 소문을 듣고 많
이 모여들어 단자의 내용을 알고자했다. 이때부터 邑에 나갔다는 기록이
자주 보인다. 아마 관리들에게 부정부패한 행위의 시정을 요구했던 것
같다.17)

3월 23일에 李生을 大邱監營에 보내어 단자를 감사에게 올린다

3월 28일에 이생이 돌아왔으므로 급히 불러서 사정을 물어보았다. 계속
읍에 자주 나갔고, 혹 이삼일씩 읍에 자면서 일을 보았다.

4월 8일에 현감이 外倉에 왔다. 면회를 청하고서 들어가 사실을 알아

---

16) 이 單子는 文集이나 日記에 編入되어 있지 않고 辛酉日記의 갈피에 草가 남아 있음.
17) 以下의 기록은 신유일기와 임술일기가 주를 이루는데, 이 두 자료에 대해서는 특별히
　　주를 달지 않는다. 단성민란의 과정을 端硯의 행적을 중심으로 기술한다.

보았다.

4월 21일에도 읍에 가서 현감을 만나 보고 돌아왔다. 이때 端磎가 是正할 것을 요구한 사항을 현감이 거절한 것 같다.

4월 22일에 감사에게 보내는 서한을 작성하여 사람을 대구로 보냈다.

4월 27일에 고을 사람들이 올리는 等狀을 지었다.

4월 29일에 대구로 보냈던 金達漢이 돌아왔다.

5월 16일에 밤에 백성들이 많이 모여 큰 소란이 있었다.

8월 8일에 현감 임병묵에게 서한을 보냈는데 그 이튿날 林의 답장을 받아 보았다.

9월 7일에 읍에 들어가 현감을 만나보고 읍에서 이틀 머물렀다.

11월 16일에 고을 사람들이 현감에게 等狀을 올렸다.

12월 16일에 다시 감사에게 서한을 올렸다.

12월 23일에 현감 임병묵이 移貿米 3,000石을 횡령한 것이 발각이 나 감영으로부터의 甘結이 발송되어 왔다.

1862년 1월 4일에 온 고을 사람들이 清心亭에 모였기에 저녁에 나가 봤다.

1월 8일에 고을 사람들이 감사에게 올릴 等狀을 草했다. 그 이튿날 고을 사람 500여명이 贓吏를 성토하기 위해서 감영에 가서 하소연하기로 결정했다. 端磎의 부친 김령은 이때 고을 사람들에 위해서 대표로 추대되어 대구로 행차했다.

고을 사람들이 탐관오리들에게 계속 당해오다 이때 격분하여 감영에 하소연하러 가게 된 자세한 사정은 이러하다. 지난 해 봄에 부임한 현감 임병묵은 탐학했고 교활한 서리들과 한패가 되어 재물을 긁어 모았다. 서리들이 逋欠했던 곡식이 4, 5萬石에 이르렀는데 그것이 발각되어 도로 변상을 하게 되었다. 이에 서리들이 꾀를 쓰기를, 등겨·마른 풀·솔가지 등을 섞어넣어 4, 5만석을 채워 가지고 春分 때쯤 백성들에게 나누어 주었다가 가을에 이식을 붙여 거두어 들일 때는 진짜 곡식을 받아 서리들 자신들은 화를 면하고, 백성들에게 손해를 입힐 간특한 꾀를 내었다.

또 移貿米 3,000석이 있었는데. 현감이 전량 횡령하고서는 일이 탄로나자 每石 當 4량 3전씩을 각 농가에 부과하여 한 달 안에 바치도록 하고, 농민들을 멋대로 때리고 하여 온 고을이 벌집 쑤셔 놓은 것 같았다. 이에 김령 등 6, 7명은 감영에 가서 그 사실을 분명히 밝히려고 했으나 뜻대로 되지 않았다.[18]

김령 등이 자기들이 죄상을 감사에게 알리러 간 줄 안 단성현의 관속들은 김령 일행을 미행하여 대구에서 김령 등이 투숙한 여관에 침입하여 營吏라고 속이고서 "단성에서 온 사람들을 잡아 가두겠다."고 했다. 다른 사람들은 영리인 줄 알았는데 김령은 도리어 "우리가 날이 어두워 여관에 들었는데 영리가 어떻게 알겠는가? 저놈들은 단성현의 서리들이다. 저놈들 잡아라."라고 하자, 그들은 음모가 드러나 모두 도망쳤다.

감영에서는 關文을 보내어 移貿錢은 백성들에게 도로 지급하고, 拔逋穀은 바친 사람들에게 나누어 주라고 명령했고, 고을 사람들도 그렇게 해주기를 여러 번 요청했으나 임병묵은 끝까지 우기면서 더욱 凶暴하게 굴며 백성들을 원수처럼 여겼다.

1월 14일 端硯도 또 대구로 출발했는데 16일 대구의 감영에 호소하러 갔다가 돌아오는 사람들을 만나 이야기를 들으니 감영의 甘結을 얻었다고 했다. 17일에 대구에 들어가 부친을 만났다. 19일에 다시 돌아왔다.

1월 25일 단성 객사에 들어가 회의를 열었다.

1월 26일 백성들의 기세를 꺾을 수 없다는 것을 알아차리고 관속들이 새벽을 틈타 감영으로 도망갔다. 고을 사람들이 뒤쫓아가 道田에서 따라 잡아 읍으로 돌아오겠금 했다.

2월 1일에도 관속들이 도망가다가 飛津에서 붙들렸는데 端硯가 직접 가서 봤다.

---

18) 新安 赤壁碑.

2월 3일에 관속들이 읍으로 돌아왔다. 端磎가 가서 만나보고서 읍에 머물렀다.

2월 4일 고을 사람들이 객사에 많이 모여 울고 불고 했다. 밤 9시경에 亂이 일어났다. 이날이 단성민란의 발생일이다. 이때 端磎 부자는 그 현장에 있다가 관속들이 휘두른 몽둥이나 무기에 맞아 모두 다쳤고, 고을 사람 가운데서 심하게 다쳐 생사를 분간할 수 없는 사람이 20명이나 되었다.

이날 고을 사람들을 많이 모았던 주역은 김령이었다. 그는 이날 등겨·마른 풀·솔가지 등으로 채운 拔逋穀 창고를 불질러 버리고는 고을 사람들에게 강제로 배당해 두었던 장부를 서리들에게서 빼앗았다. 이러자 관속들은 사방에서 포위하여 돌을 던지고 몽둥이로 고을 사람들을 마구 때렸다. 그때 端磎는 부친이 다쳤다는 말을 듣고 부친을 구하려고 들어가다가 몽둥이, 돌 등에 맞아 드러눕게 되어 인사불성이 되었다.

임병묵은 밤을 틈타 도망쳐 감영으로 가려다가 길에서 백성들에게 두 차례나 붙잡혀 구타를 당했다. 그 뒤 서울로 올라갔다가 파면되었다.

2월 5일 端磎는 劉鳳孫의 집에서 치료를 하고 있었는데 병문안 하는 사람이 1,000명이나 되었다.

2월 11일 집에서 부자가 치료를 하고 있었는데 병문안하고 물건을 주고 가는 사람들이 계속 줄을 섰다.

2월 18일 伏閤上疏할 유생을 정했는데 대개 김령의 발상이었다. 그 자세한 사정은 이러하다. 고을 사람 가운데서 일을 잘 아는 사람을 상경시켜 의정부에 하소연하게 했다. 의정부에서 다시 임금에게 아뢰어 단성현의 여러 해 동안 쌓인 逋租 140,000석을 탕감해 주었다. 이에 고질적인 폐해가 싹 없어지게 되어 고을 사람들 중에서 환호성을 지르면서 춤추며, 김령의 은공에 감사하지 않는 사람이 없었다.

그러나 서리들의 입장에서 볼 때는 여태까지는 마음대로 逋欠을 했는데 김령으로 인하여 그 간사한 꾀를 쓸 수 없게 되었고, 또 포흠한 죄가 탄로나 조만간에 형벌을 받게 되는 낭패가 났으므로 김령을 모함하여 자신들

이 모면할 수 있는 틈을 엿보게 되었다.[19]

2월 20일 金世均의 후임으로 새 監司 李敦榮이 2월 25일쯤 부임한다는 소문을 듣고 고을 사람들의 대표가 等狀을 갖고 만나 뵈러 갔다.

2월 23일 端硯는 처음으로 진주민란의 소식을 전해 들었다. 땔나무꾼 십만명이 모여 逋吏 다섯을 불태워 죽이고 그 집을 다 파괴했다는 내용이었다.

이날 인근의 草溪郡守가 조사관 및 현감을 겸임하여 단성현에 왔으나 印信이 도착되지 않았으므로 새벽에 돌아갔다.

2월 29일 고을 사람들의 대표가 淸心亭에 모여서 座首와 吏房을 선출했다. 세습적인 서리는 본래 백성들이 임명할 수 있는 것이 아닌데, 단성현에서는 민란으로 쫓겨난 서리 대신에 고을 사람들이 자치적으로 뽑아 천거한 것은 19세기 후반 민중들의 의식이 상당히 전진되었고, 지배층에 대한 일종의 자기들의 권익 주장이라고 할 수 있겠다.

3월 1일 지난 달 22일에 새 단성현감에 서울 사람 李源鼎이 제수되었다는 것을 알았다.

3월 5일 대구로 等狀을 가지고 새 감사를 만나러 갔던 사람들이 돌아왔는데 또 등장만 남겨 놓고 왔다.

3월 7일 새 감사가 특별히 사람을 내서 서한을 보내왔기에 곧 답장을 써서 보냈다. 감사가 보낸 서한은 이러하다.

"유생들의 하소연을 듣고서 뜻밖에 일이 있은 줄 알았습니다. 단성현이 피폐한 것이 어찌 이 지경에 이르렀으며, 관속들의 모질고 어그러짐이 어찌 이 지경에 이르렀습니까? 아무런 재주도 없는 제가 경상도의 방백으로 부임하게 되었으니, 단성현이 피폐한 것도 저의 책임이요, 관속들이 모질고 어그러짐도 저의 책임입니다. 그대가 당한 것도 다 저의 책임입니다. 진실로 마땅히 하소연을 듣고서 곧 판결하여 관속들 중에서 주범은 먼저 엄한 형벌을

19) 新安 赤壁碑, 金麟燮 撰, 「先府君行狀草」.

내리고 그 從犯도 마땅히 단단히 가두어야 할 것입니다. 이런 일들을 일시적인 겸직현감이나 조사관에게 맡길 수가 없으므로, 바야흐로 신임 현감이 내려오기를 기다리고 있습니다. ……두 차례의 等狀은 우선 여기 가지고 있다가 신임 현감에게 직접 전달하여 진상을 자세히 조사하는 바탕이 되게 하고자 하고 있습니다. 그러니 양해하심이 어떻겠습니까?"[20]

이 편지에서 이돈영은 朝官을 지낸 端磎의 의견을 상당히 존중하여 난이 일어나게 된 근본적인 문제를 야기한 관속들을 철저하게 처벌하려고 마음먹고 있었다.

3월 10일 院旨 주점의 주인 아내가 밥값 5兩을 받아갔다. 이 일로 인하여 읍에 나가고 또 자고 오는 일이 많았기 때문에 밥값이 밀리게 되었다. 按覈使 朴珪壽나 御史 李寅命의 보고서에는 토호로써 백성들을 종처럼 부리면서 백성들의 재물로 먹고 입고 지낸다 했는데, 정말 그러하다면 주막집의 조그마한 밥값이야 값지 않아도 괜찮았을 것이다.

진주민란이 있은 후 2월 29일에 조정에서는 副護軍 朴珪壽를 按覈使로 임명하였는데 3월 18일에 진주에 도착하였다. 진주에 와서 보고, 단성에 먼저 민란이 있었음을 알았다.

3월 20일 端磎는 박규수가 안핵사로 왔다는 소식을 듣고 안핵사에게 올리는 글을 지었는데, 자기이름으로 올리는 것은 자신이 지었고, 고을 사람들의 이름으로 올리는 것은 부친이 지었다. 端磎가 올린 글은 이러하다.

"엎드려 생각건대, 단성에서 천고의 세월토록 있지 않았던 변괴가 있었습니다만, 감사가 사실대로 아뢰지 않아 임금의 은혜를 저버리고 나라를 배반하며 아랫사람들을 가리고 윗사람을 속인 사람으로 하여금 겨우 파면만 하고 마니 유감이 없을 수 없습니다. 逋欠을 한 간악한 놈과 변란을 일으킨

---

20) 李敦榮, 「抵金正言書」.

흉도들은 지금까지 수개월이 되도록 刑杖한대 맞지 않고 털끝하나 손상됨이
없이 태연하게 편안히 지내면서 마음대로 왔다갔다 하게 했습니다. 그런데
단성의 선비들은 다 흉한 무기에 맞아 혹독하게 毒手에 걸려들었으니, 우리
여러 백성들은 진실로 원통하고 답답하나 하소연할 곳이 없었습니다. 아주
다행하게도 閣下께서 명을 받아 남쪽으로 오셨으므로 이에 감히 대략 그
전말을 아뢰도록 하겠습니다. 대저 단성같은 작은 고을에서 환곡이 거의
6萬餘石에 이르렀으니, 이것은 胥吏 · 軍奴 · 使令들이 여러 해를 두고 逋欠
해서 그렇습니다. 본 읍의 전후 부임한 현감들은 이를 더없이 좋은 기화로
삼아 덮어 두고서 오직 백성들의 고혈을 빨아먹는 것만을 일삼아 加作 · 橫
徵을 멋대로 했습니다. 그리하여 세금으로 私服을 채웠고, 간사한 서리들이
여기에 붙어서 못하는 짓이 없게 되기에 이르렀습니다. 작년에 이르러서는
더욱 심해져, 토지 매결당 17량 5전을 바치게 되었고, 실제로 거두어 가는
것은 20여량이나 되었습니다.……그래서 고을 사람들은 變이 있은 이후로는
맹세코 저들과 한 고을에서 살지 않겠다고 마음먹고 이들을 갈아치우기로
결의하고서 감영에 보고하였습니다. 그리하여 인근 고을의 충신한 서리나
단성현에서 한가하게 놀고 있는 사람 중에서 뽑아 채비를 차려 서울로 가서
신임 현감을 모셔 오도록 했던 것입니다. 그 뒤에 들으니, 전의 서리인 李東
八이 몰래 흉당을 이끌고 현감을 모셔 오려고 살짝 출발했다고 합니다.……
무릇 단성현의 積逋를 뿌리 뽑지 않으면 縣이 존속할 수가 없고, 적포를
뿌리 뽑으려면 그 주범 6, 7명을 반드시 목을 베어야 할 것입니다. 그 나머지
처벌해야 할 사람들도 급히 조사해 주시옵소서."[21]

　　조정에서 파견된 안핵사가 사건을 공정히 처리해 주리라 희망을 갖고
端磎는 관리들이 여태까지 저지른 부정부패 · 민란전후 단성현의 사정 ·
자신의 의견 등을 소상히 적어 정중하게 안핵사에게 올렸으나, 안핵사
박규수는 냉담한 태도를 보였다. 박규수가 진주에 와서 보고, 이런 대규모
민란이 무식한 백성들에 의해서 저절로 발생할 수 없고 각 고을에서 명망
이 있는 전직관리 및 사족들에 의해서 사전에 모의된 것이라고 판단하고

---

21) 「임술록」, 53쪽.

서 그들에게 죄를 돌려 일망타진하여 난을 수습하려고 했다.

그래서 민란으로 피해자가 된 서리들을 비호하는 입장에서 사건을 처리해 나갔다. 또 진주의 서리들과 단성의 서리들은 서로 대대로 혼인을 하는 등 사이가 아주 좋았다. 단성의 서리들은 자기들이 誅戮을 면하기 위해서는 端磎 부자를 誣陷하여 죄를 얽어야 하므로 안핵사의 비호를 받고 있던 진주의 서리들에게 端磎 부자를 무함하였다. 박규수는 端磎의 單子를 받기 전에 진주 서리들로부터 端磎 부자의 이야기를 듣고 분개할 만큼 端磎 부자에 대하여 나쁜 감정을 갖게 되었다. 또 당색으로 볼 적에도 端磎는 남인계의 인물이고, 박규수는 소론계의 인물이므로 좋은 감정을 갖기가 어려웠다.

이런 와중에 4월 14일 신임현감이 곧 부임하고 조사관도 이어서 온다고 하므로 端磎는 각 마을에 통문을 발송했다.

4월 15일 신임 현감 李源鼎이 부임했다.

4월 21일 민란후 처음으로 세수하고 빗질하고서 읍에 들어 갔다가 해가 저물어 院旨로 나와, 고을 사람들이 선출해서 추천한 吏房과 戶房을 보았다. 이날 처음으로 세수하고 빗질했다고 하니 민란 때 입은 상처가 얼마나 컸는지를 알 수 있겠다.

4월 25일에 면세되는 公減結을 革罷하기로 고을 사람들과 의논했다.

5월 8일, 4월 15일 嶺南宣撫使로 임명된 行護軍 李參鉉이 단성현에 들어오자 고을사람들 중에 가서 아뢰는 사람이 많았다. 李參鉉도 박규수와 같은 생각이었으므로 端磎에게 호의를 베풀지 않았다.

5월 11일 端磎는 진주로 들어가 민란후 새로 부임한 晉州牧使 鄭冕朝를 만났다. 이날 밤 같이 민란을 주도했던 동지들이 형장을 맞고 진주 옥에 구속되었다가 그 삼일 뒤에 단성옥으로 옮겼다.

5월 15일 부친을 모시고 端磎는 진주로 들어가 밤에 목사를 만나 보았다. 목사는 시종 端磎 부자를 구제하려고 노력을 했던 사람이었다.

5월 17일 옥에 갇힌 동지들의 편지를 보고서 감영에 알려야겠다고 생각하고 밤에 대구로 갔다. 20일 감사를 만나 보고 돌아 왔다.

5월 25일 읍에서 유숙했는데, 밤에 여러 동지들이 옥졸들에게 업혀서 나오는 것을 보았다. 대개 박규수에게 걸려 들어 이렇게 됐으므로 가슴이 답답했다.

5월 26일 조사관이 몰래 돌아갔다.

5월 29일에 감사의 편지를 받아 보니, 사태수습이 늦다는 이유로 박규수가 암행어사 李寅命의 彈劾을 받아 돌아가게 되었음을 알았다.[22] 이때쯤 되서는 각지에서 민란이 연쇄적으로 발생하므로, 조정에서는 지방관의 부정부패를 바로잡고 아울러 민정을 파악하여 사태수습의 자료를 얻기 위해서 각지에 암행어사를 파견하였는데, 이인명은 경상우도에 파견되었다.

宣撫使 李參鉉은 진주로 내려와 綸音을 선포하여 민심을 수습시키는 한편, 민정을 조사하여 6월 1일 조정으로 돌아갔다.

6월 2일에 박규수가 關文을 보내고 포졸을 급파하여 사족들을 일망타진했다. 이때 김령을 체포하러 포졸들을 보냈으나, 김령이 그들을 꾸짖어 포졸들이 감히 체포하지 못했다. 진주목사 정면조의 주선으로 박규수에 의해서는 끝내 체포되지는 않았다.

박규수가 탄핵을 받아 돌아가면서, 6월 5일에 그의 實弟 朴瑄壽에게 보낸 편지를 보면 端硯 부자에 대한 생각과 민란후 신임현감과 이들과의 압력관계를 알 수 있다. 박규수만 서리들에게 세뇌되어 端硯 부자에 대해서 나쁜 선입관을 가졌던 것이 아니라, 선무사 이삼현·어사 이인명도 똑같은 생각을 갖고 있었다. 박규수의 편지·李參鉉의 狀啓·李寅命의 別單 등의 내용이 대동소이한데, 여기서는 내용이 가장 상세하고 가장 나중의 것인 이인명의 별단을 소개한다.

---

22) 國史編纂委員會 編, 『韓國史』 15卷, 137쪽. 李寅命이 7월 5일에 파견된 것으로 되어 있으나, 5월중에 파견되어 있었음을 알 수 있다.(『端硯日記』 參照)

"저 단성의 김령이란 자는 전 정언 金端磯의 아버지입니다. 전부터 고을에서 힘을 써왔는데, 하는 짓이 패려하고 위태로와 독기가 모여서 된 인간 같습니다. 자기 집에서는 밭갈거나 길쌈하지 않고서 백성들의 것을 빼앗아 먹고 입고 합니다. 백성들을 위협해서 부리기를 자기 종처럼 하면서, 스스로 단성 한 고을에서 자기 말고는 사람이 없다고 생각하고 있습니다. 그가 내린 명령은 백성들이 감히 거역하지 못하였으며, 집에다 형구를 갖추어 두고서 죄가 무거우면 형장을 치고, 죄가 가벼우면 묶거나 달아맵니다. 그가 소란을 피우게 된 동기는, 서리들이 환곡 27,000여석을 포흠하고서 백성들에게 거두어 보충하려는 것에 대해서 분하게 여겼던 것입니다. 팔을 휘저으며 한 번 불러모으자, 그의 무리들이 모여들어 그의 지시를 받았고, 가가호호에서 어기는 사람없이 즉각 모여들었는데, 모인 사람을 점검해 보니, 나오지 않은 사람이 절반가량 되어, 각각 5兩씩 부과하여 급히 바치게 했습니다. 그 돈의 합계가 2,000여량이었는데, 그가 자기 것으로 만들었습니다. 무리를 지어 관가로 밀고들어가 그 아버지는 문을 막아서서 관속들을 꾸짖고 욕설을 했고, 그 자식은 방에 들어가 관속들에게 욕을 퍼부었습니다. 그리하여 장차 관속들을 다 잡아 죽이려고 했습니다. 소위 현감이란 자는 단신으로 겨우 도망쳤습니다. 이에 吏房과 倉色吏의 집을 불지르고 객사로 들어가 고을 사람들을 모아 통곡했습니다. 관청은 경건하게 행동해야 할 곳인데, 어찌 감히 이렇게 무례하게 굴 수가 있겠습니까? 이것도 부족하여 읍의 거리나 주점에 모여 흩어지지 않고서, 각 마을의 부자들에게 맡겨 돌아가면서 이 사람들을 먹이게 했습니다. 현감은 피신하여 감영으로 가려다가 두 차례나 길에서 잡혀 구타를 당했습니다. 그때의 광경을 상상해 보건대, 무기도 가지지 않았으나 난을 일으켰으니 대낮의 도적입니다. 林舃黙이 서울 가서 遞任되고 나서는, 단성 고을의 관속이 비어 있었습니다. 한 달 쯤 되어도 신임 현감을 맞이할 사람을 보내지 않았습니다. 김령은 관속들을 다시 불러들일 수 없다고 말하고는 사사로이 자기들끼리 선발하여 서울로 올려 보내려고 했습니다. 거사에 든 비용에 쓰려고 매결당 1량씩 부과하여 거두어 들이니, 모두 1,200여량이 되었습니다. 약간의 酒食費를 제외하고는 모두 자기가 차지해 버렸습니다. 그의 목적은 다만 이러한 謀利에 있었습니다. 그가 돈을 거두면서 만든 책자는 마치 官文書처럼 만들었고, 돈을 거두어 들일 때는 책임자를 선출했습니다. 이런 일을 어찌 개인이 행할 수 있는 일이겠습니까?

신은 그 책자를 빼앗아 돌아가겠습니다. 새 현감이 부임하여 一動一靜을 모두 김령이 조종하는 대로 따르고, 그 군노·사령들도 모두 김령이 차출하여 일을 처리하고 있습니다. 안핵사가 관문을 발송하여 체포하려다가, 김령이 관문을 찢어버리고 捕校를 꾸짖어 물리치므로 욕을 당했습니다. 왕의 교화 밑에 있는 백성에 어찌 이런 못된 인간이 있겠습니까? 단성에 소란이 있은 지 보름도 안되어 진주에서 변이 일어났습니다. 대저 거창·함양의 변은 진주를 본받아 일어났고, 진주는 단성을 본받아 일어났으니, 이제 이 김령은 나라를 어지럽힌 원흉입니다. 신이 읍에 들어온 것은 애초에 김령을 잡아 가두기 위해서입니다. 감히 이 일을 우러러 아뢰고서 엎드려 처분을 기다립니다.”[23]

李寅命이 들추어 낸 端磎 부자의 죄상은, 향리에 살면서 백성들을 武斷하여 의식을 빼앗고 私刑을 가하고 관속을 능멸하고 민란을 주모하고 민란후에는 신임 현감을 핍박하여 마음대로 일을 못보게 하고 안핵사의 관문을 찢어 버린 것 등의 죄상을 죽 들었다. 특히 그 부친 김령은 경남우도 각지에서 민란이 많이 발생하는데 결정적 역할을 한 원흉으로 몰아 체포하여 처단하겠다고 아뢰고 있다.

그러나 필자의 견해로는, 이인명 역시 자기들의 죄를 모면하려는 서리측의 말을 들었으므로 端磎 부자에 대해서 나쁜 감정을 가지지 않을 수 없었다. 그는 또 박규수보다 더 큰 권한을 지고 내려 왔으므로, 박규수가 체포·구금하지 못한 김령을 꼭 체포·구금하려고 했다. 사실 端磎 부자는 단성 고을 사람 중에서는 가장 지식수준이 높았고 또 성격이 강직했으므로 뭇사람의 추앙을 받았다. 고을 사람들 가운데 바르지 못한 행동을 하는 사람이 있을 경우 약간의 제재를 가했을 수도 있었을 것이다. 관속들의 횡포 속에서 신음하다가 端磎 부자로 인해서 그 과중한 부담이 줄었으므로 민란으로 부상을 당해 있는 그 부자에게 자발적으로 의식을 보내준

---

23) 『임술록』 52~53쪽.

사람들이 많았는데, 서리들은 백성들의 의식을 빼앗았다고 무함하여 이인명이 그대로 믿게 되었을 것이다. 세금 포탈·환곡 문란 등으로 억울한 일을 당하게 된 백성들을 위해서 여러 차례 평화적으로 等狀도 하고 면회도 했지만, 단성현의 관속들이 전혀 시정하지 않으므로 부득이 백성들이 모여 관가로 들어 가 성토를 하게 되었던 것이다. 관속들이 몽둥이를 휘두르고 돌을 던지며 해산시키려 했으므로 충돌을 빚게 되어 성난 백성들이 관속을 내쫓아 버렸던 것이다. 이런 일을 해나가는 도중에 경비가 필요했으므로 약간씩 거두어들였을 것이다. 만약 端磎 부자가 백성들의 재물을 빼앗고 일을 빙자하여 거둔 돈을 착복하고 私刑을 가한 것이 사실이라면, 그 부친이 죽었을 때 新安江 위 赤壁을 갈아서 그 공적을 새겨 기리는 일이나, 민란직후나 荏子島 귀양에서 돌아왔을 적에 감사의 뜻을 표하는 돈이나 물건을 보내주는 일이 있을 수가 없을 것이다. 또 그렇게 불법행위을 자행했다면, 監司 李敦榮이나 晉州牧使 鄭冕朝가 힘써 주선해 줄 턱도 없었을 것이다. 박규수의 편지에서는 단성의 유생들을 올려 보내 表題를 걸고 소란을 피웠던 것도 죄상으로 넣고 있지만, 현감·감사 등을 통해서 민정이 상달되지 않을 때는 얼마든지 伏閤上疏도 할 수 있는 것이다.

6월 12일 대낮, 어사 이인명이 대낮에 진주성에 들어왔다. 이날 김령이 체포되어 진주옥에 갇히게 되었다. 이때 端磎도 진주에 있었다.

6월 13일 밤에 서울로 돌아간 宣撫使 李參鉉이 榻前에서 端磎의 죄상을 아뢰었더니, 임금이 비변사로 하여금 아뢰어 처리하라는 명령이 내렸다는 소문을 端磎는 들었다. 李參鉉의 狀啓는 이러하다.

"전 단성현감이 난민들에게 곤욕을 당하자, 관속들이 분함을 이기지 못하여 난민들을 물리치게 됐습니다. 전 정언 김인섭 부자도 같이 있다가 맞아 쫓겨나게 됐습니다. 이때문에 관속들에게 분풀이를 하느라 고을 사람들이 관속을 다 추방하여 일을 볼 수 없게 만들었습니다. 현감이 새로 부임하자 고을에서 멋대로 시골 사람을 吏房으로 뽑았고 비록 관노·사령이라도 모두 고을에서 차출했으므로 新官은 마치 구속된 것 같아 손도 움직일 수 없습니다. 일찍이 임금을 가까이서 모시던 신하가 난민들 속에 끼어든 것도 이미 매우 놀라운 일인데, 관속들에게 유감을 품고서 멋대로 관속을 뽑고 추방하고 하여 읍론을 주장하여 계속 소란을 피우고 있으니, 이는 매우 패려한 짓으로, 그 죄를 묻지 않을 수 없습니다. 해당 관청으로 하여금 아뢰어 처리하게 하는 것이 어떠하겠습니까?"[24]

李參鉉은 특히 일찍이 임금을 가까이서 모시고 벼슬한 사람이 난민들 속에 끼어 소란을 피우는 것은 용서할 수 없으니, 처벌하자고 주장했다. 그래서 비변사에서는 체포해 와서 의금부에서 신문하도록 했다.

6월 15일에 端硯의 일가들이 많이 사는 法勿의 친족들과 거주지인 丹溪의 친지들이 이인명에게 탄원서를 올리려고 진주에 왔다가 옥으로 김령을 찾아가 위문하였다. 여기서도 그가 불법을 자행하여 인심을 잃은 사람이 아니란 것을 알 수 있다.

6월 16일에 유숙하고 있던 집의 마루에서 자다가 端硯는 5更쯤에 서울에서 급파된 邏將 閔得鉉에게 체포되었다. 곧장 함양·남원 등을 거쳐 서울로 압송되어 7월 4일 서울에 도착했다.

7월 5일 아침밥을 먹은 뒤, 의금부에 구속되었다.

7월 11일에 審理가 시작되었다. 判義禁府事 金大根·同義禁府事 朴承輝·李參鉉 및 都事 10名이 들어왔다. 먼저 原情을 바쳐, 관속들이 逋欠한 것과 移貿米를 횡령한 사실·백성들이 여러 차례 관속들에게 시정해 주기를 요구한 사실·민란의 전말·자기와 부친이 관여하게 된 경위·서리를 자체적으로 선출하게 되었던 동기 등을 밝혔다. 그런 뒤에 구두로 신문에 답했다. 신문을 끝마친 뒤, 심리관들이 임금에게 형벌을 청하려고 들어가 아뢰었는데, 이날 밤에 임금의 윤허가 내렸다.

7월 12일에도 어제와 같이 심리를 시작했는데, 知義禁府事 李寅稷이

들어왔다. 端磎는 또 어제처럼 구두로 진술했다. 이때 訊杖 30대를 맞았다.

7월 14일에 관작을 삭탈하여 放送하라는 명이 내려 풀려났다. 端磎가 서울로 압송되어 가는 것을 보고 고을 사람들은 무거운 형벌을 받을 것으로 생각하고 무척 걱정을 했으나 무사히 돌아온 것을 다행으로 여겼다. 이때는 각 지방에서 계속적으로 민란이 일어났는데, 조정에서 어사·안핵사·선무사 등을 파견하여 민정을 조사해 보니, 탐관오리들의 부정부패에 의한 삼정의 문란이 민란의 주원인이었으므로 민심을 수습하는 측면에서 사건을 처리해 나갔으므로 端磎도 방면될 수가 있었다.

7월 27일 저물녘에 端磎가 집에 당도하니, 진주옥에 갇혀 있던 부친은 11일에 풀려나 집에 돌아와 있었다. 그러나 李寅命의 別單으로 말미암아 流配를 면할 수 없다는 것을 알았다.

7월 28일에 端磎는 부친을 모시고 읍으로 들어갔다.

8월 11일에 端磎는 부친을 인근 삼가현에 옮겨 있게 했다.

閏8월 8일에 집으로 돌아와 그 부친의 편지를 보고서 配所가 荏子島로 정해졌다는 것을 알았다.

閏8월 18일에 端磎는 부친을 모시고 출발하여, 9월 4일에 임자도에 닿았다. 일주일 정도 섬에 머물면서 부친을 위해서 거처하는데 불편이 적도록 처리를 해놓고, 9월 14일에 부친을 하직하고 돌아왔다.

10월 9일에 대구로 가서 감사를 만나 보고서 부친을 陪行했던 전말을 이야기했다. 三政釐整節目이 있었으므로 베꼈다. 조정에서 전국의 漕租 1,870,000섬을 탕감하고 매결당 조세를 2량씩으로 정했다는 소식을 듣고 돌아왔다.

10월 21일에는 신임 현감 이원정이 뜻밖에 편지를 보내어 端磎를 만나 三政釐整節目의 실시 방안을 의논하자고 청해 왔는데, 端磎는 회답을 써서 보내기를 "변이 있은 이후로 관청에 들어가지 않기로 맹세했다."라고 말했다. 22일에 또 현감이 만나자는 편지를 보내왔으나 端磎는 준엄하게 거절하였다. 이때 三政釐整廳에서 三政釐整節目을 각 군현에 내려 보내

어 시행하도록 했다. 현감은 삼정의 실무에 어두웠으므로 시행할 수가
없었다. 朝官을 지냈고 서리들의 부정부패를 속속들이 알고서 전 현감에
게 시정을 요구하고, 감사에게 여러 차례 진정한 일이 있는 端硯를, 현감
은 사이가 좋지 않았지만 부를 수 밖에 없었고, 또 영향력 있는 端硯를
회유하여 자기편으로 만들면 고을을 다스리기가 쉬우리라는 계산에서 편
지를 보내어 불렀지만, 관속들 때문에 부자가 온갖 곤욕을 치렀고, 지금
부친이 絶島에서 유배생활하고 있는 마당에 그는 신임 현감에게 협조할
수 없었다.

10월 24일에는 지난 6월초에 박규수가 관문을 발송하여 각 지방의 사족
을 민란의 주모자라하여 일망타진하려 했을 때, 그 부당함을 상소한 前
承旨 李晩運을 邑에서 만나 감사의 뜻을 표했다.

1863년 9월에 부친 김령이 유배가 풀려 향리로 돌아왔다. 고을 사람들이
다투어 와서 치하했다. 이때 단성현은 물론이고 인근 산청·삼가·함양·
의령·함안·안의 등지의 친지들이 돈을 보내와 그의 은공에 감사하였다.

1864년 봄에도 李源鼎의 후임으로 온 현감과의 마찰로 다시 소란이
좀 있었다. 端硯는 이때 哲宗 因山으로 서울에 있다가 三政釐整摠裁官
鄭元容에게 주선을 청하여 무사하게 되었다.

이상에서 단성민란 때의 端硯의 역할을 연월일순으로 살펴 보았다. 이
상에서 단성민란이 일어나게 된 가장 큰 원인은 역시 삼정의 문란과 관속
들의 횡포였다. 단성민란의 특징을 요약해 보면, 첫째, 최초의 농민란으로
진주민란 등 각지 민란의 도화선이 되었다. 둘째, 일시적인 폭동이 아닌
근 3년에 걸친 농민들의 관속에 대한 항거로, 사망한 사람이 없는 다른
지역의 민란보다 비교적 평화적이었다. 셋째, 민란직후 농민들 자신들이
의논하여 서리를 선출하여 천거한 것은 농민들의 권익주장으로 사회변동
의 한 양상을 보여 주는 것이다. 넷째, 다른 지역에서는 악질적인 양반들을
응징했으나 단성민란에서는 양반과 농민들이 합심하여 관속에 항거했다.

端硯는 通文·等狀·單子·書翰 등을 작성하여 농민들의 의사를 대변

하였고, 관청의 사정을 잘 알았으므로 현감·목사·감사 등을 자주 찾아 보고서 농민들에게 불리한 조치가 취해지지 않게 하려고 무척 노력했던 것이다.

Ⅵ. 『단계일기』

端磎는 1839년(헌종 5) 13세 때부터 일기를 쓰기 시작하여 77세 죽을 때까지 썼다. 대부분은 時憲曆 위에 덮어 썼고, 시헌력을 얻지 못한 해에는 한지로 공책을 메어서 일기를 썼다. 그 기사는 매우 간결하여 하루의 일과를 20字 내외로 기록했다.

현존하는 일기는 1864년 20세 때부터 77세까지 58년 간에 걸친 것인데, 중간에 21·22·25·32·33세 때의 일기가 缺해 있으니, 실제 남아 있는 햇수는 53년간이다. 24세 때인 1850년의 경술일기는 兩種이 있는데, 하나는 부친 김령이 쓴 것으로 날짜 간격이 너무 떨어져 있어 별 자료적 가치가 없다.

일기를 쓸 때 책력에 바로 써 넣는 경우도 있지만, 여행을 하거나 해가 바뀌었는데도 책력이 늦게 도착했을 때, 무슨 일이 있을 때는 다른 종이에 적어 두었다가 책력에 옮겨 적기도 했다. 35세 때의 일기의 1·2·3월분은 草해 둔 종이가 남아 있는데, 옮겨 적은 것과 비교해보면 약간의 字句 改換과 潤色이 있다.

이 이외에 逐日別로 된 일기지만, 강원도 유배일기인 東遷錄과 금강산 유람일기인 금강록은 별도로 만들어진 것이고, 艱貞錄이라 제목이 붙은 일기는, 김령의 1년 동안의 임자도 유배일기다.

이 일기는 단성민란 연구에 결정적 자료일 뿐 아니라 19세기 농촌사회의 모습·鄕居散政의 생활상·의식 구조·학문의 폭·治家·교유·처세·관속과의 갈등 등을 알 수 있는 귀중한 자료이다. 본고에서는 간단한 소개에 그치고 자세한 연구는 후일로 미룬다.

Ⅶ. 결론

19세기 초 경상우도 사람으로는 보기 드물게 소년등제한 端磎는 단성민란의 수창자라는 사실 외에는 그의 행적이 별로 알려져 있지 않다.

20세에 등제한 그는 여러 淸官을 거쳐 정언에까지 올랐지만, 가난 때문에 仕官하여 학문에 잠심하지 못함을 후회하여 32세때 벼슬을 버리고 환향하였다. 당시의 조정의 요직은 척족들이나 당파에 관계된 사람으로 채워져 있었으므로, 남인계 인물에다 權門에 아부할 줄 모르던 端磎는 벼슬을 버리기로 굳게 마음먹었다.

그는 19세기 남인계의 두 대표적인 학자인 영남 남인계의 定齋와 기호 남인계의 性齋를 스승으로 모셨으므로 그의 학통은 남명·퇴계에 접맥되어 있다. 그는 당대 영남 일대의 대표적 학자인 李震相·李種杞·朴致馥·金興洛·李敦禹·許薰·許愈·朴鍾錫·李柄憙 등과 교유를 갖고서 자신의 학문의 폭을 넓혀 나갔다.

그의 학문은 남명과 퇴계를 철저히 배워 朱子에 닿고 있다. 평생토록 남명을 가장 존모하여 그의 실천궁행을 중시하는 생각과 강직한 성격은 남명으로부터 받은 것이 많았다.

그의 학문의 범위는 성리학 이외에도 고금국가의 성패와 利病·賢人君子들의 行事本末·夷狄의 情狀·山川과 道路의 險夷·易學·諸子百家 등에 미치기까지 대단히 넓었다.

그는 寒洲일파의 心卽理設이 혹세무민하는 것이라고 痛駁하고서, 주리나 주기의 극단에 치우쳐서는 마음의 본체를 바로 파악할 수 없다고 주장했다.

저서로는 『단계문집』 28권, 『단계일기』 53年分, 이외에 10餘種이 있다.

19세기 각지의 관속들의 부정부패는 극에 달해 있었지만, 단성현은 그 규모가 작았으므로 농민들이 받은 피해는 그 어느 고을보다도 더 심했다. 조정에서 淸官을 지내다가 벼슬을 버리고 고향에 와서 보니 단성현 관속들의 부정부패는 차마 좌시할 수 없었다.

그래서 그는 환향한 지 3년째인 1861년 2월 17일에 당시의 慶尙 監司 金世均에게 單子를 올려, 丹城縣監 任漢과 서리들의 姦贓不法을 極言하고서 그 잘못을 시정해 줄 것을 건의했었다. 관속들이 착복하는 면세결수가 많았으므로 자연 농민들의 세금부담이 가중될 수밖에 없었으므로, 관속들은 부족분을 농민들에게서 징수하기 위해서 무차별로 刑杖을 가하고 감금했던 것이다.

그 사이 端磎는 감사에게 단자 · 서간 및 농민들의 뜻을 전하는 等狀 등을 다섯 차례 올려 마침내 감사가 현감에게 甘結을 발송하여 시정할 것을 명하였다. 또 현감을 세 차례 만나보고 한 차례의 편지와 한 차례의 등장을 올렸지만, 현감 임병묵은 전임 현감보다 더 지독하게 부정부패를 저질렀다. 그때 임병묵은 移貿米 3,000석을 횡령했고, 그를 둘러싼 관속들이 逋欠한 곡식은 45만석에 달했다. 그것이 발각되어 변상하게 되자, 등겨 · 마른 풀 · 솔가지 등으로 石數를 채워 봄에 나누어 주었다가 가을에 이식을 붙여 진짜 곡식을 거두어 들이려는 간특한 꾀를 내게 되었다. 현감이 착복한 移貿米는 토지 매결당 4량 3전씩 부과하여 메꾸려고 하여 한달 안에 납부하도록 했다. 이에 멋대로 농민들을 때리고 감금하였다.

1862년 2월 4일에 농민들은 관가로 밀고 들어가 하소연했다. 관속들은 농민들을 해산시킬 생각에서 돌이나 몽둥이로 마구 쳐서 유혈사태가 나게 되었고 현감은 도망쳤다.

端磎는 그 부친 김령과 함께 현장에 있다가 부자가 모두 크게 다쳤다. 이들은 단성현에서는 가장 지식인이었고 성격이 강직하였으므로 농민들의 추앙을 받았고 농민들의 억울함을 풀어주려고 적극 노력하였다. 이들의 노력으로 말미암아 단성현의 逋租가 탕감되게 되어 그 은공에 크게 감사했지만, 관속들로서는 자기들의 謀利할 수 있는 길을 막았으므로 원수로 여겼다.

그때 각지방에서 민란이 계속 발생하자 조정에서는 안핵사·선무사·어사 등을 계속 내려 보내어 민란을 수습하고 민정을 탐지해 오도록 했다. 이에 경상우도로 파견된 박규수·이삼현·이인명 등은 한결같이 이런 대대적인 농민들의 난은 지식층의 主謀 없이는 이루어질 수 없다고 생각하여, 관속들을 비호하며 도내 사족들을 일망타진하려 했다. 이것은 대개 지방사정에 어두운 이들이 관속들의 술수에 걸려든 때문이다. 端硯는 이 삼현의 狀啓로 의금부에 잡혀가 국문을 받고 풀려났고, 그 부친 김령은 일 년간 임자도에 유배되었다가 풀려났다. 그것은 端硯는 조정의 侍從之臣이 亂民속에 들어가 관속을 물리쳤다는 것이고, 김령은 향리에서 武斷했다는 이유에서였다.

단성민란의 주원인은 삼정의 문란과 관속들의 횡포 때문이었다. 이 민란에서 端硯 부자의 역할은 주로 民心糾合·對官關係 文書作成·對官建議 등이었다.

단성민란의 특징을 요약해 보면, 전국 최초의 민란이었고, 장기적이었고, 평화적이었으며, 사회변동의 양상을 보여주었고, 양반과 농민이 협력해서 한 농민항거였다.

본고에서는 주로 그의 이력과 민란에 초점을 두고 서술했는데, 앞으로 그의 시문·사상·일기 등에 대한 개별적인 상세한 연구가 있어야만 端硯란 인물이 더욱 정확하게 밝혀질 것이다. (본고 집필을 위하여 家藏의 귀중자료를 빌려 주시고, 현지 답사시 여러 가지 편의를 제공해 주신 端硯의 奉祀玄孫 金東俊先生께 심심한 사의를 표하는 바이다.)

端磎 金麟燮의 生涯와 學問*

I. 서론

端磎 金麟燮은 조선 후기 慶尙右道에서 활동한 학자이자 문신이었다. 지금까지 단계 김인섭하면 주로 丹城民亂과 연관지어 논의한 것이 일반적인 통념이었다.

그러나 그는 朝鮮後期 慶尙右道에서 일어난 학문적 중흥기에 활약한 학자의 한 사람으로서, 그의 학문범위는 매우 넓고 학문 내용은 다양하였고, 또 당대 경상우도 학자들 사이에서 상당히 주도적인 역할을 했다.

그는 당시 南人學派의 학문적 영수라 할 수 있는 定齋 柳致明과 性齋 許傳 兩門을 출입한 학자로서, 嶺南 退溪學派의 학문적 특성과 近畿南人學派의 학문적 특성을 아울러 흡수한 학문을 형성하였다.

그는 少年登科를 하여 생애 초반에 관직에 나아갔지만, 관직에 있은 기간은 얼마 되지 않았고, 대부분의 시간을 향리에서 생활하며 학문 연구에 전념하였다.

본고에서는 그의 생애 가운데서 특히 그의 학문의 형성과 특성에 주안점을 두어 서술하고자 한다.

---

* 필자는 1985년에 「端磎 金麟燮 연구(金玄操교수와 공동연구)」라는 논문을 『社會科學研究』 제3집에 발표한 적이 있다. 그때는 주로 丹城 농민저항운동에 초점을 맞추어 다시 썼는데, 본고에서는 端磎의 학문에 비중을 두고 썼다. 이전의 논문에서 재인용한 자료가 많다.

Ⅱ. 端磎의 生平

仁祖反正 이후 침체되었던 慶尙右道의 학문적 토양 속에서, 거의 2백
년 동안 큰 학자가 배출되지 못했다. 그로 인해서 學派가 형성되지 못했고,
학문적인 분위기도 점차 희박해져 갔다. 1728년 일어났다 실패한 戊申亂
을 계기로 하여 慶尙右道의 지식인들은 더욱더 위축된 분위기에서 살아야
했다.

이러다가 18세기 말 正祖王이 嶺南을 중시하는 정책이 있었고, 南冥의
사당에 賜祭文을 내려 南冥의 학문을 인정한 이후로 학문적 분위기가 다
시 일어나기 시작했다.

晩醒 朴致馥(1824-1894), 月皐 趙性家(1824-1904), 雙洲 鄭泰元
(1824-1880), 端磎 金麟燮(1827-1903), 梨谷 河仁壽(1830-1904), 后山 許
愈(1833-1904) 등이 나와 학문활동을 활발하게 전개하였다. 그 뒤를 이어
나온 일군의 학자로는 溪南 崔琡民(1837-1905), 老栢軒 鄭載圭
(1843-1911), 勿川 金鎭祜(1845-1908), 俛宇 郭鍾錫(1846-1919), 膠宇 尹
冑夏(1846-1906), 月淵 李道樞(1847-1921) 등이 있는데, 이들은 선배들이
기틀을 닦은 중흥의 기운을 더욱 발전시켰다. 이런 분위기의 뒤를 이어
晦峯 河謙鎭(1870-1946), 松山 權載奎(1870-1952), 眞庵 李炳憲
(1870-1940), 秋帆 權道溶(1877-1963), 重齋 金榥(1896-1978)이 나와 그
맥을 이었다.

이 가운데서 端磎는 중흥의 초기에 晩醒, 后山 등과 함께 경상우도의
학문을 주도하였다. 그의 스승은 安東에 거주하던 定齋와 京畿에 거주하
던 性齋였지만, 단계는 두 선생으로부터 학문을 전수받아, 경상우도의 南
冥學의 분위기에 맞추어 자신의 학문을 새롭게 정립하였다.

端磎는 1827년(純祖 27) 慶尙道 咸陽郡 木洞 외가에서 태어났다. 그의
집은 원래 일족들이 世居해 온 丹城縣 法勿里에 있었다. 그의 본관은 商山
인데, 高麗末 金後란 분이 벼슬을 버리고 법물리로 들어와 산 이래로 대대

로 거기서 살아왔다.

金後에 의해서 형성되어 이 지역의 兩班家門으로 부상한 法勿里의 商山金氏는 그 아들 金張이 文科에 올라 司諫院 左正言, 藝文館 檢閱, 待敎등직을 역임하였다.

金張의 세 아들도 모두 文科에 올랐는데, 장자 金克用은 司諫院 司諫을 지냈고, 차자 金利用은 司憲府 持平을 지냈고, 삼자 金貞用은 成均館 博士兼 宣傳官을 지냈다. 이후 단계 이전에 이 가문에서 4명의 문과급제자가 더 나왔고, 상당수의 仕宦한 사람도 나왔지만, 端磎의 직계 조상 가운데는, 8대조 金景訊이 訓鍊院 判官을 지낸 이후로 仕宦한 사람이 없었다.

그이 부친 海寄 金樋이 여러 곳을 옮겨 다니다가, 端磎가 13세 되던 1839년 丹城의 丹溪里에 집을 짓고 정착하였는데, 세거지 法勿里와는 20리 거리에 있었다. 어려서는 조부 金文漢에게서 『通鑑』을 배워 학문적기초를 닦았다.

단계는 1846년(憲宗 12) 20세 되던 해 3월 文科에 급제하였고, 이 해 12월 承文院 權知副正字에 임명되어 官界에 첫발을 내디뎠다. 당시 사람들이 少年登科를 모두 영광스럽게 여겨 축하했지만, 정작 본인은 가난 때문에 학문에 계속해서 침잠하지 못하고, 宦路에 발을 들여 놓게 된 것을 부끄러워하였다. 뒷날 단계가 判書 鄭基會에게 보낸 서신에서 자신의 심경을 이렇게 밝혔다.

　　지난 병오년(丙午 : 1846) 봄, 아직 冠禮도 올리기 전에 우연히 과거에 급제한 지가 지금 거의 50년이 되었습니다. 그 당시 저는 식견이 없었으므로, 집은 가난하고 부모님은 연만하시어 혹 조금의 봉록이라도 얻어 어버이를 봉양할 수 있을까 생각하고서 한두 번 서울에 갔던 것입니다.[1]

---

1) 金麟燮, 『端磎集』 권7, 31장, 「與鄭尙書基會」, 釜山大學校 韓國文化研究所 영인본, 부산, 1990년. 이후 『端磎集』에서 인용할 경우 일일이 注明하지 않는다.

가난을 견디지 못하여 벼슬하여 녹봉을 받아서 어버이를 봉양해야겠다는 생각에서 학문에 전념하지 못한 자신의 선택을 일흔이 넘은 나이에 깊이 후회하고 있다.

1847년 과거에 급제한 그 다음해에 東岡 金宇顒의 7대손인 金彦著의 따님에게 장가들었다. 단계는 평소 東岡을 존모해 왔다. 동강이 이전에 단계의 집안에 장가를 들었는데, 이번에는 단계가 동강의 집안으로 장가를 든 것이다.

1848년 長寧殿 別檢으로 관직을 옮겼다. 그 이듬해 정월에 처음으로 벼슬을 버리고 歸觀하였다. 고향에 돌아와 있었지만, 집안이 가난하여 부모를 봉양할 길이 없었으므로, 부친과 조부의 권유로 2월에 다시 상경하였다.

1850년(哲宗 1) 2월에 두 번째로 벼슬을 버리고 歸觀하였다가 5월에 상경하였다. 이 해 겨울에 다시 환향하였다가, 이듬해 3월에 다시 상경하였다. 6월 成均館 典籍에 임명되었으나 곧 사직하고 환향하였다. 1852년 3월 성균관 전적에 다시 임명되었다가, 이 해 9월에 司諫院 正言으로 옮겼다. 다음 해 11월 사직하고 歸觀했다. 이렇듯 단계는 仕宦 초기에 계속 사직하고 고향에 돌아왔다. 이런 것을 보면 그가 사환에 뜻이 없었고 그의 속마음은 참된 공부에 있었다는 것을 알 수 있다.

1854년 고향에 있는 동안에 安東 大坪으로 평소 欽仰해 마지 않던 定齋 柳致明을 찾아가 執贄하였다. 정재는 嶺南 退溪學派에 속하는 학자로 退溪學統의 嫡傳을 이은 학자로 추앙받는다. 이때 단계가 定齋에게 出處의 大節에 대해서 묻자, 정재는 "자신의 본분을 지켜 벼슬에 나가지 않는 것이 옳다."라고 대답했다. 단계는 "仕宦을 그만두겠다는 뜻을 가진 지는 오래 되었으나, 집이 가난하고 어버이가 늙어 그만두지 못합니다."라고 자기의 정신적 갈등을 고백했다. 그러나 이때 단계는 마음 속으로 사환을 그만둘 뜻을 확고히 했다.

定齋를 뵙고 돌아오는 길에 인근의 陶淵瀑布, 大山 李象靖의 유적지인

高山書堂, 大山書堂, 東岡을 모신 星州의 晴川書院 등을 奉審하였다. 이해 겨울 溫陵 參祀官에 차출되어 다시 상경했다.

1858년 5월에 다시 벼슬을 버리고 환향하였다. 이 이후로는 벼슬에 나아간 적은 없었다. 단계는 조상 이후 8대 만에 처음으로 출사했지만, 참된 학문을 위해서 벼슬을 포기했다. 이렇게 포기한 데는, 宦海에서 느끼는 고독감도 무시할 수 없었다.

그가 判書 鄭基會에게 보낸 서신에서 자신의 심경을 이렇게 피력하고 있다.

> 嶺南 출신의 외로운 몸으로서 조정의 權貴 가운데 의지할 만한 사람이 없었습니다. 成均館 옆 모퉁이 차가운 객창에서 책을 읽으며 세월을 보냈는데, 榮達의 길을 보기를 구름 같이 여겼습니다. 이로부터 사직하고 물러났습니다. 눈앞에 굶어죽을 일이 닥쳐왔지만, 마음에 두지 않고 문을 걸어 잠그고서 오로지 뜻을 구하여 옛사람에 가까워지기를 바랬습니다.[2]

그의 서울에서의 仕宦生活은, 남들이 생각하는 것처럼 영화롭지 못했고, 차라리 참담한 생활의 연속이었다. 가난 때문에 벼슬에 나왔지만, 청렴하게 지내는 경우, 봉록만으로는 물질적으로 넉넉하게 살 수가 없었다. 참된 학문을 할 수 없고 물질적으로 넉넉하게 살지도 못 했다. 또 승진하거나 요직을 얻기 위해서는 權貴들에게 선물도 하고 청탁도 해야 하는 현실이 자신의 성격과는 너무 어울리지 않았다. 또 貪汚한 관리들과 한 조정에 서서 지내고 싶지도 않았다. 이런 까닭에 완전히 물러나 林下의 讀書之士로 지내면서, 본격적인 학문의 길을 걷기로 결심했다. 이때 단계의 나이 32세였으니, 학문하기에 늦은 나이는 아니었다.

고향에 돌아와서 생활한 지 4년 만인 1862년, 丹城 지역 농민들의 저항운동이 일어났다. 丹城의 농민 저항운동을 계기로 전국적으로 저항운동이

---

2) 『端磎集』 권7, 31장, 「與鄭尙書基會」.

일어났다. 이른바 民亂이다. 端磎는 부친 海寄와 함께 현감과 서리들의 경제적 착취를 막고 농민들의 억울한 사정을 풀어주기 위하여 1861년부터 경상감사와 현감 등에게 여러 차례 서신을 보내어 농민들의 사정을 하소연했다. 그러나 아무런 소용이 없었다. 드디어 농민들의 항거가 시작되었는데, 단계 부자는 그 주동자로 지목되었다. 단계는 1862년 7월 義禁府에 구금되어 신문을 받고 풀려났으나, 부친 海寄는 이해 9월 全羅道 靈光의 荏子島에 유배되어 1년 동안 유배생활의 고초를 겪었다.

1864년(高宗 1) 4월 哲宗의 因山에 참석하기 위해서 상경했다가 그대로 司憲府 持平에 임명되었다. 仁政殿에서 謝恩하였는데, 辭職疏를 올리기도 전에 遞職되었으므로 5월에 환향하였다.

1862년 한 차례 농민들의 저항운동을 겪은 뒤에도 탐관오리들의 착취행위는 근절되지 않았다. 1864년 4월 새로 부임한 丹城縣監은 다시 백성들에게 가혹한 형벌을 가하며 착취를 일삼았다. 그리고 서리들을 앞세워 고을의 선량한 인사들을 모해하려고 했다. 端磎의 부친 海寄는 서리들이 가장 원수로 여기던 터였으므로 이 禍網에 걸려들게 되었다. 이때 마침 端磎가 서울에 머무르고 있었는데, 면식이 있는 정승 鄭元容을 찾아가 전후 실상을 이야기하였다. 다행히 그의 도움을 받아 무사하게 넘길 수 있었다.

이해 7월에 부친 海寄는 세상을 떠나고 말았다. 다음해 金海府使로 부임한 스승 性齋 許傳이 직접 단계의 집으로 찾아와 문상을 했다. 그 뒤 海寄의 墓碣銘을 性齋에게 부탁해서 받았다.

1867년(高宗 5) 8월 老論系 인물인 朴瑄壽가 慶尙道 御史로 나와 端磎를 향촌에서 武斷했다는 죄명을 얽어 조정에 아뢰었으므로, 결국 단계는 江原道 高城으로 유배되었다. 이보다 앞서 1862년 丹城에서 농민들의 저항운동이 있었을 때, 朴瑄壽의 형 朴珪壽가 농민저항운동의 실상을 파악하는 임무를 띤 嶺南按覈使로 임명되어 파견되어 왔다. 이때 박규수가 端磎 부자를 죄로 얽으려고 하였는데, 마침 중간에 탄핵을 받아 돌아간 일이 있었다. 1867년 다시 그 아우 박선수가 慶尙道에 御史로 파견되자,

박규수는 아우에게 단계를 처벌하도록 사주하였다.

1867년 9월 유배지가 인근 고을인 通川郡으로 옮겨졌다. 이때 金剛山을 유람하는 등 많은 시를 지었다. 1868년 解配되어 고향으로 돌아왔다.

1882년 4월에는 三嘉 觀善堂의 講長에 임명되었는데, 조정에서 司憲府 掌令에 임명하였다. 이 해 5월에는 丹城 鄕校의 講長에 추대되었다.

1889년 丹城 法勿里의 집안 재실인 隱樂齋에서 스승의 문집인『性齋集』을 간행하는 役事를 시작하였다. 端磎는 晩醒 朴致馥, 后山 許愈, 舫山 許薰 등과 함께 校正을 맡았다. 이때 性齋의 아들 許䢘의 요청에 의하여 性齋의 行狀을 지었으나, 최종적으로『性齋集』부록에 수록되지는 못했다.

1893년 江右地域의 여러 선비들이 山天齋 등지에 모여『南冥集』을 重刊하기 위하여 교정을 하고 있었다. 모인 선비들의 대다수는 南冥의 讀書箚記라 할 수 있는『學記類編』에 들어 있는 그림을 마음대로 고치고 빼고 해서 맨 뒤에 몰아 실으려고 했다. 단계는 그들에게 서신을 보내어 교정에 강력히 반대하는 의견을 개진하였다.

1894년 司憲府 獻納에 임명되었다.

1900년 晋州와 丹城의 경계에 있는 集賢山 속에 大嵒精舍를 짓고, 거기서 거처하면서 강학을 하였다.

1902년에는 通政大夫의 품계를 받았다. 朝官 가운데서 나이 70세 이상된 사람에게는 국왕이 한 품계씩 올려준 것이었다.

1903년(高宗 40) 8월 24일 丹溪의 太虛樓에서 考終하니 향년 77세였다. 雲門山 壬坐의 언덕에 안장하였다.

1909년 제자들이 端磎의 詩文을 정리하여『端磎集』15책을 목판으로 간행하였다. 1910년부터 매년 9월 9일 菊薦祭를 大嵒書堂에서 봉행했다. 1946년부터는 杜谷書堂에서 菜禮를 거행하고 있다.

판각한 문집 목판이 인쇄를 몇 부 하기도 전에 홍수로 떠내려가 버려 頒帙을 널리 하지 못했다. 그래서 1965년 다시 연활자로 문집을 중간했다. 이때 附錄을 추가하여 年譜, 挽詞, 祭文, 告由文, 行狀에 해당되는 敍述,

碑陰記 등을 수록하였다. 또 續集을 만들어 初刊本에 들지 않았던 시문을 수록하여 실었다. 그러나 이때 교정이라는 이름으로 단계의 詩文을 너무 많이 刪削하고, 初刊本에 있던 많은 글을 넣지 않았기 때문에 이 중간본 『端磎集』은 자료적 가치가 매우 떨어진다. 端磎의 진면목을 알아보려면, 목판본 『端磎集』을 연구대상으로 해야 한다. 그러나 중간한 『端磎集』의 附錄文字는 단계의 생애를 연구하는 데 없어서는 안 될 자료이다.

Ⅲ. 師友關係

端磎 金麟燮이 修學하던 시기에는 慶尙右道에는 스승으로 삼을 만한 큰 학자가 존재하지 않았다. 그때의 경향은, 南人系列 가문의 자제들은 주로 安東 지역의 退溪學派의 학자들을 찾아가고, 老論系列 家門의 자제들은 畿湖나 全羅道 등에 근거지를 둔 老論계열의 학자들을 찾아가 수학하였다. 학문에 뜻을 둔 많은 젊은이들이 스승을 만나지 못하여 올바른 학문의 길로 나아가지 못하고 있는 어려운 실정이었다.

그러다가 近畿南人系列의 학자인 性齋 許傳이 1864년 金海府使로 부임하여 公餘堂에서 講學을 하자, 慶尙右道에 거주하는 많은 淵源 있는 가문의 자제들이 달려가 性齋의 제자로 입문하였다. 성재의 제자 가운데 慶尙右道에 거주하는 제자만도 거의 300여 명에 이르렀다.

定齋는 오로지 退溪學을 위주로 공부한데 반해서, 性齋는 본래 그 조상이 北人 계열인 岳麓 許筬이므로 퇴계학 뿐만 아니라 南冥學에도 크게 관심을 갖고 있었다.

여타 경상우도의 性齋 제자들과는 달리, 端磎는 性齋가 金海府使로 부임하기 이전에 이미 성재의 문하에 출입하고 있었다. 단계의 부친 海寄 金櫶은 본래부터 성재와 깊은 교분이 있었으므로, 단계가 소년일 때 서울로 데리고 가서 성재에게 인사를 시켰다. 그리고 단계가 과거에 급제한 해인 1846년에 서울 北岳山 기슭의 冷泉골 집으로 性齋를 찾아갔다. 이때 성재의 집에 머무르고 있으며 과거를 준비하여 급제하였다. 정식으로 性齋 문하에 오른 것은 이때로 친다.[3]

性齋가 金海府使로 부임한 해에 海寄가 세상을 떠났는데, 그 다음해 性齋는 직접 丹溪의 집으로 찾아와 조문하고는 하루를 머물다가 돌아갔다. 그 해 7월에 부친의 墓碣銘을 청하여 받았다.

1867년 端磎가 朴瑄壽의 誣陷으로 江原道 高城에서 유배생활을 할 때, 性齋는 특별히 高城郡守에게 단계를 잘 대해주도록 특별히 부탁했다. 이 듬해 방면되어 돌아오면서 서울에 있는 성재의 집에 들러 인사하였고, 配所에서 지은 金剛山 유람시집인 『怲怛錄』의 跋文을 받았다.

1880년 端磎가 54세 되던 해 자기의 서재인 太虛樓의 記文을 性齋에게 부탁하여 받았다.

1881년 55세 때는 두 아들 金壽老와 金基老를 性齋에게 보내어 제자가 되게 했다.

1886년 端磎는 性齋의 서거 소식을 듣고서도 직접 서울로 가서 장례에 참석하지는 못했다. 그러나 設位하고서 통곡하였다. 挽詞와 祭文을 지어 보내며 슬퍼하였다. 성재의 일생의 언행을 정리하여 行狀을 지었다. 스승 의 행장을 짓는다는 것은 스승을 가장 잘 아는 首弟子임을 증명한다. 단계 가 지은 행장은 비록 『性齋集』의 附錄에 실리지는 못했지만,[4] 性齋 문하 에서 그의 위상이 어떠했는지를 보여 주는 좋은 자료이다. 단계는 스스로 말하기를, "은혜는 父兄과 같고, 義理로는 스승과 제자의 관계."[5]라고 했다.

---

3)『端磎集』7권, 8장, 「答許性齋先生」.

4) 行狀이 하나밖에 없는 것이 보통인데, 性齋의 경우에 行狀이 3종이나 남아 있다. 端磎 金麟燮이 지은 것이 있고, 晚醒 朴致馥이 지은 것이 있고, 小訥 盧相稷이 지은 것이 있다. 『性齋文集』의 附錄에는 盧相稷이 지은 것이 수록되어 있다. 이에서 이 지역 각 가문 사이에 許傳의 首弟子라는 명예로운 위치를 두고 경쟁이 치열했다는 것을 알 수 있다.

5)『端磎集』권7, 19장.

端磎는 1846년 이래로 한 평생 性齋를 스승으로 섬겼다. 향촌에 퇴거한 이후로는, 주로 서신을 통하여 학문을 논하였는데, 與書가 16편, 答書가 10편으로 서신왕복이 대단히 활발한 편이었다. 『性齋集』에는 단계에게 답하는 서신이 4편 실려 있다. 1888년부터 法勿里 商山金氏 가문의 재실인 隱樂齋에서 『性齋集』의 刊役이 시작되었을 때 端磎는 對校하여 釐正하는 일을 맡았다.

또 집안의 性齋 문인들과 힘을 합쳐, 性齋의 影堂인 勿山影堂과 麗澤堂을 法勿里에 지어 性齋를 春秋로 享祀하였다.

端磎의 일족인 法勿里의 商山金氏 가문에는 性齋의 문인이 많은데, 이는 端磎가 먼저 性齋와의 관계를 잘 설정해 놓았기 때문으로 보인다. 勿川 金鎭祜를 위시해서, 金履杓, 金昌爕, 金聲五, 金聲稷, 金麒爕, 金聖鐸, 金相洵, 金肇鉉, 金在鉉, 金正鉉, 金基周, 金友鉉, 金永采, 金壽老, 金基老 등이 性齋의 문인이다. 성재의 影堂인 勿山影堂과 麗澤堂을 法勿里에 짓게 된 데는 이렇게 많은 商山金氏 제자들이 이 곳에 집단적으로 거주하고 있었던 것이 하나의 큰 원인이 되었다.

定齋 柳致明은, 退溪學派의 嫡傳으로 당시 安東을 중심으로 한 慶尙左道의 儒林宗匠이었다. 端磎보다 먼저 부친 海寄가 정재를 스승으로 모시면서 尊慕해 왔다. 定齋가 新智島에서 유배생활을 할 때, 해기는 직접 찾아가 문안을 하였다.

端磎는 科擧와 仕宦으로 인하여 젊은 날에는 定齋를 찾아뵙지 못하고 있다가, 1853년 27세 때 비로소 서신을 올리고, 30세 때 처음으로 찾아가 安東 大坪으로 出處大節에 대해서 물었다. 34세 때는 집안의 從先祖인 生員 金碩과 進士 金墩의 遺稿의 서문을 요청하였다.

1863년 단계는 定齋의 訃音을 받았지만, 농민저항운동의 餘禍로 장례에 참석할 형편이 못 되었다. 挽詞를 지어 서거를 애도했는데, "한 시대의 사표로, 천추에 의발이 전하네.[一代爲師表, 千秋傳鉢衣.]"[6]라 하여 그의 학문을 극도로 추숭하였다.

端磎가 定齋를 만나뵌 것은, 비록 한 차례에 불과하지만, 정재에게 보낸 7통의 서신이 『端磎集』에 실려 있고, 『定齋集』에는 端磎에게 답하는 서신이 3통 실려 있다.[7]

晩醒 朴致馥은 端磎와 가장 막역한 知己였다. 慶尙右道 출신으로서 定齋, 性齋의 兩門에 출입한 것이 같고, 학문적 경향도 비슷하였다. 晩醒은 咸安 安仁에서 태어나 三嘉 淵洞에서 살았는데, 24세 때부터 서로 알고 지내며 학문을 講磨하고 儒林의 일을 주도해 나갔다.

36세 때 丹城의 농민저항운동으로 端磎 부자가 화를 입었을 때, 晩醒이 직접 찾아와 위로를 해 주었다.

51세 때는 晩醒과 같이 智異山을 유람했다. 이때 寒洲 李震相, 后山 許愈, 俛宇 郭鍾錫 등도 함께 유람했는데, 南沙에 이르러 鄕飮酒禮를 거행하고, 「太極圖說」을 강론하였다. 南冥의 別廟에 들어가 참배하고, 山天齋에 들어가 南冥이 그린 聖賢들의 遺像에 참배하였다.

晩醒과는 『南冥集』을 重刊하기 위한 교정 때는 의견이 서로 맞지 않았는데, 端磎가 晩醒에게 서신을 보내 '후학들이 『南冥集』을 함부로 고쳐서는 안 된다'는 의견을 개진하였다.

『性齋集』 간행 때는 같이 교정을 맡아 보았고, 麗澤堂을 건립할 때 같이 힘을 합쳐 완성하였다.

당시 寒洲 李震相이 새로 내놓은 心卽理說이 慶尙右道 일원에 풍미하여 그 설을 지지하는 학자들이 많았다. 특히 端磎와 가까운 后山 許愈, 俛宇 郭鍾錫 등이 적극적으로 지지할 뿐만 아니라, 그 說의 보급에 힘을 다하고 있었다. 단계와 만성은 心卽理說을 辨駁하여 그 설의 확산을 막으려고 같이 노력했다.

后山 許愈는 三嘉 吾道에 살았는데, 단계와 가깝게 지냈다. 또 麗澤堂

6) 『端磎集』 권1, 44장, 「定齋先生挽詞」.

7) 柳致明, 『定齋集』 권13, 36-37장.

건립 등에 힘을 합쳐 같이 일했다. 그러나 性理說에 있어서는 서로 의견이
일치하지 않았다. 后山이 극력 신봉하는 心卽理說을 端磎는 전면적으로
부정하였다. 그리고 후산이 "氣質之性은 發한 곳에 기준을 두고 말한 것이
다."라는 주장에 대해서, 단계는 天命之性과 氣質之性은 서로 떨어질 수
없다는 사실을 밝혔다. 『南冥集』의 교정을 두고도 두 사람은 정반대의
의견을 가졌다.

晚求 李種杞는 高靈 茶山에 살았는데, 性齋 문하의 同門友로서 『性齋集』
을 같이 교정했다. 『南冥集』 교정 문제를 두고, 端磎와 晚求는 의견이
일치하였다. 만구의 서재인 晚求亭의 記文을 단계가 지어 주었다.

俛宇 郭鍾錫은 丹城 南沙에서 태어나 三嘉, 奉化 居昌 등지에 살았으므
로, 端磎와 자주 만날 수 있는 가까운 거리에 있었다. 단계보다는 19세
연하의 후배였다. 면우가 26세 때 『朱子語類』를 읽고 의문 나는 점 76조항
을 물어왔다. 단계는 그때 45세 때인데, 이미 『주자어류』를 통독하였으므
로, 면우의 問目에 상세하게 답변하여 면우의 의문점을 풀어 주었다. 그리
고는 면우에게 서신을 보내어 그의 학문하는 방법의 문제를, "재주가 너무
높고 기상이 너무 날카로워 問目을 보니 穿鑿하는 병통이 있는데, 이 점을
고쳐야 대성할 수 있을 것이오."[8]라고 했다.

원래 端磎를 따라 배우던 제자가 적지 않았으나, 단계가 작고한 뒤에
俛宇의 명망이 워낙 커져 단계의 제자들이 거의 대부분 다시 면우의 문하
로 들어가 배우게 되었다. 이들은 뒷날 면우의 제자임을 표방하고 단계의
제자였음을 표방하지 않게 되어, 단계는 원래 제자가 없는 학자처럼 되어
버렸다.

舫山 許薰은 慶北 善山 林隱에 살았지만, 性齋의 대표적인 제자인지라,
慶尙右道의 性齋 제자들과 왕래가 많았다. 端磎와는 性齋 문하의 同門友
로서 『性齋集』을 간행할 때, 隱樂齋에 와서 교정을 같이 보았다. 또 서신을

---

8) 『端磎集』 권11, 15장, 「答郭鳴遠」 別紙.

왕래하며 학문을 토론하였다.

이 이외에도 定齋의 수제자로 退溪學統의 嫡傳을 이은 西山 金興洛, 定齋의 아들인 洗山 柳止鎬, 定齋의 제자로 大山의 현손인 肯菴 李敦禹, 眉叟의 방손인 素窩 許巘, 집안의 勿川 金鎭祜 등과 교분이 두터웠고, 많은 서신을 주고받으며 학문을 토론했다.

IV. 南冥에 대한 尊仰

端磎는 77년의 생애 가운데 청장년시절 10여 년 동안 仕宦한 것을 빼고는 일생을 학문연구에 전념하였다. 10여 년의 仕宦期間 가운데도 사직하고 居鄕한 때가 많았다.

단계는 유교의 기본경전을 익힌 뒤, 『朱子大全』, 『朱子語類』, 『近思錄』 등 朱子學의 기본서를 정독하며 주자학의 기초를 철저히 세웠다. 그런 바탕 위에서 자신의 학문을 정립했다. 그 바탕 위에서 자신의 독특한 학문을 구축하였다.

端磎는 우리 나라의 학자 가운데서 南冥을 가장 존경하였다. 단계 자신의 학문적 경향이나 기질 등이 사실 남명과 닮은 점이 많았다. 현감이나 아전 등의 부정과 착취를 참지 못해 불쌍한 백성들을 대변하여 싸운 것은, 남명이 나라 일을 걱정하여 달밤에 눈물을 흘린 것과 상통하고 있다.

또 단계가, "요즈음 학자들이 性이니 理니 하고 떠들어 대지만, 掃灑應對의 절차도 잘 모르고 있다."라고 비판한 것은, 南冥이 退溪에게 보낸 서신에서 "요즈음 학자들이 입으로 天理를 이야기하면서 掃灑應對의 절차도 모르고 있다."라고 한 말에서 배운 것으로 볼 수 있다.

그가 少年登科 했으면서도 일찍 벼슬을 단념하고 고향으로 돌아온 것도 出處大節을 강조한 남명의 영향이라고 할 수 있다. 남명의 출처를 흠모하여, "出處의 바름과 先見之明은 마땅히 東方의 제일 인물이다."[9]이라 칭송하였다.

또 남명의 學德을 존모하여, "해동의 선배 가운데 그 기풍이 백대에 떨치고, 우리 儒道에서 천 길 절벽처럼 우뚝 선 분은 오직 우리 南冥先生 한 분일 따름이다. 보잘것없는 나의 평생에서 죽을 때까지 그 학문을 꿰뚫고자 하고 우러러 보는 분은 오직 선생 한 사람일 따름이다."[10)라고 했다.

그 당시 江右地域의 여러 학자들 사이에서 '『南冥集』과 『學記類編』이 鄭仁弘의 손에서 이루어진 것이므로 고쳐야 한다'는 논의가 세차게 일어나, 慶尙右道의 선비들이 山天齋 등지에 모여서 校正하여 重刊하려고 하였다. 이는 교정한다는 명분 아래 『남명집』을 대폭 고치려는 것이었다.

여러 학자들의 이런 의견에 대해서 端磎는, "大賢이 남긴 글을 一字一句도 고쳐서는 안 된다."라고, 그 일에 참여하는 친구나 후배들에게 여러 차례 서신을 보내 강력히 반대하였다. 端磎가 『南冥集』 교정을 위해 山天齋에 모인 선비들에게 보낸 서신은 이러하다.

대저 『學記』 상·하권에는, 실마리를 구하여 힘을 쓰는 것과 자기가 처신하고 남을 다스리는 일과 異端을 물리치고 聖賢을 보는 일 등의 대략이 갖추어지지 않은 것이 없습니다. 그 가운데 실린 조목은 모두 1,090조이고, 실린 圖는 모두 24개인데, 이는 모두 남명선생께서 일생토록 道의 본체를 꿰뚫어 보시고서 一字一句를 결정하여 지당함을 구한 것입니다.

그런데 중간에 여러분들이 망령되이 깎고 고치고 하니, 마음속으로 대단히 싫습니다. 그래서 저가 두문불출하는 것입니다. 이제 원래 모습대로 간행하기를 꾀한다면 얼마나 다행한 일이겠습니까? 만약 또 사사로운 견해로 아무런 어려움을 느끼지 않고 빼고 더하고 하여 망령되이 그림을 빼내어 버리고 자구를 고친다면, 저가 눈을 부릅뜨고 용기를 내어 그 일을 분변하여 배척할 것입니다. -중략-

---

9) 『端磎集』 권21, 20장, 「改刊南冥先生文集跋」. "出處之正, 先見之明, 當爲吾東方第一人."
10) 端磎集』 권8, 28장, 「答成天擧」. "海東先輩, 風振百代, 吾道, 壁立千仞, 惟我南冥先生一人而已. 余小子, 平生 沒身鑽仰, 亦惟先生一人而已."

하물며 3백 년을 내려온 大賢의 문집은 여러 선배들의 충분한 교정을 거쳐
아주 상세하게 간행되어 있는데, 이제 조무래기 후배들 가운데 누가 감히
교정의 일에 손을 대며, 누가 감히 교정하자고 입을 벌리겠습니까?[11]

그때 后山, 俛宇 등이 모두 『南冥集』 및 『學記類編』 교정에 참여하였는
데, 교정을 같이하자는 이들의 권유를 端磎는 단호하게 거부하였다. 『學記』
의 章節 배열과 圖의 안배는 남명 자신이 직접 결정해서 해 놓은 것이고,
『南冥集』은 여러 선배들의 상세한 校正을 거쳐 編刊한 것인데, 지금 와서
後生들이 감히 손을 대어 멋대로 고칠 수 있겠느냐는 것이 단계의 견해였다.
그래서 단계는 叱咤性의 서신을 보낸 것이다.

端磎가 생존했던 당시는 도덕이 쇠퇴하는 기미가 보였는데, 南冥의 학
문을 통해서 이를 만회하고자 여러 동지들과 誠力을 모아 노력했다. 그
노력의 일환으로, 남명의 杖屨之所인 白雲洞을 찾아가 修契한 것이었다.
「白雲洞修契記」에서 단계의 그런 정신을 확인해 볼 수 있다.

　　南冥先生과 退溪先生은 같은 시대에 같이 태어나 嶺南에서 道學을 講磨
하였고, 海東에서 세상을 인도하는 목탁을 흔들었다. 그 남긴 氣風과 敎化가
후세에 영향을 미쳤다.
　　德川書院이 훼철된 이후 공부하는 사람들은 尊慕하는 마음을 붙일 곳이
없어졌다.
　　남명선생은 일찍이 方丈山에 열한 번 들어왔다. 지금 그 위치를 이야기해
보건대, 지팡이 짚고 짚신 신고서 유람하며 경치를 즐기든 곳 아닌 곳이
없다. 그러나 神凝寺나 龍遊洞은 깊고 멀고, 獐項洞은 좁고도 치우쳐 있다.
白雲洞은 그윽하면서도 가깝다. 絲綸洞은 만년에 자리잡아 사시던 곳으로
山天齋라 이름한 곳이 바로 그 곳이다. 선생의 묘소는 산천재 뒤쪽 기슭
바라보이는 곳에 있어, 공부하는 사람들이 거기서 존모하는 마음을 붙일
수 있고, 우러러 존경할 수가 있다. 그렇기 때문에 오고가면서 歸依하고,

---

11) 『端磎集』 권11, 40-42장, 「答山天齋會中」.

그 氣風을 듣고서 일어날 수 있는 것이다.

그러니 꼭 白雲洞에다 契를 만든다는 이름을 내걸어 후세 일 만들기 좋아하는 사람의 비난을 받을 것은 없지만, 거기에는 깊은 의미가 꼭 붙어 있지 않은 것은 아니다.

세상의 수준이 점점 무너져내리고 氣風과 敎化가 날로 사라져가니, 같은 儒林 안에서도 서로 공격하는 일도 있고, 평지에서 풍파를 일으키는 일도 있다.

그래서 여러 사람들이 서로 더불어 뜻이 같은 사람들을 모아, 세속의 시비를 싫어하여, 남명선생께서 왕래하시던 경치 좋은 곳에 가까운 땅을 고른 것이다. 그 산수가 밝고 아름답고 기이하고 시원한 것을 사랑하고, 그 골짜기가 그윽하고 멀고 아리따운 것을 좋아하여, 계를 만들어 꾸며서 존모하는 뜻을 붙이고 우러러 귀의하여 죽을 때까지 연구하고 欽仰하는 계획을 한 것이다. 이 일은 진실로 좋다. -중략-

집이 이루어져 사방의 인사들이 오고가면서 선생의 道를 흠모하고 선생의 학문을 배운다면, 아마도 괜찮을 것이다.

만약 세속 사람들처럼 놀이나 구름이 낀 물과 돌 사이에서 친구를 불러 모아 술병이나 술통을 들고서 한가하게 읊조리거나 어울릴 따름이라면, 안 된다.

남명선생의 말씀 가운데, "지금 시속이 심하게 더럽혀지고 무너졌으니, 모름지기 천 길 절벽이 우뚝 선 듯이 하여 머리가 갈라지고 사지가 찢어지더라도 시속에 영향을 받아 변해서는 안 된다. 그런 뒤에라야 吉한 사람이 될 수 있다.", "공부를 하려면 먼저 지식으로 하여금 高明하게 해야 한다. 마치 泰山에 올라가면 만 가지 사물이 다 낮아지는 것 같아야 한다. 그런 뒤에 내가 행하는 것이 순조롭지 않은 것이 없게 된다."라는 것이 있다.

아아! 선생은 천 길 절벽처럼 우뚝하여 우리 東方을 다시 열었다. 太極, 先天, 天人, 理氣, 性情 및 학문하는 큰 방법 등에 대해서 그 깊고 오묘한 뿌리를 훤히 꿰뚫어 연구하지 않은 것이 없다. -중략-

원컨대 여러분들은 더욱 힘써서 우리 儒學의 한 가닥 맥이 땅에 떨어지지 않도록 해야 하고, 白雲洞 골짜기가 靑丘에 이름이 무겁도록 해야 한다.[12]

---

12) 『端磎集』 권20, 11-12장, 「白雲洞修契記」.

端磎는 南冥學의 중흥이 곧 儒學의 중흥이라고 보고 유학의 맥이 땅에 떨어지지 않도록 하려고 노력하였는데, 그 노력하는 사람들의 중심을 南冥의 杖屨之所인 白雲洞으로 삼아 유림의 힘을 규합하려고 했던 것이다. 그 백운동을 우리 나라 역사에서 영원히 남도록 하려는 것이었다.

端磎는 「南冥先生贊」을 지어 南冥의 학문과 사상을 요약하고 아울러 자신의 尊慕하는 뜻을 담았다.

> 만길 절벽처럼 우뚝 솟았고,
> 그 기풍은 백대에 떨쳤네.
> 敬과 義의 功力 깊었나니,
> 바깥은 반듯하고 안은 곧았네.
> 人倫의 바름이요,
> 王道의 中正이라.
> 『學記類編』이 있어,
> 열어 보여줌이 끝이 없었네.[13]

敬義를 바탕으로 한 南冥의 학문은 百世에 크게 영향을 끼쳐 인륜을 바르게 하고 王道政治의 표준이 될 것임을 단계는 확신하였다. 그리고 『學記類編』의 가치를 단계는 누구보다도 높게 평가하였다.

V. 退溪學의 전승

端磎는 태어나 일생 동안 산 곳은 南冥學派의 근거지인 慶尚右道지역이었다. 남명의 출생지인 三嘉와 만년의 藏修之地인 德山과 아주 가까운 지역인 丹城에서 살았으므로 南冥學派의 영향에서 벗어날 수 없었고,

---

13) 『端磎集』 권22, 8-9장, 「南冥先生贊」. "壁立萬仞, 風振百代. 敬義功深, 方外直內. 人倫之正, 王道之中. 學記有編, 開示無窮."

또 山天齋의 講長에 추대되는 등 南冥學派 내에서도 주도적인 역할을
하였다.

그러나 그가 스승으로 모신 定齋는 退溪學派의 본거지인 安東에 세거하
면서 退溪學統의 嫡傳을 이어왔고, 性齋는 近畿南人의 嫡傳을 이어온 인
물로 역시 退溪學派에 속하였다. 단계는 학파상으로 볼 적에는 退溪學派
에 속한다고 할 수 있다. 그래서 학문적으로는 퇴계학을 충실히 따르고
공부하였다.

퇴계학파의 주요한 학자들인 肯菴 李敦禹, 東林 柳致皜, 訂窩 金岱鎭,
西山 金興洛, 洗山 柳止鎬 등 安東 일대의 퇴계학파 학자들과 교유가 많았다.

端磎는 退溪의 學德을 찬송하여 「退溪先生贊」을 이렇게 읊었다.

> 海東 천년에,
> 참된 선비가 나왔네.
> 孔子 顏子의 학문에 마음을 두었고,
> 程子 朱子의 학문을 가슴에 새겼네.
> 이 세상을 돌아봄에,
> 물러나 무엇을 구했던가?
> 근심 속에 즐거움이 있고,
> 즐거움 속에 근심이 있었네.[14]

우리 나라에서 천년 만에 처음 나온 참된 선비로 孔子, 顏子의 학문에
뜻을 두고서 程子, 朱子의 가르침을 충실히 따랐음을 밝혔다.

또 退溪를 百世師로 추앙하면서 천년의 학통을 이었다고 추앙하였다.

> 공손히 생각건대, 文純公 退溪李先生은,
> 백세의 스승으로 천년의 전통을 이었습니다.[15]

---

14) 『端磎集』 권22, 8장, 「退溪先生贊」. "海東千載, 挺生眞儒. 潛心孔顏, 服膺程朱. 睠顧斯世,
退居何求? 憂中有樂, 樂中有憂."

安東에 갔으면서도 돌아오는 일정이 바빠 陶山書院에 참배하지 못한 것을 평생의 한으로 여겼다.16)

VI. 性理學에 대한 견해

端磎는 性理學에 있어서 主理說을 주장하는 사람이나 主氣說을 주장하는 사람 모두를 타당하지 않다고 보았다. 제자인 許燮에게 자신의 이런 견해를 이야기했다.

> 主理說도 정말 안 되고, 主氣說도 정말 안 된다.
> 대개 마음이란 性과 情을 다스리고 , 理와 氣를 겸하고, 動과 靜을 꿰뚫고, 體와 用을 갖추어야 몸의 主宰가 되고 萬事의 벼리가 될 수 있다.17)

극단적인 主理說이라 할 수 있는 寒洲 李震相의 心卽理說에 대해서는 따로 「心卽理說辨」을 지어 극력 辨駁을 가하였다.

> 明나라 사람 王陽明이 佛氏와 老子의 그럴 듯한 說을 빌려 周公의 참됨을 어지럽혀 心卽理說을 창시했다. 이는 이치에 가까운 듯하면서도 크게 참됨을 어지럽히는 것이었다. -중략-
> 요사이 우리 나라에서도 그 說을 신봉하여 더 확충시켜 心卽理라는 주장을 하는 사람이 있다. 그들은 心을 곧 理라고 하니, 이는 理로써 理를 다스리는 격이 되어, 心과 性의 구분에 어두울 뿐만 아니라, 文理도 되지 않고 義理도 이루지 못하는 說이다. -중략-
> 만약 그 說을 방치해 두고서 능히 막는 사람이 없다면, 그 說이 사람의 마음을 허물고 識見을 그르칠 것이니, 홍수나 금수의 재앙도 이보다는 더

---

15) 『端磎集』 권22, 12장, 「德谷書堂上樑文」.
16) 『端磎集』 권10, 4장, 「答李器汝」.
17) 『端磎集』 권12, 30장, 「答許英七」.

심하지 않을 것이다.[18]

端磎는 학문적 확신이 뚜렷하였다. 寒洲의 心卽理說을 전면적으로 부정하였다. 부정할 뿐만 아니라, 陽明의 주장과 다를 바 없고, 방치하면 그 폐해는 홍수나 금수보다도 더 심할 것으로 우려하였다. 그래서 자신이 辨駁하는 설을 지어 그 폐해를 막고자 나섰던 것이다.

VII. 결론

端磎 金麟燮은 18세기 慶尙右道의 學問的 中興期 초반에 활동한 학자였다. 晩醒 朴致馥과 許后山의 중간에 위치한 학자였다.

그는 20세 때 文科에 급제하여 사환함으로써 전도가 양양하였으나, 참된 학문을 하겠다는 신념 때문에 벼슬을 버리고 향리로 돌아와 학문에 전념하였다.

그는 朱子學의 튼튼한 기초 위에서 退溪學統의 嫡傳인 定齋 柳致明의 문하와 近畿學統의 적전인 性齋 許傳의 문하를 아울러 출입하여 學問의 근본을 확고히 하면서도 실용적인 면도 중시하였다.

그는 南冥을 극도로 尊仰하면서도 남명의 학문자세와 實踐躬行의 정신, 出處大節 등을 그대로 배웠다. 참된 유학자라는 측면에서 退溪學을 전승하려는 사명감도 강하게 갖고 있었다.

1862년 丹城縣에서의 농민저항운동에 농민을 전적으로 지지한 것도 이런 실천적인 학문태도와도 밀접한 관계가 있다고 할 수 있다.

性理說에 있어서는 主理說과 主氣說 모두를 부정하였고, 특히 주리설의 극단적인 주장이라 할 수 있는 心卽理說을 극력 비판하고, 그 확산을 막으려고 노력하였다. 그는 性理學, 禮學 등 이론적인 저술은 하지 않았고,

---

18) 『端磎集』 권15, 5장.

실질적인 공부에 치중하였다.

그는 文集 이외에도 53년분의『端磎日記』,『晦菴出處編錄』,『春秋大綱』등 많은 저술을 남겼는데, 개별적인 연구가 필요하리라 본다.

后山 許愈의 生涯와 學問

Ⅰ. 序論

后山 許愈(1833-1904)는 朝鮮末期 嶺南 主理學派를 대표할 만한 大學者이다. 后山이 살았던 19세기는, 性理學을 統治理念으로 삼아 450여 년간 지속되어 온 朝鮮王朝의 기본질서가 안에서 서서히 붕괴되어 가기 시작했고, 밖으로는 日本과 西洋列强이 우리 나라에 侵略의 마수를 뻗치기 위해서 개방을 요구해 왔다. 이에 따라 서양의 새로운 物質文明도 함께 밀려 들어와, 禮를 바탕으로 하여 기본질서를 유지해 왔던 朝鮮은 극도로 혼란스럽게 되었고, 지식인들의 價値觀도 복잡하게 되었다.

이런 때를 당하여 后山은, 올바른 學問을 통해서 사람들의 마음을 바로잡고, 세상의 질서를 회복하고, 수준 높은 文化를 가진 우리와 오랑캐와의 差別性을 유지하게 만들려고, 숨을 거둘 때까지 최선을 다하여 노력했던 것이다.

朝鮮 건국 이후로 性理學은 朝鮮의 統治理念으로서의 확고한 위치를 차지하게 되었다. 이 이후로 出仕를 했거나 草野에 묻혀 있거나를 막론하고, 朝鮮의 學者들은 性理學을 필수적인 학문으로 간주하여 이의 研究와 敎育에 全力을 경주했다.

이러한 學問的 분위기가 계속됨에 따라서 性理學에 대한 연구의 방법은 계속 치밀해지고 그 수준은 날로 높아져 갔다. 그 결과 16세기에 들어와 우리 나라 學術史上 처음으로 學派를 형성한 학자인 退溪 李滉과 南冥 曺植 같은 분들이 출현할 수 있었던 것이다. 이 두 學者는 공통되는 점도 많았지만, 學問的 傾向을 상당 달리하였다. 退溪는 學術的 硏究를 중시하여 많은 著述을 남긴 반면, 南冥은 儒學의 실천적 측면을 중시하여 저술은 별로 남기지 않았다.

南冥이 이러한 學問的 態度를 가지게 된 데는 그 氣質 때문이기도 하지만, 당시의 性理學이 벌써 空疏한 理論 쪽으로 흘러 實踐을 도외시한 學問을 위한 학문으로 변질되어 가는 시대적 상황을 올바른 방향으로 전환시키려는 의도가 컸던 것이다. 實踐을 중시한 南冥의 가르침으로 말미암아, 壬辰倭亂 때는 南冥의 門人들은 거의 모두 義兵活動에 참여하여 國家民族을 구출하는 데 큰 공훈을 세웠다. 그 결과 南冥學派에 속한 사람들이 壬辰倭亂 이후로 朝廷을 주도하게 되었다.

그러나 仁祖反正으로 말미암아 南冥學派는 급격히 침체하게 되었고, 이 이후 中央集權層의 遠隔操縱에 의하여 慶尙右道 지역은 儒林들이 분열되어 學問硏究나 人才養成의 측면에서 점점 쇠퇴하여 갔다. 더욱이 1728(英祖 4)년 戊申亂 이후로는 慶尙右道 지역에 대한 감시와 탄압이 더욱 심해졌다. 그래서 仁祖反正으로부터 英祖 말기까지는, 이 지역에서 배출된 學者, 文人들의 숫자는 아주 적었고, 그들이 남긴 著述도 극히 소량이었다.

1776년 正祖가 즉위하여 嶺南地域에 대하여 얼마간의 배려를 하기 시작하자, 이 지역에 다시 文運이 興隆하여 많은 學者, 文人들이 배출되어 學問的 一大復興期를 열게 되었다. 19세기에는 이 지역에서 晩醒 朴致馥(1824-1894), 月皐 趙性家(1824-1904), 端磎 金麟燮(1827-1903), 老栢軒 鄭載圭(1843-1911), 勿川 金鎭祜(1845-1908), 俛宇 郭鍾錫(1846-1919), 등등 많은 학자들이 대거 등장하였다.

이런 學問的 復興期에서 중추적인 위치에서 활약한 인물이 바로 后山 許愈이다.

后山은 일생 동안 초야에 묻혀 학문 연구와 제자 양성에 모든 힘을 기울였다. 특히 主理論的인 학설을 바탕으로 한 그의 著作은, 一生 동안

蘊蓄한 바가 들어 있다.

后山은 學問을 통하여 人心을 敎化하여 世道를 바로잡으려고 부단히 많은 노력을 하였다. 그리고 침체된 南冥의 學問을 밝혀 그 본래의 위상을 회복시키는 일에 앞장섰다.

本考에서는 우리의 傳統學問이 外來思想의 도전을 강하게 받던 위기의 시대에 처한 后山은 어떠한 學問과 思想을 갖고서 어떻게 대처해 나갔으며, 그가 남긴 詩文은 어떠한지를 考究하여, 后山이라는 한 학자의 특징을 밝히고자 한다.

II. 傳記的 考察

1. 家系

后山의 姓은 許氏, 諱는 愈, 字는 退而, 后山은 그 號이고 또 南黎라는 號도 있다. 이름이 唐나라 韓愈와 같고, 韓愈의 字는 退之, 호는 昌黎인 것이 后山과 비슷한 바가 없지 않다. 后山의 先公이나 伯氏가 后山에게서 韓愈와 같은 역할을 期望한 것 같다. 后山 자신도, "한 손으로 미친 파도 막는 일은 昌黎가 아니면 어렵다네[隻手障狂瀾, 非昌黎則難.]"[1]라는 시를 읊었는데, 孟子 이후로 쇠퇴해진 儒學을 다시 일으키려고 韓愈가 노력하였듯이, 主氣說이 儒學을 왜곡하는 세상에서 바른 학문을 진작시키겠다는 의지를 后山이 갖고 노력했다는 것을 알 수 있다.

后山은 高麗 後期에 政丞을 지낸 駕洛君 有全의 후손인데, 그 손자인 中郎將 麒가 辛旽을 탄핵하다가 처벌을 받게된 諫官 李存吾를 구제하려다가 固城으로 유배되어, 그대로 固城에 머물러 살았다.

麒의 현손 珣은 郡守를 지냈는데, 固城으로부터 三嘉縣으로 옮겨 살았

---

1) 『后山文集』 권1, 30장, 「障瀾巖」.

다. 그 증손 燉은 文科에 올라 正郎을 지냈는데, 光海君의 亂政을 보고
벼슬을 사퇴하고 시골로 돌아와 지냈다. 仁祖反正後 여러 차례 불렀지만,
다시는 관직에 나아가지 않았다. 호를 滄洲라고 했는데, 后山의 8대조가
된다. 그 손자 鎬는 호가 臥龍인데, 큰 經綸을 가지고서도 處士로 지냈다.

증조는 愶, 조부는 國履, 부친는 禾貞인데, 대대로 儒行을 갖추고 있었
다. 本生祖父는 조부의 아우인 澹이다. 모친은 海州鄭氏로 鄭山毅의 따님
이다.

2. 生涯

后山은 1833년(癸巳, 純祖 33) 4월 5일 三嘉縣 吾道里에서 태어났다.

8세(1840, 憲宗 6) 때 부친이 여러 아들들에게 韻字를 내어 시를 짓게
했는데, 말이 떨어지자마자 곧 바로 "松端白鶴和雲立, 籬下黃鷄向日啼.
[소나무 끝의 흰 학은 구름과 어울려 서 있고, 울타리 아래 노란 닭은
해를 향해서 우네.]"라는 시를 지었다.

后山의 백씨 隱齋 許爆이 항상 말하기를 "우리 집안을 대단하게 만들
사람은 우리 아우일 것이다."라고 하면서, 가르치기를 더욱 게을리하지
않았다.

15세(1847년) 처음으로 『小學』을 읽고 마음에 喜悅을 느끼고서 "이 책
속에 실린 내용과 같이 하지 못하면 사람이 될 수 없다."라고 생각했다.
그리하여 『小學』을 읽을 뿐만 아니라 반드시 그 내용을 실천에 옮기려고
노력하였다.[2]

34세(1866년) 되던 해 가을에 性齋 許傳(1797-1886)이 宜寧 嵋淵書院
을 방문하였는데, 后山이 찾아뵈었더니 性齋는 곧바로 그 당시의 큰 선비
로 인정했다. 이 해 겨울에 처음으로 寒洲 李震相(1818-1886)을 星州 大浦
로 찾아가 뵈었다.

---

2) 『后山文集』 권3, 29장, 「答柳學善」.

38세(1870, 高宗 7) 되던 해 봄에 寒洲를 찾아가 主理說의 요지를 얻어 들었는데, 마음에 와 닿았다. 사흘 주야 동안 太極, 動靜, 人物性同異 등에 대해서 토론하여 마지 않았다. 寒洲는 일생 동안 연구하여 얻어낸 心卽理說을 이때 맨 먼저 后山에게 傳授한 것이었다.

39세(1871년) 때 晚醒 朴致馥, 紫東 李正模 등과 開城을 유람하였는데, 글을 지어 善竹橋 위에서 圃隱에게 제사를 올렸다. 이때 지은 詩들이 人口에 膾炙되었다.

40세(1872년) 되던 해 여름에 다시 寒洲를 찾아뵈었다. 이때부터 后山은 寒洲에게서 받은 가르침을 벗들에게 강의해 주었다. 寒洲가 后山을 그리워하여 "吾道將南望蔚然, 百斤擔負想頹肩.[우리의 道가 남쪽으로 갔기에 바라보니 흥성한데, 백 근이나 되는 무게 지느라고 어깨가 붉어졌겠네.]"라고 하는 시를 지었으니, 寒洲가 后山에게 얼마나 큰 期望을 걸었는지를 알 수 있다.

45세(1877년) 때 寒洲가 吾道로 后山을 방문하였다. 이때 이 지역의 이름난 선비들이 많이 모여들었다. 晚醒 朴致馥, 端磎 金麟燮, 老栢軒 鄭載圭, 勿川 金鎭祜, 俛宇 郭鍾錫, 約軒 河龍濟 등이 모였다. 함께 南沙村에서 鄕飮酒禮를 행하고, 德川書院을 參拜하고, 頭流山을 유람하였다. 다시 南海 錦山에 올라갔다가 돌아오는 길에 矗石樓에서 놀았다.[3]

52세(1884년) 되던 해 三嘉縣監 申斗善이 儒敎의 敎化를 일으키고자 하여, 고을의 젊은 선비 20명을 선발하여 鄕校에서 학업을 익히게 할 계획을 갖고서 后山을 스승으로 초빙하였다. 后山은 老栢軒 鄭載圭를 추천하여 함께 『大學』을 강의하였다. 이때 강의한 내용을 講錄 1권으로 남겼다.

53세(1885년) 되던 해 雷龍亭 重建을 주도하였다. 雷龍亭은 南冥이 학문을 연구하면서 제자들을 가르치던 집이었는데, 이때는 없어지고 그 터만 남아 있었다. 縣監 申斗善이 后山이 雷龍亭이 없어진 것을 안타까워한

---

3) 『寒洲先生文集』附錄 권1, 「年譜」 23장.

詩에 감탄하고서 雷龍亭을 重建하기로 결정하였다. 집이 다 완성되자, 學資를 마련하고 講規를 정하였다. 后山은 老栢軒과 더불어 번갈아 가면서 講長을 맡아 많은 인재들을 양성하였다.

60세(1892년) 되던 해 겨울에 雷龍亭에서 『南冥集』을 校正하였다. 곧 重刊하려고 하였으나, 여러 사람들의 논의가 일치되지 못하여 중지하였다.

62세(1894년) 되던 해 봄에 膠宇 尹胄夏와 함께 寒洲가 편집한 『理學綜要』를 三嘉縣의 幷木書堂에서 교정하였다. 또 寒洲가 남긴 詩文을 星州의 大浦 書齋에서 교정하여 5개월의 노력 끝에 文集의 체재로 편집하였다.

이 해 이른 바 甲午更張이라 하여 나라에서 服制를 바꾸자, 오랑캐로 되는 것이라 하여 개탄해 마지 않았다.

63세(1895)년 봄에 丹城縣 法勿村에 있는 麗澤堂에서 后山을 모셔다가 講長으로 삼았다. 이 이후로 해마다 后山을 강장으로 모셨는데, 많은 인재들이 양성되었다.

이 해 여름에 居昌의 原泉亭에서 스승의 문집인 『寒洲集』을 간행하였는데, 后山은 직접 그 곳에 머무르면서 간행하는 일을 감독하였다.

67세(1899년)에 晉州 靑谷寺에서 다시 『南冥集』을 교정하였다.

70세(1902년)에 慶尙南道 觀察府 안에 樂育齋를 처음 설립하여 道內의 선비들을 양성하였는데, 后山을 訓長으로 초빙하였다. 后山은 요청에 응하여 講學하고, 또 講學節目을 만들었다.

71세(1903년)에 조정에서 선비를 우대하는 취지에서 숨은 선비를 찾아 벼슬을 내렸는데, 后山에게 慶基殿 㕘奉을 除授하였다. 세 차례나 계속 除授하였지만, 后山은 끝내 나아가지 않았다.

72세(1904년) 되던 4월 7일에 后山書堂에서 세상을 떠나니, 享年 72세였다. 세상을 떠나기 바로 직전까지도 大溪 李承熙, 勿川 金鎭祜 등과 學問을 토론하였고, 제자들에게 마지막 당부하는 말씀도 학업에 勉勵하라는 내용이었다. '죽은 뒤에라야 그만둔다'는 諸葛亮의 말처럼, 后山이야말로, 學問에 대한 精進을 숨이 붙어 있는 한 중단하지 않았다. 원근의 사람

들이 后山의 부고를 듣고서 눈물을 흘리면서, "德星이 떨어졌도다."라고
말했다.

이 해 6월에 后山의 서쪽 기슭 丁坐의 언덕에 장사지냈다.

后山의 行錄에 해당되는 「敍述」은 門人 履齋 宋鎬彦이 지었고, 行狀
은 동문후배이자 스승 寒洲의 아들인 大溪 李承熙가 지었고, 墓碣銘은
동문후배인 俛宇 郭鍾錫이 지었고, 墓誌銘은 동문후배인 晦堂 張錫英이
지었다.

后山이 세상을 떠난 지 22년이 지난 1926년에 門人들이 后山書堂을
지어 매년 봄 士林에서 菜禮를 거행하고 있다. 그리고 后山先生儒契가
결성되어 있는 바, 后山의 學德을 추모하는 많은 後學들이 참여하고 있다.

后山이 생존했던 기간은 시대적으로 우리 나라가 대단히 혼란하고 어려
웠던 시기였다. 안으로는 安東金氏 일족에 의한 勢道政治와 각 지방 수령
들의 탐학으로 나라가 나라답지 못했고, 밖으로는 日本과 列强들의 침략
으로 나라가 편안할 날이 없었다.

이런 시대를 당하여 后山은 벼슬에 나갈 뜻이 없었고, 설령 나간다 해도
아무런 經綸을 펼치지 못할 것이 뻔하기 때문에 벼슬을 단념하고, 學問
硏究와 人材 養成에 전념했던 것이다. 그 當代에 뜻을 펼 수 없으면, 구차
하게 벼슬하려고 權門을 기웃거리지 않고, 學問 硏究를 통하여 다음 세대
에 쓰일 人材를 養成하는 것이 선비의 바른 삶인 것이다. 옛부터 선비는
出處의 大節을 매우 중시했는데, 后山의 일생도 出處의 大節에 조금도
어긋남이 없었다.

우리 나라의 學術史를 위해서는, 后山의 宦路에 나서 俗務에 시간을
빼앗긴 것보다는 저술에 전념할 수 있었던 것이 더 다행한 일이라고 할
수 있다.

3. 人間的 特質

后山은 태어나면서부터 學問을 좋아하였고, 이런 자세는 세상을 떠나기 직전까지도 변함이 없었다. 理學을 밝히는 것을 일생의 사명으로 삼았다. 병이 위중하여 틀림없이 이 세상을 마칠 것으로 생각되는 순간에도, 朱子와 退溪의 宗旨를 세상에 밝히지 못한 것 때문에 慷慨하여 마지 않았다.[4]

后山은 度量이 아주 넓었고, 德器가 태어날 때부터 갖추어졌다. 大溪 李承熙는 后山의 人品을 이렇게 묘사했다.

공을 바라보면 마치 큰 산이 우뚝 솟은 듯하고, 가까이 다가가면 마치 봄 햇살이 만물을 녹이는 것 같았다. 가슴 속은 텅 비어 아무 것도 없는 듯했는데, 오직 惻怛, 仁愛한 뜻만 속에 가득 차 있어 필요한 곳에 쏟아 부었다. 따스한 그 마음은 마치 張橫渠의 「西銘」에 나오는 뜻[5]이 있었다. 處身을 하거나 사물을 대할 적에 바로 어린애 같은 순수한 마음에서 흘러나왔지, 세상에서 흔히 보는 底意가 있거나 괴이한 행동을 하거나 편당을 짓거나 남을 해치려고 하는 그런 사사로움이 전혀 없었다.[6]

사람을 감싸줄 수 있는 德을 갖춘 도량과 가식 없는 순수한 마음가짐에 대해서 극도로 칭찬을 했다.

膠宇 尹冑夏는 后山의 온 몸 전체가 德으로 되어 있다고 말하여 그 德을 강조하였다.

옛날 용기 있는 사람은 온 몸이 모두 다 膽으로 되어 있었는데, 내가 보건대 退而先生은 온 몸이 모두 다 德으로 되어 있도다.[7]

---

4) 『后山文集』 권7, 18장, 「答宋羽若」.
5) 「西銘」에 나오는 뜻 : 「西銘」의 맨 첫머리에 "하늘은 아버지이고, 땅은 어머니인데 조그마한 자식이 그 사이에 거처한다.[乾稱父, 坤稱母, 子玆藐焉, 乃渾然中處.]"란 구절이 있다. 여기서는 后山의 人品이 하늘과 땅이 그 사이에 살고 있는 사람을 감싸는 것과 같다는 의미로 썼다.
6) 『后山文集』 續권8, 6장, 「行狀」.

俛宇 郭鍾錫은 德量에 있어서는 后山을 제일로 쳤다.

> 산에 있어서는 金剛山을 제일로 치고, 戒律을 잘 지켜나가는 중으로는
> 金溪를 제일로 치고, 理學에 있어서는 寒洲를 제일로 치고, 德量에 있어서는
> 退而翁[許愈]을 제일로 친다.[8]

이 분들은 평생토록 后山을 가까이서 보아 왔기 때문에, 后山에 대한 평가는 사실대로 정확하게 내렸다고 볼 수 있다.

后山의 가슴은 넓고 툭 트여 마치 맑은 하늘이나 깊은 바다 같아 그 끝을 측량할 수가 없었다. 세상의 名利, 官爵 같은 것은 그 마음을 흔들 수가 없었다. 敬을 위주로 하는 공부가 한 평생 계속되어 마음이나 행동에 두루 나타나 있었다.

后山은 풍채가 훤칠하고 피부가 맑았으며, 얼굴은 豐厚하였다.[9] 말씨는 정성스럽고 아무 꾸밈이 없었고 평이하여 알기 쉬웠으나, 그 담긴 의미는 아주 심오하였다.

后山은 사물을 보는 판단력이 매우 높고 정확하였다. 모든 사안에 대해서 근본적인 판단이 서 있었기 때문에 似而非的인 것으로서 后山의 안목을 속일 수가 없었다. 평소 담소하는 중에는 그렇게 엄격하게 옳고 그름을 구분하지 않는 것 같았지만, 天理와 人慾의 구분에 있어서는 明確한 境界가 있어 한 발짝의 넘나듦도 용납하지 않았다.

평소에 새벽 일찍 일어나 세수하고 머리 빗고 端嚴하게 꿇어앉아 있으면 사색하는 듯한 모습이었는데, 和樂한 기운이 안면과 전신에 가득하였다. 사람을 맞이하거나 사물을 대할 때는 의젓하게 여유가 있어 모를 드러내지 않았고, 자연스럽게 법도를 이루었다. 편파적이거나 駁雜한 결점이

---

7) 同上.

8) 同上.

9) 『后山文集』 續권8, 11장, 「墓碣銘」.

없이 渾厚하였다.

后山은 사방에서 몰려드는 선비들을 가르치는 데 있어, 즐거워하면서 정성을 다해서 가르치면서 피로한 줄을 몰랐다.

집안을 다스리는 데 있어서는, 오로지 恩慈를 義斷보다 우선하였는데, 孝悌와 愛敬의 도리를 어기지 않도록 했다. 온 집안이 청빈하여 거친 음식을 잇지 못할 지경일지라도 근심스러운 얼굴을 한 적이 없었다.

일가들이나 고을 사람들에게는 온화한 얼굴빛으로 정성스럽게 대했다. 다른 사람의 착한 점을 보면 마치 자신에게 있는 듯이 하여, 다른 사람들이 모를까 오히려 두려워하였고, 다른 사람의 나쁜 점을 들으면 병통이 마치 자신에게 있는 듯이 하여, 고치기 전에 널리 알려지게 될까 오히려 두려워하였다. 다른 사람에게 나중에 속임을 당하게 될지언정, 처음부터 미리 의심하려고 하지는 않았다. 다른 사람을 教導하다가 따르지 않으면 어쩔 수 없었지만, 차마 교도할 필요가 없다 하여 관계를 끊어버리고서 말을 하지 않지는 않았다.

다른 사람을 위해서 일을 도모하는 데 있어 털끝만큼이라도 자신의 최선을 다하지 않은 부분이 있을까 염려하였다. 道義之交를 맺은 관계에 있는 사람일 경우에는 더욱 더 은근히 간절하게 대하여 허물이 없게 만들려고 하였다. 사람들이 착한 것을 지향하려는 마음을 잘 계발하여, 조급하고 거칠고 사나운 생각이 저절로 녹아 없어지도록 만들어, 冲和하고 平坦한 경지로 나가도록 했다.

그러나 后山은 소극적인 안일한 사고방식을 가진 분이 아니고, 아주 적극적이고 활동적인 분이었다.

> 禪家에서는 일 없는 것을 가지고서 福을 삼는다. 그러나 人生을 살아가면서 어떻게 일이 없을 수 있겠는가? 다만 일 위에서 최선을 다해서 하는 것이 福의 터전이다.[10]

사람이 이 세상을 살아가면서 아무런 일이 없기를 바랄 수는 없는 것이다. 后山의 지론은 일에 정면으로 부닥쳐서 일을 처리해 나가야 한다는 것이다. 옛날 선비들 가운데서 名利를 멀리한다는 美名 아래, 아무런 사명감도 없이 현실도피적인 자세로 세상을 살아간 사람들도 적지 않았던 태도와는 정반대였다.

后山은 비록 초야에 묻혀 지냈지만, 나라를 걱정하고 時俗을 개탄하는 마음이 강렬하여, 말로 표현하다가 慷慨하여 때로 흐느끼기까지 하면 듣는 사람들이 눈물을 흘릴 지경이었다. 1919년 儒林에서 巴里平和會議에 長書를 보낼 때, 心山 金昌淑 등 后山의 제자들이 儒林代表로 활동하거나 서명한 인물이 많은 것이나, 抗日運動에 투신한 인물이 많은 것도 后山의 이런 정신에 영향을 받았다고 볼 수 있다.

后山은 襟懷가 瀟洒하여 평소 산수를 아주 좋아하였는데, 마음에 드는 경치 좋은 곳을 만나면, 종일토록 거닐면서 그 정경을 詩로 남겼다.

이런 資質과 德量을 가졌으므로, 后山의 풍모를 들은 사람들은 진실로 悅服하게 되었고, 后山의 德量을 직접 본 사람들은 心醉하게 되었다. 간혹 학문의 길을 달리하는 사람들 가운데는 先入見을 갖고서 后山에 대해서 비판적으로 보는 사람이 없지 않았지만, 나아가 后山을 한 번 보고, 또 물러나 혼자 있을 때를 살펴 본 뒤에는, 后山을 군자다운 사람이라고 여기지 않는 사람이 없었다. 后山이 하늘로부터 받은 資稟이 完善하고 豊富하였지만, 學問을 통한 수양으로 그 德器를 더욱더 完熟하게 만들었다고 할 수 있다.

4. 學統과 師友

后山의 學問은 8대조 滄洲 許燉으로부터 전해 내려 온 家學을 계승하였다. 滄洲는 退溪와 南冥 兩門에 출입하였던 寒岡 鄭逑의 門人이다. 后山의

---

10) 『后山文集』 권11, 15장, 「隨錄」.

6대조 臥龍 許鎬는 退溪學派에 속하는 葛庵 李玄逸의 門人이었다. 后山의 學統은 39세 때 寒洲의 제자가 되기 전부터 이미 退溪學派와 밀접한 관계가 있었다. 또 退溪가 자기들 許氏 가문의 사위가 된 것을 매우 영광스럽게 생각하고 있었고, 退溪의 학문으로써 許氏 가문의 家學으로 삼자고 주장하기도 했다.

> 退溪李先生이 사위로서 우리 族譜에 참여한 것은 실로 우리 족보의 영광입니다. …… 退溪를 존경하여 우리의 家學으로 삼는다면, 친척과 친하게 지내는 道에 거의 가까울 것이니, 각자 명심하소서.[11]

寒洲 李震相의 門人이 되기 이전에 退溪에 대해서 아주 친근감을 갖고서 退溪의 學問을 자신의 家學으로 여겨 배우고 있었음을 알 수 있다.

寒洲는 退溪學統의 嫡傳인 定齋 柳致明의 제자였으므로, 退溪學派의 正脈에 속하는 학자라고 할 수 있다. 寒洲의 心卽理說은 退溪의 主理論을 더 발전, 심화시킨 것이라고 할 수 있다. 그러니 后山이 退溪의 學問을 평생 尊慕하는 것은 당연한 현상이라고 할 수 있다.

后山은, 退溪 학문의 위상을 이렇게 설정하였다.

> 退溪는 孔子와 朱子의 學統을 계승한 우리 나라를 대표하는 학자이다. 退溪의 평생 用功한 결과가 「聖學十圖」에 다 들어 있으니, 「聖學十圖」는 聖學의 標準이자 王道의 極致이다.

그 깊은 뜻을 闡揚하고, 학자들이 쉽게 이해하도록 하기 위해서, 后山은 역대로 「聖學十圖」의 각 圖와 관계되는 글을 여러 책에서 찾아 뽑아 모아서 『聖學十圖附錄』이라는 방대한 저술을 남겼다.

后山이 지은 「光明遺墨跋」에 다음과 같은 내용의 글이 있다.

---

11) 『后山文集』 권13, 1장, 「金海許氏世譜序」.

아아! 나는 陶山을 자나깨나 그리워하는 소원이 있으나 지금은 늙었다. 비록 몸을 光明室 안에다 두고서 夫子의 遺風을 생각해 보고자 해도 할 수가 없다. 남긴 이 글씨를 끌어안고서 평생 높이 景慕하는 마음을 붙이니, 그 심정은 슬프도다.12)

退溪를 지극히 尊慕하면서도 陶山書院을 한 번 참배하지 못한 것을 늘 한스러워하면서 애오라지 退溪의 遺墨에다 대신 景慕하는 마음을 붙이고 있다.

退溪가 34세 때(1534년) 진주 靑谷寺를 다녀간 적이 있다. 진주의 선비들이 退溪를 景慕하는 마음을 붙이고자 하여 召村驛(지금의 진주 文山) 자리에 退溪의 祠宇를 지으려고 하자, 后山은 이 일을 적극적으로 권장하면서, 자신은 곧 세상을 떠날 사람이지만, 祠宇가 이루어져 거기서 退溪의 학문을 강론하기를 강력하게 희망하고 있다.13)

또 畿湖地方의 학자인 重庵 金平默과 艮齋 田愚가 退溪에 대해서 그렇게 宗仰하지 않는다는 이야기를 듣고서, 이렇게 비판했다.

朱子 이후로 세상에 나온 학자들이 헤아릴 수 없이 많지마는, 朱子를 독실히 믿은 사람으로는 退溪만한 분이 없습니다. 後學들 가운데서 退溪를 버려 두고서, "나는 朱子의 學問을 한다."라고 말한다면, 사다리 없이 누각에 오르려는 것에 가깝지 않겠습니까?14)

退溪는 朱子 이후 제일가는 우리 나라 學者인데,15) 朱子學에 나아가는 階梯로서 退溪의 학문을 소홀히 해서는 안 된다는 점을 강조하였다.

后山은 南冥에 대해서도 退溪와 꼭 같이 尊慕하였다. 后山이 살던 곳이

---

12)『后山文集』권14, 11장,「光明遺墨跋」.

13)『后山文集』권9, 35장,「答河聖權」.

14)『后山文集』권3, 34장,「答申三嘉」.

15)『后山文集』권6, 29장,「與李大衡」.

바로 南冥이 출생하여 61세 때까지 살았던 三嘉縣이었으므로 后山은 "우리 三嘉는 南冥이 살던 고을이다.",16) "우리 고을은 비록 남쪽 아래 지방에 있지만 南冥先生이 60년 동안 道를 講論한 곳으로, 다른 고을과 비교하면 특별한 점이 있다."17)는 말을 종종 하여, 南冥이 살던 고을에 자신이 사는 것에 대단한 자부심을 갖고 지냈다.

당시 학자들 가운데는 南冥의 學問을 잘 모르고서 "南冥은 學問을 모른다.",18) "老莊에 가깝다."19)라는 등등의 말로 헐뜯는 이가 없지 않았다. 이런 오해를 받고 있던 南冥의 學問을 后山은 깊이 硏究하여 發揚하려고 했다. 특히 南冥의 學問思想의 핵심이라 할 수 있는 「神明舍銘」과 「神明舍圖」에 대해서,

> 이것은 老先生의 心學의 大全인 바, 이 뜻이 세상에 밝혀지지 않았기 때문에 배우는 사람들의 거짓스럽고 각박함이 날로 심해진다.20)

> 山海先生[南冥에 대한 다른 호칭] 眞詮은 여기에 있나니,
> 神明舍 속에서 함께 찾아 보세.
> 山海眞詮祗在此, 神明舍裏共推尋.21)

라고 말하여, 心學을 밝힌 「神明舍銘」과 「神明舍圖」를 중시하고 精深, 緻密하게 분석하여 「神明舍圖銘或問」이라는 상세한 註釋을 붙여 그 깊은 뜻을 밝혀내었다.

---

16) 『后山文集』 권13, 15장, 「四美亭重建記」.
17) 『后山文集』 續권5, 25장, 「黌堂講會時示諸生」.
18) 尤庵 宋時烈의 門人인 金昌協, 金昌翕 형제 등이 이런 말을 했다.
19) 退溪學派나 畿湖學派에 속하는 학자들 가운데 이런 견해를 갖고 있는 학자들이 적지 않았다.
20) 『后山文集』 권6, 23장, 「與曺衡七」.
21) 『后山文集』 권1, 29장, 「雷龍亭次崔元則二絶」.

또 "南冥의 心學이 세상에 크게 밝혀지는 것은, 곧 儒學의 행복이다."[22] 라고 하여, 南冥의 學問이 올바로 연구되어 전승될 때 儒學의 발전이 올 수 있다고 말할 정도로, 南冥의 學問의 가치와 그 영향력을 크게 보았다.

后山은『南冥集』을 교정하여 重刊하자는 의견에 찬성하여 교정에 참여 하여 중간하려고 노력했다. 南冥의 學問을 널리 펴기 위해서는, 仁祖反正 이후 校正이라는 美名 아래 원형이 毁損된『南冥集』이 바로 정리되어야 한다고 생각했기 때문이었다.

1868년 이후 書院毁撤로 인하여 南冥을 奉祀하는 곳이 없어지자, 본래 晦山書院이 있던 遺墟에다 精舍를 지어서 景仰하는 뜻을 붙이려고 계획을 해서 俛宇와 논의한 적이 있었다.[23] 그리고 南冥을 享祀하던 三嘉의 龍巖 書院이 훼철된 뒤로 南冥을 추모하는 뜻을 붙이고자 하여, 雷龍亭을 복원 하는 데 주도적인 역할을 했고, 「雷龍亭上樑文」을 지어 南冥의 學問的 影響力, 成學過程, 敬義思想, 出處觀, 氣象 등을 정리하여 서술하였다.

"壬辰・癸巳年의 戰亂에 倡義한 諸賢은 대부분 南冥先生의 문인들이 다."[24]라고 말하여, 壬辰倭亂 때 義兵을 일으켜 나라를 구하는 공훈을 세 운 사람들의 대부분이 南冥의 門人이었음을 밝혀 南冥의 人才養成의 효과 를 밝히고 있다.

后山의 이런 생각과 자세는 모두 南冥에 대한 지극한 尊慕와 南冥 學問 을 계승하겠다는 의지에서 나온 것이라 할 수 있다.

그리고 退溪와 南冥이 생전에 서로 대립적인 관계에 있는 것처럼 후세 의 사람들이 잘못 알고 있는 것에 대해서 그렇지 않다는 것을 밝혀, 對立構 圖를 조장하려는 일부 사람들의 의식을 바로잡으려고 하였다. 「謹書退陶 與南冥書後」에서,

---

22)『后山文集』권12, 13장, 「神明舍圖銘或問」.

23)『后山文集』續권2, 23장, 「與郭鳴遠別紙」.

24)『后山文集』권16, 9장, 「佐郎源堂權公墓碣銘」.

退溪先生의 이 서신은 구절마다 글자마다 가슴 속 깊은 곳에서 흘러나오지 않은 것이 없다. 南冥이 벼슬길에 나서지 않은 것에 대해서 깊이 欽慕하고 稱歎하는 마음을 다하였다. 또 자기가 물러나려고 해도 되지 않는 데 대해서 南冥先生에게 좋은 방도를 묻고 있다. 다른 사람과 더불어 착한 일을 하려는 뜻과 道 있는 사람을 바라보기만 하고 만나지 못한 탄식이 언사 밖으로 넘쳐 흐른다.

后山은 38세 때 처음으로 寒洲 李震相에게 執贄하였다. 寒洲로부터 主理說에 대해서 듣고서, 자신이 지금까지 공부하여 터득한 바와 일치가 되었기에 즉각 그 취지를 이해하였다. 太極, 動靜, 人心의 본질, 人物性의 관계, 華와 夷, 王道와 霸道의 구분 등에 대해서 두루 問答을 했다. 寒洲는 평생 동안 공부하여 정립한 學說을 이때 처음으로 后山에게 전수해 주었다. 또 程子의 致知와 居敬에 대한 學說도 전수해 주면서, "千古의 心學은 오직 이 것을 가지고 요점으로 삼는다."라고 말했다. 또 寒洲가 지은 『漫錄』을 빌려 와서 읽고 사색하니, 이치에 꼭 들어맞았다. 后山은, "극도로 크고 극도로 정밀하다. 朱子, 退溪 이후로 전해지지 않던 秘訣이 여기에 다 있도다."라고 寒洲 學問의 깊이를 파악하고는, 더욱더 寒洲의 學說을 굳게 신봉하게 되었다.

后山이 氣質이 溫醇하고 言辭가 典雅하고 뜻이 遠大하고 識見이 敏妙한 것을, 寒洲는 깊이 인정하였다.25)

이후 后山은 18년 동안 寒洲를 따라 배우면서, 그 主理說을 적극적으로 傳受하여 널리 전파하였다. 寒洲 門下의 여덟 명의 유명한 제자를 洲門八賢이라고 하는데, 그 가운데서 后山이 가장 선배였고, 맨 먼저 寒洲의 학설을 전수받아 전파하기 시작했다. 后山은 寒洲와 가장 密切한 관계를 유지했다. 그래서 大溪는, "后山의 마음은 곧 우리 先親의 마음이었다."26)라고

---

25) 『寒洲先生文集』 권15, 1장, 「答許退而」.
26) 李承熙, 『大溪先生文集』 권33, 36장, 「祭許后山文」.

했다.

寒洲는 后山의 성격이 너무 느긋한 것을 고치게 하려고 하여 활시위를 차고 다니라고 여러 차례 권유하였다. 활시위를 보고서 마음가짐을 긴장되게 가지라는 뜻이었다.

后山은 寒洲가 세상을 떠난 이후 寒洲가 編輯한 『理學綜要』를 三嘉縣의 幷木書堂에서 교정하였고, 그 끝에 跋文을 써서 寒洲의 理學의 특성과 그 업적을 밝혔다. 또 寒洲가 남긴 詩文을 星州의 大浦 書齋에서 교정하여 5개월의 노력 끝에 文集의 체재로 편집하고서, 「文集校正後告墓文」을 지어 寒洲의 靈前에 고하였다. 居昌의 原泉亭에서 『寒洲集』을 간행할 때는 后山은 직접 그 곳에 머무르면서 교정하는 등 간행하는 일을 총감독하였다.

『寒洲集』이 刊布된 이후로 退溪의 說과 다르다 하여 사방에서 攻斥할 적에, 평소 寒洲를 따르던 知舊, 門人들 가운데서도 형세를 보아 寒洲에게 등을 돌린 사람이 적지 않았다. 그러나 后山은 조금도 흔들리지 않고 寒洲 學說의 수호에 더욱더 心力을 다하였다.[27]

后山은, 寒洲에게 執贄하기 1년 전에 이미 性齋 許傳을 만나뵈었다. 性齋는 후산을 큰 선비로 인정하였으므로, 그 弟子가 될 수 있었다. 그리고 주변의 士友들이 거의 대부분 性齋의 제자가 되었지만, 后山은 그 제자가 되지 않았다. 后山은, 비록 性齋를 "文章과 道德이 지금 세상의 儒宗이다."[28]라고 극찬을 했지만, 心學을 바로 밝히는 공부가 근본적인 공부로서, 價値觀이 전도된 세상을 구제하고, 천하를 침몰시키는 異說인 主氣論을 잠재울 수 있다고 생각하여, 평생 寒洲로부터 전수받은 心學의 연구와 보급에 誠力을 경주하였다. 그래서 오직 寒洲 한 분만을 평생의 스승으로 삼았던 것이다.

---

27) 李承熙, 『大溪先生文集』 권33, 36장, 「祭許后山文」.
28) 『后山文集』 권13, 22장, 「麗澤堂記」.

寒洲는 退溪學派 가운데서 鶴峯系列의 嶺南學派의 學統을 계승해 왔
고, 性齋는 退溪學派 가운데서 寒岡 鄭逑, 眉叟 許穆을 통해서 畿湖地方에
전해진 近畿學派의 學統을 계승해 왔다. 두 學派間의 學風 차이점은 嶺南
學派는 精嚴하여 원리를 밝히고 心性의 수양에 注重하는 데 비해서, 近畿
學派는 宏博하여 주로 응용을 위주로 하여 세상을 구제하는 일을 급선무
로 삼는 경향이 강했다. 后山의 學問的 성향은 嶺南學派의 學風에 가까웠
던 것이다. 이런 점도 性齋를 스승으로 삼지 않고, 寒洲만을 스승으로 삼은
이유의 하나라고 할 수 있다.

性齋는 后山에게 서신을 먼저 내려 '바른 길을 붙들어라[扶正]'는 교훈
을 내려 后山을 勸勉하였다. 性齋가 만년에 吏曹判書에 除拜되었을 적에,
后山은 君子의 出處大節을 잘 지킬 것을 부탁한 적이 있었다.

또 丹城縣 法勿里에 許性齋의 影堂을 짓고, 性齋의 茶禮를 지낼 麗澤堂
을 지었을 때, 后山은 그 집을 짓게 된 동기와 性齋의 學問을 요약한 「麗澤
堂記」를 지어 性齋를 闡揚하였다.

四未軒 張福樞의 문하에 당시 많은 사람들이 출입하였으나, 后山은 한
번 찾아뵙기만 하고 제자가 되지는 않았다. 그렇지만 「祭張四未軒文」에서,

> 先生이 계실 때는 우리 儒學이 의지할 데가 있었으나,
> 선생이 돌아가시니, 우리 무리들은 무엇을 우러러겠습니까?
> 효성과 우애는 神明에게까지 통했고,
> 그 명성은 온 나라에 다 알려져 있습니다.[29]

라고 하여 극도로 欽仰하고 있다. 그리고 또 "문장의 아름다움과 德儀의
盛함은 둘 다 欽誦할 만하다."[30]라고 그 문장과 德行을 칭송하였다. 그러
나 "發하기 전에 氣質의 性이 있다."라는 四未軒의 學說에 대해서는 인정

---

29) 『后山文集』 권15, 26장.
30) 『后山文集』 권6, 20장, 「答張舜華」.

하지 않았다.

晩醒 朴致馥은 后山과 아주 가까운 동네인 淵洞에 살면서, 자주 만나 학문을 토론하였다. 晩醒이 세상을 떠나면서, 后山을 보지 못하고 죽는 것을 안타까워하여 눈물을 흘렸을 정도였다.[31] 그러나 理氣說에 있어서는 두 사람 사이에 최후까지도 서로 學說上의 거리를 좁힐 수가 없었다.

또 后山이 『南冥集』을 교정하는 일에 대해서도, "大賢의 문집을 後生이 손대는 것은 옳지 않다."라고 하여 晩醒은 끝까지 반대하였다.

晩醒이 세상을 떠난 후 『晩醒集』을 간행할 적에, 后山은 勿川 金鎭祜와 함께 그 詩文을 교정하였다.

端磎 金麟燮은 丹城縣 丹溪에 살았는데, 文科에 及第하여 司憲府 掌令을 지냈다. 后山은, "그대가 일찍이 명리를 초탈했다는 것을 안다네.[名利 知君擺脫早]"[32]라고 端磎를 인정하였다. 그러나 端磎는 寒洲學派의 心卽 理說을 佛敎와 陽明學說과 다를 바 없다고 격렬하게 비판하였고, 『南冥集』을 교정하는 일도 절대 불가하다고 자신의 주장을 굽히지 않았다.

老栢軒 鄭載圭는 三嘉縣 平邱에 살았는데, 蘆沙 奇正鎭(1797-1876)의 문인이다. 寒洲나 蘆沙 둘 다 우연의 일치로 主理說을 주장했으므로, 后山 과 老栢軒은 크게 보면 다 主理派에 속한다고 할 수 있다. 그러나 마음을 主宰하는 것을 老栢軒이 氣라고 한 주장을, 后山은 인정하지 않았다.

三嘉 縣監이 儒學을 진흥하려는 계획으로 鄕校에서 講會를 열었을 때, 后山은 老栢軒을 추천하여 함께 강의를 맡았고, 같이 협력하여 雷龍亭을 중건하였다.

俛宇 郭鍾錫은, "지금 세상에 우리 儒學의 희망은, 오직 寒洲先生과 어르신에게 있을 따름입니다."[33]라고 말할 정도로, 后山을 儒學을 이끌어 나갈 임무를 진 인물로 쳤다. 俛宇는 性理學에 대한 자신이 發明한 견해를

---

31) 『后山文集』 권15, 23장, 「祭朴晩醒薰卿文」.

32) 『后山文集』 권1, 21장, 「九日金正言聖夫以書約遇於三峯」.

33) 『俛宇先生文集』 권16, 12장, 「與許后山」.

정리하여 寒洲를 처음 만났을 적에 올렸던 책을 『贅疑錄』이라고 이름하고
서, 后山에게 그 序文을 부탁했을 때, 后山은 不敢當의 뜻을 표하다가,
나중에 지어 준 적이 있었다.

두 분은 자주 만나거나 빈번하게 서신 왕래를 통해서 학문을 토론하였
고, 많은 시를 唱酬하였다. 后山이 서거한 뒤에 俛宇가 后山의 墓碣銘을
지었다.

大溪 李承熙(1847-1916)는 后山이 스승으로 모시는 寒洲의 아들이었
다. 자주 서신 왕래를 하여 학문을 토론하였다. 后山은 大溪에게 "顔子의
어리석음을 배울 것이지, 孟子의 英氣는 배우지 마시오."[34]라고 하여, 예
리한 기질을 厚重하게 만들 것을 권유하고 있다. 大溪는 后山이 세상을
떠난 뒤 后山의 行狀을 지었다.

晦峯 河謙鎭(1870-1946)은 진주 士谷에서 살았는데, 17세 때 后山을
拜謁하고 스승으로 삼았다. 26세(1895) 때 后山에게 학문의 바른 길을
물었을 때, 后山은 학문의 宗旨는 主理에 있다고 하였다. 1940년 后山書堂
이 이루어졌을 때, 「后山書堂記」를 지어 后山의 학문의 계통과 특성을
밝혔다.

三嘉 縣監으로 재직했던 申斗善은 判書 申斗善의 친형이었는데, 后山
의 학문을 존경하여 后山을 초빙하여 鄕校에서 講學하게 하였고, 后山의
자문을 받아 雷龍亭을 중건하는 일을 맡아 처리하였다.

이상에서 언급한 분 이외에도, 約軒 河兼洛, 敏窩 李驥相, 月皐 趙性家,
晩求 李種杞, 斗山 姜柄周, 農山 張升澤, 溪南 崔琡民, 芝窩 鄭奎元 등은
學問的 同志로서 사귀었고, 恒窩 金聖鐸, 梅下 金基周, 紫東 李正模, 一山
趙昺奎, 月淵 李道樞, 晦堂 張錫英, 惠山 李祥奎, 復菴 曺垣淳 등은 學問的
後輩라고 할 수 있다. 西川 趙貞奎, 思軒 河龍濟, 弘窩 李斗勳, 一軒 趙昺
澤, 明湖 權雲煥, 克齋 河憲鎭, 李道容, 宋鎬文, 崔正愚, 宋鎬完, 許燮, 許秉

---

34) 『后山文集』 권6, 3장, 「與李啓道別紙」.

律, 權命熙, 河鳳壽, 南廷瑀, 李炳憲, 曹兢燮, 李泰植, 金在植, 金永蓍, 河經洛, 金在洙, 沈鶴煥, 李敎宇, 柳海晔, 許喆, 文正浩 등은 后山에게서 직접 배우거나, 혹은 서신을 통해서 質疑를 한 이들 가운데서 비교적 잘 알려진 사람들이다.

后山은 寒洲의 학문을 배워, 慶尙右道 일원에 전파하여 그 문하에서 영향력 있는 인물이 많이 나옴으로 해서, 강력한 寒洲學派의 형성에 선구적인 역할을 하였고, 后山이 이룬 기반 위에서 俛宇 郭鍾錫, 晦峯 河謙鎭, 重齋 金榥 등이 나와 오늘날 우리 나라에서 寒洲學派는 학파로서 가장 큰 영역을 확보하고 있다.

Ⅲ. 學問과 思想

后山의 대표적인 學問은 性理學이라고 할 수 있는데, 그 가운데서도 寒洲로부터 전수 받은 主理說을 연구, 발전시켜 보급한 것이었다. 그리고 그의 학문은 實學的인 사고를 가진 현실적인 學問이 있었고, 歷史學 방면에도 조예가 깊었다.

后山은 학문의 요점을 밝혀 이렇게 말하였다.

> 사람이 禽獸와 다른 것은 義理의 마음이 있기 때문이다. 聖賢들이 '마음을 간직한다'라고 이른 것은 이 理다. 배우는 사람들은 반드시 이 主宰하는 理를 간직한 그런 뒤에라야 天德이 온전해지고 王道가 행해질 수 있다. 우리 儒學이 異端과 다른 까닭은 오로지 여기에 있다. 저 氣라는 것은 부림을 당하는 것인데, 어찌 氣로써 마음의 本體라 할 수 있겠는가? 또 사물의 本體나 發하는 곳의 幾微로부터서 그 위치에 따라서 說을 세운다면, 진실로 각각 합당한 바가 있게 되는데, 한 쪽만 폐지할 수는 없는 것이다. 만약 큰 本體가 침입을 당하여 잃게 된다면, 본래 취지와 어긋나는 것을 면하지 못한다. 그 유폐는 각각 그 실마리에 기인한다. 本體를 바꾸는 폐단은, 반드시 멋대로 하는 佛教

의 禪이나 霸道로 돌아가게 된다. 發하는 것을 하나로 하지 않는 폐단은, 의리가 없는 고분고분한 데로 돌아가게 된다. 모두 다 풍속의 성쇠에 관계가 있다. 參禪과 霸道의 習氣는 오히려 機械와 칼날이 있어 事功을 일으켜 세우지만, 고분고분한 習俗은 혹 어물어물하여 구분을 짓지 못하므로 아무런 세우는 바가 없게 된다. 지금 세상의 선비들이 만약 聖人의 道에 뜻을 둔다면 이 두 가지 올가미를 먼지 벗기고서 한결같이 義理의 바른 것을 主宰로 삼아 그 本體를 端嚴하게 하고 그 根源을 맑게 하여, 내 마음의 本體와 사물에 존재하는 理가 피차간에 서로 다 어울리고 안팎이 훤히 꿰뚫어 통한 그런 뒤에라야 일을 만나면 시원스레 널리 曲盡하게 대응하여 節度에 맞지 않는 것이 없을 것이다.35)

后山은 마음의 本體를 꿰뚫어보고서, 마음의 본체는 理이지 氣는 될 수 없고, 이 것이 異端과는 다르다는 것을 밝혔다. 그리고 儒學은 곧 事物에 나아가서 理를 밝히는 것이라고 주장했다. 理와 氣는 본래 서로 떨어진 것이 아니므로, 사실 '합해져 있다'라고 말해도 괜찮다고 생각했다. 옛날부터 聖賢들이 나와 여러 가지 學說을 주장했지만 그 귀착점은 主理였다. 朱子가 죽고 난 이후로는 陸象山, 王陽明, 陳白沙, 羅整庵 등의 학문이 크게 세력을 펼쳐 천하의 학문을 禪學으로 몰아가 儒學을 크게 왜곡시켰는데, 그 가장 큰 문제점은 '主氣'라는 두 글자라는 주장이다.

后山은 역대 儒學史上 主理의 가치를 발견한 宋儒들의 공로를 크게 인정했고, 특히 朱子는 이를 集大成했다고 극찬하였다. 우리 나라의 退溪가 시대적으로 차이가 있지만 孔子와 朱子의 學統을 계승했음을 밝혔다. 孔子, 朱子의 道를 구하려면 退溪를 먼저 배우지 않으면 안 된다고 말하여, 退溪의 儒學史上의 위상을 이렇게 인식하였다.

---

35) 『后山文集』續권8, 9장, 「行狀」.

孟子가 세상을 떠나고 난 이후, 荀況, 揚雄, 董仲舒, 韓愈 등이 理를 보았지
만 참되게 보지 못했고, 그들이 한 모호한 몇 마디 말들은 결국 氣 쪽으로
돌아가 버렸소. 1500년의 세월이 지나서 宋나라의 여러 賢者들이 나와서
太極의 이치와 理一分殊의 宗旨를 해나 별처럼 환하게 밝히게 되었소. 그
가운데서 朱夫子는 가히 集大成했다고 말할 수 있소. 그 뒤 陸象山, 王陽明의
무리가 나와 氣를 주장하고 理를 장애로 생각하였는데, 그 세력이 점점 천하
를 물들이게 되었소. 하늘이 우리 동쪽 나라를 돌보았기에 退陶 李先生이
그 중간에 태어나시었소. 그 學問은 理로써 위주로 했고, 敬으로써 그 것을
간직하였는데, 우뚝 孔子와 朱子의 學統을 뒤늦게나마 계승할 수 있게 되었
소. 이제 그 남긴 글을 읽어 보면, 그 것에 의거하여 알 수가 있소. 만약
지금의 학자들이 孔子의 道를 배우고자 한다면 진실로 마땅히 朱子로부터
시작해야 하고, 朱子를 배우려면 마땅히 退陶로부터 시작해야 할 것이오.
退陶를 배우지 않고서 孔子와 朱子의 道를 구하고자 한다면, 이는 문을 통과
하지 않고서 방에 들어가려는 것과 같소.[36)]

우리 나라에서 朝鮮 中期에 退溪가 나와, 孔子와 朱子의 學統을 계승하
여 主理說을 펴 학문을 바른 길로 인도하고, 主氣說의 잘못된 점을 비판하
고 글을 지어 聖賢의 취지를 밝혔다. 그런데 退溪가 세상을 떠나고 난
뒤로, 후세에 학자들이 또 다시 主氣說을 주장하여 유학의 참된 모습을
점점 잃어 朱子와 退溪의 宗旨에 크게 어긋나 있다. 이에 寒洲가 "마음의
큰 근본은 하나일 따름이고, 내 마음을 主宰하는 것은 곧 理일 따름이다.
우리의 儒學은 主理다."라고 주장하였다.

그 당시 寒洲의 主理說에 찬동하는 사람이 거의 없었는데, 后山이 맨
먼저 앞장서서 寒洲의 主理說을 깊이 믿고 독실하게 지키면서, 研究·發
揚시켜 나갔다.

寒洲의 心卽理說을 陸王의 心卽理說과 다를 바 없다고 의심하는 사람
이 적지 않자, 后山은 朱子의 말을 끌어와 이렇게 明辨하였다.

---

36) 『后山文集』 권12, 28장, 「書贈李孟源」.

陸王이 이른 바 '心卽理'는 氣를 理로 여긴 것이지만, 우리 儒學에서의 '心卽理'는 마음의 本體로써 이야기한 것입니다. 『大學』의 첫머리의 "致知는 格物에 있다."라는 한 구절이 바로 心卽理說의 으뜸 되는 취지입니다. 朱子 께서 格物致知를 논하여, "마음이 곧 理이고, 理가 곧 마음이다."라고 말씀하 셨고, 또 "사람이 학문을 하는 것은 마음과 理를 밝히기 위해서일 따름이다." 라고 말씀하신 것이 바로 이 것입니다.37)

朝鮮時代 性理學은 主理論과 主氣論 사이의 논쟁이라고 할 수 있는데, 그 始源은 退溪와 栗谷 李珥에게 있다. 理氣說에 대한 退溪의 결론은, "理가 發하면 氣가 따르고, 氣가 發하면 理가 그 것을 탄다.[理發而氣隨之, 氣發而理乘之.]"라는 것인데, 栗谷이 退溪가 서거한 뒤에 이에 대해서 異 說을 제기하였다. 이로 인해서 朝鮮 末期까지 논쟁이 그치지 않게 되었다. 后山은 이에 대해서 이런 견해를 가졌다.

退溪의 '理와 氣가 서로 發한다'는 理氣互發說을 栗谷이 잘못됐다고 여겼 다. 그러나 서로 '互'자는, "理는 하나인데 나누어지면 다르고, 나누어지면 다르지만 理는 하나이다.[理一而分殊, 分殊而理一.]"라는 奧妙함을 잘 형용 한 것이다. 朱子의 "물이 흐를 때 이쪽 저쪽이 없지만, 地勢에는 東西가 있다 네. 만약 나누어질 때의 다름을 안다면, 합쳐질 때 같다는 것을 알 수 있다네. [水流無彼此, 地勢有西東. 若識分時異, 方知合處同.]"라는 詩 역시 '互'자의 모양입니다. 대개 理가 하나라는 奧妙함을 안다면, "人心과 道心이 섞여 나 온다."라고 말해도 괜찮고, "四端과 七情이 서로 發한다."라고 말해도 괜찮습 니다38).

마음의 本體인 理가 하나라는 것을 알고 있다면, 각각의 나누어진 現狀 모두가 理의 변형된 모양이기 때문에, 여러 가지로 말해도 관계가 없다는

---

37) 『后山文集』 권7, 12장, 「答宋子三問目」.

38) 『后山文集』 권11, 1장, 「隨錄」.

것이다.

南塘 韓元震과 巍巖 李柬 사이에 있었던 人物性의 同異에 대한 湖洛論
爭에 대해서, 后山은 이런 理論을 제시하였다.

> 사람과 사물의 本性이 같으냐 다르냐에 대해서도, 마땅히 '理는 하나인데
> 나누어지면 여러 가지[理一分殊]'라는 說로써 斷案을 내려야 합니다. 理는
> 하나이기에 사람이나 사물의 本性이 같은 것이고, 나누어지면 다르기 때문
> 에 사람과 사물의 本性은 다르다고 할 수가 있습니다. 寒洲先生께서, "本性
> 이 어째서 같은고 하니, 性이 곧 理이기 때문에 같은 것입니다. 어째서 다른
> 고 하니, 氣로 인해서 달라지는 것입니다. 비록 氣로 인해서 달라지긴 해도
> 달라지는 實體는 理인 것이다."라고 하셨는데, 이 二十四字는 斷案이라고
> 할 수 있습니다.[39]

后山의 結論은, 결국 人性과 物性이 같다는 것이다. 理 하나가 각각의
현상으로 나타날 때 달라지는 것을, 진정으로 다르다고 보지 않은 것이다.

理學의 중요성을 쉬지 않고 강조한 后山이지만, 學問的 기초가 아직
확립되지 않은 初學者들이 心이 어떠니, 性이 어떠니 하고 논하는 것은
올바른 學問方法이 아니라고 경계하였다.

> 배우는 사람의 급선무는, 九容과 九思보다 더 중요한 것이 없고, 四勿과
> 三貴보다 더 절실한 것이 없다. 心性 등에 관한 說은 초학자들이 갑자기
> 논할 바가 아니오. 지금 사람들은 겨우 句讀만 통하면, 心性에 관한 說을
> 가지고서 학문에 입문하는 路脈으로 삼는데, 옳지 않은 일이오.[40]

后山은 學問하는 데 있어서 가장 급선무는 뜻을 세우는 것이고, 뜻은
크게 굳게 세워야만 어떤 일을 이루어낼 수 있다고 생각했다.

---

39) 『后山文集』 권11, 1장, 「隨錄」.
40) 『后山文集』 권10, 18장, 「答李文舉」.

　무릇 학문하는 데는 뜻을 세우는 것보다 앞서는 것이 없다. 뜻은 크게
세우지 않을 수 없고, 굳세게 세우지 않을 수 없소. 만약 "나의 뜻은 단지
좋은 사람 되는 데 있을 따름이다."라고 생각한다면, 점점 뜻이 사그라들게
되어, 마침내는 앉은 자리에 붙어버려 떨쳐 일어날 수가 없게 되오. 그러니
어떻게 일을 이루어내겠소? 모름지기 내가 하늘로부터 받은 바는 본디 光明
正大하다는 것을 생각하여, 이렇게 하고 말아서는 안 되오. 내 本性 위에
나아가서 일을 지어나가 최종지점에 도달한 그런 뒤에 그만두어야 하오.
뜻을 세워 확실하게 유지해 나가야만 비로소 펼쳐나가 廣大하게 열어 나가
는 까닭으로 길게 나아갈 수가 있소. 그러나 공부하는 절차는 居敬만 한
것이 없소. 敬이란 것은, 마음의 主宰이자 모든 일의 綱領으로, 聖人의 學問
의 전체적인 체재요.[41]

　學問은 곧 理를 추구하는 것인데, 理는 높고 먼 데 있는 것이 아니라,
일상생활에 있는 것이니, 마음을 가다듬어 가까운 것에서 착수해야 한다는
점을 강조했다. 그리고 학문하는 방법으로는, 居敬, 窮理, 克己, 存誠 네
가지를 들었다.

　멀리 가서 놀려면 반드시 가까운 데서부터 시작해야 하는 것이오. 그대는
모름지기 보고 듣고 말하고 움직이는 것 속에서 종사하고, 章句와 訓詁의
사이에 마음을 침잠시켜서, 급급해 하지도 말고 느릿느릿하지도 말고 장구
한 시간 동안 공부를 해 나간다면, 자신도 모르는 사이에 저절로 옛날의
훌륭한 분들의 경지에 도달하게 되오. 어찌 재주나 능력이 미치지 못하는
것을 걱정할 것이 있겠소? 理는 高遠한 것이 아니고, 단지 일상생활 속에서
익숙해지는 데 있소. 居敬하여 그 뜻을 간직하고, 窮理하여 앎을 확실히 하
고, 자신을 이겨서 私慾을 없애고, 精誠을 간직하여 충실함에 이르려는 것
이 네 가지는 여러 성현들의 理學의 宗旨요. 이 밖에는 다른 길이 없소.[42]

---

41) 『后山文集』 권9, 30장, 「答金瑞九」.
42) 『后山文集』 권10, 18-19장, 「答李致善」.

學問하는 사람은 먼저 자기 마음을 잘 간직하고서 시간을 허비하지 않는 것이 중요하다고 강조했다. 寸陰도 허비하지 않겠다는 자세가 되어 있어야 성취를 할 수 있는 것이다. 아무런 이룬 것이 없는 생애는 태어난 가치 자체가 없는 것이 되고 만다고, 后山은 공부하는 사람들의 경각심을 불러 일으켰다.

> 배우는 사람이 자기 일생의 뜻을 이루려면 마음을 간직해야 한다. 하루 十二時의 대부분은 흐릿한 채로 보내고, 그 나머지 시간도 게으름 피우거나 아무렇게나 해서 날을 보낸다. 이렇게 어정어정 시간을 보낸다면 비록 백년을 살아도 태어나지 않은 것과 다름이 없으니, 애석하지 않겠는가?43)

學問하는 데는 勇氣가 필요하다는 것을 강조했다. 南冥의 「神明舍圖」에, "나라의 임금은 社稷을 위해서 죽을 수 있다."라는 구절이 있는데, 后山은 이 것을 약간 變容하여 學者가 學問에 임하는 마음의 태도를 이렇게 제시했다.

> 한 나라의 임금이 社稷을 위해서 죽을 마음이 없으면, 그 나라를 保全할 수가 없는 것이다. 배우는 사람이 道를 위해서 죽을 뜻이 없으면, 그 마음을 보전할 수가 없는 것이다. 孔子는 "죽음을 지키고 道를 착하게 만들어야 한다."라고 말씀하셨고, 孟子는 "생명을 버리고 義理를 취한다."라고 말씀하셨고, 程子는 "굶어죽는 일은 작은 일이고, 節操를 잃는 것은 큰 일이다."라고 말씀하셨고, 朱子는 "배우는 사람은 항상 모름지기 죽임을 당하여 그 시체가 도랑이나 골짜기에 버려질 경우를 잊지 않는 것으로서 마음을 삼으면, 道義를 귀중하게 여기게 되고 죽고 사는 것을 따지는 마음이 가볍게 된다."라고 하셨다. 聖賢의 心法은 옛날부터 이러했다.44)

---

43) 『后山文集』 권15, 1장, 「心易圖銘」.
44) 『后山文集』 권12, 3장, 「神明舍圖銘或問」.

공부를 하는 學者의 자세도 決然해야만, 세속의 名利에 흔들리지 않고 자신을 지켜나가면서 자기의 學問을 蘊蓄해 나갈 수 있는 것이다. 학자의 勇氣는 남과 싸워서 이기는 용기가 아니고, 자기와의 싸움에서 이길 수 있는 용기를 말한다. 그 것은 쉬울 것 같아도 실제로는 더 어렵다. 朱子가 "中原의 오랑캐는 쉽게 쫓을 수 있지만, 자기 마음 속의 私慾은 제거하기 어렵다."라고 말한 것에서 그 어려움을 잘 알 수가 있다.

배우는 사람이 안일하고 해이한 자세로 學問에 임해서는 발전이 있을 수가 없고, 悲壯한 決心을 갖고서 임해야 한다는 것이다. 學問하는 데는 대단한 精神的인 勇氣가 필요하다는 것을 강조했다.

> 요즈음 寒岡先生의 「無題詩」를 얻어서 읽어보았더니, 이러합디다. "달빛 침침한 빈 골짜기에서 호랑이를 만난 듯, 바람 어지러이 부는 너른 바다에 돛단배를 띄운 듯. 萬事는 平易한 데서 이야기하지 마소서. 人生이 이런 경지에 도달하면 어떠하겠소.[月沈空谷初逢虎, 風亂滄溟始泛槎. 萬事莫於平處說, 人生到此竟如何.]"[45]

이런 자세라야 자기의 學說을 당당하게 주장할 수도 있고, 주변의 誘惑에도 흔들리지 않아 올바른 선비가 될 수 있는 것이다.

學問을 하는 데는, 다른 사람의 講義만 들어서는 안 되고, 자기가 自得을 하는 것이 중요하다는 것을 강조했다.

> 너희들이 학문에 진보가 없는 것은 다른 이유가 없고, 오로지 다른 사람이 講義해 주는 것에만 의지하고 자기 자신이 이해를 하지 않기 때문이다. 이처럼 대충대충 해서야 어떻게 長足의 진보가 있을 수 있겠는가?[46]

---

45) 『后山文集』 권7, 18장, 「寄宋羽若」.
46) 『后山文集』 續권5, 25장, 「書示諸生」.

그리고 또 자신의 주장만 옳다고 여겨 남의 견해를 받아들이지 않는 것을 學者들의 큰 病痛으로 여겼다.

'自是[스스로 옳다고 여기는 것]' 이 두 글자가 배우는 사람의 큰 病痛입니다. 만약 자기의 주장만 고집하고서 다른 사람을 인정하지 않는다면, 주변에 아무리 훌륭한 인물이 있어도 아무런 도움이 되지 않을 것입니다. 바라건대 모름지기 마음을 비우고 기운을 和平하게 가져서 다른 사람의 견해를 많이 수용하여 그 길을 따르기 바랍니다.[47]

마음을 비우고 기운을 화평하게 가져 남의 의견을 많이 받아들여야 배우는 사람이 발전이 있다는 것이다.

견문이 넓지 못하여 자기 자신만 옳다고 여기는 사람들에게는 孤陋한 病痛이 있는데, 學問하는 사람들에게 孤陋한 것이 옛날부터 존재했던 문제점인 것을 지적하고서, 이를 극복하기 위해서 노력해야 한다는 것을 강조했다.

孤陋한 病痛은 고금에 두루 있는 걱정거리입니다. 子路 같은 賢人으로서도, 孔子께서 가르치실 때 다른 사람과 어울리지 못하고 홀로 떨어져 있다는 탄식이 있었습니다. 하물며 우리들은 두메산골에서 태어났고, 학문이 단절된 세상을 만나 仁을 도와주고 善을 권해 주는 사람이 전혀 없으니, 다른 사람보다 열 배로 노력하지 않으면 功을 이루기 어렵습니다.[48]

지역적으로 窮僻한 지역에서, 學問이 단절된 시대에 태어났기 때문에, 다른 사람보다 열 배 이상 노력하지 않으면 孤陋함을 고치기 어렵다는 것을 강조하여, 주변의 학자들에게 좋은 시절 환경이 좋은 곳에서 태어난 사람보다 몇 배나 더 노력할 것을 后山은 촉구했다.

---

47) 『后山文集』 續권3, 8장, 「與金夏見」.
48) 『后山文集』 권3, 26장, 「答柳學善」.

역대로 논란이 있어 諸說이 분분해 왔던 知와 行의 관계를 后山은 이렇게 설정하였다.

> 무릇 배움의 先後를 가지고 말한다면, 아는 것이 행하는 것보다 앞이지만, 배움의 輕重을 가지고 말한다면, 행하는 것이 아는 것보다 중요하다.[49]

學問하는 하는 것이 오로지 讀書하는 것만은 아니지만, 心志를 유지하고 義理를 배양하는 방법은 讀書가 아니면 안 된다고 생각했다.[50]

讀書하는 자세와 마음가짐에 대해서 后山은 이렇게 제시하였다.

> 무릇 讀書할 때는 단정히 팔짱을 끼고서 바로 앉아서, 글을 외우는 듯 생각하는 듯 옛날 聖賢들의 氣像을 상상하면서 聖賢의 생각에 푹 젖어들어야 한다. 마치 입으로 맛이 좋은 음식을 씹듯이 코로 향기로운 냄새를 맡는 듯하여, 책과 내 마음이 한 덩어리가 되어야만 장족의 발전이 있을 수 있다.[51]

단정하게 앉아서 글을 읽되 책 속에 나오는 聖賢과 자신이 일체가 되어야만 讀書의 효과가 있다는 것이다.

또 讀書할 때는 거기에 專念해야 한다는 점을 강조했다.

> 네가 접 때, "『論語』를 읽을 때는 다만 『論語』라는 책이 있다는 것만 알고, 『孟子』를 읽을 때는 다만 『孟子』라는 책이 있다는 것만 알아야 하겠습니다." 라고 이야기하던데, 이 의견은 매우 좋다. 정말 이렇게 하여 읽고 또 읽고 하기를 4, 5년 동안 한다면, 어떻게 學問을 이루지 않을 수 있겠느냐?[52]

---

49) 『后山文集』 권10, 39장, 「答永孫」.
50) 『后山文集』 권8, 15장, 「答文定夫」.
51) 『后山文集』 續권5, 24장, 「書贈沈秀才鳳章」.
52) 『后山文集』 권10, 41장, 「寄永孫」.

또 讀書는 쉽게 즐겁게 하는 것보다는 고생하면서 어렵게 뚫고 나가야
큰 발전이 있다고 보았다.

> 옛 사람이 이르기를 "매우 고생스럽고 쾌활하지 않은 곳에서 곧 長足의
> 進步가 있다"라고 했다. 내 생각으로는 이때 다시 한번 더 이 책을 뜯어
> 읽어나간다면 '맛이 없는 가운데 맛을 얻는' 眞理를 쉽게 볼 수 있을 텐데.[53]

그리고 讀書하는 실제적 방법으로는, 범범하게 대충대충 읽어 나가서는
안 되고, 반드시 철저하게 따져서 읽고, 의심나는 것은 적어 모았다가 어른
에게 묻는 것이 좋다고 했다. 의심이 생기면 반드시 그 것을 풀어야지
의심을 풀지 않아서는 학문이 될 수 없다고 보았다.

> 무릇 讀書할 때는 반드시 疑心을 해야 하오. 의심을 하면 그 의심나는
> 것을 곧 기록했다가 어른들에게 묻는 것이 좋소. 한갓 되는대로 아무렇게나
> 읽어서는 유익함이 없소. 그러나 思索은 하지 않고 의심만 하는 것 역시
> 病痛이니, 이 점을 경계할 것이오.[54]

의심을 해도 사색을 통한 의심을 해야지 공연히 의심을 하거나 억지로
의심을 일으키는 것은 역시 문제라고 했다.

"熟讀하여 의미를 자세하게 음미하여 의미가 마음에 베어들도록 해야
한다."[55]고 독서 방법을 제시했다. 이는 后山의 讀書하는 방법이자, 곧
治學의 한 방법이라고 할 수 있다.

그리고 讀書하는 방법에 있어서도, 욕심을 부려 많이 읽으려고만 하고
서 자세하게 따져 읽지 않는 것을 경계하였다.

---

53) 『后山文集』 권10, 42장, 「寄永孫」.
54) 『后山文集』 권9, 45장, 「答李孔遇」.
55) 『后山文集』 권10, 1장, 「答沈應章」.

옛날 尹和靖이 程子의 문하에서 글을 배울 적에 반년 만에 겨우『大學』과
「西銘」을 배웠소. 지금 사람들은 반년 동안에 아주 많은 책을 읽으려고 하고
있소 이런 식으로 하면 많이 읽으면 읽을수록 더욱 흐릿해지는 것이니, 살피
지 않을 수가 없소. 그대가 전에『小學』을 읽을 때는 일찍이 앞에 배운 것까
지 다 합쳐서 외워나갔지만, 앞으로 나가려는 생각만 급하고, 뒤를 돌아보려
는 뜻은 약했소. 만약 이런 식으로 하는 것을 그만두지 않는다면, 대충 훑어
보고 마는 病痛을 면하기 어렵소. 절실하게 경계하는 것이 어떻겠소.56)

욕심을 내어 많이 읽으려고만 하면 공부는 되지 않고, 읽으면 읽을수록
昏迷해진다고 했다. 진지한 자세로 읽어 실질적으로 얻는 것이 있는 讀書
法을 강조하고 있다.

初學者가 熟讀해야 할 책으로는,『心經』,『近思錄』, 四書 등을 꼽았고,
그 계획을 수립하여 실행해 나가는 방법을 구체적으로 제시하였다. 初學者
가 바로 性命, 理氣에 관한 說부터 논의하려고 해서는 안 되고, 基本功力을
쌓을 수 있는 책을 꾸준히 열심히 읽어나가면, 心・性・情・意 및 理氣의
개념이 자연스럽게 마음속에 자리잡게 된다는 것이다. 물이 흐르면 저절로
도랑을 이루듯이 공부를 해야지, 물이 흐르지 않는 곳에다 힘들여 도랑을
파놓고 물이 흐르기를 바라는 식의 공부를 해서는 안 된다고 경계를 하고
있다.

보내 주신 心・性・情・意 및 理氣에 관한 說을 보니, 대체적으로 이해한
것 같소 그러나 이런 것이 급선무가 아니오. 방 하나를 깨끗하게 청소하고서,
『心經』,『近思錄』, 四書 등의 책을 열 몇 줄씩 지정하여 날마다 日課로 정해
서 외우는 것을 일상생활화하시오. 게으름을 피우지도 않고 소홀히 하지도
않는다면, 맛 없는 가운데 자연히 맛이 있게 되고, 이전에 이른 바 心・性・
情・意 및 理氣의 分界가 마음과 눈에 명확해질 것이오 체험해 보고 실행해
보는 것이 좋겠소. 그렇게 하지 않으면, 공연한 이야기가 되고 말 것이니,

56)『后山文集』권8, 14・15장,「與文定夫」.

무슨 유익함이 있겠소?57)

后山은 또 讀書를 兵法에 비유하여, 嚴正하고 體系가 있어야 함을 강조
하였다.

> 讀書는 군사를 지휘하는 것과 같나니, 군사를 지휘하는 데는 嚴正함을
> 숭상한다. 엄정하지 않으면 싸우지도 않고서 패배하여 서로 밟히고 밟기에
> 겨를이 없는데, 어느 겨를에 적을 만나 무찌르겠는가? 옛날 孫子가 임금에게
> 兵法을 강론하고는 宮女들을 내세워 陣을 만들었다. 궁녀 가운데서 앞에서
> 웃는 자가 있기에 곧 목을 베도록 명령했다. 이 것이 병법이다. 시험 삼아
> 시행할 때도 오히려 이렇게 하는데, 하물며 실제상황에서랴? 제군들은 독서
> 한다고 이름을 내걸었으나, 마치 장수 없는 졸병처럼 산만하고 어지럽게
> 계통이 없으니, 이 것을 독서하는 사람이 할 일이라고 말할 수 있겠는가?
> 나는 말하노니, 제군들은 지금부터 마음 가짐을 마치 적군을 마주한 병사처
> 럼 가져, 함부로 말하지도 말고 함부로 웃지도 말고, 孫子의 兵法을 두려워하
> 기 바란다.58)

적군을 마주 대한 병사는 잠시도 한눈을 팔거나 긴장을 늦출 수가 없고
언제든지 싸울 준비가 되어 있어야 한다. 그리고 단 한 차례의 실수도
용납이 되지 않는다. 工夫하는 사람이 책을 대할 때도 마땅히 이런 정신자
세라야만 공부가 된다는 것이다.

后山은, 사람을 훌륭한 인물로 만드는 데는, 『小學』과 『大學』 두 책이
그 效能이 있다고 주장했다.

> 천하제일의 인물이 되고자 한다면, 『小學』으로써 根基로 삼고, 大學의 格
> 物致知의 공부로써 入門을 삼아야 하오.59)

---

57) 『后山文集』 권10, 30장, 「答朴孔玉」.
58) 『后山文集』 권12, 24장, 「示諸生」.

后山은 사람들이 학문을 이루지 못하는 이유는『小學』에 대한 공부가 결여되어 있기 때문인데, 이『小學』책에서 得力하면 諸子百家의 책들도 노력을 반만 들이고도 쉽게 이해될 수 있다고 하였다.『小學』은 마치 집을 지을 때 터를 닦는 것과 같다고 하였다.[60]

세상에서 讀書한 사람을 일반적으로 迂闊하다고 여기는 경향이 있는데, 后山은 讀書를 잘못해서 그런 것이지, 讀書를 올바르게 하기만 하면 經綸이 더 쌓인다고, 이런 잘못된 俗見을 반박하였다.

> 張悅은 독실하게 배우고 힘써 실행했는데, 관직에 있을 때는 신중했다. 어떤 사람이 말하기를, "讀書를 잘 하는 사람은 관직을 잘 수행하지 못합니다."라고 하자, 張悅이 웃으면서 말하기를, "이는 정말 독서를 잘못해서 그런 것이오. 세상에 어찌 책을 따라 시행하는데 그릇되는 것이 있겠소?"라고 했다. 훌륭하도다! 張悅의 말이여. 무릇 독서했다고 이름하고서 관직을 잘못 수행하는 사람들은, 모두 구슬을 사면서 구슬을 담았던 상자만 사고 정작 구슬은 돌려주어 버리는 격이다.[61]

책에 실린 내용을 정확하게 이해하여 현실에 활용한다면, 무슨 일이던지 잘 처리해 나갈 수 있는 것이다. 맹목적으로 독서를 위한 독서를 하거나, 남에게 보이기 위한 독서를 하는 사람이 있는데, 이런 사람들이 세상에는 적지 않다. 이런 사람들이 관직에 진출하면 政事를 처리하지 못하여 세상 물정에 어둡다고 사람들에게 지탄을 받는다. 이런 사람들은 올바른 讀書를 한 사람이 아니라는 것이다. 明나라의 정승 張悅이 이미 진정한 讀書人은 迂闊하지 않다는 것을 밝혀 이야기했다. 역사상 學德이 뛰어나거나 큰 功績을 세운 人物들도 모두가 다 讀書를 올바르게 한사람들이다. 선비가 讀書하는 목적이 자신을 修養하고 나아가 다른 사람들을 다스리고,

---

59)『后山文集』권10, 1장,「答心應章」.
60)『后山文集』續권5, 24장,「書贈沈秀才鳳章」.
61)『后山文集』권11, 24장,「隨錄」.

나아가 天下를 사람이 살 만한 세상으로 만들려는 것인데, 讀書를 할수록
政事를 잘못 수행한다고 하는 것은 모든 讀書人을 모멸하는 말이기에,
后山은 그렇지 않다는 것을 분명히 밝혔다.

　우리나라에서는, 일반적으로 學者나 선비는 세상물정에 어둡고, 일을
모르는 사람으로 간주해 왔는데, 后山은 이는 크게 그릇된 생각이라는
것이다.

　后山은 學問은 학문 그 자체로서 대단히 중요한 가치를 지닌 중요한
것으로 보았다. 곧 知, 行 둘 다를 중시했다. 南冥이 理論的인 論辨으로
치닫는 學問傾向을 지적하여 退溪에게 보낸 서신에, "손으로 물 뿌리고
비질 할 줄도 모르면서 입으로는 天理를 이야기합니다."라는 말이 있다.
后山은 당시 세상 사람들이 이 말을 잘못 인용하여 학문을 가로막는 사례
가 허다함을 보고서, 이런 분위기의 문제점을 지적하였다.

　　지금의 論하는 사람들은 걸핏하면, "손으로 물 뿌리고 비질 할 줄도 모르
　　면서 입으로는 天理를 이야기합니다."라는 말을 하여 배우는 사람들이 윗
　　단계를 살피려고 하는 뜻을 막고 있소 저는 일찍부터 이 점을 문제로 여기고
　　있소.[62]

　南冥이 退溪에게 서신을 보낼 때는, 당시의 학문적 분위기가 空疎한
데로 흐르는 것을 경계하여 방지하려는 목적이 있었다. 그러나 實踐이
중요하지만, 學問硏究는 학문연구대로 중요하다. 실천만을 중시한 나머지
학문을 폐기한다면, 큰 문제가 아닐 수 없다. 세상 사람들이 이 점을 모르
고 무턱대고 남명의 말을 잘못 인용하여, 학문적으로 한 단계 더 발전할
수 있는 길을 막는 오류가 있어 왔는데, 后山은 이 점을 시정하려고 했다.
실천이 중요하긴 하지만, 학문을 폐기한 채 실천만을 강조해서는 學問의
존재가치가 없게 된다고 보았다.

---

62) 『后山文集』 권10, 20장, 「答李致善」.

后山의 識見은 진실로 보통사람들이 따라가기 어려울 정도로 정확했다. 역대로 慶尙右道지역의 많은 학자들이 南冥의 이 말을 옳게 여겨 金科玉條처럼 자주 인용해 왔다. 그러나 后山은 南冥을 극도로 존경하면서도 그 말은 맹목적으로 따르지는 않았다. 南冥의 말은 空理空論을 일삼는 사람에게는 一針이 되겠지만, 공부하는 모든 사람들에게 이 말을 맹목적으로 적용해서 그들의 探究精神을 막아서는 안 된다는 것을 간파하였다.

學者라 하면 너나 할 것 없이 의례적으로 모두 理氣說을 내놓아 너무 지나칠 정도로 說이 분분했지만, 정작 참신하거나 정확한 學說이 드물었던 朝鮮末期의 학계의 문제점을, 后山은 이렇게 지적하였다.

> 후세에 와서는 학자들이 말이 많아지면 많아질수록 道에서 더욱 멀리 떨어져 간다. 이는 무슨 까닭인고? 내가 일찍이 혼자서 이 문제를 가만히 생각해 봤더니, 理에 가까운 듯하면서도 참된 것을 어지럽히는 說이 천하에 가득할 정도로 분분하니, 배우는 사람들이 혼미하여 방향을 알지 못하고 서로 빠져들어 이렇게 된 것이다.[63]

道의 本體에 접근하지 못하고 모호한 說을 내놓아 學者의 대열에 끼이려는 사람들이 적지 않았던 것이 사실이다. 이런 방향을 잡지 못하는 학자들을 바른 길로 인도하고자 하는 使命感에서, 后山은 더욱더 主理의 學問을 연구하여 보급해 나갔던 것이다.

조선시대 대부분의 학자들은 江贄의 『通鑑節要』를 읽어서 中國歷史에 대한 지식을 익히기 때문에, 宋나라 이후의 역사에 대해서는 정통하지 못했는데, 后山은 여느 학자들과는 달리 明·淸의 역사에 대한 해박한 지식을 갖고 있었다.

19세기말 日本과 列强의 세력들이 침략의 마수를 뻗쳐올 때, 后山은 선비의 處身의 방법을 이렇게 제시하였다.

---

63) 『后山文集』 권13, 6장, 「豫庵集序」.

지금의 세상에서 배우는 사람들은 마땅히 肝膽을 펼치고 눈을 밝게 뜨고
서 '바른 것을 붙들고 사악한 것을 배척하는 것[扶正斥邪]'으로써 올바른
법으로 삼아야 한다. 그렇게 한 뒤에라야 자기의 몸과 마음에 樹立하는 바가
있게 될 것이다. 그렇게 하지 않고 단지 자기만 금수가 되는 것을 면하려고
하면 아마도 될 수가 없을 것이다.[64]

선비로서의 시대적 사명감을 갖고서 국가와 민족의 운명을 염두에 두고
서 처신해야지, 자기 자신만 깨끗하게 간직하려고 해도 될 수가 없다는
것이다. 后山 서거 후 6년 만에 조선이 망했는데, 과연 后山의 예측처럼
모두가 다 나라 없는 식민지 백성이 되고 말았으니, 금수와 다를 바 없게
되었다.

朝鮮時代 性理學者들의 대부분은 學問한다는 구실로 살림살이에 관심
을 두지 않아 부모 처자가 飢寒을 면치 못하는 경우가 많았고, 生業에
종사하는 것을 서로 수치스럽게 여기는 풍조가 있었다. 后山은 이 것은
크게 잘못된 사고방식이라고 생각하였다. 학문하는 사람도 모름지기 생계
를 돌보고 부모를 봉양하고 처자를 부양해야 한다고 주장했다. 后山은
主理說을 위주로 하는 性理學을 연구한 학자지만 實學者的인 思想도 겸
비하고 있어, 그 문집 속에는 여타의 학자들과는 다른 면모를 보여 주는
자료가 적지 않다.

許魯齋가 "學問하는 사람에게 있어서 生業을 꾸려나가는 일은 가장 먼저
해야 할 일이다."라는 말을 했는데, 君子들 가운데 그를 비난하는 사람이
많다. 그러나 학문을 하는 사람이 생업을 꾸려나가는 것은, 白圭처럼 자기에
게 이롭게 하기 위해서 남에게 피해를 끼치는 그런 식의 것은 아니다. 하늘의
道를 쓰고 땅의 이로움에 바탕하여 신중하게 처신하고 쓰임새를 아껴서 부
모를 봉양하는 것이, 학문하는 사람이 생업을 꾸려나가는 방식이다. 이 것으
로써 말한다면, 魯齋가 "먼저 해야 할 일이다."라고 한 말은 지나친 것이

---

64) 『后山文集』 권10, 36장, 「答珪兒問目」.

아니다. 가령 학문하는 사람이 생업을 꾸려서 위로 부모를 봉양하고 아래로 처자를 먹여 살릴 살림살이에 관심을 두지 않고서, "나는 학문하기 때문에 생업을 꾸려나갈 겨를이 없다."라고 말한다면, 이 어찌 참된 학문이라고 할 수 있겠는가? 옛날 위대한 舜임금은 歷山에서 농사를 지었고, 河濱에서 질그릇을 구웠고, 雷澤에서 물고기를 잡았다. 이런 것은 모두 생업을 꾸려서 부모를 봉양하는 일이다. 학문하는 사람이 마땅히 무엇을 배워야 하겠는가? 舜임금님과 같이 할 따름이다. 지금의 학문하는 사람들은 그렇게 하지 않는다. 다른 사람들이 농사짓거나 질그릇을 굽거나 물고기를 잡거나 하는 것을 보면, 곧 "비천한 사내의 일이니, 군자는 하지 않는다."라고 말한다. 아아! 그 또한 舜임금이 마음 쓰는 것과 다르도다. 저 생업을 꾸려나가는 데 힘을 오로지 다 쏟는 자는 盜跖의 무리로서 사실 말할 것이 못되지만, 학문하는 사람의 본분에서 말한다면, 착한 일을 하면서 생업을 꾸려나가는 사람은 舜임금의 무리이다. 비록 생업을 꾸려나가는 일을 '먼저 해야 할 일이다'라고 말해도 지나친 것이 아니다.[65]

선비가 이 세상을 살아가면서 글을 읽지 않으면 농사짓는 것이 실로 그 직분이다. 그러나 농사만 짓고 글을 읽지 않으면 야만스러워지므로, 군자들은 그 것을 비천하게 여긴다.[66]

선비로서 讀書하지 않으면 농사짓는 것이 마땅한데, 농사만 짓고 독서를 하지 않으면 비천하게 된다. 그러나 사실은 독서를 하면 농사에 신경 쓸 겨를이 없고, 농사지으려면 독서가 방해가 되기 때문에, 두 가지 다 겸해 나가기는 어렵다. 后山의 취지는, 독서하는 사람이라도 농사일을 이해해야 하고, 농사짓는 사람들도 글을 읽지 않아 정신적으로 황폐하게 놔두어서는 안 된다는 것이다.

儒學의 가르침에서는, 學問하는 목적은 자신을 수양해서 세상을 구제하는 데 있다고 할 수 있다. 입으로 '治國', '平天下'를 부르짖으면서, 자기

---

65) 『后山文集』 권12, 46장, 「治生先務論」.
66) 『后山文集』 續권5, 23장, 「書示同閈諸生」.

집 끼니를 이어가지 못한다면, 그런 사람이 하는 學問을 어디에 쓰며, 그런 器局을 가지고서 무슨 經綸을 펼치겠는가? 자기 가정을 꾸려나가는 것도 결국은 세상을 다스려나가는 실험실습이라고 볼 수 있다. 올바른 마음가짐으로 착한 일을 행하면서, 生業에 종사하는 것은 지극히 당연한 일이다. 后山의 주장은 현실에 바탕을 둔 아주 合理的인 사고라 할 수 있다.

우리 나라의 僧軍 制度는 그 用意가 매우 遠大한 것 같지만, 실제로는 폐단이 더 많았다는 것을 지적하였다. 중간에 度牒制가 폐지되어 승려되기가 아주 쉽게 되자, 軍人이 될 民丁이 다 절간으로 가버려 나라의 軍事力을 약화시키는 근본적인 원인이 되었기 때문이다.[67]

소금은 백성들의 필수품이므로 국가에서 그 생산을 관리하여 백성들의 생활에 불편이 없도록 만들어 주어야 할 것인데도, 국가에서 鹽戶에 과중한 課稅를 하여 생산할 수 없도록 만들어 백성들에게 고통을 가중시키는 일을 비판하였다.

우리 동쪽 나라는 바닷가에 붙어 있어, 나라의 소금을 생산해서 얻어지는 이익이 천하에 으뜸이다. 역대의 임금님들은 백성들이 마음대로 굽게 하였으니, 이는 恩德을 크게 베푼 일이다. 그런데 요즈음은 소금은 비싸졌고 장사는 적어져, 시골 가난한 백성들은 거의 죽을 지경이다. 내가 바닷가에 사는 사람에게 물어 보았더니, 이렇게 대답하였다. "해마다 곡식이 익지 않아 백성들이 힘을 쓸 수가 없습니다. 게다가 바닷가에 있는 官衙에서는 멋대로 徵稅하는 것이 점점 심해져서 소금을 구워도 이익이 되지 않습니다. 그래서 소금값이 아주 비싸게 된 것입니다." 무릇 소금은 나라의 큰 보배로서, 農業이나 蠶桑의 다음이다. 백성들이 힘을 쓸 수가 없게 되었으면, 農業이나 蠶桑처럼 관리들이 마땅히 힘을 내어 도와주고 권장해야 하는 것이 옳다. 권장하지도 않고 세금이나 징수하고 착취하려고만 하니, 백성들이 어찌 곤란하지 않을 수 있겠으며, 소금이 어찌 비싸지 않을 수 있겠는가? 역대 여러 임금님들의 은혜로운 뜻이 저러한데도, 못된 관리들이 이렇게 막고 있으니, 담당관리들

---

67) 『后山文集』 권11, 17장, 「隨錄」.

의 죄는 이루 다 처벌할 수가 없도다.(68)

소금을 생산하기 어려운 상황이 되면 나라의 관리들이 그 생산을 권장하고 필요한 조처를 취하여 도와주어야 할 것임에도 불구하고, 과중한 세금을 거두고 착취를 일삼아 소금 생산의 길을 근본적으로 막아 백성들을 고통스럽게 만들고 있으니, 이런 관리들을 처벌해야 한다는 주장을 后山은 하고 있다.

술에 대해서도 국가에서 전매하여 이익을 취하는 것도 타당하지 못하지만, 술을 과다하게 소비하는 것을 국가에서 방치해서는 안 되니, 국가에서 술을 節用하도록 권유해야 한다는 견해를 갖고 있었다.(69)

后山은 理學을 하는 학자로서는 당시 아주 드물게 鑛物質의 채취에 대한 선각자적인 경제사상을 갖고 있었다. 우리 나라의 鑛物質을 널리 채취하여 잘 가공하여, 국가경제를 살려야 한다고 주장했다.

> 우리 나라는 사방 백 리 되는 고을이 360개인데, 高山峻嶺이 10에 7, 8할을 차지한다. 이름은 비록 백 리라고 하지만, 평평한 땅은 30리에 불과하다. 저 우뚝 높이 솟은 큰 산이 사방을 둘러 있고, 평지 면적의 3배나 되는데, 어떤 곳에서는 가끔 金・銀・銅・鐵이 나온다. 採鑛하는 방법을 알고 製鍊하는 기술이 있다면, 그 것을 가지고서 천하에서 가장 부유하게 될 수가 있다. 그런데 우리 나라의 습속은 仁義를 숭상하고 農業 이외에는 利益을 가져 올 수 있는 일에 종사하지 않는다. 이런 점이 땅에 버려진 이익이 있는데도, 백성들이 가난 때문에 고통을 당하게 되는 까닭이다. 요즈음 西洋사람들이나 倭人들이 온 나라 안에 가득한데, 스스로 말하기를, "채광하는 방법이 고금에 뛰어났다."라고 한다. 그런데도 특별한 이익이 있다는 것을 듣지 못했다. 혹 저들이 이익을 독차지하고서 우리 나라 백성들로 하여금 알지 못하게 하는 것일까? 아니면 우리 백성들이 알고자 하지 않는 것일까?(70)

---

68) 『后山文集』 권11, 18장, 「隨錄」.
69) 『后山文集』 권11, 18장, 「隨錄」.

산이 많은 우리 나라에서는 鑛物資源을 잘 개발해서 국가를 부강하게
해야 하는데도, 우리 나라 사람들의 습속은 仁義만을 숭상하고 産業은
천시하기 때문에, 자원을 버려두고서 백성들은 가난에 시달리고 있다는
것이다. 后山의 이런 착상은, 당시의 일반 儒學者들에 비교하면 대단히
進步的이고 現實的인 사고라 할 수 있다. 그리고 國富를 가져올 이런 鑛物
資源이 日本이나 西歐列强의 손에 넘어간 상황에서 몰래 이익을 챙겨가므
로 우리 나라에 아무런 이득이 없는 것에 대해서 탄식을 하고 있다.

后山은 학자였지만, 文만을 숭상하지 않고, 武의 중요성도 인식하고 있
었다.

우리 나라는 활 잘 쏘는 것으로 천하에 이름이 났었다. 그런데 최근 들어
와서는 글 하는 사람들은 태평스레 지내고 武士들은 장난질이나 하니, 여러
고을의 射亭은 다 황폐되었기에, 식견 있는 사람들이 탄식을 한다. …… 朱
子께서 말씀하시기를, "활은 城을 공격하는 도구인데, 그 기술은 반드시 일
이 없을 때 익혀 둔 그런 뒤에라야 상황이 발생했을 때 그 힘을 유용하게
쓸 수 있는 것이다."라고 하였다. 이 紅心亭을 중건하는 것도 이런 이유 때
문이다.71)

三嘉 고을의 射亭을 重建하고 重建記를 지으면서, 后山은 射亭이 존재
하는 근본적인 이유는 國防力의 강화에 있다는 것과 평소에 활쏘기 기술
을 익혀 두었다가 유사시에 대비하기 위해서라는 것을 밝히고 있다. 后山
은 학자지만 國防問題에 관심이 깊었다는 것을 알 수 있다.

1895년 高宗이 이미 머리를 깎고 斷髮令을 내렸을 때, 后山은 「示同社
文」이라는 글을 지어 동지들에게 보냈다. 머리를 깎는 것은 부모가 물려준
몸을 毁傷하는 것이고, 오랑캐로 변하는 것이라고, 임금의 명령이라도 협

70) 『后山文集』 권11, 18-19장, 「隨錄」.
71) 『后山文集』 권13, 40장, 「紅心亭重建記」.

박을 받아서 내린 명령이기 때문에 따를 수 없다고 단호히 거절하였다. 그리고 임금을 협박하는 亂臣賊子들을 討伐해야 한다고 성토하였다.[72]

朝鮮末期 西歐에서 文明의 利器나 宗敎가 밀려 들어왔는데, 后山은 그 것에 대해서 정확하게 이해하였다. 그리고 앞으로 그 세력이 불길처럼 크게 뻗어나갈 것이라는 것을 예상했다. 그리고 안이하게 儒敎의 空論만을 가지고서는 그 것을 제압할 수 없다는 것을 진단하고서 결연한 정신적인 자세로 대처해야 할 것을 호소하였다.[73]

后山은 出處의 大節을 중시했지만, 나라에 어려운 일이 있을 적에 물러나 자기 한 몸만 보전하는 것을 고상한 것으로 여기는 당시 선비들의 태도에 대해서 반론을 제기했다.

근세의 士大夫들은 국가에 일이 없어 安樂·太平하면 벼슬길에 나서기에 급하여 혹 기회를 놓칠까 두려워하지만, 나라에 일이 있게 되면 山林에 물러나 피해있으면서, 비록 임금님의 명령이 있어도 나가려고 하지 않는다.[74]

생각건대, 나라에 어지러운 일이 많은 이래로 이른 바 대대로 높은 벼슬하던 집안 출신의 신하들이 물러나 피하는 것으로써 고상한 情致로 여겨 느긋하게 일없이 지내는 것을 能事로 삼습니다. 社稷이 위태하여 망하느냐 마느냐 하는 것이 경각에 달려 있는데, 편안하게 돌아보지도 않고서 내 뜻을 얻었다고 여긴다면, 이런 무리의 사람들을 君臣間의 情分과 의리가 있다고 말할 수 있겠습니까? …… 그리고서 "몸을 깨끗이 보전하여 돌아가신 임금님에게 바친다."라고 말하는 것이 과연 義理上 어떠하겠습니까? 스스로 깨끗이 하는 것은 좋습니다만, 만약 사람 사람마다 모두 다 자기 자신을 깨끗이 하려고만 한다면, 君臣間의 큰 윤리는 폐기되는 것이 아니겠습니까?[75]

---

72) 『后山文集』 권12, 24-25장, 「示同社文」.
73) 『后山文集』 권15, 7장, 「續出師表」.
74) 『后山文集』 권13, 11장, 「送韓參領孝益之黃州序」.
75) 『后山文集』 권4, 24장, 「答崔元則」.

后山의 憂國衷情이 잘 나타난 글이다. 나라가 평화로울 때는 喬木世臣이라 하여 門閥의 힘을 빌려 여러 요직을 차지하다가, 사태가 위급하면, 깨끗하게 물러나는 것을 가장하여 국가와 民生을 외면하고서 한 몸의 안전만을 도모하는 무리들에게 예리한 비판을 가했다. 기회주의적인 高官大爵들에게 강한 충격을 줄 수 있는 말이다.

后山은 日本이나 西歐列强들의 속셈을 정확하게 파악하고서 그 대처방안도 나름대로 강구하고 있었다. 당시 日本과 通商條約을 맺으려 하자, 외세를 물리쳐야 한다는 의견이 모아져, 慶尙道 儒林들이 대궐에 나아가 상소를 하려고 했는데, 그 疏章을 짓는 일을 寒洲가 맡게 되었다. 后山은 寒洲에게 書信을 보내어 疏章의 焦點과 强度를 어떻게 맞추어야 할 것인지에 대해서 자신의 견해를 피력하였다.

> 疏章의 취지는 어떠합니까? 倭를 배척하는 것을 위주로 합니까? 西洋을 배척하는 것을 위주로 합니까? 어리석은 저의 생각은 이렇습니다. 倭를 배척한다고 말하면 그 것으로써 西洋을 배척하는 것이 되지만, 西洋을 배척한다고만 말하면 倭는 포함되지 않게 됩니다.
>
> 무릇 倭는 우리에게 있어서 원수입니다. 원수와 修好關係를 맺는다는 것은 전혀 말이 안 됩니다. 하물며 저들의 公使가 서울에 주재하면서 便殿에 출입하고 우리 임금님과 대등한 禮를 행한다고 하니, 어찌 나라에 사람이 있다고 말할 수 있겠습니까? 또 이른바 倭의 公使는 사실 西洋의 앞잡이입니다. 밖으로는 修好라는 이름을 덮어쓰고 있지만, 안으로는 사악한 짓을 행할 뜻을 가지고 있습니다. 지난 해는 草梁을 요구하더니, 금년에는 仁川을 요구합니다. 명년에는 서울을 요구할 것입니다. 왜 공사의 온갖 작태는 다 西洋 사람들의 의도에서 나온 것으로써 俄羅斯가 위협하고, 美國이 미끼를 걸어서, 우리 나라를 서양으로 만들고야 말 것입니다.
>
> 무릇 모난 깃의 옷을 입고 둥근 갓을 쓴 우리 儒林들이 더욱 마땅히 배척해야 할 것입니다. 이제 단지 범범하게 斥邪라고만 말할 따름이라면 늘 보는 평범한 상투문자에 불과할 것입니다. 어떻게 임금님으로 하여금 관심을 기울이게 하고 유림들로 하여금 反響을 불러일으킬 수 있겠습니까?76)

倭와 우리 나라와는 원수의 관계인데, 修好條約을 맺어서는 결국 저들을 불러들여 나라를 넘겨주는 것이고, 나아가 西歐列强을 불러들이고 말 것이라고 예측했다. 后山의 예측대로 오래지 않아 朝鮮은 日本에게 나라를 빼앗기고 말았다. 后山은 上疏를 하되, 상투적인 斥倭上疏로서는 아무런 효과가 없을 것이니 좀 더 강력히 상소할 것을 건의하고 있다. 여기서 보면, 后山은 草野에 묻힌 선비였지만 당시의 국제관계도 正確하게 판단하고 있다는 것을 알 수 있다.

高宗과 明成皇后의 총애를 믿고 無所不爲의 권력을 휘두르던 무당 출신의 關皇女가 橫恣를 계속하자, 이에 대해서 后山은 客과의 問答形式을 빌어 이렇게 비판했다.

> 客이 묻기를, "巫覡은 보잘 것 없는 方術이지만, 또한 나라에 禍를 끼칠 수가 있겠습니다."라고 하자, 내가 답하기를, "漢나라 이래로 巫覡의 미혹이 없는 시대가 없었소. 갖가지 괴이한 짓을 한 것이 역사에 끊임없이 기록되어 있으니, 나라에 화를 끼치는 것이 심하지 않겠습니까?"라고 했다. 객이 말하기를, "지금 세상에 형편 없는 여인이 권력을 행사하여 나라가 나라 같지 않고, 외국 오랑캐들이 날뛰니 사람은 사람 같지 않습니다. 諫言을 할 책임이 있는 사람들은 마땅히 통곡하고 크게 탄식하기에 겨를이 없어야 할 것입니다. 그런데 요즈음 正言 安孝濟만이 글을 올려 淫祀를 革罷할 것을 요청했는데, 이는 아마도 오늘날의 급선무가 아닌 것 같습니다."라고 했다. 내가 말하기를, "孟子는 '나는 먼저 그 邪惡한 마음을 공격한다.'라는 말을 했습니다. 사악함이 마음을 가리는 것으로는 淫祀보다 더 심한 것이 없습니다. 安君의 이 일은 먼저 해야 할 일을 안다고 말할 수 있습니다. 이제 백성들의 기름과 피를 말려서 밑 빠진 골짜기를 채우려고 하는 것은 무슨 까닭인지요? 아아! 오늘날의 朝廷에 安孝濟 한 사람 밖에 없을 뿐인지요?"라고 했다.[77]

---

76) 『后山文集』 권3, 8장. 「上寒洲先生」.
77) 『后山文集』 권12, 32장, 「客問」.

高宗이 明成皇后의 말을 듣고서 關皇女를 眞靈君에 봉해 주었다. 서울
곳곳에 淫祀를 지내고, 궁중에 무상으로 출입하고, 심지어 朝廷의 인사문
제, 이권청탁 등에 개입하여 나라 전체의 紀綱을 혼란시키고 있었다. 高宗
과 明成皇后는 백성들에게 과중한 세금을 거두어 關皇女 한 여인의 환심
을 사려고 했다. 그런데도 諫官들은 묵묵히 자리만 지키고 있었고, 오직
安孝濟만이 關皇女를 목 베라고 상소했다가, 高宗의 미움을 사 絶島로
귀양가게 되었다. 그래서 后山은 온 '조정에 安孝濟 한 사람 밖에 없는가?'
라고 慨歎해 마지 않았다. 온 조정의 모든 官員들은 자리만 보전하고 있을
뿐 자기 책임을 다하려고 하는 사람이 없었던 것이다. 關皇女의 橫恣를
그냥 두고만 볼 수 없어 后山은 글로 지어 그 사실을 聲討하였던 것이다.

우리 나라의 學者들이 대부분 黨派의 黨論에 구애되어 義理를 해치는
것을 后山은 걱정했다. 黨論에 물들고 나면, 是非, 直邪에 대한 판단기준이
없어져 버려 자기 당파만 인정하게 되는 왜곡된 視覺을 갖는 것이 큰 문제
였다.

> 近世에 이른 바 黨論이란 것은, 어진지 어질지 않은지를 묻지도 않고 忠直
> 한지 邪惡한 지를 묻지도 않고, 오직 같은 黨派만을 인정한다.[78]

자기 黨派의 사람이면 옳다고 인정하지만, 반대 당파의 사람은 무조건
나쁘다고 인정해 주지 않는다. 그러니 나라 안에 어느 누구도 완벽한 인물
이 있을 수가 없다.

> 아아! 黨論이 나오고 나서부터는 천하에 흠 없는 사람이 없게 되었다.
> 邪惡한 사람이나 정직한 사람이 번갈아 진출하고 옳고 그름이 뒤섞여 착한
> 사람이 착한 사람이 될 수가 없고 악한 사람도 악한 사람이 되지 않았다.
> 같은 조정에서 벼슬하면서도 마치 蠻이나 髳의 관계처럼 지내고, 한 집에

---

78) 『后山文集』 권12, 43장, 「人君爲黨論」.

있으면서도 독사나 전갈이 되기도 하니, 똑똑한 사람이나 어리석은 사람이나 모두 다 몰락하게 되어 있다. 이런 때를 당해서 바른 것을 얻기가 또한 어렵지 않겠는가?79)

서로 싸우다 보면 결국은 다 함께 몰락하는 길로 가게 된다. 결국 나라를 망치게 된다. 后山은 이 점을 걱정하였다.

東西分黨의 발단이 된 沈義謙과 金孝元의 반목에 대해서, 당시의 조정의 여러 士大夫들이 초기에 진정시키지 못하고 분쟁을 조장하여 확대시켜 나간 것에 옳지 않은 일처리로 보았다.

우리 나라의 黨論은 어떠한가? 唐나라의 牛僧孺와 李德裕 사이에 있었던 黨爭의 찌꺼기이니, 군자다운 사람은 말하지 않는다. 저 沈義謙이나 金孝元의 득실이 인사에 무슨 관계가 있길래, 온 조정의 사대부들이 氣力을 내어 수 없이 많은 말을 쉬지 않고 하였는지? 그 당시 諸賢들의 행동은 아주 마음에 들지 않는다.80)

沈義謙과 金孝元의 吏曹正郎 자리를 두고 벌어진 반목을 당시 朝廷의 重臣들이 조기에 진정시켰더라면, 이후 450여 년간 지속된 당쟁이 없었을지 모른다는 것을 생각할 때, 后山은 안타까운 생각이 들었던 것이다. 여러 다른 복합적인 요인이 없지 않겠지만, 당시 조정의 인사들의 행동 여하에 따라서 우리 나라의 역사가 더 나은 쪽으로 바뀔 수 있었다는 것을 생각하고서, 后山은 개탄해 마지 않았다.

西厓 柳成龍과 鶴峯 金誠一은 둘 다 退溪 門下의 뛰어난 제자인대, 후대에 와서 西厓와 鶴峯 두 분의 學德의 優劣을 두고 선비들 사이에서 오랫동안 논란이 있어 왔다. 이를 두고 세상에서 屛虎是非라 이름하였는데,

---

나중에는 그 餘波가 嶺南 全域에까지 미쳤다. 이에 대해서 后山은 이런 見解를 피력하였다.

嶺南에서는 두 文忠公[西厓와 鶴峯]先生에 대해서 論議가 오르내린다. 어떤 사람은 "金先生이 낫다"라고 하고, 어떤 사람은, "柳先生이 낫다"라고 하는데, 어떠한가? …… 두 분은 退溪 門下의 兄弟와 같은 관계이니, 退溪의 처지에서 보면 누구를 낫다 누구를 못하다 하기 어려운 관계. 후세의 사람들이 黨派를 세워 피나게 싸우는데, 이 또한 무슨 마음인가? 심하도다! 사람들이 論議를 좋아함이여. 나는 귀를 막고서 듣지 않고자 한다.[81]

屛派와 虎派에서 자기 세력을 확대하려고 하다 보니, 屛虎是非의 여파가 慶尙右道지역의 대표적인 학자 后山에게까지 미쳤던 것 같다. 后山은 사람들이 논쟁하기를 좋아하여 당파를 지어 목숨을 걸고 싸우는 태도를 옳지 않게 보고서, 귀를 막고 가담하지 않으려고 했다.

이상에서 主理說을 핵심으로 한 后山의 學問과 思想 및 治學方法, 讀書論, 現實問題 對處方案 등을 살펴 보았다. 后山은 主理說을 正學으로 보아 평생 이를 研究・發揚하여 사람들의 心性을 바로잡아 세상을 구제하려고 노력하였다. 또 性理學者들 가운데서는 상당히 특이하게 현실문제에 대해서도 관심이 깊었고, 그 대처방안도 상당히 합리적이라 할 수 있다.

國防 및 國家經濟, 國際關係에까지도 당시 학자로서는 보기 드물게 先覺者的인 시각을 갖고 있었다.

Ⅳ. 文學觀 및 詩文의 特徵

后山은 한 평생 學問을 연구하고 弟子를 養成한 性理學者였다. 그래서

---

81) 『后山文集』 권11, 19장, 「隨錄」.

后山의 문집 속에는 文藝를 위주로 하는 화려한 詩文보다는, 일평생 硏究한 學問이 蘊蓄된 내용이 많다. 자연히 理學에 관한 后山의 學說과 師友間에 토론한 내용이 대부분이다. 한마디로 后山의 문집은, 詩文集이라고 하기보다는 論學書라고 하는 것이 그 내용과 부합될 것이다. 철저하게 學問 硏究에 바친 일생이 반영되어 있다.

1. 『后山文集』에 대한 簡介

后山이 남긴 詩文 原稿를 그 門人들이 수습하여, 后山 逝世 6년 뒤인 1910년에 목판19卷 10冊의 木版本『后山先生文集』으로 간행하였다. 그로부터 55년 뒤인 1964년에 文集에 들지 못했던 詩文 原稿를 정리하여 8卷 2冊의『后山先生文集』續集을 鉛活字本으로 간행했다. 이때 后山의 대표적인 저서인『聖學十圖附錄』도 2卷 1冊으로 간행하였다.

『后山文集』은 대부분의 道學者들의 文集과 마찬가지로『朱子大全』의 體裁에 따라 分類・編輯되어 있다. 道學者의 文集의 體例에 따라 原集에는 序文이나 跋文이 없다. 續集에는 뒤에 門人인 許祥奎의 跋文이 있고, 『聖學十圖附錄』에는 뒤에 重齋 金榥의 後識와 金鍾浩의 跋文이 있다.

原集과 續集을 통틀어 헤아려 보면, 后山이 남긴 작품으로는 賦 2편, 詩 609수, 書 555편, 雜著 47편, 序 23편, 記 44편, 跋 39편, 銘 9편, 贊 1편, 表 1편, 昏書 3편, 上樑文 9편, 常享祝文 2편, 祭文 21편, 哀辭 4편, 碑文 3편, 墓表 17편, 墓碣銘 34편, 行狀 28편, 遺事 7편, 行錄 2편, 傳 1편으로 되어 있다. 모두 韻文 701수, 산문 모두 903편이다.

『后山文集』原集과 續集에 后山이 지은 대부분의 詩文이 수록되었지만, 그래도 詩文의 상당량이 散佚된 것 같다. 예를 들면『俛宇集』에는 后山과 往復한 서신이 62편 수록되어 있는데, 后山의 文集에는 俛宇와 往復한 서한이 33편 밖에 수록되어 있지 않은 것에서 짐작할 수 있다. 그리고 남아 있는 詩文들도 대부분 著作年代를 알 수 없기 때문에, 后山의 생애와 학문과 사상의 형성과정을 연구하는 데, 한계가 없지 않다.

2. 文學觀

道學者답게 后山은 學問과 人格에 바탕을 둔 자연스러운 文章을 가치 있는 문장으로 인정하였지, 文章技巧만을 익힌 문장을 위한 문장을 인정하지 않았다.

> 문장 역시 理로써 위주로 해야 하오. 理에 통하지 않으면서, "나는 문장을 하는 사람이다."라고 하는 사람들을 나는 믿지 않소. 보내 온 서신의 내용을 보니, 문장을 가지고서 학문에 들어가는 路脈으로 삼은 뒤에 여러 분들의 文集을 가져다가 博文·約禮하는 공부로 삼으려고 하는 것 같소. 이는 淫亂한 鄭나라 衛나라의 音樂을 먼저 익힌 뒤에 風이나 雅의 바른 음악으로 돌아가겠다는 꼴이 되는 것을 면할 수 없소. 어찌 될 수 있겠소?[82]

또 "文章을 지음에 있어서는 무엇을 먼저 해야 합니까?"라는 門人 沈鶴煥의 질문에, 后山은 이렇게 답변했다.

> 다만 理를 밝히려고만 해야 한다. 理가 밝으면 뜻이 바르게 되고, 뜻이 바르면 말이 순조롭게 된다. 그러면 그 기운 찬 것이, 마치 강물을 터놓은 것 같을 것이다. 저 文辭뿐인 것은 지엽이고, 짐승 발자국에 고인 물과 같은 것인데, 어찌 족히 말할 것이 있겠는가?[83]

근본이 되는 이치를 깨우쳐 밝히면 문장은 절로 되는 것인데, 세상의 문장가로 자처하는 사람들이, 내용은 도외시한 채 말단적인 文章技巧만 익히려고 애를 쓰지만, 근본적인 것에 접근이 안 된 문장인지라, 后山은

---

82) 『后山文集』 권10, 1장, 「答沈應章」.
83) 『后山文集』 續권4, 22장, 「答沈應章近思錄問目」.

언급할 가치도 없다고 보았다.

學問을 하겠다는 사람이 文章家니 訓詁學者라고 자신을 표방하는 것은
옳지 않고, 儒者의 學問을 떠나서는 사실 文章이나 訓詁學이 될 수가 없다
고 보았다.[84]

문장 가운데서도 論理的인 글을 지을 때는 자연스럽게 論理가 들어맞아
야지 억지로 짜맞추어서는 안 된다는 견해를 갖고 있었다.

　　이치를 논하는 文字는, 견강부회하는 것을 아주 꺼리하나니 어떻게 하면
　混融하게 되어 간격이 없을가를 다시 자세히 생각해야 한다.[85]

또 "과거시험에 쓰이는 글, 즉 科詩나 科賦 등은, 사람의 마음을 제일
많이 해치니, 지어서는 안 된다."[86]라고 배우는 사람들에게 경계하고 있다.
과거시험에 합격하기 위해서는 考評하는 考試官의 눈에 들어야 하기 때문
에, 화려하고 기발한 수사를 동원하여 자기의 생각이 담기지 않은 교묘한
문장을 지어야 할 것이기 때문이다.

后山은 文章만 잘 지어 세상 사람들에게 인기나 얻으려고 하는 사람들
을 아주 형편없게 보았다.

　　저 문장가로서 과거시험에 나올 것 같은 글귀나 외워서 남몰래 세상에
　아첨하려고 하는 사람들을 어찌 족히 거론할 것이 있겠습니까?[87]

后山은 唐나라의 대문장가인 韓愈와 諱字가 같고, 字와 號도 비슷하게
지었다. 그래서 그의 문장을 좋아하였다.

---

84) 『后山文集』 續권4, 25장, 「答沈應章近思錄問目」.
85) 『后山文集』 권7, 24장, 「答宋子敬」.
86) 『后山文集』 권5, 26장, 「書示諸生」.
87) 『后山文集』 권3, 26장, 「與柳學善」.

저는 어려서 韓子의 글을 읽기를 좋아했습니다. 그의 이름으로써 이름을
삼았으나, 아무 들림이 없는 것이 이러합니다.[88]

韓愈는 孟子 이후 쇠퇴해진 儒學을 다시 진작시키려고 노력했을 뿐만
아니라, 六朝時代로부터 성행한, 내용은 빈약하면서 화려한 수사를 중시
하는 騈儷文을 배척하고, 내용이 충실하고 표현이 質朴한 古文을 쓸 것을
제창하여 唐나라의 文風을 바꾸어 놓은 인물이다. 后山의 문장이 잡다한
수사에 힘쓰지 않고 내용 위주의 直截, 寬平한 것은 韓愈의 문장과 서로
통하는 데가 있다고 할 수 있다.

陶淵明의 문학작품인 「歸去來辭」에 대해서 이런 관점을 가졌다.

　　歐陽子[歐陽修]가 일찍이 말하기를, "晉나라에는 문장이 없는데, 오직 陶
　淵明의 「歸去來辭」 한 편만 있을 뿐이로다."라고 했다. 晉나라와 魏나라 시
　대에는 문장이 성했는데도 歐陽子가 이런 말을 한 것은 「歸去來辭」에서 무
　엇을 취한 것일까? 이제 내가 「歸去來辭」를 읽어 보니, 그 말은 平淡하면서
　도 남은 맛이 있고, 尋常하면서도 지극한 정취가 있다. 「歸去來辭」 가운데
　나오는 "남쪽 창에 기대어 오기를 피워 보고, 뜰의 나무가지를 돌아보고
　얼굴을 즐겁게 가진다." 등의 구절은 더욱 蕭散하고 閒雅하여 사물에 얽매인
　것이 한 점도 없다. 歐陽子가 이런 것에 감동이 되었을 것인저![89]

陶淵明의 글은 화려한 수식이나 다른 사람의 名句를 인용해 쓰거나
인위적인 안배를 추구하지 않고, 자연스러운 형식으로 眞率한 심정을 글
로 나타낸 것이다. 자기의 목소리이고 살아 있는 글이다. 얼핏 보면 너무
평이하고 단순한 것 같지만, 그런 속에 지극한 의미가 있어 읽으면 읽을수
록 맛이 나는 것이다. 歐陽修가 陶淵明의 이런 문장을 좋아했고, 后山
역시 마음에 들었던 것이다. 后山의 詩文이 자연스럽고 꾸밈 없는 점이

---

88) 『后山文集』 권12, 12장, 「李靖允字說」.
89) 『后山文集』 권14, 9장, 「南窓權公詩集跋」.

陶淵明의 시문과 비슷하다고 할 수 있다.

옛날 詩 작품 가운데서 后山은 李白의 「古風五十九首」, 杜甫의 「北征」 등의 시를 사람의 마음을 펴 줄 수 있는 시라고 評했고, 韓愈의 「南山」, 朱子의 「感興詩」 등은 학자들의 必讀의 詩로 쳤다.

> 옛날에는 봄에는 현악기를 연주하고 여름에는 詩를 외웠다. 지금은 더운 계절이다. 李白의 「古風五十九首」와 杜甫의 「北征」 등 여러 詩 작품을 소리 내어 여러 번 익숙하게 읽어서 정신을 펴도록 하는 것도 한 가지 방법이다. 韓子[韓愈]의 「南山」이나 朱子의 「感興詩」는 공부하는 사람들이 배우지 않아서는 안 된다.90)

화려한 기교를 일부러 부려 일반 세속 사람들의 마음에 드는 그런 시보다는, 진실한 내용 위주의 『詩經』 이래의 溫柔敦厚한 우수한 詩歌의 전통을 계승한 시를 배울 것을 권장하고 있다.

그래서 后山은 詩를 지으려면 마땅히 古詩를 지어야 한다고 가르치고 있는데,91) 이 역시 溫柔敦厚한 儒家의 詩敎精神이 古詩에 많이 나타나 있기 때문이다.

后山은 黨論에 얽매이지 않고, 尤庵 宋時烈의 문장에 대해서도 '아주 爽快하다'고 공정하게 평을 했다. 대학자 대정치가답게 그의 글도 規模가 크고 시원스러운 게 사실이다.

> 尤翁의 「辭貂裘箚」를 아이에게 시켜 베껴서 보내 드립니다. 이 노인의 문자는 읽으면 아주 爽快합니다.92)

后山은 詩로써 자부하지를 않았다. 門人 河龍濟가 后山의 詩를 보고

---

90) 『后山文集』 권5, 26장, 「書示諸生」.
91) 『后山文集』 권6, 26장, 「答河殷巨」.
92) 『后山文集』 續권2, 20장, 「與郭鳴遠」.

싶다고 적어 보내달라고 요청하였을 때, 后山은 "비천한 이 사람의 詩는 족히 볼 것도 없소. 오직 紫東[李正模]의 詩 몇 수를 부쳐보내니, 보면 아마 격려되는 바가 있을 것입니다."[93)라고 하였다.

大溪 李承熙는 后山의 文章에 대해서 다음과 같이 평했다.

> 后山은 일찍이, "世敎에 관계되지 않는 文章은 짓지 않아도 괜찮다."[94)라 고 말하였다. 이런 까닭으로 著述하는 데 신경을 쓰지 않았다. 지은 글은 모두 지엽적인 것은 잘라버리고 바로 핵심으로 들어갔는데, 마치 그 사람됨 과 같았다.[95)

文章은 세상 사람들을 敎化하는 데 기여할 수 있는 것이라야 존재할 가치가 있다는 것이다. 세상에 그 글이 있어도 아무런 도움이 되지 않는 글이 수없이 많다. 그래서 后山은 浮華한 修辭를 하지 않고 簡明하게 나타 내고자 하는 내용을 분명하게 전달할 수 있는 문장을 지었던 것이다.

后山의 詩에 대해서는 大溪는 이렇게 평했다.

> 그 詩篇 가운데 남아 있는 것은, 어떤 상황을 만나면 그때마다 자신의 회포를 편 것이다. 淡泊하여 마치 玄酒와 같고, 天機가 자연스러워『詩經』 國風詩의 남긴 뜻이 있다.[96)

后山은 화려한 修辭보다는 哲理가 담긴 내용을 위주로 한 자연스러운 詩文을 지을 것을 주장하였고, 특히 科擧를 위한 글의 弊害를 학자들에게 강조하여 말하였다.

---

93) 『后山文集』 권6, 26장, 「答河殷巨」.
94) 『后山文集』 續권8, 10장, 「行狀」.
95) 『后山文集』 續권8, 9장, 「行狀」.
96) 『后山文集』 續권8, 10장, 「行狀」.

3. 詩文의 特徵

后山은 吟風弄月的인 그런 시는 짓지 않았고, 儒敎의 溫柔敦厚한 詩敎에 바탕을 둔 자신의 性情이 자연스럽게 발로된 그런 시를 지었다. 소박하고 꾸밈없는 詩想을 시로 옮겨 적은 것이다. 그래서 아주 화려하거나 사람을 깜작 놀라게 할 절묘한 그런 詩보다는, 진실한 본성을 그대로 나타낸 蕭散・沖澹한 작품이 많다. "시를 짓는 데 어찌 꼭 사람 놀라게 할 필요 있으랴?[作詩何必要人驚]"[97]라는 后山의 이 시구에 그의 詩 傾向이 잘 나타나 있다.

后山은 609 수의 적지 않은 시를 남겼는데, 后山의 性情이 발로된 시 몇 수를 소개하여 后山의 詩의 전체적인 면모를 알 수 있도록 하고자 한다. 시를 지어진 연대순에 따라 소개한다.

「曉起有感」이란 시는 이러하다.

천지가 어두컴컴한 가운데,　　　　　　　　天地昏濛裏
닭 울음소리 사방에서 들리네.　　　　　　鷄聲喚四鄰
그대 보게나! 마음의 착함을,　　　　　　君看一念善
위대한 舜임금 어떤 사람인가?　　　　　　大舜亦何人[98]

낮에 온갖 일에 정신을 쓰다가 밤에 잠을 자고 닭소리를 듣고서 새벽에 깨어나면, 그때의 마음의 상태는 완전히 淨化된 본래의 모습으로 돌아간다. 완전히 착한 상태이다. 孟子는 이를 '夜氣'라 했다. 이런 기운의 싹을 키워나간다면, 보통사람들도 舜임금 같은 聖人이 될 수 있다는 것이다. 반대로 이런 착한 기운의 싹을 키워나가지 못하면 禽獸에 가까워지는 것이다. 后山 자신의 수양방법이고 정신적 결심인 동시에 세상 사람들을

---

97)『后山文集』권2, 31장,「麗澤堂同諸賢守歲二首」.
98)『后山文集』권1, 5장.

착한 올바른 길로 인도하려는 의지가 들어 있는 시라고 할 수 있다.
「慕圃隱鄭先生二絶」 가운데 그 첫째 수는 이러하다.

평생 높은 산처럼 우러러보는 鄭夫子시여.　　　　　平生山仰鄭夫子
당당한 忠義 우리 나라에서 으뜸이시네.　　　　　　忠義堂堂冠我東
오늘 善竹橋 위에서 한 잔 술 들고서,　　　　　　　此日橋頭一杯酒
흐르는 물에 다다라 百世의 氣風 상상하옵니다.　　臨流想像百世風[99]

開城을 유람하다가 善竹橋에 찾아가 圃隱의 忠義를 칭송하고, 그 당시
圃隱의 風貌를 상상하면서 尊慕하는 뜻을 붙였다. 高麗朝를 위해서 殉節
한 것은 순간적인 충동에 의해서 이루어진 것이 아니고, 평소 오랫동안
축적해 온 仁의 힘에 근원한 것임을 안 것이다. 곧 공부를 한 힘인 것이다.
그래서 자신도 어떻게 하면 圃隱 같은 인물이 될 수 있을까를 염두에 두고
서 포은의 學德과 節義를 상상한 것이다.

「偶吟」이라는 詩는 시골에 묻혀서 유유자적하게 생활하는 모습을 읊은
작품이다.

평평한 내 위엔 멀리 조그마한 누각이요,　　　　　遙遙小閣抱平川
쓸쓸한 속에 이지러지는 수 없는 산이라.　　　　　無數殘山寂歷邊
골짜기에 새 한 번 울매 꽃이 땅에 가득하고,　　　谷鳥一聲花滿地
들비둘기 짝 지어 날고 풀은 하늘에 이어졌네.　　野鳩雙去草連天
한가하게 대숲에 가서 唐나라 法帖 펼쳐 보고,　　閒臨竹隖看唐帖
해 질녘에 晉나라 어진이 陶淵明을 생각한다네.　晚對松林憶晉賢
또 옥 같은 사람 있어 글자를 묻는데,　　　　　　更有玉人來問字
한 잔의 좋은 술에 나이를 잊었다네.　　　　　　　一罇醹酥便忘年[100]

---

99) 『后山文集』 권1, 10장.
100) 「后山文集」 권1, 24장.

자연 속에서 아무런 名利의 속박 없이 살아가는 즐거움을 읊은 시다. 물이 흘러가고 산이 솟아 있는 것은 天理가 구체적으로 나타난 한 現象이요, 꽃이 피고 새가 우는 것도 天理의 운행이다. 그런 자연 속에서 시를 짓는 后山도 자연의 한 부분이 되어 자연과 渾然一體가 되어 있다. 세상 名利를 잊었을 뿐 아니라, 자기 자신마저도 잊어 나이를 모를 경지에까지가 있다. 사람을 피해서 숨은 것이 아니고 사람이나 다른 자연물 속에 同化가 되어서 함께 사는 것이 老莊과는 다르다. 陶淵明이 田園生活을 읊은 시와 흡사한 점이 많다.

「萬竹橋」라는 시는 고향의 山水와 그 속에서 살아가는 즐거움을 읊은 시다. 萬竹橋는 后山의 선조 滄洲 許燉의 시에, 「萬竹橋邊一釣磯[萬竹橋가의 한 낚시터]」라는 시에 나오는 그 곳으로 德村에 있다.

옛날 우리 집안이 이 곳에 맨 처음 자리 잡았는데,	憶昔吾家此一初
지금까지 동산의 대로 죽순 나물 해 먹을 만하다네.	至今園竹供筍蔬
이 다리 위로 退溪先生 지나갔으니 응당 귀중하고,	陶翁過去橋應重
滄洲 선조 돌아와 낚시하던 돌 아직도 남아 있다네.	滄祖歸來石尙餘
집이 푸른 산에 가까워 사슴을 벗할 만하고,	宅近靑山堪友鹿
문은 푸른 물에 임해 있어 고기를 볼 만하다네.	門臨碧水可觀魚
주인은 또 농사짓고 뽕 키우는 즐거움 있으니,	主人又有農桑趣
바깥 세상의 번잡한 것 나와는 관계 없다오.	世外囂塵不關渠101)

사는 집 주변의 분위기와 내력 등을 이야기하는 속에 은근한 마음의 풍요로움이 나타나 있다. 退溪와 滄洲를 거론함으로써 자기 학문의 學統에 대한 자부심이 담겨 있다고 할 수 있다. 푸른 산에 사는 사슴을 벗하고 푸른 물 속의 물고기 노는 모습을 보는 것도 대자연의 질서에 대한 관찰로서 일종의 공부라고 수 있다. 后山이 평소에 선비도 생업을 등한시해서는

---

101) 『后山文集』 권1, 26장.

안 된다고 한 주장처럼 농사 지어 밥 먹고, 뽕나무 길러 누에 쳐서 옷 입으니, 더 이상 부러울 것이 없다. 名利·官爵 등을 두고 다투는 속세의 일에는 관계를 하고 싶지 않다. 여기가 바로 하나의 조그마한 별천지이니, 혹시 속세의 더러운 기운이 전파되어 올까 도리어 걱정하는 것이다.

「人日示姪孫永二絶」이란 시는 이러하다.

堯임금 舜임금도 사람이고 나 또한 사람인걸,　　堯舜惟人我亦人
사람 자신이 스스로 포기한다면 사람 아니라네.　　人惟自棄便非人
옛 聖賢 따라가기 정말 어렵다 말하지 말게나.　　莫言古聖眞難及
『小學』책 속에 사람 되는 법이 있는데.　　小學篇中可做人[102]

顔子나 孟子가 늘 공부를 할 때는 聖人되기를 기약할 것을 강조했다. 어느 누구든지 聖人을 따라 배우려고 노력하면 聖人이 될 수 있다. '나는 할 수 없다', '나는 아니다'라고 생각하는 사람은 자신을 포기하는 사람으로서, 그런 정신자세로는 정말 아무 것도 이룰 수가 없는 것이다. "堯임금 舜임금은 누구며 나는 누구인가? 나도 요임금이나 순임금처럼 될 수 있다."라는 마음 가짐으로 시작하여 노력하면 사람은 누구나 다 聖人이 될 수 있는 것이다. 장래 희망이 있어 보이는 從孫子를 勉勵하기 위해서 지은 시이다. 意志가 박약하고 자신을 무시하는 후세의 많은 세상 사람들에게 좋은 箴言이 될 만한 시다.

「次贈許英七」이란 시는 學問을 성취하는 과정을 登山에 비유한 시이다.

우리들이 학문하는 것은 산에 오르는 것과 같나니,　　吾人爲學類登山
천 길 뫼등성이도 한 걸음 한 걸음 걸어 올라야 하네.　千仞岡頭步步間
대개 나무 뿌리가 깊으면 꽃이 번성하게 피고,　　大抵根深花得爗
얕은 웅덩이 물에서 물결친다는 것 듣지 못했네.　　未聞窪淺水能瀾.

---

102)『后山文集』권1, 31장.

그대가 평범한 계획하지 않는다는 것 내가 아나니,   知君不作尋常計
구차하게 내 오십 평생 헛되이 보낸 것 부끄럽도다.   愧我虛儉半百間
유행하는 글로써 속된 무리들에게 아첨하지 말게나.   莫把時文媚俗輩
먼저 뜻을 세우되 모름지기 顔子처럼 되기를 기약하길.   先須立志要希顔103)

한편의 詩 속에 學問하는 방법이 다 들어 있다고 말할 수 있다. 높은 경지의 학문은 절로 이루어지는 것이 아니다. 산에 오르는 사람이 한 걸음 한 걸음 옮겨 최고로 높은 봉우리에 오르는 것과 같다. 뿌리 없는 나무에 꽃이 필 수가 없듯이 학문에는 기초가 튼튼해야 한다. 그리고 많은 蓄積이 있어야만 새로운 學說이 나올 수 있다. 큰 저수지에 물을 많이 저장시켜 놓으면, 농사짓는 데나 마시는 데나 어디에도 유용하게 쓸 수가 있지만, 몇 바가지 안 되는 웅덩이 물로는 아무 것도 할 수 없다. 한 마지기 논에 물대기에도 부족하다. 과거시험에 쓰이는 공부만 하여 考試官들의 눈에 들어 출세하려는 속된 생각을 하지 말고, 뜻을 크게 세워 자신을 聖人이 되게 만드는 공부를 하라고 勸獎하고 있다.

「松泉齋蓮花甚盛與蔡殷老共賦」는 연꽃을 두고 읊으면서 거기에 哲理를 붙인 시다.

연꽃은 바로 하나의 太極이라,   蓮花一太極
지극히 오묘한 이치 말할 만하다네.   妙處正堪言
열렸다 닫혔다 하면 陰陽이 나타나고,   開闔陰陽見
모나고 둥근 것엔 體用이 존재하네.   方圓體用存
누가 알리오? 光風霽月의 氣象이,   誰知光霽象
더러운 흙탕 속의 뿌리에 있다는 것을.   自在汚泥根
원컨대 마음 맞는 사람과 더불어,   願與同心子
자세히 이 이치의 근원을 토론했으면.   細論此理原104)

---

103) 『后山文集』 권2, 12장.

연꽃을 보고서 단순히 외면에 나타난 현상만을 읊은 것이 아니라, 그 속에 담긴 이치의 근원을 탐구하여 시로 나타내었다. 연꽃 전체를 하나의 太極으로 陰陽, 體用의 작용이 다 들어 있다는 것을 발견한 것이다. 더욱 중요한 것은 더러운 흙탕 속에 박힌 뿌리에서 깨끗하고 산뜻한 꽃이 피는 원리를 알고 싶어 한 것이다. 연꽃처럼 세상이 아무리 혼탁하여도 君子는 깨끗이 處身을 해나가는 것이다. 모든 일은 결국 자기 자신에게 달린 것이지, 주변환경에 탓을 돌릴 수 있는 것이 아니다. 연꽃을 보고서 거기서 군자의 行身의 방향을 제시한 것이다.

「朴淵瀑」은 朴淵瀑布의 絶勝을 묘사한 敍景詩로서, 그 詩境의 含蓄的 意味와 표현의 기법이 뛰어나다.

물길이 높이 매달려 멈추기 어려우니,	水勢高懸自住難
朴淵瀑布를 하늘에 기대어서 봐야겠네.	朴淵瀑布倚天看
우뚝 솟은 끊어진 벼랑에서 맑은 물이,	粼粼矗矗層崖斷
떨어지면서 바람에 흩날려 차가운 한 줄기.	落落飄飄一道寒
산새는 놀라 푸른 절벽 밖으로 달아나고,	山鳥驚跳蒼壁外
山神은 흰 구름 밖에서 북 치고 춤추는 듯.	嶽靈鼓舞白雲端
어떻게 하면 다시 신선의 피리를 빌려서,	安能更借仙人笛
푸른 내 낀 天磨山 묏부리 뚫도록 불 수 있을까?	吹徹天磨積翠巑[105]

시의 초두에서 朴淵瀑布 물줄기의 세찬 기세와 깎아지른 절벽의 險絶한 분위기를 잘 묘사해 내었다. 절벽의 그 莊重한 배경 위로 폭포줄기의 動的인 흐름이 잘 조화를 이루고 있다. 사람만 이 폭포의 분위기에 압도되는 것이 아니고, 하늘을 나는 산새도 우레 같은 물줄기 쏟아지는 소리에 놀라 멀리 달아나고, 산신은 물줄기 소리를 음악으로 삼아 북을 두드리고 춤을

---

104) 『后山文集』 권2, 35장.
105) 『后山文集』 續권1, 2장.

추듯 한다. 시각적으로 음악적으로 다양하게 표현하였다. 다시 신선까지
동원한다면 자연물 朴淵瀑布와 모두가 조화가 되어, 하나의 종합예술적인
장면을 연출해 내고 있는 것이다. 단순히 평면적이고 靜的으로 바깥에서
朴淵瀑布를 바라보는 그런 시가 아닌 시인 자신이 박연폭포와 일체가 된
살아 움직이는 시다.

　后山의 대표적인 산문작품으로는 「續出師表」와 「六代祖臥龍亭公遺事」
를 들 수 있다.

　「續出師表」는 왜곡된 主氣說이 판을 치는 朝鮮末期의 어지러운 학문적
분위기에다 西歐의 宗敎와 새로운 文明의 利器까지 들어와 세상은 더욱
어지러워 갔고, 人倫道義는 날로 퇴폐해져 갔다. 이런 시대를 后山은 간악
한 群雄들이 날뛰는 中國의 三國時代와 같은 상황으로 보고서, 배우는
사람들이 자기의 사욕을 극복하고 뜻을 세우기를, 諸葛亮이 中原을 차지
하고 있는 간사한 曹操의 무리들을 무찌르고서 漢나라 王室을 회복하는
것을 자신의 임무로 삼았던, 그런 자세로 임해야 한다는 것을 깨우쳐 주기
위해서였다. 구차하거나 안일한 것을 바라는 그런 자세로는 學問을 할
수 없다는 것을 學問하는 사람들에게 경고하고 있다. 내용은 학문을 하거
나 심신을 수양하려는 사람에게 참된 가르침이 되기에 충분하고, 문장
또한 明快하고 剴切하여, 좋은 文章을 지으려고 애쓰는 문장가들로서는
지어낼 수 없는 그런 글이다.

　諸葛亮의 「後出師表」의 형식을 본떴다. 673자의 장편이지만, 여기 그
전문을 번역하여 소개한다.

　　先師[寒洲 李震相]께서 理와 欲이 둘 다 같이 존재할 수 없고 마음의 本體
　는 한 구석에서만 구차하게 편안할 수 없다는 것을 걱정하시어, 어리석은
　저에게 克己復禮의 일을 맡기셨습니다. 先師의 賢明함으로써 어리석은 저가
　克己復禮하는 일에 있어서 재주가 약하고 적[私慾]은 강하다는 것을 진실로
　아십니다만, 克己를 하지 않으면 마음의 本體 역시 없어져 버리기에, 앉아서

망하기를 기다리기보다는 적을 치는 일이 낫다고 생각하신 것입니다. 이런 까닭에 어리석은 저에게 일을 맡기시고서 의심하지 않으셨던 것입니다.

어리석은 저는 가르침을 받은 날로부터, 잠을 자도 자리가 편안하지 않았고, 음식을 먹어도 맛이 달지 않았습니다. 극기복례의 일은 本性이 치우쳐서 이기기 어려운 곳에서부터, 이겨나가야겠다고 생각되었습니다. 그래서 곤경에 처하게 된 좌우의 귀신들이 방해하지만, 형편없는 아침저녁 끼니도 여러 날 만에 한 번씩 먹을 정도입니다.

어리석은 저도 저 자신을 아끼지 않는 것은 아니지만, 마음의 본체는 한쪽 모퉁이에서 구차하게 편안해 있을 수 없다는 것을 둘러보고는, 저의 죽을 힘을 다해서 先師의 남기신 가르침을 다하고자 합니다. 그러나 말하기 좋아하는 사람들은 옳은 계책이 아니라고 합니다.

지금 적은 科擧試驗場에서 피곤해 있고, 또 입술과 혀 사이에서 곤경에 처해 있습니다. 사람이 누군들 허물이 없으리오마는 고치는 것이 중요한 것입니다. 지금은 바로 그 허물을 단단히 고쳐서 느껴 분발할 때입니다.

이 일에 대해서 삼가 아뢰고자 합니다. 顔淵 같은 분은 亞聖이십니다. 孔夫子를 얻어서 귀의했습니다만, "스승의 道는 우러러 보면 더욱 높고, 꿰뚫으려 하면 더욱 단단하도다."라고 탄식하고서 어려움을 겪은 뒤에 학문을 이루었습니다. 이제 어리석은 저는 顔淵에게 미치지 못하고, 또 스승으로 삼을 聖人도 벗으로 삼을 賢人이 없는데도, 聖人의 경지에 들어가기를 바라고 있으니, 이 점이 제가 풀지 못하는 첫 번째 현안입니다.

荀卿이나 揚雄이 각자 자기가 본 바에 의거해서 心이나 性에 대해서 이야기하면서 걸핏하면 聖人을 끌어댔지만, 선택한 바가 정밀하지 못했고 말한 바가 상세하지 못했습니다. 옳고 그름이 뒤섞이고 착한 것과 나쁜 것이 뒤죽박죽이 되었습니다. 申不害와 韓非子는 큰 迷惑 속에 빠져서 천하를 어지럽게 만들었습니다. 이 점이 제가 풀지 못하는 두 번째 현안입니다.

이제 西歐의 지혜롭고 교묘한 것은 인류사회에서 아주 뛰어났습니다. 그들의 가르침은 귀신이나 도깨비와 비슷한데도, 목욕하고 향을 피우고서 天主에게 머리 조아려 信이니 義니 하면서 죽어도 변하지 않는 그런 뒤에야 그 敎가 비로소 성립되었습니다. 그런데 하물며 어리석은 사람들은 道에 있어서 수고를 하지 않고서 이루려고 합니다. 이 점이 제가 풀지 못하는 세 번째 현안입니다.

西歐 종교의 신도들은, 까마귀나 까치 같은 보잘것없는 지혜로써 造化의 樞機를 빼앗으려고 합니다. 그들이 쓰는 기구는 정밀하고 예리하고, 그들의 술수는 신통합니다. 천하를 멋대로 다니면 천하 사람들은 그들에게 바람에 풀 넘어가듯이 쏠립니다. 그런데 우리 나라의 역대 여러 임금님들이 聖學을 보호하고 道를 지키고, 西歐 종교의 기미를 막고 점점 베어드는 것을 방지하기를 할 수 있는 데까지 했습니다만, 저들의 기세는 이렇게도 불길이 치솟는 듯합니다. 그러나 하물며 어리석은 사람들은 기가 꺾여 스스로 떨쳐 일어나지 못하고 있으면서, 空虛한 말로써 이들에게 승리를 거두려고 합니다. 이 점이 제가 풀지 못하는 네 번째 현안입니다.

배우는 사람으로서 학문에 뜻을 두고서부터 누가 중간에 몇 년 동안 질병이 없겠으며 난리를 겪지 않겠습니까? 물이 세차게 흘러가듯이 세상 사람 대부분이 부귀에 빠진 사람과 가난에 시달린 사람입니다. 이런 사람들이 가령 70, 80년을 산다고 해도, 계산해 보면 그들이 안온하게 지내는 때가 얼마 되지 않는데, 공부할 만한 때를 놓치지 않고 힘써야지, 얼렁뚱땅 거저 그렇게 세월을 허송하다 보면 어느덧 말라 떨어지는 낙엽 같은 처지가 되고 맙니다. 그때 가서 늘그막의 정력을 수습하여 聖學을 공부하려고 해도, 될 수가 있겠습니까? 이 점이 제가 풀지 못하는 다섯 번째 현안입니다.

道는 없어졌고 글은 폐단이 많이 생겼고, 여러 異端이 한꺼번에 일어나고 있습니다. 학문하지 않으려면 그만이지만, 학문을 한다면 마땅히 邪惡한 異端의 그릇됨을 지적하여 밝혀 물리치는 것을 위주로 해야 하겠습니다. 邪惡한 異端의 그릇됨을 지적하여 밝혀 물리치는 것은, 자신의 사욕을 이겨내는 데 있습니다. 자기 속에 있는 적은 천하의 큰 용기가 아니면 대적할 수가 없습니다. 학문하는 사람들이 이 적을 무찌르기를 도모하기가 어렵다는 것을 알지 못하고서, 조그마한 자기 한 몸으로써 이 적과 지구전을 벌이려고 생각하고 있습니다. 이 점이 제가 풀지 못하는 여섯 번 째 현안입니다.

무릇 배우는 사람의 공부 가운데서, 자기의 사욕을 이기는 것과 향상하는 것보다 더 어려운 것은 없습니다. 聖賢들이 두려워하고 조심조심하기를 마치 깊은 못 가에 다다른 듯 얇은 얼음을 밟는 듯이 하는 이유가 이때문입니다. 그래서 朱夫子께서 宋나라 孝宗에게 고하기를, "中原의 오랑캐는 물리치기가 쉽지만, 자기 한 사람의 사욕은 제거하기 어렵습니다. 세상에 보기 드문 큰 공훈은 세우기는 쉽지만, 지극히 미미한 조그마한 마음은 지키기 어렵습니다."라고 했습니다. 그러한 즉, 군대를 출동시켜 마음의 적을 치는 일은 오늘날의 급선무입니다. 학문하는 사람들은 마땅히 心身을 다하여 전력을 다하다가 죽은 뒤에라야 그만두어야 하겠습니다. 성공하느냐 실패하느냐 이로우냐 이롭지 않으냐에 이르러서는 어리석은 제가 미리 논의할 바가 아닙니다.106)

后山의 일생은 바른 학문을 일으켜 세우고 보급하는 데 헌신했다고 말할 수 있다. 聖賢의 가르침과 다른 異端이 크게 세력을 확장하고 있는 것은 물론이고, 같은 儒家에 속하면서도 荀子나 揚雄처럼 儒學을 올바르게 이해하지 못하여 바른 학문에 해를 끼치는 학파도 있었다.

朝鮮時代 내내 儒學을 연구했지만 主氣說에 구애를 받아 바른 학문에 접근하지 못한 학자들이 대부분이었고, 거기다가 科擧工夫에 정신이 빼앗겨서 진정한 학문을 할 겨를이 없었던 학자, 空理空談만을 일삼는 학자 등이 많아 올바른 학문을 진정으로 한다고 할 수 있는 사람은 극소수였다. 그러니 진정한 儒敎는 겨우 명맥만을 유지해 왔던 것이다.

조선말기에 西歐의 天主敎등이 밀려들어와 바른 학문을 어지럽히고 惑世誣民하고 다니니, 儒敎는 유사 이래 최대의 위기를 만났다고 하지 않을 수 없었다. 이런 학문적 위기상황에서 학자가 가져야 할 精神的 里程標를 后山이 나서서 제시한 것이다.

俛宇 郭鍾錫은 "후세의 사람들이 諸葛武侯의 일생을 알려고 한다면 「出師表」만 읽어 보면 충분하고, 后山이 어떤 인물인가를 알고자 한다면 역시 이 「續出師表」만 읽어보면 된다. 번거롭게 다른 글을 구해 볼 필요가 없다."107)라고 말했을 정도로 后山의 일생의 학문과 정신이 여기에 다 들어 있다고 보았다.

「六代祖臥龍亭公遺事」는 后山의 6대조 臥龍亭 許鏑의 傑特한 행적을

---

106) 『后山文集』 권15, 6-8장, 「續出師表」.
107) 『俛宇先生文集』 권157, 26장, 「后山先生許公墓碣銘」.

서술한 글이다. 그 가운데서 精彩있는 부분만 節選하여 소개한다.

공은 나면서부터 英秀하고 峻拔했다. 이미 자라서는 푹 잠겨들어 讀書를 좋아하고, 科擧工夫를 탐탁하게 여기지 않았다. 국가가 丙子, 丁卯의 胡亂의 부끄러움을 당한 것을 悲痛하게 생각하여, 항상 中國 北京지역까지 바로 공격해 들어갔으면 하는 뜻을 갖고 있었다.

공이 弱冠이었을 때 忠淸道 지방의 어떤 절에 놀러 갔는데, 한 늙은 중이 勇力이 있는 것으로써 자부하여 불법적인 일을 많이 저지르고 있었다. 관리들도 두려워서 감히 체포하지를 못했다. 공이 이르자, 그 중은 젊은애라고 깔보고 매우 무례하게 굴었다. 공은 그 죄를 낱낱이 헤아리고서 몽둥이로 때려 죽였다. 그 사실을 들은 사람들 가운데서 통쾌하게 여기지 않는 사람이 없었고, 옛날의 許愼이라고 여겼다. 애들 무리 몇 명이 공을 적으로 삼기에 앞일을 예측할 수가 없었다. 공은 이에 바다 속 섬으로 피신하였다.

얼마 지나서 서울 終南山 아래에 집을 빌려 살았다. 거적때기로 문을 한 움막이었는데, 서리와 눈이 차가와도 다 떨어진 의관을 하고서『中庸』읽기를 그만두지 않았다.

그때 조정에서는 비밀리에 北伐計劃을 논의하고 있으면서 인재를 발굴하고 있었다. 그때 어떤 將臣이 공의 사람 됨을 듣고서 밤에 호위하는 무리들을 물리치고 혼자 공의 집에 와서, 더불어 천하의 일을 논하였다. 공이 세 가지 계책을 내세워 따져 물었더니, 그 將臣은 어렵다고 생각했다. 공이 정색을 하고서, "이렇게 해 가지고 어떻게 무슨 일을 하겠는가?"라고 말하니, 그 將臣은 우물쭈물하다가 물러갔다.

공은 그 다음날 집을 철수하여 산 속으로 가서 움막을 치고 살았다.「撫劍歌」·「慕將歎」등의 시를 지어 悲憤한 뜻을 붙였다.

아아! 자고로 영웅호걸이때를 만나지 못하여 바위틈에서 초췌한 모습으로 말라 늙어죽은 사람이 어찌 한량이 있겠는가마는, 공은 큰 재주와 그릇으로서 뜻을 펴 보지 못하고 세상을 마쳤으니, 더욱 후세의 뜻 있는 사람의 눈물을 흐르게 만든다.108)

---

108)『后山文集』권19, 28장,「六代祖臥龍亭公遺事」.

氣槪와 經綸을 갖고도 國家民族을 위한 일에 그것을 발휘해 보지 못하고 巖穴에 묻혀 일생을 마치는 인재가 헤아릴 수 없을 정도로 많았다. 后山의 6대조가 바로 그런 인재 중에 한 사람이었다. 그래서 后山은 안타까워하는 심정이 더욱 간절했을 것이다. 后山의 先祖가 현달하지 못한 것을 아쉬워한 것이 아니라 나라가 인재를 등용하지 않아 망해 가는 눈앞의 현실을 慨歎하는 마음을 주로 붙인 것이다. 后山이 살던 當代 역시 經綸을 갖춘 人材는 經綸을 펼 기회를 얻지 못하고, 小人輩들이 기회를 엿보아 아첨을 하거나 세력자에게 붙어 높은 벼슬에 올라서 國事를 좌지우지하는 사례는 여전히 많았던 것이다. 문장 또한 豪快, 雄厲하여 읽는 사람을 慷慨하여 振奮하게 만든다.

이 밖에 「神明舍圖銘或問」은 南冥의 學問思想의 핵심으로서 완전한 체계를 갖춘 「神明舍圖」와 「神明舍銘」에 대하여 문답형식을 통하여 상세하게 해석한 중요한 저술이다. 南冥의 학문에 대해서 이처럼 精深하고 緻密한 해석은 后山 이전에는 존재하지 않았다.

「心合理氣說」은 마음은 理와 氣의 合體라는 잘못된 설을 論破하여 마음은 理一元이라는 주장을 펴고 있다.

「聖學十圖附錄通論」은 性理學의 精髓를 뽑아 退溪가 「聖學十圖」를 만들었는데, 各圖를 이해하는 데 필요한 역대 學者들의 著述이나 기록을 다 모아 各圖에 분류해 넣었다. 이 글은 各圖에 대해서 분분하던 諸說을 后山의 기준에서 정리한 글이다. 后山의 性理學 體系를 이해하는 데 중요한 자료이다.

총체적으로 볼 때 后山의 詩文은 德性과 學問에서 우러나온 것을 자연스럽게 글로 옮긴 것이지, 인위적으로 名詩, 美文을 지으려고 한 것이 아니다. 그래서 文彩보다는 바탕에 더 치중한 詩文이다. 이른바 '德을 갖춘 사람의 글'인 것이다.

V. 結論

后山 許愈는, 바른 學問을 연구하고 전파하여, 왜곡된 학문을 물리치고, 이 학문을 통해서 세상 사람들의 心性을 바로잡아 나아가 이 세상을 올바른 사회를 만들려고 숨을 거두는 순간까지도 최선을 다한 그런 眞摯한 學者的 삶을 살았다.

后山은 退溪와 南冥의 學統을 계승하였고, 또 똑 같은 비중으로 尊慕하여 退溪의 學問硏究方法과 南冥의 實踐的 면모를 잘 계승하여, 后山의 한 몸에 融合시켜려고 노력하였다. 그리고 寒洲로부터 傳受한 心卽理說을 篤信하여 전파하였다.

后山은 寒洲로부터 전수받은 학문으로써 많은 제자들을 양성하여 慶尙右道지역의 學問을 크게 復興시켰고, 俛宇 郭鍾錫, 晦峯 河謙鎭, 重齋 金榥 등이 그 뒤를 이어 크게 번창하게 만들었다. 오늘 날 우리 나라 학문에서 寒洲學派가 가장 세력인 큰 학파를 형성하는 데 后山이 결정적인 역할을 했다고 할 수 있다.

后山의 文集은 단순히 詩書이나 應酬文字를 모아놓은 그런 책이 아니고, 學問을 연구한 學問硏究書라 할 수 있다.

그는 단순히 學問을 위한 학문을 한 것이 아니고, 세상에 기여할 수 있는 그런 학문을 했던 것이다. 그리고 이 학문을 통해서 세상을 救濟하려고 적극적으로 노력했다. 그래서 후산은 文 뿐만 아니라 武의 중요함도 인식하고 있었고, 國家經濟, 國際關係 등에까지 관심을 갖고 있어, 동시대의 일반적인 학자들보다는 상당히 선각자적인 견해가 많았다.

后山의 文學觀은 文章은 세상 사람들을 敎化하는 데 기여할 수 있는 것이라야 존재할 가치가 있다는 것이다. 세상에 그 글이 있어도 아무런 도움이 되지 않는 글은 아무리 많아도 필요 없다는 생각을 가졌다. 그래서 자신도 浮華한 修辭를 하지 않고 簡明하게 내용을 분명하게 전달할 수 있는 문장을 지었던 것이다. 后山의 이러한 直截·寬平한 문장은 韓愈의 문장과 서로 통하는 데가 있다고 할 수 있다.

后山의 詩는 吟風弄月的인 그런 시는 거의 없고, 儒敎의 溫柔敦厚한 詩敎에 바탕을 둔 자신의 性情이 자연스럽게 발로된 그런 시를 지었다. 소박하고 꾸밈없는 詩想을 시로 옮겨 적은 것이다. 그래서 아주 화려하거나 사람을 깜짝 놀라게 할 절묘한 그런 詩보다는, 眞實한 本性을 그대로 나타낸 蕭散·沖澹한 작품이 많다.

朝鮮 末期 대표적인 心卽理라는 대표적인 主理說을 주창한 寒洲 李震相의 학문을 계승하여 慶尙右道 일원에 적극적으로 전파한 后山 許愈의 生涯와 學問을 전반적으로 다루었다. 오늘날 寒洲學派가 우리 나라 學術史에서 확고한 기반을 마련하는 데 큰 공헌을 한 后山에 대한 연구는 寒洲의 학문 연구에 중요한 기초 작업이 될 것이다.

后山家門의 形成과 后山의 學問的 경향

I. 序論

南冥의 제자들은 壬辰倭亂이 일어나자 조국과 민족을 위하여 義兵을 일으켜 목숨을 바쳐 나라를 救濟하는 큰 功을 세웠다. 이로 인하여 南冥의 제자들은 宣祖 임금의 두터운 신임을 얻어 정계에 진출하여 光海朝에서는 정권을 주도하였다. 그러나 1623년 仁祖反正으로 인하여 南冥學派의 인사들은, 光海君과 야합한 집단으로 몰려 처형 당하는 등 정계에서 완전히 축출되어 朝鮮이 망할 때까지 다시는 세력을 회복하지 못하였다. 학문적으로도 南冥學은 朱子學 일변도의 학문분위기 속에서 純粹性 논란에 휘말려 西人세력은 물론이고 江左地域의 南人세력에게서조차 擯斥 당하여 정당한 대우를 받지 못해 왔다.

이런 상황이 장기적으로 지속되자 江右地域에서는 학자가 거의 나오지 않았고, 학문적 활동도 점차 사라지게 되었다. 강우지역에서 간혹 나온 학자들도 退溪學派나 老論學派에 淵源을 대면서 南冥學과는 사실상 관계가 끊어진 채로 지내왔다. 역사적으로 볼 때 江右學派의 침체기라 할 수 있겠다. 더구나 1728년 일어난 鄭希亮의 난으로 인하여 중앙정계로부터 江右地域은 완전히 不純한 지역으로 간주되었고, 江左地域으로부터도 차별대우를 받게 되었다.

이런 상황이 오래 지속되자 자연히 中央의 學界와는 교류가 끊어지게 되었고, 몇몇 家門의 인사들은 退溪學派나 西人學派의 學者들을 師事하여 학문을 이어감으로서 南冥學 및 南冥學派는 거의 滅絶되는 운명에 처하게 되었다.

그러다가 19세기 중반부터 이런 분위기가 반전되어 학자가 많이 배출되었는데, 正祖의 南人에 대한 지원의 효과와 星湖 李瀷, 樊巖 蔡濟恭 등 近畿南人學者들의 南冥에 대한 새로운 인식 덕분이라고 말할 수 있다. 그리고 19세기 중반에 近畿의 南人系 學者인 性齋 許傳이 金海府使로 와서 講學함으로 인해서 江右의 學問은 크게 일어났다. 또 거의 같은 시기에 星州의 寒洲 李震相 문하에서 배운 학자들과 全羅道의 蘆沙 奇正鎭 문하에서 배운 학자들이 동시에 배출됨으로 인해서 江右地域의 學問은 第二의 全盛期를 맞이하게 되었다.

后山보다 年長인 晩醒 朴致馥, 芝窩 鄭奎元, 月皐 趙性家, 雙洲 鄭泰元, 端磎 金麟燮, 月村 河達弘, 梨谷 河仁壽 등과 후배인 俛宇 郭鍾錫, 勿川 金鎭祜, 膠宇 尹冑夏, 老栢軒 鄭載圭, 尼谷 河應魯 등 걸출한 학자들이 배출되어 講學과 著述의 기운이 고조되어 갔다.

后山은 이런 분위기에서 성장한 江右地域을 대표하는 학자인데, 寒洲의 문하에서 공부하여, 그 대표적인 문인이 되었고, 心卽理說의 전도자로서 俛宇 郭鍾錫 등 이 지역의 학자들을 先導하는 학자로서의 역할을 한 비중 있는 학자이다.

이제 본고에서는 주로 그의 家學的 淵源과 그의 學風에 대해서 考究하여 보고자 한다.

II. 江右地域의 金海許氏와 后山家門

江右地域에서 金海許氏들이 世居하는 지역은 固城, 三嘉, 宜寧, 晉州 金海 등지를 들 수 있고, 그 숫자도 적지 않은 편이다.

許氏는, 伽倻國 首露王의 후예인데, 수로왕의 두 아들이 왕후 許黃玉의 姓을 따라 허씨 성을 갖게 되었다. 허황옥은 普州太后에 봉해졌는데, 본래

印度系列의 혈족으로서 伽倻國의 首露王에게 시집온 것으로 알려져 있다. 인도 阿踰陀國에 살던 그 조상들이 中國 泗川省 普州로 옮겨와 살았는데, 漢나라 때에 이르러서는 대단히 번성한 일족으로 성장했다. 普州는 成都 와 重慶의 사이에 있다. 그러다가 漢나라 중기에 許聖이 中央政權에 대항 하는 봉기를 주도하여 실패하자, 이후 핍박을 받게 되어 一族들이 사방으 로 흩어졌는데, 許黃玉의 친정 집안은, 그 이전부터 揚子江 수로를 따라 伽倻國과 交往이 있었으므로 가야국으로 옮겨와 수로왕과 결혼하게 되었 던 것이다.[1]

그러나 수로왕의 두 아들의 후예의 자세한 세계는 알 수 없고, 오늘날 金海·陽川·河陽 등을 본관으로 삼는 허씨의 中始祖는 모두 고려 때 인물이다. 陽川許氏 중시조 許宣文은 高麗 太祖의 군량미를 도와 건국에 공을 세워 孔巖村主로 임명되었는데, 공암촌은 오늘날 서울 陽川區에 해 당된다. 河陽許氏는 許康安을 중시조로 삼는데, 戶長을 지냈다. 金海許氏 의 중시조는 許琰으로 三重大匡을 지냈다. 이 세 분의 성명이나 행적은 『高麗史』및 高麗時代 여러 문인 학자들의 文集에 전혀 보이지 않는다. 1980년대에 발간된 모든 본관을 아우런 『許氏大同譜』에서, 陽川許氏 시조 는 首露王의 30대, 河陽許氏는 33대, 金海許氏는 35대 후손으로 기록되어 있으나, 신빙할 만한 근거가 없다.

『金海許氏族譜』에는 중시조 許琰 이후 2대 許君彦, 3대 許資, 4대 許延 등으로 世系가 이어져 있으나, 이들의 성함이나 행적은 『高麗史』나 고려 시대의 문집에 보이지 않는다. 5대 許有全부터 『고려사』에 列傳이 실려 있고, 그 외 여러 곳에 기록이 실려 있고, 고려시대의 문집에도 나타난다. 許有全은 관직이 門下侍中에 이르고 駕洛君에 두 번 봉해지는 등 혁혁한 宦歷을 가졌다.

그 손자 中郎將 許麒는 專橫을 일삼던 辛旽을 탄핵하다가 좌천되는

---

1) 金秉模,「김수로왕비 허황옥」, 조선일보사, 1994.

李存吾를 구제하려다가 固城으로 유배되게 되었고, 朝鮮이 건국된 이후 李成桂가 여러 차례 불렀으나 나가지 않고 志節을 지켰다. 그의 자손들이 그대로 고성에 눌러 살게 되었다. 김해허씨가 江右地域 사람이 된 것은 허기로부터 비롯된다. 그러나 晉州 勝山에 거주하는 허씨는 許有全의 형인 許仁全의 후손이고, 金海, 慶北 善山 등지에 거주하는 허씨 가문은 許延의 아우인 許澄의 후손이다. 后山家와는 高麗 후기에 분파되어 별 밀접한 교류가 없었다.

許麒의 아들 許惟新은 朝鮮初期에 文科에 급제하여 靈山縣監을 역임하고 臺諫의 직위를 여러 차례 거쳤다.

그 손자 松窩 許元弼은 武科에 급제하여 鍾城 通判을 지냈는데, 都元帥 許琮을 쫓아 女眞族을 토벌한 공이 있어 原從功臣에 策錄되었다. 비록 무과출신이지만 어려서 儒學을 익혔고, 당시의 저명한 문인 灌圃 魚得江과 같은 마을에 살며 절친한 관계를 유지하였고, 그의 逝世後 灌圃가 그의 墓碑銘을 지었다.

그의 아우 禮村 許元輔는 26세 때 生員에 합격한 뒤, 固城으로부터 宜寧 嘉禮의 산수를 사랑하여 가례로 이사하여 白巖亭을 짓고서 寒暄堂 金宏弼, 濯纓 金馹孫, 滄溪 文敬仝 등과 어울려 시를 읊조리며 지냈다. 그 둘째 아들 進士 許瓚은 곧 退溪 李滉의 丈人이고, 그 손자 進士 許士彦은 退溪의 제자였다. 허사렴은 慶州府尹을 지낸 竹牖 吳澐의 장인이 된다.

許元弼의 셋째 아들 竹溪 許珣(1493-1567)은 武科에 급제하여 通政大夫 杆城郡守 訓鍊判官 등직을 역임하였다. 삼가에 살던 허원필의 장인인 進士 朴倚山은 후사가 없었으므로 竹溪가 奉祀하기 위해서 三嘉縣 德村으로 옮겨 살았다. 三嘉縣에 許氏가 정착한 것은 이때부터이다.

竹溪의 아들 晩軒 許彭齡은 南冥 曹植의 문하에 나가서 공부하였다. 學行으로 懿陵參奉에 제수되었으나 나가지 않았다. 立齋 盧欽의 아버지 盧秀民의 딸에게 장가들어 三嘉縣의 在地士族과 혼인관계를 맺게 되었다.

그 아들 德庵 許洪材는 行誼로 천거되어 察訪에 제수되었다. 임진왜란 때 家財를 기울여 장정을 모아 忘憂堂 郭再祐의 진중에 나가 공을 세웠다. 그 아우 遯齋 許洪器 역시 망우당의 진중에서 공을 세웠다. 軍功으로 특별히 軍資監判官에 제수되었고, 문집이 남아 있다.

허홍재의 아들이 滄洲 許燉인데, 어려서는 조모의 아우 立齋 盧欽의 문하에서 배우다가 나중에 蘆坡 李屹의 문하에서 배웠다. 1616년 문과에 급제하여 禮曹正郎을 지냈으나, 당시 永昌大君을 죽이는 등 大北政權의 패륜적인 행위가 나타나기 시작하였고, 또 실권자 李爾瞻이 좋은 벼슬로 유혹하는 것을 보고 관직을 버리고 시를 짓고 돌아왔다. 澗松 趙任道, 无悶堂 朴絪, 寒沙 姜大遂, 謙齋 河弘度, 桐溪 鄭蘊, 林谷 林眞怤, 東溪 權濤 등과 道義之交를 맺었다. 시문집 『滄洲集』을 남겼고, 三嘉의 古嚴書院 및 德林書院에 享祀되었다가 1868년에 훼철되었다.[2]

허홍기의 아들 赫臨齋 許熙는 林谷 林眞怤, 眉叟 許穆의 門人으로서, 미수가 일찍이 林谷에게 답하는 서신에서, "내가 남쪽으로 와서 아름다운 선비를 얻었도다."라고 혁림재의 인품과 학문을 칭찬하였다. 일찍 과거를 포기하고 性理學 연구에 전념하였는데, 학문이 해박하고 行身이 純正하였다. 시문 초고가 많았으나 화재를 만나 대부분 다 타버렸고 남은 것을 수습한 『赫臨齋集』이 간행되어 있다.

滄洲의 맏아들 晦溪 許堣은 林谷 林眞怤의 문인인데, 걸출한 기개와 深厚한 학문으로 京鄕間에 이름이 있었다. 生員에 합격했으나 文科에는 급제하지 못하였다. 『晦溪文集』 2권 1책을 남겼다.

滄洲의 둘째 아들 道庵 許塤 역시 林谷 林眞怤의 문인이다. 孝廉으로 천거되어 將仕郎에 제수되었다. 이 분이 后山의 7대조인데, 德村에서 吾道로 옮겨 살았다. 許塤은 아버지의 친구인 台溪 河溍의 사위이다.

許塤의 아들 臥龍亭 許鎬는, 燕巖 朴趾源이 지은 「許生傳」의 실제 모델이라고 할 만큼 걸출한 인물이었다. 俛宇 郭鍾錫은 "朴燕巖이 지은 「許生

---

2) 『滄洲先生年譜』 11장, 경인문화사 영인본.

傳」에 나오는 인물과 동일인이다."라고 판정을 했다.3) 丙子·丁卯의 胡亂
을 겪은 이후로 국가가 당한 수치를 씻으려는 기개가 있었는데, 스스로
諸葛亮에 比擬하여 臥龍亭이라는 호를 쓴 것이다. 그의 6대손인 后山인
쓴 「臥龍公遺事」에 다음과 같은 기록이 있다.

이미 자라서는 沈深하여 독서를 좋아하였고 과거 보는 일을 탐탁하게 여
기지 않았다. 국가가 병자호란과 정묘호란 때 당한 부끄러움을 통탄하여
바로 北京을 함락시켰으면 하는 뜻이 있었다. 臥龍이라고 自號했는데, 대개
朱子의 臥龍菴故事에 느낀 바 있었던 것이다.

전해 오는 말에 의하면, 公은 약간의 나이에 湖西地方의 어떤 절에 놀았다.
그 절에 어떤 늙은 중이 있었는데, 勇力으로 자부하여 불법적인 일을 많이
저질렀으나 관리들은 두려워서 감히 체포하지 못했다. 공이 그 절에 이르자,
나이가 어리다고 얕보고서 매우 무례하게 대하였다. 공이 그 죄를 하나 하나
따지면서 몽둥이로 쳐서 죽이니, 그 소식을 들은 사람들은 통쾌하게 여겨
옛날의 許愼으로 여기지 않는 사람이 없었다. 소년 승려 몇 명이 대적하려고
하기에 벌어질 일을 예측할 수 없었으므로, 공은 바다 속 섬으로 피신하였다.

이윽고 돌아와서는 서울 終南山 아래에 집을 빌려 흙집 꺼적대기 문에
서리와 눈이 차가왔으나 다 떨어진 의관을 하고서 『中庸』을 읽기를 그만
두지 않았다.

그때 조정에서는 北伐計劃을 비밀리에 논의하고 있으면서 인재를 찾았다.
그 당시 정승 朴某가 공의 사람됨을 듣고서 기이하게 여겨 밤에 시종들을
물리치고 문에 이르러 천하의 일을 논하였다. 공이 세 가지 계책을 제시하고
시행할 수 있는지를 따져 물었으나, 그 將臣은 어렵다고 대답했다. 공이 정색
을 하고서 말하기를, "이러고서도 오히려 무슨 일을 할 수 있겠느냐?"라고
하니, 장신은 머뭇거리다가 물러났다. 공도 또한 그 다음날 온 집이 다 떠나
버렸다. 산속에 들어가 움막을 짓고서 「撫劍歌」, 「幕將歎」 등을 노래하여
비분한 뜻을 붙였다.4)

---

3) 許鎬, 『臥龍亭集』 부록, 郭鍾錫 撰, 「臥龍公墓碣銘」.

4) 許愈, 『后山集』 권19, 803-805쪽. 「六代祖臥龍公遺事」.

朴趾源의 「許生傳」에서 허생이 당시 훈련대장 李浣에게 北伐策에 정반대되는 세 가지 대책을 제시하였으나, 이완이 실현 불가능함을 이야기한 대목과 큰 줄거리에 있어서는 대동소이하다. 「許生傳」의 주인공과 동일인물이라는 사실여부를 떠나서, 臥龍亭은 녹녹한 선비가 아닌 奇傑한 인재였음을 알려 주는 글이다.

將臣을 질타한 그 이튿날 종남산에서 철수하여 고향에 돌아온 뒤로는, 霽山 金聖鐸, 密庵 李栽, 蒼雪 權斗經 篪叟 鄭葵陽 등 주로 江左의 어진 선비들과 교유하였는데, 모두 마음으로 허여한 道義之友였다. 이들은 모두 葛庵 李玄逸의 문인들인데, 갈암이 유배지에서 돌아갈 때 晉州에 잠깐 머물렀는데, 臥龍亭은 이때 배알하고 그 문인이 되었기 때문에 이후 그 제자들과 친하게 되었다.[5) 시문집 『臥龍亭集』 3권이 간행되어 있는데, 憂國憐民의 내용이 담긴 비분강개한 시가 많이 실려 있다.

臥龍亭의 아들 聲默齋 許濂은 부친의 친구인 篪叟 鄭葵陽에게 가서 배웠는데, 정규양은 退溪의 嫡傳으로 인정되는 葛庵 李玄逸의 제자이다.

외룡정의 5대손 笑笑軒 許禾貞은 嶋陽 朴慶家, 客山 崔孔學 등과 道義之交를 맺었다. 허정은 곧 后山의 부친으로 4남을 두었는데, 后山이 그 막내 아들이다. 伯兄 隱齋 許爀 역시 嶋陽 朴慶家의 문하에서 배웠다.

江右지역에 사는 金海許氏는 固城에 사는 宗族의 숫자가 제일 많고, 그 다음이 宜寧이고, 옛날 三嘉縣에 속하는 佳會에 사는 許氏의 숫자는 제일 적지만, 滄洲 許燉 이후 뛰어난 學者·文人들이 가장 많이 배출되었다. 佳會에 世居한 金海許氏 가운데서 문과급제자로서 文翰이 가장 뛰어났던 滄洲를 배출하였으므로, 江右地域 金海許氏 가운데서 유림사회에서 가장 쳐주는 가문이라 할 수 있다.

이상에서 논의한 것을 圖示하면 이러하다.

---

5) 金榥, 『重齋集』.

시조 :   首露王(伽倻國王)
         王妃(普州太后 許黃玉)

중시조 : 許琰(首露王의 35대손(?). 고려중기, 三重大匡)

3세 :   許資(兵部尙書)---許延(密直司使)
         許澄(侍賓齋上卿, 자손 金海, 密陽, 善山 거주)

5세 :   許仁全(許延 제1자, 駕洛君, 자손 晉州 勝山, 全羅道 順天 등지
         거주)
         許有全(허연 제4자, 忠肅王朝 門下侍中, 駕洛君, 忠穆公)

7세 :   許麒(許有全 손자. 麗末鮮初, 中郞將, 貞節公, 固城에 流配, 자손
         고성 의령 합천 고령 등지 세거)

8세 :   許惟新(許麒 독자, 文科, 縣監)

9세 :   許旅(許惟新 제1자. 司正, 자손 고성 삼가 의령 등지 거주)
         許施(허유신 제2자, 生員, 자손 宜寧 富林面 등지 거주)---元廈
         許旋(허유신 제3자, 進士, 자손 高靈 거주)   義先

10세 :   元弼(許旅의 제1자. 鍾城通判. 자손 고성 三嘉 등지 거주)
         元輔(許旅의 제2자. 생원. 자손 의령 등지 거주)---許琇(許元輔
         제1자, 叅奉)
         許瓚(허원보 제2자, 진사, 退溪 장인)---許士彦(생원 진사. 퇴계
         제자)

11세 :   許珩(許元弼 제1자. 鍾城判官)---許千壽(叅奉. 퇴계 제자 : 자손
         고성 거주)
         許珣(許元弼 제3자. 竹溪, 조선 중종조, 군수, 고성에서 三嘉縣 佳
         會로 移居)

12세 :　許彭齡(許玽 제1자, 晩軒, 叅奉, 南冥 문인, 자손 佳會 거주)

13세 :　許洪材(晩軒 제1자, 德菴, 盧欽 문인, 倡義, 察訪, 有遺集)
　　　　許洪器(晩軒 제2자, 遜齋, 盧欽 문인, 倡義, 軍資監判官, 有遺集)

14세 :　許燉(許洪材 제1자, 滄洲, 文科, 立齋, 蘆坡, 寒岡 門人, 禮曹正郎, 『滄洲集』)

　　　　許熙(許洪器 제1자, 赫臨齋, 林林谷, 許眉叟 문인, 『赫臨齋集』)
　　　　許熟(허홍기 제2자, 林林谷 문인)

15세 :　許堈(許燉 제1자. 晦溪, 生員, 林林谷 문인, 자손 佳會 德村 거주, 『晦溪集』)
　　　　許塤(허돈 제2자. 道庵, 吾道로 이주, 자손 佳會 吾道 거주, 有實紀)

16세 :　許鎬(許塤 제1자, 臥龍亭, 李葛庵 문인, 有文集)---許濂(默齋, 鄭葵陽 문인)

21세 :　許禾貞(許濂의 4대손, 笑笑生, 有遺稿)---許煏(제1자, 隱齋)---許暹(竹史)---許鉀(省窩)
　　　　　　　　　　　　　　　　　　　　　許愈(제4자, 后山)

23세 :　許弼(后山 제1자, 梅亭)---許銓(三黎)
　　　　許珪(제2자, 吾石, 有遺集)---許銓(제1자, 出系)
　　　　　　　　　　　　　　　　許鏴(제2자, 愚山, 有詩集)
　　　　　　　　　　　　　　　　許鏞(제3자, 蘭石)
　　　　　　　　　　　　　　　　許鎭(제4자)
　　　　　　　　　　　　　　　　許鏺(제5자)

Ⅲ. 后山家門의 學風

高麗末期 固城에 정착했다가, 朝鮮 中宗朝에 군수를 지낸 竹溪 許珣이 다시 三嘉縣으로 옮겨와 터를 잡았다. 죽계는 退溪의 처당숙이고, 그 아들 晩軒 許彭齡은 퇴계의 재종처남이 된다. 퇴계가 宜寧 처가에 7차에 걸쳐 왕래하였고, 또 1533년 2월 삼가를 歷訪한 적이 있었으므로 竹溪 부자는 퇴계와 交往이 있었음을 알 수 있다. 다만 상세한 당시의 기록은 남아 있지 않고, 后山의 「萬竹橋」라는 시에, "퇴계가 지나갔기에 다리가 응당 무거워졌고, 滄洲 선조 돌아옴에 돌이 아직 남아 있네.[陶翁過去橋應重, 滄祖歸來石尙餘.]"6)라는 구절을 통해 볼 때, 퇴계가 佳會에 왔던 사실을 증명할 수 있다.

그러나 許彭齡은 퇴계의 문하에 執贄하지 않고, 남명의 문인이 되었다. 그 것은 南冥 같은 대학자가 사는 곳인 兎洞이 德村과 가까운 것이 가장 큰 이유였을 것이다. 『德川師友淵源錄』에 허팽령에 관하여 이렇게 기록되어 있다.

> 자는 天老, 호는 晩軒, 본관은 金海다. 中宗 무자(1528)년에 태어났다. 貞節 公의 5세손이다. 文彩를 감추고서 자연 속에 느긋하게 숨어 지냈다. 추천으로 懿陵參奉에 제수 되었으나, 나가지 않았다.
>
> 공은 어릴 때는 활 쏘고 말 타는 일에 종사하다가 雷龍亭에서 남명선생을 뵙고 敬義之學의 바른 가르침을 듣게 되자, 돌아가 사람들에게 말하기를, "우리 선비의 아주 많은 일이 여기에 있지, 활쏘기 말타기에 있지 않소"라고 하고는 전에 하던 일을 다 버리고, 왕래하면서 선생을 스승으로 모시게 되었다. 학문이 더욱 넓어지고 行誼가 더욱 닦여졌다. 거처하던 집에 晩軒이라는 편액을 달았는데, 대개 '道를 들은 것이 늦었다'는 뜻이었다.
>
> 그 뒤에 여러 선비들과 함께 三嘉縣 晦山의 아래에다 선생의 서원을 창건 하였고, 매달 초하루에 나아가 절하고 焚香을 하였는데, 나이 들어서도 게을

---

6) 許愈, 『后山集』 권1, 26장, 「萬竹橋」. 后山書堂 影印本.

리하지 않았다. 믿음을 독실히 하고 학문을 좋아하는 것이 이러하였다.7)

그의 조부 許元弼과 부친 許珣은 모두 武科에 급제하여 仕宦을 한 무인
이었다. 그 영향으로 晩軒도 어릴 때는 활쏘기와 말타기를 익혔다. 그러나
가까운 거리에서 講學하고 있던 大學者 南冥을 만나 敬義之學을 들은
이후로 武業에서 儒學으로 공부의 방향을 바꾸었다. 이를 계기로 하여
后山 가문은 儒學 쪽으로 방향을 전환하였는데, 이에는 남명의 가르침이
결정적인 영향을 끼쳤을 것으로 볼 수 있다.

晩軒은 또 남명에 대한 欽慕의 정신이 대단하여 이후로 이 지역 儒林들
을 규합하여 남명의 서원인 晦山書院을 창건하여 남명을 享祀하며 그 학
문과 정신을 계승하려고 노력하였던 것이다. 壬辰倭亂때 불탄 회산서원은
임진왜란 이후 중건하면서 龍洲面으로 옮겼고, 光海君 때 龍巖書院으로
賜額을 내려졌다. 용암서원은 南冥의 生長하고 講學한 三嘉에서 남명을
향사하는 중요한 서원으로서의 역할을 하였다.

晩軒의 두 아들 德菴 許洪材와 遯齋 許洪器는 모두 南冥의 문인인 외숙
立齋 盧欽의 문하에서 공부하였다. 이 형제는 임진왜란 때 倡義하여 忘憂
堂 郭再祐 陣中에서 공을 세웠고, 또 淨襟堂으로 招諭使 鶴峯 金誠一을
찾아뵈었더니, 학봉에게 "삼가에 어진 선비가 많다더니, 과연 그렇구나."
라는 칭찬을 들을 정도로 훌륭한 인물이었다. 전쟁 때 세운 공훈으로 관작
을 받았다. 둘 다 문집을 남겼으나, 학문적으로 크게 저명하지는 못했다.

德菴의 아들 滄洲 許燉에 이르러서 后山 가문은 크게 위상이 提高되었
다. 창주는 처음에 立齋 盧欽의 문하에서 배우다가 뒤에 蘆坡 李屹의 문하
에서 배웠다. 21세 때는 德川書院에서 寒岡 鄭逑를 배알하고 그 제자가
되었다.

31세 때 文科에 급제하여, 1516년 承文院 博士에 취임했다가 곧 물러났

7) 『德川師友淵源錄』 권4·5장, 「許彭齡條」.

는데, 그 이듬해 禮曹正郎으로 불렸지만 나가지 않으려고 했으나 父親의
권유로 부득이 나아가 肅謝를 했다. 李爾瞻 韓纘男 등이 滄洲의 명성을
듣고 사람을 시켜 翰林에 임명하려는 뜻을 암시하자, 창주는 부끄럽게
여기고 「掛冠詩」를 짓고 돌아왔다. 光海朝에 지조를 지켜 벼슬하지 않던
龍洲 趙絅이 그 소식을 듣고 뒤쫓아 와 漢江 가에서 전별연을 베풀어
주었다.

남쪽지방 농어가 가을이라 한창 살찔 땐데,	南國鱸魚秋正肥
벼슬 내던지고 천리 길 미련 없이 돌아오네.	掛冠千里浩然歸
지금부터 나에게는 滄洲의 정취 있나니,	從今我有滄洲趣
萬竹橋 가에 낚시터 하나 있도다.	萬竹橋邊一釣磯8)

명리를 초탈하여 관직에 연연하지 않고 志節을 지키는 결연한 자세가
잘 나타나 있다. 滄洲는 朱子가 만년에 거주하며 講學과 著述에 힘쓰던
곳이다. 창주도 벼슬을 버리고 주자처럼 학문에 전념하겠다는 결의를 보이
고 있다. 滄洲라고 호를 삼은 것은 朱子의 학문과 出處를 철저히 배우겠다
는 뜻이 담겨 있다. 주자가 20세에 과거에 급제하여 50여년을 宦籍에 이름
이 올라 있었지만, 조정에서 벼슬한 것은 42일에 불과했는데, 소인배들과
어울리지 않고 주자의 出處觀을 따라 처신하려는 의지가 이 시에 강하게
담겨 있다.

벼슬에서 물러난 그 다음해 仁同 不知巖으로 旅軒 張顯光을 배알하였
더니, 여헌은 「掛冠詩」를 칭찬하고서 자기도 자주 외운 지 오래 되었다고
말했다. 또 창주의 인물 됨을 높이 평가하여 全器之人으로 허여하였다.
여헌도 광해조에 핍박을 받아 관직에 나가지 않고 있었으므로, 창주의
이 시가 자신의 심경을 잘 대변했다는 느낌을 가질 수 있었을 것이다.

仁祖反正 이후 全羅都事로 불렀으나 부임하지 않았다. 부임하지 않은

---

8)『滄洲集』권1, 13장, 「還鄉吟」.

이유는 자신은 비록 大北派와 정치적 노선을 같이 하지는 않았지만, 南冥
學派가 다 축출된 마당에 벼슬길에 나갈 마음이 나지 않았기 때문일 것으
로 생각된다. 丁卯胡亂에 강화가 성립된 것을 보고는 매우 수치스럽게
여겨, "10년이 지나지 않아 천하가 오랑캐가 되겠구나!"라고 하고는 더욱
벼슬에 나갈 뜻이 없었다.

안으로는 衣冠을 차려 입은 도적이 있고,	衣冠有內盜
바깥에선 도적이 전과 같이 날뛰는구나.	外寇仍猖獗
묘지에 가서 술과 고기 구걸하여 배 불려서,	乞墦飫酒肉
집에 돌아와 아내와 첩에게 거드름 피우네.	返室驕妻妾
오랑캐가 닥쳐오자 화친이나 일삼으니,	賊至事和親
조정 대책 곤궁하여 더럽힘 경계해야지.	廟謨戒窮黷
백성들은 상처를 아파하고 있는데,	民生苦瘡痍
뜻 있는 선비 다만 슬퍼하기만 할 뿐.	志士徒愴惻9)

　仁祖를 임금으로 만든 西人政權은, 아무런 대책도 없이 무작정 後金을
배척하다가 침략을 자초하였고, 별로 저항도 해보자 못하고 和親해 버렸
는데, 창주는 국가민족의 앞길을 망친 그런 위정자들을 비판했다. 백성들
에게는 군림하여 온갖 가혹한 행위를 해 왔으면서 적에게는 쉽게 항복하
여 적이 하자는 대로 따라가는 나약한 정부의 실상을 그대로 폭로하였다.
전쟁으로 적의 말발굽 밑에 짓밟힌 백성들의 고통상을 이해하여 연민한
시이다. 뜻 있는 선비, 곧 자기 같은 사람으로서 어떤 조처도 할 수 없는
안타까운 심경을 시에서 토로하고 있다.
　창주는 효성이 지극하였는데 연이어 당한 부모상에 廬墓를 하며 3년상
을 치른 그 다음해 47세로 세상을 떠나고 말았다.
　그는 南冥의 제자인 立齋 盧欽과 來庵 鄭仁弘의 문인인 蘆坡 李屹에게

---

9) 『滄洲年譜』 9장, 경인문화사 영인본.

서 수학하였고, 寒岡 鄭逑, 旅軒 張顯光, 桐溪 鄭蘊의 영향을 많이 받았다. 이 밖에 당시 江右의 이름 있는 학자인 林谷 林眞怤는 동갑으로서 또는 立齋 문하의 同門友로서 어릴 때부터 가장 절친하게 지냈고, 가장 마음이 통했다. 임곡은 나중에 창주 사후 墓碣銘을 지었다. 林谷의 조부 瞻慕堂 林芸은 退溪의 제자였으므로 임곡의 가문 역시 退溪와 南冥의 학문을 아울러 수용하고 있었다. 이 밖에 謙齋 河弘度, 浮查 成汝信, 滄洲 河憕, 澗松 趙任道, 釣隱 韓夢參, 凌虛 朴敏, 无悶堂 朴絪 등과 다 학문적 교류를 가졌다.

滄洲는 南冥의 학문이 잘 계승되지 못하는 것을 걱정하는 마음이 간절했다. 이런 뜻을 나타낸 다음과 같은 시가 있다.

덕으로 산을 삼고 덕으로 시내 삼았는데,　　德以爲山德以川
선생은 멈출 곳에 멈추어 천명을 즐겼네.　　先生止止樂夫天
백년 된 남긴 자취 이을 사람 없기에,　　百年遺躅無人續
공연히 산천으로 하여금 자연에 맡겨 두었네.　　空使山川任自然[10]

南冥의 在世時로부터 백년이 되지 않아 남명의 학문을 이을 사람이 없음을 개탄하고 있다. 남명학의 계승문제에 남 다른 관심을 갖고 있음을 알 수 있다. 德川書院이 仁祖反正 이후 鄭仁弘 세력을 몰아낸다는 구실로 西人의 원격조정을 당하는 西人勢力이 등장하여 이 지역의 南人勢力과 대립하는 갈등양상을 보여 儒論이 분열되기 시작하였다. 곧 江右地域이 학문적으로 쇠퇴일로를 걷고 있는 상황에 대한 깊은 우려를 나타냈다.

退溪 등 五賢의 文廟從祀에 반대한 鄭仁弘이 스승 蘆坡의 스승이었지만, 滄洲는 退溪를 대단히 尊慕하였고, 五賢이 從祀되었다는 소식을 듣고 시를 지어 기뻐할 정도였다.

---

10) 『滄洲集』 권1, 12장, 「入德川」.

程朱의 바른 學脈을 圃隱이 전했나니,   程朱正脈圃翁傳
吉先生 전하고 金先生 이어 五賢에 이르렀네.   吉授金承洎五賢
從祀의 典禮를 허락하는 綸音 막 내렸으니,   從祀兪音新降典
우리 동방 밝은 것이 해 하늘 가운데 있는 듯.   吾東皦若日中央[11]

五賢이 우리 나라에 대한 영향은 마치 하늘 가운데 있는 해처럼 훤히 밝아 길을 인도해 줄 정도로 크다고 확신하면서, 오현의 文廟從祀를 기뻐하고 있다. 이 시를 蘆坡에게 올린 것을 볼 때 鄭仁弘의 제자인 蘆坡도 退溪 등의 文廟從祀 문제에 대해서는 스승과 의견이 달랐음을 알 수 있다.

滄洲는 立齋 盧欽과 蘆坡 李屹, 寒岡 鄭逑 등 세 스승과 여러 師友들을 통해서 자신의 학문을 형성했다. 三嘉는 본래 남명의 생장지이자 講學地였으므로 남명의 학문을 계승하는 것은 당연한 것이었다. 그러나 退溪는 학문과 덕행 그 자체로 충분히 흠모할 가치가 있었고, 또 퇴계가 자기 집안의 贅客이었으므로 더욱 애정이 갔던 것이다. 그의 절친한 친구 林谷도 南冥과 退溪를 동시에 존모하고 있어 滄洲와 노선을 같이 했다. 이런 여러 가지 관계로 인하여 창주는 이 지역의 다른 학자들보다 더욱 더 南冥과 退溪 두 분을 다 같이 존경하면서 두 분의 학문을 다 수용하려는 자세를 견지하였다. 당시 江右의 일부 인사들은 南冥과 退溪를 대립적인 관계로 보고, 남명을 尊崇하려면 퇴계를 헐뜯어야 하는 것으로 잘못 생각하고 있었으므로, 남명의 생장지인 삼가에서는 퇴계를 비난하는 것이 하나의 유행이 되었던 것이다. 그러나 滄洲는 이런 편협한 사고에 동조하지 않고, 남명은 남명대로 높이고 퇴계는 퇴계대로 높일 만한 것을 높이는 자세를 견지하여 두 분의 장점을 아울러 섭취하였다. 이 것으로서 자신의 학문적 방향으로 삼았고, 이런 경향은 이후 許氏 가문의 家學的 傳統으로 后山에게까지 전해졌다.

창주의 從弟인 赫臨齋 許熙는 林谷 林眞怤에게 배우고 나중에 眉叟

---

11) 『滄洲集』 권1, 12장, 「聞五賢陞廡之命喜吟一絶呈蘆坡先生」.

許穆에게 배웠다. 林谷 역시 남명학과 퇴계학을 동시에 接脈되어 있는
사람이었다. 혁림재는 퇴계를 신명처럼 존숭하였고, 혹 퇴계를 비난하는
사람이 있으면 글을 써서 반박할 정도로 철저히 옹호하였다. 南冥에 대해
서도 어느 누구 못지 않게 매우 존경하였다. 그러나 道德 文章에 있어서는
南冥을 더 존경하고, 學問의 純熟함과 학문하는 過程의 바른 차례에 있어
서는 退溪를 더 존경하는 등 존경하는 분야를 명확히 하였다.

赫臨齋는 南冥을 대단히 존숭했지만, 퇴계에 대해서도 학문이 純熟한
점을 존숭했는데, 이 사실이 잘못 소문이 나서 남명을 비난하는 인물로
공격을 받은 적이 있었다. 퇴계와 남명의 우열론으로 인하여 당시 江右지
역의 선비들 사이에서 복잡한 논란이 있었음을 알 수가 있다. 이런 오해에
대해서 赫臨齋가 朴曼에게 답한 서신은 다음과 같다.

> 일찍이 晋州 사람을 安義의 花林洞에서 만났는데, 화제가 前輩들에게 미
> 쳤습니다. 그 사람이 힘을 남기지 않고 退溪를 공격하기에 내가 "제발 그렇
> 게 하지 마시오 李先生은 공격해서는 안 되오 마치 叔孫이 仲尼를 공격하는
> 것과 같은 것으로 스스로 헤아리지 못한다는 것만 드러낼 뿐이오."라고 말해
> 주었습니다. 대개 그 사람의 말은 오로지 仁弘에게서 나온 것일 것입니다.
> 저가 "어느 시대인들 어진이가 없겠소마는, 인홍이 죽어야 어진이의 바른
> 傳承을 얻을 것이오."라고 말하고는, 그대로 논하기를, "南冥先生의 도덕과
> 문장은 百世의 宗師가 될 수 있고, 高風峻節은 족히 頑惡하고 나약한 사람들
> 을 일으킬 수 있지만, 학문의 純熟함과 단계의 분명함에 이르러서는 李先生
> 을 버려두고서 누구를 스승으로 삼겠소?"라고 했습니다. 그랬더니 그 사람은
> 크게 노하여 떨치고 가버렸습니다. 이 일이 있고서부터 제가 남명을 공격한
> 다는 이야기가 있더군요. 정말 우스운 일입니다.
> 南冥先生은 일찍이 동방에 존재한 적이 없었던 인물로서 헐뜯을 만한 허
> 물이 없으니, 처음 공부를 시작하는 사람들이 감히 망령되이 논할 만한 사람
> 이 아닙니다. 만약 그 진주 사람처럼 "학문이 純熟한 것이 퇴계보다 낫다."라
> 고 말한다면, 그 것은 진실로 말이 되지 않습니다. '한 가닥의 숨이 오히려
> 남아 있으면 조금도 게으른 것을 용납하지 않는 것'은 이선생이 학문에 애써

마음을 쓴 것이고, '참되게 알아서 힘써 실천하고 中正하고 순수한 것'은 이선생 학문의 바름이고, '자세하게 분석하여 精微하고 그윽한 것을 드러내어 후세에 전해 준 것'은 이선생이 지난 날의 성현을 이어서 후세의 학자들을 열어준 공로입니다. 朱夫子의 뒤에 다시 이선생이 있게 된 것이니, 500년 뒤 다시 나오지도 않을 것이고, 이에 앞서서 海東에 이선생 같은 분이 있었습니까?

근세에 몇몇 고을의 선비들이 仁弘과 사는 곳이 멀지 않아 그 영향을 받은 지가 오래되어 친숙하게 지내다 보니 잊기가 어려웠던지, 李先生을 망령되이 논하는 사람이 많습니다. 제가 이때문에 크게 두려워하기에 분변하지 않을 수 없는 것이지, 어찌 터럭만큼이라도 남명선생에게 불만이 있어서 그런 것이겠습니까?

"龜巖을 도와주는 데 뜻이 있어 남명을 공격한다."라는 말이 있는 것에 이르러서는 더욱 한 번 웃음거리도 되지 못하는데, 어찌 많이 분변할 것이 있겠습니까? 대저 이 사람을 도와주기 위해서 저 사람을 공격하는 짓은, 마을의 어린애들의 장난이지 공정한 논의에 관계된 일이 아닙니다. 하물며 南冥先生 쪽은 공격할 만한 원수진 것도 없고, 저 龜巖 쪽은 도와주어야 할 은혜도 없음에랴?

龜巖의 사적이 세상에 전하는 것이 드물어 저는 어떠한 지 상세히 모릅니다. 일찍이 이선생의 문집 속에 李剛而와 더불어 문답한 서신을 보았는데, 서신 내용과 같다면, 그 당시 講學한 선비로서 많이 얻을 수 없는 훌륭한 분이었습니다. 또 일찍이 남명선생이 지은 구암 부친의 비문을 보니, "이미 朴實한 데서 공부를 했다."라고 되어 있었습니다. 이에 구암이 어질다는 것을 더욱 믿게 되어, 비로소 그 문집을 구해서 보았더니, 退溪 문하의 뛰어난 제자로서 우리들의 師範이 되기에 충분했습니다. 그래서 가까운 고을의 인사들이 그를 공격하여 배척하기에 힘을 남기지 않지만, 저는 시속을 따라서 공격하여 배척하지 않았습니다. 그 것은 다름이 아니고 저는 평생 졸렬함을 지키며 살아가고 다른 사람의 허물을 이야기하는 데 서툴고 다른 사람의 착한 점을 취하여 착한 일로 삼을 따름입니다. 어찌 꼭 헌데를 찾고 흠을 찾아 좋은 점은 버리고 나쁜 점만 취하려고 하겠습니까?

龜巖은 애초에 남명과 道義之交를 맺었습니다. 과연 혹자의 전하는 말과 같다면, 남명 같이 嚴毅하고 강직한 분으로서 어찌 30여년 동안이나 친구로 삼았겠으며 德山에서 같이 늙어가자는 약속을 했겠습니까?

　-중략-

　어르신 같이 가까운 고을에 사시면서 식견이 높은 분으로서도, 龜巖을
공격하는 것을 일로 삼는데, 저가 공격하지 않는 것은 이때문입니다. 어찌
터럭만큼이라도 구암을 도우려고 그러는 것이 있겠습니까? 이때문에 저를
두고 "구암을 편들고 남명을 공격한다."라고 말씀하신다면, 저는 절대로 마
음으로 승복하지 못합니다.

　무릇 존경한다는 것은, 그 존경할 만한 바를 존경하는 것뿐입니다. 어찌
꼭 미워하는 것을 공격하기를 원수를 갚듯이 한 그런 뒤에라야 어진이를
존경한다고 할 수 있겠습니까? 어진이를 존경한다고 하면서 그 없는 것까지
더 보태는 것을, 옛사람들은 그 것을 아첨하는 것이라고 했지 존경하는 것이
라고 하지 않았습니다. 그러한즉 지금 세상 사람 가운데서 저만큼 曺先生을
존경하는 사람은 없을 것입니다.12)

　赫臨齋는 누구보다도 南冥을 尊崇했지만 지나치게 존숭하는 것을 반대
하였고, "학문이 純熟하고 학문하는 과정이 차례가 있다는 점에 있어서도
남명이 퇴계보다 낫다."라고 말한다면 안 된다는 입장이었다. 그리고 龜巖
李楨 같은 분은 취할 만한 점이 많은데도 무차별적으로 공격하는 당시의
풍토를 시정하려다가 구설수에 말렸지만, 자신의 노선을 조금도 변경하지
않았다.

　서신을 받는 사람은 朴曼인데, 지나치게 南冥을 높이고 退溪를 공격하
는 인물임을 알 수 있다. 심지어 "南冥은 孟子의 道를 바로 이어 秦漢
이후로 남명에 미치는 사람이 없고, 宋朝의 諸賢도 다 남명에게 미치지
못한다."13)라고까지 주장할 정도였다. 이에 반하여 혁림재는, 남명의 道德
과 文章이 東方의 師表가 되는 것은 사실이고, 退溪 등과 가지런하다고
하면 되지만, '孟子의 道를 바로 이었다', '宋朝의 諸賢도 남명에게 미치지

---

12) 許熙, 『赫臨齋集』 권2, 1장-3장, 「答朴大卿」.
13) 『赫臨齋集』 권2, 4장, 「答朴大卿」.

못한다'라고 하는 점은 수긍할 수 없다는 점을 분명히 했다.

17세기 후반 이 지역에서는 南冥만 높일 줄 알았지 退溪가 있는 줄
몰랐는데, 赫臨齋가 퇴계를 높여 "朱子 이후 제일 가는 분이다."라고 말했
다가 뭇사람들의 공격을 당했으나, 의연하게 대처하여 자기의 소신을 굽히
지 않았다.

赫臨齋는 滄洲보다도 더 분명히 자기 노선을 확정하여 南冥과 退溪
두 분 모두를 尊崇하지만, 어떤 부분에서 더 나은가를 나름대로 명확히
구분하여 밝히고 있다. 그리고 南冥을 존숭하는 정도의 한계를 두고서
무작정 높이려는 三嘉 사람들의 지나친 태도에 제동을 걸고 있다.

또 宜寧 德谷書院에 退溪를 奉安할 때, 儒會에서 秋江 南孝溫을 並享하
자는 발의가 있어 논의가 귀일되지 못할 때, 혁림재가 젊은 나이로 발언하
여 퇴계 獨享 서원이 되도록 하는 데 결정적인 역할을 하였다.[14]

滄洲의 손자인 臥龍亭 許鎬는 天姿가 호걸스럽고 膂力이 절륜하였고
智慮가 沈重하고 도량이 아주 넓었다. 한끼에 한 말의 밥을 먹고 세 동이의
술을 마실 정도였다. 세상을 바로잡을 큰 뜻이 있어 將臣을 面對하여 北伐
에 쓰일 세 가지 대책을 제시했으나, 쓰이지 않자 고향으로 돌아와 그때부
터 신실한 선비로 처신했다. 葛庵 李玄逸을 사사하여 爲己之學을 듣고
주로 江左地域의 巨擘으로 陶山書院院長을 오래 역임한 蒼雪 權斗經, 葛
庵의 아들 密庵 李栽, 霽山 金聖鐸 등과 結交하였다.

그는 선비로서 행실을 닦을 뿐만 아니라, 한편으로는 집의 무기를 장만
하여 노비를 불러모아 자신이 직접 활을 당기고 말을 달리는 등 지휘하면
서 훈련시켰다. 그리고는 "비상시에 대비하는 것이다."라고 말했다. 노년
에 이르러 「撫劍歎」, 「幕將歎」, 「白頭吟」 등을 지어 山澤의 사이에서 자신
의 經綸을 펴지 못하는 心懷를 慷慨하게 노래했다.[15] 그 가운데 「白頭吟」

---

14) 『赫臨齋集』 권3 부록 林東遠 撰, 「行狀」.
15) 許鎬 『臥龍亭遺集』, 金昌淑 撰 「序文」.

은 이러하다.

하늘은 어찌 그리 높으며 땅은 어찌 그리 넓은가?	天何高地何廣
이 몸 활보할 수 있는 기약 없도다.	此身濶步無期
아아! 남아 다시 젊어질 수 없나니,	嗟男兒不再壯
평생을 돌아보건대 한 일 무엇인가?	顧平生有何爲
백성에게 혜택 끼칠 방법 없으니,	於致澤終無術
아서라! 내 마음은 슬픈지고.	已焉哉我懷悲
노래 한 곡 하니 그 소리 매서운데,	一曲歌歌聲烈
세상에 화답할 사람 그 누구더뇨?	世上和者其誰[16]

훌륭한 임금을 도와 백성들에게 혜택이 돌아가는 큰 뜻을 가졌으나,
때를 얻지 못하여 쓰이지 못하여 아무 이룬 것 없이 속절없이 늙어가는
慷慨之士의 안타까움을 나타낸 시다.

后山의 증와조 조부 양대는 별로 이름이 나지 못했고, 부친 笑笑生 許禾
貞은 遺稿를 남길 정도의 선비였으나, 그 草稿를 잃어버린 것 같다.[17]

壬辰倭亂 때 倡義하여 救國의 훈공을 세운 德菴 許洪材와 遯齋 許洪器
등의 救國精神, 滄洲 許燉의 不義와 타협하지 않는 義理精神, 臥龍亭 許鎬
의 憂國憐民 精神은 바로 儒敎의 救世精神을 잘 구현한 것이고, 이런 精神
이 后山家의 학문적 전통이라고 할 수 있다.

후일 后山이 학문을 통한 敎化에 깊게 관심을 가지고 실천한 것은 다
그 조상으로부터 면면히 계승되어온 전통을 잘 계승하여 실천한 것이라
할 수 있다.

---

16) 『臥龍亭遺集』 권1, 18장.
17) 『后山集』 권10, 42장, 「寄永孫」.

Ⅳ. 后山의 學問的 경향

后山의 가문은 그 10대조 晚軒 許彭齡이 武業을 버리고 南冥을 師事하면서부터 儒家로 자리잡았고, 또 만헌이 南冥 작고후 남명을 享祀할 晦山書院의 창건을 주도하고 초기에 서원에 관심을 많이 기울였는데, 이로 인하여 后山의 가문은 三嘉에 거주하는 南冥學派에 속하는 儒家 가운데서도 매우 비중 있는 門戸이 되었다. 그러나 后山의 선조들은 南冥을 尊崇하면서도 退溪도 아울러 존숭하는 조화적 전통을 유지해 왔다. 남명을 존숭하면 반드시 퇴계를 폄하해야한다는 일부 유림들의 잘못된 시각을 교정하여 두 학파를 화합시키는 역할을 충실히 맡아왔다. 그래서 后山은, 江右에서의 退溪 崇慕에 관계된 사업에도 적극적으로 참여하였다.[18]

후산은, 8대조 滄洲 許燉, 6대조 臥龍亭 許鎬로부터 전해 내려 온 家學의 전통을 계승하였다. 滄洲는 立齋 盧欽, 蘆坡 李屹의 제자이면서 또 退溪와 南冥 兩門 出入하였던 寒岡 鄭逑의 門人이다.[19] 滄洲가 寒岡을 애도한 挽詞를 보면, 한강에 대한 그의 欽仰의 정이 어떠한 지를 알 수 있을 것이다.

泰山北斗 같은 높은 이름 우러런 지 오래,　　　　　山斗高名仰已久
우리 東方의 夫子는 鄭先生이라네.　　　　　　東方夫子鄭先生
학문은 洙泗의 淵源을 쫓아 바르고,　　　　　　學追洙泗淵源正
정성은 堯舜의 日月을 비추어 밝도다.　　　　　誠照唐虞日月明[20]

滄洲는 寒岡의 학문은 孔孟의 學統을 바로 이은 것으로, 우리 나라를 대표할 만한 학자로 평가하고 있다.

后山의 6대조 臥龍 許鎬는 退溪學派에 속하는 葛庵 李玄逸의 門人이었

---

18) 이후의 글의 내용은, 『后山集』에 붙인 졸고 解題에서 인용한 것이 많다.
19) 『檜淵及門諸賢錄』 권3, 62~63장.
20) 『檜淵及門諸賢錄』 권3, 63장. 이 挽詞는 『滄洲文集』에는 실려 있지 않다.

다. 葛庵은 鶴峯 金誠一, 敬堂 張興孝를 거쳐 온 退溪學統의 嫡傳에 해당
되고, 그가 교유한 密庵 李栽 역시 부친 葛庵의 學統을 계승하고 있으니,
臥龍亭은 退溪學의 嫡傳과 接脈되어 있다.

后山은 어려서 백형 隱齋 許㸁에게서 퇴계와 남명을 동시에 존숭하는
전통을 가진 家庭之學을 전수받았다. 젊은 시절에는 주로 鄕校에서 공부
했는데, 그때 시속의 鄙淺 膚粗한 분위기에 염증을 느끼고서 혼자 六經과
宋朝諸賢의 저서를 가지고 여러 해 동안 연구하여, "儒學은 敬이 아니면
그 근본을 확정할 수가 없고, 格物致知의 功을 들이지 않으면 큰 것을
볼 수 없고, 誠正이 아니면 실천을 할 수 없다."라는 사실을 스스로 터득하
고서 發憤하여 연구하여 自家의 學問의 거의 완성되어 있었다.[21]

39세 때 寒洲 李震相을 찾아가 弟子가 되어 退溪學派와 접맥되었는데,
그 이전에 가정적 전통에 의하여 이미 退溪學派와 밀접한 관계가 있었다.
后山은 退溪가 자신의 집안인 許氏 家門의 사위가 된 것을 매우 영광스럽
게 생각하고 있었고, 退溪의 학문으로써 許氏 家門의 家學으로 삼자고
주장하기도 했다.

> 退溪李先生이 사위로서 우리 族譜에 참여한 것은 실로 우리 족보의 영광
> 입니다. …… 退溪를 존경하여 우리의 家學으로 삼는다면, 친척과 친하게
> 지내는 道에 거의 가까울 것이니, 각자 명심하소서.[22]

寒洲의 門人이 되기 이전에 退溪에 대해서 아주 친근감을 갖고서 退溪
의 學問을 자신의 家學으로 여겨 배우고 있었음을 알 수 있다.

寒洲는 退溪學統의 嫡傳인 定齋 柳致明의 제자였으므로, 退溪學派의
正脈에 속하는 學者라고 할 수 있다. 寒洲의 心卽理說은 일부 退溪學派
학자들의 맹렬한 攻斥을 받았지만, 退溪의 主理論을 더 發展·深化시킨

---

21) 『后山續集』 권8, 1장, 附錄, 宋鎬彦 撰, 「敍述」.
22) 『后山集』 권13, 1장, 「金海許氏世譜序」.

것이라고 할 수 있다. 그러니 后山이 退溪의 學問을 평생 尊慕하는 것은 당연한 현상이라고 할 수 있다.

退溪는 孔子와 朱子의 學統을 계승한 우리 나라를 대표하는 학자이다. 退溪의 평생 用功한 결과가 「聖學十圖」에 다 들어 있으니, 「聖學十圖」는 聖學의 標準이자 王道의 極致다.

后山은 「성학십도」를 退溪의 저술 가운데서 가장 가치 있는 것으로 평가하였다는 사실을 알 수 있다. 그 깊은 뜻을 闡揚하고, 學者들이 쉽게 이해하도록 하기 위해서, 后山은 역대로 「聖學十圖」의 각 圖와 관계되는 글을 여러 책에서 찾아 뽑아 모아서 『聖學十圖附錄』이라는 著述을 남겼다. 退溪가 평생 학문한 결과, 儒學의 精髓라고 생각하여 요약하여 도표로 나타낸 「聖學十圖」에 대한 가장 詳密한 종합적 주석서가 바로 『聖學十圖附錄』인 것이다. 安東에 거주하며 小退溪라는 별명이 붙을 정도로 退溪의 학문을 尊慕하여 평생 연구했던 退溪의 嫡傳後繼者 大山 李象靖이, 退溪가 鶴峯 金誠一에게 준 「屛銘」을 해설하여 『屛銘發揮』라는 책을 남겼는데, 동일선상에서 비교할 수는 없지만 后山의 이 저술은 자료를 더 광범위하게 수집하였고, 내용도 더 풍부하고 다양하다.

후산의 다음과 글을 보면 退溪에 대한 尊慕의 정도가 어떠했는지 짐작할 수 있다.

아아! 나는 陶山을 자나깨나 그리워하는 소원이 있으나 지금은 늙었다. 비록 몸을 光明室 안에다 두고서 夫子의 遺風을 생각해 보고자 해도 할 수가 없다. 이 남긴 글씨를 끌어안고서 평생 높이 景慕하는 마음을 붙이니, 그 心情은 슬프도다.23)

---

23)『后山集』 권14, 11장, 「光明遺墨跋」.

退溪를 지극히 尊慕하면서도 陶山書院을 한 번 참배하지 못한 것을
늘 한스러워하면서 애오라지 退溪의 遺墨에다 대신 景慕하는 마음을 붙이
고 있다.

退溪가 33세 때(1533년) 晉州 靑谷寺를 다녀간 적이 있다. 晉州의 선비
들이 退溪를 景慕하는 마음을 붙이고자 하여 召村驛(지금의 晉州 文山)
자리에 退溪의 祠宇를 지으려고 하자, 后山은 이 일을 적극적으로 권장하
면서, 祠宇가 이루어져 거기서 退溪의 학문을 강론할 수 있는 장소가 마련
되기를 간절하게 희망하고 있다.24)

后山 당대에 重庵 金平默과 艮齋 田愚가 退溪에 대해서 그렇게 宗仰하지
않는다는 이야기를 듣고서 이렇게 그들의 시각을 교정하려고 노력했다.

> 朱子 이후로 세상에 나온 學者들이 헤아릴 수 없이 많겠지만, 朱子를 독실
> 히 믿은 사람으로는 退溪만한 분이 없습니다. 後學들 가운데서 退溪를 버려
> 두고서 "나는 朱子의 학문을 한다."라고 말한다면, 사다리 없이 누각에 오르
> 려는 것에 가깝지 않겠습니까?25)

退溪는 朱子 이후 제일 가는 우리 나라의 學者인데,26) 朱子學에 나아가
는 階梯로서 退溪의 학문을 소홀히 해서는 안 된다는 의견을 제시하고
있다.

后山은 南冥에 대해서도 退溪와 다를 바 없이 꼭 같이 尊崇하였다. 后山
의 家門이 世居한 곳이 바로 南冥이 출생하여 61세 때까지 살았던 三嘉縣
이었으므로, 后山은 "우리 三嘉는 南冥이 살던 고을이다.",27) "우리 고을
은 비록 남쪽 아래 지방에 있지만 南冥先生이 60년 동안 道를 講論한

---

24) 『后山集』 권9, 35장, 「答河聖權」.
25) 『后山集』 권3, 34장, 「答申三嘉」.
26) 『后山集』 권6, 29장, 「與李大衡」.
27) 『后山集』 권13, 15장, 「四美亭重建記」.

곳으로, 다른 고을과 비교하면 특별한 것이 있다."28)라는 말을 종종 하여, 南冥이 살던 고을에 자신이 살고 있는 것에 대해서 대단한 자부심을 느끼고 있었다.

당시 學者들 가운데는 南冥의 學問을 잘 모르고서, "南冥은 學問을 모른 다."29) "남명의 학문은 老莊에 가깝다."라는 등등의 말로 헐뜯는 이가 없지 않았다. 이런 誤解를 받고 있던 南冥의 學問을 后山은 깊이 硏究하여 發揚하려고 했다. 특히 南冥의 學問思想의 核心이라 할 수 있는 「神明舍銘」과 「神明舍圖」에 대해서 "이것은 老先生의 心學의 大全인 바, 이 뜻이 세상에 밝혀지지 않았기 때문에 배우는 사람들의 거짓스럽고 각박함이 날로 심해진다."30)라고 南冥學의 중요성을 설파하였다. 또 마음 공부를 하는 데는 「神明舍圖」 만한 것이 없다는 사실을 다음 시에서 밝히고 있다.

우리들 공부 가운데 마음 공부가 제일 어렵나니,　　　　吾人爲學最難心
마음 가라앉는 것 누가 구제할 수 있으랴?　　　　　　方寸誰能濟陸沈
山海先生의 참된 가르침 다만 여기에 있나니,　　　　　山海眞詮秖在此
다 함께 神明舍 속에서 미루어 찾아보세.　　　　　　　神明舍裏共推尋31)

학자들이 공부하는 것 중에서 제일 알기 어렵고 또 핵심을 파악할 수 없고 논란이 많은 것이 바로 心學이다. 理氣說 논쟁이 바로 그것을 증명한다. 南冥이 마음의 작용을 밝힌 「神明舍銘」라는 글과 「神明舍圖」라는 그림을 后山은 그 중요성을 알고서 精深·緻密하게 분석하여 「神明舍圖銘或問」이라는 상세한 註釋을 붙여 그 깊은 뜻을 밝혀 내었다. 南冥의 敬義之學의 根源을 상세히 구명한 글로 지금까지 남명에 대한 많은 연구와

---

28) 『后山集』 續권5, 25장, 「霽堂講會時示諸生」.
29) 尤庵 宋時烈의 門人인 金昌協, 金昌翕 형제 등이 이런 말을 했다.
30) 『后山集』 권6, 23장, 「與曺衡七」.
31) 『后山集』 권1, 29장, 「雷龍亭次崔元則二絶」.

學說이 있지만, 后山의 「或問」 만큼 精深한 해석이 나온 적이 없다.

또 "南冥의 心學이 세상에 크게 밝혀지는 것은 곧 儒學의 행복이다."[32] 라고 하여, 南冥의 學問이 올바로 연구되어 傳承될 때 儒學의 발전이 올 수 있다고 말할 정도로, 南冥의 學問의 가치와 韓國儒學史上에서의 南冥 學의 영향력을 크게 평가하였다.

后山은 『南冥集』을 校正하여 重刊하는 일에 참여하였다. 南冥의 學問 을 널리 펴기 위해서는, 먼저 文集이 바로 정리되어 보급되어야 하기 때문 이었다. 『南冥集』은 원래 鄭仁弘의 손에 만들어졌다하여 仁祖反正 이후 校正이라는 美名下에 西人勢力 및 退溪學派의 비위에 맞게 하려고 글자 는 물론 문장까지도 改變・添削했기 때문에 眞面目을 많이 상실한 상태였 으므로, 어떤 곳은 文理가 통하지 않을 정도가 되어 있다. 그래서 后山은 남명의 후손 曺垣淳의 요청에 따라 적극적으로 교정에 참여하였다. 그러 나 后山의 친구이자 江右地域의 비중 있는 학자인 晩醒 朴致馥, 端磎 金麟 燮 등은 "後學이 大賢의 文集을 교정하는 일은 있을 수 없는 일"이라 하여 극력 반대했다. 여러 차례의 회합을 거쳐 1894년에 교정본 『南冥集』을 간행해 내었다. 그러나 이 교정본은 본래의 면목을 더 많이 훼손한 것으로 문제점이 많았다.

三嘉에 있던 龍巖書院 훼철로 인하여 南冥을 享祀하는 곳이 없어지자 본래 晦山書院이 있던 遺墟에다 精舍를 지어서 景仰하는 뜻을 붙이려고 계획을 해서 俛宇와 논의한 적이 있었으나,[33] 뜻대로 실현되지 못하였다.. 그 뒤 다시 南冥을 추모하는 뜻을 붙이고자 하여, 南冥이 생장하고 講學하 던 곳에 雷龍亭을 復元하는 데 주도적인 역할을 했고, 「雷龍亭上樑文」을 지어 南冥의 영향력, 成學過程, 敬義思想, 出處觀, 氣像 등을 정리하여 서술하였다. 雷龍亭이 준공된 뒤에는 老栢軒 鄭載圭와 함께 學規를 만들

---

32) 『后山集』 권12, 13장, 「神明舍圖銘或問」.

33) 『后山集』 續권2, 23장, 「與郭鳴遠別紙」.

어 雷龍亭에서의 講學活動을 주재하였다. 南冥學의 강의를 통한 후계자 양성에 誠力을 경주하였다.

"壬辰·癸巳年의 전란에 倡義한 諸賢은 대부분 南冥先生의 문인들이다."[34]라고 말하여, 壬辰倭亂 때 義兵을 일으켜 나라를 구하는 功勳을 세운 사람들의 대부분이 南冥의 門人이었음을 이야기하여 南冥이 문인들의 氣質을 變化시킬 정도로 교육적 효과를 가져왔음을 후산은 밝히고 있다.

后山의 이런 생각과 자세는, 모두 南冥에 대한 지극한 尊崇과 南冥 學問을 繼承하겠다는 투철한 意志에서 나온 것이라 할 수 있다.

그리고 退溪와 南冥 두 大學者가 生前에 서로 對立的인 관계에 있은 것처럼 後世의 사람들이 잘못 알고 있는 점에 대해서도 그렇지 않다는 것을 밝혀, 대립구도를 조장하려는 일부 사람들의 의식을 바로잡으려고 하였다. 「謹書退陶與南冥書後」에서,

> 退溪先生의 南冥에게 보낸 이 書信은 구절마다 글자마다 가슴 속 깊은 곳에서 흘러나오지 않은 것이 없다. 南冥이 벼슬길에 나서지 않은 것에 대해서 깊이 欽慕하고 稱歎하는 마음을 다하였다. 또 자신은 물러나려고 해도 되지 않는 데 대해서 南冥先生에게 좋은 方道를 묻고 있다. 다른 사람과 더불어 착한 일을 하려는 뜻과 道 있는 사람을 바라보기만 하고 만나지 못한 탄식이 言辭 밖으로 넘쳐흐른다.[35]

南冥과 退溪를 대결구도로 파악하여 퇴계를 폄하한다면, 南冥學 발전을 위해서도 바람직한 방법이 되지 못하고, 또 우리 나라 학문 발전을 위해서도 쓸데없이 힘을 낭비하게 되는 일이므로, 后山은 이를 조화롭게 融合시키려고 노력했다. 이런 점에서 晚醒이나 端磎도 마찬가지 생각을 가졌지만, 后山이 가장 적극적으로 노력했다.

---

34) 『后山集』 권16, 9장, 「佐郎源堂權公墓碣銘」.
35) 『后山集』 권14, 12-13장.

后山은 39세 처음으로 寒洲 李震相을 寒洲精舍로 찾아뵈었다. 寒洲로 부터 主理說에 대해서 듣고서, 자신이 지금까지 공부하여 터득한 바와 일치가 되었기에 즉각 그 취지를 이해하였다. 삼일 주야 동안 太極, 動靜, 人心의 본질, 人物性, 華夷와 王道 覇道의 구분 등에 대해서 두루 講論했 다. 寒洲가 평생 동안 공부하여 정립한 學說을 이때 처음으로 后山에게 전수해 주었다. 또 程子의 致知와 居敬에 대한 學說도 전수해 주면서, "千古의 心學은 오직 이 것을 가지고서 要點으로 삼는다."라고 말했다. 또 寒洲가 지은 『漫錄』을 빌려 와서 읽고 思索하니, 이치에 꼭 들어맞았다. 后山은 "극도로 크고 극도로 정밀하다. 朱子·退溪 이후로 전해지지 않던 秘訣이 여기에 다 있다."라고 寒洲의 學問을 파악하고는, 더욱더 寒洲의 學說을 믿게 되었다.

寒洲는 后山이 氣質이 溫醇하고 言辭가 典雅하고 뜻이 遠大하고 識見 이 敏妙한 것을 깊이 인정하였다.36) 后山은 18년 동안 寒洲를 따라 배우면 서, 그 主理說을 적극적으로 전수받아 전파하였다. 寒洲 門下의 여덟 명의 유명한 제자를 洲門八賢이라고 하는 데, 그 가운데서 后山이 가장 선배였 다. 그 가운데서도 后山은 寒洲와 가장 密切한 관계를 유지했다. 그래서 大溪는 "后山의 마음은 곧 우리 先親의 마음이었다."37)라고 했다.

寒洲는 그 당시 心卽理說을 발표하여 사방으로부터 공격을 당하고 있었 는데, 江右의 后山이 나타나 자기의 학설을 적극적으로 수용하면서 지지 해 주니, 든든한 동지를 얻었다고 생각했다. 그래서 후산에게 거는 기대가 대단히 컸다. 寒洲는 后山에게 시를 지어 주어 큰 期望을 걸었다.

우리의 道 바야흐로 남으로 갔기에 바라보니 번성한데, 吾道將南望蔚然
백 근이나 되는 짐인지라 아마도 어깨가 벌겋게 됐겠지. 百斤擔負想赬肩
단서를 찾으려면 실끝으로부터 뽑아내야 하는 법이라, 求端政好絲抽緒

---

36) 『寒洲先生文集』 권15, 1장, 「答許退而」.
37) 李承熙, 『大溪先生文集』 권33, 36장, 「祭許后山文」.

진보하는 것은 화살이 활시위 떠나는 것처럼 해야하네. 進步須如矢發弦[38]

后山을 통해서 자기의 心卽理說이 江右地域으로 전파되어 나갈 수 있게 된 것에 매우 흐뭇해 하면서도 后山의 부담이 많을 것을 걱정하고 있다. 후산에게 학설 전파의 방법을 제시했는데, 실을 뽑을 때 실 머리를 찾아 차근차근 중단됨이 없이 뽑아내야 하듯, 주변의 반론에도 좌절하여 중단해서는 안 된다는 것을 명심하도록 하고 있고, 마지막 구절에서는 단호하게 시작해야 어떤 일을 이룰 수 있다는 것을 말하고 있다.

『寒洲集』이 刊布된 이후로 退溪의 說과 다르다 하여 사방에서 攻斥할 적에, 평소 寒洲를 따르던 知舊・門人들 가운데서 寒洲의 說에 등을 돌린 사람이 많았지만, 后山은 조금도 흔들리지 않고 寒洲 說의 수호에 心力을 다하였다.[39] 한주의 아들 大溪 李承熙는 寒洲 별세 이후 모든 일의 조처를 후산의 가르침을 따라 결정하였는데, 마치 후산을 부형 같은 든든한 존재로 여길 정도였다.

后山은 寒洲 門下에 나아가기 1년 전에 性齋 許傳을 뵈었다. 性齋가 큰 선비로 인정하였으므로, 그 弟子가 될 기회가 있었다. 그리고 주변의 선배인 晩醒 朴致馥, 端磎 金麟燮과 후배인 斗山 姜柄周, 膠宇 尹冑夏, 勿川 金鎭祜 등이 다 性齋의 제자가 되었지만, 后山은 제자가 되지 않았다. 后山은 비록 性齋를 "文章과 道德이 지금 세상의 儒宗이다."[40]라고 극찬을 했지만, 心學을 바로 밝히는 공부가 근본적인 공부로서, 價値觀이 전도된 세상을 구제하고, 천하를 침몰시키는 異說인 主氣論을 잠재울 수 있다고 생각하여, 평생 心學이 연구와 보급에 헌신하였다. 그래서 오직 寒洲 한 분만을 스승으로 삼았던 것이다. 자신의 發身의 측면에서 본다면, 중앙 정계에서 관직이 높은 性齋의 제자가 되는 것이 훨씬 나을 수도 있는데도,

---

38) 李震相, 『寒洲集』 권1, 33장, 「懷許退而」.
39) 李承熙, 『大溪先生文集』 권33, 36장, 「祭許后山文」.
40) 『后山集』 권13, 22장, 「麗澤堂記」.

성재의 제자가 되지 않았다.

寒洲는 退溪學派 가운데서 鶴峯系列의 嶺南學派의 學統을 계승해 왔고, 性齋는 退溪學派 가운데서 寒岡 鄭述, 眉叟 許穆을 통해서 畿湖地方에 전해진 近畿學派의 學統을 계승해 왔다. 두 學派 사이의 學風上의 차이점은, 嶺南學派는 精嚴하여 原理를 밝히고 心性의 수양에 注重하는 데 비해서, 近畿學派는 宏博하여 주로 응용을 위주로 하여 세상을 救濟하는 일을 급선무로 삼는 경향이 강했다. 后山의 學問的 趣向은 嶺南學派의 學風에 가까웠던 것이다. 이런 점도 寒洲만을 스승으로 삼은 이유라고 할 수 있다.

性齋는 后山에게 서신을 먼저 내려 '바른 길을 붙들어라[扶正]'는 敎訓을 내려 后山을 勸勉하였다. 性齋가 晩年에 吏曹判書에 除拜되었을 적에, 后山은 君子의 出處大節을 잘 지킬 것을 부탁하고 있다. 性齋의 아들 許巘은 后山이 母親喪을 당했을 때 직접 와서 后山을 弔問하였고, 그 뒤에도 后山을 두 차례나 방문할 정도로 관계가 密切하였다.

또 丹城縣 法勿里에 性齋의 影堂을 짓고, 그 곁에 晩醒의 주도와 勿川의 노고에 힘입어 性齋의 尊崇하여 茶禮를 지낼 麗澤堂을 지었을 때, 后山은 그 집을 짓게 된 동기와 性齋의 學問을 요약한 「麗澤堂記」를 지었다. 제자가 아니면서 「麗澤堂記」의 撰述을 요청받을 수 있었던 것은, 후산이 江右 학계에서의 비중이 컸고, 또 性齋가 생전에 후산을 크게 인정했기 때문이었다.

晩醒 朴致馥, 端磎 金麟燮, 約軒 河兼洛, 敏窩 李驥相, 月皐 趙性家, 晩求 李種杞, 溪南 崔琡民 芝窩 鄭奎元 등은 學問的 同志로서 자주 만나 學問을 講討하여 江右學派를 부흥시키려고 노력하였다. 農山 張升澤, 斗山 姜柄周, 恒窩 金聖鐸, 梅下 金基周, 紫東 李正模, 一山 趙昺奎, 月淵 李道樞, 晦堂 張錫英, 惠山 李祥奎, 復菴 曹垣淳, 尼谷 河應魯 등은 學問的 後輩로서 后山의 先導를 받았다고 할 수 있다. 晦峯 河謙鎭, 西川 趙貞奎, 思軒 河龍濟, 弘窩 李斗勳, 一軒 趙昺澤, 明湖 權雲煥, 克齋 河憲鎭, 李道容, 宋鎬文, 崔正愚, 宋鎬完, 許燮, 許秉律, 權命熙, 河鳳壽, 南廷瑀, 李炳憲,

曺兢燮, 李泰植, 金在植, 金永蓍, 河經洛, 金在洙, 沈鶴煥, 李敎宇, 柳海曄, 許喆, 文正浩 등은 后山에게서 직접 배우거나, 혹은 서신을 통해서 問難한 이들 가운데서 비교적 잘 알려진 사람들이다. 이들은 后山에 의해서 일어난 江右學派의 부흥의 기운을 완성시키는 데 각자의 역할을 수행했다고 말할 수 있다.

后山은 性理學을 깊이 연구하였지만, 空疏한 경향으로 치닫지 않고 현실적인 학문을 중시하였다. 이 역시 그 先祖로부터 전수받은 現實對應能力의 발로라고 볼 수 있겠다. 朝鮮時代의 性理學者들은 대부분 學問한다는 구실로 집안 살림살이에 관심을 두지 않아 부모나 처자가 飢寒을 면치 못하는 경우가 많았고, 生業에 종사하는 것을 서로 수치스럽게 여기는 풍조가 있었다. 선생은 이 것은 크게 잘못된 사고방식이라고 생각하였다. 학문하는 사람도 모름지기 生計를 돌보고 부모를 봉양하고 처자를 부양해야 한다고 주장했다. 선생은 性理學을 주로 연구했지만, 實學者的인 思想도 겸비하고 있어, 그 문집 안에는 여타의 학자들과는 다른 면모를 보여주는 자료가 적지 않다.

許魯齋가 "學問을 하는 사람에게 있어서 生業을 꾸려나가는 것이 가장 먼저 해야 할 일이다."라는 말을 했는데, 君子들 가운데 그를 비난하는 사람이 많다. 그러나 학문을 하는 사람이 생업을 꾸려나가는 것은, 白圭처럼 자기에게 이롭게 하기 위해서 남에게 피해를 끼치는 그런 식의 것은 아니다. 하늘의 道를 쓰고 땅의 이로움에 바탕하여 신중하게 처신하고 쓰임새를 아껴서 부모를 봉양하는 것이, 학문하는 사람이 생업을 꾸려나가는 방식이다. 이 것으로써 말한다면, 魯齋가 "먼저 해야 할 일이다."라고 한 말은 지나친 것이 아니다. 가령 학문하는 사람이 생업을 꾸려서 위로 부모를 봉양하고 아래로 처자를 먹여 살릴 살림살이에 관심을 두지 않고서, "나는 학문하기 때문에 생업을 꾸려나갈 겨를이 없다."라고 말한다면, 이 어찌 참된 학문이라고 할 수 있겠는가? 옛날 위대한 舜임금은 歷山에서 농사를 지었고, 河濱에서 질그릇을 구웠고, 雷澤에서 물고기를 잡았다. 이런 것은 모두 생업을 꾸려

서 부모를 봉양하는 일이다. 학문하는 사람이 마땅히 무엇을 배워야 하겠는
가? 舜임금님과 같이 할 따름이다. 지금의 학문하는 사람들은 그러하지 않다.
다른 사람들이 농사짓거나 질그릇을 굽거나 물고기를 잡거나 하는 것을 보
면, 곧 말하기를, "비천한 사내가 하는 일이니, 군자는 하지 않는다."라고
말한다. 아아! 그 또한 舜임금이 마음 쓰는 것과 다르다. 저 생업을 꾸려나가
는 데 힘을 오로지 다 쏟는 자는 盜跖의 무리로서 말할 것도 못되지만, 학문
하는 사람의 본분에서 말한다면, 착한 일을 하면서 생업을 꾸려나가는 사람
은 舜임금의 무리이다. 비록 생업을 꾸려나가는 일을 먼저 해야 할 일이라고
말해도 지나친 것이 아니다.[41]

선비로서 讀書하지 않으면 농사짓는 것이 마땅한데, 농사만 짓고 독서
를 하지 않으면 비천하게 된다. 그러나 사실은 독서를 하면 농사에 신경
쓸 겨를이 없고, 농사지으려면 독서가 방해가 되기 때문에, 두 가지 다
겸해 나가는 사람은 드물다. 后山의 취지는, 독서하는 사람이라도 농사일
을 이해해야 하고, 농사짓는 사람들도 글을 읽어 정신적으로 황폐하지
않게 해야 한다고 주장한 것이다.

儒學의 가르침에서는 學問하는 목적은 자신을 수양해서 세상을 구제하
는 데 있다고 할 수 있다. 입으로 '治國', '平天下'를 부르짖으면서, 자기
가정에 끼니를 이어가지 못한다면, 그런 사람이 하는 學問을 어디에 쓰며,
그런 器局을 가지고서 무슨 經綸을 펼치겠는가? 자기 가정을 꾸려나가는
것도 결국은 세상을 다스려나가는 실험실습이라고 볼 수 있다. 올바른
마음가짐으로 착한 일을 행하면서, 生業에 종사하는 것은 지극히 당연한
일이고, 선생의 주장은 현실에 바탕을 둔 아주 合理的인 사고로서, 그 당시
의 여타 선비들보다 한 단계 앞선 합리적인 생각이라고 말할 수 있다.

이러한 합리적 사고는 后山의 文學觀에서도 그대로 나타났다. 大溪 李
承熙는 后山의 문학관에 대해서 이렇게 보았다.

---

41) 『后山集』 권12, 46장, 「治生先務論」.

선생은 일찍이, "世敎에 관계되지 않는 文章은 짓지 않아도 괜찮다."[42]라
고 말하였다. 이런 까닭으로 著述하는 데 신경을 쓰지 않았다. 지은 글은
모두 지엽적인 것은 잘라버리고 바로 핵심으로 들어갔는데, 마치 그 사람됨
과 같았다.[43]

后山의 생각은 文章은 세상 사람들을 敎化하는 데 기여할 수 있는 것이
라야 존재할 가치가 있다는 것이다. 세상에 그 글이 있어도 아무런 도움이
되지 않고 그 글이 없다 해도 아무런 손실이 없는 글이 수없이 많다. 그래
서 后山은 浮華한 修辭를 하지 않고 簡明하게 나타내고자 하는 내용을
분명하게 전달할 수 있는 문장을 지었으니, 修辭를 일삼는 문인들과는
문장을 짓는 목적이 달랐다.

후산의 저술로는『后山集』19권 10책,『后山續集』8권 2책,『聖學十圖
附錄』2권 1책이 간행되어 있고, 이 책들은 모두 수록하여 1999년에『后山
集』3책으로 영인해 내었다. 후산의 저술 속에는 후산의 바른 학문과 현실
적인 사상이 수록되어 있어 세상을 敎化하는 데 도움이 될 내용이 많다.

Ⅴ. 結論

高麗末期 許麒에 의해서 固城에 정착하여 金海許氏 가문을 형성하였다.
다시 허기의 현손 竹溪 許玏이 三嘉縣 佳會里 德村에 移居하였다. 본래는
武官의 가문이었으나 竹溪의 아들 晩軒 許彭齡이 南冥 문하에 나아가
공부함으로 인하여 武業을 버리고 儒學으로 전환하게 되었다. 晩軒은 南
冥을 享祀하는 晦山書院 창건을 주도하였고, 창건 이후에 회산서원에 매
달 초하루 焚香할 정도로 남명에 대한 尊慕의 정도가 지극하여 儒家로서

---

42)『后山集』續권8, 10장,「行狀」.
43)『后山集』續권8, 9장,「行狀」.

의 기반을 확실히 잡았다. 그의 두 아들은 倡義하여 忘憂堂 郭再祐 휘하에
서 軍功을 세웠고, 또 형제 둘 다 문집을 남겼으니, 儒學에 조예가 깊었음
을 알 수 있다.

그 아들 滄洲 許燉 대에 와서, 文科에 급제하여 文名을 날리고, 大北政權
에 협조하지 않는 節操를 지켰으므로 家數를 크게 提高시켰다. 이후 江右
의 비중 있는 가문이 되었다.

滄洲의 손자 臥龍亭 許鎬는 굉장한 經綸을 가져 北伐을 담당할 將臣에
게 세 가지 계책을 제시할 정도였으나, 받아들여지지 않자 신실한 선비로
서 처신하였는데, 주로 江左의 학자들과 교류가 깊었다.

晦山書院 창건을 주도할 정도로 南冥을 尊崇하는 가문이면서 아울러
退溪도 존숭하여, 두 대학자의 장점을 융합하여 발전시키려는 가문의 전
통적 學風을 갖고 있었다. 아울러 倡義를 하는 등 憂國憐民의 救世精神도
여타 가문보다도 더 강렬하였다.

이런 전통은 后山에게까지 면면히 이어져, 雷龍亭을 중건하는 일을 주
관하고 뇌룡정의 강학을 주도하고 「神明舍銘或問」이라는 「神明舍銘」에
대한 역사상 가장 상세한 주석을 달면서도 退溪의 학문의 학문을 존숭하
여 『聖學十圖附錄』이라는 「聖學十圖」에 대한 精深한 주석서를 내고 있다.
南冥과 退溪를 대립적인 구도로 파악하지 말고, 後學들이 두 대학자의
좋은 점을 相補的으로 배운다면, 국가민족을 위해서도 도움이 될 것이라
는 것이 后山의 생각이었다.

그리고 학문은 늘 救世精神이 있어야 그 존재가치가 있다는 文學觀을
갖고서, 문장을 지을 때도 世敎에 도움이 되지 않으면 지을 필요가 없다고
后山은 생각했다.

后山은 南冥 退溪 우리 나라 양대학자의 학문을 조화롭게 아우런 家學
의 바탕 위에서, 寒洲에게 나아가 心卽理說을 배워 계승하여, 19세기 江右
地域을 대표할 수 있는 대학자로 성장하여 많은 제자들을 길러, 江右의
學問이 復興하는 데 중요한 역할을 하였다.

俛宇 郭鍾錫의 生涯와 學問

I. 序論

壬辰倭亂 때 南冥의 제자들은 대부분 목숨을 걸고 倡義活動을 하여 국가를 보위하는 데 큰 공을 세웠다. 난이 평정된 후 이들 가운데 상당수가 조정에 진출하였고, 宣祖 말년에 이르러서는 조정에서 큰 영향력을 행사하였다. 光海君의 등극에 있어 결정적인 도움을 주었으므로 光海朝에는 北人勢力을 형성하여 조정을 좌지우지하였다.

그러는 사이에 정계에서 밀려난 西人들이 南人들과 협력하여 仁祖反正을 성사시켜 大北勢力은 중앙정계에서 완전히 밀려나게 되었다. 정권을 장악한 서인들은 南人들을 정계의 配色으로 이용할 뿐 조정의 주역은 자기들끼리만 차지하게 되었다.

이후로 嶺南은 중앙정계에 진출하기 어려워 점점 仕宦하는 사람의 숫자가 줄어들었다. 그러나 退溪는 黨爭 이전의 인물이고 栗谷·牛溪의 師門이기 때문에 西人들도 다 尊崇하는 인물이었기에, 仁祖反正 이후에도 退溪學派는 타격을 비교적 적게 입었다. 그러나 南冥은 大北派의 元凶으로 몰린 鄭仁弘의 스승이라 하여 西人들이 틈만 나면 毀貶을 가하였다. 그 결과 退溪學派를 계승한 慶尙左道는 仁祖反正 이후에도 어느 정도 중앙정계에 진출하였지만, 慶尙右道는 중앙정계 진출의 길이 거의 막혀 있었다.

그리고 南冥學派는 學脈이 끊어지고 그로 인하여 慶尙右道에서는 200여 년 동안 큰 학자가 거의 나오지 않았고, 학문적 업적도 괄목할 만 것이 없었다.

1790년 경에 이르러 正祖가 南人을 우대하는 정책을 폄에 따라 嶺南에서도 중흥의 기운이 감돌았는데, 그 영향으로 19세기 이후로 慶尙右道에서는 많은 인물들이 나왔고, 또 많은 저술을 남겼다.[1]

晚醒 朴致馥(1824-1894), 月皐 趙性家(1824-1904), 雙洲 鄭泰元(1824-1880), 端磎 金麟燮(1827-1903), 梨谷 河仁壽(1830-1904), 后山 許愈(1833-1904) 등이 나와 학문활동을 활발하게 하였다. 그 뒤를 이어 나온 일군의 학자로는 溪南 崔琡民(1837-1905), 老栢軒 鄭載圭(1843-1911), 勿川 金鎭祜(1845-1908), 俛宇 郭鍾錫(1846-1919), 膠宇 尹冑夏(1846-1906), 月淵 李道樞(1847-1921) 등이 선배들이 기틀을 닦은 중흥의 기운을 더욱 발전시켰다.

이 가운데서 가장 발군의 學者로 전국적인 名望을 얻은 인물이 있었으니, 바로 俛宇 郭鍾錫이다. 면우는 科擧를 통하여 宦路에 나서지 않고, 초야에 묻혀 학문 연구와 제자 양성에 전념했다. 나중에 그 學德이 널리 알려지면서 천거를 받아 여러 차례 벼슬에 제수되었으나 나아가지 않았다. 그러나 초야에 묻혀 있으면서도 물정에 어두운 선비가 아니고 經綸을 갖춘 선비로 나라에 어떤 일이 있을 때마다 상소를 통하여 자신의 의견을 개진하여 대안을 제시하였다.

그는 우리 나라 學術史上 한문으로 쓰여진 저술의 양이 세 번째로 많은 학자로 한문학의 마지막을 장식한 큰 봉우리였다. 巴里平和會議에 獨立請願의 長書를 보낼 때, 전국 유림의 대표로 추대되었고, 그 일로 인하여 倭警에 체포·구금되어 옥고를 치르다 출옥하여 곧 병사하였다.

그의 主理論的 性理說을 바탕으로 한 많은 양의 저술 속에는 그의 심오한 학문과 사상이 깃들어 있다. 그 내용이 워낙 방대하기 때문에 짧은 시간에 다 연구하기는 매우 어렵다. 여기서는 그의 일생의 주요한 행적과 그의 학문과 사상의 특성을 간략히 소개하고자 한다.

---

1) 許捲洙, 「近畿南人 학자들의 南冥에 관한 관심」, 『南冥學硏究』 제23집, 2006년.

II. 生平 考察

俛宇 郭鍾錫은 1846년 6월 24일 丹城縣[현 山淸郡 丹城面] 沙月里 草浦村에서 태어났다. 본관은 玄風으로 시조는 郭鏡이다. 본래 玄風에 살다가 朝鮮 宣祖 때 生員 郭有道가 漆原으로 옮겨와 살았다. 俛宇의 조부 郭守翊이 다시 妻鄕인 丹城縣 道坪으로 옮겨 살기 시작했다. 字는 鳴遠, 호는 俛宇 이외에도 晦窩, 幼石 등이 있다. 1911년 國亡 이후로 이름을 鉤, 字를 淵吉로 고쳤다.[2]

태어나면서 용모가 秀異하고 눈이 새벽 별 같아 신비한 빛이 사람에게 비쳤다. 겨우 말을 하기 시작할 때부터 父公에게 배우러 온 마을의 學童들이 글 읽는 소리를 듣고 그 내용을 다 알았다.

4세 때부터 글을 배우기 시작했고, 5세 때 『十八史略』을 읽었는데, 어머니 등에 업혀서 배운 것을 한 권씩 다 외웠다고 한다. 8·9세 때 四書와 『詩經』, 『書經』을 다 읽었다. 『書經』 가운데 어렵기로 유명한 '彛三百'에 대한 해석도 혼자서 다 미루어 이해하여 틀림이 없었다. 9세 때부터 科擧試驗을 위한 공부도 준비하였다.

11세 때 俛宇가 書堂에 갔다가 돌아오니, 그때까지 닭장의 문이 닫히지 않았기에 문을 닫았더니, 어머니가 몽둥이를 들고 때리려 하면서 쫓아와, "글 읽는 것이 네가 할 일일 따름이다. 어째서 감히 자질구레한 일에 관여하느냐?"라고 나무랐다고 한다. 어머니의 이런 태도가 俛宇가 일생 동안 자신의 일에 專一하게 하는 자세를 심어 주었다고 할 수 있다.[3]

12세(1857) 때 父親喪을 당했는데 禮를 다하여 居喪하여 사람들을 감동시키는 바가 있었다.

19세 때는 鄕試에 합격하였으나, 20세 때 會試에는 합격하지 못했다.

21세 때는 號를 晦窩라고 하고, 「晦窩三圖」를 그렸다. 晦菴 朱子, 晦軒

---

2) 河謙鎭, 「俛宇先生行狀」, 『晦峯遺書』 권47, 1장.
3) 郭鍾錫, 「先妣贈貞夫人鄭氏行狀」, 『俛宇集』 권165, 9장.

安珦, 晦齋 李彦迪을 尊慕하여 그린 것으로 그 속에는 28편의 贊·銘·箴 등이 배치되어 있는데, 자신의 修養과 學問方法을 圖式으로 나타낸 것이다.4)

22세 때는 三嘉의 㟹洞으로 거처를 옮겨 繹齋를 짓고 학문에 침잠하였다. 나중에 寒洲가 옛사람의 학문을 이으라는 뜻에서 繹古齋로 고쳐 記文까지 지어주어 그를 면려하였다. 면우는 「繹古齋夾室壁上戒」라는 글을 지어 자신의 言行을 신중히 하고 학문하는 방향을 스스로 제시하였는데, 모두 55조에 이른다. 이 戒文의 「後說」에서 면우는 "賢人이 되기는 원하면서 聖人이 되기를 원하지 않는 것이 배우는 사람의 큰 병통이다."라고 했는데, 여기서 俛宇가 공부하는 목표를 聖人이 되는 데 두었음을 알 수 있다.

25세(1870) 때 星州에 사는 寒洲 李震相을 찾아뵙고 主理의 학설을 얻어들었다. 이때 俛宇는 자신이 공부하다가 의문 나는 것을 적어 모아 『贄疑錄』이란 책자를 만들어 寒洲에게 바쳤는데, 한주가 읽어보고는 크게 칭찬하였다. 이후 俛宇는 寒洲의 가장 독실한 제자가 되어 한주의 학설을 깊이 이해하고 전파하였다. 나중에 寒洲의 학설이 安東 일대의 유림들에 의해서 배척 당하는 위기에 몰렸을 때도 적극적으로 대응하고 나섰다.

28세 때 다시 南沙의 草浦로 돌아가 살았다.

30세 때는 科擧를 완전히 포기하였다. 면우는 본래 과거에 뜻을 두지 않았는데, 母夫人의 명을 거스르기 어려워 응시해 왔으나, 이때에 이르러 완전히 과거에 뜻을 끊기로 결심하였다. 모부인도 俛宇의 뜻을 이해하고 더 이상 강요하지 않았다.

33세 때 俛宇라는 호를 처음으로 썼다. 이 해에 善山에 가서 採薇亭 등 冶隱 吉再의 유적을 둘러보고, 그 길로 安東으로 가서 大山書堂을 방문하고, 金溪를 방문하여 西山 金興洛을 만났다. 禮安에 이르러 陶山書院에

---

4) 「俛宇年譜」 권1, 3장.

參謁하고, 搴芝山에 가서 退溪先生의 墓所에 참배하였다. 退溪先生의 후손 李晚曠 등과 함께 淸凉山을 유람하였다.

35세 때 母親喪을 당했는데, 禮制를 매우 엄격히 지켜 밤에도 経帶를 풀지 않고 온돌에서 거처하지 않았다. 매월 2회 성묘를 했는데, 50리 길을 아침에 갔다가 반드시 저녁에 돌아왔고 밖에서 자는 일이 없었다.

38세(1883) 때 金剛山에 갔다가 돌아오는 길에 慶北 安東[현 奉化]의 春陽 鶴山村[일명 筬山]을 둘러보았는데, 그 곳이 은거할 만한 곳이라고 생각하여, 연말에 이르러 가족을 이끌고 가서 은거하였다. 움막을 짓고 직접 감자를 심고 남새밭을 매고 도토리를 주워 끼니를 이으며 깊은 산 속의 野人으로 자처하며 살았다.

42세(1887) 때 寒洲의 장례에 참석하였다. 挽詞와 祭文을 지어 스승을 잃은 슬픔을 표현하였다. 葬禮의 儀節과 笏記를 자신이 직접 만들어 장례를 진행하였다. 장례를 마치고 돌아와 더 깊은 곳인 太白山 琴臺峯 아래로 들어가 움막을 짓고 살았다.

50세(1895) 때 조정에서 俛宇의 學德을 듣고 처음으로 比安縣監에 제수하였으나 부임하지 않았다. 이 해에 陶山書院 秋享에 참여하였다. 그 뒤 陶淵에 오르고 瓢隱精舍를 방문하였다.

이 해 明成皇后가 왜인들에 의해 시해 당하는 乙未倭變이 일어났다. 겨울에 安東 고을의 선비들이 의병을 일으켜 權世淵을 대장으로 俛宇를 副將으로 추대하였으나, 면우는 사양하고 나아가지 않았다. 俛宇는 擧義에 대해서 시종 신중한 태도를 견지하였다. 당시 상황으로 보아 성공할 형편이 못되었고, 또 조정에 관계되는 일이기 때문에 초야에 있는 사람이 마음대로 할 수 있는 일이 아니라고 생각하였다.

그 다음 해에 安東 유림들이 다시 의병을 일으켜 金道和를 領將으로 삼았다. 김도화가 俛宇에게 서신을 보내 같이 일을 할 것을 요청했지만, 면우는 굳이 사양하고 응하지 않았다.

51세(1896) 때 2월에 서울로 가서 글을 지어 여러 나라 公館에 보내어

大義를 들어 이웃나라를 노략질한 일본의 罪狀을 성토하였다.

52세 때 居昌의 茶田으로 옮겨와 살았다. 曺錫晋에게 답하는 편지에서 南冥의 「神明舍圖」에 대해서 논했다.[5]

54세(1899) 때 2월 高宗皇帝가 사신을 보내어 綸音을 내려서 宣召하였으나, 上疏하여 陳謝하고 나아가지 않았다. 3월에 다시 中樞院議官에 제수하였으나 狀啓하여 사양하였다.

心卽理說에 대해서 東亭 李炳鎬, 深齋 曺兢燮 등과 서신으로 토론하다. 寒洲가 말하는 '心'은 단순히 '마음'을 가리키는 것이 아니고, '本心', '眞心', '主宰之心'을 가리키는 것임을 밝혔다.[6]

58세(1903) 때 2월에 高宗이 通政大夫에 超陞하도록 명하고, 6월에 秘書院丞에 제수하고, 7월에 敦諭를 내리고 束幣를 준비하여 사신을 보내어 宣召하였다. 高宗은 俛宇가 비상한 재주를 갖고서 학문은 天人을 관통하고 經濟의 대책을 蘊蓄한 인물로 보고 나와서 국가의 위기를 구제하라고 간청하였다.

高宗이 꼭 한 번 보려하여 장차 三顧草廬라도 하려고 한다는 소문을 듣고, 俛宇는 王命을 여러 차례 어기는 것이 불공하다 생각하여 한번 가서 謝恩해야겠다고 마음먹고, 8월에 출발하여 28일에 咸寧殿에서 高宗을 알현하였다. 29일에 議政府 參贊에 제수되었으나 상소하여 사양하였다. 9월 13일에 귀향길에 올랐다.

59세(1904) 때 상소하여 外交와 內修의 도리를 논하고, 전날 제수한 經筵官 書筵官의 관직을 삭제하고, 서울에 내려 준 집을 회수해 갈 것을 요청하였다.

60세(1905) 때 露日戰爭 講和 이후, 우리 나라가 日本의 보호를 받는다는 기사가 여러 나라 신문에 실렸고, 이때 일본이 사신을 보내어 保護條約

---

5) 『俛宇集』 권21, 13장, 「答曺仲昭」.
6) 『俛宇集』 권36, 19-20장, 「答李子翼」. 권85, 10-20장, 「答曺仲謹」, 別紙.

을 체결하려고 한다는 소문을 듣고, 俛宇는 상소하여 보호를 거부하고 國體를 밝혀 바로잡을 것을 촉구하였다. 保護脅約이 체결되자, 俛宇는 상경하였는데, 도중에서 상소하여 賣國賊臣을 斬首할 것을 촉구하였다.

61세 때 2월에 參政 崔益鉉이 俛宇에게 의병을 함께 하자고 서신을 보내왔는데, 勉庵에게 보낸 답신에서 義兵에 관하여 논의하였다. "역량이 미치는 못하는 것을 가지고 임금에게 禍를 재촉하고 백성들에게 독을 끼치는 일을 감히 할 수 없고, 오직 때에 맞게 곳에 맞게 義理의 옳고 그름을 따라 자기의 분수를 잃지 않을 것을 바랄 따름입니다."라는 답장을 보냈다.[7]

63세(1908) 때 寒洲行狀을 완성하였다. 1만 4천자에 달하는 방대한 것이었다. 한주의 아들 大溪 李承熙로부터 請文 받은 이후 20여 년만에 완성한 것인데, 스승의 學德을 어떻게 形象할까에 대하여 다각도로 정신을 써오다가, 이때 大溪가 국외로 망명할 계획을 하고 있었으므로 재촉하였기에 더 미룰 수가 없었다.

65세 때 나라가 망하였다. 俛宇는 變을 듣고 여러 날을 통곡하며 음식을 들지 않았다. 그러나 배우러 찾아오는 제자들은 거절하지 않으면서, "나라는 때로 망할 수 있지만, 道는 하루라도 망할 수 없다."라고 했다. 왜인들이 호적에 편입할 것을 강요하였지만, "나는 大韓遺民이다. 일본 호적에 들어갈 이유가 없다."라고 하면서 거절하였다. 면우는 꼭 自決만이 나라를 위하는 길이라고 생각하지 않았고, "대개 옛날부터 자살하는 聖賢은 없었다. 오직 평소의 節操를 더욱 잘 지키고 옛날부터 하던 학문을 더욱 독실히 하면서 밝은 하늘이 회복되기를 기다려야 한다. 이것이 우리들이 오늘 할 수 있는 大義일 따름이다."라는 자세를 가졌다.

66세(1911) 때 망국의 悲憤을 견디기 어려워 이름을 '鋸'로, 字를 '淵吉'로 바꾸었다. 晋나라에서 宋나라로 바뀌던 시기의 陶淵明과 宋나라에서

---

7) 『俛宇集』 권19, 1-3장, 「答崔贊政」.

元나라로 바뀌는 시기의 仁山 金履祥[字 吉父]의 이름과 자를 딴 것이다.[8]

형에게 적자가 없었는데, 따로 양자를 세우지 않고, 조상의 제사는 자기가 모시고 형의 제사만 側子가 모시게 했다. 옛날 南冥이 취하던 방식을 따른 것이다.

67세 때 「南冥曹先生墓誌銘」을 지었다. 남명에 관계된 傳記文字 가운데서 가장 뒤에 나온 것으로서 그 내용은 상세하다.

74세(1919) 되던 해 2월에 高宗의 因山이 있어 如齋에서 望哭禮를 행했다. 조카 謙窩 郭奫과 문인 重齋 金榥 등을 보내어 漢陽 城外에서 赴哭하도록 했다. 이때 門人인 心山 金昌淑 등이 巴里平和會議에 儒林의 獨立請願書를 보낼 것을 발의하여 俛宇의 견해를 들어 청원서를 보내기로 하였다. 3월에 면우가 지은 청원서를 心山이 갖고 중국으로 갔다.[9]

心山이 中國으로 건너간 지 얼마 되지 않아 巴里長書 사건이 노출되어 俛宇는 체포되어 大邱 감옥에 구속되었다. 2년 징역형에 처해졌으나 俛宇는 控訴하지 않았다. 감옥의 관리가 控訴할 것을 종용했지만, "나는 公訴할 곳이 없다."라고 하였다. 재판 받는 과정에서 면우는 시종 차분하였고 답변하는 것도 잘못되지 않았고, 같이 일한 사람들을 증거로 끌어들이지 않았다. 방청한 많은 사람들이, "郭先生은 儒林代表의 자리를 저버리지 않았다."라고 했다. 감옥에 구속되어 재판정에 나와 답변하면도, 마치 자기 서재에서 제자들과 서로 이야기를 주고받듯이 했다. 감옥에서 『周易』을 한 부를 사들여 침잠하여 손에서 놓지 않고 연구하였다.

6월에 병이 위독하여 출옥하여 居昌으로 돌아왔다. 8월 24일 巳時에 考終하였다. 이 날 아침에도 제자들의 질문에 따라 글의 내용을 논하였다. 제자들이 물러나려 하자, "군자는 마땅히 만세를 위해서 도모하지 한 때를 위해서 計較하지 않는다.[君子當爲萬世謀, 不可爲一時計.]"라고 말했다.

---

8) 『俛宇年譜』 권3, 1장.
9) 金昌淑, 『心山遺稿』 권5, 「覽翁七十三年回想記」, 309-316쪽.

銘旌에는 '徵士'라고 쓰고 儒服으로 殮을 하였다. 10월 1일에 加祚面 文載山에 안장했는데, 장례에 참석한 선비가 만여 명이었고, 복을 입은 문인이 천여 명이었다.[10]

1920년에 출생지인 草浦에 尼東書堂이 건립되어 매년 2월 20일에 釋菜禮를 거행하고 있고, 1921년에는 居昌郡 加祚面 源泉里에 茶田書堂이 건립되어 매년 3월 1일에 釋菜禮를 거행하고 있다. 1958년에는 湖南 士林에 의해서 全羅南道 谷城에 山仰齋가 건립되었다.

1925년에 문집이 간행되었다. 原集 165권, 속집 12권 모두 63책이 활자로 간행되었다. 1984년에는 양장 4책으로 영인되어 나왔다.

Ⅲ. 行身과 治學

俛宇는 資稟이 보통 사람들 보다 매우 달랐다. 큰 풍채에 눈썹은 성글었고 광대뼈는 나왔고 눈은 새벽 별 같았고 神彩가 사람에게 비쳤다. 어린 시절부터 神童으로 일컬어졌다.

15, 6세 때부터 마음으로 스스로 분발하여, "천하의 일은 모두 내가 마땅히 해야 할 일이다. 그 이치는 궁구하지 못할 것이 없다.[天下事, 皆吾之所當爲, 其理, 無有不可窮者.]"라고 생각하였다. 그래서 儒敎經典 뿐만 아니라, 諸子百家를 널리 보고, 아울러 稗乘, 異書, 陰陽, 方技, 詞章, 帖括에 관한 책까지도 그 源委와 利病을 깊이 궁구하지 않은 것이 없었다.[11]

俛宇는 폭 넓게 공부하여 대단히 博識하였지만, 한 번도 자신을 내세운 적이 없고, 謙虛하게 처신하였다.

얼마 지나고 나서 이런 雜駁한 공부가 無益함을 알고는 向裏之學에 전념하여 孔孟·程朱에 관한 서적을 날마다 읽어 얼음 풀리듯 모든 의문

---

10) 『俛宇年譜』 권3, 12-13장.
11) 『俛宇年譜』 권1, 2장.

이 풀려 나갔다.

그래도 "義理는 무궁하고 지식은 有限하니, 道가 있는 분에게 나아가 바로잡지 않으면 내 학문의 방향이 바른지 그른지를 알 수 없고 좁고 침체된 데 빠져 공정하지 못하다."라고 생각하여 寒洲 李震相을 찾아가 師事하였다. 한주에게서 지식적으로 새롭게 더 배운 것은 거의 없고, 主理의 학설을 얻어들어 자신의 학문의 방향을 확실히 하였다. 寒洲는 俛宇에게 主理의 說을 강조하여 이렇게 말했다. "聖人의 수많은 말씀의 귀결처는 主理에 있을 따름이다. 居敬하는 것은 그렇게 함으로써 이 理를 간직하는 것이고, 致知하는 것은 그렇게 함으로써 理를 궁구하는 것이고, 힘써 행하는 것은 그렇게 함으로써 理를 따르는 것이고, 자신의 사욕을 이기고 사악함을 막는 것은 理를 해치는 것을 제거하려는 것이다.[聖人千言萬語, 其歸, 在主理而已. 居敬, 所以存此理也. 致知, 所以窮此理也. 力行, 所以循此理也. 克己閑邪, 所以去其害理者也.]" 면우도 늘 이 말의 뜻을 깊이 음미하여, 제자들에게 해 주고 글에도 자주 나타내었다.[12]

俛宇는 다닐 때는 반드시 安詳하였고, 서 있을 때는 方正하였고, 절할 때나 揖할 때는 공손하였고, 의복은 단정하였다. 혼자 있을 때는 邪僻한 기운을 몸에 띠지 않았고, 여러 사람들이 많이 모인 복잡한 곳에서는 鄙俚한 말을 입에서 낸 적이 없었다. 평소에는 단정하게 拱手를 하고 꿇어앉아 있었는데, 바라보면 마치 외로운 소나무가 절벽 위에 있는 것 같아 우뚝하여 범할 수가 없었고, 다가가 보면 전국술을 마시는 것처럼 그 얼굴빛과 웃음이 따뜻하여 접근할 수 있을 것 같았다.

매일 새벽에 일어나 세면하고 머리 빗고는 謁廟를 하였다. 제사 모실 때는 엄숙하고 공손하게 모셨는데 마치 조상이 앞에 계신 듯이 했다.

사람을 대할 때는 貴賤이나 賢愚 구별 없이 한결같이 誠信으로 대하고 경계를 긋지 않았다. 다른 사람의 착한 점을 들으면 마음으로 좋아하여

---

12) 河謙鎭, 『晦峯集』 권47, 21장, 「俛宇郭先生行狀」.

선양하지 못할까 두려워했고, 착하지 못한 점이 있으면 옛날 의리를 인용하여 바로 면전에서 지적하여 속히 고치도록 했다. 그 사람이 말을 듣지 않아도 많은 사람 앞에서 폭로하지는 않고 덮어주었다.

자신을 경계하는 글 가운데 이런 구절이 있다. "敬이란 것은 별다른 사물이 아니고, 단지 마음이 어둡지 않고 어지럽지 않고, 하나를 위주로 하고 마음을 거두어들이고 두려워하는 것일 따름이다. 上帝가 너에게 임할 때 신령스런 눈은 번개처럼 빠르다." 곧 敬을 통해서 처신하고 학문하는 방법을 찾았다.13)

俛宇의 공부방법은 沈潛하여 熟練·濃縮하는 방법을 취하였는데, 어떤 한 문제를 만나면 이해하지 않으면 그만두지 않았다. 글을 읽을 때 입으로 익힐 뿐만 아니라 반드시 눈에 익숙하게 하고, 마음에 이해가 되도록 하고 몸으로 體得하는 방식을 택했다. 그래서 "일을 만나면 일을 살피고, 물건을 대하면 물건의 이치를 궁구하는 것 가운데 어느 것인들 나의 지식을 확실히 하는 것이 아니겠는가? 오직 책은 지혜를 더해주는 가장 좋은 것이다. [遇事審事, 對物窮物, 何莫非致吾知也. 惟書, 爲益智之最.]"라고 하였다.

면우는 공부하는 사람의 문제점을 다섯 가지로 지적하여, 이름을 좋아하는 것[好名], 결점을 비호하는 것[護短], 우선 편하고자 하는 것[姑息], 구차하게 같아지려고 하는 것[苟同], 스스로를 믿는 것[自信] 등으로 보고서 이 가운데 하나만 있어도 공부가 될 수 없다고 보았다.14)

---

13) 河謙鎭, 『晦峯集』 권47, 21장, 「俛宇郭先生行狀」. "敬, 不是別物事, 只不昧不亂, 主一, 收斂, 畏懼而已. 上帝臨汝, 神目如電."

14) 『俛宇集』 권128, 7장, 「學賊」. "學之賊, 有五, 曰, 好名也, 護短也, 姑息也, 苟同也, 自信也. 攀援於士友之列, 應諾於仁義之談, 而言之似忠信, 行之似謹愿. 及省其私, 未嘗實用力, 實着 心於此間, 而多般鄙穢, 不恥爲之, 百方便利, 惟另圖之, 猖披已甚, 直一無狀漢而已. 向之所 以攀援應諾, 言似行似者, 只爲買虛譽, 取美望計耳. 此好名之賊也. 事有當應, 掃退而不肯做, 理有當講, 含糊而不肯說, 外謙恪而內矜恃, 外簡潔而內黯黮, 或恐駑針之一度, 而手脚之披 露, 麟楦之一脫, 而貌樣之難幻者, 護短之賊也. 言不必求中, 行不必求可, 事不必求是, 理不 必求明, 沉沉浮浮, 摹稜而自便, 依依阿阿, 彌縫以苟得, 都不肯發憤進前, 惟時一嘗試, 旋復 驚顧, 今日明日, 優游苟延, 不知歲月之不貸, 而窮廬枯落之歎, 不遠伊邇矣. 此姑息之賊也.

俛宇는 여러 가지 책의 작용과 단계에 대해서 이렇게 이야기했다. "『小學』, 『論語』, 『孟子』 등은 평이하고 자신에게 간절하기에 熟讀하는 것이 알맞다, 『周易』이나 『春秋』는 마침내 읽기가 어려움을 느꼈다. 오직 周濂溪의 『易通』이란 책에 주역의 도리가 다 갖추어져 있다. 그 밖에 四書를 이해하는 階梯로는 『近思錄』만한 책이 없다. 그리고 朱子에 會通하지 못하면 孔子 학문의 아름다움이나 풍부함을 볼 수가 없다."15)

俛宇는 특히 朱子의 학문에 심취하여 『朱子大全』과 『朱子語類』를 손으로 베껴 작은 책자로 만들어 휴대하고 다니면서 읽었다.

朱子의 『通鑑綱目』을 35항목으로 분류하여 정선하고 뒤에 자신의 論을 붙여, 1915년에 책을 완성했다. 그러나 면우가 최종 勘整을 끝내지 못한 채 세상을 떠났다.16)

제자를 가르칠 때는 배우는 사람의 才品의 高下에 따랐고, 또 순서가 있었다. 배우는 사람들이 뜻을 세우는 것을 우선으로 하였고, 躬行을 중요하게 여겼다. 講學할 때는 浮泛한 것을 경계하였고, 저술할 때는 華靡한 것에 가까이 가지 않았다. 남의 應酬文字 짓기를 즐기지 않았으나 또 군이 사양하지도 않았고, 맡았을 때는 조심조심하면서 어렵게 여겼다.

술은 사랑했으나 한두 순배 돌아 조금 취하면 그쳤다.

禮法으로 자신을 規律하여 假飾을 하거나 편리한 것만 취하지 않았다. 利害, 榮辱, 得喪, 禍福 등에 의해 마음이 움직이지 않았다. 의복이나 그릇 筆墨 書案 등은 朴陋한 것을 취하였고 떨어지지 않으면 그대로 썼다. 深衣

患義理之無窮, 怯思索之甚苦, 不曾費一毫氣力, 惟逐紙面上點過, 不計是非, 不分表裏, 惟聽信而無疑, 晏坐而甘受外面之不違, 髣髴顔子而中心之自欺, 便是陸棠, 此苟同之賊也. 纔窺一斑, 持以自多, 斷以爲天下義理, 止斯而已. 聖賢事業, 如此而已. 粗有相左, 則便斥之爲亂道, 或有擬議, 則乃狠然而求勝, 不識其井蛙夏蟲之自昧於一方, 此自信之賊也. 五者, 有其一, 學之成無望, 而道之明, 無日矣. 奚待乎佛老楊墨而後然爾乎?"

15) 河謙鎭, 『晦峯集』 권47, 22장, 「俛宇郭先生行狀」. "小學·論孟, 平易切己, 宜熟讀. 易·春秋, 終覺難看 惟周夫子易通一書, 易之爲道, 悉具於是矣. 其他則欲尋四子之階梯, 無有如近思, 不會通於朱子, 則無以見宗廟之美, 百官之富."

16) 『俛宇年譜』 권3, 5장.

등은 무명으로 지어 입었고, 출타할 때는 짚신에 명아주지팡이를 짚을 정도로 아주 검소했다.

人獸, 華夷의 구분이 엄하여 나아가 임금에게 고하거나 물러나 사람들에게 이야기한 것은, 倭賊을 쳐서 나라를 회복하는 大義에 관한 것이었다.

어떤 이가 "'마음은 理와 氣를 합친 것이다[心合理氣]'라는 說이 退溪의 定論인데, 寒洲가 '마음은 곧 理다[心卽理]'라고 한 것은 옳지 않은 것이다."라고 반박하자, 俛宇는 이에 대해서 이렇게 分辨하였다. "마음을 통괄적으로 이야기하면 '理와 氣를 합친 것이다'라고 말할 수 있지만, 바로 마음의 本體만 가리켜서 말한다면, '마음은 곧 理다[心卽理]'라고 말할 수 있다. '마음은 氣와 합쳐진 것이다'라는 점을 말하지 않으면, 사람들이 장차 '마음이 發하는 것이 天理 아닌 것이 없다'라고 여겨서, 省察하고 자신의 私慾을 이겨서 다스려나가는 노력을 하지 않게 되고, '마음은 곧 理다'라는 것을 말하지 않으면, 사람들이 理가 純善하여 마음의 본래 모습이 된다는 것을 알지 못하여 培養하고 擴充하는 노력을 하지 않을 것이다. '마음은 理와 氣를 합친 것이다'와 '마음이 곧 理다'라는 두 가지 說은 서로 필요로 하여야 비로소 그 뜻이 갖추어지는 것이다. 다만 '心卽理'라는 이 說은 王陽明에게서 나왔기 때문에, 듣는 사람들이 이구동성으로 힘을 다하여 공격하고 배척한다. 그러나 말은 같아도 가리키는 바는 다르니, 사실 문제가 되지 않는다."

門人 晦峯 河謙鎭은 俛宇의 학문과 인품과 氣像과 經綸을 이렇게 비교하였다. "그 識見과 度量은 만물을 두루 다스릴 수 있고, 그 才器는 나라의 운명을 관장할 수 있고, 그 文章은 皇帝의 사업을 도울 수 있고, 그 瞻敏함은 나라를 대표하여 다른 나라에 사신으로 갈 수 있고, 子貢처럼 諸侯들을 초빙할 수 있고, 그 차분함은 公西華처럼 玄端服에 章甫冠을 쓰고 儀禮를 담당할 수 있고, 그 節義는 文天祥처럼 威武에도 꺾이지 않고, 곤란한 처지에서도 講學하기를 게을리하지 않는 것은 金華山의 金履祥이나 白雲山의 許謙 같도다."17)

俛宇는 혁혁한 가문에서 태어난 것이 아니고 자신의 노력으로 儒者로서 최고의 경지에까지 이를 수 있었다. 朝鮮 儒學을 결산하는 마지막 巨峯이자 암울한 일본강점기에 지식인들의 정신적 지주였다.

俛宇의 門人錄인 『俛門承敎錄』에는 780여명의 문인들이 수록되어 있다. 우리 나라 역사상 가장 많은 門人을 길렀다고 할 수 있는데, 이들은 傳統學問을 계승하여 후대에 전해 주었을 뿐만 아니라 世敎를 扶植하여 人心이 바른 방향으로 가도록 영향력을 미쳤다. 대표적인 門人으로는 晦峯 河謙鎭, 韋庵 張志淵, 眞庵 李炳憲, 心山 金昌淑, 重齋 金榥 등이 있다.

Ⅳ. 詩에 나타난 선비정신

1. 世道扶植

선비는 修己治人을 목표로 살아가는 지식인이다. 수기치인의 궁국적 목표는 平天下에 있다. 즉 모든 인류를 사람답게 살게 만드는 원대한 포부를 갖고 있다. 그러기 위해서는 儒道를 지켜 나가야 한다. 그러나 현실은 늘 유도를 위협하는 갖가지 도전에 직면해 있고, 일반 사람들은 유도의 가치를 깨우치지 못한다. 그래서 선각자인 선비가 일반 사람들을 깨우쳐 주어야 한다.

면우는 세상의 道가 유지되기 위해서 걱정하고 노력해온 사람이다. 이런 그의 지식인으로서의 고민을 나타낸 시가 바로 다음의 시다.

세상의 도덕이 낮아진 것에 탄식을 일으키나니,	興嗟世道卑
모두가 유행 따라 仁을 버려두는구나.	滔滔曠仁宅
천지는 어두움 속으로 들어갔는데,	兩儀入昏冥
공허한 빛이 채색만 찬란하누나.	空華眩紫碧

---

17) 河謙鎭, 『晦峯集』 권47, 26장, 「俛宇郭先生行狀」.

말똥말똥 크게 걱정이 되어,	耿耿懷殷憂
정을 붙여 서로 도움 되는 사람을 찾네.	寄情求相益[18]

　세상의 도덕은 날로 타락해 가고, 사람들은 사람들이 편안히 살 집인 仁의 가치를 모르고 팽개친다. 온 세상이 암흑 속으로 들어가는데, 사이비들만 활개를 친다. 남 모르는 큰 걱정을 갖고서 세상을 구제할 동지를 찾아본다. 동지를 찾아 세상을 구제하려는 마음이 바로 선비정신의 전형이다.

　우리 나라를 대표하는 학자 退溪 李滉을 모신 陶山書院을 참배하고 退溪의 영령에게 그 학문을 가지고 세상을 구제하게 해 달라고 기원하고 있다. 이는 곧 퇴계의 학문을 현실에 적용하여 세상을 구제해 보겠다는 俛宇 자신의 염원을 담은 시라고 할 수 있다.

원컨대 선생의 영령께서,	願以夫子靈
여러 사람의 마음을 인도하여 돌이키게 하소서.	誘回衆心官
『古鏡重磨方』으로 꽉 막힌 길 틔우시고,	鏡方踈蓁路
병풍에 쓴 『聖學十圖』로 비법의 관문 열어 주소서.	屛圖啓秘關
멀리 朱子와 程子를 쫓아서,	眇綿追閩洛
잘 받들어 장엄한 단계까지 올라가기를.	夾持躋莊壇
빛나게 陽의 덕을 떨쳐서,	燁燁振陽德
음침하고 간사한 기운 부수어 없애야지.	碎碎消陰姦
文華의 상서로운 햇살 비춰어,	文華照祥旭
봉황새와 난새 평화롭게 날아올라야지.	戩戩騰鳳鸞
하늘의 뜻 비록 헤아리기 어려우나,	天意雖難億
어진 영령께서 어찌 조금이라도 아끼겠습니까?	仁靈豈少慳[19]

---

18) 『俛宇集』 권6, 25장, 「次韻河殷贊在龍見寄」.
19) 『俛宇集』 권6, 18장, 「陶山秋夜勇進退韻」.

退溪에게 세상 사람들의 마음을 바른 길로 인도해 주기를 바라고 있다. 퇴계가 편찬한 『古鏡重磨方』을 가지고, 사람들이 버리고 가지 않아 황폐하게 잡초가 우거진 仁義의 길을 틔워주고, 『聖學十圖』를 통해서 새롭고 나아갈 수 있는 관문을 열어달라고 간절하게 빌고 있다. 건전한 덕을 닦아 세상에 펼쳐서 음산하고 간사한 기운을 없애어 평화로운 세상을 만들어 달라고 빌고 있다.

俛宇는 비교적 신중한 처신을 한 분이라 자기 수양에만 치중하고 世道의 扶植에 관심이 없는 줄로 오해하는 사람이 없지 않지만, 면우는 世道를 扶植하고자 하는 마음이 간절하였다.

그 어렵고 암울한 大韓帝國 말기의 상황에서도 俛宇는 천하를 생각하는 참된 선비의 정신적인 자세를 보여주었다. 우리 나라 뿐만 아니라 五大洋六大洲가 모두 聖人의 교화를 받아 더 나은 단계로 나아가기를 희망하고 있다.

다만 우리 무리가 햇빛이 되고 태평하게 되어,　　　但願吾徒陽與泰
天理로 하여금 기운이 빠지지 않게 하기를,　　　莫教天理氣沈淪
다만 우리 임금님 봄 같은 덕이 두루 펼쳐져,　　　但願吾君春德遍
聖人의 윤리에 육대주가 함께 교화되기를.　　　六洲同化聖人倫[20]

2. 憂國憐民

俛宇는 安東 義兵將 權世淵, 畿湖의 의병장 崔益鉉 등의 倡義 권유에도 시종 신중한 태도를 견지하였다. 궁극적으로 나라를 위하는 마음에 있어서는, 의병 활동을 한 사람이나 면우나 다를 바 없었다. 그러나 현실적으로 의병 활동을 하는 분들에 비하여 편하게 지냈고 생명의 위험도 느끼지 않았기 때문에 면우는 마음이 편하지 못했다. 의병장 旺山 許蔿가 왜인들

---

20) 『俛宇集』 권8, 12장, 「春帖」.

에게 처형 당했을 때 俛宇는 이러한 挽詩를 지었다.

진실한 신하의 피 백 섬이요,　　　　　　　百斛忠臣血
천 줄기 지사의 눈물이라.　　　　　　　　千行志士淚
대한 하늘에 뿌리는 비가 되어,　　　　　　灑作韓天雨
괴롭게도 흐려 개이지 않네.　　　　　　　陰陰苦不霽

차분한 「衣帶贊」이요,　　　　　　　　　從容衣帶贊
격렬한 「正氣歌」라.　　　　　　　　　　激烈正氣歌
누가 말했던가? 文文山 죽은 뒤로,　　　孰謂文山死
푸른 하늘에 북두칠성 높고 높다고.　　　星斗碧峨峨[21)]

旺山을 宋나라 말기에 의병 활동을 하다 元나라에 붙잡혀 끝내 항복하지 않고 처형 당한 만고의 충절신 文山 文天祥에게 비유하였다. 왕산이 지은 「衣帶贊」을 문천상의 절개를 나타낸 「正氣歌」에 견줄 수 있다고 높이 평가하였다. 적절한 비유라 할 수 있다. 왕산은 피를 흘렸지만, 뜻은 같이 하나 피를 흘리지 못한 많은 뜻 있는 선비들이 많은 눈물을 흘렸다. 그 눈물 흘리는 분위가 지속됨에 따라 대한제국의 하늘은 늘 음울하다. 당시 면우를 비롯한 지식인들의 심경과 우리 나라 전체의 분위기를 이중적으로 잘 표현했다고 할 수 있다.

자신을 썩은 선비라고 스스로 폄하하면서도 나라의 어려움을 구제할 經綸을 펼치지 못하여 아쉬워하고 있다. 하늘이 부여한 참된 본성을 누구나 지녔으니, 일본 등 침략자들을 바른 길로 인도해야 겠다는 좀 비현실적인 생각을 갖고 있었다.

그러나 자신이 할 수 있는 역할은 현실적으로는 너무나 미미하였다. 단지 글로써 항의하는 수 밖에 없었다. 그러나 면우는 포기하지 않고 서울

---

21) 『俛宇集』 권8, 28장, 「挽許季亨蔿二首」.

로 올라가 각국 公使館에 글을 보내어 우리 나라의 억울한 점을 호소하고 돌아왔다. 다음의 시는 大義에 호소할 수 밖에 없는 그때의 심정을 읊은 시다.

썩은 선비 괜히 때 만나지 못한 것 슬퍼하나니,	朽士空悲値不辰
어려움을 구제할 경륜 펼칠 곳 없구나.	經綸無地濟艱屯
천하 사람들의 본성이 한 가지라는 것만 믿나니,	只信同然天下性
당당한 의리는 하늘에서 얻은 것이라네.	堂堂理義得皇旻22)
-제1수-	

한 치 아교로 흐린 큰 강물 막으려 생각하니,	寸膠思止大河渾
혀 하나로 여러 나라 말과 다투어야 하네.	一舌要爭萬國言
만약 宋牼이 인의를 이야기한다면,	若敎牼老談仁義
맹자가 어찌 일찍이 떠들지 말라고 금했겠는가?	鄒叟何曾禁勿喧23)
-제4수-	

俛宇는 이때 서울에 가서 만국에 우리의 입장을 포고하고서 돌아왔는데, 사람들이 그 오활함을 비웃었고, 친구이자 동문인 尹胄夏가 이때문에 시를 지어 보내었으므로 거기에 화답한 것이다. 의병을 일으켜 총칼로 싸우는 것만이 애국이 아니다. 글로써 설득하여 침략을 하지 못하게 하거나, 침략자들을 규탄하여 침략을 하지 못하게 하는 것도 倡義 못지 않게 중요한 역할을 한다고 면우는 확신하였던 것이다.

3. 인재양성

이 세상이 지속적으로 유지되어 나가려면 後進들을 길러야 한다. 후진

---

22) 『俛宇集』 권6, 26장, 「和尹忠汝見寄五絶」.
23) 『俛宇集』 권6, 26장, 「和尹忠汝見寄五絶」.

들을 길러야 자신이 하지 못한 일을 다음 세대에 맡길 수가 있다. 젊은 사람들은 이미 지나간 세대가 겪고 느낀 사실을 알지 못 한다. 그래서 먼저 깨달은 사람은 아직 깨닫지 못한 다음 세대를 깨우칠 의무가 있는 것이다.

> 인생은 모름지기 젊을 때를 아껴야 하나니.   人生須是惜年少
> 시간 잘못 보내면 부끄럽고 우스워.   暑刻橫奔可恥笑
> 만약 도끼로 아름다운 재목 찍는다면,   若任斧斤戕美材
> 牛山에서 지는 해 원망할 시간 있으랴?   牛山奚暇怨斜照[24]

누구의 인생이나 짧고 또 일회성이다. 그래서 그 가치를 알고 보람 있게 써야 한다. 또 타고난 아름다운 本性을 잘 계발하여 훌륭한 인재로 자라나야 한다. 자기에게 부여된 시간을 허송하고 자기에게 부여된 본성을 망치고서 노년에 이르러 세월이 다 갔다고 한탄해 봐야 아무런 소용이 없다. 그런 한탄을 하지 않도록 젊은 사람들을 경계한 시라고 할 수 있다.

『中庸』에 "정성에서 밝아지는 것을 본성이라 하고, 밝음으로부터 정성스러워지는 것을 敎라고 한다. 정성스러우면 밝아지고, 밝아지면 정성스러워진다.[自誠明, 謂之性, 謂之敎. 誠則明矣, 明則誠矣.]"라고 했다. 사람의 마음을 수양함에 있어서 誠과 明은 서로 보완적인 작용을 한다. 둘 가운데 하나가 없으면 그 작용이 상승효과를 얻을 수 없다. 참된 수양은 마음을 통한 수양이지, 입과 귀로 하는 것은 수양이 될 수가 없다.

보통사람들이 수양을 통해서 聖人이나 賢人의 단계에 이르기는 어렵지만, 포기하지 말고 꾸준히 노력하자고 젊은 사람들을 면려하고 있다.

> 誠과 明이 둘 아닌 것 모름지기 믿어야 하리,   須信誠明無異致
> 전적으로 입과 귀만 믿어 어찌 참 되게 안다 하리?   全憑口耳豈眞知

---

24) 『俛宇集』 권7, 1장, 「牛山落照」.

孔子, 周濂溪, 程子, 朱子 바라보면 방향 모르겠지만,   泗濂洛婺臨瞻忽
싫증내지 말고 노력하여 각자 기약하세.   努力休嫌各自期[25]

　俛宇가 살았던 시대는 면우 자신이 말했던 것처럼 불우한 시대였다.
그런데도 면우는 희망을 잃지 않고 世道를 扶植하고 인재를 양성하려고
노력했고, 국가민족의 장래를 위해서 극정했다. 나아가 聖人의 敎化를 통
해서 전인류사회를 더 나은 사회로 만드려는 원대한 이상을 갖고 있었다.
　俛宇는 글만 알면서 실천력 없는 소극적인 유학자가 아니라, 儒敎를
통해서 인류사회를 발전시켜려는 이상을 가진 通儒라 할 수 있다.

Ⅴ. 著述

　俛宇가 창작한 시문은 原集 165권, 續集 12권, 모두 177권 63책으로
정리된『俛宇集』에 수록되어 전한다. 이 밖에도『蒙語』1책,『六禮笏記』
1책,『增補韻考』,『綱目分類』,『閒思類箚』,『理訣』[文集에 수록됨] 등이
있다.
　『俛宇集』에는 賦 6편, 詩 1,961수, 書 3,660편, 雜著 159편, 序 109편,
記 117편, 跋 73편, 銘 62편, 箴 21편, 贊 38편, 頌 2편, 昏啓 2편, 上梁文
10편, 祝文 16편, 祭文 44편, 碑文 34편, 墓誌銘 57편, 墓表 101편, 墓碣銘
169편, 行狀 9편, 遺事 3편, 傳 6편이 실려 있다. 모두 시 1,961수, 散文
4,688편에 이른다.
　중요한 문자로는 理氣心性論의 종합적 정리라 할 수 있는「理訣」이란
글이 있는데, 主理論的 입장에서 지금까지 나온 理에 관한 글 가운데서
가장 깊이 있고 완비된 글이라 할 수 있다.
　진정한 독서의 방법을 제시한「讀書說」, 학문하는 이의 문제점을 지적

---

25)『俛宇集』권3, 6장,「山天齋講會罷作詩相勉」.

한 「學賊」이 있다.

이 밖에 「圃隱先生畫像贊」, 「退陶先生十訓贊」, 「祖雲憲陶齋上梁文」, 「文敏公愼齋周先生影幀奉安文」, 「一源亭釋菜告由文」, 「祭寒洲先生文」, 「殷烈公(姜民瞻)神道碑銘」, 「文靖公霽亭(李達衷)神道碑銘」, 「大笑軒(趙宗道)神道碑銘」, 「藍溪表先生(表沿沫)神道碑銘」, 「高山李先生(李惟樟)神道碑銘」, 「贈兵曹判書金公(金俊民)神道碑銘」, 「贈吏曹參判柳公(柳晦文)墓碑」, 「中樞院議官柳公(柳止鎬)墓碑」, 「南冥先生墓誌銘」, 「蘆坡先生(李屹)墓誌銘), 「龍潭先生朴公(朴而章)墓誌銘」, 「慕亭裴公(裴大維)墓誌銘」, 「拓菴金公(金道和)壙誌」, 「茅谿文先生(文緯)墓碣銘」, 「后山先生許公(許愈)墓碣銘」, 「蠹窩先生崔公(崔興璧)墓碣銘」, 「寒洲李先生行狀」 등 유명한 학자나 국가민족을 위해서 공을 세운 저명한 인물들의 傳記文字가 많다. 이는 우리 나라 學術史나 思想史 등의 중요한 자료가 된다.

문집 가운데 書信이 118권 분량을 차지하고, 모두 3,660편 정도에 이른다. 이 서신은 단순히 안부편지가 아니다. 대부분이 제자나 知人들과의 學術討論과 處世方法, 問題解決方法, 儒林의 大小事에 대한 논의 등으로 그 중요도는 측량하기 어렵다. 俛宇의 학문 사상의 핵심이라고 할 수 있다.

Ⅵ. 光復運動

俛宇는 義兵活動에 대해서는 시종 신중한 입장을 견지하였기 때문에, 오늘날에 와서 어떤 사람들은 소극적이었다는 비난을 하기도 한다. 그러나 義兵이란 것은 官軍과 싸워야 하는 입장에서 보면, 신하로서 王命에 저항하는 것이 되고, 또 日本은 우리 나라를 삼킬 계획이 있지만 列强의 눈치만 보고 있는 판국인데, 우리가 의병을 일으켜 日本을 물리치지도 못하면서 혼란을 가중시키게 되면 일본에게 침략의 구실을 주어 그들의 의도에 말려드는 것이라는 생각을 가졌다.

그는 大溪 李承熙 등이 國外亡命을 권유했을 때도 국내에서 自靖하는 苦行의 길을 선택했고, 나라가 망했을 때도 自決만을 최선이라 생각하지 않고 자신의 志節을 지키면서 講學을 계속했다.

그러다가 巴里平和會議에서 약소국의 독립을 지원하는 서양열강들의 결의가 있자, 일신의 안위를 염두에 두지 않고 儒林의 대표가 되어 의연하게 처신하여 국가를 위하는 선비의 본보기가 되었다.

1919년 3월 1일 獨立宣言書가 선포되었을 때, 서명한 民族代表 33인 가운데 儒林은 한 사람도 들지 못했다. 우리 나라가 儒敎國家임을 생각할 때 국가가 망하여 獨立運動을 하며 독립을 선언하는 일에 儒林들이 수수방관했다면, 儒林들은 事大主義的이고 非現實的이고, 空理空論만을 일삼는 腐儒라는 비난을 면하기 어려웠다. 5백년 유교를 국시로 해온 국가의 유림으로서는 최대의 수치가 아닐 수 없었다.

이때 高宗因山에 참석했던 心山 金昌淑과 그 族人 海史 金丁鎬가 논의하여 巴里平和會議에 우리 나라 儒林대표를 파견하여 列强의 代表들에게 호소하여 公議를 확대시켜 우리나라의 독립을 확인시키도록 하자고 합의가 있었다.

心山은 "이 일은 衆望이 귀의하는 儒林의 宗匠이 나와서 주도를 해야만 전국적으로 영향력을 발휘할 수 있다. 급히 사람을 居昌으로 보내어 俛宇先生의 지휘를 받아서 시행하는 것이 옳다"라고 발의하여 俛宇의 의견을 듣기로 했다.

心山은 서울에 와 있던 俛宇의 조카 謙窩 郭奫과 重齋 金榥에게 전말을 자세히 고하고는 그들로 하여금 俛宇에게 가서 사정을 고하게 하고, 儒林代表가 巴里平和會議에 보내는 글을 미리 준비해 두도록 부탁했다. 俛宇는 이 일을 결행하면서 제자 滄溪 金銖와 重齋에게 일러 말하기를, "내가 이 일을 맡는 것은 국가 大義를 위해서 일뿐만 아니라 우리 儒林을 위해서다."라고 말했다.

3월초에 心山이 居昌으로 가서 俛宇를 만나뵈었더니, 俛宇는 심산의 손을 잡고서, "瀟과 槐을 통해서 서울에서의 擧事의 전말은 다 알고 있다. 老夫가 亡國의 大夫로서 늘 죽을 곳을 얻지 못해 한으로 여겼더니, 지금 전국의 儒林을 倡率하여 天下萬國에에 大義를 부르짖게 되었으니, 이는 老夫가 죽을 곳을 얻은 날이다. 巴里에 보내는 글은 병으로 인하여 생각이 좋지 못하여 붓을 댈 수가 없었다. 張晦堂[錫英]에게 지어라고 부탁해 두었으니, 자네는 晦堂 집에 가서 찾아가도록 하라."라고 했다.

心山이 晦堂에게 가서 巴里長書를 찾아 읽어보니 너무 장황한 것 같아 몇 군데 고쳐달라고 했으나, 晦堂은 화를 내며 끝내 거절하였다. 그때 회당은 이미 그 글을 면우에게 보낸 상황이었다. 心山이 다시 俛宇에게 갔더니, 俛宇는 "자네가 반드시 다시 올 줄 알았다. 晦堂이 보내온 글을 보니, 그렇게 詳備하지 못하여 내가 부득이 고쳐지어 두고 자네를 기다리고 있었다."라고 했다. 심산이 읽어보고 나서, "사실에 있어서는 매우 該明하나, 문장이 冗長한 데가 없지 않습니다."라고 하고 몇 군데를 지적하자, 俛宇는 "자네 말이 매우 좋다."라고 하고는 몇 십 줄을 지워버리고는 "이렇게 하면 크게 잘못된 데는 없겠는가?"라고 하고는 郭奫을 불러 正本을 쓰게 하였다. 그리고는 이 巴里長書를 삼신의 날로 삼아 비밀리에 감추어 갖고 가기에 편리하도록 했다. 俛宇의 用意周到함이 이러하였다. 그리고는 중국에 왕래한 적이 있던 李鉉德을 巴里에 가는 부대표로 하여 心山과 같이 가도록 부탁해 두었고, 비용 일체도 儒林 전체에서 책임지도록 조처를 했다.

그리고 心山에게 "자네가 이번에 가면 北京 上海 등지를 거쳐 파리로 갈 것인데, 자네는 해외의 사정에 생소한 바가 없지 않으니, 해외에서 먼저 활동하고 있는 李承晩, 李相龍, 安昌浩 등과 일에 따라 서로 의논하는 것이 옳다. 자네가 파리에서 돌아와 중국에 머물면서 활동하고자 한다면, 반드시 中國 革命黨 요인들과 손을 잡고 그들의 도움을 받아야 할 것이다. 내가 전에부터 알고 있는 雲南 사람 李文治는 國民黨 안에서 文學의 重望이 있는 사람이니, 자네는 이 사람과 손을 잡고 그의 도움을 얻는 것이 옳다."라고 하며 소개해 주었다.

心山이 巴里長書를 갖고 서울에 와서 中國으로 떠날 준비를 하고 있는데, 畿湖地方의 유림들도 志山 金福漢을 대표로 하여 儒林 17명이 서명한 「抵巴里和會書」를 가지고 中國으로 가기 위해서 서울로 들어왔다. 그래서 心山과 畿湖에서 온 林京鎬 등과 합의하여 두 글 가운데서 俛宇가 지은 글을 쓰기로 하고, 儒林代表는 俛宇가 대표가 된 120명과 畿湖 儒林代表 17명을 합쳐 137명으로 하고, 志山의 이름은 유림대표 가운데서 俛宇 바로 다음에 이름을 넣기로 하고, 林京鎬는 心山에게 임무를 맡기고 자기는 中國에 가지 않기로 했다.[26]

이에 앞서 1918년에 巴里에서 平和會議가 열린다는 사실을 알고 있던 日本人들은 자신들의 合邦이 틀림없이 문제가 될 것임을 알고는, 이를 사전에 예방하기 위해서 '合邦은 大韓帝國의 사정에 의한 것'이라는 사실을 알리는 글을 巴里平和會議에 제출했다. 이 글에 우리 나라 각계대표 1명씩의 서명을 받아 넣었는데, 儒林代表는 金允植이 되어 있었다. 金允植은 大韓帝國 말기 外務大臣을 지내고 日本으로부터 子爵을 받은 인물이었다. 이 사실을 안 儒林들은 전국 각지에서 놀라고 분개해 하며 따로 儒林代表를 추천하여 이전에 보낸 글이 사실이 아님을 증명하고자 하였는데, 이때 이미 儒林의 衆望이 모두 俛宇에게로 돌아갔다.[27]

1919년 1월에 門人 尹忠夏가 서울에서 돌아와 그 사실의 전모를 보고하고 俛宇에게 대표가 될 것을 요청하였으므로 면우는 이미 허락을 하고 高宗 因山 때를 그 시기로 잡아두고 있었다. 그래서 郭奫과 金榥을 서울로 보내어 그 형편을 보도록 했던 것이다.

양력 3월 1일 民族代表 33인 명의의 獨立宣言書가 선포된 뒤, 心山이 郭奫과 金榥 두 사람을 만나 巴里長書의 계획을 俛宇에게 보고하도록 했던 것이다.

---

26) 金昌淑, 『心山遺稿』 권5, 309-316쪽.
27) 『俛宇年譜』 권3, 12장.

心山은 中國 上海에 도착한 뒤 먼저 上海에서 활동하고 있던 光復運動家들과 협의하여, 여러 가지 정황을 고려하여 파리로 직접 가지 않고 상해에서 「巴里長書」를 英語로 번역하여 巴里平和會議에 부쳐보내고, 또 英語, 中國語, 韓國語로 번역하여 각국의 대표에게 배부하고, 中國 전지역과 언론기관 및 국내 각기관과 각지에 보냈다.

한편 日本의 획책에 의한 合邦을 원한다는 虛僞請願書를 본 해외 동포들은 자기들이 聯署한 글을 파리평화회의에 보내어 儒林이 誣陷 당한 것을 辨正하였는데, 그 글에도 俛宇가 대표로 되어 있었다. 그 사람들은 아직 俛宇의 허락을 받지 않은 상태에서 면우의 이름을 넣어 글을 만들어 보낸 것은, 면우가 아니면 해외에서 同胞들의 人望을 얻을 수 없다고 생각했기 때문이었다. 그러나 면우 자신은 이 사실을 알지 못한 상황이었다.

心山이 中國으로 간 바로 직후인 3월 13일에 居昌에 주둔하던 헌병이 俛宇에게 와서 長書 發送의 사실여부를 힐문하였는데, 면우는 사실대로 이야기했다. 18일에 압송되어 2일간 헌병대에 구류되었다가 大邱警察署로 이송되어 21일에 檢査局에서 신문을 받고 大邱감옥에 수감되었다가 22일에 病監으로 이송되었다. 왜인들이 俛宇에게 심하게 侵虐을 가했지만, 면우는 자기 집에서 지내는 것처럼 태연하였다.

4월 16일에 檢事가 지방법원에 출두시켜 심문을 하였다. 검사가 "선생은 이 일로 인하여 朝鮮이 독립될 것이라고 생각했소?"라고 묻자, 俛宇는 "내가 알 바가 아니네."라고 답변했다. 검사가 "이 일이 꼭 성공할 것이라는 것도 모르면서 고의로 이 일을 한 것은 어찌 나이든 사람이 망령되이 행동한 것이 아니겠소?"라고 하자, 면우는, "나는 백성이 되어 백성의 의무를 다한 것인데 도리어 나를 망령되다고 하는가?"라고 답변했다. 2년형이 구형되자, 俛宇는 "어찌 바로 終身刑이라 하지 않고, 꼭 2년형이라고 말하는가? 내가 여기에 온 것은 본래 살아서 돌아가는 것을 기약하지 않았다."라고 했다. 판사가 2년을 언도했고, 감옥의 관리가 控訴할 것을 권유했을 때, 俛宇는 "나는 控訴할 곳이 없다. 나는 애초에 국가를 위해서 이 일을 했는데, 결국 국가의 興復에 도움이 되지 않는구나. 구구하게 내 한 몸 때문에 원수에게 동정을 빌어야 하겠는가? 꼭 공소를 한다면 아마 하늘에 해야 할 걸세."라고 했다. 감옥의 관리가 "만약 控訴를 하지 않으면 법을 장차 강제로 집행해야 하는데 어쩌겠소?"라고 하자, 俛宇는 "내가 여기 온 것도 이미 강제인데, 다시 강제로 집행하는 것을 두려워하겠는가? 비록 그러하나 강제로 할 수 있는 것은 내 몸일 뿐이고, 내 마음은 끝내 강제로 할 수 없다네."라고 하자, 감옥의 관리들도 감동되는 모습을 보였다.

감옥에 있으면서 조카 郭㵖에게 서신을 보내어, 두 아들은 勤儉으로 집안을 꾸려나가고 조상 제사 잘 받들고 어머니 봉양하는 절차에 어긋나지 않도록 하게 하고, 젊은 門人들에게는 확고하게 앉아서 글을 읽어 如齋로 하여금 적막하게 하지 말도록 하라고 깨우쳤다.

하루는 日本 法官이 순시를 했는데, 통상적으로 죄수들에게 종이를 주면서 所感을 쓰도록 했다. 차례가 俛宇에게 이르자, 면우는 먼저 七言絶句 한 수를 지어 썼다.

몇백 년 동안 힘으로 복종시키고 서로 정벌하여,	力服交征累百朞
어지러이 빼앗고도 잘못한 줄을 모르는구나.	紛紛攘奪不知非
평화라는 두 글자는 하늘로부터 온 소리인데,	平和二字天來響
이상하구나! 동쪽 이웃은 귀 막고 웃기만 하니.	怪殺東隣掩耳唏[28]

이 시 뒤에다 "한 가닥 남은 숨 머잖아 다할 것 같으니, 무슨 특별한 느낌이 있겠는가? 다만 하늘의 道가 잘 돌아와서 평화가 완전하게 이루어져 우리 나라가 완전히 독립되었다는 이름을 얻고 일본은 이웃 나라와 사귀는 情誼를 보전하기를 바란다. 그렇게만 된다면 이 몸이 비록 죽더라도 혼백이 남은 통쾌함이 있을 것이다."라고 썼다.

俛宇의 毅然한 자세는 光復運動하는 많은 사람들에게 정신적인 原動力

---

28) 『俛宇集』 續권1, 2장, 「達埡作」.

이 될 수 있었다. 감옥에서 병을 얻어 결국 6월 22일에 출옥하여 8월 24일에 逝世하였다.

VII. 結論

俛宇 郭鍾錫은 朝鮮 말기 우리 나라를 대표하는 대학자요, 유림지도자였다. 俛宇는 총명한 자질을 타고난 데다 근면하게 노력하여 학문적으로 大成한 인물이다. 그는 당시 부모의 권유로 科擧에 응시하기도 했지만, 시대적으로 仕宦할 수 있는 때가 아니라고 하여, 爲己之學에 전념하면서 교육활동과 저술활동을 활발히 하였다.

그는 文弱한 선비가 아니고 풍부한 經綸을 갖춘 通儒였다. 그리고 潔身長往하는 태도를 취한 것이 아니고, 비록 벼슬에 나가지는 않아도 국가에 큰 일이 있을 때는 늘 上疏등을 통하여 자신의 견해를 개진하여 나라를 구하려고 하는 선비의 憂患意識을 발로하였다. 義兵活動에만은 시종 신중한 자세를 견지하여 倡義에는 참여하지 않았지만, 애국하는 정신은 투철하였다.

그의 시에는 그의 선비정신이 잘 나타나 있다. 世道를 扶植하려는 사상, 憂國憐民의 사상, 人材敎育의 필요성 등이 풍부하게 담겨 있다.

그는 學統으로 볼 적에 退溪學派에 속하지만, 지역적으로 볼 적에 南冥의 영향을 받지 않을 수 없었고, 南冥을 매우 尊崇하여 마지 않았다.

그가 남긴 地負海涵의 저서를 통해서, 앞으로 연구하여 그의 詩文學, 性理學, 政治學, 敎育學 등을 심도 있게 밝히면 그의 學問과 思想의 偉大性이 세상에 널리 알려질 수 있을 것이다.

그의 學問과 思想의 깊이와 넓이는 곧 大韓民國 學問을 세계에 내놓을 수 있는 自尊心이라 할 수 있다.

俛宇 郭鍾錫의 師承淵源과 性理學的 特性

寒洲 李震相과의 사승관계를 중심으로

Ⅰ. 序論

俛宇 郭鍾錫(1846-1919)은 朝鮮 末期에 慶尙右道에서 태어나 朝鮮朝의 儒學을 集大成한 대학자라 할 수 있다. 그는 性理學 뿐만 아니라 文學, 史學, 天文, 地理, 陰陽, 兵法, 醫藥 등 다방면에 폭넓은 학문을 완성하였다.

그러나 그의 學問的 초점은 性理說에 있었는데, 그 學問的 淵源은 寒洲 李震相(1818-1886)으로서 전수받은 것이었다. 寒洲의 心卽理說을 전수받아 적극적으로 전파시켜 寒洲의 학문이 慶尙道 일원에 정착되게 하였다. 그리고 한주의 학문이 陶山書院 등지로부터 배척을 당했을 때, 전력으로 수호하고 해명하여 寒洲의 학문이 정당한 위상을 확보하는 데 큰 공을 세웠다.

俛宇는 寒洲를 철저히 신봉한 뛰어난 제자로서 그의 性理說은, 크게 보면 寒洲와 다른 것은 없고, 한주의 학설을 더 심화 발전시켜 나간 것이다.

본고에서는 俛宇와 寒洲의 師承關係와 그의 性理學적 特性에 초점을 맞추어 논의를 전개하고자 한다.

Ⅱ. 師承淵源

면우는 평생 寒洲 李震相의 心卽理說을 철저히 신봉하여 오로지 寒洲 한 분만을 스승으로 모셨다. 한주는 凝窩 李源祚의 친조카이고, 또 응와가 필생의 誠力을 기울여 길러낸 학자다. 응와는 立齋 鄭宗魯의 제자이다. 입재는 愚伏 鄭經世의 7대 宗孫인데, 우복의 스승인 西厓 柳成龍을 통해서 退溪의 學脈에 닿는다.

寒洲는 또 定齋 柳致明의 제자이다. 정재는 鶴峯 金誠一, 葛庵 李玄逸, 密庵 李栽, 大山 李象靖으로 이어지는 退溪學派를 계승한 중심적인 인물이다. 그러니 학맥적으로 볼 적에는 俛宇는 寒洲의 제자가 됨으로 해서 退溪學派에 긴밀하게 접맥되게 되었다.

俛宇가 33세 때 慶尙左道 일원의 安東, 禮安을 방문하여 처음으로 陶山書院, 退溪先生 묘소, 退溪 後孫 世居地, 淸涼山 일원을 자세히 奉審하여 퇴계선생의 학문적 자취를 더듬은 데는 그 학문적 淵源을 확고히 하려는 의도와 밀접한 관계가 있다고 할 수 있다. 그때 많은 시를 지었는데, 陶山書院서 退溪의 학문과 인격을 향한 尊慕의 뜻을 붙인 시는 이러하다.

문화가 그 당시 海東에서 번성하여,	文化當年蔚海東
수풀 우거진 언덕 곳곳에 서원 세웠다네.	林阿處處起儒宮
영남의 이 지역을 鄒魯라고 일컫나니,	山南一局稱邾魯
우리 유가의 큰 正宗으로 귀의하누나.	歸向吾家大正宗[1]

禮安과 安東 일원은 中國 山東省 지역에 존재했던 孔子와 孟子의 고향 나라인 鄒나라나 魯나라와 같은 지역이고, 도산서원은 전국 儒學의 正宗이라는 사실을 말함으로서 전국 서원의 宗家格이고, 退溪의 학문이 전국의 유학자 가운데서도 가장 首長格이라는 것을 말하고 있다. 여기서 俛宇는 退溪를 尊慕하는 마음을 붙이면서 아울러 퇴계학파와의 관계를 밝혀 자기 학문의 位相을 설정하였다.

이때 퇴계 유적 뿐만 아니라 安東 蘇湖에 있는 大山 李象靖의 大山書堂과, 金溪에 있는 鶴峯 金誠一의 宗宅을 방문하여 종손이자 退溪學派의

---

1) 『俛宇集』 권3, 10장, 「陶山書院」.

중심인물인 西山 金興洛을 만났던 것도 다 퇴계학맥과의 유대를 강화하려는 목적에 기인한 것이다.

俛宇는 寒洲의 學問은 退溪의 학문과 전혀 어긋나지 않는 것으로, 퇴계의 학문을 계승하여 하나로 통일한 것을 늘 강조하였다. 면우는 절친한 친구로서 퇴계의 후손인 東亭 李炳鎬에게 1897년에 보낸 서신에서, "한 마디로 포괄해서 말한다면, 寒洲의 학문은 단연코 陶山의 순수한 신하다. [寒洲之學, 斷然是陶山純臣.]"라고 힘 있게 주장하였다.[2]

「祭寒洲先生文」에서 한주의 학문적 특징을 이렇게 결론지었다.

> 伏羲氏, 軒轅氏로부터,
> 아래로 朱子와 程子에 이르렀습니다.
> 동쪽으로 陶山이 이르렀는데,
> 祖述한 것은 무엇이고 창작한 것은 무엇인지요?
> 여러 가지 다양한 것을,
> 누가 하나로 만들었습니까?
> 하나로 만드는 데는 다른 방법이 있는 것이 아니고,
> 오직 理로써 할 수 있습니다.
> 理를 얻으니 만물이 하나로 귀의합니다.
> 理를 얻지 못하게 되면,
> 천하에 아무 것도 없는 것이 됩니다.
> 아! 오직 선생께서는,
> 理를 연구하고 생각하셨습니다.[3]

退溪가 程朱의 嫡傳으로 바른 학문을 우리 나라에 정착시켰는데, 후세에 여러 학자들이 각자 다른 주장을 하여 성리학을 어지럽혔다고 俛宇는

---

2) 『俛宇集』 권136, 17장.
3) 『俛宇集』 권145, 6장.

보았다. 이런 어지러운 국면을 理의 가치와 기능을 올바로 터득한 寒洲가 바로잡아 하나로 통일하였으니, 학문적으로 한주는 중간에 많은 학자들이 왜곡하고 변질시킨 퇴계의 학문을 다시 바로 일으켜 세웠다고 보았다.

그래서 俛宇는 寒洲를 退溪의 嫡傳으로 보았고, 퇴계의 학문적 성취를 亞聖 孟子에 비길 정도로 추숭하였다. 면우는 「答姜左明書」에서 이렇게 밝혔다.

> 退陶의 서신은, 마음과 생각이 하나같이 사람 되는 데 둔 것이고, 다른 것은 없습니다. 서신 속의 한 가지 일이나 한 마디 말이 진실하여 그냥 지나가는 것이 없이 경건하고 신중하고 평이하고 바릅니다. 세상에서 볼 수 있는 고상하게 이야기하여 사람들을 놀라게 하거나 아주 慷慨한 모양과는 같지 않습니다. 정말 亞聖의 무리로서 百世토록 후학들의 본보기가 될 스승입니다. 이 마음 다스리는 법을 따라가면, 비록 이르지는 못할지라도 오히려 길은 어긋나지 않을 것입니다.[4]

『退溪集』 가운데서 삼분의 이 정도를 차지하는 서신의 가치가 사람 만드는 데 있다는 사실을 면우는 바로 인식하고, 서신 속에 담긴 한 마디 말이나 한 가지 사연이 의미 없는 것은 없으니, 퇴계의 서신을 잘 읽으면 聖人이 될 수 있다고 가르치고 하였다. 姜必秀는 『退溪集』을 정독하면서 모르거나 의심나는 부분에 대해서 問目을 보내어 질문하였으므로 그에게 퇴계 학문의 위상과 가치를 자상하게 이야기해 주었다.

서양 문물이 밀려들어 오고 일본의 침략으로 세상이 어지럽고 유교가 무너지고 선비들은 방향을 잃었을 때, 면우는 퇴계의 학문을 가지고 황폐하게 된 학문을 다시 일으키고 유교의 기운을 불러일으켰으면 하는 희망을 갖고 있었다. 마음을 다스리는 『古鏡重磨方』과 『聖學十圖』를 열심히 탐구하면, 바르게 살아갈 수 있는 퇴계의 정신을 얻을 수 있다고 보았다.

---

4) 『俛宇集』 권113, 12장, 「答姜佐明」.

면우는 『退溪集』을 1899년에 이르러서야 東亭 李炳鎬의 주선으로 도산
서원 藏板閣에서 찍어와서 소장하여 탐독하게 되었다.

면우는 退溪를 존숭하는 동시에 南冥도 아울러 존숭하였다. 후세 학자
들에 의해서 야기된 두 학파 사이의 갈등을 해소하려고 고심에 찬 노력을
하였다. 면우의 「答成丈天擧」를 읽어 보면, 면우의 마음 가짐이 잘 나타나
있다.

> 退溪先生의 「答金開巖書」를 보면, 退溪, · 南冥 두 선생께서 서로 추앙하
> 고 인정했던 비중이, 후세의 사람들이 서로 헐뜯고 욕하여 알력을 만들어
> 낸 술수와는 같지 않다는 것을 알 수 있을 따름입니다. 여기 그 서신을 적어
> 올립니다. 읽어 보시면 의혹이 풀릴 수 있을 것입니다.
>
> 남명을 莊子와 관계 있다고 한 등등의 이야기는, 李艮齋(李德弘)나 鄭文峯
> (鄭惟一) 등이 기록한 글에서 나왔는데, 처음 보면 진실로 놀랄 만한 것이
> 있습니다. 그러나 朱子가 濂溪의 「拙賦」에 대해서 黃老의 내용이 있다고
> 지목하였고, 程子나 張橫渠의 여러 설에 대해서도 간혹 불교의 취지와 관계
> 있다고 의심하였고, 邵子(邵雍)의 학문에 대해서는 老莊의 사상이 있다고
> 말했습니다. 이는 모두 현자賢者에게 잘 구비하기를 기대하는 뜻으로 한
> 때 치우친 것을 바로잡으려는 것일 따름이지, 전체적으로 큰 志節에 대해서
> 이렇게 한 마디 말로 단정해 버리는 것은 아닙니다.
>
> 후세 사람들은 그 본래 뜻은 알지 못한 채, 망령되이 서로 엿보아 혹은
> 떠벌려서 일을 결렬되게 만들기도 하고, 혹은 억지로 논변하여 성내고 욕해
> 왔던 것입니다. 오르락내리락하면서 점점 굴러 갈등이 되었습니다. 이는 다
> 른 이유가 있는 것이 아니고 단지 자기 자신의 마음 속에 늘 하나의 사사로운
> 마음이 가로놓여 있다가 이때문에 오르락내리락하는 것일 따름입니다.
>
> 저는 일찍이 생각하기를, "退老는 그 당시 제일가는 인물이었고, 冥翁도
> 그 당시 제일가는 인물로서, 정신적으로 사귀었고, 마음으로 인정하였다.
> 높은 기풍과 성대한 덕은 천고에 없는 바로서 더 이상 올라갈 수가 없는
> 존재이다. 후세에 태어난 사람들은 마땅히 높이 尊慕하면서 우러러보기에
> 겨를이 없어야 한다. 어찌 감히 일방적인 견해를 멋대로 내어 논쟁을 만들어
> 그 사이에서 으르렁거리는가?"라고 했습니다. 이때문에 늘 천장을 쳐다보고

서 흐느낄 따름입니다.5)

면우의 생각으로는, 退溪도 그 당시 제일가는 인물이었고, 남명도 제일
가는 인물이었다. 두 선생의 높은 學德과 氣風은 더 없이 높은 경지에까지
가 있었다고 보았다. 후세의 학자들이 두 선생의 수준이나 마음가짐도
모르면서 사사로운 저의를 가지고 헐뜯고 관계를 나쁘게 만들려는 경향에
대해서 크게 우려를 표명하였다.

면우는 언제나 퇴계와 남명을 동시에 존모하였다. 심지어 남명의 만년
거주지 德山 입구에 있는 入德門을 두고 賦를 지으면서도 退溪를 동시에
언급하면서 존모하였다. 두 선생은 우리 나라의 孔子, 孟子요, 嶺南에서
程子, 朱子와 같은 존재라고 극도의 推崇을 하고 있다.

그대는 유독 듣지 못했는가?　　　　　　　　子獨不聞
예전에 우리 유학이 망하지 않았을 적에,　　夫昔者斯文之未喪也
하늘이 陶山夫子는 慶尙左道에 내려주셨고,　有若陶山夫子
南冥先生은 천 길 절벽처럼 경상우도에서 우뚝해.
　　　　　　　　　　　　　　　天降於江之左. 南冥先生
연세는 동갑이요, 서로 정신을 통한 사귐이었고,
　　　　　　　　　　　　　　　年同庚交同神
道는 함께 성대했고, 德은 함께 두터웠으며,　道同盛德同厚
우리나라의 孔孟이요 영남의 程朱라는 사실을!
　　　　　　　　　　　洙泗乎海外, 閩洛乎山南者否6)

면우가 태어나서 활동하던 지역은 慶尙右道에 속하는 晋州 三嘉 居昌
등지였는데, 바로 남명이 태어나서 활동하던 지역이었다. 그러니 남명에
대한 존모의 마음을 한 순간도 잊을 수 없었다. 智異山을 바라볼 때마다

---

5)『俛宇集』권13, 9장.
6)『俛宇集』권1, 1장.

南冥의 기풍과 학덕을 연상할 정도로 남명에 대한 존모하는 마음이 간절
하였다.

> 저가 三嘉縣 嶧山에 있을 때 집 뒤에 萬松壇이 있었는데 날마다 거기에
> 올라보면 바로 頭流山을 마주할 수 있었습니다. 두류산의 푸르른 천 겹이
> 흰 구름 사이에서 나타났다 숨겨졌다 하는 모습을 보면, 우리 南冥老 先生의
> 높은 기풍과 큰 덕을 아련히 우러르면서 기쁜 마음으로 마치 문하에서 직접
> 가르침을 받는 것과 같았습니다.[7]

남명은 지리산을 좋아하여 지리산을 열두 번 유람하였고, 61세 때부터
세상을 떠나던 72세까지는 지리산 아래에 있는 德山洞에 들어가 살았다.
단순히 지리산을 좋아한 것이 아니고, 지리산의 장중한 자태를 자신의
정신적 스승으로 삼고자 했던 것이다. 면우도 지리산 자락에서 태어났고,
지리산 주변에서 살면서 지리산을 두 번 유람하였다. 면우는 지리산을
대할 때마다 남명의 기상과 학덕을 연상하면서 남명의 가르침을 받는 듯
한 기분으로 마음으로 모셨다. 비록 남명으로부터 전해오는 구체적으로
연결되는 學統은 이어지지 못해도, 남명에 대한 존모의 마음은 퇴계에
비하여 손색이 없었다고 할 수 있겠다.

면우는 南冥의 학문과 사상이 영향을 미친 江右地域에서 태어나 강우지
역의 士友들과 어울려 강학하고 토론한 관계로 남명의 위상과 그 영향에
대해서 잘 알고 있고, 南冥學을 후세에 계승할 방안까지도 강구하고 있다.
면우가 趙錫晉에게 보낸 서신에 다음과 같은 내용이 있다.

> 江右지방에서 우리 南冥老先生께서 道學을 일으킨 뒤로부터 선생을 만나
> 뵌 사람은 감화가 되었고 들은 사람은 떨쳐 일어났습니다. 그리하여 오늘날
> 에 이르도록 집집마다 그 가르침에 감복하고 사람마다 그 뜻을 고상하게

7) 『俛宇集』 권21, 10장, 「與曺仲昭」.

가져, 도도하게 흘러가는 세속의 조류에 휩쓸리지 않게 된 것은 남명선생께서 그 당시 내려주신 혜택 아닌 것이 없습니다.

그런데 근년에 들어와서 享祀를 지내던 서원이 풀이 우거진 폐허가 되어 선비들의 우러러 흠모하는 마음이 이전보다 훨씬 못하게 되었습니다. 우리들 가운데서 능히 우리 선생을 잊지 않을 수 있는 사람이 지금 몇 사람이나 있겠습니까? 오직 山天齋 하나만이 홀로 우뚝이 서 있기에 후생들이 흠모하는 마음을 붙일 수 있는 곳이 없지는 않습니다만, 썰렁한 빈 집에 찾아오는 사람이 그 누구이겠습니까? 만약 몇 년을 더 지나 지금으로부터 뒤에 태어난 사람들은 선생이 계셨다는 것조차 다시는 모를 것입니다. 선생의 추종자가 된 사람들이라면 모두가 어찌 크게 슬퍼하고 크게 두려워할 일이 아니겠습니까? 이 점이 제가 늘 한탄하면서 천장을 쳐다보고 흐느끼는 바입니다.

지금 세상의 여러 어진이들과 契를 하나 결성하여 해마다 한두 번씩 山天齋에 모여 敬義의 뜻을 강론하고, 『學記類編』의 내용을 연구하고, 先哲들의 남아 있는 畫像을 살펴 절을 하고, 또 陶山과 관계가 밀접했음을 상상하면서, 앞뒤로 우러러보는 사이에 만에 하나 어렴풋한 것이라도 얻는 것이 있을 것입니다. 그리하여 남명선생의 道로 하여금 거의 땅에 떨어지지 않게 할 수 있게 되면, 유감이 없을 것입니다.

그러나 저와 뜻을 같이 하는 사람은 어떤 사람일는지요? 저 혼자 마음속으로 안타까워한 지가 여러 해 되었습니다. 그러나 이것을 사람들에게 공적으로 감히 말하지 못하는 것은, 어리석고 비루하여 지금 세상의 군자다운 사람들에게 신의를 얻지 못할 줄을 진실로 스스로 알기 때문입니다.

요사이 南黎 許丈[許愈]과 이야기하다가 우연히 이 일을 언급하게 되었는데, 許丈은 떨쳐 일어나 말씀하시기를, "이것은 나의 뜻이오. 어찌 서로 더불어 이 일을 이루지 않겠소?"라고 했습니다. 저가 일어나 절을 하면서 "어르신께서 뜻이 있으시니, 어찌 이 일이 이루어지지 않을까 걱정할 것 있겠습니까?"라고 했습니다.

그리하여 몇몇 군자다운 사람들과 충분히 상의하여 결론을 내렸으니, 각자 자기 아는 사람을 추천하여 契案을 하나 만들기로 했습니다. 대개 星州, 高靈, 三嘉, 陜川, 宜寧, 咸安, 丹城, 晉州 등 여덟 개의 고을을 벗어나지 않았습니다.

사람을 선발하는 데 있어서는, 德이 성하면서 학문이 높은 사람도 있고,

행실이 엄정하면서 뜻이 독실한 사람도 있고, 문장은 부족하지만 마음이
순수하고 진실하여 거짓이 없는 사람도 있고, 학식은 비록 넉넉하지 못하지
만 학문을 향한 마음이 변치 않는 사람도 있습니다. 저 같은 사람은 비록
우둔하고 못나 부끄럽습니다만, 단지 흠모하는 한 가닥의 정성이 있기에
뒷자리를 채우도록 허락을 받았을 따름입니다. 풍류만 아는 허황한 사람,
명예와 이익에 빠져 있는 사람, 마음 씀씀이가 치우치고 비뚤어진 사람들은
비록 보통 사람보다 뛰어난 재주가 있고, 세상에 보기 드문 문장 솜씨가
있다 해도 다 가입시키지 않았습니다. 대개 마음이 도탑고 화평한 사람들과
서로 믿고 함께 힘쓰려고 하는 것입니다.[8]

　1623년에 있었던 仁祖反正은 南冥學派를 완전히 와해시킨 제1차적인
큰 재난이었다면, 1728년에 있었던 戊申亂은 제2차 재난이라 할 수 있고,
1868년에 있었던 德川書院, 龍巖書院 등의 훼철은 제3차 재난이라고 할
수 있다. 서원의 훼철로 南冥學派 학자들의 구심점이 완전히 없어진 것이
고, 江右地域의 자존심은 완전히 사라졌고, 남명을 존모할 곳이 없어져
버렸다.

　불행중 다행인 것은 남명이 강학하던 山天齋가 덕천서원에서 별로 멀지
않은 거리에 남아 있었으므로 면우는 이 산천재를 활용하여 계를 만들어
남명을 존모하는 사람들을 규합하여 남명을 추모하는 菜禮를 행하고 南冥
思想의 핵심이라 할 수 있는 敬義에 관한 사상을 강의하려고 하였다. 마침
지역 선배인 后山 許愈도 俛宇와 꼭 같은 생각을 갖고 있었으므로, 두
분이 힘을 모아 星州, 高靈, 三嘉, 陜川, 宜寧, 咸安, 丹城, 晉州 등 여덟
개 고을의 선비들을 규합하여 南冥學 부흥의 기틀을 만들었다. 남명학
중흥에 면우가 끼친 역할이 대단히 컸다는 것을 알 수 있다. 여기서 보면
高靈, 星州의 선비들이 동참하였는데, 星州는 그의 스승 寒洲 李震相이
살던 곳이다. 한주의 학문이 영향을 미치는 성주의 선비들 가운데도 남명

---

8)『俛宇集』권21, 11-12장,「與曺仲昭」.

을 존모하는 선비가 많았다는 것을 알 수 있다.

면우는 「神明舍賦」라는 문학작품을 지어, 南冥思想의 핵심이라 할 수 있는 敬義의 의미를 학문적으로 깊이 궁구하여 체계화를 시도하였다. 「神明舍賦」는 194구, 1,031자의 글자로 구성되어 있고, 隔句로 押韻하고 있다.

그 내용은 사람의 마음을 圖解하여 형상화한 神明舍의 유래, 고요히 敬에 처해 있는 상태, 일을 처리하고 사물을 접할 때 사욕과 사념이 일어나는 과정, 사욕을 무찔러 처음을 회복하는 과정 등 네 단락으로 나누어서, 마음이 겪은 다스려짐과 어지러움의 역사를 묘사하였다. 남명사상의 핵심인 敬義와 이 「神明舍賦」를 연관시켜서 설명해 보면, 앞의 두 단락은 敬에 해당되고 뒤의 두 단락은 義에 해당된다. 경의라는 말을 사용하지 않으면서 경의의 깊은 뜻을 충분히 밝혔다.9)

면우는 「入德門賦」를 지어 남명의 정신을 높이 추앙하면서 그것을 따라 배우겠다는 자신의 의지를 강력하게 표명하고 있다. 남명이 61세 때부터 72세 때까지 거주하며 독서, 강학하였던 德山[오늘날 산청군 矢川面 일원]으로 들어가는 山峽이 문처럼 생겼기에, '入德門'이라는 이름이 붙었는데, '德山으로 들어가는 문'이란 뜻도 있지만, '德으로 들어가는 문'이란 뜻도 있다. 敬義의 공부를 통하여 出處大節을 엄격이 지켰던 남명의 정신을 천명하면서 면우 자신도 남명처럼 '하늘이 울어도 울지 않는[天鳴猶不鳴]' 志節을 지녀야 하겠다는 다짐을 하고 있다.

退溪와 南冥을 아울러 尊慕한 면우는 두 선생의 장점을 배워 학문이나 문학 쪽으로는 퇴계 쪽에 더 비중을 두고, 志節이나 기상 쪽으로는 남명 쪽에 더 비중을 두고 배웠던 것이다. 그래서 退溪처럼 저술도 많이 하면서도, 南冥처럼 강직한 성품으로 高宗 황제에게 그 결점을 면전에서 바로 直諫하고 왜인의 법정에서도 의연한 선비의 자세를 시종 잃지 않을 수

---

9) 李相弼, 「면우 곽종석의 남명학 계승양상」, 『면우곽종석의 학문과 사상』, 경상대학교 남명학연구소, 2010년.

있었다. 그리고 出處의 大節을 남명처럼 지켜나갈 수 있었던 것이다.

면우 당시에 경상우도에서 활동하던 면우의 선배나 동년배 학자 가운데
는 스승을 여러 분 모시는 경우도 없지 않았다. 면우도 그 연령으로 볼
때, 定齋 柳致明, 性齋 許傳, 四未軒 張福樞, 西山 金興洛, 晩醒 朴致馥,
端磎 金麟燮, 后山 許愈 등을 스승으로 섬길 수 있는 여건이 되었다.

그러나 면우는 오로지 寒洲 李震相 한 분만을 스승으로 모셨고, 心卽理
說을 退溪의 學說을 더 深化, 發展시킨 것으로 확신하면서 자신을 퇴계학
파의 일원으로 생각하였다.

退溪와 南冥을 아울러 尊崇한 경향은, 면우에게서 처음 비롯된 것은
아니고, 慶尙左道의 退溪學派 학자를 사사하는 강우지역 학자들의 공통된
경향이었다. 어떤 면에서 보면, 면우처럼 퇴계와 남명의 장점을 다 흡수하
는 좋은 측면도 있었다.

Ⅲ. 性理學的 特徵

南冥 曺植은 다른 학자들보다 실천을 특별히 중시하여, "程子, 朱子
이후로는 꼭 책을 지을 필요가 없다.[程朱以後, 不必著書.]"라는 말까지
남기며 後學들이 책을 지어 자기 주장을 남기는 것을 병통으로 여길 정도
였다.[10] 정자 주자가 지어놓은 책에 실린 가르침에 따라 실천하면서 살아
가는 것이 중요하다고 남명은 가르쳤다. 또 性理學 논의하는 것을 두고,
"손으로는 물 뿌리고 비질하는 예절도 모르면서 입으로 天理를 이야기한
다."라는 말로 비판하였다.

이로 인해서 江右地域에서 살았던 남명 이후 南冥學派의 학자들은 저술
이 아주 적었고, 性理學에 대한 논의도 거의 하지 않는 경향이 형성되었다.

---

10) 『南冥別集』 권2, 28장. 鄭蘊 撰, 「學記類編後跋」.

그러나 俛宇는 아주 많은 저술을 남겼고, 性理說에 대해서는 아주 적극적으로 연구하여 많은 글을 남겼다. 그가 師友들과 주고받은 서신의 내용 가운데서도 성리학에 관한 것이 대단히 많았다. 이는 그 스승 寒洲의 영향이고, 더 크게는 그가 學脈을 전해 받은 退溪學派의 영향이라고 할 수 있다.

寒洲學派에 속하는 학자들은 대체로 저술이 풍성하고 제자들이 많은데, 그 가운데서도 면우가 가장 저술이 많고 가장 많은 제자를 키웠다. 면우는 寒洲의 學說을 독실하게 믿었고 스승 학문에 대한 책임 있는 대변인으로 자처하였다. 主理說 가운데서도 心卽理說을 신봉하고 전파하기에 앞장선 학자다.

寒洲는 그 숙부 凝窩 李源祚와 定齋 柳致明의 제자이지만, 그의 心卽理說은 아주 독창적인 것이었다. 심즉리설은 佛敎의 학설이니, 王陽明의 학설이라고 배척을 당하는 등 당시 성리학계에서 받아들이기 어려웠다. 영남에서는 退溪의 心合理氣說을 신봉하는 학문적 전통이 근 3백년 흘러오고 있었는데, 말만 보아서는 퇴계의 학설과 어긋나는 듯한 한주의 학설을 선뜻 지지하고 나설 학자가 나오기가 쉽지 않았다.

寒洲와 절친하면서 아주 가까운 仁同에 살았던 四未軒 張福樞, 후배이자 사돈으로 善山에 살았던 舫山 許薰, 高靈에 살았던 晩求 李種杞, 江右地域의 晩醒 朴致馥, 端磎 金麟燮 등은 모두 寒洲의 설을 끝까지 인정하지 않았다.

그러나 면우와 그 선배 后山 許愈만은 寒洲의 학설을 신봉하여 수호하고 전파하기에 전력을 경주하였다. 한주로 봐서는 면우 같은 학문과 정력을 갖춘 뛰어난 제자를 얻은 것이, 그 학설을 정립하여 전파하는 데 큰 도움을 받았다. 면우는 한주를 만나기 전에 「四端十情經緯圖」를 지었는데, 이미 主理의 경향을 보였다.

退溪 사후에 栗谷이 退溪의 학설을 비판한 때로부터 성리설은 갈래가 다양하게 되어 朝鮮 末技까지 논쟁이 끊이지 않았다. 면우도 이 점을 문제

로 삼으면서 하나로 통일된 학설이 없을까 고민하다가 25세 때 寒洲를 만나 性理說에 대해서 토론하고 나서, 마음 속으로 가졌던 의문이 풀렸고, 이때부터 한주의 학설을 철저히 신봉했던 것이다.

이때 면우는 자신이 性理學을 공부하면서 의문을 느꼈던 것을 정리하여 『贅疑錄』이란 책자로 정리하여 寒洲에게 바쳤는데, 한주는 이 『지의록』에 跋文을 써 주었다. 그 발문은 이러하다.

내가 일찍부터 재주와 자질이 조금 있어 망령되이 발전하고 싶은 뜻이 있었으나 그 방향을 알지 못했다. 그리하여 생각해 보니, 敬을 유지하고 이치를 궁구하는 것이 우리 儒道의 필수적인 것이고, 敬은 하나의 마음을 주재하고, 理는 만물에 분포되어 있었다. 格物・致知를 하지 않았는데 誠意・正心이 되는 경우는 있지 않았다.

그래서 理에 나아가서 미루어 궁구하고 여러 가지 책을 널리 모아 서로 참고하여 풀이하기를 거의 40년에 걸쳐 하여 확정된 견해가 있어 학설을 이루게 되었다.

그러나 선배 학자들의 논의에 대해서 포폄이 없지 않았고, 세상의 학문과는 시각이 약간 달랐다. 그래서 오랫동안 고수했지만, 나의 학설을 믿고 따르는 사람이 드물었다.

요사이 선비 郭鳴遠이 수백 리 먼 길을 힘들게 와서 나에게 학문으로 들어가는 길을 얻으려고 하였다. 떠날 즈음에 『贅疑錄』이라는 책자 하나를 내놓았는데, 모두가 理氣, 心性, 存養, 克治의 요점에 관한 것이었다. 내가 그 뜻에 감동하여 각 조목 아래에 내가 재단해서 답을 적어 돌려주었다.

내 분수에 넘치고 망령된 줄을 잘 알지만, 士友間에 서로 발전하는 도리에 있어서 허례적인 것만 숭상하지 않고 실제적인 것을 귀하게 여긴다. 맞고 틀리고는 나에게 책임이 있지만, 채택하느냐 버리느냐 하는 것은 저쪽에 달려 있다. 만약 타당하지 않는 것이 있다면 내가 교정을 받는 유익함이 있을 것이고, 서로 견해가 들어맞는다면 나와 협동하는 도움이 있을 것이니, 鳴遠에게 타산지석이 되는 데도 방해되지는 않을 것이다.

또 들으니 三嘉, 晉州, 丹城, 咸安 등지에 이따금 뛰어난 선비들이 많이 있다고 하니, 만나게 될 때 각자 공정한 마음과 공정한 안목으로 자세하게 살피고 깊이 연구하여 深遠한 생각을 얻게 되도록 바꾸어야 할 것이다. 그렇게 되면 처음에 조그마한 도움으로 인하여 마침내 툭 트인 평원에 이르게 되는 격이다. 성리학에 운수가 돌아오게 하는 데 있어 내가 전환점에서 선구적 역할을 하게 되었으니, 또한 영광스럽지 않은가?

다만 한 마디 할 것이 있다. 옛 성인들의 수많은 말씀이 '主理'라는 두 글자로 귀결되어 있다. 致知는 이 理를 밝히기 위함이고, 居敬은 이 理를 유지하기 위함이고, 力行은 이 理를 따르는 것이고, 克己와 閑邪는 理를 해치는 것을 없애기 위해서일 따름이니, 嗚遠을 생각할지어다!11)

한주는 면우가 갖추고 있는 성리학적 지식 수준을 인정하고서, 그 방향을 확실하게 主理 쪽으로 잡아주었다. 한주로서는 천군만마 같은 지지자를 얻은 것이고, 면우로서도 확신하며 따를 수 있는 스승을 얻었던 것이다.

그래서 면우의 성리설은 한주의 성리설과 대부분 다 일치한다. 다만 氣質之性에 관한 것에 있어서만, 면우는 한주와 견해를 달리하였다. 면우는 기질은 性과 함께 사람이 태어날 때부터 형성되어 있는 것이니, 기질에 의하여 제약을 받은 것까지도 성의 범주에 넣어야 하므로 기질지성도 性이라고 주장했다. 그러나 한주는 未發의 상태에서는 기가 작용하지 않고 성의 본체만 온전히 드러나므로 기질은 성의 개념에 넣을 수 없다고 생각하여 기질지성은 성이 아니라는 주장을 했다.12)

寒洲의 心卽理說을 계승하여 전파한 俛宇의 견해는, 심즉리설에 대해서 반기를 든 그의 절친한 친구이자 퇴계의 후손인 東亭 李炳鎬에게 답하는 서신에 잘 요약되어 있다.

저가 이른바 '心'이란 것은 本心으로서, 主宰하는 마음입니다. 程子께서는 "마음은 성이고, 성은 리이다.[心則性, 性則理.]"라고 하셨고, 朱子께서는 "마음은 실로 주재하는 것이다.[心固是主宰底] 이른바 '주재'라는 것은 곧 이

---

11) 李震相, 『寒洲集』 권30, 10-11장, 「贅疑錄跋」.
12) 李相夏, 「俛宇 郭鍾錫의 性理說」, 『俛宇 郭鍾錫의 學問과 思想』, 南冥學硏究所, 2010년.

理이다."라고 했습니다. 眞西山은 말씀하시기를 "마음은 仁이고, 인은 곧 마음이니[心卽仁, 仁卽心.], 심과 인을 두 가지로 보아서는 안 된다."라고 했습니다. 이 세 선생은 이 마음에 氣가 합쳐졌다는 것을 모르는 것이 아니지만, "마음은 곧 性이다.", "마음은 곧 理이다.", "마음은 곧 仁이다." 등 아주 단정적인 말을 아끼지 않은 것은 어째서겠습니까? 마음에 氣가 섞이어 있으므로 人心과 道心이 섞이어 나오는 것이 없을 수가 없는 것입니다. 오직 本心은 곧 理이기 때문에, 心學은 반드시 理를 주로 하는 것입니다.

보통 사람은 그 본심을 잃어버린 사람이고, 聖人은 그 본심을 잃지 않은 사람입니다. 어찌 성인과 보통 사람의 본심이 이미 각자 같지 않겠습니까? 본심이 이미 같지 않다면, 보통 사람들이 성인을 배우려고 하는 것은 헛되이 스스로 수고만하는 것이라 할 수 있습니다. 단지 기질에 구애되고 욕심에 가려져서 성인과 같지 않은 것은 마음의 마지막 흘러간 결과이지, 마음의 본체는 아닙니다. 주자가 이른바 "마음의 본체는 원래 고요하다. 그러나 움직이지 않을 수 없는 것이다. 그 작용은 원래 착한 것이지만 그러나 또한 흘러서 착하지 않은 데로 들어갔다. 무릇 움직여서 흘러 착하지 않은 데로 들어간 것은 진실로 마음의 본체가 원래 그런 것이라고 할 수는 없는 것이다. 그러나 또한 그 것을 마음이라고 하지 않을 수도 없는 것이다."라는 것입니다. 여기서 마음의 情狀을 남김없이 다 이야기했습니다.

孟子께서 말씀하시기를, "聖人도 역시 사람일 따름이다. 사람 마음에 다 같이 그러한 바는 理와 義이다. 성인은 내 마음의 같은 바를 먼저 얻은 것이다."라고 했습니다.

제가 말하건대, 寒洲께서 말씀하신 '마음'은 역시 '본심을 가리켜서 말한 것'입니다. 그래서 '心卽理'라고 말씀하신 것입니다. 마음을 두고 범범하게 말하면 언제나 "理와 氣가 합쳐진 것이다."라고 말할 수 있는 것입니다.[13]

寒洲가 '心卽理'라고 해서 마음에 氣가 포함되지 않았다는 뜻이 아니고, 본심의 主宰하는 측면을 강조해서 말하면 심즉리라 할 수 있는 것이고, 이는 退溪의 心合理氣說에 위배되는 것이 아니고, 바로 퇴계의 학설을

---

13)『俛宇集』권36, 19, 20장.「答李子翼」.

더 심화시킨 것이라고 본 것이다.

그래서 后山 許愈는 寒洲의 학문을 높이 평가하여, "寒洲의 학술의 바름과 발휘한 공로는 아마 근세에 있지 않은 바이니, 비록 그를 일러 朱子 문하의 충실한 계승자이고, 陶山의 嫡傳이라 할 수 있다."[14]라고 寒洲가 退溪의 嫡傳의 위치에 있다고 자신 있게 말했던 것이다.

면우는 또 「理訣」이라는 理에 관한 거의 모든 논의를 자신의 기준에 의하여 집대성하여 性理學上에서 理가 갖는 가치를 철저히 인식하였다. 그는 「理訣」에서 "우리 儒學에서 主理를 귀하게 여기는 것은, 천지의 떳떳한 원리요, 고금에 통하는 이치요, 여러 聖人들의 心法이요, 서로 전해오는 으뜸 된 뜻이기 때문이다."[15]라고 하여 理의 절대적인 가치와 위상을 인정하였다. 이렇게 理를 중시한 그의 학문적 경향은 단순히 이론의 영역에만 머문 것이 아니고, 혼란의 시대를 살아가는 데 있어 가치를 판단하는 이정표로서의 기능을 할 수 있었던 것이다.

Ⅳ. 結論

俛宇 郭鍾錫은 朝鮮 末期 대학자요, 儒林指導者였다. 그는 총명한 자질을 타고난 데다 근면하게 노력하여 학문적으로 기초를 이루었지만, 寒洲 李震相이라는 대학자를 만나 더욱 大成할 수 있었다.

청년시절에 관심을 두었던 다양한 학문을 다 수렴하여 性理學 연구에 집중하여 寒洲의 心卽理說을 더욱 심화 발전시켜 적극적으로 전파하였다. 먼저 慶尙右道에 寒洲의 학문을 정착하게 하였고, 나아가 그런 학문으로서 전국에 걸쳐 800여 명에 이르는 많은 제자들을 양성하여 寒洲의 학문을 전국적으로 전파되게 했다.

---

14) 許愈, 『后山續集』 권2, 6장. 「與金致受」.
15) 『俛宇集』 권129, 30장. 「理訣」 하편.

　그가 양성한 제자 가운데는 晦峯 河謙鎭, 眞庵 李炳憲, 韋庵 張志淵, 朗山 李㙆, 省窩 李寅梓, 畏齋 丁泰鎭, 壽山 李泰植, 謙山 李炳壽, 秋帆 權道溶, 心山 金昌淑, 愼庵 安墍, 重齋 金榥 등 뛰어난 학자가 많이 나와 그의 寒洲의 學說을 더욱 널리 전파시켜, 寒洲學派가 전국적으로 가장 우세한 학파가 되는 기초를 마련하였다.

　한때 각 지역 유림들의 誹笑, 貶斥의 대상이 되었던 寒洲의 학문이 오늘날 朝鮮 性理學 가운데서 손꼽히는 學派로 성장한 데는 俛宇의 역할이 크게 작용했다고 할 수 있다.

覺齋 權參鉉의 生涯와 學問

Ⅰ. 서론

朝鮮 말기에 이르러 宜寧 고을에서는 많은 학자들이 배출되었다. 그 가운데서 대표적인 인물이 覺齋 權參鉉(1879-1965)이다. 각재는 조선시대, 일제강점기, 대한민국에 걸쳐 살면서 새로운 문화의 충격 속에서도 전통학문인 儒學의 保全과 傳承에 최선을 다한 현대까지 살았던 전통적 학자였다.

그는 安東權氏 집안의 霜嵒 權濤의 후손으로서 尤庵 宋時烈 계열의 老論學統을 이어 독서와 저술활동을 하며 많은 제자들을 길렀다.

전통문화와 근대문화가 갖가지 갈등을 일으키는 시대 속에서 어떻게 학문을 이루었으며, 어떻게 학문을 전승하고 어떻게 제자들을 가르치고, 어떤 시문을 남겼는지를 살펴 그의 생애와 학문활동이 어떤 의미가 있는지를 밝혀 보고자 한다.

Ⅱ. 學問生涯

1. 家系

覺齋 權參鉉은 宜寧 新反의 安東權氏 가문에서 1879(高宗 16)년 태어났다. 자는 景孝, 각재는 그의 호이고, 본관은 安東이다.

각재의 직계선조 가운데서 高麗 때 文坦公 權漢功, 忠獻公 權仲達 등이 혁혁하다. 權仲達의 막내 손자인 權執德은 中訓大夫 軍器寺正을 지냈는데, 朝鮮 太宗朝에 漢陽으로부터 비로소 三嘉縣 大幷으로 옮겨와 살았다.[1] 그 손자 權繼祐는 진사에 합격하여 司勇을 지냈다. 權繼祐는 처향인 丹城縣 丹溪로 옮겨 살았는데, 權繼祐의 자손들은 丹溪를 중심으로 하여 丹城縣 일대의 각지로 뻗어나갔다. 권계우의 현손 權世仁은 武科에 급제하여 縣監을 지냈고, 임진왜란 때 倡義하였다.

권세인의 둘째 아들이 霜嵒 權濬이다. 默翁派의 派祖인 默翁 權濼은 상암의 형님이고, 東溪派의 파조인 東溪 權濤는 상암의 사촌이다. 霜嵒은 寒岡 鄭逑의 제자인데 文科에 급제하여 여러 관직을 거쳐 光州牧使를 지냈다. 光海君 때 지조를 지켰고, 丙子胡亂 때는 倡義하였다. 곧 각재의 11대조이다.

그 아들 德菴 權克履가 비로소 宜寧에 자리를 잡아 의령 사람이 되었다. 덕암의 손자 凉閣 權宇亨은 문과에 급제하여 晉州牧使를 지냈다. 尤庵 宋時烈의 제자로, 己巳換局 때 핍박을 받았다.

凉閣의 증손 納新齋 權似中은 屛溪 尹鳳九의 제자로 학행으로 여러 차례 추천에 올랐다. 조부는 竹塢 權玟熙이고, 부친은 權載鳳이다.[2]

2. 簡歷

覺齋는 1879년 宜寧 新反에서 태어났다. 어려서부터 골상이 빼어나고 풍모가 沈靜하였다. 어린애들과 더불어 장난하며 놀지 않고 어른들을 모시고 있기를 좋아했다. 사람들을 대할 때 조심스럽게 절하고 꿇어앉아 있었으므로, 조부가 기특하게 여기고 사랑하여 스승을 맞이하여 감독하며 가르쳤다.

---

1) 『三嘉續修邑誌』 권1, 姓氏條.
   『嶠南誌』 권64, 5-6장. 三嘉縣篇 蔭仕條.
2) 『安東權氏叅奉公派派譜』, 安東權氏叅奉公派派宗會, 2006년.

총명함은 조금 부족했으나, 부지런하고 독실한 점이 보통사람보다 뛰어났다. 가르침을 받았는데도, 이해가 되지 않으면, 반드시 푹 잠겨들어 궁구하여 게을리하지 않고 꿰뚫어 이해하기를 기대했다. 그래서 식견이 날로 진보하여 몇 년 지나지 않아 經史에 대략 통할 수 있었다. 스스로 학문하는 것은 큰 일이고, 道는 반드시 구해야 한다는 것을 깨닫고, 고을의 長德들에게 질의하여 유익한 답을 구하였다. 여러 어진 士友들과 道義를 講磨하며 규범을 익혀 나갔다.

1902년 충청도 沃川 遠溪로 淵齋 宋秉璿을 찾아가 제자가 되었다. 연재는 尤庵 宋時烈의 9대손으로, 각재의 8대조 凉閣이 尤庵의 제자로 先誼가 있었으므로 覺齋에게 더욱 관심을 가지고 사랑하였다. 爲己之學과 爲人之學의 구분, 氣質을 변화시키는 방법 등에 대해서 정성스럽게 가르침을 주었으므로, 각재는 깊이 悅服하였다. 또 淵齋의 아우 心石齋 宋秉珣으로부터 학문의 방법을 얻어 들었다. 이때부터 淵齋를 직접 찾아뵙거나 서신으로 질문하며 배웠는데, 배운 내용은 天人性命의 趣旨, 學術의 邪正에 관한 구분, 華夷尊攘에 관한 것이었는데, 스승의 의견과 일치가 되었다.

또 당시의 대학자 勉庵 崔益鉉, 艮齋 田愚를 따라 도움을 구하여 식견을 더욱 넓혔다.

1905년 乙巳勒約이 체결되었다. 淵齋가 늑약의 파기와 五賊臣의 처단을 주장하다 왜경에 의하여 강제로 환향한 뒤 殉節했다. 각재는 종묘사직에 대한 염려와 스승을 잃은 슬픔을 담은 祭文을 지어 가지고 장례에 참가해서 슬픔을 쏟았다. 그 뒤 滄溪에서 淵齋의 文集을 편집할 때 同門諸友들과 함께 시종 誠力을 다 쏟아 완간했다.

1909년에는 心石齋가 유림들을 규합하여 華陽洞의 萬東廟의 祭享을 복원하려고 했을 때, 覺齋는 고을의 선비들의 추천을 받아 華陽洞으로 가서 心石齋를 만나 원근의 선비들과 함께 규약을 제정하였다. 이때 華陽九曲 등을 두루 살펴보고 돌아왔다.

1910년에는 萬東廟의 皇帝 제향에 大祝으로 참석하였다.

1912년 心石齋도 순절하였으므로 귀의할 데가 없게 되자, 더욱 울분을 금할 수 없었다. 제자들에게 "나라가 망하고 道가 없어진 이런 때를 당하여 우리들이 세상에 나가서 무슨 일을 할 수가 없으니, 문을 닫고 自靖하는 도리 밖에 없다."라고 자신의 노선을 밝혔다. 나라가 망한 뒤 자결하는 이, 의병을 일으키는 이, 국외로 망명하는 이 등이 있었지만, 각재는 自靖의 길을 택했다.

얼마 뒤 조부 竹塢의 藏修之地인 鵬山으로 옮겨 강학하였는데, 學規를 정하고, 과정을 엄격하게 세워 제자들을 지도하였다. 朔望 때마다 講을 거행하였고, 강을 할 때는 반드시 기록을 하여 제자들을 권장하였다.

1916년 고향으로 돌아왔다가, 다시 黃梅山의 깊은 골짜기로 옮겨가서 어버이를 모시고 살았다.

그 뒤 고향으로 돌아왔는데, 明石洞에 정자를 지어 거기서 거처하면서 여생을 마칠 계획을 했다. 원근에서 찾아오는 제자들을 가르쳐 한 가닥 學統을 지키고자 노력했다. 어버이를 위한 일이 아닐 경우 산 밖으로 나간 적이 없었다. 사람들은 각재가 사는 明石洞을 지금 세상의 金華山이라고 일컬었는데, 금화산은 곧 宋나라가 망한 뒤 대표적인 학자 仁山 金履祥이 元나라 조정에 벼슬하지 않고, 은거하며 학문을 닦던 곳이다. 또 朱子가 자리잡아 학문하던 武夷山과 尤庵이 자리잡은 華陽洞과 같은 곳이었다.[3]

1939년 회갑년에 잔치상을 차리지 말라고 당부하고는 金剛山 여행을 떠나 內金剛과 外金剛, 關東의 여러 경치를 보고 돌아왔다. 돌아오는 길에 安東의 陶山書院과 太師廟를 참배하였는데, 이때 남긴 글에는 傷時, 戀古의 뜻이 담겨 있다.

이후로 經史를 연구하는 한편, 찾아와 漢學을 공부하려는 사람들을 가르치는 데 여생을 바쳤다.

만년에 장남을 먼저 잃는 슬픔을 겪었지만, 순리대로 슬픔을 극복하였다.

---

3) 權龍鉉, 『秋淵集』 권26, 21장, 「明石洞遺蹟碑」.

1965년 음력 2월 10일 87세로 일생을 마쳤다. 明石亭 뒷산 甲坐에 안장하였다. 장례 때 의관을 갖추어 참석한 사람이 수백 명이었고, 加麻한 사람이 수십 명이었다.

그의 생애와 학문을 정리하여 서술한 行狀은 제자 秋淵 權龍鉉이 지었고, 墓碣銘은 淵齋의 손자 述菴 宋在晟이 지었다. 그의 제자들과 자손들이 시문을 모아 9권 5책으로 편집한『覺齋文集』은, 1967년경에 石版 線裝本으로 간행되어 세상에 배포되었다. 문집 속에는 시 296수, 書簡 244편, 雜著 21편, 序文 14편, 記文 33편, 跋文 4편, 箴 5편, 銘 9편, 字辭 3편, 婚書 3편, 上梁文 5편, 祝文 4편, 祭文 43편, 哀辭 3편, 碑文 4편, 墓誌銘 7편, 墓表 24편, 墓碣銘 27편, 行狀 6편, 傳 1편 등 모두 450편의 산문이 수록되어 있다. 문집에 수록되지 않은 草稿가 후손에게 보관되어 있다.

1986년에 覺齋가 강학하던 明石洞에 「覺齋權先生明石洞藏修遺躅碑」를 세웠는데, 비문은 權龍鉉이 지었다.

3. 資稟과 操行

覺齋는 沈重하고 敦厚한 자질과 剛毅한 뜻이 있었다. 어려서부터 다른 취미는 없고 오직 한결같이 聖賢의 학문에 뜻을 두고 독서하였다.

뜻이 높아 반드시 옛날 聖賢을 목표를 삼았고, 작고 卑近한 것에 국한되지 않았다. 공부를 하는 것이 치밀하여 조금씩 차근차근 쌓아 나갔고, 절제 없이 이것 저것 광범위하게 대충 보지를 않았다.

24세 때 淵齋의 문하에 나아가 오랫동안 가르침을 받았는데, 철저하게 스승의 법도를 따라 지켰다.

의관은 반드시 잘 정돈하였고, 거동에 법도가 있었고, 용모나 언행에 나태하거나 鄙悖함 이 전혀 없었다. 평상시에도 편한 복장으로 지낸 적이 없었고, 심한 병이나 잠잘 때가 아니면 눕는 적이 없었고, 맨상투를 드러낸 적이 없었다.

매일 새벽에 일어나 세면하고 머리 빗고 나서, 부모님을 뵈옵고, 그 다음에 사당에 참배하였다. 그러고 나서는 묵묵히 앉아 정신을 집중하였다. 좌우의 책 속에서 마음과 눈이 일치하였다. 음식이나 남녀관계에 철저히 절제하여 경계하였다. 노년까지도 체력이 감퇴하지 않는 것은 평생 노력한 덕분이었다.

부모에게 효도하고 형제간에 우애가 지극하였다. 조상을 받드는 일에 정성을 다했는데, 재계하고 사정에 맞게 제수를 깨끗이 준비하였다. 80세가 넘어서도 직접 제례를 행하였다. 멀리 있는 산소에도 직접 잔을 드렸지, 다른 사람에게 대신하게 하지 않았다. 철마다 나는 음식을 조상 사당에 드렸고, 간혹 준비가 안 된 것이 있으면 직접 구해서 바쳤지 빠뜨리는 일이 없었다. 외조부 내외의 산소에도 때때로 성묘를 하였고 石物을 갖추고 忌日에는 반드시 제수를 보냈다.

중년 이후로 가산이 기울어져 간혹 생활이 궁핍했는데도 느긋하게 처신하여 豐窮, 得失에 대해서 언급한 적이 없었다.

子姪들을 훈계하여 새로운 문물에 물들지 못 하도록 했고, 자기 분수를 편안히 여기면서 밭 갈고 글 읽도록 했다. 그러나 자질들이 시대조류에 영향을 받지 않을 수 없게 되자, 깊이 슬퍼하였다.

일가들 사이에는 敦睦하기에 힘썼지, 나무라는 일은 없었다. 가까운 일가나 먼 일가가 모두 각재를 좋아하였다.

그 당시 이름 있는 선비들과는 거의 다 사귀었다. 淵齋 宋秉璿, 心石齋 宋秉珣은 스승으로 모셨고, 勉庵 崔益鉉, 艮齋 田愚, 老栢軒 鄭載圭, 守坡 安孝濟 등은 학문의 선배로 모셨다. 迂堂 曺在學, 艮嵒 朴泰亨, 三畏齋 權命熙, 石農 吳震泳, 立巖 南廷瑀, 壽山 李泰植, 東江 金甯漢, 石梧 權鳳熙, 松山 權載奎 등은 벗으로 사귀었다. 權平鉉, 權龍鉉, 姜相弼, 李普林, 鄭瓚錫, 成正燮, 李經, 李晉洛, 盧根容 등은 각재의 문인들이다.

각재는 상대방의 좋은 말이나 행실은 반드시 흡수하여 자신의 도움으로 삼았다. 간혹 논의나 취향이 같지 않아도, 마음을 열고 상대하였지 경계를 굿지는 않았다. 동문의 벗이나 동향의 벗들과 더 자주 어울려 학문을 講磨하였다. 길흉사가 있으면 예법에 맞게 인사를 차렸다.

일반 사람들과 어울릴 때는 온화하고 敦厚하였으나, 是非·邪正을 구분하는 일에 이르러서는 음성과 기운이 다 엄숙하여 다른 사람이 꺾을 수 없을 정도였다.

마음가짐은 坦易하여 乖異한 것을 추구하지 않았다. 솔직담백하여 편파적이지 않았다. 貞固, 謙厚한 것을 위주로 하여 밖으로 드러나는 것을 좋아하지 않았다.

儒林의 세력을 빙자하여 어떤 일을 하려는 사람들이 覺齋에게 같이 일하자고 했을 때, 각재는 "어떤 목적이 있어서 일하는 것은 이익을 보려는 것이지 의리가 아니다."라고 하고서 사절하였다.

覺齋가 의리를 지킴에 있어서 비록 밖으로 드러난 偏激한 행동을 하는 것은 아니었지만, 지키는 바가 확실히 있었다. 일본 강점기에 墓地 등록제를 시행할 때 단호하게 거절하였고, 高宗 因山 때 服制問題를 두고 '亡國의 임금에게 服을 입을 필요가 없다'는 深齋 曹兢燮의 주장에 대해서, 각재는 '우리는 우리 임금을 추대해야 한다'는 의리로 심재의 주장을 辨斥하였다. 斷髮問題, 衣服制度, 양력 사용 등에 대해서 많은 유림들이 서서히 순응했지만, 각재는 한 번도 倭人들을 두려워하여 꺾인 적이 없었다.

겸허한 덕성을 지니고서 道學을 講明하고 풍속을 바로잡는 임무를 자임하였다. 늘 道를 걱정하고 세상을 걱정하고, 후배들로 하여금 윤리와 예법이 귀중하다는 것을 알게 하려고 하였다.[4]

---

4) 權龍鉉, 『秋淵集』 권44, 8-12장 「覺齋權公行狀」.

Ⅲ. 學問과 敎育

覺齋는, 사람이 사람인 까닭은 道와 學問에 있다고 생각하여 도와 학문을 매우 가장 중시하였다. 그래서 도는 하루도 폐기할 수 없고, 학문은 하루도 講磨하지 않아서는 안 된다고 보았다. 공부하는 첫 단계로서 사람들에게는 반드시 먼저 뜻을 세우도록 했다.

> 사람이 공부를 하는 데 있어서는 뜻을 세우는 것보다 앞서는 것이 없다. 이른바 뜻을 세운다는 것은, 활 쏘는 사람에게 과녁이 있는 것이나, 길 가는 사람에게 돌아갈 곳이 있는 곳과 같다. 이런 뜻이 없다면, 배우는 바가 무슨 일이 되겠는가? 배우는 사람은 마땅히 聖賢으로써 목표로 삼아야 하고, 도리로써 귀의할 바로 삼아야 한다. 부지런히 순서에 따라 목표한 곳에 미치기를 기약해야 한다. 이것이 제일의 뜻이다.5)

뜻을 세우되 그 목표를 대단히 중시했다. 반드시 성현을 목표로 삼아 도리를 귀의할 곳으로 삼아 공부하는 순서에 따라 부지런히 노력해 나갈 것을 기약하였다. 성현의 책을 읽을 때도 성현을 대한 듯이 하도록 했다.

독서의 목표도 마음을 기르는 데 두었고, 마음은 곧 사람에게 있어서 가장 중요한 것으로 생각했다. 곧 독서와 수양을 일체로 보았고, 독서가 단순히 詞章을 짓고 口耳之學을 위한 것이 아니라는 점을 강조했다.

> 사람의 큰 형체는 마음이다. 마음을 기르는 방법은 독서보다 더 중요한 것이 없다. 독서라는 것은 詞章이나 口耳之學을 위한 계책이 아니다. 대인이 되기 위해서는 반드시 먼저 이런 뜻을 갖추고 내외 대소의 구분을 살펴야 한다. 그런 뒤에 바깥에서 이르는 것에 미혹되지 않아 학문에 나아갈 수 있는 것이다.6)

---

5) 『覺齋集』 권5, 20장 「鵬山亭學規」.
6) 『覺齋集』 권5, 27장 「贈族弟尙三」.

공부하는 데 있어서 專一하는 것이 제일 중요하니, 정신이 어지럽거나 소란하게 출입하면 공부가 될 수가 없다고 보았다. 학문한다고 하면서 참된 힘을 쏟아 꾸준히 지속하지 못 하면 학문이 이루어질 수가 없다. 고도의 정신적 집중력이 중요하다는 점을 역설하였다.

> 공부하는 데 있어서는 專一하는 것이 가장 중요하다. 공부는 계속 이어져야지 중간에 끊어져서는 안 된다. 만약 생각이 어지럽거나, 출입이 분분하거나, 했다가 말았다가 하기를 반복하여 오래 견디지 못 하면, 결코 이루어질 리가 없다.[7]

> 학문이 이루기 어려운 데는 장애가 세 가지가 있는데, 첫째 客氣가 막는 것이고, 둘째 사사로운 뜻이 가리는 것이고, 셋째 세속의 유행에 물드는 것이다. 공부하는 사람은 반드시 그 객기를 없애고 사사로운 뜻을 가라앉히고, 세속의 유행을 제거할 것을 생각하여 일상생활에서 성찰을 통렬하게 가하여 저 세 가지에 끌려다니지 말아야 할 것이다.[8]

覺齋는 학문을 이루는 데 있어 장애요소가 되는 세 가지를 지적하였는데, 이는 退溪가 奇高峯에게 답한 서신에 나오는 말인, "공부하다 말다하는 폐단은, 氣習의 치우침과, 物累에 의한 가림, 世故의 끌림 등일 따름이다."[9]라는 말을 변화시킨 말이다. 기습에 의한 편견, 사물에 대한 욕심 등등에 의해서 공정한 마음을 잃을 때, 세상의 갖가지 일 인연 등등에 끌려 공부하는 것을 방해한다는 것이다. 이 가운데서도 제일 문제가 되는 것은 氣習의 치우침이다. 이는 자기 마음의 문제이고, 기질의 문제이고, 습관의 문제이기 때문에 고치기 어렵고, 또 영향이 제일 크다. 그래서 覺齋는 통렬하게 성찰하여 끌려다니지 말아야 한다고 훈계하였다.

---

7) 『覺齋集』 권1, 21장 「鵬山亭學規」.
8) 『覺齋集』 권1, 21장 「鵬山亭學規」.
9) 『退溪文集』 권17, 「答奇明彦」.

각재는 사람을 가르칠 때는 반드시 먼저 그 지향하는 바를 바르게 해 주고 그 식견을 열어 주었다. 공부하는 순서를 栗谷의 『擊蒙要訣』에서 정한 대로 따랐다.

먼저 『小學』을 읽어 그 根基를 세우고, 그 다음으로 『大學』을 읽어 그 길을 밝히고, 그 다음으로 『論語』를 읽어 그 本原을 북돋우어 주고, 그 다음으로 『孟子』를 읽어 그 志氣를 기르도록 하고, 그 다음으로 『中庸』을 읽어 귀착하는 법도를 구해야 한다. 이렇게 이 다섯 가지 책을 계속 돌며 반복해서 자세히 읽어 그 진수를 얻어야 한다. 그런 뒤에 차례로 『詩經』, 『書經』, 『易經』, 『禮記』, 『春秋』에 미쳐 성현 학문의 전반적인 체재와 큰 작용을 구해야 한다. 그리고 나서 또 『近思錄』, 『心經』, 『家禮』 등의 책을 읽어 그 精微한 蘊蓄과 節文의 상세함을 궁구하고, 下學上達의 순서를 다하여 반드시 가까운 데로부터 먼 곳으로 낮은 데서 높은 데로 올라가도록 해야 한다. 망령되이 등급을 뛰어넘으려는 뜻을 두거나 낮고 가까운 것을 소홀히 하고서 바로 高遠한 것을 구해서는 안 된다.[10]

독서할 때는 한꺼번에 많은 것을 얻으려고 탐내어 대충 넘어가서는 안 되고, 讀書三昧의 경지에 들어가 반복해서 탐구해서 그 깊은 뜻과 전체적인 짜임을 파악하여 확실히 자기 것으로 만드는 것이 중요하다는 것을 역설하였다.

독서하는 방법은 반드시 한 가지 책에 정신을 오로지하여야 한다. 적은 분량을 여러 번 읽어, 마음과 눈이 함께 이르도록 해서 푹 젖어들고 꿰뚫어야 한다. 또 반복하여 뜻을 캐서 자세하게 탐구해야 하여 그 뜻을 얻어야 하고, 바깥과 안, 얕은 것과 깊은 것을 꿰뚫어야 한다. 또 자기에게 절실하게 체험하여 실제로 쓰일 것을 구해야 한다. 만약 의문 나는 것이 있다면 반드시 깊이 생각하여 통하도록 해야 한다. 생각해도 통하지 않으면 반드시 강구해

---

10) 『覺齋集』 권5, 20장 「鵬山亭學規」.

서 질문하고 논변해서 기필코 훤히 통하도록 해야지, 거칠게 대충 넘어가거
나 우물우물 잘못을 덮어서는 끝내 실질적인 소득이 없고 스스로 그 마음을
속이는 것이 된다.11)

　　고인의 箴銘 가운데 자신에게 절실한 것과 문구 가운데 명백하고 雅正한
　　것은 마땅히 뽑아 적어 외우면서 志氣를 격려하고 神思를 助發하는 자료로
　　삼는 것이 좋다.12)

　　箴銘은 훈계가 될 만한 글을 요약하여 韻文으로 지어 쉽게 외워 행동에
반영되도록 한 글로써 宋代 性理學者들이 많이 지었다. 이런 잠명들을
모아 退溪가『古鏡重磨方』이라는 책으로 편집하였는데, 조선시대 학자들
은 많이 송독했다. 覺齋도 箴銘의 중요성을 강조하여 초록해서 배우는
사람들로 하여금 외우도록 하여 뜻을 분발하고 정신을 떨쳐 일으키는 데
도움을 받도록 했다.

　　작은 책자를 비치해 두고, 날마다 읽은 책과 생각한 바, 의심한 바, 터득한
　　것을 적어서 날로 새롭게 되는 방도로 삼아야 한다.13)

　　讀書할 때 箚記하는 습관의 중요성을 역설하였다. 새롭게 얻은 것을
적어 모아 정리하여 수시로 볼 수 있도록 하여 자기 것이 되도록 했다.
　　책 속의 의리에 관한 내용을 자신에게 절실하게 받아들여 적용하도록
했다. 口耳之學에만 도움이 되거나 화려한 문구만 주어모아 밖으로 과시
하는 데 쓰는 것은 깊이 경계했다.
　　당시 신학문이 세차게 밀려와 후배들이 다투어 신학문 쪽으로 달려가는
실정에서 고민하며 전통학문을 만회할 방법을 생각하였다. 사람들과 서신

---

11)『覺齋集』권1, 21장「鵬山亭學規」.
12)『覺齋集』권1, 21장「鵬山亭學規」.
13)『覺齋集』권1, 21장「鵬山亭學規」.

을 주고받으면서 이 문제에 대해서 계속해서 통절하게 논의하였다. 비록 어린애나 미천한 사람이라도 전통학문인 유학을 배우려고 하는 사람이 있으면, 반드시 기꺼이 받아들여 학문의 등급과 방향에 대해서 거듭거듭 깨우쳐 깨닫게 하였다. 어린애들 가르치는 일이 너무 번거로워 건강을 해칠까 걱정하는 사람이 있었지만, 각재는 "이렇게 해서 한 두 사람이라도 구제하면, 비록 내 혀가 닳고 정신이 소모된다 해도 내가 사양할 바 아니다."라고 말할 정도로 전통학문의 계승에 정성을 다했다.

覺齋는 經書와 諸子書, 程朱의 저술에 어려서부터 침잠하여, 道體의 精微한 분야와 의리의 핵심에 대해서 힘써 탐구하여 체득하였다. 후세 학자들의 학설의 同異에 대해서 그 源委를 考究하여 그 得失을 알고 言說로 다투는 것을 경계하였다. 그래서 覺齋는 글을 지어 쟁론의 실마리를 만들지 않았다.

師友들과 서신을 주고받으면서 性理學에 대한 견해를 피력했는데, 그의 학설을 요약하면 다음과 같다.

'心과 性이 하나'라는 說에 대해서는, "심과 성이 비록 두 가지는 아니지만, 그 眞靈의 주체와 대상이 한 가지가 아니니, 마음의 虛靈知覺은 마땅히 形而下的인 것에 속하는 것으로 形而上的인 性과 혼동하여 구분이 없어서는 안 된다."라고 분변했다.

'理에 作爲가 있다'는 주장에 대해서, "太極에 動靜이 있는 것은 氣機를 탄 것이지, 스스로 능히 動靜을 하는 것은 아니다. 妙함은 비록 태극에 있지만, 주체적인 것은 사실 氣機에 속해 있는 것이다. 만약 氣機를 버려두고 바로 태극에 동정이 있다고 한다면, 이는 道體에 作爲가 있는 것이 되는데, 어찌 만 가지 변화의 근본이 되겠는가?"라고 분변하였다.

'明德은 理를 주로 한다'라는 설에 대해서, "'明德' 章句의 '虛靈不昧'는 마음을 위주로 해서 말한 것이고, '여러 가지 이치를 갖추었다[具衆理]'는 말은, 그 가운데 갖춘 것을 특별히 말한 것인데, 어찌 갖춘 것을 이치라 하여 주재하는 바가 마음에 있는 것을 살피지 않을 수 있겠는가?"라고

했다. 각재의 性理說은 선현들의 학설에 근거하여 여러 학자들의 잘못을
증명하였다.

　禮法에 있어서는, 朱子의 『家禮』를 위주로 하여 先儒들의 禮說을 참고
로 하였고, 栗谷과 尤庵의 예설을 독실히 준수하였다. 근거가 있는 경우,
세속에서 통행하는 예법을 구차하게 따르지 않았고, 혹 先代부터 행해
오던 것이라도 고치기를 어려워하지 않았다. 禮俗이 무너져 苟簡하게 하
는 것이 유행이 된 것을 개탄하여, 비록 사소한 儀節이라도 반드시 상고하
여 조금도 그냥 지나치지 않았다. 각재는 말하기를, "사람이 행하는 것
가운데서 禮法보다 앞선 것이 없다. 예법을 삼가지 않으면, 행하는 것이
모두 구차하게 된다. 비록 古今에 널리 통하였다 해도 족히 학문이라고
할 수 없다."라고 했다.

　말세의 문장은 폐단이 심해져 가식적인 문장으로 화려하게 꾸며 정도에
맞지 않게 과장하고, 文集 간행이 성행하는 것에 대해서 깊이 문제로 여겨
통렬하게 비판하였다. 그래서 子姪들이나 門人들에게 자신의 草稿를 收拾
하여 후세에 전할 계획을 하지 말라고 매양 경고했고, 임종 때도 거듭
당부했으니, 그 겸허하고 務實하는 덕을 알 수 있다.

　조선 말기에 이르러 蘆沙 奇正鎭의 「猥筆」 때문에 유학자들 사이에
쟁론이 분분했다. 覺齋는 노사의 설에 대해서 힘을 다해서 辨斥했다. 그러
자 혹자는 淵齋가 뒤에서 비밀리에 사주하는 것으로 의심하는 사람도 있
었으나, 실제로 그런 일은 없었다. 다만 변척한 내용을 가지고 서신으로
연재에게 질의했을 때, 연재는 각재의 知見이 분명하다는 것을 인정해
주었다.

　각재가 분변한 내용은 이러하다.

　　栗谷의 '그 짜임이 저절로 그러하다[機自爾]'라는 말은, 理와 氣가 混融하
　여 간격이 없는 데 나아가 理는 作爲가 없고, 氣는 作爲가 있다는 뜻을 말한
　것이다. 그러니 율곡이 '저절로 그러하다'는 말은, 理와 氣의 자연스러움을

가리켜서 말한 것이지, 氣 하나만 그렇고 理와는 관계가 없다는 것을 말한
것이 아니다. 蘆沙가 비판한 것은, 바로 이런 점을 살피지 않아서 그런 것이
다. 그와 論辨하는 사람들도, 이런 점에 나아가서 분변하지 않고, 대개 '그
짜임이 저절로 그러하다[機自爾]'라는 말을, 단순히 氣만 말한 것이라고 생
각해 왔는데, 이는 율곡의 본래 취지가 아니다.[14]

각재의 辨說에 대해서 淵齋와 心石齋는 다 인정했다. 각재는 또 勉庵에
게 서신을 보내어 淵齋와 蘆沙學派와의 관계를 調停할 방안에 대해서
언급했다.

Ⅳ. 詩世界

覺齋는 淵齋 문하에서 공부하는 기간과 黃梅山 속에 잠시 우거한 기간
을 빼고는 평생 宜寧에서 살며 학문 연구와 제자 양성에 일생을 보냈다.
그러면서 산수 속에서 자신과 자연의 共感을 그린 詩와 道를 걱정하고
세상을 걱정한 시를 남겼다. 모두 216題 296首의 시를 남겼다.

각재의 시는 단순한 吟風弄月的인 시는 거의 없다. 景物을 읊은 시일지
라도 반드시 그 시 속에는 자신의 사상이나 정신 등이 포함되어 있는 전형
적인 道學者의 詩다. 사물과 자아가 일치되고, 또 늘 자신을 성찰하고 세상
사람을 훈도하려는 教訓性이 풍부하게 배어 있다.

그의 시 속에는 자신의 뜻을 나타낸 시, 道와 세상을 걱정한 시, 선비정
신을 구현한 시, 자연과 친화를 노래한 시, 각 지역의 風物을 읊은 시,
師友를 그리워한 시, 師友들의 作故를 애도한 시 등이 있다. 각재의 시
가운데는 어떤 시가 있고 어떤 의미와 특징이 있는지 대표적인 작품을
골라 살펴보고자 한다.

---

14) 權龍鉉, 『秋淵集』 권44, 8-12장, 「覺齋權公行狀」.

1. 立志

覺齋가 공부를 하면서 원대한 뜻을 새우고서 大鵬과 천리마에 자신을 은근히 견주었다. 그러나 실천이 따르지 않으면 한갓 뜻에 불과할 뿐이고, 목표한 바가 이루어질 수 없다는 것을 밝힌 것이다. 다음의 시는 실천을 강조한 覺齋의 뜻을 알 수 있는 시이다.

큰 붕새는 장차 바다로 날아가길 도모하고	大鵬將圖海
좋은 천리마도 천리를 가기 바라네	良驥望千里
만약 날개와 발굽을 떨치지 않으면,	苟非奮翼蹄
한갓 뜻만 둔 것이니 어찌 능히 그렇게 할 수 있겠느냐?	徒志胡能爾15)

다음의 시는 인생은 짧으니 헛되이 살아서는 안 되겠다는 결심이 들어 있는 시다. 사람의 한 평생은 오래인 것 같아도 잠깐이다. 한번 왔다 가는 인생을 의미 있게 살아야지 단지 아무런 가치 없이 초목과 함께 사라진다면, 사람으로서 태어난 보람이 없다고 본 것이다.

인생은 아침 저녁과 같나니,	人生若朝暮
한평생이 얼마나 되겠는가?	百年能幾時
단지 헛되이 태어나 헛되이 죽는 게 두렵나니,	祇恐虛生死
풀과 나무와 같이 돌아가는 게 될 것이라.	草木與同歸16)

覺齋가 살았던 시기는 정말 어지러운 시대였다. 열강의 침략이 시작되어 1910년에 이르러서는 日本에 나라가 망했고, 생애의 대부분은 倭人들의 虐政에 시달려야 했다. 해방이 되고 나서도 동족상잔의 비극이 계속되었다. 이런 와중에서 자기 몸을 지키면서 자식을 가르쳐 집안의 道를 유지

---

15) 『覺齋集』 권1, 2장, 「自警」.
16) 『覺齋集』 권1, 2장, 「祇恐」.

해 나가겠다는 것이 覺齋의 소박한 뜻이었다.

어지러운 새로운 조류가 어진이를 모두 함몰시키는데,　　湏洞新潮胥溺賢
어떻게 능히 하늘이 준 본심을 보전할는지?　　　　　　何能保得本心天
몸을 지키고 자식 가르치는 게 우리 집안의 道이니,　　守身敎子吾家道
오직 원하는 것은 한 평생 융성하게 피어났으면.　　　　惟願終生發藹然[17]

일본을 통해서 밀려들어오는 사상이나 제도 등 새로운 조류에 한문에
조예가 깊은 사람들도 휘말려 한문을 버리고 覺齋의 곁을 떠나는 경우가
많았다. 마음 공부인 性理學을 공부한 유학자들 가운데도 태도를 바꾸어
자기가 하던 학문의 가치를 모른 채 헌 짚신짝 버리듯 버리고 새로운 학문
이나 생활방식으로 전환하는 것을 보고서 하늘이 준 本心을 지키기가 쉽
지 않다는 것을 覺齋는 알았다. 그래서 이상을 낮추어 자기 자신만이라도
보전하고 자기 자식을 잘 길러 집안의 道를 유지하기를 바랐던 것이다.
혼란한 시대에 이 정도만 지켜도 집안이 유지된다고 본 것이었다.

2. 憂患意識

선비는 자기 몸을 닦고 근본적으로 道를 걱정한다. 그리고 늘 국가 민족
을 걱정하고, 궁극적으로는 천하를 걱정한다.

나라가 망하여, 이민족이 지배하고, 각종 새로운 文化, 思潮, 宗敎 등이
유입되어, 儒敎의 기본질서와 기본상식이 위협을 받아 무너져 내린 시대
에 살던 覺齋에게는 이런 憂患意識이 강하였고, 이런 의식이 시에 잘 나타
나 있다.

覺齋는 망한 나라의 지식인이 되어 국가의 命運을 생각할 때 비탄한
감정을 억제할 수가 없었다. 각재가 漢陽에 들어가서 감회를 느낀 시는

---

17) 『覺齋集』 권1, 34장, 「贈許景蓍」.

이러하다.

내가 태어난 것은 괴롭게도 때가 아니라,	我生苦不辰
해동에 미친 물결 넘쳐나는구나.	狂瀾漲海東
가을 바람 부는 한양 길에서,	秋風漢陽路
그윽한 울분이 넘쳐 가슴 가득하도다.	幽憤漲滿胸
나라의 운명은 어이하여 기울었나?	國步何傾圮
여우와 까마귀가 궁궐로 달려들어가네.	狐烏走入宮
천년토록 신성하던 왕업이,	千年神聖業
하루아침에 공허하게 될 줄 어찌 알았겠나?	那知一朝空
어느 시댄인들 흥망이 없으리오마는,	興亡何代無
어찌 저 왜놈들처럼 흉악했겠는가?	豈如彼奴凶
황하를 끌어와도 원한 씻기 어렵나니,	挽河難洗恨
어느 곳에서 푸른 하늘에 하소연하랴?	何處訴蒼穹
황량해진 옛 사직단에는,	荒凉古社壇
하릴없이 거친 풀만 무성하구나.	蕪草空蒙茸
망한 나라 폐허가 된 궁궐 터에 대한 천추의 탄식,	千秋黍離歎
어찌하여 내 자신이 당하게 되었나?	胡寧適我躬
유자의 갓을 쓴 게 스스로 부끄럽나니,	自愧戴儒冠
양성해준 국가의 공을 헛되어 저버렸도다.	虛負培養功
방황하며 느껴 강개한 지 오래 되어,	彷徨感慨久
차마 두 눈동자 들 수가 없구나.	不忍擧雙瞳
내 손으로 구원할 방법은 없고,	手援旣無術
단지 피 끓는 속 마음만 있도다.	惟有血腔衷
도도히 흘러가는 한강물인데,	漢水滔滔去
남은 한이 언제 다하겠는가?	遺恨何時窮[18]

　　망한 나라에 태어난 지식인으로서 평소의 울분은 견딜 수가 없었다. 나라가 망했을 때 울분을 이기지 못 하여 자결을 하는 義士가 있고, 光復運

---

18) 『覺齋集』 권1, 12장, 「漢陽感懷」.

動을 위해서 해외로 망명하는 志士도 있고, 세상을 등지고 道를 지킨다고 산속으로 숨어 한 몸을 깨끗이 하는 선비도 있었다. 대부분은 선비들은 自靖이라는 방식으로 자신의 節操를 지켜 倭에 일체 협조 안 하면서 평소처럼 학문연구, 저술활동을 하면서 많은 제자들을 길러 나갔다. 각재는 자정의 길을 택했다. 언젠가 서울로 갔는데, 오백년 王業을 이어오던 궁궐이 폐허가 되어 있는 모양을 보고 탄식을 금할 수가 없었다. 더구나 자신은 나라가 망할 때 어떤 救國의 수단도 없었고, 망한 나라에서 어떻게 해볼 수 있는 일도 없었다. 朝鮮王朝에서 오백년 동안 배양시켜 온 선비의 한 사람으로서 국가민족을 위해서 아무 것도 할 수 없는 자신이 너무 부끄러웠다. 나라 잃은 선비의 탄식이 절절이 들어 있는 시다.

각재의 시 가운데 道를 걱정한 시로 이런 것이 있다.

이전부터 우리 儒道는 어두웠다 밝았다 한 적 많았나니,　由來斯道晦明多
이런 좋지 못한 때 만났는데 탄식하면 무엇 하랴?　　丁此不辰歎奈何
까마귀 솔개가 세상 가득하고 봉황은 보기 어려우니,　滿世烏鳶難見鳳
옛날 초나라 미친 사람 노래에 마음 아프네.　　　　傷心千古楚狂歌[19]

儒敎가 언제나 융성한 것은 아니고, 어떤 시대에는 번성했다가 어떤 시대에는 쇠퇴하는 등 성쇠를 반복하였다. 그러나 覺齋가 살던 시대는 유교의 命運에서 보면 최악의 시대였다. 이민족 일본에 의해서 나라가 망했고, 그 이후 일본의 간교한 술책에 의해서 계속해서 우리 전통문화를 파괴하고 왜곡하여 우리 전통문화가 滅絶될 위기에 처했다. 해방 이후에는 이를 회복할 기회도 없었는데, 서양문물이 밀고 들어와 우리 유교는 명맥을 유지하기에도 숨이 가빴다. 각재는 이런 상황을 직접 몸으로 겪으면서 탄식하지 않을 수 없었다. 그러나 탄식해도 무슨 수가 있는 것이

---

19) 『覺齋集』 권1, 2장, 「和朴明旭」 제1수.

아니었다. 일본은 물러가도 새로 들어선 우리의 집정자들도 이미 유교문화
와 관계없는 일본식 미국식 교육을 받은 사람들인데, 어찌 각재의 생각과
같을 수 있겠는가? 그래서 시 가운데서 까마귀 솔개 같은 인물이 세상에
가득하다고 표현한 것이다. 각재가 찾는 봉황 같은 이상적인 동지는 찾아
볼 수 없다. 그래서 옛날 楚나라의 狂人 接輿가 孔子를 두고, "봉황이여!
봉황이여! 어찌 그리 덕이 쇠퇴했느냐?[鳳兮鳳兮, 何德之衰.]"라며 비웃었
던 말에 각재는 마음 아파한다. 覺齋 자신의 시대가 바로 그런 시대와
같았기 때문이었다. 이상적인 인물인 봉황을 만나기는커녕, 까마귀나 솔개
같은 간악한 인물들이 판을 치는 시대에 살면서 탄식을 금하지 못 하면서
세상을 걱정하고 있다.

　이런 걱정스러운 시대에 더욱 생각나는 인물이 있었으니, 바로 자신이
그 學脈을 이은 尤庵 宋時烈이었다.

　　옷단을 들어올려 인사드리니 높은 맷등성이에 오른듯,　　摳衣如得陟高岡
　　우뚝한 위의가 길이 감추어져 있구나.　　　　　　　　巍巍威儀永閟藏
　　세상 가득한 홍수 흐름을 누가 다시 막을 것인가?　　滿世洪流誰復抑
　　지금을 슬퍼하고 옛날을 어루만지니 그리워하는 마음 길도다.

　　　　　　　　　　　　　　　　　　　　　　　傷今撫古慕懷長20)

　覺齋가 尤庵의 산소를 찾아가 이런 시를 지었다. 높은 산에 오른 것
같은 느낌이 들 정도로 그 학행과 위상을 저절로 느끼게 되었다. 우암은
자기가 살았던 당시에 유교에 영향을 크게 미치며 세상 도덕을 바로잡으
려고 노력했던 大儒學者다. 그러나 지금 세상에는 우암 같은 인물이 없어
세상을 어지럽히는 온갖 異端, 신학문, 신사상 등을 통제하지 못 한다.
그래서 우암이 더욱 그립다. 지금 어지러운 이런 국면을 누가 타개할 것인
가 하는 근심을 각재는 이길 수가 없다. 현실은 암담한데 자신 같은 유학자

---

20) 『覺齋集』 권1, 6장, 「拜尤庵先生墓」.

가 어떻게 할 수가 없다. 평소에 갖고 있던 걱정이 우암의 산소에 오니
더욱더 격화된다.

　스승 淵齋를 잃고 더 이상 가르침을 받을 데가 없는 것을 아쉬워하며
지은 시는 이러하다.

우러러 뵈옵고자 빈 뜰에 서니,	瞻謁空庭立
오래 된 구름이 골짜기 감싸고 있도다.	宿雲鎖洞天
봄 바람 같은 스승의 가르침 속에 있은 게 어제 같은데,	坐春如昨日
눈 속에 서서 가르침 청하던 때 다시 어느 해일까?	立雪更何年
이제부터 깨우치고 가르쳐 주심은 멀어졌지만,	警誨從玆遠
여전히 전형은 남아 전하는구나.	典形依舊傳
제자인 저가 어디서 우러러 보겠는가?	晩生焉得仰
눈물이 마구 앞을 적시누나.	涕淚謾霑前[21]

　遠溪로 가서 돌아가신 스승 淵齋 宋秉璿의 眞影 앞에서 감회를 읊은
시다. 옛날 자상하게 가르침을 주시던 스승을 懷慕하면서 지금은 그런
가르침도 깨우침도 줄 스승이 없음을 눈물을 흘리며 아쉬워하고 있다.
연재에게 받은 감화가 얼마나 크고 깊은지를 알 수 있다.

　覺齋는 선배 학자들이 점점 사라져 가고, 유교의 命運의 위기에 처해
있고, 자신은 외로운 처지가 된 것을 슬퍼하여 이렇게 읊었다.

우리 유교는 지금 머리카락 하나에 달린 듯 위태로운데,	
	吾道當今一髮危
붙들어 세우는 사람 없으니 이 무슨 때인가?	無人扶植此何時
이렇게 새벽 별처럼 따라서 사라져가니,	晨星若箇從零落
홀로 된 그림자 외로워 절로 더욱 슬퍼지네.	隻影踽踽益自悲[22]

---

21) 『覺齋集』 권1, 7장, 「遠溪瞻謁先師眞影」.
22) 『覺齋集』 권1, 15장, 「挽田松溪」.

朝鮮이 망하여 日本에게 영토를 빼앗기고 주권을 빼앗긴 것은 우리 민족의 큰 불행이다. 그러나 그 것에 못지 않게 크게 불행한 일은 우리 민족의 문화가 파괴되고 왜곡되고 말살된 것이다. 조선은 유교국가였다. 훌륭한 유학자가 많이 배출되어 유학을 연구하여 발전시켰고, 유교를 통한 국민 윤리도덕의 강화로 조선 오백년을 지탱해 왔다. 일본이 들어와 유교를 멸절시키는데도 책임지고 나서서 붙들어 세우려는 사람이 없었다. 그리고 志節 있는 유자들은 하나 둘 사라져 갔다. 동지를 거의 다 잃어 외롭게 된 覺齋는 탄식이 나오지 않을 수 없었다.

敎化는 해이되어 가는데 俗儒들은 아무런 책임을 느끼지 않고 이름만 얻으려는 작태를 보였다. 이런 일이 각재의 慨歎을 일으키게 했다.

가르침이 바야흐로 해이해져 폐단이 깊은데,　　　　敎方解弛弊還深
한 가지 약으로는 뭇 사람들의 마음 병 고치기 어렵다네.
　　　　　　　　　　　　　　　　　　一藥難醫衆病心
이름 좋아하는 사람들은 실제에 부합하기 어렵나니,　名下人難能副實
저들 속된 선비들을 어찌 책망하겠는가?　　　　彼哉何責俗儒林[23]

선비라는 이름을 가진 사람들이 이름만 추구하고 선비로서의 사명을 다하지 못 하는 실정인데, 일반사람들의 병통은 실로 한 두 가지 처방으로는 고치기 어렵다. 그래서 각재는 名實이 相符하지 않는 선비들은 책망할 가치도 없는 것으로 본 것이다.

3. 治學方法

覺齋는 한평생 道學을 연구하고 또 많은 제자들을 가르쳤으므로 그의 시에는 학문과 교육에 관한 내용이 많이 들어 있다.

---

23) 『覺齋集』 권1, 20-21장, 「贈鄭艮汕」 제1수.

탐색하는 공부가 기이한 데로 돌아드나니,　探索工夫轉入奇
집을 지으면서 터에 말미암지 않은 적 있었던가?　爲家何嘗不由基
가느다란 흐름도 쉬지 않으면 능히 바다에 이르나니,　細流不息能歸海
평탄한 길 찾기 어렵고 쉽게 갈림길로 들어간다네.　坦道難尋易入歧
비바람에도 계속 어두운 밤은 원래 없나니,　風雨元無長晦夜
詩書 공부하며 오히려 밝은 때 기다리는 게 옳다네.　詩書猶可待明時
근심스런 회포 말로 다 표현하기 어려운데,　悠悠懷抱言難盡
앉아서 깊은 밤에 이르니 촛불 그림자 더디도다.　坐到深更燭影遲[24]

　覺齋는 평생 공부를 계속하여 특이한 맛을 보는 경지에까지 이르렀다. 공부하는 데 있어서 기초가 중요하고 쉬지 않는 것이 중요하다는 것을 스스로 체험적으로 알았다. 그러나 뜻을 세워 꾸준히 한다고 바른 길로만 가는 것은 아니다. 길을 찾기도 어렵지만, 찾은 바른 길을 가다가 바로 잘못 갈림길로 가서 헛된 노력을 하는 수도 비일비재하다. 經書를 공부하여 많은 참된 내용을 얻었다 해도 지금 당장 현실에 적용할 수 있는 것이 아니다. 윤리도덕이 바로 서고 예의가 갖추어진 세상이 되어야 한다. 이런 저런 생각을 하다 보니, 각재는 깊은 밤인데도 잠을 이루지 못 했다.
　학문은 결국 자신이 하는 것이다. 이런 이치를 밝힌 시가 있다.

이 길은 높은 산에 오르는 것과 다를 바 없나니,　此道無異陟高山
멈추는 것과 나가는 것이 나의 경건함과 게으름에 말미암네.　止進由吾敬怠間
몇 달 동안 좀 아픈 것을 어찌 꼭 걱정할 것 있으랴?　數旬微愼何須患
사람의 운수 막혔다 트였다 하는 것은 순환한다네.　否泰於人自是環[25]

　공부하는 것은 산에 오르는 것과 같다. 退溪, 寒岡 등 선현들도 이미

24) 『覺齋集』 권1, 3장, 「山齋同崔梧坡夜話」 제2수.
25) 『覺齋集』 권1, 4장, 「用晦翁次林擇之韻寄南道一」 제2수.

이런 비유를 많이 했다. 나가는 것이나 멈추는 것이 모두 자신의 자세에 딸렸다. 경건한 자세로 부지런히 올라가면 아무리 높은 산이라도 정상에 오를 수 있지만, 안일한 자세로 게으름을 피우면, 올라갈 수가 없다. 이런 태도가 습관이 되면 산을 오르다가 중간에 포기하게 되기 쉽다. 공부하는 방법도 꼭 마찬가지다. 공부가 진보하는 것은 자신의 자세가 경건한 데 달려 있다. 몸은 언제나 최상의 상태를 유지할 수는 없는 것이다. 몸이 좀 안 좋을 때가 있을 수 있는데, 사람의 몸은 안 좋다가 또 좋아진다. 몸이 안 좋다고 공부를 포기해서는 안 되고 꾸준히 계속해야만 발전이 있을 수 있고, 학문을 성취할 수 있는 것이다.

학문에는 특별한 秘方 같은 방법이 있는 것이 아니다. 세상의 변화에 상관없이 날로 새롭게 해나가는 노력이 필요하다.

> 큰 도를 찾으려 하나 아득하여 나루 없나니,　　　　欲尋大道杳無津
> 진보하여 날로 새로워지기가 정말 어렵구나.　　　　進步誠難得日新
> 시대가 변해도 조금도 머뭇거리지 말기를,　　　　　莫少躕躇時世變
> 참 공부하는 데 덕 있는 이에게 이웃 없을까 어찌 걱정하랴?
> 　　　　　　　　　　　　　　　　　　　　　　　眞工何患德無隣[26]

道는 찾기 어렵고 공부는 쉽지 않다. 그러나 시대가 변해도 머뭇거리지 않고 계속해서 공부하며 날로 새로워진다. 그런 가운데 진보가 있고 마침내는 道에 접근하게 된다. 그러면 德을 닦는 동지가 있게 마련이다. 시대가 변했다고 그 것을 평계대고 공부를 할까 말까 망설이면 결국 아무 이룬 것 없이 인생을 허송하게 된다. 남의 눈치 볼 것 없고 시대의 변화에 상관없이 자기 분야에 최선을 다하는 것이 선비의 길이다. 孔子나 孟子의 시대도 이상적인 세상이 아니었다. 자기 학문을 완성해서 사회를 구제하는 데 선비의 임무가 있는 것이다.

---

26) 『覺齋集』 권1, 5장, 「贈別金星七金文可」.

학문하는 데는 자기가 하는 일에 專一하는 것이 중요한데, 전일하게
하도록 교육을 통해서 먼저 가르쳐야 할 필요성을 역설하였다.

가르침도 방식이 많아 하나에 치우치지 않나니,	教亦多方不一偏
높고 낮은 길 아는 게 가장 우선이라네.	喬幽路陌最爲先
뜻 지키는 것은 정성스러움이 귀하다는 것 멀리서 알겠나니,	
	遙知守志惟誠貴
고양이가 잡을 때나 닭이 품을 때 전적으로 하는 것 보게나.	
	請看猫雞抱捕專[27]

가르침의 방법이 다양하지만, 배우는 사람이 길을 알게 하는 것이 제일
중요하다. 사람의 뜻 가운데서 정성스러운 것이 가장 중요하다. 닭이 알을
품을 때나 고양이가 쥐를 잡을 때 취하는 자세를 보면 공부하는 방법을
알 수 있다. 거기에 專心專力을 다하는 것이다. 공부하는 사람도 그런 자세
를 취해야만 성취가 있을 수 있다.

이상에서 다룬 시 이외에도 문학성이 뛰어나거나 教訓性이나 諷刺性을
풍부히 갖춘 시가 많이 있다. 따로 覺齋의 詩世界에 대해서 전문적으로
연구할 필요가 있다.

4. 文明葛藤

儒教를 國教로 하여 오백 년 통치해온 朝鮮王朝의 영향으로 우리나라는
儒教文化가 형성되었고, 그의 모든 분야에서 유교가 기본이 되어 왔다.
19세기말부터 새로운 文明, 새로운 思潮가 朝鮮에 휩쓸고 들어왔다. 陽曆
도 그 가운데 하나이다. 양력 달력을 보고 覺齋가 느낀 바는 이러했다.

| 문득 새 달력 보고 뜻 억제하기 어려웠나니, | 忽看新曆意難裁 |

---

27) 『覺齋集』권1, 5장, 「贈許景蓍」제3수.

가슴 속 피가 무지개 이루었는데 누구와 더불어 열겠는가?

腔血成虹誰與開

세상 사람들이 산 속에 사는 사람의 뜻을 알고서,   世人頗識山人意

해가 바뀌었지만 아예 달력 보내오는 사람 없구나.   歲換元無送此來

원래 몇 줄 꽃을 원래 심어두었더니,   數行花葉昔年栽

봄비 가을 서리에 졌다 또 피었다 하네.   春雨秋霜落復開

이 것 보고 때 옮겨가는 것 그래도 증명할 수 있나니, 看此時移猶可驗

수양산 고사리는 멀어서 어떻게 캐 오겠는가?   首陽薇遠探何來[28)]

陽曆은 日本人들이 발명한 달력은 아니지만, 甲午更張 때부터 양력 쓰기를 강요한 것은 일본의 영향이었다. 일본이 사용하도록 그렇게 강요한 것은 朝鮮과 중국과의 관계를 멀게 만들려는 숨은 저의가 강하게 들어 있었다. 그래서 의복제도 개선, 斷髮令 등과 함께 양력 달력은 조선 지식인들의 반감을 크게 불러일으키게 되었고, 유학자들은 양력을 더욱더 강하게 거부하였던 것이다. 달력을 공식적으로 사용하는 시대에 양력 달력을 안 보면, 세상의 변화를 알기가 곤란하다. 그래도 覺齋는 양력 달력을 거부하였다. 마치 丙子胡亂 직후 桐溪 鄭蘊이 金猿山에 숨어서 淸나라 年號가 적힌 책력을 보기 거부했던 것과 같은 의식이다. 伯夷, 叔弟가 자기 조국을 망친 周나라의 곡식을 먹지 않겠다고 결심하고 首陽山에 들어가 고사리를 캐 먹다가 굶어 죽은 志節과 같은 것이었다. 각재는 고사리는 캐 먹지 않지만, 그 정신은 백이·숙제와 같은 것이었다.

일본의 강제로 단발을 시행하면서 아주 야비한 수법을 자행했다. 保髮을 하고서 衣冠을 차려입고 길 가는 선비들을 왜경들이 급습하여 구금하여 강제로 상투를 자르기도 했다. 이를 일러 '薙禍'라 일컬었는데, 점점 그 수법이 잔학해져 갔다. '身體髮膚'를 생명처럼 여기는 선비들에게는

---

28) 『覺齋集』 권1, 5장, 「看新曆有感」.

최대의 치욕이고 怪變이 아닐 수 없었다. 각재는 이런 상황을 두고 감회를
적어 제자들에게 보여 주었다.

사람과 짐승, 중국과 오랑캐의 구분 심히 엄격한데,   人獸華夷分甚嚴
누가 터럭 하나를 미미하다 말하는가?   孰云一髮是微纖
머리카락과 목의 경중에 대해서 어지러이 말하는데,   紛紜髮項輕重說
단지 편리한 것만 자신이 차지하려 하는구나.   只爲便宜欲自占[29]

사람과 짐승이 다른 점 가운데 하나가 윤리를 알고 의관을 갖춘 것이다.
우리 나라나 중국처럼 문화를 갖춘 민족과 오랑캐와의 차이는 예법을 지
키느냐 안 지키느냐에 달려 있다. 그 당시 유자들의 생각으로는 부모가
물려준 身體髮膚를 손상하는 것을 가장 큰 不孝로 보았다. 그렇게 소중하
게 간직해온 머리카락이 왜경 등에게 어느 날 갑자기 강제로 깎이는 모욕
은 목이 잘리는 것 못지 않게 치욕적이고 억울한 일이었다. 선비들 가운데
는 편리함만 생각해서 머리를 깎는 사람이 있었는데, 각재는 이에 대한
경고도 잊지 않았다.

覺齋는 새로운 문명의 산물인 기차를 타면서도 마음이 편치 않았다.

이 번 걸음은 이 차에 실려 가니,   此行載此車
지극한 아픔이 아직 남아 있네.   至痛尙存餘
비록 어쩔 수 없어서이긴 해도   縱緣不得已
저절로 내 마음에 흐느낌 있네.   自有我心歔[30]

覺齋가 마지 못 해 기차를 타고 가기에, '탄다[乘]'라는 표현을 쓰지 않고,
타의에 의해서 짐을 싣듯 '실려 간다[載]'라는 표현을 썼다. 자발적인 의지

---

29) 『覺齋集』 권1, 5장, 「薙禍甚酷示書社諸生」.
30) 『覺齋集』 권1, 5장, 「汽車有感」.

가 아닌 타의에 의한 실림이다. 그만큼 각재는 편리하지만 기차가 싫었던 것이다. 우리 조국강토에 왜인들이 자기들의 기술로 철도를 부설한 것도 싫은 데다, 우리 나라의 산물을 착취해 가는 선로로 악용하는 것은 더욱 가슴 아팠다. 그래서 기차를 타고 가면서 계속 마음 속으로 흐느꼈다. 우리 조상이 물려준 강토에 원수인 왜인들의 기술로 설치한 기차를 어쩔 수 없이 타고 가는 자신의 처지가 측은했던 것이다.

覺齋의 시는 주제는 다양하지만, 일관하는 정신은 선비정신이다. 단순히 문학을 위한 문학이 아닌, 세상 사람들에게 教訓을 주고, 세상을 바로잡으려는 비판정신이 강하게 들어 있다. 급속한 변화의 시대에 살면서도 자신만이 갖고 있는 지식인으로서의 사명감이 곳곳에 함축되어 있다.

V. 결론

覺齋 權參鉉은 霜嵒 權濬의 후손으로서 평생을 宜寧에서 초야에 묻혀 학자로서 일생을 보냈다. 선조인 霜嵒의 志節을 물려받고, 어린 나이에 淵齋 宋秉璿의 문하에서 수학하여 栗谷, 尤庵의 학통을 계승한 학자였다.

그는 격변하는 시대조류 속에서 전통 儒學者의 자세를 견지하며 道學의 연구와 보전에 힘썼고, 제자 교육에 誠力을 다했다. 그리고 평생 많은 漢詩文을 저술하여 자신의 감정과 사상을 표현하여 남겼다. 신학문의 보급과 확대 속에서 유학의 보전과 전승에 힘을 다 쏟았지만, 이미 유학은 시대의 主潮가 아니라 국가나 대중으로부터 관심 밖으로 말려나는 상황이었으므로, 시대와 인심은 그의 뜻과 점점 멀어져 갔다.

그러나 그는 끝까지 좌절하기 않고 최후의 일각까지도 자신의 召命이 무엇인지를 자각하고 바른 길을 추구하려고 최선을 다했다. 수준 높은 저술과 많은 제자들을 길러 전통유학자로서 마지막 세대를 의미 있게 보냈다. 새로운 문명을 거부한 고루한 儒學者로 볼 것이 아니라, 이 점을 높이 평가해야 할 것이다.

　그 당시에도 대부분의 지식인들로부터 覺齋의 학문은 외면 당한 셈이었다. 지금까지도 그의 수준 높은 저술에 대해서 현대의 지식인 대부분은 무관심으로 일관해 왔다. 그의 문집에 실린 시와 문장은 구절구절이 名文名言으로서 풍부한 敎訓과 文學性을 담고 있다. 이런 보배를 우리는 진지하게 새롭게 발굴해서 21세기에 되살려야 한다. 비단 각재뿐만 아니라, 이 시대 유학자들의 시문을 다시 한 번 면밀히 검토하여 그 참된 의미를 되살려 후손들이 알게 만들어야 한다.

眞庵 李炳憲의 生涯와 學問

I. 서론

南冥學派의 몰락으로 인하여 仁祖反正 이후 학문적으로 침체했던 慶尙右道지역에서, 朝鮮 正祖 이후로 많은 學者들이 배출되어 점점 학문이 번창하여 19세기 후반 학문적 전성기를 다시 맞이하게 되었다.

이런 분위기 속에서 慶尙右道 晉州를 중심으로 1870(高宗 7)년 같은 해에 같은 지역에서 세 명의 대학자가 태어났다. 咸陽에서 眞庵 李炳憲이 태어났고, 晉州 士谷에서 晦峯 河謙鎭이 태어났고, 丹城 校洞에서 松山 權載奎가 태어났다.

그러나 나라의 운명은 1876년 丙子條約 이후 점점 日本의 침략야욕에 의하여 1910년 마침내 조선이 망하여 일본의 식민지가 되었다. 이들은 각자 이룩한 대단한 학문에도 불구하고, 나라가 망하는 불행한 시대를 만나 지식인으로서 자신이 쌓은 경륜을 펼치기 어려운 고뇌에 찬 나날을 보내지 않을 수 없었다.

眞庵과 晦峯은 둘 다 退溪·南冥의 학맥을 이은 南人系列에 속하는 俛宇 郭鍾錫의 제자이고, 송산은 栗谷 尤庵의 학맥을 이은 西人系列의 老栢軒 鄭載圭의 제자다. 진암은 전통유학의 바탕 위에서 孔子敎運動과 今文經學을 주장하여 완전히 유교를 종교화하여 개혁하려고 노력했다. 회봉은 전통학문의 노선을 그대로 지키면서 중국에서 들어온 많은 서적을 읽고 약간의 새로운 문물을 받아들여 『東儒學案』을 지었다. 반면 송산은 철저하게 유학자의 전통노선을 그대로 굳게 지켰다. 이 세 학자의 학문방

법과 학문경향을 깊이 있게 연구하면 國亡을 전후한 儒學의 변화상황을
상세히 알 수 있을 것이다.

그러나 이 세 학자는 모두 다 저술이 매우 방대하기 때문에, 학술대회
등을 계기로 한 촉급한 연구로는 그 眞面目을 파악하기 어렵다. 어떤 학자
가 필생을 바쳐 전문적으로 연구할 필요와 가치가 있다.

이번 학술대회에서는 眞庵 李炳憲과 儒敎復興運動을 중심으로 학술대
회를 개최하므로 각 연구자들이 각각의 전문 주제를 발표함으로, 본고에서
는 眞庵 李炳憲이란 인물의 생애 가운데서 중요한 점과 그의 학문적 특징
을 소개하고자 한다.

Ⅱ. 學問的 成長과 孔子敎運動

1. 家世

眞庵 李炳憲은 1870년(高宗 9) 음력 12월 18일 松坪里에서 태어났다.
字는 子明, 號는 眞庵, 白雲山人 등이다. 본관은 陜川으로 朝鮮 중기의
학자 淸香堂 李源의 후손이다. 청향당은 退溪 李滉, 南冥 曹植과 동갑으로
절친한 관계로 학문을 講磨하였다.

淸香堂의 아들 松岡 李光坤과 조카 竹閣 李光友도 퇴계와 남명의 제자
인데, 竹閣은 그 學行으로 江右地域에서 명망이 높았다.

2. 소년기의 修學과 特出한 立志

어릴 때는 우매한 편이라 부친의 怒責도 당했고, 사람들의 조소도 입었
으나, 스스로 높은 것을 좋아하는 마음이 있어 '뒷날의 성취가 마땅히 堯舜
이나 孔子처럼 된 뒤에라야 말겠다'는 큰 뜻을 갖고 있었다.[1]

---

1) 1989년 亞細亞文化社에서 咸陽 甁谷面 松坪의 眞庵의 손자 집에 소장되어 있던 각종

9세(1878) 이후로 주로 中國 史書와 중국 古詩와 五七言詩와 문장을 읽었다.

12세(1881) 때까지 부친에게 글을 배우다가, 마을의 서숙에 나가 渭隱 李寅容에게 글을 배웠다. 이때부터 科擧에 대비해서 功令文을 읽었다.

13세(1882) 때 서울에서 壬午軍亂이 일어나고, 외국 使館이 주둔했다는 소식을 전해 들었다. 그 전반적인 상황을 알지 못해 천하의 일을 생각하면서 안타까움을 금치 못 했다.

15세(1884) 때 『孟子』를 배우다가, "천하의 넓은 집에 살며, 천하의 바른 자리에 서며, 천하의 큰 도를 행하고, 뜻을 얻으면 백성들과 더불어 그것을 행하고 뜻을 얻지 못 하면 혼자 그 道를 행한다. 부귀로도 타락시킬 수 없고, 빈천해도 뜻을 옮기지 않고, 위압과 무력으로도 뜻을 굽힐 수 없다."라는 구절에 이르러서, 진암은 나도 마땅히 이렇게 해야 하겠다고 결심했다.

16세(1885)가 되도록 文理가 충분히 트이지 못 했는데, 除日에 스스로 맹세하는 시 한 수를 지었다.

쇠도 녹일 수 있고 바위도 부술 수 있나니,	惟鐵可銷石可破
장부가 뜻을 세움에 마땅히 더욱 굳게 해야지.	丈夫立志尤當堅
삼백육십일이 오늘밤에 다하니,	三百六旬今夜盡
어찌 이 뜻으로 다시 하늘을 속이리오?	那將此意復欺天[2]

18세(1887) 때 이웃 마을 竹谷에 가서 渭臯 盧近壽와 小松 盧泰鉉이 주도하는 夏課에 참여하여 盧氏 집안의 자제들과 切磋하였다. 이해 가을에 長水에 가서 鄕試에 참여했다. 겨울에는 臥雲亭에서 『尙書』를 읽었다.

원고를 모아 『李炳憲全集』 상하 2책을 간행했는데, 그 하권 591쪽에서 623쪽까지에 걸쳐 『我歷抄』라는 책이 들어 있다. 진암 자신이 연대별로 정리한 일대기다. 곧 『自撰年譜』라 할 수 있다. 이하 특별히 註明하지 않은 것은 대부분 『我歷抄』에서 인용한 내용이다.

2) 『我歷抄』 16歲條.

19세(1888) 때는『周易』읽기를 다 끝냈다. 이 시절 문구를 짜 맞추어 功令文을 지으면서 진암은, "중국 문장에서 우리 나라를 夷狄이라고 일컬었으므로 우리 나라 사람들은 스스로를 작게 여기는[自小] 관습이 있다." 라고 여겨 분발할 것을 생각하여 늘 가슴 속에 얼음과 숯불이 함께 존재하는 등 마음이 평정되지 못 했다.

20세(1889)까지도 당시의 관습에 따라 朱子가 정한 課程에 따라 四書를 읽고 음미하는 동시에 功令文을 익혔다.

21세(1890) 때 부친을 모시고 王世子 생일 기념 과거에 응시하기 위해서 서울로 갔다가 관광을 하고, 咸鏡道 定平郡까지 가서 선조 松堂 李光坤의 옛 유적을 둘러보고 돌아왔다.

겨울에 月皐 趙性家를 방문하여 詩文에 대해서 토론하였는데, 문자를 공부한 이후로 처음 있는 일이었다.

22세(1891) 때 자형 및 고향의 여러 친구들과 함께 다시 서울로 가서 관광하고 돌아왔다. 여름에 李善鳴과 또 서울에 가서 이 해 내내 서울에서 놀다가 섣달 말 돌아왔다. 세상에 받아들여지기 어렵고 처음 품은 뜻을 이룰 수 없는 것을 슬퍼하였다.

24세(1894) 때 이른 봄에 釜山으로 가서 배를 타고 仁川 濟物浦港에 도착해서 상륙하여 서울로 들어가 觀光하였다. 몇 달 뒤 東學의 무리가 古阜에 크게 모였는데, 시대상황이 흉흉함을 알고 귀향했다.

7월에는 東學徒들이 湖南에서 고개를 넘어 총이나 창을 가지고 咸陽으로 쳐들어와 도처에서 소요가 있었다. 진암은 포박을 당하여 侵辱을 당하여 모든 것을 포기한 적이 있었다.

평소 儒林 가운데서 俛宇 郭鍾錫 선생이 高才博學하다는 것을 익혀 들었으므로, 安東[지금은 奉化郡]의 鶴山으로 찾아갔으나, 만나지 못 하여 서신과 명함만 남겨두고 돌아왔다.

26세(1895) 때 몇십 년 동안 독서하면서 性靈을 閒養할 계획을 세우고 산에 들어갔으나 몇 달 안 되어 집안에 일이 있어 나왔다. 뜻을 이룰 수 없는 것에 憂憤을 느꼈다.

3. 당대 師友들과의 交往

27세(1896) 때 俛宇가 『寒洲集』교정하는 일로 居昌의 原泉에 와 있었으므로 가서 拜謁했다. 거기서 大溪 李承熙를 만나 그의 寓居에서 밤새도록 토론하고 질문했다.

그 다음 날은 居昌 唐洞으로 가서 四未軒 張福樞를 배알하고 돌아왔다. 이때부터 해마다 면우에게 직접 찾아가거나 서신으로 질문했다. 과거공부는 이미 버렸고, 義理學이 당시 성행했으므로 하늘의 뜻이 여기 있다고 생각하여 자신의 安身立命할 방법으로 삼았다.

29세(1898) 때 서울 갔다가 抱川으로 가서 勉菴 崔益鉉을 만나서 학문을 토론했다. 진암은 黨論에 조금도 개의치 않았는데, 면암 역시 허심탄회하게 대해 주었다. 이후 진암은 비록 學統이 달랐지만 일생 동안 면암을 景仰해 마지 않았다.

이때는 이미 俛宇가 居昌 茶田으로 옮겨와 살고 있었으므로 가서 뵈었다. 면우를 모시고 海印寺를 거쳐 高靈 乃谷에 이르러 弘窩 李斗勳을 방문하고 會輔契의 講席에 참여하였다. 이때 后山 許愈가 講長이었고, 면우와 鶴山 朴尙台가 유생들의 講을 들었다.

그 다음날 星州 大浦로 가서 寒洲를 모시는 三峰書堂 落成宴에 참가했다. 이때 農山 張升澤, 晦堂 張錫英을 만났다.

9월에 아우와 함께 長城으로 가서 松沙 奇宇萬을 만나고, 白羊寺를 유람하고 光州 瑞石山에 올랐다가 돌아왔다.

32세(1901) 때 忠淸道 定山郡에 寓居하고 있던 勉菴을 찾아가 전에 받았던 6대조 愚村公 墓碣銘을 고쳤다.

8월에 俛宇가 士友들과 함께 南海 錦山을 유람했는데 노소 학자 30여 명이 동행했다. 이때 진암도 동참하였다.

이 해에 全州 監營으로 가서 『性理大全』, 『朱子大全』을 구입해 왔다. 眞庵은 어려서부터 程朱의 학문에 대해서 들어왔으나, 그들의 저서를 구하기 어려워 그 진면목을 상고할 수 없었다가 이때 비로소 구입하였다. 그 뒤 『二程全書』와 『朱子語類』도 구입하였다. 마음을 다 해서 연구해 보고서, '宋儒들의 性理學은 口耳之學으로 洙泗學에서 性命에 대해서는 언급이 드문 취지와는 같지 않은 것이 있다'는 것을 깨달았다.

33세(1902) 때 灆溪書院의 致慰儒生으로 선발되어 陶山書院을 방문하여 春享에 참여하였다. 그 앞 해 도산서원 祠宇의 退溪 位牌를 도난 당하는 변괴가 있었다. 이때 위패를 새로 만들어 처음으로 향사를 하기 때문에 위로차 갔다. 남계서원에서는 퇴계와 청향당의 친분 때문에 淸香堂의 후손인 진암을 선발했던 것이다. 이때 光明室에서 退溪의 手墨 및 여러 선현들의 필적을 열람하였다. 퇴계 후손들이 사는 上溪 下溪 등 여러 마을을 찾아 퇴계 후손들과 인사를 하였다.

退溪 후손 響山 李晚燾를 만나 「九思齋記」를 요청하려고 했으나 부재 중이라 그 아들 起巖 李中業이 請文 내용을 살펴보고 부친에게 대신 부탁하도록 하였다.

李中業의 주선으로 李中善 등 퇴계 후손들의 인도를 받으며 淸凉山에 들어가 吾山堂 등 퇴계 유적을 踏審하였다.

4. 新文物의 目睹와 儒敎復原의 萌芽

34세(1903) 때 時事가 날로 그릇되어 가는 것을 보고 탄식했는데, 마침 『中庸』을 읽다가 비로소 儒敎를 保全하려는 마음이 있어 論述을 한 것이 있었다. 俛宇에게 보고했더니 면우가 인정해 주지 않았다. 면우 같은 서양 사정을 상당히 아는 학자도 인정해 주지 않는데, 나머지 학자들은 말할 것도 없었다.

奸猾한 逋吏들이 재앙을 전가시킬 소송에 대비하기 위해 서울로 갔다가 뜻대로 되지 않아 답답한 마음에 홀로 南山에 올랐다. 사방을 둘러보니, 電車와 電線이 이어져 있고, 鐵道와 鐵橋가 가설되어 있어 사람의 耳目을 흔들었는데, 이미 朝鮮의 옛날의 모습이 아니었다.

진암은 이런 시대에 유교가 '어떻게 잘 대응해서 손을 쓸 것인가?'라고 생각하였고, 종래 유교의 '獨善'하는 방식으로는 安身立命이 될 수 없다는 것을 알았다. 역사적으로 볼 때 儒者가 國家大計를 성취한 적이 없으니, 유교는 잘못된 것인가 하고 회의하며 개탄하였다.

마침 淸나라 梁啓超가 지은 『戊戌政變記』라는 서적을 팔기에 사서 읽어 보고는 東亞大局의 변천을 비로소 알았고, 또 康有爲는 儒者로서 世務에 달통했다는 것도 알았다. 이때문에 儒敎가 守舊排新을 自立의 방책으로 삼아서는 안 된다는 것을 알았다.

그래서 『泰西新史』등 중국과 서양의 서적 약간을 사서 돌아왔다.

35세(1904) 되던 해 초에 서울 갔다가 露日戰爭의 현장을 직접 목격하고서 약소국 백성으로서 암담한 심경을 깊이 느꼈다.

돌아와 西洋哲學에 관한 책을 읽어보니, 孔子의 '時中'의 취지와 暗合하는 곳이 많았다. 그러나 이때까지 '지구가 움직이지 않는다'는 설을 고수하고 있기는 했지만, 서양철학을 적극적으로 연구하였다.

36세(1905) 때 露日戰爭이 끝났고 韓日議定書가 소란스럽게 전포된 지 오래 되었는데, '우리 韓國 사람으로서 어찌 의사를 표명하지 않을 수 있겠는가?'라고 생각하여, 日本 조정에 가서 하소연할 뜻을 품게 되었다.

6월에 서울로 가서 俛宇의 명으로 判書 申箕善을 방문했으나 만나지 못 하고 돌아왔다.

10월에 日本이 韓國을 보호한다는 5개 조약이 체결되었다. 진암은 서울로 가서 俛宇를 만나려고 했으나 면우가 이미 居昌으로 돌아온 뒤였다. 일이 이미 잘못되었음을 한탄하였다.

37세(1906) 때 진암은 당시의 대세를 보고서, 實學과 實業으로 自存하지 않으면 안 된다고 생각하고 아우 李炳奭을 서울로 보냈다. 그 뒤 이병석은 度支部 見習所에 들어갔다.

7월에 서울로 가서 李瓘과 함께 英語를 배우기 시작했다. 이관은 晉州 南沙 출신으로 다 같이 俛宇의 제자였으나, 이미 天道敎에 심취하여 그 핵심 간부가 되어 있었다. 그러나 부모 조부모 모시는 일로 秋夕 때 고향에 돌아왔다. 그러나 고향에 있으면서도 장래 먼 곳에 다닐 것을 예상하고 영어를 계속 익혔다. 이때 上海에서 발행하는『萬國公報』를 구독했는데, 미국 사람 林樂知[Allen]가 창간한 것이었다.

38세(1907) 3월에 勉菴의 靈柩가 對馬島에서 돌아와 4월 1일 釜山에서 靑陽으로 運柩행렬이 지나가므로 祭文을 지어가 致奠하였다.

39세(1908) 때 秋帆 權道溶을 처음 만나 結交하고 글을 논하였다. 秋帆 역시 俛宇의 제자로 끝까지 진암의 노선을 지지해 준 유학자였다.

41세(1910) 때 우리 나라 사람들에게 가장 급선무는 교육이라는 것을 깨닫고서, 진암은 교육에 투신할 뜻이 있었다. 松湖書堂에 義塾을 설치할 계획을 세웠다. 7월에 면내에 通文을 보내 아동을 모집하여 날마다 학교에 나오도록 했다. 진암도 매일 나가서 자신이 맡은 의무를 다했다. 이때 合邦 詔勅으로 인하여 나라 안에 物議가 騷然하였으나, 누구에게 따져 물을 수도 없는 처지였다. 진암은 자신의 마음을 다 할 곳은 교육이라고 생각하였다.

그러나 소인배들의 농간으로 수비대가 의숙 안에 출동하여 임원들을 끌고 가서 머리를 깎았는데, 진암이 당한 수모가 가장 참혹하였다. 그러나 이때문에 교육을 게을리하지는 않았다.

41세(1910) 때부터 里塾을 설립하려고 관청에 교섭하고 父老들에게 권고했으나 일이 잘 되지 않았다. 또 私立學校令의 제한이 가혹하여 어떻게 힘을 쓸 수가 없었다.

이때 서울에 갔다가 謙谷 朴殷植을 만났는데, 中國으로 가려는 뜻이 있다는 것을 알았다.

李瓘의 요청으로 天道敎主 孫秉熙를 만나 대화를 나누고어 보고서 그가 녹록한 인물이 아니라는 것을 알았다.

仁川 濟物浦港으로 가서 日本의 생산품이 진보한 것에 크게 놀랐다.

이때 平壤, 開城, 水原 등을 유람했는데, 수원에서는 農林模範場을 둘러보았다.

43세(1912) 12월에 中國의 革命戰爭이 비로서 끝났다는 소식을 듣고서 비로소 中國에 가려는 생각을 했다.

5. 제1차 中國訪問과 康有爲 相逢

44세(1913) 1월에 처음으로 중국에 가는 길에 올랐다. 서울에 가서 한 달을 머물면서 知舊들과 시국을 이야기하다가 2월 鴨綠江을 건너 安東에 도착하였다. 이미 먼저 망명와 있던 前侍讀 盧相益, 前校理 安孝濟 등을 만나 滿洲에서 생활하는 상황을 들었다. 다시 奉天, 天津을 거쳐 北京에 이르렀다.

북경에서 孔敎會와 孔道會를 구경하였다. 韓溪 李承熙가 曲阜로부터 막 이르렀다는 소식을 듣고 방문하여 孔子敎의 상황을 물었다.

중국의 신문보도를 보고서, 袁世凱의 大總統府에서 중국의 여러 원로들을 초빙하는데 특별히 南海 康有爲에게 비중을 둔다는 것을 알았다. 袁世凱와 康有爲는 악연이 있는 관계이다. 戊戌政變 때 강유위가 원세개에게 군대동원을 요청하여 허락을 얻어 두었으나, 중간에 원세개가 西太后에게 밀고하는 바람에 무술개혁이 실패로 돌아갔다. 강유위가 망명하여 14년 동안 국외에서 보내게 된 것도 원세개 때문이었다. 지금은 원세계는 중국 최고지도자가 되어 있고, 강유위는 망명에서 막 돌아온 아무런 지위가 없는 사람이었다. 眞庵은 이 소식을 보고서, 혼자서 '袁世凱와 康有爲가 협력을 해야 중국의 일이 희망이 있을 것이다. 강유위는 지금 중국에서 제일가는 通儒이므로 기대하는 바가 지극할 것이다.'라고 생각했다. 진암은 康有爲를 向慕한 지가 오래되었다.

이 해 3월 하순에 曲阜에 도착했다. 먼저 孔子 75대손으로 太史를 지낸 少霑 孔祥霖을 만나 韓溪 李承熙의 서신을 전하고, 孔廟를 拜謁하고 孔林에 참배할 뜻을 전달하였다.

곧 바로 孔廟를 배알하고 나서 杏壇, 奎文閣을 둘러보고 역대의 穹碑 등 孔廟 내의 전체 유적을 살펴 보았다. 평생 渴仰하던 孔子에 대한 欽仰의 마음이 충분히 위로가 되었다.

다음으로 孔林을 참배하고 子貢이 심었다는 檜木을 둘러보니, 百世의 감흥이 뭉클하였다.

그 다음날 顔子廟, 周公廟를 돌아보고 저녁에 老五府의 환영연에 참석하였는데, 孔子 후손들이 많이 참석하였다.

眞庵이 북경에 있을 때 지은 「宗敎哲學合一論」을 孔祥霖에게 보여주고 가르침을 청하자, 공상림은 "先聖 孔子의 儒敎를 哲學과 합일된 종교로 보고 미신의 종교로 보지 않은 것은 불멸의 定論이오. 歐美의 학자들이 마땅히 五體投地할 것이오."라고 했다. 眞庵은 자신에게는 과분한 칭찬이지만 '종교와 철학이 합일된 것'이라는 뜻은 크게 잘못된 주장이 되지는 않을 것이라고 생각했다.

이때 공상림에게 요청해서 紹介信을 얻어, 기차를 타고 南京에 도착해서 다시 기선을 타고 上海에 이르렀다.

4월 초순에 上海의 孔敎雜誌社에 이르러 康有爲에게 서신을 부치고, 답장을 받을 기간 동안 杭州 지방을 여행했다. 하순에 공교잡지사의 주선으로 강유위의 동정을 알고 香港으로 가서 阿賓律道에서 강유위를 처음으로 만났다. 강유위는 이미 眞庵에 대해서 '文學이 매우 우수하다'는 것을 들어 알고 있었다. 朝鮮이 倭에 망한 상황, 조선의 전도 등에 대해서 묻고 먼저 香港에 와 있던 朴殷植의 사정에 대해서 언급했다.

그 뒤에 다시 만났을 때 강유위는 "국가의 명맥은 민족의 정신에 달려 있는데, 민족을 단결시키고 정신을 유지하는 방법은, 유일무이하게 宗敎에 달려 있소. 중국과 高麗 두 나라의 종교는 儒敎이니, 유교를 자국의 생명으로 삼아야 하고, 유교를 구제하는 것을 나라를 구제하는 전제로 삼는다면, 이미 망한 나라도 희망이 있을 것이오."라고 말했다.

眞庵이 "朱子와 王陽明 가운데서 어느 派를 따라야 합니까?"라고 질문하자, 강유위는 "시대상황으로 보면 王陽明을 따르는 것이 마땅하지요. 왕양명의 '良知에 이른다'는 설은 내 마음에서 증명할 수 있지요."라고 했다.

강유위는 조선 사람 尹宗儀가 지은 『闢衛新編』을 내 보였는데, 진암은 그 책을 처음 보았고, 그때까지 윤종의가 누구인지도 몰랐다.

강유위는 이때 진암에게 자신의 장서 10만 권이 보관된 書庫를 안내했다.

그 뒤 朴殷植과 함께 다시 康有爲를 만났다. 강유위는 糉子를 마련해 놓고는 "두 분이 忠義之士이기에 이 것을 준비했으니, 많이 드시오. 공연히 후세 사람들로 하여금 세상 떠난 뒤에 제사지내게 하지 마시오."라고 했다. 종자는 중국 남방 사람들이 충신 屈原에게 제사지낼 때 쓰는 음식이기 때문에, 특별히 두 사람에게 대접한 것이었다.

康有爲는 자신이 편찬한 『春秋發凡』의 抄本을 진암에게 주었다. 『春秋』와 『魯史』에서 筆削한 異字를 黑圈과 紅圈으로 구별하여 標識를 했다. 黑圈은 『魯史』 본문이고, 紅圈은 孔子가 筆削한 것이라고 했다. 그리고는 강유위가 말하기를, "聖人 孔子가 褒貶한 지극한 뜻이 마치 電報數字가 유통되는 것처럼 맥락이 서로 통하고 의의가 매우 깊소. 春秋學을 연구하는 사람은 마땅히 필삭한 뜻을 구해야지, 『魯史』의 문장에 따로 뜻이 있을 것이라고 생각하고 구해서는 안 되오."라고 했다. 이로부터 진암은 『公羊傳』과 『穀梁傳』은 同經異傳이라는 것을 깨달았다.

5월에 蘇州, 南京을 거쳐, 배를 타고 韓國으로 돌아왔다.

7월에는 俛宇를 모시고 海印寺를 유람하고 大藏經 판본 몇 권을 구입해서 돌아왔다.

6. 제2차 中國訪問과 衍聖公府와 結緣

47세(1916) 되던 해 6월에 다시 上海로부터 杭州에 이르러 항주에 머물고 있던 康有爲를 방문했다. 강유위는 당시 中國政府가 孔子教에 관심을 두지 않는 것을 비판하였다. 강유위는 『中庸注』와 『禮運注』를 眞庵에게 주었다.

그 뒤 上海에서 강유위를 다시 만나 曲阜에 갈 뜻을 이야기하자, 강유위는 孔總理에게 소개하는 서신을 써 주었다. 진암이 자기가 전에 주었던 『魯越日記』를 읽어 봤는지 물어보았는데, 강유위는 분망하여 읽어 보지 못 했다고 말했다.

7월말에 南京을 거쳐 曲阜로 가서 孔祥霖을 다시 방문했더니, 사람을 시켜 孔教總會堂으로 초대하게 하였다. 회당 안에는 昊天上帝와 至聖先師의 神位를 모셔 두었다.

8월 1일 孔祥霖이 아들 孔令佑를 眞庵에게 보내어 孔教會의 朔日參拜禮를 거행할지를 물어왔기에 진암은 동의하고 따라가서 昊天上帝와 至聖先師의 신위 앞에 三拜九叩의 禮를 행했다.

8월 3일에 衍聖公府에 들어가 衍聖公을 만났더니, 연성공은 진암에게, "어디에 거처하며 어떤 일을 하는지요?"라고 물었다. 진암은 "금년 孔廟의 秋享을 참관하고 泰山을 유람하려고 합니다."라고 대답했다. 그때의 연성공은 孔令貽였다. 46세였는데, 건강이 좋지 않았다.

舞雩에서 노닐다가 沂水에서 발을 씻고 돌아왔다.

8월 5일 衍聖公府의 초대연에 초대되었는데 孔敬錩 등 孔府의 노성한 관원들이 다 참석했다. 그 禮數와 음식의 성대함은 진암으로서는 처음 보는 것이었다. 술에 취하여 돌아왔는데, 숙소로 顔子의 후손 顔景堉이 방문하였다. 어제 진암이 안경육을 방문했다가 못 만났기 때문이었다.

8월 7일 禱告文 한 편을 지어 至聖先師의 神位 아래에서 고하였다.

8월 9일에 孔廟 안의 奎文閣에서 習儀節次를 참관하였다.

8월 10일에 孔廟의 秋享에 참관하였다. 孔祥霖은 孔敎會 회원들을 거느리고 공묘에 참배하였다.

8월 15일에 孔敎會의 望參拜跪의 禮를 참관하였다.

8월 16일에는 泰山에 올라 孔子가 천하를 작게 여긴 곳에 이르러 72봉의 명승을 두루 觀賞하였다.

8월 말에 鄒縣에 이르러 亞聖廟를 참배하고 孟子의 宗孫 孟敬棠을 방문하였다.

9월에 淮南의 南通으로 가서 滄江 金澤榮을 방문하여 詩文을 토론했다. 金澤榮은 乙巳條約 이후 중국으로 망명하여 南通에 寓居하고 있었는데, 張謇 등 중국의 명사들과 교류하면서 우리 나라 漢文學을 많이 소개하고 있었다. 김택영이 『魯越日記』를 검토하여 刪削하여 『中華遊記』로 만들었다. 그러나 진암은 儒敎를 선전하여 國粹를 보전하려는 뜻이 있었는데, 김택영이 校刪하면서 혹 본래 뜻을 잃은 것이 있었다.

上海에서 安東을 거쳐 9월 23일 서울로 돌아왔다. 서울에 머물면서 張志淵 등과 어울려 술을 마시고 시를 읊었다. 또 茂亭 鄭萬朝를 만나 典故學에 대해서 이야기를 나누었다.

11월 21일에 咸陽 집으로 돌아왔다.

48세(1917) 경에 朝鮮總督府에서 宗敎令이 나왔는데, 儒敎를 종교에서 삭제해 버렸고, 共同墓地 관리규칙이 시행되어 墓制가 洞里 공동식으로 되었다. 진암은 생각하기를, "유교는 생전의 명맥인데 살아도 희망이 없고, 묘지는 사후 돌아가는 곳인데 죽은 뒤에 의귀할 곳이 없다."라고 탄식했다.

3월에 서울로 가서 鄭我石, 金一濟와 연명으로 總督府에 '유교를 종교로 인정하고 공동묘제를 가족묘제'로 하도록 건의하는 長書를 보냈다.

그리고는 金剛山을 유람하였다.

4월에 서울로 돌아와 다시 長書를 올렸다.

9월에 儒林의 名義를 널리 수합하려고 江右 십수 고을을 돌았으나 여러 지방의 유림들은 진암과 뜻이 같지 않았다.

10월에 曲阜의 孔祥霖의 부고를 듣고 設位하여 곡했다.

11월에 丹城, 晋州 등지를 돌면서 동지 몇 명을 얻었다.

12월에 咸陽 鄕校에 모인 유림들과 총독부에 보내는 세번째 長書를 지었다.

49세(1918) 때 丹城 培山에 사는 李炳昊와 李炳洪이 와서 선대의 서당을 짓자고 요청했다. 眞庵은 新安의 墓地問題로 인한 文氏와의 訟事 이후 조상 일에는 뜻이 없었지만, 오직 孔子教를 보전하려는 마음은 잠시도 그친 적이 없으므로 培山에 文廟를 지어 教祖인 孔子만 모시는 조건으로 논의를 결정하였다.

3월 말에 咸陽鄕校에서 總督府에 제출한 長書가 守舊儒林들 때문에 잘못되어 咸陽郡廳을 통해서 반환되었다. 진암이 서울로 들어가 몇천 자를 더 보완하여 다시 제출했다.

9월에 禮安으로 가서 退溪의 후손인 起巖 李中業을 방문하여 培山書堂을 짓겠다는 뜻을 이야기했더니, 이중업은 매우 난처하게 생각했다. 退溪의 여러 후손들을 만나 그 뜻을 이야기했고, 마침낸 퇴계의 宗孫 霞汀 李忠鎬의 동의를 얻었다.

50세 때 高宗의 因山 이후 독립만세 소리가 끊어지지 않았지만, 진암은 經史 연구를 계속하여 『儒教復原論』과 叢書 등 몇 종의 저술을 하였다.

8월에 총독부에 議案을 제출하였다. 서울로 가다가 俛宇의 부고를 듣고 조문하였다. 서울로 들어가서 당국에 서신을 제출하고 또 東京의 日本政府 및 大隈侯 重信에게도 서신을 보냈다.

7. 제3차 중국방문과 今文經學 授受

51세(1920) 되던 해 眞庵은 혼자 이렇게 생각했다. "유교가 반드시 복원되어야만 유교가 실행될 수 있다. 지금 우리 나라 각 祠宇에 봉안 된 孔子像은 眞本이 아니고, 현행하는 經傳의 注釋도 꼭 善本이 아니다. 曲阜의

衍聖公이나 南海先生에게 아뢰어 聖人像을 모사하고 眞本 經傳을 구입해
서 우리 나라로 돌아와 培山書堂에 奉安한다면, 우리 나라 사람들에게
영향을 주어 우리 나라 사람들이 信念을 갖고 眞理를 구하게 되어 儒教復
原의 효과를 거둘 수 있을 것이다. 이는 千載一遇의 기회다."

　그런 생각으로 다시 중국에 갈 계획을 정하고 1월 중순에 중국을 향해서
길을 올랐다. 1월 18일 서울에 들어와 수십일 머물었는데, 經學院에 관여
하는 鄭萬朝가 찾아와 1919년에 조직한 大東斯文會에 대해서 설명하였다.

　眞庵은 鄭萬朝에게 자신의 구상을 피력하기를, "지금 우리나라의 人道
에서 급한 것은 孔教를 뿌리내리게 하는 데 있으니, 공교를 지탱하는 方道
는 전날의 것을 따르는 것이 아니오. 위에서 크게 개혁한다고 해도 보존할
수 있는 이치가 전혀 없소. 개혁의 방도는 孔子의 원래 모습을 회복하는
것에 지나지 않을 뿐이오."라고 하였다. 그리고는 정만조 등에게 孔子像을
받들고 孔子經傳의 진본을 구해서 유교를 복원하는 방법에 종사할 것을
요청했다. 당시 정만조 등이 조직한 大東斯文會는 儒教改革運動을 표방하
였으나, 그 방법과 목표에서는 진암과 상당히 달랐고, 또 總督府의 同化政
策에 협조하는 親日儒林組織에 불과했던 것이다.[3]

　이때 진암은 鄭萬朝, 魚允迪 등이 함께 연명한 康有爲와 孔教會總部에
보내는 공문을 받아 가지고 갔다.

　退溪 종손 李忠鎬에게 요청해서 培山書堂을 대표해서 康有爲와 曲阜의
孔府에 서신을 보내 주도록 했다. 培山書堂이 孔子教 運動의 중심이 되기
위해서는 우리 나라의 대표적인 서원인 陶山書院의 인가가 절실히 필요하
다고 진암은 생각했기 때문이었다.

　3월 초에 安東을 거쳐 上海에 이르렀다. 14일 康有爲를 만나 李忠鎬의
서신을 전하니, 康有爲는 다 읽고 나서 "李公의 衛道之心 매우 가상하오."
라고 말했다. 진암은 "우리 나라에서 退溪는 中國에서의 朱子와 같은 존재

---

3) 琴章泰, 『유교개혁사상과 이병헌』, 예문서원 2003년.

로 李公은 闕里의 衍聖公과 같은 신분이고, 衛道에 헌신하려는 뜻이 있으니, 동방의 宗敎界에 이 분이 없으면 가히 더불어 의논할 만한 사람이 없습니다."라고 말했다. 이어서 培山書堂을 營建하는 이유와 다시 중국에 와서 孔子像을 받들어 가려 하고 眞本 經傳을 구입하여 가는 뜻을 강유위에게 소상하게 이야기했다. 『朝鮮儒敎原委考』, 『儒敎復原論』, 『陶山門賢錄』,[4] 『退溪年譜』 각 1질을 주었다. 강유위는 매우 경도되어 李忠鎬에 대해서 찬탄해 마지 않았다.

이때 강유위는 진암에게 衍聖公 孔令貽는 작년에 서거하였고, 유복자 孔德成이 衍聖公을 襲封한 사실을 알려주었다.

강유위는 이때 今古文의 眞僞를 분변하며 劉歆이 여러 經傳을 변개하여 어지럽힌 죄를 통렬히 배척하는 내용의 이야기를 진암에게 해 주었다.

3월 15일에 강유위를 다시 만나자, 강유위가 『新學僞經考』를 내어주며 말하기를, "그대가 유교를 복원하고자 한다면, 西漢의 今文經이 孔門 七十二子와 後學들이 그 뜻을 입으로 말한 것이니 竹簡으로 전하는 것을 받들어야 정말 복원하는 것이오. 그대가 2일 동안 『新學僞經考』를 읽고 뒷날 다시 와서 이야기한다면, 孔子의 復原될 眞本 經傳이 분명해질 거요. 모든 緯書도 본래 孔子 문하에서 傳授한 것인데 漢나라 사람들이 중간에서 어지럽힌 것이오."라고 했다.

康有爲는 今文 書目을 眞庵에게 보여 주었다. 그 가운데는 『春秋公羊傳』, 『春秋穀梁傳』, 『春秋緯』, 『春秋繁露』 등 24종의 書目이 들어 있었는데, 『詩緯』, 『易緯』, 『書緯』, 『禮緯』, 『論語緯』, 『孝經緯』 등 위서가 다 들어 있었다. 그로나 緯書는 일반적으로 漢나라 학자들의 僞作으로 판명되었는데, 康有爲는 "모든 緯書는 孔子 문하에서 전수되어 오던 책인데, 한나라 학자들이 어지럽힌 것이다"라고 본 것은 다른 일반 학자들과는 독특한 생각이지만, 이런 관점은 문제가 심각하다. 지나치게 특이한 것을 추구하는

---

4) 『陶山門賢錄』: 정식명칭은 『陶山及門諸賢錄』이다.

것으로 학계의 동의를 얻기는 어려웠다.

강유위는 後漢 이후 모든 서적은 今古文이 섞여 있는데, 鄭玄이 古今文을 집성하는 바람에 더욱 난잡해져 읽기 어렵게 되었고, 그 이후로는 古文이 많아지고 今文은 적어지게 되었다고 보았다.

眞庵의 『儒教復原論』에 대해서 강유위가 평하기를, "성현의 학문을 發揮한 것은 가상하오. 그러나 책 속의 용어가 僞古文에 의해서 어지럽혀졌으므로 이를 알고 밝히지 않아서는 안 되오. 今古文을 밝히지 않으면 『公羊傳』의 口說이 밝혀지지 않아, 孔子의 三代 太平大同이 나오지 않을 것이니, 지금 세상의 변화에 적응하여 용납될 수가 없소. 그렇게 되면 공자를 끊어진 물줄기나 단절된 항구로 몰아넣는 것이 되니, 고금에 통할 수가 없소. 그래서 本源의 학문은 반드시 今文에 통한 뒤에라야 될 수 있는 것이니, 나는 東方의 여러분들이 이 본원에 통하기를 매우 바라오."라고 했다.

강유위는 또 진암에게 『僞經考』의 의의에 대해서 들었는지 물었다. 진암은 "獨逸人 花之安(Ernst Faber)의 「經學不厭精」이란 글에 『僞經考』의 설을 인용한 것이 있는 것을 보았습니다."라고 대답했다. 강유위는 진암을 밀실로 인도하여 『僞經考』를 고찰하더니, 몇 개의 問目을 만들어 내었다. 그 내용인즉, '今文은 眞經'이라는 말을 극도로 강조한 것이었다. 『論語注』를 꺼내 보이면서, "『朱子註』와 참작해서 보면 득실을 알 수 있을 것이다."라고 했다.

진암은 總督府에 長書를 보내었으므로 孔教가 바른 데로 귀결될 것이라고 강유위에게 이야기해 주었다.

이때 진암은 '培山書堂' 편액을 강유위에게 요청했다.

강유위는 『論語注』, 『春秋筆削大義微信考』, 『大同書』 등 자신의 저서를 진암에게 주었다.

3월 15일 밤에는 上海에서 白巖 朴殷植, 省齋 李始榮, 秋山 金一斗, 心山 金昌淑 등을 만났는데, 모두 臨時政府 요인들이었다. 心山은 眞庵과

함께 俛宇의 제자였다. 진암이 심산에게 유교 개혁에 대해서 이야기하자, 심산은 진암이 거론한 大東斯文會를 마땅치 않게 여겼으며, 또 진암이 曲阜의 衍聖公府에 교섭하는 것에 대해서도 마땅치 않게 여기는 등 반대 의견을 제시하였다.[5] 大東斯文會는 친일단체라서 심산이 부정한 것이었고, 孫文 등 革命黨 인사들과 접촉하던 심산으로서는 衍聖公府도 탐탁치 않게 여기고 있었다.

3월 16일 오후에 강유위 집을 방문했더니 강유위는 '培山書堂' 편액을 쓰고 있었다. 진암은 退溪의 手墨 한 점과 金字로 쓴 「聖學十圖」 열 폭을 선물로 주었다. 강유위가 글씨를 다 썼을 때쯤 여러 빈객들이 이르렀다. 강유위는 진암의 『儒敎復原論』을 가져다 탁자 위에 놓으며, "이 책은 李君이 지은 것이오."라고 소개하였다.

3월 17일에 강유위가 '培山書堂' 扁額과 柱聯을 진암에게 주면서, "위대한 孔子敎의 興廢가 앞날에 있으니, 그대는 힘쓰시오."라고 하고는, 大東斯文會와 李忠鎬에게 주는 답신을 주었다. 그리고는 曲阜의 孔令佑에게 서신을 써서 진암에 대한 일체의 지도를 부탁했다.

이때 중국 방문에서 진암은 상해에서 임시정부 측에 조사를 받는 등 곤욕을 치루었다. 4월 1일 金昌淑을 방문하고 돌아오는 길에 조선 청년들 몇 명이 이야기 좀 하자며 진암을 끌고 가서 감금하고 신문을 하였다. 임시정부측 어떤 사람의 밀고로 인하여 진암을 일본정탐으로 의심하였는데, 마침 행낭 속에서 康有爲가 친일유림단체인 大東斯文會에 보내는 답신이 있었으므로 더욱 의심하였다.

이때 臨時政府 警務部長 金九가 와서 진암과 인사를 하고 그의 서류를 조사하였다. 김구는 眞庵의 日記, 『儒敎復原論』, 『宗敎公案』 등을 살펴보고, 또 總督府, 일본정부, 일본총리 등에게 배달증명으로 보낸 서신을 보고는, "어찌 우리의 적을 총독부, 정부라고 부르며 손을 잡자 하는 거요?"라며

---

5) 琴章泰, 『유교개혁사상과 이병헌』.

詰問하였다. 진암은 "孔子의 큰 가르침이 존망의 위기에 달려 있는데, 어찌 고고한 자신의 취지로 한 걸음도 굽히려 하지 않고 한 마디 말도 허비하지 않으려 하오? 나는 이에 심히 의혹을 가지오. 내가 지금 敎를 지키려는 것은 자손이 부모와 조부모를 지키는 것과 같소."라고 답변하였다.

김구가 "어찌 나라를 위해서는 無心하면서 敎를 위해서는 절실하고 진지한지요?"라고 물었다. 진암은 임시정부측에서 자신을 감금하여 심문하는 것은 매우 부당하다고 항의하였다.

김구는 진암이 중국에 와서 우리 동포보다 康有爲를 먼저 찾아간 사실을 힐난하며 강유위에 대해서 좋지 않게 이야기하였다. 진암은 강유위의 인물됨과 영향을 바르게 이야기해 주었다.

진암은 임시정부에 종사하는 우리나라 청년들이 유교를 적대시하는 의식을 품고 있는 것을 보고, 자신이 지은 『儒敎復原論』과 『宗敎公案』을 연구하면 유교로 들어갈 실마리가 열릴 것이라고 긍정적으로 생각하였다.

김구는 진암의 논리에 상당히 설득되었으나 그래도 "유교가 독립운동에 장애가 된다면 그만두는 것이 낫지만, 선생의 논설은 이치가 있는 듯하니, 당국에서 다시 헤아려보겠소."라고 태도를 누그러뜨렸다.

진암은 "오늘 날 유교는 완고하여 옛것에 빠진 병통이 있지만, 어찌 儒者로써 매국노가 된 자가 있었소. 큰 일을 하면서 대다수 사람들의 마음을 먼저 잃는다면 옳은 계책이 아니오."라고 했다. 유교를 떠나서는 독립운동도 성공하지 못 한다는 점을 강조했다.

4월 9일 진암은 풀려났고 행장과 돈도 돌려받았다. 9일 동안 감금되어 조사를 받았지만, 임시정부 요인들에게 유교를 민족정신의 핵심으로 인식하게 깨우쳐 주었고, 김구 등 임시정부 요인들과 친밀한 관계를 만드는 계기가 되었다.[6]

4월 11에는 南京으로 가서 南京의 夫子廟를 참관하였는데, 大成殿이

---

6) 琴章泰, 『유교개혁사상과 이병헌』.

앞에 있고 明倫堂이 뒤에 있는 배치로 되어 있는 것을 보고, 우리 나라 成均館 제도가 명나라 초기 南京의 夫子廟를 본뜬 것임을 확인했다. 祭享은 중단되고 잡초가 무성한 상태를 보고는, 유교가 침체한 것을 깊이 슬퍼하였다.

4월 13일 曲阜로 가서 孔令佑를 만나려 하였으나 그가 參議員이 되어 北京에 가 있어 만나지 못 하고 康有爲의 서신만 전달했다. 衍聖公의 아우인 孔令健의 안내로 孔府로 들어가 誄辭를 지어서 衍聖公을 조문하였다. 이때 培山書堂을 대표하는 李忠鎬의 서신을 공영건에게 전달하고 孔子의 聖像을 모사하는 일을 추진하였는데, 孔敎總會 秘書廳의 회의를 거쳐 사진을 촬영하여 그 사진을 모사하는 방법을 선택했다.

이때 진암은 孔令健에게 陶山書院과 晋州 硯山 道統祠 사이에 있었던 분쟁에 대해서 설명해 주었다. 도산서원에서 도통사에 보낸 3조의 「陶山書院通硯山道統祠辨文」을 공영건에게 보여주었다. 通文의 첫째 조는 도통사가 安珦의 사당인지 文廟인지 묻고, 안향의 사당이라면 孔子를 모실 수 없음을 지적한 것이었다. 둘째는 『先聖賢三種年譜』라는 명칭이 부당함을 지적하면서 공자의 일생을 世家라고 해야지 年譜라고 해서는 안 된다는 것이었다. 셋째는 安珦 이전의 인물은 거론하지도 않고 안향 이후의 인물들도 안향 학맥 위주로 기술되었음을 지적하였다.

이때 衍聖公府에서 李忠鎬에게 답하는 글에 「陶山書院辨文」의 글이 옳다고 지지하는 내용이 담겨 있었다.

공영건은 진암에게 『聖蹟圖』, 『聖廟圖』, 『曲阜縣誌』 등의 서적과 吳道子가 그린 孔子像 탁본과 大成殿에 모셔진 孔子像의 모사본과 著草 50본 등을 선물하였다. 衍聖公府에서 眞庵에게 각별하게 호의를 보였다. 그러나 大成殿의 孔子像을 촬영한 진본을 받지 못 했으므로 공영건에게 부탁해 놓고 왔다.

4월 21일에 鴨綠江을 건너 5월에 咸陽의 집으로 돌아왔다.

11월 12일에 父親喪을 당하였고 12월 23일에 장례를 마쳤다. 居喪 중에도 今文經學과 우리나라 역사 연구에 오로지 마음을 기울였다.

52세(1921) 3월에 退溪 宗孫 李忠鎬가 조문을 왔다. 함께 培山書堂을 지을 자리를 둘러보았다.

53세(1922) 때부터 今文經學 및 東方의 역사에 마음을 다 썼다. 또 현시대와 소통하기 위하여 論著를 계속했다. 이때의 결실이 『歷史敎理談』 등이다.

4월에 晋州 및 丹城의 유림들의 논의를 수합하고 宗族들의 논의를 모아 培山書堂 文廟 및 道東祠를 營建하기 시작했다. 5월 2일에 立柱하고, 3일에 上樑式을 했다.

54세(1923) 1월에 文廟와 道東祠가 차례로 준공되었다.

8. 제4차 중국방문과 改制考에 대한 懷疑

1923년 2월 다시 중국으로 출발하였다. 2월 말에 安東을 거쳐 上海에 이르니, 康有爲는 이미 遠游를 떠나고 없었다. 侍者에게 今文 眞經을 구입하려 한다는 뜻을 당부해 두고 왔다.

3월 중순에 曲阜로 향했는데, 중간에 南通의 金澤榮을 방문하였다. 곡부에 도착하여 孔令佑, 孔令健을 방문하였다. 공영건은 才華가 齊魯 지방에서 제일이었는데, 회의를 열어 孔子像을 촬영하도록 주선해 주었다. 孔府의 「道東祠致祭文」도 공영건이 마련해 주었다. 공령건과 顔世鏞은 培山儒會 贊成員이 되는 것을 허락해 주었다.

다시 上海로 가서 『歷史敎理談』을 출간하였다. 역사가 종교 사상에 관계되는 것을 알려서 개혁의 主義를 선전하여 우리 나라 사람들의 동정을 구하고자 하려는 것이었다.

6월 초에 上海에서 靑島로 가서 康有爲를 만났다. 이때 강유위는 청도에 머무르고 있었다. 진암은 강유위에서 眞本 今文 經傳을 구입하려는 뜻을 전하고 培山書堂 儒會의 일에 대해서 이야기했다. 그리고는 培山儒會의

公函을 전달하자, 강유위는 다 읽어보고 나서 이런 이야기를 했다. "귀국 儒會가 이런 성대한 뜻을 갖고 있으니, 기쁨을 말로 할 수가 없소. 내가 마땅히 힘써 도우겠소. 지금 유럽은 전쟁으로 인하여 恐慌인데, 邊沁 [Bentham]의 功利說, 赫胥黎[Huxley]의 天演論 등으로는 사람들의 마음을 안정시킬 수 없다는 것을 알고서 각 나라에서 두루 孔子의 학설을 얻어 복종하게 되었소. 그래서 지금 歐美의 박사들은 공자를 매우 존경하고 있소. 이로 인해 중국 사람들도 점점 공자를 존경하는 마음을 회복하고 있소 그러나 사실 사람들은 아직 공자를 알지 못 하고 있는데, 내가 大同三世說을 각국에 밝히지 않았기 때문이오. 지금 『孔子改制考』를 독일사람 慰禮賢[Wilhelm]의 도움으로 간행했는데, 독일 사람들이 매우 놀랐소." 그리고는 진암에게 『孔子改制考』 한 부를 주었다.

그 다음 날 眞庵이 다시 康有爲를 방문했더니, 진암이 두고 갔던 『叢書』 두 편을 가리키면서, "그대의 저서는 新儒敎의 취지를 발휘하였소. 오늘날 동방에서 신유교를 실행하는 것은 그대로부터 시작되겠소."라고 칭찬했다.

진암이 말하기를, "동방의 儒者들은 오로지 宋學만 숭상하여 이른바 社會派는 宋學에게 징계 응징을 당하여 도리어 '孔子를 誣辱하는 것을 위주로 한다'라고 간주되고 있습니다. 저는 존재도 미미하고 힘도 약하여 온갖 공격이 밀려올 것이니, 구제할 방법이 없습니다."라고 했다.

강유위가 "각각의 종교가 新舊 개혁을 할 때는 모두 다 그렇지 않은 적이 없소. 그대가 至誠으로 이 세상에 유교를 견고하게 이루어주시오"라고 했다, 또 『叢書』를 읽어보고는 "그대는 마땅히 이 것을 체득하여 시행하여 新儒敎의 標識를 세우시오. 다만 한두 가지 아직 밝히지 못 한 것이 있소"라고 했다. 강유위는 "『周易』 繫辭는 모두 孔子가 지은 것은 아니오." 라고 했다.

3일 뒤에 진암이 강유위를 만났더니, 『孔子改制考』를 다 읽어 봤는지 묻자, 진암은 "대략 읽어 봤지만 완전히 다 마치지는 못 했습니다."라고 이야기했다. 그리고는 今古文 書目과 孔子像을 奉安하는 일과 今文經을 구입하는 일에 대해서 논하고, 釋奠할 때 侑享에 쓸 古樂을 요청하였다.
진암이 『北遊日記』, 『培山經紀錄』, 「上海出張所進行節目」 등을 전달했더
니, 강유위는, "孔子의 道가 드디어 東方으로 갔소. 闕里에는 歌學과 舞學
이 있으니, 曲阜로 다시 가시오. 培山書堂의 일은 내가 힘껏 도우겠소.
七緯와 여러 眞經은 7월에 내가 회답할 테니 그때 구입하도록 하시오."라
고 했다.

진암이 "지금 중국에서 今古文에 관한 학설로 논변을 하는 것이 있다는
것을 듣지 못 했는데, 어째서입니까?"라고 하자, 강유위는, "나의 『僞經考』
는 御史가 僞旨를 받들어 탄핵하여 불사르고 금지하도록 했고, 나를 죽이
려고 하기에, 내가 외국에 망명 나가 있었는데, 누구와 더불어 토론한단
말이오? 내가 귀국하자 中華民國에서는 經傳 읽는 것을 금지시키고 釋奠
등을 폐지하고 各省의 聖廟는 거의 보전하지 못하고 있소. 어떤 곳은 祭享
을 폐지했고, 어떤 곳은 학교로 바꾸었소. 중국의 儒者는 舊學老生 한 둘을
제외하고는 영락하여 더불어 말할 사람이 없소. 民國初에 闕里의 祭田도
몰수 당했소. 내가 袁世凱와 항쟁하여 비로소 찾아서 돌렸소. 孔敎의 厄運
은 민국보다 더 심한 때가 없었소."라고 했다.

진암이 "尊孔派 가운데 선생의 문인에 속하는 사람들도 今古文의 논변
을 하지 않는 것은 어째서입니까?"라고 하자, 강유위는 "누구를 두고 말하
는 것이오?"라고 물었다. 진암이 "陳煥章은 『孔敎會雜誌』를 발간하고 있
는데, 저가 십수 차 만났지만, 今古文의 眞僞에 관한 논변에 대해서 언급한
적이 없습니다. 梁啓超의 저술 가운데서 今古學의 논변에 대해서 언급한
것이 한 글자도 없습니다"라고 대답했다. 강유위는 "진환장은 今文을 높일
줄은 아는데, 더불어 孔敎會를 하는 사람들이 모두 舊儒이니, 공자를 존경
할 줄 아는 것만 다행이오. 양계초는 견해가 날마다 달마다 바뀌어 社會主
義 쪽으로 가고 있는데, 지금은 공자를 높일 줄 알고 있소."라고 설명해
주었다.

진암은 숙소로 돌아와 『孔子改制考』를 읽어 보고 「辨」을 지었는데, 강

유위의 주장에 대해서 의혹을 많이 느꼈다.

9일에 진암은 다시 강유위를 만나 자신이 지은 「辨」을 보여주었더니, 강유위는 "그대는 끝내 깨닫지 못하는 것이오? 六經은 모두 옛날 것에 의탁해서 지은 것이오."라고 했다. 그러나 진암은 '육경은 모두 孔子가 스스로 지었다'는 강유위의 주장에는 끝내 승복하지 못 했다.

진암은 선배 宿儒들과 토론할 때 구차하게 異論을 내세우지도 않고 구차하여 동의하려고도 하지 않았으므로 지금까지 한 사람도 의견이 합치되는 사람이 없었다. 강유위를 만나 만년의 依歸處로 삼으려 했는데, 말을 하면 할수록 의견이 멀어졌으므로 세상에 마음 맞는 사람이 없다는 것에 탄식을 일으켰다. 강유위가 육경은 모두 공자가 지었다는 설을 진암은 반박하였다. 그 뒤에 『孔子改制考』를 두고 몇 차례 더 토론을 하였다.

15일 康有爲를 방문하였더니, 眞庵에게 "『皇淸經解』를 읽어본 적이 있소?"라고 묻고는 『황청경해』를 읽어보지 않고는 자신의 『孔子改制考』, 『論語注』 등의 책을 이해할 수 없다고 했다.

진암이 대답하기를, "우리 동쪽 韓國에는 이런 서적이 없을 뿐만 아니라, 朱子注가 아닌 것을 읽으면, 異端으로 배척 받습니다."라고 했다. 강유위는 "중국도 고금의 經典注釋家 가운데 朱子를 가장 훌륭하다고 여겨 주자를 숭상하지만, 주자는 六經을 모르는데, 주자가 전날 높인 孔子는, 사실 朱子지 孔子가 아니오. 중국에는 小聖人과 小敎主가 다섯 있는데, 첫째는 周公을 의탁한 劉歆, 둘째는 文昌帝君 關帝를 의탁한 袁了凡, 佛家의 慧能, 道家의 張道陵, 四書를 만든 朱子요. 주자는 사서를 끌어와 敎를 만들었지만 실로 사서의 뜻이 아니오."라고 하였다.

6월 하순에 靑島에서 濟南으로 가서 葛延瑛을 만나 培山書堂 文廟 및 道東祠의 편액을 쓰게 했다.

7월 5일 曲阜에 이르러 孔令儁를 만나 孔府의 音樂을 참관하였다.

하순에 孔令儁에게 培山儒會를 위해서 주선해 줄 것을 요청하고 南京을 거쳐 上海로 돌아와 培山의 族人의 답서를 받아보니, 培山書堂 낙성하는 일에 있어 조금의 의논도 없이 멋대로 날짜를 변경했다는 내용이었다.
진암이 고심해서 배산서당 낙성일자를 聖誕節[孔子 誕辰日]로 확정한 것
이 수포로 돌아가고 말았다.

杭州로 가서 康有爲를 만나 강유위의 주선으로 琴學을 배웠다.

8월초부터 杭州에서 매일 도서관에 가서 秘傳의 經史를 열람하였다.
이때 항주에서 작고한 睨觀 申奎植의 靈前에 조문하였다.

16일에는 關帝廟 享祀에 참관하였다.

17일에는 강유위와 서적 구입 절차를 의논하였다. 孔子의 聖像을 奉安
하는 일은 서양 기술로 확대를 해서 그리기로 했다. 이 일은 白凡 金九가
성실한 마음으로 돌봐주어 완성하게 되었다.

서적을 구입하는 하는 일은 강유위의 몇 차례 심사를 거쳐 『詩古微』
등 20종의 書目을 만들어 주어 사게 했으나 구할 수 없는 서적이 많았다.

「培山書堂記」가 완성되지 않아 강유위에게 여러 차례 간청하였다.

培山書堂 낙성일자를 멋대로 늦추었으므로 孔子 후손 가운데 함께 가려
는 사람은 아무도 없을 것으로 예상했다. 낙성식이 늦추어진 사실을 孔令
儁에게 서신으로 알렸으나, 아무런 답장이 없었다.

강유위를 만나 제자 중에서 文識이 넉넉한 사람으로 배산서당 낙성식에
참여할 만한 사람을 추천하게 했더니, 鄧毅가 갈 만하다고 했다. 진암은
즉시 등의를 방문하여 의견을 물었으나 결국 성사가 되지 않았다.

9월 5일에 康有爲를 만났더니 「培山書堂記」를 고쳐 주었다.

강유위가 今文 經傳을 구입할 방법을 알려주었는데, 만약 못 구한다면
자기 고향 廣東 南海의 萬木書堂의 藏本을 내 주겠다고 약속했다.

이때 중국에 있던 우리 나라 인사들은 培山書堂 儒會의 일에 대해서
모두 찬성을 했다. 白巖 朴殷植, 省齋 李始榮, 藕泉 趙琬九, 白凡 金九
등은 모두 배산서당 낙성을 위한 祝詞를 지어 주었다.

曲阜의 孔令儁도 축사를 지어 보냈다. '유일하게 敎祖를 높여 유교를
개량한다[獨尊敎祖, 改良儒敎.]'라는 취지에 찬동하였다.

9일에 聖像을 받들고 闕里의 頌琴 및 香燭을 휴대하고 浦東에서 기선을 탔는데, 白凡, 省齋, 藕泉 등이 몇십 명의 청년들을 데리고 나와 전송해 주었다.

떠나면서 그때의 심경을 絶句 한 수로 남겼다.

揚子江 가를 십년 동안 왕래한,	十年往來楚江濱
만국의 사람 가운데 나뭇잎 같은 이 한 몸.	萬國人中一葉身
경영 잘 하느냐 마느냐는 오늘 정해지나니,	能否經營今日定
孔子님 心法을 푸른 하늘에 물어본다네.	宣尼心法質蒼天[7]

16일에 압록강변의 安東에 도착하였는데, 培山書堂 낙성일이었다. 그날 오후 기차에 올라 17일 金泉에 도착하였고, 18일에 丹城 院旨에 도착하였다. 고을이나 道의 회원 수천 명이 기다리고 있었다.

9. 培山書堂 文廟 낙성과 儒林들의 聲討

培山書堂의 방 하나를 깨끗이 청소하여 聖像을 임시로 奉安하고 아침까지 촛불을 밝혀 두었다. 참배하는 선비들이 밤새도록 끊어지지 않았다.

19일에 祭官을 分定하여 聖像을 文廟에 봉안하고, 釋奠禮를 거행했다. 그리고는 先賢과 先儒의 神位를 道東祠에 봉안하고 享禮를 거행했다.

落成 祝詞를 읽기도 전에 守舊儒林들의 聲討가 일어났다.

작년(1923)에 眞庵이 『歷史教理談』이라는 책자를 발행한 것을 두고서 安義의 유림들이 책망하였는데, 1924년에 이르러 성토하는 글이 사방에 퍼져 나갔다. 사실은 안의 사람 安某가 晋州에 道統祠를 세웠는데, 闕里에서 지원을 받는 것처럼 하였다. 진암이 闕里의 孔府와 가깝고 孔敎會와 연결되어 있는 것을 깊이 시기하여, 자신의 허위가 탄로날까 두려워하여

---

7) 『我歷抄』, 615쪽.

진암에게 감정을 품은 지 오래 되었다. 그 일족들이 진암 쪽의 성공을 싫어하여 奉安 일자를 늦추도록 만든 것이었다. 진암은 이때 여러 사람들의 비난과 공격으로 거의 지탱하기 힘들었으나, 십수 명의 동지가 있어 계속 切磋하였다.

55세(1924) 되던 해 3월에 培山書堂으로 가서 享禮를 참관하였다. 진사 河載華, 大笑軒 宗孫 趙顯珪 등을 歷訪하고 安東으로 가서 退溪 후손들을 만나보고 돌아왔다.

8월에는 日本 東京으로 가서 帝國圖書館에서 經史를 열람하고 돌아왔다.

이 해 겨울에 今文 經傳인 『孔經大義攷』를 완성하였다.

10. 제5차 中國訪問과 今文 眞經 입수

56세(1925) 되던 해 2월에 다시 중국으로 갔다. 2일 서울에 들어가 머물다가 하순에 중국 安東에 이르러 머물렀다. 3월 상순 기선을 타고 上海에 이르러 우리 동포들을 만나보고 하순에 杭州로 가서 康有爲를 만났다. 강유위는 진암에게 근년에 겪은 바를 묻기에 자세히 이야기했다.

『孔經大義攷』, 『培山書堂經紀錄』, 『遭變日誌』 등을 강유위에게 전달했다.

날마다 杭州圖書館에 가서 經史를 열람했는데, 날마다 전에 보지 못했던 책을 많이 보았다.

3월 11일에 강유위를 만났더니, 『培山書堂經紀錄』, 『遭變日誌』를 돌려주며, "이미 다 보았는데, 여러 해 동안 고심했던 상황을 알겠소."라고 했다. 진암은 자신의 심경을 서술한 서신과 시를 지어 강유위에게 주었더니, 강유위는 "서신과 시를 다 보았는데, 여건이 괴롭고 마음과 몸도 괴롭다는 것을 알겠소. 이미 불행하게 나라가 망하는 일을 당했으니 다시 무슨 말을 하리오? 이미 聖道를 짊어졌고, 다행히 동지의 도움이 있으니, 우리 道가 동쪽으로 가게 한다면 그대는 不朽하게 될 것이오. 바깥 환경의 攻迫이 더욱 심하면 內志의 굳셈이 더욱 단단해지는 법이오. 內志가 이미 단단해졌으면 외부의 역경을 모두 숫돌 같은 기구로 간주하면 될 것이오."라고 했다.

진암이 "이번 걸음에는 陳重遠, 孔令儁과 함께 동쪽 나라로 가서 講學하여 동쪽 나라 儒者들의 錮弊를 풀어야 할 것입니다. 선생께서 소개를 해 주시지요."라고 하니, 강유위는 소개해 주겠다고 약속했다.

강유위는 "筆談을 통해 經學의 大體를 많이 얻었지만, 아직도 철저하지 못 한 곳이 있소. 그대는 마땅히 오로지 큰 것과 먼 것에서부터 착수하시오. 그대의 시는 아름답지만, 바로 半山 王安石, 后山 陳師道, 山谷 黃庭堅을 배우는 것이 좋겠소."라고 했다.

진암이 "저는 日暮途遠이라 詩文에 힘을 쓸 겨를이 없습니다."라고 대답했다. 강유위는 "문장도 배우지 않아서는 안 되오. 六經 이외에 10종의 서적이 있는데, 문장을 배움에 있어 가장 옛스러우면서도 정밀한 것이고, 道를 말한 것도 뛰어나오. 곧 儒家 가운데 『荀子』, 道家 가운데 『莊子』, 정치가 가운데 『管子』, 法家 가운데 『韓非子』, 雜家 가운데 『呂覽』과 『淮南子』, 文家 가운데 『楚辭』, 辨家 가운데 『戰國策』, 史家 가운데 『史記』와 『漢書』라오. 『大戴記』와 『國語』8)는 거의 經傳과 같은 것이니, 모두 12종의 책이오. 이 각각의 글들을 숙독하면 문장은 절로 古文이 될 것이고, 종신토록 써도 이루 다 쓰지 못할 것이오."라고 했다.

이때 眞庵은 朱子의 후손인 朱守仁을 만나 宋學, 今文學, 孔敎에 대해서 이야기를 주고받았다.

이 기간에 杭州에 온 독립운동가 趙素昻을 십수 년 만에 만나 이야기를 나누었다.

5월에 康有爲가 靑島로 돌아갔으므로 眞庵은 上海로 돌아왔다.

5월 12일 朴殷植을 오찬에 초대했는데, 박은식은 "사람의 성취는 오로

8) 康有爲가 말하는 『國語』는 곧 『左傳』이다.

지 晚節에 달려 있소. 그대 평생의 뜻을 이루기를 간절히 바라오."라고 격려했는데, 欽羨하는 뜻이 있는 듯했다. 진암도 박은식이 시종 유교에서 이탈하지 않는 것을 좋아했다.

5월말에 靑島로 가서 6월 1일에 다시 강유위를 만났다. 강유위는 北京大學 강사 錢維祺가 朝鮮 經學院에 보낸 서신을 보여주었다. 진암은 받아보고 매우 놀라고 실망했다. 그 동안 진암이 강유위와 그 문하생들에게 간절하게 도움을 바랬던 것은, 중국 孔敎의 핵심인물들과 연합하여 이들이 조선 經學院 및 유림들과 소통하여 今文學을 제창하여, 조선 유림들의 완고한 두뇌를 깨우치려고 했다. 그렇게 하면 자신의 유교 復原의 뜻도 좀 이룰 수 있으리라 기대했다. 강유위가 권면하던 바도 이러하였다.

그러나 陳重遠 등이 韓國으로 가서 강연 등을 통해서 한국 유림을 깨우쳐 주는 일도 성사가 되지 못 했는데, 전유기의 서신마저 또 이런 식이었다.

한편으로는 진암은 강유위를 만나 今文學의 의의를 깨달은 것은 행운이라고 생각하고, 자신을 도와주고 그 의의를 이해해 주기까지를 바라는 것은 사치라고 생각했다.

이제 曲阜로 가서 孔令健을 만나 일을 논의하는 데 전념하고자 하였다.

6월 8일 곡부로 향해서 출발하여 13일 곡부로 들어가서 孔令侃을 만났는데, 孔令儁이 작고했다는 소식을 듣고 대경실색하였다. 곡부에서 文翰이 제일이었고, 진암을 많이 도와주었기 때문이었다.

6월 21일 尼丘山에 올라 昊天上帝와 至聖先師 앞에 엎드려 울면서, "16억 동포를 생각하시어 2천년 聖道를 밝혀 化育의 안에 있게 해 주소서."라고 빌었다.

老五府에 머물면서 매일 孔令侃을 만나 대화하고, 韓國으로 가서 강연을 해 달라고 부탁했으나, 공령간은 학식이 부족하다고 고사하였다. 진암은 공자 후손의 권위로 한국의 유림들을 깨우쳐 孔敎의 정통성을 높이려고 시도했으나 뜻을 이루지 못하였다.

7월 초에 다시 靑島로 가서 강유위를 만났다. 이때 중국의 同文印書局에서 『儒教復原論』을 출판하였고, 『孔經大義攷』와 『叢書』의 인쇄도 부탁하였다.

간간이 청도 도서관에 가서 서적을 열람하였다.

8월에는 卽墨에 사는 于鳳翰이 와서 그 스승 張紹介를 이야기하기를, "장소개는 夏震武의 뛰어난 제자로 '南夏北張'이라는 말이 있는데, 실제로는 하진무보다 장소개가 낫습니다."라고 하면서 진암에게 가서 만나볼 것을 요청하면서 문집 한 권을 주었다. 진암은 사양하고 『儒教復原論』 한 권을 주었다.

그런데 어느 날 갑자기 장소개가 진암을 찾아왔다. 진암이 이야기를 나누어봤는데, 그가 힘써 宋元의 학설을 주장하였다. 진암이 "우리들의 견식은 유한하나 천하의 의리는 무궁합니다."라고 하자, 장소개는 대충 대답하고 떠났다.

8월 10일 이후 大連, 安東을 거쳐 17일에 金泉에 도착하였다가 며칠 병을 조섭하고 24일 들려서 집에 돌아와 몇 달 동안 신음하였다.

11. 今文經 硏究에 沈潛

1925년 겨울부터 今文經 纂輯하는 일에 오로지 힘을 쏟았다.

57세(1926) 되던 해 6월에 『詩經三家說』이 완성되었다. 杭州에 있는 康有爲의 집으로 우송했다. 9월에 강유위의 회답을 받았는데, "大地에 孔教가 있을 날은 곧 그대의 책이 유행하는 날이다."라는 극도의 격려를 하였다.

10월에는 『書經今文說攷』가 완성되었다.

58세(1927) 되던 해 3월 신문을 보고서 康有爲가 2월 28일에 서거했다는 것을 알고 매우 슬퍼하였다. 이때 오른쪽 갈비 아래 밤 만한 덩어리가 있는 것을 발견했는데, 세상일을 정리하지 못 한 상태에서 병이 난 것을 알고서 비관했다. 서울로 가서 今文學의 이치를 당국 요직자에게 이야기

하고, 白頭山으로 들어가 숨어 살면서 병을 요양하며 今文經說을 淨寫할
계획을 하였다.

서울로 가서 齋藤 總督을 만나려고 했으나 재등은 西歐로 갔다는 말을
듣고 놀랐다. 십수 일 동안 서울 北岳山 아래서 거주했는데, 덩어리가 점점
커지고 消渴이 심하여 4월 14일 들려서 집으로 돌아왔다.

12월 8일 晉州 도립병원에서 덩어리는 수술을 받아 제거했으나, 당뇨병
은 효과가 없고 점점 몸이 말라 진암 자신도 반드시 죽을 것이라고 짐작했
다. 다행히 今文經 3종은 가닥이 잡혔으므로 죽음을 두려워하는 마음은
조금도 없었다.

59세(1928) 2월 28일 梵魚寺 金剛菴 뒷산 上峯에 康有爲의 神主를 모시
고서 제물을 차리고 술을 따라 올리고는 제문을 지어 읽고 통곡을 하였다.
처음으로 하는 스승 康有爲 추도행사였다.

5월부터 다시 『易經』纂輯의 일을 시작하여 9월에 『易經今文攷』가 완
성되었다.

60세(1929) 되던 해 4월에 金剛山을 유람하였는데, 매일 밤 北極星을
보면서 기도했는데, 그 告由文에 "至聖 孔子의 今文 眞經을 가지고 이
세상 사람들의 귀와 눈을 깨우쳐 사람들과 함께 安身立命之地를 얻기를
바랍니다."라는 구절이 있었다.

8월에 서울로 돌아와 淸凉里에 4개월 머무르면서, 朝鮮總督府 및 日本
東京의 내각에 議案을 내었는데, 朝鮮 사람들의 安葬 문제와 儒敎復原에
관한 것이었다.

61세(1930) 되던 해 1월에 집으로 돌아왔다.

3월 초9일 上亥日은 培山書堂 享禮日이다. 奉安한 이후로 유림들에게
배척을 받아오다가 이 날 비로소 聖人을 높이고 先賢을 높이고 친척을
친척으로 여기는 심정을 펼칠 수 있었다. 進士 河載華, 主政 朴在九, 岡雲
金秉文 등이 차례로 이르렀다.

望月의 兎山精舍에 가서 『詩經』을 읽고 『今文諸說』을 해석하고 교정하

며 여름을 보냈다.

7월 하순에 서울로 가서 日本人 학자로 당시 明倫學院 강사로 있던 高橋亨을 만나, "오늘날의 經學은 今文 眞經이 아니면, 참된 門路를 얻을 수 없다"는 내용을 토론했다.

12월 18일은 진암의 회갑이었다. 일생 이룬 것 없이 환갑에 이른 것을 스스로 슬퍼하며 분개하였다.

63세(1932) 4월 초순에 咸陽의 鄕校와 書院 등의 聲討文을 보고 상심했다. 『辯訂錄』을 만들어 각 고을의 향교에 공포하였다.

64세(1933) 10월에 昌慶苑 藏書樓에서 서적을 대출하여 典故를 참고하고 돌아왔다.

眞庵은 평생 大同思想을 부르짖었으나 사람들에게 이해를 받지 못 하자 이렇게 탄식하였다. "우리나라 역사는 없어졌기에, 7천 년 역사의 정의를 고찰해 냈으나 동포들이 살피지 못 하여 도리어 미움과 공격을 샀다. 우리나라의 유교는 분열되었기에, 2천 년 참된 經傳을 상고해 냈으나 우리나라 儒者들은 병이 깊어 도리어 배척을 당했다."라고 자신의 일생의 업적을 사람들이 몰라주는 것을 안타까워하였다.

66세(1935) 서울에 들어갔으나 儒道를 위해서 알선할 길이 없었다. 淸凉山 吾山堂에 들어가 기도하고 『周易』을 연구하였다.

7월 하순에 집으로 돌아와 계속 『周易』을 연구하였다. 또 大東의 역사에 마음을 두었다.

67세(1936)년 중추절 이후 서울로 들어가 『詩書今文攷』를 발매하였다. 『주역』 공부를 계속하였다.

68세(1937) 여름에 『易經今文攷』를 정서하고 아들에게 출판허가를 얻도록 했다.

8월 5일 日本 東京에 도착하여 각처에 교섭을 했으나 일이 수포로 돌아갔다.

8월 18일 꿈을 꾸었는데, 꿈 내용은, 孔子가 쓴 몇 줄의 글이 위는 분명하고 아래는 분명하지 못 하였는데, 子夏로 하여금 채워 써서 자신에게 주도록 했는데, 식별은 할 수 없었다. 공자를 欽仰하는 그의 간절한 뜻이 반영된 것이었다.

71세(1940) 1월에 진암은 자신이 5, 6년만 살아 있으면, 마땅히 유교에 좋은 일이 있을 것이나 운명이 다하여 허락하지 않으니, 天數라고 생각했다.

1월 15일에 세계 대세를 살피고는 미국과 일본이 충돌하여 전쟁이 있어 나고, 또 미국과 소련이 패권을 다투고, 南北分斷이 있을 것 등을 미리 예언했다.

"선진각국에서 연구하는 것이 매일 사람 죽이는 무기 만들고 있다. 도덕 사상을 주로 삼지 않고, 太平大同의 의리는 시기가 아직 이르지만, 孔子의 진리가 세계무대에 등장한 그런 뒤에 정의와 인도의 평화가 자연히 올 것이다."라고 眞庵은 믿었다.

1월 20일에는 집의 책을 절대 다른 사람들에게 보게 빌려주지 말고, 今文經을 신중히 보관하여 좀이 먹지 못하도록 하여 영원히 후세에 전하도록 하라고 당부했다.

1월 23일 임종을 눈앞에 두고 큰 아들 李在教를 불러 마지막 遺訓을 남겼다.

"다른 종교는 다 미신에 말미암은 신비적인 종교지만, 儒教에 이르러서는 미신이 아니고 진실로 神妙한 종교이다. 너희들이 사람을 만나 사귈 때 반드시 이를 전파하려고 노력해라. 내가 생전에 부탁한 것처럼 한결같이 그렇게 하라. 그러면 大同의 의리가 장차 그 가운데서 저절로 싹 틀 것이다."라고 했다.

1940년 1월 20일 71세를 일기로 眞庵은 세상을 떠났다. 고을 북쪽 兎山 선영하에 안장하였다.

진암의 일생은 孔子教를 통한 儒教復原에 모든 誠力을 다 바친 것이었다.

III. 孔敎運動과 今文經學

淸나라 말기 康有爲는 戊戌改革(1898)을 계획하다 실패하였다. 그 이후 15년 동안 세계 30여개 나라를 다니며 망명하다가 1913년에야 중국에 다시 돌아올 수 있었다. 그는 孔子를 儒敎의 창시자요 개혁가로 보고, 공자를 敎祖로 하여 孔敎를 만들어 國敎로 삼아 유교를 개혁하고자 하였다. 그래서 孔敎가 보존되면 곧 국가도 보존될 수 있는 것으로 인식하였다.

眞庵은, 서구의 영향으로 정통 유교사회에서 근대사회로 이행하는 과정에서 새로운 사상적 전환을 추구하다가 康有爲의 저술을 읽고 1913년부터 만나 가르침을 받아 크게 영향을 받았다. 유교의 개혁을 통해서 새로운 시대의 변화에 적응하면서 미래에 대응하기 위한 유교의 혁신을 자신의 과제로 삼았다.[9]

진암은 강유위를 통해 자신의 사상적 전환의 방향을 발견하여, 붕괴되어 가는 유교전통 속에서 유교를 孔敎라는 종교로 만들어 복원하려고 노력하였다. 강유위를 찾아 1914년부터 1925년까지 다섯 차례 중국을 방문하였다.

강유위는 孔敎를 통한 유교의 宗敎化뿐만 아니라, 孔子改制, 今文經學 등 독특한 학설을 내 놓았고, 또 緯書를 모두 孔子의 저서라고 주장하였다. 일반적인 학설과 너무 달라 중국에서도 완전히 공인을 받지 못 하였고, 그의 제자 梁啓超마저도 인정하지 않아 나중에 다른 노선을 걸었다.

중국에서는 강유위를 따라 배우는 사람이 거의 없는 상황에서, 뜻이 맞는 조선인 眞庵 李炳憲이 찾아와 가르침을 청하자, 강유위는 진암에게 시종일관 각별한 관심을 기울였고, 자신의 학문을 전하려고 노력했다.

진암은 강유위의 孔敎思想을 수용하고서, 今文經學의 체제를 자신의 孔敎思想의 기초로 확립하였다. 진암은 또 康有爲의 소개로 曲阜의 衍聖

---

9) 琴章泰, 『유교개혁사상과 이병헌』.

公府와도 밀접한 관계를 유지하여 孔教運動에 큰 도움을 받았다.

국내 최초로 민간에 孔教의 文廟를 지어 孔子를 모셨으나, 保守儒林들의 반발로 孔教思想이 확산되지는 못하여 진암의 이상은 현실적으로 실현되지는 못 했다. 그러나 그는 일제하 조선에서 孔教思想을 구현하는 데 일생을 바친 인물로 思想史的으로 특이한 경지를 개척하였고 그 비중도 매우 높다.

또 眞庵은 康有爲의 今文經學을 한국에 전파한 유일한 인물이다. 그는 孔教思想의 기반으로 今文經學을 인식하였다. 正統性理學의 바탕에서 공부한 진암에게 四書三經을 모두 부정하는 今文經學은 진암 자신에게도 충격이었지만, 스승 강유위의 확고한 권유로 금문경학을 공부하여 다수의 저서를 남겼다.

Ⅳ. 진암의 저서

眞庵 李炳憲은 개혁적인 사상을 가졌고 견문이 풍부하므로 관심이 다방면으로 뻗혀 있다. 그로 인해서 전통적인 漢詩文 이외에 많은 專著를 저술하였다. 지금까지 남아 있는 것만도 55책 분량이다. 『儒教復原論』 등 몇 종은 출판이 되었으나, 대부분은 筆寫本 그대로이다. 그 가운데 어떤 것은 진암의 親筆도 있다.

그의 遺稿은 文體別로 분류 정리되어 정식 文集으로 편집된 적은 없고, 그냥 시와 서신 정도만 정리되어 있다. 1981년 琴章泰교수가 咸陽 甁谷面 松坪의 故居를 방문하여 韓國學中央研究院으로 옮겨가 정리하여 축소영인하여 1989년 아세아문화사에서 영인하여 『李炳憲全集』이라 이름을 붙여 상하 2책으로 간행하였다. 또 한국학중앙연구원에서는 마이크로필름에 모두 다 수록하여 보관하고 있다. 그러나 단순한 영인에 불과하지 아직 내용상으로 분류 정리된 것은 전혀 아니다.

진암의 저서 목록을 소개하면 다음과 같다.

＊. 目錄 :

1. 『眞庵文集目錄』 1책, 필사본.

＊. 漢詩 :

2. 『眞庵詩稿抄』 2책, 필사본.

3. 『雲房亂稿』 1책, 필사본.

＊. 書簡 :

4. 『涵眞書抄』 1책, 필사본.

5. 『涵眞庵亂稿』 2책, 필사본.

6. 『眞庵書抄』 1책, 필사본.

7. 『海外書牘抄』 1책, 필사본.

8. 『海外書牘抄』 1책, 필사본.

9. 『山房叢書』 1책, 필사본.

＊. 雜著 :

10. 『儒敎復原論』 附天學 1책, 필사본.

11. 『儒敎爲宗敎哲學集中論』 1책, 필사본.

12. 『山齋漫錄』 1책, 필사본.

13. 『踏海叢談』 1책, 필사본.

14. 『山房叢書』 1책, 필사본.

15. 『九思齋及培山書堂事實錄』 1책, 필사본.

16. 『培山文廟及道東祠奉安後遭變日誌』 1책, 필사본.

17. 『辯訂錄』 1책, 활자본.

18. 『白雲山方叢書』 『歷史敎理錯綜談』 1책, 필사본.

19. 『叢書下』 『歷史正義證錄』 1책, 필사본.

20. 『涵眞庵叢書』 1책, 활자본.

21. 『齋居漫錄』 1책, 필사본.

22. 『湖上漫錄』 1책, 필사본.

23. 『補遺記』 『湖上筆記』 1책, 필사본.

24. 『魯越日記』 2책, 필사본.

25. 『北遊日記』 2책, 필사본.

26. 『涵眞庵叢書』『讀僞經考』 1책, 필사본.

27. 『山房漫錄』『讀玉函山房輯佚書』 1책, 필사본.

28. 『經說』 1책, 필사본.

29. 『孔經大義攷』 2책, 상책 필사본, 하책 활자본.

30. 『詩經附註三家說考』 4책, 필사본.

31. 『詩經補義』 1책, 필사본.

32. 『書經傳注今文說考』 2책, 필사본.

33. 『尙書補義』 1책, 필사본.

34. 『易經今文考』 2책, 석인본.

35. 『淸凉易課(易經隨得錄)』 상 1책, 필사본.

36. 『雲房易課(易經隨得錄)』 하 1책, 필사본.

37. 『易課小箋』 1책, 필사본.

38. 『禮經今文說考』 4책, 필사본.

39. 『春秋經筆削考』 2책, 필사본.

40. 『我歷抄』 1책, 필사본.

V. 結論

眞庵 李炳憲은 西歐文物이 밀려들어오고 日本의 침략 마수를 뻗기 시작하던 19세기 후반기에 태어나 儒敎가 급속도로 망해가고 우리 傳統이 무너지는 것을 직접 목도하며 성장하였다. 그래서 유교를 復原할 수 있는 방안으로 유교를 종교화 하여 孔敎라 이름하고, 孔子를 敎祖로 삼는 운동을 전개하였다. 공교의 사상적 기반으로 삼기 위하여 今文經學을 공부하였다. 그는 국권을 회복하고 백성들이 행복해질 수 있는 유일한 길은 유교라고 확신하였는데, 그 유교는 우리 나라에 두루 퍼져 있는 宋學이 아니고 孔子의 가르침을 원래 모습인 孔敎였던 것이다. 유교가 개혁을 통해서만 민족을 이끌 수 있고 전통문화를 지켜 나갈 수 있다고 보았다.

그러나 그의 孔敎運動은 培山書堂에 文廟를 지어 孔子를 享祀하는 정도에서 그치고 말아 실제로는 크게 확산되지 못 했다. 시대변화에 무관심한 保守儒林들의 악랄한 반발로 그의 이상은 실현되지 못 했다. 그런데도 그는 눈을 감는 순간까지도 한 평생 孔敎運動에 헌신하였다.

비록 그의 孔敎運動은 성공을 거두지 못 했지만, 그는 韓國儒敎史上 가장 독특한 유학자요 사상가요 종교이론가라고 할 수 있다. 많은 저서를 남겨 그의 유학사상을 수록했는데, 이는 韓國思想史에 새로운 경지를 연 것이라 할 수 있다.

또 康有爲의 大同思想을 바탕으로 華夷觀을 극복하고 四海同胞主義를 제창하였고, 變法自疆에 의한 국가발전을 도모하고, 민족의 自矜心을 고취하였다. 그는 孔敎運動을 통해 우리 민족을 보존하려고 하였다.

그리고 韓國學述史上 본격적인 今文經學者이다. 또 今文學에 바탕하여 儒敎經典을 재해석하여『易經今文考』등 많은 저서를 남겼다. 이는 韓國經學史上 독특한 업적이다. 朱子學 일변도의 한국학계에 새로운 바람을 불어넣은 업적이라 할 수 있다.

그러나 보수적 유림들의 극렬한 반발 아니라 해도, 급속하게 변하는 시대조류에 孔敎를 통한 儒敎의 復原과 民族의 自尊의 추구가 실효를 거두기는 쉽지 않았던 것이었다.

아무튼 眞庵은 많은 儒學者들 가운데서도 가장 독창적인 학자고, 금문학을 도입한 특이한 학자고, 서양의 학문도 선구적으로 상당히 이해하였으며 당시 중국 사정이나 학계의 동향을 가장 잘 아는 학자였다. 일본과도 무조건적인 투쟁이 아닌 설득을 통하여 이해시키려고 노력했다. 앞으로 그의 방대한 학문을 분야 분야 깊이 연구하여 그 가치와 의미를 밝혀야 할 필요가 크다.

重齋 金榥의 生涯와 學問

Ⅰ. 서론

우리 나라 學問史에 있어서 漢字로 쓰여진 著述을 가장 많이 남긴 학자
가 重齋 바로 金榥(1896-1978)이다. 重齋가 살아 계실 때의 명망은 일세를
압도했고, 돌아가신 뒤에도 그 遺風餘韻이 꾸준히 지속되었지만, 이제 세
상을 떠난 지가 30년에 가까워 가니, 親炙를 받은 제자들도 하나둘 사라져
가고, 젊은 세대들은 거의 모르는 인물이 되고 말았다.

이제 노인들의 회상 속의 重齋가 아니라, 역사적 연구대상인 되는 학자
로서의 重齋에 대한 연구가 시작되어야 할 때라고 본다. 그가 남긴『重齋
先生文集』은 국판 양장 8,000여 페이지에 달하는 12책의 분량에 이르고,
이 밖에『日記』2책 등 地負海涵의 저서는 우리 나라 漢文學史 思想史
등에 새로운 자료를 무진장 제공할 것이다.

앞으로 본격적인 연구가 진행될 것을 기대하면서, 본고에서는 앞으로의
연구에 길잡이가 되도록 重齋의 생애와 학문을 간략히 소개하고자 한다.

Ⅱ. 家系와 行蹟

重齋는 朝鮮 宣祖朝의 文臣 東岡 金宇顒의 12대손으로, 본관은 義城이
다. 그러나 重齋의 6대조가 아들이 없어서, 鶴峯 金誠一의 형인 藥峯 金克
一의 7대손이자 芝村 金邦杰의 현손인 湖園 金始采가 그의 5대조로 入系
하게 되었다. 고조는 鵝湖 金輝運인데, 生員이다. 증조는 勝庵 金永耆이다.

부친은 梅西 金克永으로 문학으로 重望이 있었고, 문집『信古堂遺輯』을 남겼다.

그의 조상은 본래 慶北 星州에 世居하다가 東岡의 현손인 通德郞 金世逸 때 慶南 宜寧으로 移居하였고, 그 아들 대에 다시 晉州 鴨峴으로 이거하였고, 重齋의 조부 대에 다시 그 인근 마을인 勝山에 정착하였다.

1896년에 5월 26일에 慶南 宜寧郡 宮柳面 雲溪里(당시 陜川郡 宮所面 漁村里)에서 태어났다. 1894년 아버지 梅西가 東學을 배척하였기 때문에 東學徒들이 매서를 원망하며 행패를 부리려 했으므로 가족들을 이끌고 이 골짜기에 寓居하게 되었다.

重齋는 태어나면서부터 용모가 준수하고 눈길이 맑았으므로, 종조 前川 金麟洛은 "이 아이는 文星의 운을 타고났으니, 장차 文衡을 맡을 것이다." 라고 크게 기대하였다.[1] 梅西公이 兒名을 寓文이라고 지었고, 다섯 살 때 다시 항렬에 따라 佑林이라고 이름을 지었다.

14세 때 冠禮를 행하고 이름을 榥, 자는 尼晦라고 지었다. 나중에 자를 而晦로 바꾸었다. 이 해 宜寧 板谷에 사는 叅奉 南泰熙의 따님에게 장가들었다. 夷川 南昌熙는 처백부이고, 素窩 南廷燮, 立巖 南廷瑀는 처종조부였는데, 이들은 모두 文學과 名望이 있었으므로, 이들과 경전과 史書를 토론하였다.[2]

梅西公이 마을 남쪽 泉谷에 三乎齋라는 書塾을 열어 前川 金麟洛과 함께 학생들을 가르쳤다.

15세(1910) 때 나라가 망했다. 重齋는 "어찌 오랑캐가 되겠는가?"하며 탄식해 마지 않았다. 梅西公이 세상을 피하여 가족을 이끌고 丹城縣 晚巖里(지금의 山淸郡 車黃面 上法里)로 이거하였다.

21세 때 大溪 李承熙의 靈柩가 中國 奉天으로부터 그의 고향 星州로

---

1)『重齋先生文集』14책, 年譜 379쪽.
2)『重齋先生文集』14책 415-416쪽,「行狀」.

돌아왔다. 重齋는 그 장례에 참석하여 喪禮 儀式을 도왔다.

22세 때는 山淸 德山에 있는 南冥 曹植선생의 祠宇에 참배하고, 智異山 天王峯에 올라 일출을 봤다.

24세(1919) 되던 해 정월에 茶田에가 서 수십 일을 머물다가 俛宇 郭鍾錫의 조카 謙窩 郭奫과 함께 서울로 올라가 高宗의 因山에 참여하였다가 三一運動을 보았다. 이때 집안 宗孫인 心山 金昌淑을 만났는데, 심산으로부터 巴里平和會議에 請願書를 보낼 계획을 俛宇에게 알리라는 부탁을 받아 와서 俛宇에게 알렸다.[3] 重齋는 파리청원서에 관한 일에 참여하여 면우의 명을 받아 진주 서부지역에 가서 儒林代表의 署名을 받는 일을 추진하였다. 3월에 면우가 체포되었는데, 중재는 4월에 大邱로 가서 면우를 면회하였다. 그리고 다시 茶田으로 가서 俛宇의 草稿를 거두어 보관하였다. 5월에는 파리 청원서 보내는 일에 관여함 죄로 체포되어 丹城 憲兵隊에서 7일 동안 구속되었다가 석방되었다.

7월에는 면우가 병으로 석방되었다는 소식을 듣고 다전으로 가서 10여 일 동안 병 시중을 들었다. 면우는 생명이 끝나가는 상황에서도 儒學을 重齋에게 부탁하였다. 면우가 서거한 후 남아서 喪禮를 처리하여 10월에 장례를 마쳤다

26세 때 俛宇를 추념하는 尼東書堂을 준공하고 낙성의식을 가졌는데, 면우에게 매년 菜禮를 올리기로 결정하였다. 이 해 여름에는 茶田에서 俛宇의 遺文을 對校하고, 그리고 刊行의 일을 여러 동문들과 논의하였다.

29세 되던 해 여름에는 俛宇의 遺文을 對校하고, 『俛門諸子錄』의 자료 수집에 관한 일로 通文을 발송하였다. 茶川書堂에서 鄕飮酒禮를 시행하였다.

30세 때 俛宇의 文集 刊所를 서울에 설치하고 滄溪 金銖, 石堂 權相經 등과 함께 刊役을 맡았다. 이때 爲堂 鄭寅普가 들러 重齋와 토론해보고

---

3) 金昌淑, 『心山遺稿』 권5, 310쪽, 「躄翁七十三年回想記」.

나서 말하기를 "그대는 가슴속에 만 권의 책을 저장하고 있다고 들었는데, 과연 그러하도다."라고 했다. 그 뒤 위당이 남쪽 고을 방문하게 되면 반드시 중재를 초청하여 만나보고 속마음을 터놓고 이야기하였다.

이해 7월에 上海臨時政府에서 활동하던 心山이 독립자금을 마련하기 위하여 직접 국내에 잠입해 重齋를 黃鶴山에서 불러 그 뜻을 이야기하고, 중재에게 慶南지방의 책임을 맡도록 하여 친척이나 知舊 가운데서 많은 재산을 가진 사람과 소식을 통하도록 했다.[4]

31세(1926) 때 心山의 국내 잠입과 유림들의 독립자금 모금에 관한 일이 왜경에게 발각되어 이른바 제2차 儒林團事件이 발생하였다. 重齋는 3월 말에 체포되어 大邱의 倭警에 구속되었다가 11월에 출옥하였다.

37세 때 父公 梅西가 陶山書院 院長이 되어 行公하게 되었으므로 重齋는 陪從하여 安東地域을 尋訪하게 되었다. 먼저 陶山書院에 가서 수일간 머물렀다. 退溪先生 묘소와 宗家의 家廟를 참배하고 퇴계의 후손인 曉庵 李中轍, 東田 李中均 등을 만나 世誼를 講討하였다. 돌아오는 길에 일가들이 세거하는 海底, 川前, 芝禮를 방문하고, 春陽에 이르러 進士 權喆淵, 省齋 權相翊 등을 만나보고 돌아왔다.

46세 되던 해 10월 父公 梅西의 상을 당하여 11월 장례를 치루었다. 重齋는 廬墓하면서 매서의 遺文과 挽祭를 정리하고 또 『言行錄』을 지었다. 그 이듬해 『信古堂遺文』을 편집하여 晦峯 河謙鎭에게 보내어 교감을 부탁하였고, 또 晦峯의 서문과 松山 權載奎의 跋文을 얻어 실었다. 왜인의 감시를 피하여 여러 차례 간행을 시도하다가, 결국 1946년에 이르러서야 印役을 마쳐 頒帙하였다.

51세(1946) 때 晦峯 河謙鎭의 장례에 護喪을 맡아 장례를 치루었다.

63세 때 晉州市 望京洞에 涉川精舍를 새로 지어 때때로 머물며 晉州지역의 유림들과 학문을 講討하였다.

---

4) 金昌淑, 『心山遺稿』 권5, 338쪽, 「躄翁七十三年回想記」.

64세 되던 해 3월 心山이 방문하였기에, 함께 南沙의 尼東書堂으로부터 佳會 德村을 거쳐서 將臺에 이르러 작별하였다.

65세(1960) 때 제자들이 지금까지 지은 草稿를 모아 분류하여 抄寫하여 두었다.

67세 되던 해 4월에 心山이 서울에서 세상을 떠났으므로 會葬에 참석하고, 비행기를 타고 大邱에 도착하여 집으로 돌아왔다.

71세 때 다시 陶山을 방문하고 돌아오는 길에 汾川, 川前, 水谷을 둘러보고 義城 五土齋에 들어가 시조 산소에 참배하고 돌아왔다.

1978년 11월 15일 內塘書舍에서 考終하니, 향년 83세였다. 重齋 자신이 지은 『四禮受容』에 의거하여 古禮대로 踰月葬을 거행하니, 會葬한 儒林이 3,000여 명이고, 門人으로 服을 입은 사람이 300여 명이었고, 접수된 挽詞와 祭文이 700여 편에 이르렀다. 신문사 잡지 등에서 특집으로 기사를 다루었고, 방송사에서는 장례장면을 실황중계하였다.

重齋는 千古에 탁월한 자품을 타고나서 聖人을 기대하는 뜻을 품고서 고금의 서적에 두루 통하고 천하의 이치를 두루 궁구하였다. 참된 노력을 계속 쌓아 마치 庖丁이 解牛하듯 마음의 미묘함으로부터 복잡한 만사에 이르기까지 모든 사리에 막힘이 없었다. 그러나 나라가 망하고 儒道가 끊어진 시대를 만나 그 蘊抱를 펼치지 못하였으나, 道를 걱정하고 나라를 걱정하는 마음은 잠시도 그친 적이 없었다.

Ⅲ. 成學過程과 저서

4세 때 글 읽기를 요청했으나, 梅西公이 너무 이르다고 하여 말렸다. 그러나 책을 좋아하여 손에서 책을 놓지 않았고, 형이 배우는 책의 내용을 듣고서 다 외웠다.

5세(1900) 때 공부를 시작하여 『抽句』를 읽었는데, 梅西公이 두어 구절

을 가르쳐 주자, 한 번 듣고는 다 기억했다. 다시 몇 구절을 더 가르쳐
주어도 역시 그랬으므로 매서공이 기특하게 여겼다.

6세 때『十八史略』을 배웠는데, 매서공이 熟讀하지 않으면 외워도 오래
가지 못한다 하여 200번 씩 읽도록 규정을 정하여 가르쳐 주었다. 重齋는
글의 내용을 탐구하며 소리 내어 읽기를 중단하지 않아 독려할 필요가
없었다. 또 글자를 쓰는 데 잠시도 쉬지 않았고, 뜰의 감나무 잎이 떨어지
면 그 것을 주워서 거기에 글씨를 연습하였다.

7세 때는『通鑑節要』5)를 읽었는데, 능히 그 내용을 이해하였다. 梅西公
이「東岡集重刊通文」200벌을 베껴 가지고 왔는데, 重齋가 여러 차례 넘겨
보았다. 매서가 "같은 내용인데 무얼 자꾸 넘겨보느냐?"라고 묻자, 중재가
두어 장을 뽑아내어 "이 것은 저 것과 다릅니다."라고 대답하기에, 살펴보
니, 그 두 장은 발송인 명단에 몇 사람의 이름이 누락되어 있었다. 어릴
때부터 통찰력이 이처럼 정확하였다.

8세 때부터 마을에 있는 枕泉齋라는 書塾에 나가서 공부하였다. 이 해
『通鑑節要』을 다 읽고,『小學』을 배우기 시작하였는데, 그 해석방법이 가
끔 보통 사람들의 발상하지 못한 독창적인 것이 있었다.

9세 때도 枕泉齋에 나가서 공부하였고, 집에서는『大學』과『孟子』를
읽었다. 11세 때는 四書 읽기를 다 마쳤고,『詩經』공부를 시작하였다.
星州에 살던 晦堂 張錫英이 重齋의 才名을 듣고 방문하여 經書의 뜻을
토론하고는 크게 稱賞을 하였다.

12세 때부터는 간간이 長文을 지었는데, 辭氣가 英發하여 사람들의 관
심을 끄는 경우가 많았다.

13세 때는 三經을 다 읽었는데, 思考가 날마다 성장하였고, 諸子百家
등을 폭 넓게 공부하였고, 틈틈이 科文도 연습하였다.

---

5)『연보』에는『資治通鑑』으로 되어 있으나, 시골에서 초학자들이 의례적으로 배우는『通鑑
節要』일 것이다. 梅西公이 젊은 시절 집이 가난하여 四書三經도 손으로 베껴 보았다는
重齋의 기록으로 미루어『資治通鑑』을 비치하기는 어려웠을 것이다.

15세 때 三嘉 文谷으로 老栢軒 鄭載圭를 찾아갔다.

17세 때 梅西公의 서신을 갖고 兄 河山 金榳과 함께 居昌 茶田으로 俛宇 郭鍾錫선생을 뵈었다.

山淸郡 晩巖里 黃梅山 聖智谷 골짜기 속에 聖智精舍를 지었는데, 梅西 公을 모시고 重齋 형제가 들어가 글을 읽었다. 이때부터 배우러 오는 사람 들이 많아졌다.

18세 때 俛宇에게 가서 지금까지 읽은 글들에 대해서 質訂하였는데, 『近思錄』에 이르러서는 중재의 精該함을 칭탄하면서 수삼 년 동안 힘쓸 것을 권했다.

20세 때 다시 茶田으로 가서 머물면서 공부했다. 그 당시 俛宇 문하에서 배우던 사람들은 모두 영재들이었는데, 著作이 중재를 앞서는 사람이 없 어 文名을 크게 떨쳤다. 중재가 돌아오려 할 때, 면우가 전송하면서, "모름 지기 涵養工夫에 힘써 지금부터 20년 동안 세상 사람들이 그대 이름을 알지 못하도록 해야 된다. 이 늙은이는 혼미함이 심해서 가르칠 수가 없다. 다만 '重'자 한 글자를 그대에게 주어 평생의 으뜸 가는 旨訣로 삼도록 하겠다."라고 했다. 重齋는 그 뒤 '重齋'라고 호를 삼은 것은 면우의 이 부탁에 의거한 것이다. 재주가 너무 표일하고 경솔한 처신을 경계하는 면우의 깊은 배려에서 나온 것이다.

22세 때 茶田에 가서 머물면서 『通書』와 『春秋』를 배웠다. 면우의 명을 받아 河沆의 『覺齋集』과 河受一의 『松亭集』을 교정하였다. 이 해 가을에 士友들과 함께 德山으로 가서 南冥先生의 祠宇에 배알하고 天王峯에 올 라가 일출을 보았다.

23세 때 茶田에 가서 머무르면서 『通書』를 읽었고, 李承熙의 『大溪集』 을 교정하였다. 이때 沙村 朴圭浩가 俛宇에게 "문하에서 공부하는 사람 가운데 그 成就가 누가 제일 낫느냐?"라고 물으니, 면우는 "而晦가 제일 낫다."고 대답하였다.[6]

24(1919)세 되던 여름에 『禮記』를 읽고서, 箚記를 남겼다. 花林寺에 들

어가서『書經』을 읽었다. 이해에 면우가 세상을 떠났는데, 임종시 斯文의 책임을 중재에게 囑付하였다.[7]

25세 때 茶田에 가서 俛宇의 小祥을 마치고, 동문들을 모아 俛宇의 遺文을 분담하여 베꼈다.

이 해『儀禮』를 읽고, 深齋 曺兢燮과 함께 滄江 金澤榮이 지은 史書를 논하였다.

26세 때 艮齋 田愚의 性尊心卑說을 辨破하는 글을 지었다.

29(1924)세 때 중국 학자 靈峯 夏震武에게 서신을 보내어 道學의 傳授에 대해서 논했다. 夏靈峯은 淸나라 과거에 합격하여 관리를 지냈고, 그 뒤 北京大學에서 강의한 적이 있는 대 학자로 우리 나라 학자들과 서신왕래가 적지 않았는데, 그는 중재가 "나이는 가장 어리면서 학문은 가장 독실하다."라고 칭찬하였다.

30세 되던 해 11월에『俛宇集』이 완성되어 茶川書堂에서 告由祭를 지냈다.

31세 때 감옥에 있으면서『周易』을 깊이 연구하였다.

32세 때 山淸郡 新等面 內塘으로 이거하였고, 麗澤堂에 거처하면서 朔望 때마다 강의를 하였다.

『寒洲集』중간의 일로 星州의 三峯書堂에 모여서 의논하였다.

34(1929)세 때『俛宇年譜』의 자료를 뽑아 편집하였다. 勿川 金鎭祜의 문집 板本을 校勘하였다.

35세 때는 우리 나라의 편년사인『東史略』을 편찬하였다.

36세 때는『寒洲文集』22책을 校勘하였다.

37세 되던 해 가을에 信古堂이 준공되었다. 梅西가 여러 학생들을 거느리고 거처하도록 했다.「諸生儀」를 지어서 여러 학생들의 居齋儀式으로

---

6)『重齋先生文集』14책, 416쪽,「行狀」.
7)『重齋先生文集』14책, 418쪽,「行狀」.

삼았다. 重齋가 본격적으로 교육사업을 시작한 것이 이때부터였다.

이 해『寒洲文集』의 중간을 보게 되었는데, 중재가 告成文을 지었다.

38세 때 明儒 黃宗義가 지은『明儒學案』을 보았는데, 陽明學的 기준에서 서술하여 공정하지 못한 문제점을 자세히 지적하였다.

39세 때 淨趣庵에서 松山 權載奎 등 인근 학자 20여 명과 함께『近思錄』을 강의했다. 이후에도 매년 강의를 개최하였다.

41세 때 淸나라 毛奇齡이 四書를 멋대로 고치고 어지럽힌 것을 辨證하였다.

45(1940)세 때 后山 許愈의『后山續集』을 校勘하고, 후산의 저서인『聖學十圖附錄』을 釐定하였다.『孝經章句』를 편차하고,『孝經外傳』을 纂述하였다.

46세 되던 해 恭山 宋浚弼이 편찬한『續續資治通鑑綱目』을 校勘하였다.

51세 때『東岡年譜』의 別本을 만들었다.『經學十圖』를 짓고 贊을 붙였다.

53세 때 艮齋 田愚의 「答學者書」를 변증하여 寒洲 李震相의 心說을 발명하였다.

60(1955)세 때 전에 편찬하였던『東史略』,『東國歷年圖捷錄』을 수정하여 간행하였다.

62세 때는『尙書舊讀』을 纂述하였다.

63세 때『論語存疑』를 지었다.

64세 때『詩經餘義』를 저술하였다.

65세 때『春秋謏言』,『周禮箚義』를 찬술하였다.

66세 때『周易小箚』,『四禮受容』을 지었다.

67세 때『儀禮通讀』을 지었다.『孝經章句』와『孝經外傳』을 다시 보완하였다.

68세 때『孟子附演』을 纂述하였다. 「俛宇郭先生墓表」를 지었다.

71세 때『心經追繹』을 纂述하였다.

73세 때『中庸追繹』을 찬술하였다.

74세 때는『大學私繹』를 찬술하였다.

75세 때는『小學零言』을 찬술하였다.

78세(1973) 때는「心山翁事略」을 지었다.「俛宇先生繹古齋遺墟碑」를 지었다.『近思錄私箚』,『近思錄追繹』을 찬술하였다.

83세 때는 退溪의 서신 가운데서 백 편을 골라『李書百選』을 편찬하였고, 唐・宋・明・淸의 율시 천수를 골라『千律韻彙』를 편찬하였다.

重齋가 세상을 떠난 지 20년 되던 1988년에『重齋文集』이 양장 국판 12책으로 간행되었다. 前集은 시 4권, 書 16권, 瑣記 18권, 雜著 9권, 小草 21권이고, 後集은 시 2권, 書 7권, 小草 24권,『寶瀛對照』1권,『歷代紀年』1권,『獨立提綱』2권,『東史略』1권,『東國歷年圖捷錄』1권,『孝經章句』1권,『孝經外傳』1권,『四禮受容』1권 등 모두 106권이다.

重齋는 어려서부터 원대한 뜻을 품고서 천하의 일은 모두 자신의 마음 안에 있고 이치는 궁구할 수 없는 것이 없다고 생각하여 발분하여 글을 읽고 글을 지었다. 20세 이전에 여러 經典에 두루 통하였고, 아울러 제자백가 陰陽, 地誌, 曆法, 方技, 병법 등에도 두루 통하여 이해하고 있었다.[8]

가정적으로는 父公 梅西의 교육이 엄밀하여 重齋의 行身이 법도에 조금이라도 맞지 않으면 기뻐하지 않았으므로 혹시라도 父公의 뜻을 거스를까 조심조심하였다. 책을 보다가 새로 터득한 것이 있으면 반드시 부친께 아뢰어 물었다. 밖으로는 俛宇로부터 참된 旨訣을 전수받았다. 孔孟과 程朱의 책에 정력을 쏟아 義利와 公私의 구분을 철저히 하여 그 조예가 깊었다. 俛宇의 학문은 寒洲 李震相으로부터 전수받았고, 寒洲는 定齋 柳致明의 제자이고, 柳致明의 학문은 退溪의 嫡傳을 이어받았다. 그래서 重齋는 學統的으로는 退溪의 學統에 속한다고 할 수 있다.

---

8)『重齋先生文集』, 14책, 433쪽,「行狀」.

Ⅳ. 師友關係

重齋는 俛宇 郭鍾錫을 스승으로 삼았는데, 면우는 寒洲 李震相의 제자고, 한주는 定齋 柳致明의 學脈은 결국 退溪學派에 닿는다. 그러나 南冥의 정신적 영향력이 큰 江右地域에서 주로 講學활동을 했으므로 남명의 학문과 사상에 대해서 관심이 적지 않았다.

晦堂 張錫英, 沙村 朴圭浩, 恭山 宋浚弼, 西川 趙貞奎, 老栢軒 鄭載圭, 恒齋 宋鎬坤, 東田 李中均, 夷川 南昌熙, 立巖 南廷瑀, 毅齋 宋鎬完 등을 儒林의 선배로서 모셨고, 면우 문하의 同學인 晦峯 河謙鎭을 비롯하여 省齋 權相翊, 松山 權載奎, 深齋 曺兢燮, 朗山 李垕, 崔益翰, 裵炳翰, 沈鶴煥, 修齋 金在植, 壽山 李泰植, 心山 金昌淑, 澤齋 柳海曄, 復齋 趙顯珪, 畏齋 丁泰鎭, 河載華, 平谷 金永蓍, 弘庵 金鎭文, 約軒 河龍濟, 果齋 李敎宇, 秋帆 權道溶, 滄溪 金銖, 春樊 權命燮, 海史 金丁鎬, 西洲 金思鎭, 謙窩 郭奫, 三洲 李基元, 霞汀 李忠鎬 등과 폭 넓은 교류를 하였다. 특히 重齋는 色目이 다른 老論系 학자들과도 조금도 구애받지 않고 학문을 토론하였다.

스승 俛宇의 파리 평화회의에 보내는 유림대표 서명에 스승의 명을 받아 서명을 받는 일을 하였고, 집안 종손인 심산을 도와 유림의 독립운동자금 모집에도 적극적으로 참여하였다.

Ⅴ. 治學과 敎學

1. 治學

重齋는 평생 儒道를 수호하는 것을 자신의 임무로 삼아 고금의 문장 가운데서 道를 해치는 것을 분변하는 데 힘을 다 쏟았다.

重齋 자신은 經書를 2백 번 이하로 읽은 적이 없었다. 처음부터 본문을 읽어 그 내용을 터득한 그런 뒤에 箋注를 보고서 상호 참고하여 바로잡았

다. 그리하여 자신이 터득한 바와 의심나는 것이 있으면 다 책에다 기록했
으니, 이 것이 『瑣記』이다.

　『儀禮』와 『近思錄』은 俛宇가 특별히 당부한 바가 있었기 때문에 더욱
詳密하게 연구하였다. 周濂溪, 程子, 張橫渠, 朱子와 退溪의 저서는 六經
을 이해하는 데 도움이 되기 때문에 침잠하여 숙독하여 세세한 내용까지
도 깊이 있게 꿰뚫지 않은 것이 없었다. 그 밖에 고전이나 근세의 서적들도
섭렵하여 두루 통하였는데, 의리로써 재단하여 취사선택하였다.9)

　重齋의 학문하는 방법은 敬을 위주로 하여 그 근본을 세우고, 이치를
궁구하여 그 앎을 확실히 했다. 이치를 궁구하는 일은 독서를 근본으로
하였는데 마음을 비우고 기운을 가라앉혀 정밀하게 연구하고 깊이 생각하
여, 글자는 그 뜻을 구하고 구절에서는 그 내용을 찾아서, 밖으로부터 안을
궁구하고, 흐름으로부터 근원으로 거슬러 올라가서 성현이 그 말을 한
뜻을 추구하였다.

　특히 禮學에 조예가 깊었는데, 반드시 예를 몸소 행하였다. 언행으로부
터 음식 일상생활의 여러 가지 법도에 있어서 예를 遵行하여 혹시라도
어김이 없었다. 여러 禮書 가운데서 번거로운 것은 삭제하여 時宜에 맞도
록 요약된 것을 취하여 『四禮受用』이라는 禮書를 저술하였다.

　日本强占期에 대부분의 유학자들이 講論만을 일삼아 국가나 민족을 위
해서는 한 가지 도모도 내놓지 못하였는데, 重齋는 治國・平天下는 유림
의 본분이라고 생각하였다. 그래서 巴里長書를 보내는 일에도 참여하고
臨時政府와 관계를 맺어 도움을 준 바가 많았다.10)

　젊은 시절에는 문장에도 관심이 있어 韓愈와 歐陽脩의 글을 많이 읽었
고, 문장의 배치나 짜임새 등에 있어서 본떴으나, 곧 탄식하여 말하기를,
"의리는 무궁하고 세월은 한정이 있는데, 어찌 이런 일에 뜻을 부려야

9) 『重齋先生文集』, 14책, 440쪽, 「行狀」.
10) 『重齋先生文集』, 14책, 443쪽, 「行狀」.

하겠는가?"라고 하고 특별히 고심하지 않았다.

평소의 應酬文字는 格律에 급급하지 않고 바로 썼으나 도도하여 긴 강이 천리를 쏟아져 내려가는 듯, 날랜 말이 익숙한 길을 달리듯 하여 장편의 글을 지을 때도 자신이 외우고 있는 글 베끼듯이 했다.[11]

重齋가 남긴 저서는 실로 헤아릴 수 없을 만큼 많다. 經學 관계의 저서로 는,『周易小箚』,『尙書舊讀』,『詩經餘義』,『春秋讜言』,『周禮箚疑』,『儀禮通讀』,『禮記記疑』,『論語存疑』,『孟子附演』,『中庸追繹』,『大學私繹』,『小學零言』,『近思錄私箚』,『近思錄追繹』,『心經追繹』,『孝經章句』등이 있다. 史學 관계의 저서로는『歷代紀年』,『獨立提綱』,『東史略』,『東國歷年圖捷録』,『續綱目義例考異』가 있다. 詩文集 100여 권과 編書로『李書百選』등이 있다.

重齋의 詩文集에는 그가 평생 저술한 詩文이 수록되어 있는데, 그 편수 를 제시하면 다음과 같다. 詩가 諸體에 걸쳐서 2460수, 楹聯이 18수, 詞가 13편, 操가 1편, 賦가 3편이다. 散文으로는 書가 1404편, 雜著가 91편, 序가 323편, 跋이 85편, 記文이 452편, 上梁文이 79편, 箴銘이 89편, 贊頌이 21편, 告祝이 63편, 祭文이 108편, 哀辭가 18편, 碑誌가 1,056편, 行狀이 46편, 遺事가 32편, 號說 70편, 贈勉이 102편, 自題가 12편, 韻文이 2,496편이고, 산문은 4,051편이다. 우리 나라 역사상 산문에 있어서는 가장 많은 작품을 남겼다.

2. 敎學

重齋는 33세(1928) 때 新等面 內塘으로 이사한 뒤로부터 麗澤堂에서 제자들을 가르치기 시작하여 1978년 83세로 세상을 떠날 때까지 內塘을 떠나지 않고, 계속 학생들을 가르쳤다. 해방 이후 心山이 成均館大學을 창설하고 重齋를 교수로 초빙했지만, 중재는 사양했다고 한다.

---

11) 『重齋先生文集』, 14책, 440쪽, 「行狀」.

麗澤堂은 본래 性齋 許傳을 享祀하는 곳으로 晩醒 朴致馥과 勿川 金鎭祜가 번갈아 가면서 거기서 거처하면서 講規를 내걸고 학생들을 가르쳐 慶尙右道의 士風을 진작시켰는데, 두 선생이 세상을 떠나자 講規가 점점 해이해져 이때 폐지될 지경에 이르렀다. 중재는 이 점을 안타깝게 생각하여 講義儀節을 새로 만들어 매 초하루 보름 때 학생들에게 강의를 하였다.

36세 때 信古堂이 준공되어 거기서 거처하면서 벽에 「諸生儀」를 걸고 본격적으로 제자들을 가르쳤다.

重齋에게 배운 사람은 賢愚를 막론하고 心悅誠服하지 않은 사람이 없었다. 마치 큰 잠에서 깨어난 듯, 맛있는 술의 기운이 사람에게 배어오듯 했다. 배우려는 사람이 어린애일 경우에는 글자와 구절을 상세히 알게 하였는데, 구절의 순서를 바꾸어 해석하거나 빼어먹거나 더 보태거나 하지 못하도록 했고, 반드시 숙독하도록 했고, 날마다 모아서 함께 글을 외우도록 했다. 그런 뒤에는 『大學』을 가르쳐 그 규모를 정하도록 했고, 그 다음에 『論語』, 『孟子』를 읽어 성실하게 반복하여 融會貫通하도록 했다. 그런 뒤에 中庸을 배워 큰 근본을 세우도록 했다. 그 다음에 『心經』, 『近思錄』을 읽어 道理의 精微함을 얻도록 했다. 그런 뒤에 六經과 諸子書를 읽도록 했다.

배우는 사람으로 하여금 순서에 따라서 점차적으로 나아가도록 했는데 그 才力의 高下와 견해의 深淺에 따라서 정성을 다하여 잘 인도하였다. 重齋는 배우는 사람들에게 이렇게 훈계했다.

글을 읽을 때 종이 위에서 의리를 구하지 말고 자신의 몸과 마음 위에서 구하도록 하라. "人心은 오직 위태롭고, 道心은 오직 미미하니, 오직 정밀하고 오직 한결같이 하여, 그 中庸을 잘 잡아라."라는 말과 "마음을 통제하고 일을 통제하라."라는 말과 "경건함은 태만함을 이기고, 의리는 욕망을 이긴다."라는 훈계는 사람으로 하여금 자기 몸과 마음을 점검하여 天理를 존속시키고 人慾을 막게 하려는 것 아님이 없다. 여기에는 힘쓰지 않고, 단지 분석하고 강론하는 데만 마음을 쏟아 文句나 따지고 귀로 들은 것을 입으로 말한

다면, 비록 천하의 책을 다 읽었다 해도 몸과 마음에 도움이 되지 않을 것이
니, 어찌 학문이 되겠느냐?[12]

重齋는 학문을 이루지 못하는 것을 용기가 없는 것으로 보고 이렇게
훈계했다.

　　사람의 타고난 그릇은 같지 않다. 크면 크게 이룰 수 있고 작으면 작게
　　이룰 수 있다. 능히 이루지 못하는 것은 용기가 부족하기 때문이다. 등산에
　　비유하면 평평하고 쉬운 곳은 오히려 갈 수 있지만 험준한 곳에 이르면 곧
　　마음이 풀리고 기운이 늘어져 이르러야 할 곳에 이르지 못하고 그치고 만다.
　　이 것이 사람들이 일반적으로 갖고 있는 문제점인데, 채찍질을 가하고 통제
　　를 가하여 경계하고 엄하게 면려해야 한다.[13]

우유부단하여 학문에 精進하지 못하는 사람들에게 일침을 가한 말이다.
글 짓는 것을 배우는 사람들에게는 상세한 비평을 가하였고, 이렇게
그 방법을 제시하였다.

　　문장이 법도가 없고 단락이 분명하지 못하면, 끝내 그 말의 내용을 전달할
　　수가 없다. 문장 짓는 것을 배우지 않으려고 하여, 문장이 좋게 되면 좋지만,
　　문장이 좋지 않더라도 일상생활의 수요에는 부족함이 없으면 되는 것이지만,
　　말을 수식하여 그 정성을 세워야 하지 않겠는가?[14]

重齋는 15세(1910) 때 나라가 망하였으므로 주로 일본강점기에 학문을
완성하였다. 그러나 그는 일본이 보급한 新學問에 물들지 않고 師友들을
찾아 독실히 배워 傳統學問에 최고수준의 조예를 이루었다. 그는 儒教의

12) 『重齋先生文集』, 14책, 438쪽, 「行狀」.
13) 『重齋先生文集』, 14책, 439쪽, 「行狀」.
14) 『重齋先生文集』, 14책, 439쪽, 「行狀」.

전통을 그대로 계승하여 後學들에게 전수함으로서 학교교육에서 전수되지 못하고 단절된 우리나라 전통학문이 계승되게 하는 데 결정적인 공헌을 하였다. 그의 제자들 가운데는 전통학문을 하는 분들이 대부분이지만, 일부는 서울 등지에서 대학교육을 받으면서 방학이나 휴학기간을 이용하여 공부한 분들이 있는데, 이들은 대학에서 國學을 연구하고 가르치거나 전통학문이 학교교육에 뿌리를 내리는 데 일조를 하였다. 일부제자들은 國學研究機關이나 飜譯機關에서 종사하여 그 漢文解讀實力을 활용하여 고전을 현대화하는 데 기여하였다.

Ⅵ. 學問的 創見

理氣說은 朝鮮 中期 이후로 학자들 사이에 오랜 기간 盤根錯節된 문제로 조선말기에 이르기까지 결론이 나지 않고 더욱더 多岐하게 되어갔다. 重齋는 傳統的 學者로서 性理學 문제를 衆說을 모아 총괄적으로 정리하여 이렇게 자신의 性理說을 말했다.

> 여러 가지 설이 분부하게 뒤섞인 것은, 理는 알기 어렵고 氣는 보기 쉽기 때문이다. 천지의 변화는 모두 理에 근원하고, 성현의 학문도 理에서 주관한다. 그래서 "이 理를 간직한다.", "이 理를 밝힌다.", "이 理를 따른다." 등등의 說은 모두 마음이 理라는 것이다. 그 의리를 펼쳐서 그 精微한 것을 밝힌다. 마음이 氣라고 말하는 사람들이 작용하는 氣만 있는 줄 알고서 本體의 理가 있는 것을 좋아하지 않는다. 退溪께서도 "마음은 理와 氣를 합친 것이다."라고 했으니, 가르쳐서 말한 것은 理에서 주관하고 미루어서 위로 올라가면, 程子가 말한 마음이 곧 性이니, 性은 理다. 心, 性, 天이 모두 다 한 가지 理다. 이 것은 모두 뚜렷이 증거가 있다. 그런데 마음을 氣라고 하니, 어찌 이상하지 않은가? '마음은 氣'라는 說이 유행하게 되면, 天理가 形氣에게 명령을 들어야 될 것이고, 大本達道가 모두 氣로 돌아가고 말 것이니, 이렇게 되면 聖賢의 心法이 공허한 데로 떨어지지 않겠는가? 마음은 萬理의 總會인

데, 마음을 氣라고 한다면, 학문에 어떻게 두뇌가 있겠는가? 만 가지 조화와
만 가지 일이 다 마음으로부터 일어나는데, 마음을 氣라고 한다면, 세상의
名教가 어찌 혼란되지 않을 수 있겠는가?15)

또 '마음은 理와 氣를 합친 것이다'라는 주장을 하는 사람들에 대해서는
이렇게 분변하였다.

마음의 전체를 총괄해서 논한다면 理와 氣를 합친 것이다. 마음의 本體만
을 이야기한다면 理일 따름이다. 무릇 理와 氣를 이야기하자면, 서로 떨어질
수 없는 곳도 있고, 서로 섞일 수 없는 곳도 있다. 서로 떨어질 수 없는
곳으로부터 이야기하면, 氣를 제거하고 理만 있게 할 수 있는 것은 본래부터
있지 않다. 서로 섞일 수 없는 곳으로부터 이야기하면, 理가 主가 되고 氣는
참여할 수가 없다. 그러므로 '마음이 理'라고 하는 것은, 본체가 서로 섞일
수 없는 것을 주로 해서 말한 것이다. 가령 서로 떨어질 수 없는 것을 가지고
비난한다면, 그 말하는 근거가 잘못된 것이다. 理와 氣 사이는 주재자와 보조
자의 구분이 있어 능멸할 수 없다. 그래서 주재자를 들면 보조자는 저절로
따라오는 것이다.16) 어찌 꼭 크게 조용한 大本 가운데 理와 氣를 나란히
열거해야 하겠는가?17)

重齋는 寒洲의 心卽理說을 따르면서도 氣의 존재를 인정하지 않는 것
은 아니고, 주재자의 관점에서 보면 '心卽理'이지만, 그 속에 氣가 보조자
로서 그대로 존재한다고 보았다. '心卽理'는 氣의 존재를 완전히 무시하는
것이 아니므로, 寒洲의 설이 退溪의 '마음이 아직 발하지 않았을 때는 理일
따름이다'라는 학설에 위배되는 것이 아니고, 退溪의 主理說을 좀더 강조
해서 발전시킨 것임을 밝혔다.

明淸 이래 근세에 이르기까지 儒學이나 程朱學은 공격이나 조롱의 대상

15) 『重齋先生文集』, 14책, 441쪽, 「행장」.
16) 『重齋先生文集』, 14책, 441쪽, 「行狀」.
17) 『重齋先生文集』, 14책, 441쪽, 「行狀」.

이 되었는데, 重齋는 隻手로 狂瀾을 막으려고 盡力하였다. 康有爲 같은 사람은 實德에 힘쓰지 않으면서 멋대로 經典의 뜻을 曲解하여 儒學을 墨子에다 끌어다 붙였다고 보았다. 淸나라 毛奇齡 같은 사람은 朱子를 공격하는 데 능란하여 주자를 멋대로 誣辱하는 자로 보았다. 『宋儒學案』을 지은 黃宗羲 같은 사람은 理氣를 하나로 보아서 程朱의 학설에 정면으로 배치된다고 보았다. 艮齋 田愚 등 많은 학자들이 寒洲의 心卽理說을 陸王의 주장과 같다고 심하게 詆斥하였다. 重齋는 "道가 밝혀지지 않으면, 異端이 해친다."라고 생각하여 할 말을 다하여 分辨하였다.[18]

宋나라 太宗 때 儒敎經典으로 편입되어 이후 十三經의 하나로 일컬어지는 『爾雅』라는 책에 대해서 重齋는 『爾雅』는 경전이라고 하기 어렵고, 후세에 조작된 책이라는 주장을 하였다.

> 『爾雅』가 經이 되니 어찌 이상하지 않은가? 經이란 이름은 본래 聖人이 지은 책으로서 그 내용은 반드시 통상적인 것으로서 본받을 만해야만 한다. 이 『爾雅』란 책이 지어진 것은, 그 처음에는 궁벽한 데서 살면서 옛 것을 좋아하는 사람이 經傳을 미루어 연구하여 깊은 것을 탐색하고 숨은 것을 찾아 그 보고 들은 것을 따라서 책에 실어서 잊어버리는 것에 대비한 하나의 자료였다. 『爾雅』라고 이름한 것에서 그 주된 바가 『詩經』에 있음을 알 수 있다.
> 그 體例는 『說文解字』의 글자 뜻을 해석하거나, 『埤雅』나 『廣雅』에서 사물의 종류를 거두어 모은 것에 지나지 않는다. 그리고 그 說은 때때로 오활하고 괴벽하고 허탄한 것에 가깝다. 이런 것을 가지고 經이라 하려고 하는데, 어떤 말로 될 수 있겠는가? 그러나 이 책을 전하는 사람은 타당한 근거가 없다는 것을 알기 때문에 교묘하게 꾸며내고 여러 가지를 끌어다 붙이기도 하고, 혹은 받들어 周公이 지어 成王과 伯禽을 가르치고, 孔子가 증보하여 哀公을 가르친 것이라고 하니, 더욱 우습다.[19]

---

18) 『重齋先生文集』, 14책, 446쪽, 「重齋先生墓碣銘」.
19) 『重齋先生文集』, 5책, 478-479쪽, 「讀爾雅」.

『爾雅』에 인용된『詩經』이나『大學』의 구절로 볼 때 周公의 저작으로 볼 수 없다. 지금의『大學』이 완성된 뒤에 책이기 때문에『爾雅』는 漢代 중후기에 만들어졌을 가능성이 있다. 그리고 잡다한 博物學 관계의 책인데, 經書로 편입되어 十三經의 하나가 되어『孟子』이상의 대우를 받는 것은 부당하다는 것이 重齋의 견해였다. 漢나라 이후로 누구도 의심하지 않았고, 심지어 朱子도 經書를 해석하면서 근거 자료로『爾雅』를 인용할 정도로 세상 사람들의 눈을 속여온 책인데, 中國을 통틀어 최초로『爾雅』가 經書가 될 수 없다는 것을 밝혔다.

세상에서는 司馬遷의『史記』를 불후의 명작으로 높이 평가하지만, 重齋는『史記』라는 책의 문제점을 엄정하게 지적해 내었다.

太史公의 문장은 성하지 않은 것이 아니고, 스스로 사명감을 갖는 것도 무겁지 않음이 아니지만, 그 사람됨을 공평하게 고찰해 보면, 거의 戰國時代의 남자일 따름이고, 聖人의 道는 듣지 못한 사람이다. 그가 지은 列傳을 보면,「刺客列傳」,「滑稽列傳」,「范蔡列傳」,「蘇張列傳」등의 문장은 얼마나 웅장하고 위엄 있고 뛰어나고 시원한가? 그러나 그「五帝紀」에 이르러서는 이상하고 우습고 이치에 닿지 않는데 남겨진 이야기들을 되는 대로 주어모아 만들었기 때문에 그렇다. 그렇지 않으면 經傳의 옛 글을 잘라와서 모은 것이니, 마치 면류관을 찢어 치마를 기운 듯하여, 터진 곳을 구차하게 꿰맨 것일 따름이다.

「孔子世家」를 지은 데서는 더욱 심하다. 심한 경우에는 문리가 되지 않는 곳이 있을 지경이다. 어찌 그가 문리를 소홀히 하여 그랬겠는가? 그 상황을 형용할 수 없음을 알고서는 아무 재미 없는 말을 해 가지고, 구차하게 없어지지 않기를 도모한 것을 따름이다.

「仲尼弟子列傳」에 이르러서는 전혀 의리가 없다. 「子貢列傳」의 경우 誣陷에 가까운데, 이미 王介甫의 변증이 있으니, 논할 것이 없을 따름이다. '有若이 자리를 피했다'는 내용은 바로 사람으로 하여금 배를 잡고 웃게 만든다. '宰我는 평생토록 취할 만한 것이 하나도 없는데, 나중에 반역자에게 붙었다가 그 일족을 멸하게 만들었다'라고 했는데, 어찌 이런 지경에 이르렀겠는가?

어떤 사람은 "䵣止라는 사람과 字가 같기 때문에 드디어 이런 이름을 덮어쓰게 되었다."라고 말하지만, 이 또한 매우 상서롭지 못한 것이다. 대저 亂逆이라는 이름이 얼마나 중대한 것인데, 그 사람을 가리지 않고 아무렇게나 덮어씌우는가? 하물며 성인 孔子 문하의 뛰어난 제자에게다가. 그가 孟子의 열전을 지으면서 맨 먼저 이익을 좋아하는 폐해에 대해서 말하고 나서 맹자가 縱橫家나 전쟁주의자들과는 다르다는 것을 밝힌 점은 실로 견해가 없는 것은 아니다. 그러나 그 열전을 荀卿과 통합하여 지었으니, 너무 사람의 수준을 무시한 것이다. 荀卿은 그래도 괜찮다 치겠지만, 열전 중간에다가 三騶나 淳于 등의 무리들을 뒤섞어 지었으니, 과연 뭐 하지는 건가?[20]

司馬遷의 『史記』는 중국 최초의 紀傳體 史書로서 후세 官撰 正史의 標本이 되었다. 그리고 문장으로서도 萬丈의 光焰을 토한 古文의 典範으로 역대 문장가들이 최고로 崇仰해 마지 않았다. 그러나 重齋는 예리한 안목으로 그 문제점을 여러 가지 지적해 내었다. 전할 만한 사실인지 아닌지, 전할 만한 가치가 있는 것인지 아닌지를 따지는 기준이 모호한 것이 『史記』 기술상에 있어 가장 큰 문제라는 것이다. 「孔子世家」에 넣어 적합한 사항인지 아닌지를 따지지 않고 쓸 데 없는 내용으로 채워져 있고, 孟子列傳을 독립적으로 서술하지 않고 荀子와 합쳐서 서술했고, 공자의 제자들 열전에서는 사실 아닌 내용이 들어 있는 것 등이다. 역대의 문인이나 학자들이 거의 대부분 찬사를 아끼지 않던 사기에 대해서 중재 자신의 관점을 나타내었다. 중재가 매우 독창적인 학자라는 것을 증명한다.

Ⅶ. 結論

重齋는 뛰어난 자질을 타고났으면서도 부친 梅西公의 철저한 교육방침에 따라서 학문의 기초를 이룬 바탕 위에 俛宇 郭鍾錫 같은 대학자를

---

20) 『重齋先生文集』, 5책, 179-180쪽, 「讀史記」.

만나 방향을 바로 잡았고, 또 晦峯 河謙鎭, 立巖 南廷瑀 같은 선배들을 따라 講磨하여 학문을 성취하여 큰 업적을 남겼다. 그는 한 평생 잠시도 다른 일에 종사한 일 없이 오로지 학문연구와 인재양성에만 전념한 전형적인 학자이다.

그는 세상을 등지고 학문만 연구한 文弱한 書生이 아니고, 국가와 민족을 위해서는 목숨을 걸고 분연히 나설 수 있는 知行이 兼備된 학자였다.

학문하는 데 있어서도 經學의 바다에 沈沒하거나 이전의 學說을 墨守하지 않고, 명쾌한 판단과 정연한 논리로 독창적인 견해를 많이 내 놓았다.

十三經의 하나로 尊崇되는 『爾雅』가 經典이 될 수 없다는 주장과 紀傳體의 典範으로 추앙받는 『史記』가 서술상에 문제점이 많고, 司馬遷의 視覺이 잘못되었다는 주장 등은 그 이전의 어떤 학자도 내놓지 못한 참신한 주장이었다.

그는 특별히 문장을 잘 하겠다고 修辭에 신경을 쓰지 않고 平順하고 詳實한 글을 지었다. 詩는 淡雅하면서도 蘊奧한 시를 지었다. 평생 2460수의 시와 4051편의 산문을 남겼는데, 이는 韓國漢文學史上 대적할 이가 없을 정도로 양정으로 풍부하다.

重齋는 23종의 저서를 남겼는데, 經學과 史學에 관한 것이 주조를 이룬다. 이 개개의 저서에 대한 구체적인 연구가 수행되면, 그의 학문과 사상과 깊이를 정확하게 알 수 있을 것이다. 앞으로 많은 학자들이 重齋의 학문과 사상을 연구하여 重齋學이 정립될 수 있기를 기대한다.

허권수 許捲洙

1952년 경상남도 함안에서 출생하여, 國立慶尙大學校 師範大學 國語教育科를 졸업하고 韓國精神文化研究院 韓國學大學院 韓國學科 漢文專攻으로 석사학위를, 成均館大學校 大學院 漢文學科에서 문학박사학위를 받았다. 1988년 國立慶尙大學校 人文大學 漢文學科를 설립하고 교수로 재직하여 천여 명의 제자를 양성하였으며, 2017년 2월 28일 정년퇴임을 하였다.

韓國漢文學史・韓國人物史・韓中文學交流史・경남지역의 南冥學 등을 집중 연구하여, 연구논문 103편을 발표하고 저역서 100여 권을 출간하였다. 특히 지역학 연구를 위해 1991년 校內에 南冥學研究所를 설립하고 '자료 수집 및 정리, 학술대회 개최, 학회지 간행, 지역유림과의 연대 강화' 등을 중심으로 운영하여 국내외의 명실상부한 대학 연구소로 성장하는데 크게 기여하였다.

許捲洙 全集 I-3

江右地域 南冥學派의 人物 研究

2017년 3월 3일 초판 1쇄 펴냄

저 자 허권수
발행인 김흥국
발행처 보고사

등록 1990년 12월 13일 제6-0429호
주소 경기도 파주시 회동길 337-15 보고사 2층
전화 031-955-9797(대표)
     02-922-5120~1(편집), 02-922-2246(영업)
팩스 02-922-6990
메일 kanapub3@naver.com / bogosabooks@naver.com
http://www.bogosabooks.co.kr

ISBN 979-11-5516-646-8
     979-11-5516-643-7 94810(세트)
ⓒ 허권수, 2017

정가 40,000원